JAMES ROLLINS

Das Auge Gottes

Autor

Der *New-York-Times*-Bestsellerautor **James Rollins** hat einen Doktorgrad in Tiermedizin. Als begeisterter Höhlenforscher und ebenso eifriger Taucher ist er häufig unter Wasser oder unter der Erde anzutreffen. Er wohnt in den Bergen der Sierra Nevada in Kalifornien, USA.

Von James Rollins bei Blanvalet erschienen:

Sigma-Force:
Sandsturm, Feuermönche, Der Genesis-Plan, Der Judas-Code,
Das Messias-Gen, Das Flammenzeichen, Feuerflut, Mission Ewigkeit,
Das Auge Gottes, Projekt Chimera, Das Knochenlabyrinth,
Die siebte Plage, Die Höllenkrone, Der Flammenwall, Auftrag Tartarus,
Königreich der Knochen

Tucker Wayne:
Killercode, Kriegsfalke

Die Bruderschaft der Christuskrieger:
Das Evangelium des Blutes, Das Blut des Verräters,
Die Apokalypse des Blutes

Besuchen Sie uns auch auf www.blanvalet.de

James Rollins

Das Auge Gottes

Roman

Deutsch von Norbert Stöbe

blanvalet

Die Originalausgabe erschien 2021 unter dem Titel
»The Eye of God (Sigma Force 09)« bei William Morrow, New York.

Der Verlag behält sich die Verwertung der urheberrechtlich
geschützten Inhalte dieses Werkes für Zwecke des Text- und
Data-Minings nach § 44 b UrhG ausdrücklich vor.
Jegliche unbefugte Nutzung ist hiermit ausgeschlossen.

Penguin Random House Verlagsgruppe FSC® N001967

2. Auflage 2024
Copyright der Originalausgabe © 2013 by Jim Czajkowski
Published in agreement with the author, c/o Baror Interantional, Inc.
Armonk, New York, U.S.A.
Copyright der deutschsprachigen Ausgabe © 2016 by Blanvalet,
in der Penguin Random House Verlagsgruppe GmbH,
Neumarkter Str. 28, 81673 München
Copyright dieser Ausgabe © 2024 by Blanvalet,
in der Penguin Random House Verlagsgruppe GmbH,
Neumarkter Str. 28, 81673 München
Redaktion: text in form/Gerhard Seidl
Umschlaggestaltung und -motiv: © Johannes Wiebel | punchdesign,
unter Verwendung von Motiven von stock.adobe.com
(ornitozavr, migfoto, t1m0n344, Andrii, javarman, Мария Неноглядова)
HK · Herstellung: DiMo
Satz: Uhl+Massopust, Aalen
Druck und Bindung: GGP Media GmbH, Pößneck
Printed in Germany
ISBN 978-3-7341-1302-4

www.blanvalet.de

Für Dad

Er schenkte uns Flügel… und den Himmel,
um hoch zu fliegen.

Der Unterschied zwischen Vergangenheit,
Gegenwart und Zukunft ist eine Illusion,
wenn auch eine hartnäckige.

Albert Einstein

EURASIEN

VORBEMERKUNG ZUM HISTORISCHEN HINTERGRUND

WAS IST WAHR? Wenn es um die Vergangenheit geht, ist diese Frage schwer zu beantworten. Winston Churchill sagte einmal, die Geschichte werde von den Siegern geschrieben. Wenn er recht hatte, welchen historischen Dokumenten kann man dann trauen? Die schriftlichen Aufzeichnungen reichen nur etwa sechstausend Jahre in die Vergangenheit zurück und verzeichnen nur einen vergleichsweise kurzen Abschnitt der Geschichte der Menschheit auf diesem Planeten. Und selbst diese Aufzeichnungen sind voller Lücken, sodass die Geschichte einem mottenzerfressenen Wandteppich gleicht. Bemerkenswert dabei ist, dass in diesen Lücken viele der größten Rätsel der Geschichte verschwunden sind, die ihrer Enthüllung harren – darunter auch Ereignisse, die geschichtliche Wendepunkte markieren, die seltenen Momente, die Zivilisationen verändern.

Ein solcher Moment trug sich im Jahr 452 n. Chr. zu, als die plündernden Horden Attilas durch den Norden Italiens zogen und alles verwüsteten, was ihnen in die Quere kam. Rom war gegenüber dem Barbarenansturm nahezu wehrlos und dem Untergang geweiht. Papst Leo I. verließ die Stadt und ritt Attila an den Ufern des Gardasees entgegen. Sie unterhielten sich unter vier Augen, schriftliche Aufzeichnungen gab es nicht. Nach der Unterredung verzichtete Attila auf den sicheren Sieg und die Einnahme Roms und wandte Italien den Rücken zu.

Weshalb? Was ist bei dieser geheimen Unterredung geschehen, das Attila veranlasst hat, sich den sicheren Sieg entgehen zu lassen? Die Geschichtsschreibung weiß darauf keine Antwort.

Blättern Sie weiter und erfahren Sie, wie nahe wir der Selbstvernichtung gekommen sind an jenem vergessenen Moment, da die westliche Zivilisation an einer Schwertspitze zu zerschellen drohte – an einer Klinge, die als Schwert Gottes bezeichnet wurde.

VORBEMERKUNG ZUM WISSENSCHAFTLICHEN HINTERGRUND

WAS IST REAL? Das ist die einfachste Frage – und die schwerste von allen. Im Lauf der Zeiten hat sie Philosophen und Physiker beschäftigt. In seiner Schrift *Der Staat* verglich Plato die wahre Welt mit einem unsteten Schatten an einer Höhlenwand. Seltsamerweise sind Wissenschaftler Jahrtausende später zu dem gleichen Schluss gelangt.

Das Papier, auf dem dieser Text gedruckt ist – oder das Lesegerät in Ihrer Hand – besteht aus fast *nichts*. Blicken wir tiefer in das hinein, was als hart erscheint, stellen wir fest, dass die Dinge aus Atomen zusammengesetzt sind. Nimmt man die Atome auseinander, findet man einen winzigen harten Kern aus Protonen und Neutronen, umgeben von leeren Schalen, in denen ein paar Elektronen kreisen. Doch selbst diese Elementarteilchen lassen sich noch weiter aufspalten: in Quarks, Neutrinos, Bosonen und so weiter. Blickt man noch tiefer, stößt man auf eine bizarre Welt schwingender Energiestränge, die vielleicht der wahre Ursprung des Feuers sind, das die unsteten Schatten wirft, von denen Plato gesprochen hat.

Nicht minder merkwürdig sind die Phänomene, auf die man stößt, wenn man nach außen blickt, auf den Nachthimmel, in den unbegreiflich weiten Weltraum, eine unermessliche Leere, die von Milliarden Galaxien gesprenkelt ist. Und selbst dieses gewaltige Gebilde ist vielleicht nur eines von vielen Universen, die in ihrer Gesamtheit ein Multiversum bilden. Und was ist mit unserem eigenen Universum? Die neueste Vermutung lautet, dass alles, was wir erfahren – angefangen von den kleinsten schwingenden Energiestrings bis zu den gewaltigen Galaxien, die um einen Mahlstrom realitätszerfetzender Schwarzer Löcher kreisen – möglicherweise nichts weiter ist als ein Hologramm, eine dreidimensionale Illusion, und dass wir alle in einer Art Simulation leben.

Kann das sein? Hatte Plato vielleicht recht, als er schrieb, wir seien blind gegenüber der wahren Wirklichkeit, die uns umgibt, und alles, was wir sähen, seien nur die unsteten Schatten an einer Höhlenwand?

Blättern Sie weiter – wenn dies ein *Buch* ist – und entdecken Sie die erschreckende Wahrheit.

PROLOG

DER KÖNIG STARB zu langsam im Hochzeitsbett.

Die Mörderin kniete über ihm. Die Tochter eines Burgun-
derprinzen war die siebte Gemahlin des Königs und am Tag
zuvor mit diesem barbarischen Herrscher zwangsverheiratet
worden. Sie hieß Ildiko, was in ihrer Muttersprache *Wilde
Kriegerin* bedeutete. Doch sie fühlte sich nicht wild, denn
sie verzagte neben dem sterbenden Mann, dem Tyrannen
mit Blut an den Händen, der sich den Namen *Flagellum Dei*
verdient hatte, Geißel Gottes, eine lebende Legende und ein
Krieger, der angeblich das vom skythischen Kriegsgott er-
schaffene Schwert schwang.

Allein schon sein Name – Attila – öffnete Stadttore und
beendete Belagerungen, so gefürchtet war er. Doch jetzt,
da er nackt im Sterben lag, wirkte er nicht einschüchtern-
der als jeder andere gewöhnliche Mensch. Er war ein wenig größer als sie, wenngleich er die kräftigen Muskeln
und schweren Knochen seines Nomadenvolks hatte. Seine
Augen – weit offen und in tiefen Höhlen liegend – erin-
nerten sie an die eines Schweins. In der Nacht, als er sie –

11

nach vielen beim Hochzeitsfest geleerten Bechern Wein – mit blutunterlaufenen Augen unverwandt angestarrt und in sie hineingestoßen hatte, war der Eindruck besonders stark gewesen.

Jetzt blickte sie ihn an, registrierte jedes gurgelnde Keuchen und versuchte zu schätzen, wie lange es noch dauern würde. Sie wusste jetzt, dass sie zu sparsam mit dem Gift umgegangen war, das der Bischof von Valence ihr mittels des Erzbischofs von Wien mit Zustimmung des Königs Gundioch von Burgund hatte zukommen lassen. Da sie fürchtete, der bittere Geschmack des Gifts könnte dem Tyrannen auffallen, war sie zu vorsichtig gewesen.

Sie krampfte die Hand um das halb leere Fläschchen und spürte, dass bei dieser Intrige noch andere Mächte mitgemischt hatten, höhere Mächte als König Gundioch. Sie verfluchte das Schicksal, das ihr eine solche Bürde in die kleinen Hände gelegt hatte. Weshalb wurde das Geschick der Welt – das gegenwärtige und das zukünftige – ausgerechnet einer Frau von gerade mal vierzehn Sommern aufgebürdet?

Eine Gestalt im Kapuzenumhang, die vor einem halben Monat an der Tür ihres Vaters aufgetaucht war, hatte sie gleichwohl von der Notwendigkeit der finsteren Tat überzeugt. Sie war dem Barbarenkönig bereits versprochen gewesen, doch in jener Nacht hatte man sie zu dem Fremden gebracht. An seiner linken Hand funkelte kurz ein goldener Kardinalsring auf, dann fiel der Ärmel herab. Der Mann berichtete ihr – erst ein Jahr war es her –, dass Attilas Barbarenhorden die norditalienischen Städte Padua und Milan geplündert und alle Menschen niedergemetzelt hätten, die sich ihnen in den Weg stellten. Männer, Frauen und Kinder. Nur diejenigen, welche in die Berge oder in die Küstensümpfe geflohen seien, hätten die Grausamkeiten über-lebt.

»Rom war dazu verdammt, von seinem gottlosen Schwert gefällt zu werden«, erklärte ihr der Kardinal vor dem kalten Kamin des Hauses. »Eingedenk dieses Schicksals, hat Seine Heiligkeit Papst Leo sich von seinem irdischen Thron erhoben und ist dem Tyrannen an den Ufern des Gardasees entgegengeritten. Und mit seiner kirchlichen Macht hat der Pontifex den unerbittlichen Hunnen vertrieben.«

Ildiko aber wusste, dass es nicht die Macht der Kirche allein gewesen war, welche die Barbaren abgewehrt hatte – auch der Aberglaube des Königs hatte dabei eine Rolle gespielt.

Verängstigt blickte sie den Kasten auf dem Podest am Fußende des Betts an. Er war Geschenk und Drohung des Pontifex. Er war nicht länger als ihr Unterarm und auch kaum höher, doch sie wusste, dass sein Inhalt über das Schicksal der Welt entschied. Sie fürchtete sich, ihn zu berühren oder zu öffnen, doch sobald ihr Gemahl tot war, würde sie es trotzdem tun.

Sie konnte nur mit einem Schrecken gleichzeitig fertig werden.

Ihr furchtsamer Blick huschte zur geschlossenen Tür des Hochzeitsgemachs. Der Himmel im Osten kündete bereits vom anbrechenden Tag. Wenn es dämmerte, würden die Männer des Königs das Gemach betreten. Bis dahin musste er tot sein.

Sie beobachtete, wie ihm mit jedem keuchenden Atemzug Blut aus der Nase quoll. Sie lauschte auf das Rasseln in seiner Brust. Er hustete schwach, und Blut trat über seine Lippen. Es sickerte durch seinen gegabelten Bart und sammelte sich in der Halskuhle. Dort zeichnete sich sein

Herzschlag ab; mit jedem schwachen Schlag erglänzte die dunkle Lache.

Sie betete darum, dass er sterben möge – und zwar rasch.

Verbrenne in den Flammen der Hölle, in die du gehörst...

Als hätte er ihr Flehen gehört, entrang sich der blutgefüllten Kehle ein rauer Atemzug, der noch mehr Blut über die Lippen treten ließ – dann senkte sich der Brustkorb ein letztes Mal und hob sich nicht mehr.

Ildiko schrie vor Erleichterung leise auf. Tränen traten ihr in die Augen. Es war vollbracht. Die Geißel Gottes war tot und konnte kein Unheil mehr über die Welt bringen. Und das keinen Moment zu früh.

In ihrem Elternhaus hatte der Kardinal ihr Attilas Plan enthüllt, seine Streitmacht erneut gegen Italien zu wenden. Gleichlautende Gerüchte waren ihr beim Hochzeitsfest zu Ohren gekommen, lautstarkes Schwadronieren von der Einnahme Roms, das man dem Erdboden gleichmachen und dessen Einwohner man abschlachten wolle. Das helle Licht der Zivilisation drohte unter den Barbarenschwertern für immer zu erlöschen.

Mit ihrer blutigen Tat hatte sie die *Gegenwart* gerettet.

Doch sie war noch nicht fertig.

Die *Zukunft* war noch immer in Gefahr.

Sie rutschte auf bloßen Knien zum Fußende des Betts. Sie näherte sich dem kleinen Kasten und empfand dabei mehr Angst als in dem Moment, als sie das Gift in den Trank ihres Gemahls geträufelt hatte.

Die Außenhülle war aus schwarzem Eisen, der schwere Deckel mit großen Scharnieren befestigt. Abgesehen von zwei auffälligen Symbolen an der Oberseite, gab es keinerlei Verzierungen.

Sie kannte die Schrift nicht, doch der Kardinal hatte sie

gut darauf vorbereitet. Dies war angeblich die Sprache von Attilas Ahnen, den Nomadenstämmen im Fernen Osten.

Sie berührte eines der Zeichen, das aus einfachen Strichen zusammengesetzt war.

»Baum«, flüsterte sie und bemühte sich, Kraft zu sammeln. Das Zeichen hatte eine entfernte Ähnlichkeit mit einem Baum. Ehrfurchtsvoll berührte sie das zweite Zeichen – ebenfalls ein Baum.

Erst dann brachte sie den Mut auf, den Deckel anzuheben. In der Truhe befand sich ein zweiter Kasten, der aus hellstem Silber bestand. Die Inschrift war ebenso primitiv, aber mit großer Sorgfalt ausgeführt.

Die einfachen Striche bedeuteten *Befehl* oder *Anweisung*.

Da sie spürte, dass die Zeit drängte, unterdrückte sie das Zittern ihrer Hände und hob den Deckel des silbernen Kastens an. Darunter kam ein *drittes* Behältnis zum Vorschein, diesmal aus Gold. Die funkelnde Oberfläche wirkte im Fackelschein geradezu flüssig. Das eingeritzte Zeichen war eine Kombination der Symbole auf den Kästen aus Eisen und Silber. Übereinander angeordnet ergaben sie ein neues Wort.

Der Kardinal hatte sie auf die Bedeutung dieses Zeichens aufmerksam gemacht.

»*Verboten*«, flüsterte sie atemlos.

Behutsam öffnete sie den innersten Kasten. Sie wusste, was sie darin vorfinden würde, doch der Anblick verursachte ihr dennoch eine Gänsehaut an den Armen.

Aus dem goldenen Kasten hervor blickte sie ein gelblicher Totenschädel an. Der Unterkiefer fehlte, die leeren Augen starrten sie leblos an, als schauten sie zum Himmel auf. Wie die Kästen war auch der Schädel beschriftet. Wortzeilen wanden sich in einer engen Spirale von der Schädelmitte nach unten. Die Sprache war eine andere als auf den Kästen, denn dies war die alte Schrift der Juden – jedenfalls hatte dies der Kardinal gesagt. Außerdem hatte er sie über den Verwendungszweck des Schädels instruiert.

Er hatte den Juden zur Beschwörung gedient, zur Anrufung Gottes, auf dass er ihnen Gnade erweisen und sie erretten möge.

Papst Leo hatte Attila diesen Schatz angeboten, um *Rom* zu retten. Außerdem hatte er Attila gesagt, der machtvolle Talisman sei nur einer von vielen, die in Rom verwahrt würden und die durch Gottes Fluch geschützt seien, der jeden zum Tode verurteile, der sich gewaltsam Einlass verschaffe. Um seiner Drohung Nachdruck zu verleihen, hatte der Papst ihm die Geschichte König Alarich I., des Anführers der Goten, erzählt, der Rom vierzig Jahre zuvor geplündert hatte und nach Verlassen der Stadt gestorben war.

Attila schenkte der Warnung Glauben und floh mit dem kostbaren Schatz aus Italien. Doch mit der Zeit verblassten seine Ängste, und sein Begehren, Rom zu belagern und die Kraft seiner eigenen Legende mit dem Fluch Gottes zu messen, gewann die Oberhand.

Ildiko blickte seinen hingestreckten Leichnam an.

Offenbar hatte er die Prüfung nicht bestanden.

Auch die Mächtigen vermochten dem Tod nicht auf Dauer zu entrinnen.

Sie wusste, was sie zu tun hatte, und streckte die Hände zum Totenschädel aus. Dabei fiel ihr Blick auf die eingeritzten Zeichen im Zentrum der Spirale. Die beschwörende Bitte um Errettung wandte sich gegen das, was hier geschrieben stand.

Es bezog sich auf das Ende der Welt.

Der Schlüssel zu diesem Schicksal befand sich unter dem Schädel – versteckt unter Eisen, Silber, Gold und Gebein. Seine Bedeutung hatte sich vor einem Monat offenbart, als ein nestorianischer Priester aus Persien am Stadttor Roms erschienen war. Er hatte von dem Geschenk gehört, das Attila aus der Schatzkammer der Kirche zuteilgeworden war und das ursprünglich von Nestorius gestammt hatte, dem Patriarchen Konstantinopels. Der Priester enthüllte Papst Leo die in diesem verschachtelten Behältnis verborgene Wahrheit und sagte ihm, es stamme aus dem Fernen Osten und sei der Ewigen Stadt zur Aufbewahrung übergeben worden.

Schließlich offenbarte er dem Papst den *wahren* Schatz – zusammen mit dem Namen des Mannes, der den Schädel einmal auf seinen Schultern getragen hatte.

Ildiko berührte die Reliquie und begann wieder zu zittern. Es schien so, als blickten die leeren Augen in sie hinein und prüften ihren Wert. Wenn der Nestorianer die Wahrheit gesagt hatte, hatten diese Augen einst ihren Herrn Jesus Christus erblickt.

Sie schreckte davor zurück, die heilige Reliquie zu bewegen – und wurde für ihr Zögern durch ein Klopfen an der

Tür bestraft. Dann war eine gutturale Stimme zu vernehmen. Sie verstand die Sprache der Hunnen nicht, doch sie wusste, dies waren Attilas Männer, die bald in den Raum eindringen würden, wenn der König ihnen keine Antwort gab.

Sie hatte zu lange gewartet.

Eilig hob sie den Schädel an – doch darunter befand sich *nichts*. Am Boden des Kastens war ein goldener Abdruck in der Form des alten Kreuzes, das dort einst gelegen hatte – der Reliquie, die angeblich vom Himmel herabgefallen war.

Das Kreuz aber war verschwunden, geraubt.

Ildiko blickte ihren toten Gemahl an, den Mann, der nicht nur für sein kühnes strategisches Denken, sondern auch für seine Grausamkeit berüchtigt gewesen war. Außerdem hieß es, er habe Ohren unter jedem Tisch.

Hatte der König der Hunnen von den Geheimnissen erfahren, die der nestorianische Priester dem römischen Papst anvertraut hatte? Rührte daher sein neu erwachter Wunsch, Rom zu plündern?

Die Rufe auf dem Gang wurden lauter, das Klopfen drängender.

Verzweifelt legte Ildiko den Schädel zurück und verschloss die Kästen. Erst dann sank sie auf die Knie und schlug die Hände vors Gesicht. Schluchzer schüttelten sie, als hinter ihr die Tür splitterte.

Männer drängten in den Raum. Ihr Geschrei wurde zorniger, als sie den König auf dem Totenbett erblickten. Sie stießen ein lautes Klagegeheul aus.

Niemand aber wagte es, die in sich zusammengesunkene, trauernde Witwe anzurühren, die apathisch neben dem Bett auf den Knien lag und ohne Unterlass vor und zurück schaukelte. Sie glaubten, ihre Tränen gälten dem toten Gemahl, dem verstorbenen König, doch sie irrten sich.

Sie weinte um die Welt.

Um die Welt, die dem Untergang geweiht war.

GEGENWART

ES WAR, ALS hätten sich die Sterne gegen ihn verschworen.

Vermummt zum Schutz gegen die beißende Winterkälte, eilte Monsignore Vigor Verona durch den Schatten auf der Piazza della Pilotta. Trotz des dicken Wollpullovers und des Mantels fröstelte er – nicht wegen der Kälte, sondern weil der Anblick der Stadt ihn mit Furcht erfüllte.

Ein heller Komet stand am Abendhimmel, schwebte über der Kuppel des Petersdoms, dem höchsten Punkt von ganz Rom. Der himmlische Besucher – der hellste seit Jahrhunderten – überstrahlte den soeben aufgegangenen Mond und überdeckte die Sterne mit seinem langen, schimmernden Schweif. Solche Kometen galten in der Vergangenheit häufig als Unheilskünder.

Er hoffte, dass es diesmal anders wäre.

Vigor drückte das Paket fester an seine Brust. Er hatte es nur notdürftig in Packpapier eingeschlagen, doch der Bestimmungsort war nicht weit entfernt. Vor ihm ragte die Fassade der Päpstlichen Universität Gregoriana auf, flankiert von Seitenflügeln und Vorgebäuden. Vigor gehörte

21

zwar weiterhin dem Päpstlichen Institut für Christliche Archäologie an, hielt aber nur noch selten Gastvorlesungen. Jetzt diente er dem Heiligen Stuhl als Präfekt des Archivio Segreto Vaticano, des Geheimarchivs des Vatikans. Doch das Paket beförderte er nicht in seiner Eigenschaft als Professor oder Präfekt, sondern als Freund.

Das Geschenk eines toten Kollegen.

Er gelangte zum Haupteingang der Universität und schritt durch die Vorhalle aus weißem Marmor. Er unterhielt noch ein Büro an der Universität, denn das war sein gutes Recht. Er kam sogar häufiger hierher, um den großen Buchbestand zu katalogisieren und zu verschlagworten. Die Universität mit ihren über eine Million Bänden konnte es sogar mit der Nationalbibliothek aufnehmen. Untergebracht waren sie in einem angrenzenden sechsstöckigen Gebäude, darunter auch viele alte Texte und seltene Erstausgaben.

Nichts davon aber kam dem Buch gleich, das Vigor bei sich trug – oder dem, was außerdem noch in dem Paket gewesen war. Dies war der Grund, weshalb er den Rat der einzigen Person suchte, der er in Rom wahrhaft vertraute.

Als Vigor die Treppe hochstieg und durch die schmalen Gänge schritt, machten sich seine Knie schmerzhaft bemerkbar. Er war Mitte sechzig und nach jahrzehntelanger archäologischer Feldforschung körperlich noch immer recht fit, doch in den vergangenen Jahren hatte er sich zu lange in den Archiven vergraben, war eingesperrt gewesen hinter Schreibtischen und Bücherstapeln und gefesselt von der Verantwortung.

Bin ich der Aufgabe gewachsen, Herr?

Er musste es schaffen.

Schließlich erreichte Vigor den Fakultätstrakt und erblickte eine bekannte Person, die an seiner Bürotür lehnte.

Seine Nichte war ihm zuvorgekommen. Sie musste direkt von der Arbeit hierhergekommen sein. Dunkelblaue Carabiniereuniform, Hose und Jacke mit roten Streifen, silberne Schulterepauletten. Sie war noch keine dreißig und schon Leutnant des Comando Carabinieri Tutela Patrimonio Culturale, der für das Kulturerbe zuständigen Abteilung, die sich um gestohlene Kunstwerke und Artefakte kümmerte.

Ihr Anblick erfüllte ihn mit Stolz. Er hatte sie nicht nur wegen ihrer Sachkenntnis herbestellt, sondern auch aus Liebe. Niemandem vertraute er mehr als ihr.

»Onkel Vigor.« Rachel umarmte ihn rasch. Dann wich sie zurück, streifte sich das dunkle Haar hinters Ohr und musterte ihn mit ihren karamellfarbenen Augen. »Was gibt es denn Dringendes?«

Er schaute den Flur entlang, doch es war Sonntag, und um diese Zeit hielt sich niemand hier auf, und alle Büros waren unbeleuchtet. »Komm rein, dann erkläre ich's dir.«

Er schloss die Tür auf und geleitete sie über die Schwelle. Trotz der hohen Wertschätzung, die er genoss, glich sein Büro einer engen Zelle. Die Regale an den Wänden quollen über von Büchern und Zeitschriftenstapeln. Der kleine Schreibtisch stand vor einem Fenster, das so schmal war wie eine Schießscharte. Der kürzlich aufgegangene Mond warf einen silbrigen Lichtstrahl in das Durcheinander.

Erst als er die Tür von innen geschlossen hatte, schaltete er die Beleuchtung ein. Er seufzte erleichtert auf, denn die vertraute Umgebung beruhigte und tröstete ihn.

»Hilf mir mal, etwas Platz auf dem Schreibtisch freizuräumen.«

Als das geschehen war, legte Vigor das Paket ab und entfernte das braune Packpapier. Darunter kam eine kleine Holzkiste zum Vorschein.

»Das ist heute Morgen angekommen. Ohne Absender-adresse, nur mit dem Namen des Absenders.«

Er drehte das Paket herum.

Fr. Josip Tarasco

»Pater Josip Tarasco«, las Rachel vor. »Sollte ich ihn ken-nen?«

»Nein, das wäre zu viel erwartet.« Er blickte sie an. »Er wurde vor über zehn Jahren für tot erklärt.«

Sie zog die Brauen zusammen und spannte sich an. »Aber der Zustand des Pakets ist zu gut, als dass es so lange hätte verschollen sein können.« Sie richtete ihren abschätzenden Blick wieder auf Vigor. »Könnte es sich vielleicht um einen grausamen Scherz handeln?«

»Das kann ich mir nicht vorstellen. Ich glaube, der Absen-der hat das Paket absichtlich von Hand adressiert. Er wollte, dass ich Pater Tarascos Handschrift wiedererkenne. Wir wa-ren gute Freunde. Ich habe die Schrift auf dem Paket mit mehreren seiner Briefe verglichen, die sich noch in meinem Besitz befinden. Die Handschrift ist identisch.«

»Wenn er noch lebt, weshalb wurde er dann für tot er-klärt?«

Vigor seufzte. »Pater Tarasco verschwand während einer Forschungsreise nach Ungarn. Er arbeitete an einer umfas-senden Darstellung der Hexenjagd zu Beginn des achtzehn-ten Jahrhunderts.«

»Hexenjagd?«

Vigor nickte. »Anfang des siebzehnten Jahrhunderts herrschte in Ungarn eine zehnjährige Dürre, die mit einer Hungersnot und Seuchen einherging. Ein Sündenbock musste her, dem man die Schuld geben konnte. Binnen fünf Jahren hat man über vierhundert Hexen den Prozess gemacht und sie getötet.«

»Und was ist mit deinem Freund? Was wurde aus ihm?«

»Als Josip nach Ungarn reiste, hatte sich das Land gerade erst von der sowjetischen Herrschaft befreit. Das waren unruhige Zeiten, und es war gefährlich, allzu viele Fragen zu stellen, zumal in ländlichen Gebieten. Die letzte Nachricht hat er auf meinen Anrufbeantworter gesprochen. Er sagte, er gehe beunruhigenden Informationen zu zwölf Hexen und Hexern nach – sechs Frauen und sechs Männer –, die in einem Städtchen im Süden Ungarns verbrannt worden seien. Er machte einen besorgten und aufgeregten Eindruck. Dann kam nichts mehr. Niemand hat je wieder von ihm gehört. Die Polizei und Interpol haben ein Jahr lang nach ihm gesucht. Nach weiteren vier Jahren ohne neue Erkenntnisse wurde er für tot erklärt.«

»Dann muss er untergetaucht sein. Aber weshalb? Und noch wichtiger: Weshalb taucht er dann zehn Jahre später wieder auf? Weshalb gerade jetzt?«

Den Rücken seiner Nichte zugewandt, lächelte Vigor stolz. Rachel fand immer rasch zum Kern einer Sache.

»Die Antwort auf deine Frage geht aus dem Inhalt des Pakets hervor«, sagte er. »Schau's dir an.«

Vigor holte tief Luft und klappte den Deckel des Kastens auf. Behutsam nahm er den ersten von zwei Gegenständen heraus und legte ihn in den Lichtstreifen, der auf den Schreibtisch fiel.

Rachel wich unwillkürlich einen Schritt zurück. »Ist das ein Totenschädel? Ein *Menschenschädel*?«

»Richtig.«

Sie hatte den ersten Schreck überwunden und trat wieder näher. Sie bemerkte die eingeritzte Inschrift auf der Schädeldecke und folgte der Spirale mit der Fingerspitze, ohne sie zu berühren.

»Und die Schrift?«, fragte sie.

»Aramäisch. Ich glaube, die Reliquie ist ein Beispiel der frühen talmudischen Magie, die von den babylonischen Juden praktiziert wurde.«

»Magie? Meinst du Hexerei?«

»Gewissermaßen. Ein solcher Zauber sollte gegen Dämonen helfen oder dafür sorgen, dass Wünsche in Erfüllung gehen. Im Lauf der Jahre haben Archäologen Tausende solche Artefakte ausgegraben – hauptsächlich Beschwörungsschalen, aber auch einige Totenschädel wie diesen hier. Im Berliner Museum werden zwei solche Objekte gezeigt. Andere befinden sich in Privatbesitz.«

»Und dieser Schädel hier? Du hast gesagt, Pater Tarasco habe sich für Hexen interessiert. Ich nehme an, sein Interesse galt auch Kultobjekten.«

»Möglich. Aber ich glaube nicht, dass dieses hier *echt* ist. Die talmudische Magie begann im dritten Jahrhundert und starb im siebten aus.« Vigor schwenkte die Hand, als wollte er eine Beschwörung aussprechen. »Dieses Objekt ist vermutlich nicht so alt. Allenfalls dreizehntes oder vierzehntes Jahrhundert. Um meine Vermutung zu bestätigen, habe ich einen Zahn zum Universitätslabor geschickt.«

Rachel nickte langsam und überlegte.

»Aber ich habe die Inschrift untersucht«, fuhr Vigor fort. »Ich kenne mich mit dieser alten Form des Aramäischen aus. Ich bin auf zahlreiche Fehler gestoßen – spiegelverkehrte diakritische Zeichen, falsche oder fehlende Akzente. Als hätte jemand, der die Sprache nicht verstand, eine plumpe Kopie der echten Inschrift angefertigt.«

»Dann ist der Schädel also eine Fälschung?«

»Eigentlich glaube ich nicht, dass hier böse Absicht dahintersteckt. Möglicherweise ging es weniger ums *Fälschen*, als ums *Bewahren*. Jemand hatte Angst, das Wissen könnte verloren gehen, deshalb hat er oder sie Kopien angefertigt, um etwas sehr Altes zu bewahren.«

»Welches Wissen?«

»Dazu komme ich gleich.«

Er griff in die Kiste hinein, nahm den zweiten Gegenstand heraus und legte ihn neben dem Totenschädel auf den Tisch. Es handelte sich um ein altes Buch, so breit wie seine ausgestreckte Hand und doppelt so dick. Es war in grobes Leder gebunden, die Seiten waren vernäht.

»Das ist ein Beispiel für anthropodermische Bibliopegie«, erklärte er.

Rachel verzog das Gesicht. »Und das bedeutet…?«

»Das Buch wurde in Menschenhaut gebunden und mit Sehnen des gleichen Ursprungs vernäht.«

Rachel wich abermals zurück, doch diesmal hielt sie auf Abstand. »Woher weißt du das?«

»Ich wusste es nicht. Aber ich habe eine Probe des Leders zu dem Labor geschickt, das den Schädel untersucht, um das Alter bestimmen und einen DNA-Test durchführen zu lassen.« Victor hob das makabre Buch hoch. »Aber ich bin mir sicher, dass ich richtigliege. Ich habe das Leder unter einem Seziermikroskop untersucht. Die Poren von Menschenhaut weisen eine andere Größe und Form auf als die von Schweine- oder Kalbsleder. Und wenn man genau hinsieht, fällt einem in der Mitte des Einbands etwas auf…«

Er fuhr mit dem Fingernagel über eine tiefe Falte im Leder.

»Mit der entsprechenden Vergrößerung kann man noch die Follikel der Augenwimpern erkennen.«

Rachel erbleichte. »Wimpern?«

»Auf dem Einband befindet sich ein menschliches Auge, das mit dünnen Sehnen zugenäht wurde.«

Seine Nichte schluckte. »Also, was ist das? Eine okkulte Schrift?«

»Das habe ich auch geglaubt, zumal in Anbetracht von Josips Interesse an den ungarischen Hexen. Aber das ist keine Schrift des Dämonismus. Wenngleich man sie in gewissen Kreisen als blasphemisch ansehen würde.«

Behutsam schlug er das Buch auf, darauf bedacht, die Bindung nicht zu stark zu beanspruchen. Zum Vorschein kam lateinische Schrift. »Das ist eine gnostische Schrift.«

Rachel legte den Kopf schief und übersetzte die einleitenden Worte. »*Dies sind die geheimen Worte des lebendigen Jesu...*« Sie blickte rasch Vigor an. »Das ist das Thomas-Evangelium.«

Er nickte. »Das Evangelium des Heiligen, der Christi Auferstehung angezweifelt hat.«

»Aber weshalb ist es in Menschenhaut eingebunden?«, fragte Rachel angewidert. »Weshalb sollte dein verschwundener Kollege dir so etwas Grauenhaftes schicken?«

»Als Warnung.«

»Warnung, wovor?«

Vigor wandte sich wieder dem Schädel zu. »Die Inschrift ist eine Bitte an Gott, er möge das Ende der Welt verhindern.«

»Das kann ich sicherlich unterstützen, aber...«

Er fiel seiner Nichte ins Wort. »Auf dem Schädel findet sich auch das Datum der drohenden Apokalypse, genau in der Mitte der Spiralschrift. Ich habe die Zahl aus dem alten jüdischen Kalender auf die moderne Zeitrechnung übertragen.« Er tippte ins Zentrum der Spirale. »Das ist der Grund, weshalb Pater Josip aus seinem Versteck gekommen ist und mir diese Gegenstände geschickt hat.«

Rachel wartete darauf, dass er fortfuhr.

Vigor blickte aus dem Fenster zu dem Kometen, der am Nachthimmel stand und so hell strahlte, dass er den Mond in den Schatten stellte. Angesichts dieses Vorzeichens erschauerte er. »Das Ende der Welt ... findet *in vier Tagen* statt.«

TEIL 1

TRÜMMER UND FLAMMEN

1

DIE PANIK HATTE bereits eingesetzt.

Auf der Besucherplattform über dem Kontrollraum registrierte Painter die plötzliche Anspannung. Die Gespräche der Techniker waren verstummt. Nervöse Blicke wanderten die Befehlskette nach oben und durchs Space and Missiles Systems Center. Nur die Topleute des Stützpunkts und einige Vertreter der Forschungsabteilungen des Verteidigungsministeriums waren zu dieser frühen Stunde anwesend.

Die darunter liegende Etage glich einer verkleinerten Version des NASA-Kontrollraums. Die in Reihen angeordneten Computerkonsolen und Arbeitsplätze für die Satellitensteuerung waren drei riesigen Flachbildschirmen zugewandt, die an der gegenüberliegenden Wand angebracht waren. Auf dem mittleren Display war eine Weltkarte dargestellt, leuchtende Linien kennzeichneten die Umlaufbahnen zweier militärischer Satelliten und die Flugbahn des Kometen.

Die Displays an den Seiten zeigten Livebilder der Satellitenkameras. Links drehte sich langsam die Erdwölbung vor dem Hintergrund des Alls. Den rechten Bildschirm füllte der leuchtende Kometenschweif aus, der die dahinter befindlichen Sterne verschleierte.

»Irgendwas stimmt da nicht«, murmelte Painter.

»Wie meinen Sie das?« Neben ihm stand sein Vorgesetzter.

General Gregory Metcalf war der Leiter der DARPA, der Forschungs- und Entwicklungsabteilung des Verteidigungsministeriums. Metcalf, in voller Uniform erschienen, war Mitte fünfzig, Afroamerikaner und West-Point-Absolvent.

Painter hingegen war mit einem schwarzen Sportsakko und Cowboystiefeln bekleidet. Die Stiefel waren ein Geschenk von Lisa, die gerade in New Mexico auf Forschungsreise war. Als Halbindianer hätte er solche Stiefel eigentlich ablehnen sollen, doch er mochte sie, zumal sie ihn an seine Verlobte erinnerten, die er seit einem Monat nicht mehr gesehen hatte.

»Irgendetwas hat den Stabsoffizier beunruhigt«, sagte Painter und zeigte auf einen Mann in der zweiten Konsolenreihe.

Der Einsatzleiter ging zu einem Kollegen hinüber.

Metcalf winkte ab. »Die kommen schon klar. Das ist ihr Job. Die wissen, was sie tun.«

Der General setzte seine Unterhaltung mit dem Befehlshaber des 50. Weltraumgeschwaders aus Colorado Springs fort.

Painter beobachtete mit wachsender Sorge die um sich greifende Unruhe. Man hatte ihn nicht nur deshalb zu der Code-Black-Mission eingeladen, weil er der Direktor von Sigma war, die der DARPA unterstand, sondern auch, weil er persönlich ein Teil entwickelt hatte, das in einen der beiden militärischen Satelliten eingebaut war.

Die beiden Satelliten – IoG-1 und IoG-2 – waren vor vier Monaten in den Weltraum gestartet. Die Abkürzung stand für *Interpolation of the Geodetic Effect* – Interpolation des geodätischen Effekts –, ein Begriff, der ursprünglich von einem Militärphysiker geprägt worden war, der das Projekt im Zuge seiner Gravitationsforschungen entwickelt hatte. Dabei hatte er die Absicht verfolgt, die Raum-Zeit-Krümmung um die Erde zu analysieren, um die Genauigkeit der Berechnung der Flugbahnen von Satelliten und Raketen zu erhöhen.

Das Unterfangen war bereits sehr ambioniert gewesen, doch die zwei Jahre zurückliegende Entdeckung des Kometen durch zwei Amateurastronomen hatte die Zielsetzung des Projekts abermals verändert – zumal der Himmelskörper eine anomale Energiesignatur aufwies.

Painter blickte seinen Nachbarn zur Linken an, eine ranke und schlanke Forscherin vom Smithsonian Astrophysical Observatory.

Dr. Jada Shaw war erst dreiundzwanzig, hochgewachsen und durchtrainiert. Ihre Haut zeigte einen makellosen Mokkaton, das schwarze, kurz geschnittene Haar betonte den Schwung ihres Halses. Sie trug Jeans und einen weißen Laborkittel, die Arme hatte sie verschränkt und kaute nervös am Daumennagel.

Die junge Astrophysikerin war vor siebzehn Monaten von Harvard zu dem militärischen Code-Black-Abenteuer hinzugestoßen. Offenbar fühlte sie sich hier fehl am Platz, versuchte aber, es nach Kräften zu verbergen.

Das war bedauerlich. Eigentlich hatte sie keinen Grund, nervös zu sein. Ihre Arbeit hatte bereits internationale Anerkennung gefunden. Mittels Quantenberechnungen – die Painters intellektuelle Auffassungsgabe weit überstiegen –

hatte sie eine ungewöhnliche Theorie zur Dunklen Energie entwickelt, der geheimnisvollen Kraft, die drei Viertel der Gesamtmasse des Universums ausmachte und verantwortlich war für die Beschleunigung der kosmischen Expansion.

Ihre Befähigung wurde auch dadurch unterstrichen, dass sie als einzige Physikerin die kleinen Anomalien bei der Annäherung des am Nachthimmel leuchtenden Objekts bemerkt hatte – des Kometen mit dem Namen IKON.

Vor anderthalb Jahren hatte Dr. Shaw den digitalen Feed der neuen Dunkle-Energie-Kamera angezapft. Die Kamera mit einer Auflösung von fünfhundertsiebzig Megapixeln war vom amerikanischen Fermilab konstruiert und in einem Bergobservatorium in Chile installiert worden. Damit überwachte Dr. Shaw den Flug des Kometen. Dabei war sie auf Anomalien gestoßen, von denen sie glaubte, sie deuteten darauf hin, dass der Komet in seinem Gefolge Dunkle Energie abgab oder sie störte.

Ihre Arbeit wurde alsbald der Geheimhaltung unterstellt. Eine neue Energiequelle wie diese barg ein enormes Potenzial – sowohl ökonomisch wie auch militärisch.

Fortan verfolgte das ultrageheime IoG-Projekt nur ein einziges Ziel: die Erforschung der potenziellen Dunklen Energie des Kometen. Der Plan sah vor, IoG-2 durch den leuchtenden Kometenschweif hindurchzusteuern, wo er versuchen sollte, die von Dr. Shaw entdeckte anomale Energie zu absorbieren und sie zu dem Zwillingssatelliten im Erdorbit zu übertragen.

Zum Glück brauchten die Ingenieure die älteren Missionssatelliten für diese Aufgabe nur leicht zu modifizieren. Sie waren bereits mit einer Quarzkugel ausgestattet, die sich drehte, sobald der Satellit den Orbit erreicht hatte, und einen gyroskopischen Effekt erzeugte, der es erlaubte, die

Krümmung der Raumzeit um die Erde zu messen. Wenn das Experiment erfolgreich verlief, würde der von dem einen zum anderen Satelliten übermittelte Strahl Dunkler Energie eine kleine Störung in der Krümmung der Raumzeit hervorrufen.

Es war ein kühnes Experiment. Das Namenskürzel der Satelliten übersetzte man im Scherz mit *Eye of God*, Auge Gottes. Painter mochte den neuen Namen und stellte sich die rotierende Kugel vor, die darauf wartete, einen Blick in die Geheimnisse des Universums zu werfen.

Der leitende Techniker rief: »Der Satellit erreicht in zehn Sekunden den Schweif!«

Während der Countdown begann, fixierte Dr. Shaw unverwandt die Daten, die auf dem riesigen Bildschirm angezeigt wurden.

»Ich hoffe, Sie haben sich geirrt, Direktor Crowe«, sagte sie. »Als Sie meinten, hier würde etwas nicht stimmen. Jetzt ist kein guter Zeitpunkt für Fehler, denn wir sind im Begriff, eine Energie anzuzapfen, die auf die Geburt unseres Universums zurückgeht.«

Wie auch immer, dachte Painter. *Jetzt gibt es kein Zurück mehr.*

7:55

Im Verlauf von sechs quälend langsam verstreichenden Minuten drang IoG-2 immer tiefer in den Schweif aus ionisiertem Gas und Staub ein. Der rechte Bildschirm – der den Live-Feed der Satellitenkamera wiedergab – zeigte nur Rauschen. Der Satellit befand sich im Blindflug, und sie mussten sich ganz auf die Telemetriedaten verlassen.

Painter ließ die Atmosphäre auf sich wirken, die Anspannung im Raum und die historische Bedeutung des Augenblicks.

»Ich messe einen Energieausschlag bei IoG-2!«, rief der EECOM-Techniker an seinem Arbeitsplatz. Alle Blicke wandten sich der anderen Konsole zu, an welcher der Aerospace-Ingenieur IoG-1 überwachte. Bislang gab es offenbar noch keinen Hinweis darauf, dass die vom ersten Satelliten aufgefangene Energie an seinen Zwilling im Erdorbit übermittelt worden war. Plötzlich aber sprang der Techniker auf.

»Ich hab was!«, rief er.

Der SMC-Controller eilte an seine Seite.

Während alle auf eine Bestätigung warteten, deutete Dr. Shaw auf die Weltkarte, auf der die Telemetriedaten scrollten. »Bislang sieht es vielversprechend aus.«

Wenn Sie das sagen…

Für ihn waren die angezeigten Daten unverständlich. Und der Datenstrom beschleunigte sich noch weiter. Nach einer weiteren Minute begannen die Zahlen zu verschwimmen.

Der EECOM-Techniker wurde noch unruhiger. Warnhinweise und Fehlermeldungen blinkten auf seinen Monitoren, während er den Flug von IoG-2 durch den Kometenschweif verfolgte. »Sir, das Energieniveau sprengt die Erfassungsgrenze, alles ist im roten Bereich! Was soll ich tun?«

»Abschalten!«, befahl der Missionsleiter.

Ohne sich zu setzen, gab der EECOM-Techniker Befehle ein. »Abschalten nicht möglich, Sir! Satellitennavigation und Steuerung reagieren nicht mehr.«

Der rechte Bildschirm wurde auf einmal schwarz.

»Die Kameraübertragung ist unterbrochen«, fügte der Techniker hinzu.

Painter stellte sich vor, wie IoG-2 in den Weltraum hinausflog, ein kalter, dunkler Brocken Weltraumschrott.

»Sir!« Der IoG-2 zugeteilte Techniker winkte den Einsatzleiter zu sich. »Ich habe neue Messwerte reinbekommen. Das sollten Sie sich ansehen.«

Dr. Shaw trat ans Geländer der Besucherplattform. Painter stellte sich neben sie, und die meisten anderen Anwesenden taten es ihm nach.

»Der geodätische Effekt verändert sich«, erklärte der Techniker und zeigte auf den Monitor. »Zwei Prozent Abweichung.«

»Das ist unmöglich«, murmelte Dr. Shaw an Painters Seite. »Es sei denn, das Raum-Zeit-Gefüge ist instabil geworden.«

»Sehen Sie!«, fuhr der Techniker fort. »Das Drehmoment des Auges nimmt zu, weit stärker als es nach den Berechnungen zu erwarten wäre. Außerdem beschleunigt der Satellit.«

Dr. Shaw krallte die Hand ums Geländer, als wollte sie nach unten springen. »Ohne externe Energiequelle ist das nicht möglich.«

Painter merkte, dass sie gern von Dunkler Energie gesprochen hätte, doch offenbar schreckte sie vor voreiligen Schlüssen zurück.

Ein anderer Techniker – diesmal an der Konsole, die mit Steuerung beschriftet war – rief: »IoG-1 wird instabil!«

Painter wandte sich dem Display in der Mitte zu, auf dem die Weltkarte und die Flugbahnen der Satelliten dargestellt waren. Die Sinuskurve der Flugbahn von IoG-1 flachte merklich ab.

»Die gyroskopischen Kräfte innerhalb des Satelliten drücken ihn anscheinend aus dem Orbit«, erklärte Dr. Shaw ebenso panisch wie mit einer gewissen Begeisterung.

Auf dem linken Bildschirm wurde der Erdumriss allmählich größer, füllte den Monitor aus und verdeckte die dunkle Leere des Weltraums. Der Satellit stürzte aus dem Orbit in die Gravitationssenke zurück, aus der er hervorgekommen war.

Das Bild wurde verschwommen, als der Satellit in die obere Atmosphäre eindrang. Es traten Datenartefakte und Geisterschatten auf, die das Bild verdoppelten und verdreifachten.

Kontinente, Wolkenfetzen und blaue Wasserflächen rasten vorbei.

Dann wurde auch dieser Monitor schwarz.

Schweigen senkte sich auf den Raum herab.

Auf der Weltkarte spaltete sich die Flugbahn des Satelliten auf, da der Rechner die Bahnen der Trümmerteile extrapolierte, wobei er zahlreiche Variablen einbezog: atmosphärische Strömungen, Eintrittswinkel, Geschwindigkeit beim Auseinanderbrechen.

»Sieht so aus, als würden die Trümmer an der Ostgrenze der Mongolei auftreffen!«, sagte der Telemetrie-Spezialist. »Vielleicht auch in China.«

Der Befehlshaber des 50. Weltraumgeschwaders schimpfte verhalten. »Peking kriegt das mit, darauf können wir wetten.«

Painter konnte dem nur beipflichten. China würden die auf das Land zufliegenden glühenden Trümmerteile nicht entgehen.

General Metcalf sah Painter durchdringend an. Er kannte diesen Blick. Die Militärtechnologie des Satelliten war streng geheim. Sie durfte nicht in unbefugte Hände gelangen.

Einen Moment lang flackerte der linke Monitor, dann

wurde er wieder dunkel – ein letztes Lebenszeichen des sterbenden Satelliten.

»Der Vogel ist tot!«, erklärte der Control Officer. »Er sendet keine Signale mehr. Jetzt stürzt er ab wie ein Stein.«

Der Strom der Telemetriedaten auf der Weltkarte verlangsamte sich – dann versiegte er ganz.

Dr. Shaw legte auf einmal eine Hand auf Painters Unterarm. »Sie sollen das letzte Bild noch mal zeigen«, sagte sie. »Von dem Zeitpunkt, bevor die Funksignale abgebrochen sind.«

Offenbar war ihr etwas Beunruhigendes aufgefallen.

Auch Metcalf hatte sie gehört.

Painter blickte seinen Boss an. »Na los. Machen Sie schon.«

Die Anweisung pflanzte sich über die Befehlskette fort. Ingenieure und Techniker taten ihr Bestes. Nach einigen langen Minuten des Redigitalisierens, Schärfens und Filterns wurde noch einmal das letzte Bild angezeigt.

Ein Raunen erfasste den Raum.

Metcalf neigte sich zu Painter hinüber. »Wenn auch nur ein *Splitter* des Satelliten den Absturz überstanden hat, muss er gefunden werden. Er darf nicht unseren Gegnern in die Hände fallen.«

Painter hatte dafür volles Verständnis. »Ich habe bereits Leute in der Region.«

Metcalf musterte ihn irritiert und fragte sich im Stillen, wie das möglich war.

Purer Zufall.

Er würde darauf aufbauen und unverzüglich ein Bergungsteam zusammenstellen. Einstweilen aber starrte er noch fassungslos auf den Bildschirm und konnte den Blick nicht abwenden.

Zu sehen war die Satellitensicht der Ostküste der Vereinigten Staaten. Das Bild war aufgenommen worden, während der Satellit eine Leuchtspur über den Himmel zog. Die Auflösung reichte aus, um die Großstädte an der Küste erkennen zu können.

Boston, New York City, Washington, D.C.

Alle Städte lagen in Trümmern.

2

SIE HATTEN DIE halbe Welt umrundet, um ein Gespenst zu jagen.

Commander Gray Pierce ging zusammen mit den nächtlichen Passagieren ins Fährterminal. Der Hochgeschwindigkeitskatamaran hatte die Strecke von Hongkong zur Halbinsel Macau in etwas über einer Stunde zurückgelegt. Er dehnte den verspannten Rücken und wartete im geschäftigen Terminal auf die Abfertigung an der Passkontrolle.

Die Menschen strömten auf die Halbinsel, um ein Wasserlaternenfest zu Ehren des Kometen zu feiern. In dieser Nacht fand ein großes Fest statt, und auf den Seen und Flüssen wurden als Gabe an die Geister der Verstorbenen schwimmende Laternen ausgesetzt. Hunderte Lichter tanzten rund ums Terminal auf den Wellen, als hätte man leuchtende Blumen verstreut.

Vor ihm in der Schlange trug ein verhutzelter Mann einen Korbkäfig mit einer lebenden Gans. Beide wirkten gleich grämlich, was Grays Stimmung nach dem siebzehnstündigen Flug widerspiegelte.

»Weshalb sieht der Vogel mich an?«, fragte Kowalski.

»Ich glaube, da ist der Vogel nicht der Einzige«, meinte Gray.

Kowalski, bekleidet mit Jeans und langer Jacke, war einen Kopf größer als Gray und überragte alle anderen im Terminal. Einige Leute fotografierten den amerikanischen Hünen, als wäre ein Godzilla mit Bürstenschnitt in ihrer Mitte aufgetaucht.

Gray wandte sich an seine zweite Begleitperson. »Es besteht nur eine vage Hoffnung, dass wir von unserer Kontaktperson etwas erfahren werden. Das ist dir doch klar, oder?«

Seichan zuckte scheinbar ungerührt die Achseln, doch die Falte zwischen ihren Brauen verriet ihre Anspannung. Sie waren weit gereist, um diesen Mann persönlich zu befragen. Das Treffen war Seichans letzte Hoffnung, etwas über ihre Mutter in Erfahrung zu bringen, die vor zweiundzwanzig Jahren von bewaffneten Männer aus ihrem Haus in Vietnam entführt worden war und eine neunjährige Tochter zurückgelassen hatte. Seichan hatte geglaubt, ihre Mutter sei schon lange tot – bis vor vier Monaten neue Informationen aufgetaucht waren, die darauf hindeuteten, dass sie noch am Leben war. Sigma hatte alle Hebel in Bewegung setzen müssen, um überhaupt so weit zu kommen.

Vermutlich war es eine Sackgasse, doch sie mussten ihr nachgehen.

Vor ihnen löste sich die Schlange auf, und Seichan trat vor den gelangweilten Beamten hin. Sie trug schwarze Jeans, Wanderstiefel, eine weite smaragdgrüne Bluse, die der Farbe ihrer Augen entsprach, und eine Kaschmirweste gegen die nächtliche Kühle.

Sie passte immerhin hierher, denn neunzig Prozent der Besucher waren asiatischer Abstammung. Seichan, die auch etwas europäisches Blut in den Adern hatte, war eine noch exotischere Erscheinung. Ihr schmales Gesicht mit den hohen Wangenknochen wirkte wie aus hellem Marmor gemeißelt. Ihre mandelförmigen Augen glänzten wie polierte Jade. Das einzig Weiche an ihr war ihr glatt herabfallendes Haar, das die Farbe eines Rabenflügels hatte.

Dies alles entging auch dem Kontrolleur nicht.

Der rundliche Mann, dessen Bauch die Uniform spannte, setzte sich aufrechter hin, als sie vortrat. Sie sah ihm in die Augen und bewegte sich mit raubtierhafter Anmut, die gleichzeitig Kraft und Gefährlichkeit ausdrückte. Sie reichte dem Mann ihren Pass. Ihre Papiere waren ebenso gefälscht wie die von Gray und Kowalski, doch sie hatten damit bereits die strengere Passkontrolle in Hongkong passiert.

Ihre wahre Identität wollten sie den chinesischen Behörden nicht preisgeben. Gray und Kowalski waren Agenten der Sigma Force, einem geheimen Ableger der DARPA, bestehend aus ehemaligen Spezialeinsatzkräften, die eine wissenschaftliche Ausbildung erhalten hatten und Amerika vor globalen Bedrohungen schützen sollten. Seichan war eine ehemalige Auftragsmörderin, die aufgrund besonderer Umstände von Sigma rekrutiert worden war. Offiziell gehörte sie der Organisation nicht an und hielt sich in deren Schatten.

Zumindest einstweilen noch.

Nachdem auch Gray und Kowalski die Passkontrolle passiert hatten, riefen sie draußen ein Taxi. Während sie inmitten der wimmelnden Menge darauf warteten, dass es vorfuhr, blickte Gray über die Halbinsel hinweg zu den umliegenden Inseln, ein leuchtendes Neonmeer, von dem Musik und der gedämpfte Lärm der Menschenmassen herüberdrangen.

Macau, die ehemalige portugiesische Kolonie, war die Stadt der Sünde an der südchinesischen Küste, ein Mekka der Glücksspieler, das mehr Umsatz machte als Las Vegas. Nur wenige Schritte vom Fährterminal entfernt ragte der goldene Turm eines der größten Spielcasinos der Stadt auf, das Sands Macau. Angeblich hatte dieser Dreihundert-Millionen-Dollar-Komplex die Baukosten in weniger als einem Jahr wieder eingespielt. Mehr und mehr Unternehmen kamen hinzu und eröffneten immer neue Casinos. Mittlerweile gab es dreiunddreißig davon in einer Stadt, die nur ein Sechstel der Einwohner von D. C. hatte.

Das Glücksspiel aber war nicht der einzige Publikumsmagnet. Die hedonistischen Freuden der Stadt – einige davon legal, die meisten nicht – beschränkten sich nicht auf Einarmige Banditen und Pokertische. Auch hier galt sinngemäß das alte Motto von Vegas.

Was in Macau geschieht, bleibt in Macau.

Gray wollte es dabei belassen. Als das Taxi am Bordstein hielt, musterte er aufmerksam die Menge. Jemand wollte sich vordrängen, doch Gray schob ihn weg. Kowalski zwängte sich auf den Beifahrersitz, Gray und Seichan stiegen hinten ein.

Sie neigte sich vor und sagte zum Fahrer etwas auf Kantonesisch.

Dann fuhren sie los zu ihrem Bestimmungsort.

Seichan lehnte sich zurück und reichte Gray seine Brieftasche.

Er betrachtete sie erstaunt. »Woher hast du die?«

»Du wurdest Opfer eines Taschendiebs. Du musst hier besser aufpassen.«

Der vorn sitzende Kowalski stieß ein raues Gelächter aus.

Gray blickte sich zu dem Mann um, der sich hatte vordrängen wollen. Es war eine List gewesen, die ihn ablenken sollte, während ein zweiter Mann ihm nicht nur seine Brieftasche, sondern auch seine Würde hatte rauben wollen. Zum Glück hatte Seichan auf der Straße ganz spezielle Fähigkeiten erworben.

Nach dem Verschwinden ihrer Mutter hatte Seichan ihre Kindheit in verschiedenen heruntergekommenen Waisenhäusern in Südostasien verbracht, bis man sie schließlich von der Straße weg angeheuert und im Töten ausgebildet hatte. Bei ihrer ersten Begegnung, die alles andere als freundschaftlich verlaufen war, hatte sie Gray in die Brust geschossen. Jetzt, nach der Vernichtung des Kartells ihres ehemaligen Arbeitgebers, fühlte sie sich abermals verwaist und entwurzelt; ihren Platz in der neuen Welt hatte sie noch nicht gefunden.

Sie war eine heimatlose Auftragsmörderin.

Selbst Gray rechnete damit, dass sie jeden Moment auf Nimmerwiedersehen verschwinden könnte. In den vergangenen vier Monaten waren sie einander zwar nähergekommen und hatten Seite an Seite nach Hinweisen auf das Schicksal ihrer Mutter gesucht, doch Seichan hatte eine Wand zwischen ihnen errichtet. Sie duldete seine Kameradschaft und seine Unterstützung, und einmal hatten sie sogar das Bett miteinander geteilt. Passiert war nichts. Sie hatten lange gearbeitet, und es hatte sich so ergeben. Er aber hatte keinen Schlaf gefunden, hatte neben ihr wach gelegen, auf ihren Atem gelauscht und ihre kleinen Zuckungen registriert, wenn sie träumte.

Sie war wie ein wildes Tier – scheu, ungezähmt, misstrauisch.

Wenn er sie unter Druck setzte, würde er sie nur erschrecken und verscheuchen.

Im Moment war sie so straff gespannt wie die Saiten eines

Cellos. Er legte ihr eine Hand auf den Rücken und zog sie an sich. Er spürte, wie ihr stahlharter Körper weicher wurde. Sie lehnte sich ein wenig bei ihm an. Mit einer Hand nestelte sie an ihrem kleinen Drachenanhänger, den sie um den Hals trug. Mit der anderen Hand streichelte sie die Narbe an der Rückseite seines Daumens.

Bis sie ihren Platz in der neuen Welt gefunden hatte, konnte er nicht mehr erwarten. Außerdem ahnte er, was sie bei der Suche nach ihrer Mutter antrieb. Dies war die Gelegenheit für sie, sich neu zu erfinden, eine Verbindung herzustellen zu der einzigen Person, die sie geliebt und die ihr Geborgenheit gegeben hatte, und die verloren geglaubte Familie wiederherzustellen. Vermutlich würden sie sich erst dann, wenn ihr das gelungen war, von der Vergangenheit lösen und der Zukunft zuwenden.

Gray teilte dieses Ziel mit ihr und war entschlossen, ihr dabei zu helfen, es zu verwirklichen.

»Wenn der Mann irgendetwas weiß«, versprach er, »bekommen wir's aus ihm raus.«

00:32

»Sie sind unterwegs«, sagte der Anrufer. »Sie sollten ihr Ziel in wenigen Minuten erreichen.«

»Und Sie haben ihre Identität bestätigt, Tomaz?«

Ju-long Delgado tigerte vor seinem Schreibtisch hin und her, einem Möbel aus massivem Ceylon-Seidenholz. Das Holz war ebenso teuer wie selten, was der Grund war für seine Vorliebe. Sein Büro war mit Antiquitäten vollgestopft, eine Mischung aus portugiesischen und chinesischen Objekten, Spiegel seiner Herkunft.

»Wir haben versucht, die Papiere des kleineren Mannes in unseren Besitz zu bringen«, sagte Tomaz, »aber die Frau hat es gemerkt. Sie hat uns die Brieftasche irgendwie wieder abgenommen.«

Offenbar war sie tüchtig.

Ju-long blieb stehen und betrachtete eines von drei Fotos, die auf dem Schreibtisch lagen. Die Frau war Eurasierin und entstammte wie er verschiedenen Kulturen, doch in ihrem Fall handelte es sich wohl um die französische und die vietnamesische.

Er bemerkte sein Spiegelbild im ausgeschalteten Computermonitor. Er trug den Namen seines Vaters, dessen Geschichte in Macau bis zu den Opiumkriegen Anfang des neunzehnten Jahrhunderts zurückreichte. Sein Vorname stammte von der mütterlichen Seite der Familie. Von seinem Vater hatte er die runden Augen und den starken Bartwuchs geerbt, von seiner Mutter die zarten Gesichtszüge und die glatte Haut. Obwohl er bereits in den Vierzigern war, hielt man ihn meist für viel jünger. Die Leute machten den Fehler, ihm jugendliche Unerfahrenheit zu unterstellen – noch folgenschwerer war es für sie, wenn sie versuchten, daraus einen Vorteil zu ziehen.

Einen solchen Fehler machte man nicht zweimal.

Er fasste wieder die Frau auf dem Foto in den Blick. Sie war eine berüchtigte Auftragsmörderin, und man hatte ein hohes Kopfgeld auf sie ausgesetzt. Der israelische Mossad hatte wegen bestimmter früherer Taten die höchste Summe in seiner Geschichte ausgeschrieben, um seine eigene Verwicklung dauerhaft zu vertuschen.

Das war Ju-longs größte Gabe: sich unbemerkt zu bewegen, aus der Ferne zu manipulieren und profitable Gelegenheiten zu nutzen.

Er betrachtete das Foto des ehemaligen Army Rangers. Sein Gesicht war tief gebräunt, seine graublauen Augen waren von kleinen Fältchen gesäumt, auf seinem kräftigen Kiefer zeichneten sich dunkle Bartstoppeln ab. Das Kopfgeld auf diesen Mann zog immer noch an. Der Anstieg in den vergangenen zwölf Stunden war besonders hoch gewesen. Offenbar hatte er sich Feinde gemacht – oder aber er kannte wertvolle Geheimnisse. Ju-long war das gleich. Er machte lediglich Geschäfte. Bislang hatten die anonymen Bieter aus Syrien das beste Angebot abgegeben.

Der dritte Mann – mit dem Gesicht eines Gorillas – war offenbar nur ein Bodyguard. Jemand, den man aus dem Weg räumen musste, um das Preisgeld einheimsen zu können.

Zunächst aber musste er sich die Beute sichern.

Es wäre leicht gewesen, sie im Fährterminal zu kidnappen, doch das hätte zu viel Aufmerksamkeit erregt. Seit die Chinesen 1999 die Kontrolle über Macau übernommen hatten, musste er unauffälliger vorgehen. Andererseits waren seit der Machtübernahme durch die Chinesen die meisten rivalisierenden Triaden verschwunden, sodass er seine eigene Organisation nun besser im Griff hatte. Als Boss von Macau, wie manche ihn nannten, hatte er überall seine Hände im Spiel, und solange er die Zügel straff hielt, drückte die chinesische Regierung meistens ein Auge zu, da die Beamten wöchentlich ihren Anteil bekamen.

Wenn Macau reicher wurde, sprudelte auch bei ihm das Geld.

»Ihre Männer sind vor dem Casino Lisboa in Stellung gegangen?«, fragte er Tomaz, denn er wollte keinen Fehler machen. »Sie sind bereit, sie in Empfang zu nehmen?«

»*Sim, senhor.*«

»Gut. Rechnen Sie mit starker Gegenwehr?«

»Sie haben keine Schusswaffen dabei. Aber wir vermuten, dass sie mit Messern ausgerüstet sind. Das sollte aber kein Problem darstellen.«

Delgado nickte zufrieden.

Als der Anruf geendet hatte, blickte er zum Plasmabildschirm hinüber, der auf einer antiken portugiesischen Schiffstruhe stand. Tomaz hatte einen Wachmann im Casino Lisboa bestochen, um Zugang zur internen Videoüberwachung zu bekommen, darunter auch die Livebilder aus einem der VIP-Räume. In Macau gab es viele solche Räume, in denen die Kunden, vor neugierigen Blicken abgeschirmt, um hohe Einsätze spielten oder sich mit Edelprostituierten vergnügten.

In diesem Raum saß ein Mann auf einem Sofa mit rotem Seidenpolster und wartete auf seine Gäste. Er war in den vergangenen Tagen ein wenig zu gesprächig gewesen und hatte mit seinem zu erwartenden Vermögen geprahlt. Schließlich hatte auch Ju-long Delgado Wind davon bekommen, dass vom Ausland ein unerwarteter Geldsegen zu erwarten war. Nicht lange, und er wusste Bescheid über die Identität der Besucher.

Wo viel Geld in Umlauf war, gab es immer eine Möglichkeit, Profit zu machen.

Ju-long trat hinter den Schreibtisch. Das Haus seiner Familie bot Ausblick auf den Leal-Senado-Platz, den historischen Mittelpunkt von Macau, auf dem jahrhundertelang portugiesische Soldaten paradiert hatten und wo jetzt an den Feiertagen chinesische Drachen tanzten. Heute Nacht hingen Laternen und Käfige mit Singvögeln in den Bäumen. Auf der anderen Seite des Platzes standen kleine Schreine mit Tonschalen, in denen schwimmende Kerzen den Weg zu den Toten wiesen.

Die größte Flamme aber hing am Himmel, funkelnd hell: der silbrige Schweif des Kometen.

Zufrieden lehnte er sich zurück und fasste den Plasmabildschirm in den Blick, bereit, die Unterhaltung aus dem Casino Lisboa zu genießen.

00:55

Das war nicht das Macau, an das sie sich erinnerte.

Seichan stieg aus dem Taxi aus und schaute sich um. Ihr letzter Besuch lag fünfzehn Jahre zurück. Sie hatte die verschlafene portugiesische Stadt der Vergangenheit, die geprägt gewesen war von engen Gassen, Häusern im Kolonialstil und barocken Plazas, nicht mehr wiedererkannt.

Jetzt war dies alles hinter hoch aufragenden Wänden aus Neonreklamen und Glitter verschwunden. Damals war es selbst im Casino Lisboa noch ruhiger zugegangen – kein Vergleich zu der renovierten Geburtstagstorte von heute und ganz zu schweigen vom neuesten Casino, dem Grand Lisboa, einem dreihundertfünfzig Meter hohen goldenen Turm, der einer Lotusblüte glich.

Nein, das war wirklich nicht mehr das Macau, an das sie sich erinnerte.

Die einzige Gemeinsamkeit mit jenen ruhigeren Zeiten waren die vielen tausend Laternen, die auf dem Nam-Van-See schwammen. Am Ufer wurde Räucherwerk verbrannt, und der schwache Meereswind wehte den Duft von Gewürznelken, Sternanis und Sandelholz heran. Diese Tradition zu Ehren der Toten war Jahrtausende alt.

Seichan hatte schon viele Laternen zum Gedenken an ihre Mutter schwimmen lassen.

Aber vielleicht ist damit bald Schluss.

Gray sah auf die Uhr und drängte sie zum Weitergehen. »Uns bleiben nur noch fünf Minuten. Wir werden uns verspäten.«

Er ging mit Kowalski voran, Seichan hielt wie eine unterwürfige Ehefrau einen Schritt Abstand und sicherte nach hinten. Macau mochte seine wahre Natur hinter funkelnden Neonlichtern verstecken, doch wenn in einer Region mit geringem Wohlstand so viel Geld an einen Ort strömte, breiteten sich Verbrechen und Korruption aus. Das alte Macau der Bandenkriege, des Schwarzhandels und der Gewalt lebte im Schatten fort.

Am Eingang lungerten mehrere thailändische Prostituierte herum, ein Beispiel für das Netz der Korruption, das sich von Macau aus über die ganze Region erstreckte. Eine Frau näherte sich Gray, vermutlich angezogen von seiner rauen Attraktivität und der Verlockung amerikanischen Reichtums, doch als Seichan ihren Blick erwiderte, zog sie sich gleich wieder zurück.

Unbehelligt schritten sie unter den blinkenden Neonreklamen hindurch zum Eingang des Casino Lisboa. Erstickender Zigarettengestank schlug ihnen entgegen, brannte Seichan in Augen und Rachen. Eine dichte Rauchwolke hing in der Luft und verstärkte die düstere Atmosphäre des Saals.

Sie folgte Gray ins Herz der Dunkelheit.

Hier fehlte es am überwältigenden Prunk, der typisch war für die großen Casinos von Las Vegas. Das hier war Glücksspiel alter Schule, eine Reminiszenz an die Rat-Pack-Ära. Die Decke war niedrig, die Beleuchtung schummrig. In einem angrenzenden Saal klingelten und blinkten Münzautomaten. In diesem Raum gab es nur Spieltische: Baccara, Pai Gow, Sic Bo, Fan Tan. An den Tischen saßen pockennarbige Männer und missmutig wirkende Frauen. Sie rauchten Kette und streichelten unter dem Zwang von Sucht und Hoffnung ihre Talismane. Zwölf stilisierte Drachen hingen an der Decke, in den Klauen Kugeln, die ständig die Farbe wechselten. Zwei der Leuchtkugeln waren erloschen, was auf mangelnde Wartung hindeutete.

Trotzdem entspannte sich Seichan. Ihr gefiel die unverstellte Halsabschneideratmosphäre, denn sie verspürte eine dunkle Verwandtschaft zu diesem Ort.

»Die Aufzüge sind dort drüben«, sagte Gray und zeigte zu den Kabinenkäfigen an der linken Wand hinüber.

Ihr Ziel lag weiter oben, an den dunklen Rändern des Komplexes, irgendwo im Labyrinth der VIP-Räume, in denen der *wahre* Reichtum Macaus zirkulierte. In diesem Privatbereich gab es weit mehr Spieltische als unten.

Im Aufzugkäfig drückte Gray die Taste zur dritten Etage. Die oberen Stockwerke der VIP-Räume wurden ausschließlich von Privatfirmen betrieben, den sogenannten Junket Operators, die potente Kunden, die sogenannten High Roller, vom chinesischen Festland oder anderen Orten einflogen und sie mit allen erdenklichen Extravaganzen verwöhnten. Die Shopping-Etage im Untergeschoss diente auch der Kontaktaufnahme mit Prostituierten, die nur darauf warteten, dass jemand mit dem Finger schnipste.

Zwanzig verschiedene Firmen waren in diesen Räumlichkeiten aktiv, darunter mehrere, die dem organisierten Verbrechen gehörten und der Geldwäsche dienten. Die Anonymität und Diskretion kamen Gray und Seichan sehr gelegen. Sie firmierten beide als reiche Zocker. Die Zahlung an ihren Informanten würde der Junket Operator waschen, sodass kein Verdacht auf sie fallen würde. Ihre Absichten ließen sich knapp und bündig zusammenfassen: Informationen beschaffen, den Mann bezahlen und wieder verschwinden.

Der Aufzugkäfig öffnete sich. Sie traten auf einen Gang, dessen verblichene Pracht an alte Zeiten erinnerte. Alles war in Rot und Gold gehalten. Tür reihte sich an Tür, vor vielen hielten stämmige Männer Wache.

Kowalski beäugte sie wie ein gereizter Bulle.

»Mir nach«, sagte Seichan und übernahm die Führung.

Das Ziel vor Augen, drückte sie aufs Tempo. Dies war die letzte Gelegenheit für sie, sich Gewissheit über das Schicksal ihrer Mutter zu verschaffen; alle anderen Spuren waren im Sand verlaufen. Seichan bemühte sich, ihre Erregung zu dämpfen. In den vergangenen vier Monaten hatte sie Kraft geschöpft aus ihrer Ausbildung, war hyperwachsam gewesen und hatte ihre Aufmerksamkeit von dem Knoten in ihrem Bauch fortgelenkt, diesem Durcheinander aus Hoffnung, Verzweiflung und Angst. Das war auch der Grund, weshalb sie Gray auf Abstand hielt, obwohl er deutlich machte, dass er sich gern enger mit ihr eingelassen hätte.

Sie fürchtete sich vor Kontrollverlust.

Ihr VIP-Raum lag am Ende des Gangs. Zwei große Männer mit ausgebeulten Jacketts flankierten die Tür, Bodyguards der Firma, die das Zimmer für sie gebucht hatte.

Sie zeigte ihre gefälschten Papiere vor.

Gray und Kowalski taten es ihr nach.

Erst dann klopfte einer der Wachmänner an und öffnete ihnen die Tür. Seichan trat als Erste ein und schaute sich um. Die Wände waren goldfarben, der Teppich rot-schwarz gemustert. Links von ihr stand ein grün bezogener Baccaratisch, zur Rechten mehrere Stühle und Sofas mit rotem Seidenbezug. Nur ein Mann hielt sich im Raum auf.

Dr. Hwan Pak.

Seine Anwesenheit war der Grund für ihre Vorsicht und die Geheimhaltung. Er war der leitende Wissenschaftler des Atomforschungszentrums Yongbyon in Nordkorea – einer Einrichtung, in der Uran für das Atomprogramm des Landes angereichert wurde. Außerdem war er ein leidenschaftlicher Spieler, wenngleich das nur einigen wenigen Geheimdiensten bekannt war.

Hwan Pak drückte seine Zigarette aus und erhob sich vom Sofa. Er war nur knapp eins sechzig groß und so dünn wie ein Stock. Er verneigte sich leicht mit Blick auf Gray, als spürte er, dass dieser das Sagen hatte. Seichan beachtete er nicht weiter.

»Sie haben sich verspätet«, sagte er höflich, aber entschieden und mit kaum wahrnehmbarem Akzent. Er zog ein Handy aus der Tasche. »Sie haben sich eine Stunde meiner Zeit erkauft. Achthunderttausend sind vereinbart.«

Seichan verschränkte die Arme und überließ es Gray, den Überweisungscode des Junkets einzutippen.

»Vierhunderttausend sofort«, sagte Gray. »Den Rest, wenn ich mit Ihren Informationen zufrieden bin.«

Die Summe wurde in Hongkongdollar bezahlt und entsprach rund achtzigtausend US-Dollar. Seichan hätte auch bereitwillig das Zehnfache bezahlt, wenn sie dafür Informationen über ihre Mutter bekommen hätte. Und Paks traurigem Blick nach zu schließen, hätte er wohl auch für wesentlich weniger Geld in die Unterredung eingewilligt. Er hatte hohe Schulden bei unangenehmen Zeitgenossen, die auch mit dieser Transaktion nicht vollständig getilgt werden konnten.

»Ich werde Sie nicht enttäuschen«, sagte Pak.

1:14

Von seinen Büroräumen im Zentrum von Macau aus beobachtete Ju-long Delgado lächelnd, wie Hwan Pak seine Gäste aufforderte, sich in den roten Seidenpolstern niederzulassen. Der Gorilla ging zum Baccaratisch und betastete zerstreut den Stoffbezug. Die beiden wichtigen Zielpersonen – die Killerin und der ehemalige Soldat – nahmen Platz.

Ju-long hätte der Unterhaltung gern gelauscht, musste sich aber mit einem Videostream ohne Ton begnügen.

Schade.

Das aber war im Vergleich zu der zu erwartenden Belohnung nur eine unbedeutende Beeinträchtigung.

Denn eines war gewiss: *Was lange währt, wird endlich gut.*

1:17

Seichan überließ Gray die Befragung von Hwan Pak, denn sie spürte, dass der nordkoreanische Wissenschaftler sich nur einem anderen Mann anvertrauen würde.

Chauvinistischer Scheißkerl...

»Dann kennen Sie also die Frau, nach der wir suchen?«, begann Gray.

»Ye«, antworte Pak mit raschem Nicken. Er hatte sich eine neue Zigarette angesteckt und stieß eine Rauchwolke aus. Offenbar war er nervös. »Sie heißt Guan-yin. Wenngleich ich bezweifle, dass dies ihr wahrer Name ist.«

Ist er nicht, dachte Seichan. *Oder war er zumindest nicht.*

Ihre Mutter hatte Mai Phuong Ly geheißen.

Auf einmal stürzten Erinnerungen auf sie ein, was ihr in

diesem Moment gar nicht recht war. Als kleines Mädchen hatte Seichan einmal neben einem Gartenteich auf dem Bauch gelegen und einen Finger ins Wasser gehalten, um einen Goldkarpfen anzulocken – da hatte sie das Spiegelbild ihrer Mutter erblickt, umrahmt von auf dem Wasser schwimmenden Kirschblüten.

Sie waren die Namensvettern ihrer Mutter.

Kirschblüten.

Seichan blinzelte und versuchte, sich auf die Gegenwart zu konzentrieren. Es wunderte sie nicht, dass ihre Mutter einen anderen Namen angenommen hatte. Sie war auf der Flucht gewesen und hatte untertauchen müssen. Ein neuer Name war gleichbedeutend mit einem neuen Leben.

Mithilfe der Ressourcen Sigmas hatte Seichan die Identität der bewaffneten Männer gelüftet, die ihre Mutter verschleppt hatten. Es waren Angehörige der vietnamesischen Geheimpolizei gewesen, euphemistisch Ministerium für öffentliche Sicherheit genannt. Sie hatten von der Liebesbeziehung ihrer Mutter zu einem amerikanischen Diplomaten – ihrem Vater – erfahren und versucht, geheime Informationen aus ihr herauszuholen.

Ihre Mutter war außerhalb von Ho-Chi-Minh-Stadt untergebracht gewesen, bis ihr ein Jahr später bei einem Gefangenenaufstand die Flucht gelang. Aufgrund eines Behördenfehlers war sie für tot erklärt worden, denn man ging davon aus, dass sie bei dem Aufstand ums Leben gekommen sei. Dies gab ihr Gelegenheit, sich aus Vietnam abzusetzen und unterzutauchen.

Hat sie nach mir gesucht?, fragte sich Seichan. *Oder hat sie geglaubt, ich wäre tot?*

Sie hatte viele unbeantwortete Fragen.

»Guan-yin«, fuhr Pak fort. Der Anflug eines Lächelns

spielte um seine Lippen, spöttisch und bitter. »Dieser hübsche Name hat nicht zu ihr gepasst… jedenfalls nicht damals vor acht Jahren, als ich ihr begegnet bin.«

»Wie meinen Sie das?«, fragte Gray.

»*Guan-yin* bedeutet *Göttin der Barmherzigkeit*.« Er hob die linke Hand, an der er nur vier Finger hatte. »So sieht ihr Erbarmen aus.«

Seichan rückte näher und ergriff zum ersten Mal das Wort. »Woher kannten Sie sie?«, fragte sie.

Pak machte den Eindruck, als wolle er sie ignorieren, doch dann kniff er leicht die Augen zusammen. Er musterte Seichan, als sähe er sie zum ersten Mal. Argwohn spiegelte sich in seiner Miene wider.

»Ihre Stimme…«, stammelte er. »Man könnte meinen… aber das ist unmöglich.«

Gray beugte sich vor und fing den Blick des Mannes auf. »Das ist eine teure Stunde, Dr. Pak. Ich wiederhole die Frage der Dame: Woher kannten Sie Guan-yin? Welcher Art war ihre Beziehung?«

Der Wissenschaftler strich das Revers seines Jacketts glatt und fasste sich wieder. Dann sagte er: »Sie ist einmal in diesen Raum gekommen.« Mit einem Nicken zeigte er an, dass er genau diesen VIP-Raum meinte. »Als Kopf einer Gang aus Kowloon, der *Duàn-zhī*-Triade.«

Seichan zuckte unwillkürlich zusammen.

Gray schnaubte spöttisch. »Dann behaupten Sie also, Guan-yin sei der *Boss* einer chinesischen Triade?«

»*Ye*«, sagte er scharf. »Sie ist die einzige Frau, die das jemals geschafft hat. Um so weit aufzusteigen, musste sie besonders skrupellos sein. Ich hätte das wissen sollen, bevor ich mir bei ihr Geld geborgt habe.«

Pak rieb den Fingerstummel an seiner Linken.

Gray bemerkte es. »Sie hat Ihnen einen Finger abschneiden lassen?«

»*Aniyo*«, widersprach Pak. »Sie hat es selbst getan. Sie kam mit Hammer und Meißel von Kowloon her. Der Name ihrer Triade bedeutet *Zerbrochener Zweig*. Damit stellte sie die prompte Rückzahlung ihrer Kredite sicher.«

Gray verzog das Gesicht, als er sich das brutale Ritual vergegenwärtigte.

Seichan hatte ebenfalls Mühe, die Information zu verarbeiten. Sie atmete schwer und versuchte, diese Tat mit der Frau in Einklang zu bringen, die einst eine Taube mit gebrochenem Flügel gesund gepflegt hatte. Doch sie wusste, dass der Mann die Wahrheit sagte.

Gray hingegen war skeptisch. »Und woher sollen wir wissen, dass der Boss dieser Triade die Frau ist, nach der wir suchen? Können Sie das beweisen? Haben Sie ein Foto von ihr?«

Sigma war im Zuge der Nachforschungen auf ein Foto von Seichans Mutter gestoßen, das in dem vietnamesischen Gefängnis aufgenommen worden war, in dem man sie eingesperrt hatte. Außerdem kannten sie mehrere Aufenthaltsorte, die jedoch bedauerlicherweise über ein großes Gebiet Südostasiens verteilt waren, und hatten ein computerberechnetes Bild, das ihr mögliches Aussehen zwanzig Jahre später zeigte.

Dr. Pak war bislang der vielversprechendste Fisch, der bei ihnen angebissen hatte.

»Ein Foto?« Der nordkoreanische Wissenschaftler schüttelte den Kopf. Er steckte sich eine neue Zigarette an; offenbar war er Kettenraucher. »Sie versteckt sich vor der Öffentlichkeit. Nur die ranghöchsten Triadenmitglieder kennen ihr Gesicht. Wer sie sonst zu sehen bekommt, lebt nicht lange genug, um von der Begegnung berichten zu können.«

»Aber woher wollen Sie dann...?«

Pak fasste sich an den Hals. »Der Drache. Ich habe ihn gesehen, als sie mit dem Hammer zugeschlagen hat. Sie trägt ihn an einer Halskette, und das Silber hat gefunkelt, so kalt wie seine Besitzerin.«

»So wie der hier?« Seichan zog ihren silbernen Drachenanhänger aus dem Ausschnitt hervor. In dem Geheimdienstdossier gab es ein Foto davon. Seichans Anhänger war eine Kopie. Die Erinnerung an das Original war ein tief sitzender Schmerz, der sie häufig aus ihren Träumen aufschreckte.

Sie hatte vor einem offenen Fenster auf dem schmalen Bett gelegen, während draußen die Nachtvögel sangen und der silberne Drache im Mondschein in der Halskuhle ihrer Mutter bei jedem Atemzug wie Wasser schimmerte.

Hwan Pak hatte andere Erinnerungen. Er schreckte vor dem Anhänger zurück, als könnte er den Anblick nicht ertragen.

»Es gibt bestimmt viele ähnliche Drachenanhänger«, sagte Gray. »Sie haben bislang keine Beweise geliefert. Sie haben lediglich von einem Schmuckstück berichtet, das sie vor acht Jahren gesehen haben.«

»Wenn Sie einen echten Beweis wollen...«

Seichan schnitt ihm das Wort ab. Sie erhob sich und schob den Anhänger unter die Bluse. Sie bedeutete Gray, mit ihr beiseitezutreten.

Als sie hinter dem Baccaratisch standen, flüsterte sie ihm ins Ohr. Kowalski schirmte sie mit seinem massigen Körper ab.

»Er sagt die Wahrheit«, meinte Seichan. »Wir müssen die Fragestellung ändern und herausfinden, wo in Kowloon sich meine Mutter aufhält.«

»Seichan, ich weiß, du möchtest ihm glauben, aber...«

Sie legte ihm die Hand um den Oberarm. »Der Name der Triade. *Duàn zhī.*«

Etwas in ihrem Gesicht veranlasste ihn zu schweigen.

Ihr kamen die Tränen, gespeist von einem Ort des Glücks und des Kummers, wo noch immer im Wald die Nachtvögel sangen.

»Der Name ... Zerbrochener Zweig«, sagte sie und spürte, wie auch in ihr etwas entzweibrach.

Er wartete und ließ ihr Zeit, ihm zu erklären, was sie meinte.

»Mein Name«, sagte sie stockend; auf einmal fühlte sie sich schutzlos. »Der Name, den meine Mutter mir gegeben hat ... und den ich aufgegeben habe, um meine Kindheit hinter mir zu lassen ... lautete *Chi.*«

Ein neuer Name ermöglichte ein neues Leben.

Grays Augen weiteten sich. »Dein wirklicher Name lautet *Chi.*«

»*Lautete*«, widersprach sie.

Dieses Mädchen war vor langer Zeit gestorben.

Seichan holte tief Luft. »Auf Vietnamesisch bedeutet *Chi Zweig.*«

In Grays Blick spiegelte sich Begreifen wider.

Ihre Mutter hatte die Triade nach ihrer vermissten Tochter benannt.

Ehe Gray etwas sagen konnte, wurde hinter der Tür gehustet – doch das Geräusch kam aus keinem menschlichen Mund. Jemand stürzte zu Boden, niedergestreckt vom Dauerfeuer einer schallgedämpften Waffe.

Gray schwenkte bereits herum und zog Kowalski mit sich.

»Sie wollten einen Beweis!«, rief Pak. Er deutete mit der qualmenden Zigarette zur Tür. »Da haben Sie ihn!«

Seichan begriff augenblicklich, was Pak getan hatte. In

Anbetracht der Informationen, die er ihnen geben hatte, hätte sie schon eher darauf kommen müssen. Sie ärgerte sich über sich selbst. Früher wäre sie niemals so leichtsinnig gewesen. Die Arbeit bei Sigma hatte sie nachlässig werden lassen.

Pak entfernte sich von der Tür, wirkte aber nicht verängstigt. Das war sein Spiel, das größeren Gewinn versprach, als Gray ihm geboten hatte, die Möglichkeit, seine Schulden auf einen Schlag loszuwerden. Durch seinen hinterhältigen Verrat hatte der Mistkerl das Blatt gewendet und sie an die Triade ihrer Mutter verkauft, nachdem er der Frau, die alles Erdenkliche tat, um ihr Gesicht vor der Welt zu verbergen, eine Warnung hatte zukommen lassen.

Eine solche Frau war bereit, jeden zu vernichten, der der Wahrheit zu nahe kam.

Seichan hatte dafür Verständnis.

Sie hätte das Gleiche getan.

Um das eigene Überleben zu sichern, musste man tun, was nötig war.

1:44

Ju-long Delgado zeigte gegenüber der plötzlichen Wendung der Ereignisse im Casino Lisboa weniger Verständnis. Er stand auf und ergriff sein Handy.

Auf dem Plasmabildschirm beobachtete er, wie die drei Besucher auf die Unruhe vor dem Eingang des VIP-Raums reagierten. Die beiden Männer warfen den Baccaratisch um und schoben ihn vor die Tür. Der nordkoreanische Wissenschaftler, der keine Anzeichen von Panik zeigte, hatte sich in die gegenüberliegende Zimmerecke zurückgezogen.

Mit dem Daumen betätigte Ju-long die Schnellwahl für Tomaz. Zuvor hatte er sein Team angewiesen, die Verfolgung der Zielpersonen erst dann wieder aufzunehmen, wenn Dr. Pak sich zurückgezogen hatte. Er wollte sich keinen Ärger mit den Nordkoreanern einhandeln. Er unterhielt lukrative Beziehungen zur Regierung und half prominenten Personen, nach Macau und zurückzureisen. Er hatte sogar schon Pjöngjang besucht, um die Beziehungen zu pflegen und zu vertiefen.

Tomaz meldete sich schwer atmend, als sei er gelaufen. »Wir haben es über die Videoüberwachung gesehen, *senhor*. Ein Feuergefecht. Ich bin schon unterwegs. Jemand hat den VIP-Raum angegriffen.«

Ju-long verspürte einen Stich selbstgerechter Empörung. Wollte ihm da jemand seine Handelsware stehlen? Hatte ein verärgerter Bieter beschlossen, unter Umgehung der Auktion direkt zuzugreifen?

Tomaz korrigierte seinen Irrtum. »Wir glauben, da steckt eine Triade dahinter.«

Er ballte eine Hand zur Faust.

Diese verfluchten chinesischen Hunde…

Offenbar hatten die falschen Leute Wind von seinem Plan bekommen.

»Wie sollen wir vorgehen, *senhor*? Sollen wir uns zurückziehen oder fortfahren wie geplant?«

Ju-long hatte keine Wahl. Wenn er nicht mit aller Macht Vergeltung übte, würden die Triaden dies als Zeichen von Schwäche auffassen, und er würde jahrelang mit Revierkämpfen beschäftigt sein. Die Folgen für seine Organisation und die Schwächung seiner Stellung in den Augen der für Macau zuständigen chinesischen Regierungsvertreter wären zu schwerwiegend.

Deshalb waren extreme Maßnahmen erforderlich.

»Sperren Sie das Lisboa ab«, befahl er, entschlossen, an den Eindringlingen ein Exempel zu statuieren. »Ziehen Sie weitere Männer hinzu. Ich will, dass jeder bekannte Angehörige einer Triade, der sich auf dem Gelände aufhält, ohne Vorwarnung getötet wird, egal, ob er an der Aktion beteiligt war oder nicht. Ich will, dass alle Komplizen, die den Anschlag ermöglicht haben oder davon wussten, getötet werden.«

»Und die Zielpersonen?«

Er wog die Vorteile gegen die Nachteile ab. Zwar ließe sich mit den beiden ein beträchtlicher Profit erzielen, doch von ihrem Tod würde eine wichtige Botschaft ausgehen. Damit könnte er demonstrieren, dass ihm Autorität und Ansehen wichtiger waren als der Profit. Bei den Chinesen waren Ehre und Gesichtswahrung ebenso elementar wie das Atmen.

Er drängte die Verärgerung in den Hintergrund und fand sich mit der Situation ab. Was geschehen ist, ist geschehen.

Außerdem würden ihm ihre Leichen immer noch ein hübsches Sümmchen einbringen.

Und ein kleiner Gewinn war besser als gar keiner.

»Tötet sie«, befahl er. »Tötet sie alle.«

3

IN DER LEITSTELLE herrschte noch immer Chaos.

Es war fast zwei Stunden her, dass das Satellitenbild der qualmenden Ostküste auf dem großen Monitor aufgeleuchtet hatte. Das Basispersonal hatte unverzüglich die Bestätigung eingeholt, dass New York, Boston und D.C. unversehrt waren. Das Leben ging dort unbehelligt weiter.

Die Erleichterung im Raum war greifbar gewesen. Painters Reaktion war keine Ausnahme gewesen. Er hatte Freunde und Kollegen, die an der Ostküste lebten. Trotzdem war er froh, dass seine Verlobte in New Mexico war. Er stellte sich Lisas von blondem Haar umrahmtes Gesicht und ihr schalkhaftes Lächeln vor, von dem er immer Herzklopfen bekam. Sollte ihr etwas zustoßen...

Aber an der Ostküste war alles in Ordnung.

Was zum Teufel hat der Satellit da gesendet?

Diese Frage hatte sie die vergangenen zwei Stunden über beschäftigt. Hypothesen wurden ausgetauscht. *War das Bild eine Extrapolation? Die Computersimulation eines Atom-*

schlags? Die Techniker waren der Ansicht, solche Berechnungen seien im Rahmen der Programmierung des Satelliten ausgeschlossen.

Was also war geschehen?

Painter stand mit Dr. Jada Shaw und mehreren Ingenieuren vor den riesigen Bildschirmen.

Manhattan wurde darauf angezeigt. Ein junger Techniker hielt einen Laserpointer in der Hand. Er ließ den roten Punkt über die Insel wandern.

»Dieses Bild hat ein Aufklärungssatellit zu dem Zeitpunkt aufgenommen, als IoG-1 an der Ostküste verglüht ist. Hier erkennen Sie das Straßennetz, die Teiche im Central Park. Und dies ist der entsprechende Bildausschnitt, der von IoG-1 übermittelt wurde.«

Er drückte einen Knopf auf einer Fernsteuerung, worauf neben dem ersten ein zweites Bild angezeigt wurde. Es handelte sich um eine Ausschnittsvergrößerung des Bildes, das der abstürzende Satellit aufgenommen hatte.

»Wenn wir die beiden Bilder überlagern ...«

Der Techniker hantierte an der Fernsteuerung. Unter dem Rauch und den Flammen zeichnete sich das Straßennetz ab. Auch die Teiche des Central Park fügten sich exakt ein.

Ein Raunen erfüllte den Raum.

Dr. Shaw trat einen Schritt vor, die Stirn skeptisch in Falten gelegt.

»Wie Sie sehen«, fuhr der Techniker fort, »ist das tatsächlich New York, keine digitale Rekonstruktion. Bei den dargestellten Zerstörungen handelt es sich nicht um digitales Rauschen, das den *Eindruck* einer brennenden Ostküste erzeugt. Das ist bei einer solchen Detailfülle ausgeschlossen.«

Zum Beweis zoomte der Techniker auf bestimmte Orte. Das Bild wurde pixelig, doch es war zu erkennen, dass

Manhattan bis in die kleinsten Details korrekt dargestellt war. Bloß dass das Empire State Building eine brennende Fackel war, der Finanzdistrikt eine Kraterlandschaft und die Queensboro Bridge ein Verhau verbogener Stahlstreben. Das Ganze wirkte wie der digital erstellte Hintergrund eines Katastrophenfilms.

Bei Boston und D. C. war es das Gleiche.

Fragen wurden gerufen, doch Dr. Shaw trat noch näher an den Bildschirm heran und schaute, die Hand ans Kinn gelegt, zwischen den beiden Bildern hin und her, die wieder nebeneinander angezeigt wurden.

General Metcalf rief nach Painter, seine Stimme klang gereizt. »Direktor Crowe, auf ein Wort.«

Painter ging zu seinem Boss hinüber.

»Das sind die neuesten und exaktesten Telemetriedaten«, sagte Metcalf und deutete auf die Landkarte mit der Absturzbahn des Satelliten. »Der Aufschlagsort befindet sich vermutlich hier in dieser abgelegenen Gegend im Norden der Mongolei. Wie Sie sehen, ist es nicht weit bis zur Grenze von Russland und China. Bislang haben die beiden Länder noch keine Beschwerden wegen des Absturzes eingelegt.«

»Gibt es Augenzeugen?«

Metcalf schüttelte den Kopf. »Die Gegend ist bergig und unzugänglich. Dort leben nur Nomaden.«

Painter verstand. »Wenn das so ist, gibt es nur ein kleines Zeitfenster, um dort hinzufliegen und die militärische Hardware zu bergen, bevor Russland oder China Wind davon bekommen.«

»Genau.«

Painter blickte zum anderen Bildschirm. Niemand verstand, wie es zu diesem verstörenden Bild gekommen war, doch es war klar, dass die Antwort auf ihre Fragen in den

Überresten des *Eye of God* zu finden waren. Außerdem galt es zu verhindern, dass die fortschrittliche Technologie in fremde Hände fiel.

»Captain Bryant arbeitet in der Kommandozentrale von Sigma bereits die Logistik der Bergungsmission aus.«

»Ausgezeichnet. Ich möchte, dass Sie unverzüglich nach D.C. zurückfliegen. Ein Jet wird bereits betankt. Das hat allerhöchste Priorität. Finden Sie das Wrack und sichern Sie es.«

Metcalf wandte sich ab. Painter war entlassen.

Dr. Shaw stand mit gesenktem Kopf neben einem Techniker. Der Mann nickte und blickte auf den Monitor, dann nahm seine Miene einen besorgten Ausdruck an.

Was ist da los?

Der Techniker wandte sich von Dr. Shaw ab, ging zu einer Konsole hinüber und winkte andere Mitarbeiter zu sich.

Neugierig ging Painter zu der jungen Astrophysikerin hinüber, die weiter den Bildschirm musterte.

Sie bemerkte ihn. »Ich glaube weiterhin, es geht um den Kometen.«

Painter war über ihre Hypothesen im Bilde. »Dr. Shaw, glauben Sie immer noch, dass dies alles mit der Dunklen Energie zusammenhängt?«

»Nennen Sie mich Jada. Und, ja, den letzten übermittelten Satellitendaten zufolge entsprach der geodätische Effekt einer Abweichung von 5,4 Grad.«

Ihrem flammenden Blick nach erwartete sie, dass es bei ihm Klick machte.

Das tat es nicht.

»Was genau bedeutet das?«, fragte er.

Sie seufzte frustriert. In den vergangenen zwei Stunden hatte sie mit den Entscheidungsträgern des Stützpunkts diskutiert und sie davon zu überzeugen versucht, ihr zuzuhören. Offenbar verlor sie allmählich die Geduld.

»Stellen Sie sich eine Bowlingkugel vor, die auf einem schmalen Trampolinstreifen ruht«, sagte sie. »Aufgrund ihrer Masse entsteht eine Kuhle. So verhält es sich auch mit der Erdumgebung. Der Erdball verzerrt Raum und Zeit. Das besagt die Theorie, und es wurde auch experimentell bewiesen. Der geodätische Effekt ist ein Maßstab für die Krümmung. Wenn die Daten eine Abweichung melden, deutet das auf eine Krümmung der Raumzeit hin. Meine Theorie sagt das für den Fall voraus, dass IoG-1 von Dunkler Materie durchströmt wird. Aber eine so starke Krümmung habe ich nicht erwartet.«

Über ihrer Nase bildete sich eine tiefe Falte.

»Weshalb wirken Sie so besorgt?«, fragte er.

»Ich hatte bestenfalls mit einem sehr kleinen geodätischen Effekt gerechnet, in der Größenordnung von weniger als 0,1 Prozent, und das auch nur für eine Zeitdauer von einigen Nanosekunden. Aber eine Abweichung von fünf Prozent über einen Zeitraum von fast einer Minute…« Sie schüttelte leicht den Kopf.

»Sie haben die Hypothese aufgestellt, ein solch massiver Ausbruch Dunkler Energie könnte ein Loch in das Raum-Zeit-Kontinuum reißen und für kurze Zeit ein Fenster zu einem alternativen Universum öffnen, einer Parallelwelt, in der die Ostküste zerstört wurde.«

Jada blickte zum Monitor. »Oder es könnte sich um einen Blick in unsere eigene Zukunft handeln.«

Diese verstörende Möglichkeit hatte sie bislang noch nicht erwähnt.

»Die Zeit ist keine lineare Funktion«, fuhr sie fort, als würde sie laut nachdenken. »Die Zeit ist nur eine andere

Dimension. So wie oben und unten, links und rechts. Auch der Fluss der Zeit wird von Masse und Geschwindigkeit beeinflusst. Wenn die Raumzeit gestört oder gekrümmt wird, könnte der Zeitfluss einen Moment aussetzen, so wie die Nadel eines Plattenspielers aus der Rille springt, wenn man dagegen stößt.«

Das ängstliche Flackern in ihrem Blick wurde intensiver.

Painter kämpfte gegen die Panik an. »Seit wann hört ihr Kids denn wieder Schallplatten?«

Entrüstung drängte die Furcht in ihren Augen in den Hintergrund. »Sie sollten wissen, dass ich eine erlesene Sammlung von Jazzplatten besitze, in der die besten Musiker der Welt vertreten sind. B.B. King, John Lee Hooker, Miles Davis, Hans Knoller.«

»Okay.« Er hob beschwichtigend die Hände.

»Nichts ist mit Vinylplatten zu vergleichen«, schloss sie mit einem selbstgerechten Schnauben.

Er konnte ihr da nicht widersprechen.

Eine Fortsetzung der Tirade blieb ihm erspart, da der Techniker zurückkam.

»Sie hatten recht«, sagte er zu Jada. Er wirkte noch besorgter als zuvor.

»Recht, womit?«, fragte Painter.

»Zeigen Sie's mir«, sagte sie, ohne seinen Einwurf zu beachten.

Der Techniker trat wieder vor den Riesenbildschirm, rief erneut das Bild des Überwachungssatelliten auf und überlagerte es mit dem Foto, das IoG-1 übermittelt hatte. Er schaltete zwischen beiden Bildern hin und her.

»Wie Sie vermutet haben, passen die Schatten nicht zueinander. Wir haben auch ein paar Orte in Boston überprüft, mit dem gleichen erstaunlichen Ergebnis.« Er deutete zu den an seiner Konsole versammelten Ingenieuren und Technikern hinüber. »Wir nehmen uns gerade verschiedene Punkte an der Ostküste vor und berechnen den Grad der Abweichung.«

Sie nickte. »Sie müssen den Zeitunterschied berechnen.«

»Wir sind dabei.«

Painter kam da nicht mit. »Was ist los?«

Jada zeigte auf den großen Bildschirm. »Die Schatten auf den beiden Bildern passen nicht zusammen. Sie weichen geringfügig voneinander ab.«

»Und das heißt?«

»Sie wurden gleichzeitig aufgenommen, deshalb sollten die Schatten identisch sein. Wie bei zwei Aufnahmen einer Sonnenuhr, die zeitgleich gemacht wurden.« Sie musterte die Fotos angestrengt. »Aber das ist nicht der Fall. Die Schatten überlappen nicht, und das heißt…«

»Dass die beiden Aufnahmen bei unterschiedlichem Sonnenstand gemacht wurden.«

Ihn überkam ein Gefühl von Bedrohung.

Jada atmete stockend ein. »Das *Eye of God* hat die Aufnahme von Manhattan zu einem anderen Zeitpunkt gemacht, nicht zu der Zeit, als es nach unserer Messung abgestürzt ist.«

Painter stellte sich vor, wie die Nadel einen Kratzer auf der Schallplatte übersprang.

»Die Techniker berechnen gerade, welchem Datum und welcher Uhrzeit der Sonnenstand auf dem Satellitenfoto entspricht«, fuhr Jada fort. »Sie triangulieren Orte entlang der Ostküste, um den exakten Zeitpunkt zu bestimmen.«

Inzwischen waren weitere Personen auf die aufgeregte Technikergruppe an der Konsole aufmerksam geworden.

Der leitende Techniker richtete sich auf und blickte Jada an.

»Der Unterschied beträgt achtundachtzig…!« Jemand zupfte ihn am Ärmel. Er beugte sich auf den Monitor herunter, dann richtete er sich wieder auf. »Der Zeitpunkt liegt *neunzig* Stunden in der Zukunft!«

Das war in weniger als vier Tagen.

General Metcalf kam herbeigeeilt. »Worum geht es eigentlich?«

Painter blickte Jada an und sah seine Befürchtungen bestätigt.

»Das Foto.« Painter wies mit dem Kinn auf die zerstörte Ostküste. »Das war keine Panne. So wird die Welt in vier Tagen aussehen.«

18:54 MEZ
Rom, Italien

Als das Telefon klingelte, erwachte Rachel Verona aus einem Traum vom Ertrinken. Sie richtete sich auf und schnappte nach Luft, erst dann begriff sie, dass sie nicht in ihrem Bett lag, sondern auf dem zu weich gepolsterten Sofa im Büro ihres Onkels. Bei der Lektüre eines Textes über den heiligen Thomas war sie eingenickt.

Es roch nach Knoblauch und Pesto, denn sie hatten sich etwas zu essen geholt. Die Kartons lagen noch auf dem Schreibtisch ihres Onkels, neben seinem Ellbogen.

»Gehst du ran?«, sagte Vigor.

Er hatte die Lesebrille aufgesetzt und sich über den alten Totenschädel gebeugt. Er hielt einen Zirkel in der Hand und vermaß damit gerade das Nasenbein. Auf kariertem Papier machte er sich eine Notiz.

Als das Telefon laut klingelte, verdrehte Rachel die Augen

und trat an den Schreibtisch. Sie schaute durch das Schieß-
schartenfenster zur Mondsichel und dem langen Kometenschweif hinaus.

»Es ist schon spät, Onkel. Wir können morgen weitermachen.«

Er winkte ab. »Ich brauche nur ein paar Stunden Schlaf.
Und wenn es ruhig ist, kann ich am besten arbeiten.«

Sie nahm den Hörer ab. »*Pronto?*«

Eine müde Männerstimme antwortete ihr. »*Sono Bruno
Conti, dottore di ricerca da Centro Studi Microcitemia.*«

Rachel legte die Hand aufs Mikrofon. »Onkel, Dr. Conti
vom DNA-Labor ist dran.«

Er streckte die Hand aus. »Die haben ganz schön lange
gebraucht.«

Rachel betrachtete den Schädel, während Vigor sich mit
dem Genetiker unterhielt. Sie fand den Grund für die Unge-
duld ihres Onkels, eine nur schwer erkennbare Inschrift auf
der Schädeldecke, die auf ein schicksalhaftes Datum verwies.
Bei ihr rief die eingeritzte Vorhersage keinerlei Befürchtungen wach. Seit Anbeginn der Zeit hatten Menschen den Weltuntergang vorausgesagt, angefangen vom Maya-Kalender mit
seinen Prophezeiungen bis zu den Untergangspropheten, die
sich zur Jahrtausendwende zu Wort gemeldet hatten.

Weshalb sollte es hier anders sein?

Vigor echauffierte sich – dann legte er unvermittelt auf.

Rachel bemerkte die dunklen Augenringe ihres Onkels.
»Was gibt es Neues vom Labor?«, fragte sie.

»Es hat meine Vermutung hinsichtlich des Alters des
Schädels und des Buchs bestätigt.«

Er deutete auf das in Menschenhaut eingebundene Thomas-Evangelium. Zum hundertsten Mal fragte sie sich, weshalb jemand so etwas tun sollte. Ja, das Buch galt damals als

ketzerisch. Es sah in der orthodoxen Lehre nicht den einzigen Weg zum Heil, sondern vertrat den Standpunkt, der Weg zu Gott lasse sich im Innern der Menschen finden, wenn sie nur die Augen öffneten und sich einließen auf das, was sie sahen.

Wer suchet, der findet.

Aber Ketzerei hin oder her, weshalb hatte man das Buch in Menschhaut eingebunden?

»Und wie alt sind das Buch und der Schädel?«, fragte sie.

»Laut Laborbericht stammen beide aus dem dreizehnten Jahrhundert.«

»Also nicht aus dem *dritten* Jahrhundert, wie die aramäische Handschrift behauptet? Dann ist das kein echter jüdischer Talisman wie die, die von Archäologen bereits gefunden wurden.«

»Nein. Ich hatte wohl recht. Das ist vermutlich eine *Kopie*. Der Schädel ist nicht einmal jüdischer Herkunft.«

»Woher willst du das wissen?«

Er winkte sie zu sich. »Während du geschlafen hast, habe ich die Schädelstrukturen und die anatomische Ausprägung untersucht. Der Schädel ist mesokran.«

»Das bedeutet?«

»Der Schädel ist breit und mittelhoch. Beachte die dicken Wangenknochen, die runden Augenhöhlen und die flachen und breiten Nasenknochen.« Er nahm den Schädel in die Hand und drehte ihn um. »Und schau dir mal die Zähne an. Die Schneidezähne sind schaufelförmig, ganz anders als bei Menschen aus dem Mittelmeerraum.«

»Woher stammt der Schädel dann?«

Vigor wandte sich ihr zu und tippte auf den Messzirkel, der auf seinem Notizbuch lag. »Meinen Berechnungen der unterschiedlichen Schädelcharakteristika wie Augenbreite, Tiefe der Nasalgrube und Ausprägung des Prognathismus nach würde ich sagen, dass der Schädel aus Ostasien stammt und als mongoloid bezeichnet werden kann, wie man früher sagte.«

Bewundernd machte sie sich klar, dass ihr Onkel weit mehr als ein Geistlicher war. »Dann stammt der Schädel also aus dem Fernen Osten?«

»Wie auch das Buch«, sagte Vigor.

»Das Buch?«

Er musterte sie über seine Lesebrille hinweg. »Ich dachte, du hättest gehört, was ich mit Dr. Conti gesprochen habe.«

Sie schüttelte den Kopf.

Er hielt die Hand über den schrumpeligen Ledereinband mit dem makaberen eingenähten Auge. »Dr. Contis Analyse hat ergeben, dass die DNA des Einbands und des Schädels identisch ist. Sie stammt von ein und derselben Person.«

Rachel schluckte den sauren Geschmack in ihrem Mund.

Wer auch immer diese Talismane hergestellt hatte, sie stammten von demselben Menschen. Mit seiner Haut hatte man das Buch eingebunden und den Schädel in eine Reliquie verwandelt.

Vigor fuhr fort. »Ich lasse das Labor anhand der autosomalen und mitochondrialen DNA ein Profil erstellen, vielleicht können wir den Herkunftsort damit eingrenzen. Pater Josip hat mir das nicht zufällig geschickt. Die Zeit läuft ab. Er wusste, dass ich ihm helfen kann und über Mittel verfüge, die ihm nicht zugänglich sind.«

»Wie zum Beispiel das DNA-Labor.«

Er nickte.

»Warum hat Pater Josip dir nicht einfach einen Brief geschickt?«

Vigor zwinkerte verschmitzt. »Wer sagt denn, dass er das nicht getan hat?«

Rachel legte die Stirn in Falten. »Wieso hast du mir nichts davon gesagt?«

»Ich habe ihn erst vor einer Viertelstunde entdeckt. Als ich den Schädel untersucht habe. Ich wollte die Vermessung abschließen, und du brauchtest Schlaf. Dann läutete das Telefon, und die Neuigkeiten aus dem Labor haben mich abgelenkt.«

Rachel blickte den Schädel an. »Zeig ihn mir.«

Vigor drehte den Schädel um und deutete auf das Loch, durch das die Wirbelsäule eintrat. Er leuchtete mit einer Stiftlampe hinein. »Wo sonst sollte jemand geheime Informationen verstecken?«

Rachel beugte sich vor und blickte ins Innere des Schädels. Auf dem Knochen klebte ein roter Wachsklumpen, ähnlich dem Siegel auf einem päpstlichen Brief. Im Wachs waren winzige Buchstaben zu erkennen. Sie stellte sich vor, wie Josip jeden einzelnen Buchstaben mit einem scharfen, langen Instrument sorgfältig eingeritzt hatte.

Weshalb hat er sich diese Mühe gemacht? War der Mann paranoid gewesen?

Sie las die Botschaft.

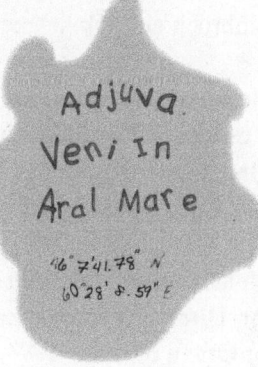

Sie übersetzte die lateinischen Worte laut. »*Hilfe. Komm zum Aralsee.*«

Sie runzelte die Stirn. Der Aralsee lag in Zentralasien, an der Grenze zwischen Kasachstan und Usbekistan. Das war eine abgelegene Gegend. Den morphologischen Untersuchungen ihres Onkels zufolge stammte der Schädel aus *Ostasien*. Hatte Pater Josip das ebenfalls gewusst? War er von Ungarn in den Osten gereist, um die Suche fortzusetzen? Aber wenn das zutraf, wonach hatte er gesucht, und weshalb die Heimlichtuerei?

Sie kniff die Augen zusammen und machte unter den lateinischen Worten arabische Ziffern aus.

Vigor ahnte, was ihre Aufmerksamkeit erregt hatte. »Längen- und Breitengrade.«

»Eine Ortsangabe.« Rachel konnte ihre Skepsis nicht verhehlen. »Dort will Pater Josip sich mit dir treffen?«

»Sieht ganz danach aus.«

Rachel runzelte die Stirn. Sie wollte nicht, dass ihr Onkel aufgrund der kryptischen Nachricht eines fehlgeleiteten Priesters, der vor zehn Jahren verschwunden war, in eine unbekannte Gegend reiste.

Vigor legte den Schädel wieder auf den Schreibtisch. »Ich breche bei Tagesanbruch auf. Ich nehme den ersten Flieger nach Kasachstan.«

Rachel reagierte bestürzt, doch sie wusste aus langer Erfahrung, dass sie es ihm nicht würde ausreden können. Sie entschied sich für einen Kompromiss. »Aber nicht ohne mich. Ich habe noch jede Menge Urlaub. Also bleibt dir keine Ausrede.«

Er lächelte. »Ich hatte gehofft, dass du das sagen würdest. Ich überlege sogar, Direktor Crowe anzurufen und ihn um Unterstützung vor Ort zu bitten.«

»Du willst die Sigma Force einschalten? Und das alles wegen einer Handschrift auf einem Schädel aus dem dreizehnten Jahrhundert und einer Untergangsprophezeiung?«

Sie rollte mit den Augen. Sie und ihr Onkel hatten schon häufiger mit Sigma zusammengearbeitet, und sie hatte gewiss nichts dagegen, Commander Gray Pierce wiederzusehen. Ihre sporadische Beziehung hatte sich in eine tiefe Freundschaft verwandelt. Manchmal klappte das gut. Dabei wussten sie beide, dass eine solche Fernbeziehung nicht von Dauer sein würde. Aber trotzdem... sie dachte einen Moment lang darüber nach, dann verwarf sie die Idee. Sigmas Team von wissenschaftlichen und militärischen Experten durfte nicht mit einer so unwichtigen Angelegenheit behelligt werden.

»Ich glaube, wir würden von ihrem Expertenwissen profitieren«, beharrte Vigor. »Außerdem spüre ich, dass uns die Zeit davonläuft.«

Wie zum Beweis klirrte Glas. Splitter flogen ins Büro. Etwas prallte von der steinernen Einfassung des schmalen Fensters ab und rollte zur gegenüberliegenden Wand.

Vigor schreckte zusammen. Rachel reagierte, wie sie es in der Ausbildung gelernt hatte. Sie fasste ihren Onkel um die Taille, riss ihn vom Fenster weg und drückte ihn hinter dem Schreibtisch zu Boden – dann explodierte die Granate, und die Druckwelle rollte über sie hinweg.

10:18 PST
Im Luftraum über Kalifornien

Das Stadtgebiet von Los Angeles verschwand unter den Flügeln des Jets, der seinen Überlandflug nach D. C. begann. Painter hatte den Piloten angewiesen, nicht an Treibstoff zu sparen und die Bombardier Global 5000 an ihre Grenzen zu bringen. Man durfte sich durch die luxuriöse Innenausstattung mit der gut bestückten Bar und den Sitzgruppen mit Lederbezug nicht täuschen lassen, denn mit seinen Triebwerken modernster Bauart erreichte der Jet eine Höchstgeschwindigkeit von neunhundertfünfzig Stundenkilometern.

Painter beabsichtigte, die Herstellerangaben einem Praxistest zu unterziehen, denn in weniger als vier Tagen würde die Ostküste brennen.

Ob das stimmte oder nicht, General Metcalf hatte ihn jedenfalls angewiesen, diese Mysterien vorerst außer Acht zu lassen und sich praktischeren Dingen zuzuwenden: dem abgestürzten Satelliten IoG-1. Seine Stimme dröhnte ihm noch immer in den Ohren.

Finden Sie das Satellitenwrack. Das ist Ihr vorrangiges Ziel. Die Techniker werden sich mit dem Satellitenbild befassen. Und vorsichtshalber gebe ich eine Sicherheitsanalyse hinsichtlich der Gefahrenlage an der Ostküste in Auftrag.

Jeder hatte seine Aufgabe.

Als die Maschine den Luftraum von Los Angeles hinter sich gelassen hatte, änderte sie den Kurs. Am blauen Himmel leuchtete der Komet so hell, dass man ihn selbst bei Tag sehen konnte. Nachts funkelte der Schweif, als besäße er ein Eigenleben. Man erwartete, dass er fast einen Monat lang zu sehen sein würde, während der Komet langsam an der Erde vorbeiflog.

Jada ließ sich neben Gray auf dem Ledersofa nieder. Sie war der einzige andere Passagier an Bord und klimperte mit dem Eis in ihrem Glas Cola.

Sie hatte Metcalf ihre Hypothesen bezüglich des Zeitsprungs mitgeteilt. Ihre Theorie bot eine Erklärung für die

Schatten auf dem Foto, die darauf hindeuteten, dass es neunzig Stunden in der Zukunft aufgenommen worden war.

»Ich glaube nicht, dass wir den General überzeugt haben«, sagte Painter und wandte sich ihr zu.

»Ich bin da ebenfalls skeptisch«, meinte Jada.

Das überraschte ihn – und das sah man ihm offenbar an.

»Es sind zu viele Variablen im Spiel«, sagte sie und rutschte unbehaglich auf dem Sitz. »Wie ich schon sagte, könnte das Foto ein Blick in eine *alternative* Zukunft sein, nicht in unsere. Ich weigere mich zu glauben, dass die Zukunft in Stein gemeißelt ist. Ein linearer Zeitverlauf stünde in Widerspruch zu den Erkenntnissen der Quantenphysik. Allein schon der Akt der Beobachtung kann das Schicksal verändern, wie bei Schrödingers Katze.«

»Und das heißt?«

»Also, nehmen wir die Katze. Das ist ein beliebtes Beispiel für die unheimlichen Eigenschaften der Quantenwelt. Bei diesem Gedankenexperiment wird eine Katze mit einer Zyankalikapsel in einen Kasten gesperrt, welche die Katze mit gleicher Wahrscheinlichkeit tötet oder nicht tötet. Solange der Kasten geschlossen ist, spricht man von einem Schwebezustand – die Katze ist sowohl tot als auch lebendig. Erst wenn man den Kasten öffnet und nachsieht, entscheidet sich das Schicksal der Katze auf die eine oder andere Art. Manche glauben, das Universum spalte sich in dem Moment, da der Kasten geöffnet wird, in zwei Varianten auf. In dem einen Universum ist die Katze am Leben, im anderen ist sie tot.«

»Okay.«

»Das Gleiche könnte auch für das Foto gelten, das der Satellit aufgenommen hat, als es zu der Störung der Raumzeit gekommen ist. In dem einen Universum verbrennt die Welt, im anderen nicht.«

»Demnach hätten wir eine fünfzigprozentige Überlebens-chance. Da nun mal das Schicksal der Menschheit auf der Kippe steht, bin ich mit dieser Quote nicht ganz unglücklich.«

»Allerdings wird der Zeitfluss von jetzt an unklarer. Allein schon der Umstand, dass der Satellit das Foto aufgenommen hat und dass wir es gesehen haben, ist ein *Beobachtungsakt*. Was wir von jetzt an tun, kann unser Schicksal verändern – aber wir wissen nicht, ob es unseren Untergang wahrschein-licher oder unwahrscheinlicher macht.«

»Das klingt so, als wären wir in den kommenden vier Tagen wie Schrödingers Katze in einem Schwebezustand zwischen Überleben und Tod gefangen.«

Sie nickte niedergeschlagen.

»Dann sind wir also zum Untergang verdammt, egal was wir tun.«

Sie zuckte mit den Achseln. »Das fasst die Quantenphysik ganz gut zusammen.«

»Was schlagen Sie vor?«

»Wir finden den Satelliten. Das steht ganz oben auf der Agenda.«

»Sie klingen wie General Metcalf.«

»Er hat recht. Meine Theorien sind reine Mutmaßungen. Aber wenn wir das Wrack untersucht haben, kann ich viel-leicht etwas Konkreteres sagen.« Sie wandte sich ganz zu ihm herum. »Ich weiß, Sie haben sich nicht darum gerissen, zusammen mit dem Team in die Mongolei zu fliegen, aber niemand weiß mehr über den Satelliten als ich. Ohne mein Expertenwissen könnten wertvolle Daten verloren gehen – oder es könnte noch Schlimmeres passieren.«

»Was meinen Sie damit?«

Sie seufzte schwer. »Ich habe schon erwähnt, dass der Strom Dunkler Energie eine Störung der Raumzeit bewirkt hat, die viel größer war als vermutet. Meine vorläufigen Berechnungen verweisen aber auf eine viel größere Gefahr.«

»Und die wäre?«

»Es ist nicht auszuschließen, dass wir einen semipermanenten *Knoten* in der Raumzeit erzeugt haben, der eine Zeit lang stabil bleiben könnte – und dieser Knoten könnte auf der Quantenebene noch immer mit den Überresten des Satelliten verschränkt sein.«

»Verschränkt?«

»Dazu kommt es, wenn zwei Objekte für eine gewisse Zeitdauer interagieren, Quantenzustände miteinander teilen und sich dann trennen. Unter gewissen Bedingungen bleiben die Quantenzustände miteinander verknüpft, sodass eine Veränderung des Quantenzustands des einen Objekts auch den des anderen ändert, und zwar ohne Zeitverlust. Selbst über große Distanzen hinweg.«

»Das widerspricht der Logik.«

»Und verstößt gegen das Postulat von der Lichtgeschwindigkeit als absoluter Obergrenze. Einstein ist daran verzweifelt. Er nannte das *spukhafte Fernwirkung*. Das Phänomen wurde jedoch nicht nur im Labor auf subatomarer Ebene nachgewiesen. Kürzlich hat eine Gruppe chinesischer Wissenschaftler das Gleiche an zwei Diamanten nachgewiesen, die mit dem bloßen Auge erkennbar waren. Nötig dazu ist viel Energie.«

»Wie sie bei einem Ausbruch Dunkler Energie zur Verfügung stehen dürfte.«

»Genau. Wenn das Raum-Zeit-Kontinuum um die Erde eine Störung aufweist und deren Quantenzustand sich mit dem des Satelliten verschränkt hat, könnte ein falscher Umgang mit den Trümmern einen Riss erzeugen, der vom Weltraum bis zum Erdboden reicht.«

»Das wäre gar nicht gut.«

»Nicht für das Leben auf der Erde.«

»Das klingt sehr überzeugend aus Ihrem Mund, Dr. Shaw.«

Ehe er fortfahren konnte, klingelte das Satellitentelefon. Auf dem Display wurde die Kommandozentrale von Sigma als Anrufer ausgewiesen. Captain Kathryn Bryant war dran, seine Stellvertreterin. Kats Spezialität war die Informationsbeschaffung, doch er hatte sie mit der vorbereitenden Logistik und der Zusammenstellung des Einsatzteams betraut.

Painter hatte zuvor kurz mit ihr gesprochen. Der vorläufige Plan sah vor, Commander Pierces Gruppe von China aus direkt nach Ulan-Bator zu verlegen, der Hauptstadt der Mongolei, wo er sich mit dem Zwei-Personen-Team treffen sollte, das von Washington aus startete.

Kat hatte vorgeschlagen, die Gruppe der Beteiligten klein zu halten, da der Absturzort im Khan-Chentii-Schutzgebiet lag, einer Region, zu der Ausländer nur eingeschränkten Zutritt hatten – aus Naturschutzgründen, aber auch wegen ihrer historischen Bedeutung. Ein Fehltritt, und man würde ihr Team des Landes verweisen.

An den logistischen Details wurde noch gearbeitet.

Painter hoffte, dass Kat gute Neuigkeiten hatte.

Schon ihre ersten Worte machten seine Hoffnungen zunichte.

»Direktor, wir haben ein weiteres Problem.«

Das musste ja so kommen …

»Ich habe gerade über Geheimdienstkanäle von einem Anschlag in Italien erfahren«, fuhr Kat fort. »Einzelheiten sind noch keine bekannt, doch anscheinend hat jemand eine Granate auf das Universitätsbüro von Monsignore Verona abgefeuert.«

»Vigor? Ist er verletzt?«

»Nein. Er ist gerade in der Leitung. Er hat einen leichten Schock, doch seine Nichte war bei ihm, und sie hat ihn in Sicherheit gebracht. Er wollte unbedingt mit Ihnen sprechen – und ich glaube, Sie möchten wissen, was er zu sagen hat.«

Painter hatte eigentlich schon genug zu tun, doch er war es dem Monsignore schuldig, ihn anzuhören. »Stellen Sie ihn durch.«

Kat stellte die Konferenzschaltung her, dann meldete sich Monsignore Verona.

»Direktor Crowe, *grazie.*« Vigor klang erstaunlich ruhig in Anbetracht dessen, was vorgefallen war, doch er war eben ein zäher alter Vogel. »Ich weiß, Sie sind beschäftigt, aber mich treibt eine ernste Sorge um, die ich Ihnen zu Gehör bringen möchte.«

»Was ist los?«

»Im Klartext: Ich glaube, die Welt steht vor einer schweren Krise.«

Painter wurde ganz kalt. »Wie kommen Sie darauf?«

Der Monsignore berichtete von dem geheimnisvollen Paket eines verstorbenen Archäologen und einem in Menschenhaut eingebundenen Buch. Er sprach von ungarischen Hexen, talmudischen Reliquien mit magischen Kräften und einer Inschrift, die um Rettung flehte.

Als er geendet hatte, verflüchtigte sich die inwendige Kälte. Erleichterung setzte ein. Das hatte rein gar nichts mit dem zu tun, was Painter im Raumfahrt- und Raketenzentrum erlebt hatte.

Vigor fuhr fort: »Aufgrund des Attentats vermute ich jetzt, dass mein Kollege Pater Josip untergetaucht ist. Was immer er tut, es hat die Aufmerksamkeit einer gewalttätigen

Gruppierung erregt, die verhindern will, dass die Öffentlichkeit davon erfährt. Er hat mich gebeten, mich mit ihm in Zentralasien zu treffen, in der Nähe des Aralsees. Ich hatte gehofft, Sie könnten mir vor Ort Unterstützung anbieten – zumal die Zeit drängt.«

Painter wünschte, er hätte über die nötigen Ressourcen verfügt, um ihm zu helfen, konnte es sich jedoch nicht erlauben, so viele Leute abzustellen. »Ich bedaure, aber …«

Kat schaltete sich ein. »Monsignore Vigor, ich glaube, Sie sollten Direktor Crowe sagen, *weshalb* Sie glauben, dass die Zeit drängt.«

»*Mi dispiace*«, entschuldigte er sich. »Ich dachte, das hätte ich bereits getan, aber jetzt fällt mir wieder ein, dass ich es nur Ihnen, Captain Bryant, gesagt habe, und nicht dem Direktor.«

»Wovon reden Sie?«, fragte Painter.

»Von der Beschriftung des Schädels, um die Bitte nach Errettung … das bezieht sich auf das Ende der Welt.«

»Das haben Sie bereits erwähnt.«

»Ja, aber den Zeitpunkt, da die Welt enden soll, habe ich unerwähnt gelassen.«

Ein kalter Schauder lief Painter über den Rücken. »Lassen Sie mich raten«, sagte er. »In vier Tagen.«

»*Si*«, bestätigte Vigor überrascht. »Aber woher wissen Sie das?«

Painter verzichtete einstweilen auf eine Erklärung. Er bat Kat, Vigor auf Warteschleife zu stellen, weil er sich ungestört mit ihr unterhalten wollte.

»Was meinen Sie?«, fragte Kat.

»Ich finde es interessant, dass die Prophezeiung zu dem vom Raumfahrt- und Raketenzentrum genannten Zeitrahmen passt.«

Kat war über die seltsame Neuigkeit aus dem Westen offenbar schon informiert. Wundern tat ihn das nicht. Es war ihre Aufgabe, Informationen zu sammeln. Ihrer Aufmerksamkeit entging so schnell nichts.

»Ist das bloßer Zufall?«, fragte Painter. »Sollen wir Leute für eine Unternehmung abstellen, die sich als archäologische Schnitzeljagd erweisen könnte?«

»In diesem Fall ist mein Interesse groß genug, um die Frage zu bejahen. Erstens wäre der Aufwand gar nicht so groß. Die von Monsignore Verona genannten Koordinaten liegen in Zentralasien und zufällig auf der Flugroute von D. C. in die Mongolei. Wir könnten unser US-Team einen kleinen Abstecher zum Aralsee machen lassen. Das würde unseren Zeitplan nicht groß durcheinanderbringen. Außerdem muss ich in der Mongolei noch Ausrüstung per Fallschirm abwerfen lassen. Bis dahin könnte ein zweites Team, das bereits näher dran ist, einen ersten Blick auf das Gebiet werfen.«

»Sie meinen Gray, Kowalski und Seichan.«

Kat bejahte. »Von Hongkong nach Ulan-Bator, der Hauptstadt der Mongolei, sind es nur ein paar Stunden.«

»Anscheinend haben Sie an alles gedacht. Aber ich möchte Sie darauf hinweisen, dass das US-Team vielleicht noch ein drittes Mitglied hat.« Er blickte Jada an. »Eine Zivilistin, die mich davon überzeugt hat, dass ihre Kenntnisse hilfreich sein könnten.«

»Kein Problem. Ich weiß Dr. Shaws Unterstützung zu schätzen.«

Er lächelte. Wie gewöhnlich hatte Kat seine Gedanken erraten.

»Der Umweg bringt noch einen weiteren Vorteil mit sich. Die Zusammenarbeit mit dem Monsignore und seinem geheimnisvollen Kollegen bietet uns die perfekte Tarnung für die Suche im Khan-Chentii-Naturschutzgebiet.«

»Richtig«, sagte Painter, erfreut über ihren Einfallsreichtum. »Sie können sich als Archäologen ausgeben.«

»Genau. Zumal der Monsignore uns bestimmt gerne in die Mongolei begleiten wird – offenbar haben wir ein gemeinsames Ziel.«

Die Welt zu retten…

»Dann sollten wir die Würfel rollen lassen«, sagte Painter. »Rufen Sie Gray an und setzen Sie sein Team in Marsch.«

Kat seufzte gereizt. »Wenn ich ihn nur erreichen könnte…«

4

DAS CASINO LISBOA hatte sich in das Ground Zero des
Dritten Weltkriegs verwandelt. Jedenfalls kam es Gray, der
sich im VIP-Raum verbarrikadiert hatte, so vor. Die Feuerstöße auf dem Gang hatten sich zu einem ausgewachsenen
Feuergefecht gesteigert.

Auch weiter weg wurde geschossen.

Gray hockte hinter der Barrikade, die sie vor der Tür er-
richtet hatten. Mit Kowalskis Hilfe hatte er den einzigen
Eingang mit dem Baccaratisch blockiert. Seichan hatte eines
der rotseidenen Sofas davorgeschoben. Der einzige andere
Ausgang war ein schmales Fenster, doch der asphaltierte
Fußweg befand sich drei Stockwerke tiefer.

In der gegenüberliegenden Ecke hockte Dr. Hwan Pak.
Die Genugtuung über seinen Verrat hatte sich in Entsetzen
verwandelt. Irgendetwas war schiefgegangen. Der Angriff
der *Duàn-zhī*-Triade war ins Stocken geraten. Gray hatte
anfänglich gehofft, der Sicherheitsdienst habe die Angreifer
unter Feuer genommen, doch als die Schusswechsel immer
heftiger wurden und auch Sturmgewehre und das Rattern

von Maschinengewehren zu hören waren, ging er davon aus, dass es sich um einen Bandenkrieg handelte.

Und wir sind der Siegerlohn.

Die Barrikade würde sie nicht auf Dauer schützen. Eine Partei würde die Oberhand gewinnen. Wie zum Beweis riss ein Treffer ein faustgroßes Loch in die Tür.

»Jetzt oder nie, Kowalski!«, rief Gray.

»Versuchen Sie das mal, wenn Ihnen die Hose rutscht!«

Der Hüne kniete mitten im Zimmer, Seichan und Gray saßen mit dem Rücken zum Sofa, das ihnen Deckung gab.

Kowalski hatte seinen Hosengürtel kreisförmig auf den Boden gelegt, die Schnalle geschlossen und einen Funkempfänger daran angeschlossen. Er war der Sprengmeister von Sigma. Sie hatten zwar keine Waffen nach China mitnehmen können, doch er hatte ein As im Ärmel gehabt. Oder in diesem Fall im Gürtel.

Der hocheffektive Sprengstoffstrang war von der DARPA entwickelt worden. Er war mit Graphen beschichtet und konnte bei der Flughafenkontrolle nicht detektiert werden.

»Fertig«, sagte Kowalski, wälzte sich zu Gray und Seichan hinüber und zog einen Stuhl mit.

»Was machen Sie da?«, rief Pak ihnen zu.

Sie drängten sich alle drei hinter dem Sofa zusammen.

»Volle Deckung!«, brüllte der Hüne und drückte den Sendeknopf.

Die Druckwelle raste durch den Raum, Gray dröhnte der Schädel wie eine Glocke. Überall war Rauch. Die Waffen auf dem Gang schwiegen einen Moment, denn die Explosion hatte beide Kampfparteien überrascht.

»Los!«, rief Gray und schob das Sofa beiseite.

Er konnte nur hoffen, dass der Sprengstoff seine Wirkung

getan hatte. Anderenfalls wären sie mit ihrem Latein am Ende, denn Kowalskis Sprengstoffvorrat war aufgebraucht.

Im Qualm zeichnete sich kokelnder Teppich ab. Die Explosion hatte ein Loch in den Boden gerissen – oder vielmehr *durch* den Boden. Die Stahlträger waren noch intakt, doch dazwischen hatte sich eine Öffnung aufgetan.

Gray blickte hindurch. Er wusste, dass der zweite Stock ähnlich angelegt war wie der dritte. Zum Glück hielt sich in dem unter ihnen befindlichen VIP-Raum niemand auf. Gray forderte Seichan mit einer Handbewegung auf, als Erste nach unten zu klettern. Sie glitt zwischen den Trägern hindurch und ließ sich geschmeidig auf den Boden fallen.

Gray und Kowalski machten Anstalten, ihr zu folgen, doch Hwan Pak hielt sie auf und flehte sie an, ihn mitzunehmen. Kowalski schlug mit der Faust zu, als zermalmte er eine Fliege. Knochen knackte, und Pak wurde nach hinten geschleudert. Er landete auf dem Hintern, Blut strömte aus seiner Nase.

Im nächsten Moment stand Gray neben Seichan auf dem Boden des zweiten Stocks. Kowalski landete schwerfällig hinter ihnen.

»Scheint alles ruhig da draußen«, sagte Seichan, die das Ohr an die Tür gelegt hatte. »Aber wir müssen uns beeilen. Das wird nicht lange so bleiben.«

»Wir müssen die Kriegszone hinter uns lassen«, sagte Gray warnend. »Die Ausgänge werden aber vermutlich alle bewacht.«

»Vielleicht kenne ich einen Weg.«

Seichan öffnete die Tür und streckte den Kopf hindurch, dann rannte sie auf den Flur.

»Wie wär's, wenn Sie uns einweihen würden?«, knurrte Kowalski, als er ihr mit Gray folgte.

Seichan lief zur Feuertreppe, stürmte durch die Tür – und erblickte einen Bewaffneten, der die Treppe heruntergelaufen kam.

Seichan duckte sich. Der Angreifer prallte gegen sie und flog über sie hinweg.

Gray, der ein paar Schritte hinter ihr war, wirbelte auf einem Fuß herum und trat mit dem anderen Bein zu, traf den Mann im Flug am Kiefer und brach ihm das Genick. Er landete auf den Treppenstufen und regte sich nicht mehr.

»Erinnern Sie mich dran, dass ich mich niemals bei Ihnen unbeliebt mache«, sagte Kowalski.

Gray nahm dem Triadenmitglied die Waffe ab, ein AK-47-Sturmgewehr. Bei der Durchsuchung entdeckte er im Holster eine chinesische Pistole vom Typ Roter Stern. Er warf sie Kowalski zu.

»Ist denn schon Weihnachten?«, brummte der Hüne und überprüfte sachkundig die Waffe.

»Wir müssen weiter!«, drängte Seichan, die am Treppenabsatz wartete und nach unten sah.

Gray schloss zu ihr auf, dann eilten sie die Treppe hinunter, sprangen von Absatz zu Absatz. Der Waffenlärm rückte ein wenig in den Hintergrund. Als sie jedoch das Erdgeschoss erreichten, schwang ihnen die Eingangstür entgegen. Ob da jemand Schutz suchte oder ob es sich um Verstärkung handelte, war Gray egal. Er feuerte eine Salve durch die Tür.

Sie fiel wieder zu.

Hinter ihm knallte ein Pistolenschuss. Kowalski hatte die Treppe hinaufgezielt, um eventuelle Verfolger abzuhalten.

Seichan stieg zum Untergeschoss hinunter. Gray, der die Lagepläne studiert hatte, wusste, dass unter dem Casino ein weitläufiges Shoppingcenter lag. Dort boten auch zahlreiche

Prostituierte ihre Dienste an, was dem Center den Spitznamen Hooker Mall eingebracht hatte.

Seichan öffnete einen Spalt weit die Tür zum Untergeschoss und spähte hindurch. Verglichen mit dem Chaos weiter oben herrschte hier eine unheimliche Stille.

Leise sagte sie: »Wie ich vermutet habe, sind alle Läden geschlossen und verrammelt.«

Vermutlich hatten die Händler zugemacht und die Gitter herabgelassen, als die ersten Schüsse zu hören waren.

Allmählich begriff Gray, was Seichan vorhatte. Die öffentlichen Eingänge wurden mit Sicherheit bewacht, doch das galt wohl kaum für die Laderampen und Eingänge der Geschäfte. Auch die Triaden hatten gewusst, dass die Händler ihre Waren vor Plünderungen schützen würden.

Was hatten sie denn erwartet?

Seichan zog die Weste aus und schleuderte sie weg. Dann riss sie ihre Seidenbluse auf, Knöpfe kullerten über den Boden. Ein schwarzer BH und ihr flacher Bauch kamen zum Vorschein. Sie zog das Unterhemd aus der Jeans und zerzauste sich das Haar.

»Wie sehe ich aus?«, fragte sie.

Gray war sprachlos – und Kowalski ausnahmsweise auch.

Seichan rollte mit den Augen, drehte sich um und schlüpfte aus der Tür. »Wartet hier, bis ich jemanden gefunden habe, der ein Sicherheitstor öffnen kann.«

Gray nahm ihren Platz bei der Tür ein.

Kowalski tippte ihm auf die Schulter. »Sie sind ein Glückspilz, Pierce.«

Dem konnte er nicht widersprechen.

Ju-long Delgado verfluchte sein Pech.

Er stand vor dem Plasmabildschirm in seinem Büro und starrte auf das qualmende Loch im Boden des VIP-Raums. Er war geneigt, den Fehlschlag auf den Kometen zu schieben, doch solch abergläubischen Gedanken durfte er sich nicht hingeben.

Er hatte seine Beute einfach nur unterschätzt.

Das sollte ihm nicht noch einmal passieren.

Zuvor hatte er beobachtet, wie der größere der beiden Männer eine Sprengladung zur Explosion gebracht hatte – dann konnte er nur noch zusehen, wie die drei wie Ratten durch das Loch entwischten.

Nur noch ein Mann hockte in der Ecke des Raums.

Dr. Hwan Pak.

Mit Blick auf den nordkoreanischen Wissenschaftler trommelte Ju-long auf den Rand der portugiesischen Schiffstruhe unter dem Bildschirm und spielte verschiedene Szenarien durch, wog die Optionen gegeneinander ab.

Er legte sich auf eine Vorgehensweise fest.

Zuvor hatte er versucht, Tomaz im Lisboa zu erreichen, um ihn vor der bevorstehenden Flucht der Zielpersonen zu warnen, doch er hatte niemanden erreicht. Er dachte an das Feuergefecht auf den verschiedenen Etagen des Casinos. Dieser Krieg wurde auf sein Geheiß ausgetragen, deshalb konnte er es Tomaz nicht verdenken, wenn er im Moment nicht abkömmlich war.

Sei's drum!

Er drückte eine Taste auf seinem Handy. Als der Anrufer sich meldete, erteilte er einen Befehl. »Lassen Sie meinen Wagen vorfahren.«

Während er wartete, klopfte jemand leise an die Tür. Als er sich umdrehte, wurde sie geöffnet, und eine kleine Frau in kurzem Seidenkleid und Pantoffeln schlüpfte ins Zimmer. Sie war eine sonnengebräunte Schönheit mit wallendem honigfarbenem Haar. Als sie sich ihm näherte, stützte sie mit einer Hand ihren angeschwollenen Bauch.

»Natalia, meine Liebe, du solltest schlafen.«

»Dein Sohn lässt mich nicht«, sagte sie mit zärtlichem Lächeln und blickte ihn einladend an. »Vielleicht wenn sich der Vater neben mich legt…«

»Das würde ich liebend gern tun, aber zunächst mal muss ich mich um die Geschäfte kümmern.«

Sie machte einen Schmollmund.

Er ging ihr entgegen, sank auf die Knie und küsste den Bauch, in dem sein Sohn schlummerte. »Ich bin bald wieder da«, versprach er ihnen beiden, küsste Natalia auf die Wange und geleitete sie hinaus.

Er wäre ihrem Wunsch wirklich gerne nachgekommen – doch von seinem Vater hatte er schon in frühen Jahren gelernt, dass man sich manchmal die Hände schmutzig machen musste, sei es im Krieg oder beim Geschäft.

2:16

Seichan hatte das Gefühl, die Wände rückten um sie herum zusammen.

Je länger sie im Casino Lisboa gefangen waren, desto geringer die Fluchtchancen.

Sie machte sich den psychischen Druck zunutze, unter dem sie stand, und eilte hinaus in das Untergeschoss mit der Shopping Mall. Sie täuschte ein leichtes Humpeln vor, verzog schmerzlich das Gesicht und tat so, als sei sie eine der Prostituierten, die in das Feuergefecht geraten waren.

Sie drehte sich im Kreis, raufte sich das Haar und rief auf Kantonesisch um Hilfe. Mit tränenüberströmtem Gesicht lief sie von einem Schutzgitter zum nächsten, hämmerte dagegen und rief um Hilfe.

Wie an vielen solchen Orten gab es auch hier ein unausgesprochenes Einverständnis zwischen den Ladenbesitzern und den herumlungernden Prostituierten, die wechselseitig voneinander profitierten.

Die Läden zogen potenzielle Freier an, die Prostituierten köderten neue Kunden.

Der große Kreislauf des Lebens.

Sie zählte darauf, dass beide Seiten sich gegenseitig schützten. Als sie an einem Gemüsemarkt anlangte, ließ sie sich gegen das Gitter sinken. Sie schaukelte stöhnend mit dem Oberkörper und tat so, als wäre sie völlig verängstigt.

Wie gehofft lockte ihr verzweifeltes Rufen jemanden aus seinem Versteck. Ein kleiner weißhaariger Mann mit schmutziger Schürze trat furchtsam ans Gitter. Er versuchte, sie wegzuscheuchen, schimpfte mit ihr. Sie klammerte sich theatralisch ans Gitter und flehte ihn an, sie einzulassen.

Als er begriff, dass sie nicht weggehen würde, ließ er sich auf ein Knie nieder. Mit einem Blick über ihre Schulter hinweg vergewisserte er sich, dass sie allein war, erst dann öffnete er den Eingang.

Als sich die Stahlbarriere hob, gab Seichan Gray und Kowalski verstohlen ein Zeichen.

Hinter ihr öffnete sich knarrend die Tür zum Treppenhaus, dann näherte sich das Geräusch polternder Stiefel.

Die Augen des Ladenbesitzers weiteten sich. Er versuchte, das Türgitter wieder herunterzuziehen. Seichan aber schlüpfte darunter hindurch, drückte den Mann mit dem Ellbogen beiseite und riss das Gitter hoch.

Gray kam herbeigelaufen und rutschte auf den Knien darunter hindurch.

Kowalski wälzte sich ihm nach und prallte gegen einen Stand mit Orangen.

Gray zielte mit dem Gewehr auf den Mann.

»Abschließen«, befahl ihm Seichan, richtete sich auf und schüttelte ihre Rolle ab wie eine sich häutende Schlange ihre alte Haut.

»Sag ihm, dass er von uns nichts zu befürchten hat«, meinte Gray.

Seichan übersetzte, doch dem verängstigten Blick und der versteinerten Miene des Mannes nach zu schließen, glaubte er ihr nicht. Sie stellte ihm ein paar Fragen, dann wandte sie sich an Gray.

»Der Ausgang liegt dort hinten«, sagte sie und marschierte los.

Sie kamen an einer langen Theke mit Kisten voller Obst und Gemüse aus regionalem Anbau vorbei. An der anderen Seite standen Aquarien mit lebenden Fischen, Schildkröten, Fröschen und Schalentieren.

Sie gelangten zu einer Betonrampe mit einem Rolltor, die von den Lieferwagen benutzt wurde. Links davon befand sich ein kleinerer Lieferanteneingang.

Froh darüber, sie endlich los zu sein, schloss der Ladenbesitzer die Tür auf und forderte sie fuchtelnd auf, in die Nacht hinauszutreten.

Gray ging mit vorgehaltenem Gewehr voran.

Seichan folgte ihm durch die schmale Gasse.

Aus allen Richtungen näherte sich Sirenengeheul, doch

das Gedränge am Nam-Van-See und in den umliegenden Straßen behinderte die Einsatzfahrzeuge.

Die meisten betrunkenen Feiernden hatten von dem Bandenkrieg gar nichts mitbekommen. Am Seeufer knallten Feuerwerkskörper, und das Wasser spiegelte das Licht Tausender schwimmender Laternen wider. Am nahe gelegenen Wynn Casino stiegen aus riesigen Becken zu Melodien der Beatles Wasserfontänen in die Höhe.

»Was jetzt?«, übertönte Kowalski den Lärm.

»Wir müssen schnell von hier verschwinden«, antwortete Gray und bog in eine Gasse ein, die zum See führte. »Aber es dürfte schwer sein, ein Taxi zu bekommen, und in der Menge fallen wir auf.«

»Ich mach das«, sagte Seichan.

Sie schlug die beiden Seiten der zerrissenen Bluse übereinander wie bei einem Sarong und stopfte die Enden unter die Jeans.

»Ihr wartet hier«, sagte sie. »Rührt euch nicht von der Stelle, bis ich zurück bin.«

2:28

Gray verharrte in der Mündung der Gasse und beobachtete die Menge der Feiernden. Kowalski hielt sich im Hintergrund und achtete darauf, dass man ihnen nicht unbemerkt folgte.

Gray hatte seine Waffe mit Kowalski getauscht. Unter dessen langer Jacke fiel das AK-47 nicht so auf. Gray hielt die Pistole in Oberschenkelhöhe und verdeckte sie mit seinem Körper.

Das Sirenengeheul wurde immer lauter.

Rechts von ihnen in Richtung See waren noch immer viele Menschen, doch zur Linken löste sich das Gedränge auf. Die Besucher gingen entweder nach Hause oder verschwanden in den umliegenden Spielcasinos und Bars.

Vor ihm lichtete sich der Strom der Fußgänger wie ein Schwarm aufgescheuchter Tauben.

Das Knattern eines Zweitaktmotors übertönte die Kakofonie der Musik und der Stimmen. Ein Motorrad gelangte in Sicht, die Fahrerin kannte er. Seichan fuhr rücksichtslos durch die Menge, im Vertrauen darauf, dass die Menschen rechtzeitig ausweichen würden.

Als sie näher kam, sah Gray, dass sie kein Motorrad fuhr, sondern eine Rikscha. Vorn glich sie einem Motorrad, hinten einem Buggy mit kleinen Rädern. Er hatte solche Rikschas bereits auf dem Herweg gesehen. Im dicht besiedelten Macau waren sie praktischer als Autos.

Aber vielleicht nicht unbedingt dann, wenn man von verfeindeten Triaden verfolgt wird.

Seichan kam neben ihnen mit rutschenden Rädern zum Stehen. »Steigt ein! Und zieht die Köpfe ein.«

Gray und Kowalski hatten keine Wahl. Sie kletterten in den Buggy. Gray fühlte sich exponiert, zumal sie mit ihrer hellen Haut unter den vielen Asiaten hervorstachen.

Kowalski versuchte, sich in seiner langen Jacke zu verstecken, sich selner Größe peinlich bewusst. »Das ist eine schlechte Idee.«

Als sie saßen, wendete Seichan das Fahrzeug und ließ das Casino Lisboa hinter sich. Um den Uferbereich machte sie einen Bogen.

»Mehr war nicht drin!«, rief sie ihren Passagieren zu. »In der ganzen Stadt sind die Straßen verstopft. Etwas Besseres war in der kurzen Zeit nicht zu bekommen.«

Sie umrundete weiter den See.

Gray merkte, dass sie sich vom Fährterminal *entfernten*.

»Wohin fährst du?«

»Zur Dammstraße.« Sie zeigte zur nahe gelegenen Insel Taipa. Eine hell erleuchtete Brücke führte hinüber. »Dort drüben gibt es ein kleines Fährterminal, nicht weit vom *Venetian Hotel* entfernt. Dort wird man bestimmt nicht nach uns suchen. Die letzte Fähre geht in zwanzig Minuten.«

Und wir müssen an Bord sein.

Da sie ein Fadenkreuz auf dem Rücken trugen, war das Pflaster von Macau zu heiß für sie geworden.

Gray machte sich klein auf seinem Sitz, während Seichan auf die Dammstraße zuhielt. Sie schlängelte sich durch den Verkehr und drängte sich zwischen langsameren Fahrrädern und Fußgängern hindurch.

Vor ihnen erstreckte sich der Damm drei Kilometer weit zur Nachbarinsel. Der Verkehr staute sich vor dem Nadelöhr, doch Seichan wurde kaum langsamer. In schwindelerregendem Tempo schlängelte sie sich durch den stockenden Verkehr. Zu beiden Seiten schimmerte das mondscheinerhellte Delta des Perlenflusses von Abertausenden schwimmenden Laternen und spiegelte die Sterne wider.

Vor ihnen leuchtete neonbunt Taipa, ein billiges Spektakel inmitten all der stillen Schönheit.

In weniger als zehn Minuten hatten sie die Dammstraße hinter sich gelassen und fuhren durch die schmalen Straßen in Ufernähe in Richtung Fährterminal.

Sie waren noch keine zwanzig Meter weit gekommen, als an der rechten Seite der massive Kühlergrill eines Cadillac Escalade aus einer Gasse hervorschoss und die Rikscha rammte. Sie schleuderte herum und prallte gegen die hüfthohe Strandmauer.

Gray und Kowalski flogen durch die Luft.

Sie landeten auf dem steinigen Sand und rollten sich ab. Gray hielt noch immer die Pistole in der Hand, als er zur Ruhe kam. Auf dem Rücken liegend, schwenkte er die Waffe zur Straße herum, wo der schräg stehende Cadillac den Verkehr blockierte.

Chinesen und Portugiesen sprangen aus dem Wagen, doch sie hielten sich geduckt, sodass er keinen Schuss anbringen konnte. Sie schwärmten nach links aus.

Erst jetzt wurde Gray bewusst, dass Seichan nicht bei ihnen war.

Das Herz klopfte ihm bis zum Hals. Er richtete sich auf die Knie auf und eröffnete das Feuer. Einen Angreifer traf er am Arm; die nächsten drei Schüsse gingen daneben. Dann erblickte er Seichan mitten unter ihnen. Sie wurde zum Cadillac gezerrt, ihr Gesicht war blutüberströmt.

Fluchend senkte Gray die Pistole, denn er traute sich nicht, auf die Männer zu schießen, die Seichan ergriffen hatten.

Der Gegner zeigte weniger Zurückhaltung.

Vor Grays Knien spritzte Sand hoch.

Kowalski hatte endlich das AK-47 hervorgeholt. Er hielt es mit einem Arm, feuerte eine Salve auf die Mauer ab und trieb zwei Angreifer damit zurück. Mit dem anderen Arm zeigte er zum Damm.

Am Strand saßen sie auf dem Präsentierteller.

Da sie keine Wahl hatten, rannten sie los. Im Laufen feuerte Gray ein paar Mal in Richtung des Cadillac. Neben dem SUV stand ein großer, bärtiger Mann, scheinbar unbeeindruckt von den Querschlägern, die von den Panzerglasfenstern des Wagens abprallten. Er nahm den Männern die bewusstlose Seichan ab und warf sie auf den Rücksitz.

Die Türen wurden zugeknallt, dann beschleunigte der Cadillac mit quietschenden Reifen. Ein paar Männer waren geblieben und schossen auf Gray, doch er erreichte den Damm und ging unter der Brücke in Deckung. Kowalski folgte ihm auf den Fersen.

»Ich hab ja gesagt, das ist eine schlechte Idee«, meinte Kowalski.

»Laufen Sie weiter!«

Mit eingezogenem Kopf lief Gray unter der Dammstraße durch. Sie mussten die Schützen abschütteln. An der anderen Seite angelangt, lief er zur Strandmauer zurück und kletterte hinüber. Das Verkehrschaos löste sich allmählich auf.

Er machte sich den Lärm der Hupen und den stockenden Verkehr zunutze und eilte über die Straße. Zu seiner Linken suchte ein Mann den Strand ab. Ein zweiter setzte über die Mauer, um unter die Brücke schießen zu können.

Gray lief in das Labyrinth von Straßen und Gassen hinein. Kowalski folgte ihm schnaufend.

»Und Seichan?«, fragte er.

»Die haben sie nicht gleich erschossen«, entgegnete Gray. *Gott sei Dank.*

Sie liefen ein paar hundert Meter weit, den größten Teil der Strecke parallel zum Strand, weg vom Damm. Es waren noch immer viele Menschen unterwegs, jedoch nicht so viele wie am Abend. In dem Meer asiatischer Gesichter aber stachen die beiden Amerikaner heraus. Die Angreifer würden keine Mühe haben, sie aufzuspüren.

Deshalb wagten sie nicht anzuhalten.

»Wie sieht der Plan aus?«, fragte Kowalski.

Bis jetzt war Gray von purem Adrenalin angetrieben worden, doch Kowalski hatte recht. Sie mussten strategisch denken.

Wer auch immer den Überfall durchgeführt hatte, sie mussten zum anderen Fährterminal gelangen. Da die Dammstraße den einfachsten Zugang zur anderen Insel darstellte, bot es sich an, an dieser Engstelle auf sie zu warten.

»Sie werden das Fährterminal bestimmt beobachten«, dachte Gray laut nach. »Das heißt, wir müssen eine andere Möglichkeit finden, nach Hongkong zu kommen.«

»Was ist mit Seichan? Lassen wir sie einfach hier zurück?«

»Wir haben keine Wahl. Selbst wenn wir wüssten, wohin man sie gebracht hat, hätten wir nicht genug Feuerkraft, um sie zu befreien. Außerdem fallen wir in Macau zu sehr auf.«

»Dann also Rückzug?«

Vorübergehend.

Langsam näherte Gray sich wieder dem Hafenviertel. Er wies mit dem Kinn zur wenige Straßenblocks entfernten Marina. »Wir brauchen ein Boot.«

Kowalski im Schlepptau, mischte er sich in den Strom der Feiernden, die noch immer umherzogen. Er bog zur Marina ab. Rund um die Segeljachten und Motorboote in ihren Liegebuchten schwammen Laternen. Sie schritten an den Stegen entlang, bis sie ein schlankes, mitternachtsblaues Speedboat entdeckt hatten, das von einem Paar mittleren Alters, dem Akzent nach beide Auslandsbriten, gerade startklar gemacht wurde. Offenbar wollten die beiden jetzt, da das Fest beendet war, heimfahren.

Gray näherte sich ihnen. »Entschuldigung.«

Sie unterbrachen ihre Unterhaltung.

Gray grinste sie verlegen an. Er fuhr sich mit den Fingern durchs Haar, als sei ihm das alles peinlich.

»Ich habe gerade überlegt, ob Sie vielleicht nach Hongkong fahren und bereit wären, zwei Männern zu helfen, die beim Pai Gow bis aufs Hemd ausgenommen wurden. Wir haben nicht mehr genug Geld für ein Fährticket nach Kowloon.«

Der Mann straffte sich und musterte sie argwöhnisch und ein wenig betrunken. »Sie sind Yankees«, sagte er so erstaunt, als habe er Liliputaner vor sich. »Normalerweise hätte ich keine Einwände, aber nichts für ungut, Jungs...«

Gray zeigte ihnen seine Pistole, und Kowalski öffnete die Jacke, unter der das AK-47 zum Vorschein kam.

»Und jetzt?«, fragte Gray.

Der Mann sackte in sich zusammen, als habe man ihm die Luft abgelassen. »Das wird mir meine Frau nicht verzeihen.«

Sie verschränkte die Arme. »Ich wollte ja eher zurückfahren.«

Ihr Mann zuckte mit den Achseln.

Nachdem sie das Paar gefesselt und geknebelt auf einer unbeleuchteten Nachbarjacht zurückgelassen hatten, steuerte Gray das tuckernde Boot aus der Marina hinaus. Als die Hafeneinfahrt hinter ihm lag, gab er Gas und raste übers dunkle Wasser in Richtung Hongkong.

Als die Lichter von Macau hinter ihnen zurückblieben, erhob sich Gray vom Pilotensitz. »Übernehmen Sie das Steuer!«

Kowalski, ein ehemaliger Seemann, rieb sich voller Vorfreude die Hände und nahm bereitwillig seinen Platz ein. »Dann wollen wir mal sehen, was dieses Baby draufhat.«

Normalerweise hätte Gray diese Bemerkung Unbehagen bereitet, doch im Moment hatte er andere Sorgen.

Er nahm das Satellitentelefon aus der Sakkotasche. Mehrere Voicemails von Sigma waren eingetroffen. Er hatte das Telefon vor dem Treffen im Lisboa lautlos gestellt. Seitdem hatte er noch keine Gelegenheit gehabt, es wieder laut zu stellen.

Anstatt sich die Nachrichten anzuhören, rief er in der Washingtoner Kommandozentrale von Sigma an. Das Telefon war mit der modernsten Verschlüsselungstechnik der DARPA ausgerüstet, die das Abhören unmöglich machte.

Kat Bryant ging augenblicklich ran. »Wurde auch Zeit, dass du dich meldest.«

»Ich hatte zu tun.«

Sie entnahm seinem Tonfall, dass etwas nicht stimmte. »Was ist passiert?«

Er berichtete ihr kurz, was in der Nacht vorgefallen war.

Kat fragte nach und sondierte die Tiefe des Treibsands. »Gray, ich kann euch keine Unterstützung schicken. Jedenfalls nicht in der Kürze der zur Verfügung stehenden Zeit.«

»Verstanden. Deshalb rufe ich nicht an. Ich wollte Sigma nur einen Lagebericht übermitteln.«

Für den Fall, dass alles den Bach runtergeht.

»Wir haben hier eine Krisensituation«, sagte Kat. »Deshalb habe ich versucht, dich zu erreichen. Direktor Crowe möchte, dass du mit deinem Team in die Mongolei fliegst.«

In die Mongolei?

Kat berichtete ihm vom abgestürzten Satelliten und dem letzten übermittelten Foto, das die brennende Ostküste zeigte.

»Ich kann hier nicht weg«, sagte er, als sie geendet hatte. »Zumindest jetzt noch nicht.«

»Das verstehe ich. Die Umstände haben sich geändert.« In ihren nächsten Worten schwang tiefe Besorgnis mit. »Aber wohin willst du stattdessen, Gray? Du hast keine Ressourcen. Und die kriminellen Organisationen von Macau sind berüchtigt für ihre Skrupellosigkeit und ihren Reichtum.«

»Ich habe einen Plan.«

»Und wie sieht der aus?«

Gray schaute übers Wasser zu den fernen Lichtern am Horizont hinüber.

»Ich will Feuer mit Feuer bekämpfen.«

5

JADA HIELT DEN Atem an.

Was tue ich hier?

Es fühlte sich an, als wäre sie durch Alices Spiegel gestürzt.

Painter Crowe legte die Hand auf das Prüffeld der Fahrstuhlkabine. Eine blaue Linie scannte seine Handfläche, dann setzte sich der Lift nach unten in Bewegung.

Mit dem Jet hatten sie den Überlandflug in weniger als fünf Stunden bewältigt. Nach der Landung hatte sie ein Privatwagen zur National Mall gebracht und vor dem majestätischen Smithsonian Castle abgesetzt, an dessen höchstem Turm eine Fahne wehte. Sie betrachtete das historische Gebäude mit seinen schlichten Brüstungen, Rondells und Türmen mit neuen Augen. Fertiggestellt im Jahr 1855, galt das Bauwerk als eines der schönsten Beispiele amerikanischer Neugotik. Jetzt beherbergte es zahlreiche Museen, die zur Smithsonian Institution gehörten.

Sie war in Congress Heights aufgewachsen, einer ärmeren Gegend im Südwesten von D.C., und hatte die Burg als

107

Kind viele Male besucht. Der Eintritt zu den Museen war frei, und ihre alleinerziehende Mutter förderte ihre Tochter auf jede erdenkliche Weise.

»Ich habe ja nicht geahnt, was sich darunter verbirgt«, sagte Jada in gedämpftem Ton, als der Aufzug in der unterirdischen Welt unterhalb der Burg anhielt.

»Diese Etagen waren einmal Bunker. Im Zweiten Weltkrieg war hier ein wissenschaftlicher Thinktank untergebracht. Anschließend geriet die Anlage in Vergessenheit.«

»Ein solches Filetstück des Washingtoner Immobilienmarkts?« Sie grinste Painter verschmitzt an.

Er erwiderte ihr Lächeln. Für jemanden, der zwanzig Jahre älter war als sie, war er ein gut aussehender Mann mit blauen Augen und einer einzelnen schneeweißen Strähne im dunklen Haar. Nach ihrer langen Unterhaltung während des Flugs fand sie ihn bemerkenswert gebildet, denn er besaß breite Kenntnisse auf vielerlei Gebieten – jedoch mit Ausnahme der Geschichte des Jazz. Diesen Mangel konnte sie ihm allerdings verzeihen, besonders wenn seine blauen Augen im Sonnenschein funkelten.

»Als ich diese verlassenen Etagen entdeckt habe«, sagte er, »fand ich, das wäre das perfekte Versteck für Sigma. Zugang hat man durch die Labors des Smithsonian Institute und durch die Hallen der Macht.«

Väterlicher Stolz schwang in seiner Stimme mit; offenbar bereitete es ihm Freude, die Anlage Besuchern zu zeigen, wozu er vermutlich nur selten Gelegenheit hatte.

Die Fahrstuhltür glitt auf, dahinter lag ein langer Flur.

»Das ist die Kommandoebene«, sagte er und ging voran. »Da vorn ist die Kommunikationsabteilung, das Nervenzentrum von Sigma.«

Als sie näher kamen, trat eine schlanke Frau in marineblauem Kostüm aus der Tür und begrüßte sie. Sie war auf eine strenge Art attraktiv, was durch ihren kastanienbraunen Bubikopf noch betont wurde. Außerdem bemerkte Jada auf ihren Wangen feine Narben und bemühte sich, diese nicht anzustarren.

»Direktor Crowe«, sagte die Frau. »Schön, dass Sie wieder da sind, Sir.«

»Das ist Captain Kathryn Bryant«, stellte Painter sie vor. »Meine Stellvertreterin.«

»Nennen Sie mich Kat.« Sie schüttelte Jada mit festem Druck die Hand, doch ihr warmes Lächeln milderte den Eindruck von Strenge. »Willkommen, Dr. Shaw.«

Jada brannte darauf, mehr von dieser geheimen Welt zu sehen, doch sie standen unter Zeitdruck.

»Wie laufen die Vorbereitungen?«, fragte Painter. »Es wäre mir lieb, wenn das Team in weniger als einer Stunde startklar wäre.«

»Gibt es schon Neuigkeiten von Commander Pierce?«, entgegnete sie und geleitete sie in die Kommunikationszentrale. Der ovale Raum war klein und wurde beherrscht von einem geschwungenen Tisch mit Monitoren und Computerarbeitsplätzen.

»Ja. Notfalls müssen wir ohne ihn auskommen. Ich nehme an, Sie lassen ihm jede erdenkliche Unterstützung zukommen.«

Kat bedachte ihn mit einem vernichtenden Blick, weil er es gewagt hatte, ihr Engagement in Zweifel zu ziehen. Sie setzte sich vor den Monitoren auf einen Stuhl, wie eine Pilotin, die das Steuer übernimmt. »Was die Routenplanung angeht: Monsignore Verona und seine Nichte werden morgen den ersten Flieger von Rom nach Kasachstan nehmen. Der Flug dauert fünf Stunden. Wenn wir im Zeitplan bleiben, sollte unser Team zeitgleich mit den Veronas eintreffe ... und zwar am Nachmittag nach kasachischer Zeit.«

Jada runzelte die Stirn. Auf diesen Aspekt der Unternehmung konnte sie sich keinen Reim machen. »Wenn ich das richtig verstehe«, sagte sie, »treffen wir uns mit dieser Gruppe, um unsere Tarnung als Archäologen zu untermauern.«

»Das ist richtig«, sagte Kat. »Aber wir werden den Aufenthalt in Kasachstan auch dazu nutzen, ein Rätsel zu untersuchen, das möglicherweise in Verbindung mit der gegenwärtigen Bedrohung steht. Wenn dabei nichts herauskommt, reisen Sie weiter.«

Painter berichtete ihr kurz vom Totenschädel und vom Buch. Jada aber hörte kaum zu, denn die Geschichte kam ihr wenig glaubhaft vor. Doch darüber zu entscheiden, stand ihr nicht zu.

»Und wer wird sonst noch an der Expedition teilnehmen?«, fragte sie.

Die Antwort kam von hinten. »Unter anderem ich.«

Sie wandte sich um und erblickte einen Mann, der ein paar Zentimeter kleiner war als sie und so kräftig wie ein Pitbull. Bekleidet war er mit Trainingshose, T-Shirt und einer Baseballkappe der Washington Redskins, die seinen spiegelglatten Schädel nicht ganz verbergen konnte. Sie hätte den Mann vorschnell abgetan, wenn da nicht diese funkelnde Intelligenz in seinen Augen gewesen wäre – und ein Anflug von Belustigung.

Sie wusste nicht wieso, aber sie empfand augenblicklich Zuneigung zu ihm, wie zu einem etwas tollpatschigen älteren Bruder.

Offenbar war sie da nicht die Einzige.

Kat Bryant lehnte sich im Stuhl zurück. Der Fremde ging zu ihr hinüber und küsste sie auf die Lippen.

Okay, ihr *Bruder* war er wohl nicht.

Als der Mann sich aufrichtete, blickte Kat Jada an. »Er wird gut auf Sie aufpassen.«

»Das muss sie sagen, denn sie ist meine Frau.« Er legte ihr liebevoll eine Hand auf die Schulter.

Jada bemerkte, dass die andere Hand eine Prothese war, mit einer dicken Manschette voller Elektronik an seinem Handgelenk befestigt. Beinahe wäre ihr das nicht aufgefallen.

Painter nickte ihm zu. »Monk Kokkalis ist einer von Sigmas Besten.«

»Nicht *der* Beste?«, entgegnete Monk mit ironischem Unterton.

Painter überging seine Bemerkung. »Zusätzlich wird Sie einer unserer neuesten Mitarbeiter begleiten. Seine Spezialität sind Elektrotechnik und Physik. Außerdem hat er Kenntnisse auf dem Gebiet der Astronomie und verfügt über, wie wir sagen, *einzigartige* Fähigkeiten. Ich glaube, er wird für Sie von großem Nutzen sein.«

»Damit ist Duncan Wren gemeint«, erklärte Kat.

»Wo wir gerade von ihm sprechen, wo steckt er überhaupt?«, fragte Painter. »Eigentlich sollten alle Expeditionsteilnehmer an der Besprechung teilnehmen.«

Kat wechselte einen Blick mit ihrem Mann, dann schwenkte sie zu den Monitoren herum. Sie murmelte etwas. »Ich habe ihn bereits informiert. Er musste sich noch um eine medizinische Angelegenheit kümmern.«

Painter runzelte die Stirn. »Was meinen Sie damit?«

»Nicht bewegen«, sagte jemand warnend.

Duncan balancierte seinen eins achtundachtzig großen Körper auf einem kleinen Klappstuhl mit einem wackligen Bein. »Es wäre leichter, Clyde, wenn du berücksichtigen würdest, dass nicht *alle* deine Patienten ausgemergelte Meth-Süchtige sind.«

Sein Freund trug eine OP-Maske und hatte eine Vergrößerungsbrille aufgesetzt. Clyde sah aus, als würde er in nassem Zustand die Neunzig-Pfund-Marke durchbrechen. Den größten Teil seines Körpergewichts machte sein Haar aus, das ihm als langer Pferdeschwanz auf den Rücken fiel.

Clyde packte Duncans auf dem Tisch ruhende große Hand, als wollte er ihm die Zukunft weissagen. Stattdessen schnitt er mit einem Skalpell Duncans linken Zeigefinger nahe dem Ende auf. Der Schmerz schoss durch seinen Arm, doch er hielt die Hand auf dem Metalltisch still.

Clyde warf das Skalpell auf den Tisch. »Jetzt könnte es schmerzhaft werden.«

Was du nicht sagst…

Mit einer sterilisierten Pinzette untersuchte er die frische Wunde. Als der Stahl Nerven berührte, knirschte Duncan mit den Zähnen. Er kniff die Augen zusammen und kontrollierte seinen Atem.

»Ich hab ihn!«, verkündete sein Peiniger.

Duncan schlug die Augen auf und erblickte eine kleine schwarze Kugel von der Größe eines Reiskorns, die zwischen den Pinzettenbacken klemmte.

Ein Magnet aus Seltenen Erden.

»Und jetzt ersetzen wir den alten durch einen neuen…«

Mit der Pinzette nahm Clyde einen Magneten aus dem Behälter, den Duncan mitgebracht hatte. Die Magnete stammten aus dem DARPA-Labor in New Brunswick, waren aber eigentlich nicht für diese Verwendung vorgesehen.

Er führte die reiskorngroße Kugel – die Duncan mit Parylen C beschichtet hatte, um einer Infektion vorzubeugen – in die Wunde ein. Mit ein paar Tropfen Wundkleber verschloss er den Schnitt und versiegelte den Magneten unter der Haut, wo er neben den somatosensiblen Nerven ruhte, die für die Wahrnehmung von Druck, Temperatur und Schmerz in der Fingerspitze zuständig waren.

Die letztgenannte Empfindung reagierte jedenfalls stark auf das Ding.

»Danke, Clyde.«

Duncan ballte mehrmals hintereinander die Hand zur Faust, bis das Pochen im Finger nachließ. Das war nicht sein erster Eingriff dieser Art. In jedem seiner zehn Finger steckte ein Magnet, und hin und wieder mussten sie ausgetauscht werden.

»Wie fühlt es sich an?« Clyde nahm die OP-Maske ab. Darunter kamen ein Nasenpflock und ein dicker Stahlring in der Unterlippe zum Vorschein.

Nicht unbedingt der typische Arzt.

In einem früheren Leben war er Dentalhygieniker gewesen. In seinem neuen Beruf praktizierte er in einem Lagerhaus in der Nähe des Ronald Reagan Airport, der beste Grinder der Biohacking-Community, der Körpererweiterungen entwarf und implantierte.

Clyde bevorzugte die Bezeichnung *Evolutionskünstler*.

Zahlreiche andere Berufe waren in dem Gebäude vertreten, voneinander getrennt durch undurchsichtige Plastikvorhänge: ein Tattoo-Künstler, der lumineszierende Tinte entwickelt hatte, ein Piercer, der winzige Juwelen in den Augapfel einpflanzte, ein Mann, der RFID-Chips als körpereigene Speicher implantierte.

Die meisten Kunden wurden vom Reiz des Neuen angelockt oder schätzten den Nervenkitzel, doch einige wenige hatten das Biohacking zu einer neuen Religion erhoben, und dies hier war ihre Kirche. Für Duncan stand der berufliche Aspekt im Vordergrund. Als Elektrotechniker fand er diesen speziellen Biohack nützlich, denn er versetzte ihn in die Lage, die Welt auf neue Weise wahrzunehmen.

»Möchtest du den neuen Magneten mal ausprobieren?«, fragte Clyde.

»Ist vermutlich noch zu empfindlich, aber wir wollen mal sehen, was du da gebaut hast.«

Er wusste, dass Clyde darauf brannte, es ihm zu demonstrieren.

Sein Chirurg geleitete ihn zu einem Tisch mit allerlei Schalttafeln, Spulen und Festplattenstapeln unterschiedlicher Höhe.

»Ich bin noch mit dem Feintuning meines neuesten Kunstwerks beschäftigt.«

»Schalt's ein!«

Clyde legte einen Schalter um. »Es dauert ein paar Sekunden, bis sich das Feld aufgebaut hat.«

»Ich glaube, so lange kann ich warten.«

Entgegen der landläufigen Meinung konnte er mit den Magneten in seinen Fingerspitzen keine Münzen hochheben oder Kreditkarten entmagnetisieren. Sie wurden nicht einmal von Flughafenscannern erfasst. Stattdessen *vibrierten* sie in Gegenwart eines elektromagnetischen Feldes. Die schwachen Schwingungen regten die Nervenenden in den Fingerspitzen an und erzeugten ein einzigartiges Gefühl, das einem sechsten Sinn gleichkam.

Mit der Zeit hatte er herausgefunden, dass elektromagnetische Felder spezifische Sinneseindrücke hervorriefen, die einen Eindruck von Größe, Form und Stärke des Feldes vermittelten. Transformatoren waren von spürbaren Blasen umgeben. Mikrowellen gaben rhythmische Wellen ab, die er als Druck wahrnahm. Hochspannungsdrähte pulsierten von seidiger Energie, so als streiche er mit den Fingerspitzen über die glatte Haut einer sich windenden Schlange.

Außerdem benutzte er die Magnete bei seiner Arbeit zu ganz praktischen Zwecken. Mit seinem sechsten Sinn konnte er die Stromstärke in Kabeln wahrnehmen und beurteilen, ob eine Laptop-Festplatte sich vorschriftsmäßig drehte. Einmal hatte er damit ein Problem im Verteiler seines Mustang Cobra R, Baujahr 1995, diagnostiziert.

Nachdem er die komplexe Vielschichtigkeit des Elektromagnetismus entdeckt hatte, wollte er nicht mehr darauf verzichten. Ohne seine Magnete wäre er blind gewesen.

»Ich bin so weit«, sagte Clyde und schwenkte den Arm über den elektrischen Geräten.

Duncan hielt die Hände über den Tisch. Die von Clydes Versuchsaufbau erzeugte Energie nahm er als Druck an den Fingern wahr, was den haptischen Eindruck einer *Form* hervorrief. Er fuhr mit den Händen daran entlang und verschaffte sich einen Eindruck von der einzigartigen Gestalt, die Clyde mit der sorgfältigen Anordnung von Hardware und Stromfluss erzeugt hatte.

Er nahm Schwingen wahr, die sich seitwärts ausbreiteten. Unter den Schwingen wurden seine Fingerspitzen wärmer und sogar heiß, als er der Tischplatte nahe kam.

Nach und nach nahm das Unsichtbare Gestalt an. Ein Bild baute sich vor seinem inneren Auge auf, so real wie eine Skulptur.

»Unglaublich«, sagte Duncan.

»Ich nenne dieses Werk *Die Auferstehung des Phönix aus der Asche des digitalen Zeitalters*.«

»Du hast halt eine poetische Ader, Clyde.«

»Danke, Dunk.«

Er bezahlte den Mann für seine Dienste, sah auf die Uhr und schritt durchs Lagerhaus.

Er hätte den Eingriff auch von einem Angestellten von Sigma vornehmen lassen können. Monk Kokkalis mit seinen Kenntnissen auf dem Gebiet der Forensik wäre sicherlich dazu in der Lage gewesen. Doch er kannte Clyde und dessen Freunde aus seinem früheren Leben, als er geglaubt hatte, er könne als Baseballspieler bei La Salle die Welt erobern. Seine muskulösen Arme waren von den Ellbogen aufwärts noch immer tätowiert, und er trug auch noch das silberne Ohrpiercing in der Form eines kleinen Adlers, eine Erinnerung an die Freunde, die er in Afghanistan bei einem Feuergefecht in Takur verloren hatte. Als seine Baseballkarriere nach mehreren Verletzungen, die ihn auf die Ersatzbank verbannten, implodiert war und er sein Stipendium verloren hatte, war er bei den US-Marines gelandet.

Mit vierundzwanzig hatte er sechs Afghanistaneinsätze absolviert, die letzten beiden bei einer speziellen Aufklärungstruppe der Marineinfanterie, doch nach Takur hatte er sich nicht wieder verpflichtet, und dann hatte Painter Crowe bei ihm angeklopft. In seinem früheren Leben hatte er Elektrotechnik studiert und sich dabei offenbar als so fähig erwiesen, dass Sigma auf ihn aufmerksam geworden war. Jetzt hatte er nach einem Schnellstudium zwei Doktortitel in Physik und in Elektrotechnik – und stand bei Sigma vor seinem ersten offiziellen Einsatz.

Er sollte mithelfen, einen abgestürzten Satelliten zu finden.

Er war hergekommen, um sich optimal vorzubereiten.

Er ballte die Hand zur Faust. Der Schmerz ließ bereits nach.

Als er den Eingang erreichte, bemerkte er zwei undurchsichtige Gestalten, die neben seinem Mustang kauerten. Der schwarze Cobra R war ihm ans Herz gewachsen, ein Kraftpaket und wie das Ohrpiercing eine Erinnerung an seine Vergangenheit. Ursprünglich hatte er den Gebrauchtwagen für seinen kleinen Bruder gekauft, als er noch geglaubt hatte, seine Zukunft sei ein rotierender orangefarbener Ball. Mit achtzehn hatte der Krebs ihm Billy und dessen breites, verwegenes Grinsen geraubt. Der Wagen aber hatte überdauert und mit ihm die glücklichen Erinnerungen an zwei Brüder, denen die Welt offenstand, sowie die düsteren Erinnerungen an Verlust, Trauer und zu frühe Abschiede.

Zornig ging er zu den Männern beim Mustang hinüber. Er näherte sich den im Schatten knienden Gestalten, bis er hinter ihnen stand. Der spezielle Schließmechanismus, den er extra für den Wagen konstruiert hatte, hatte sie offenbar aufgehalten.

Sie bemerkten ihn erst, als er sich räusperte.

Überrascht drehte sich der eine um, in der Hand einen Montierhebel.

Ist das dein Ernst?

Im nächsten Moment flüchteten beide, blutend und humpelnd.

Duncan streckte die Hand zum Türgriff aus. Die Tür öffnete sich, noch ehe er sie berührt hatte, aktiviert durch einen in seinen Oberarm implantierten RFID-Chip, eine weitere Körpererweiterung.

Er verbuchte diese Modifikationen zwar aufs berufliche Konto, doch insgeheim wusste er, dass es dabei um etwas

Grundlegenderes ging. Schon bevor Sigma an ihn herangetreten war, hatte er begonnen, seinen Körper mit Tattoos zu verändern. Er war sich bewusst, dass diese Veränderungen mehr mit Billy zu tun hatten, mit der Art und Weise, wie er gestorben war, als die wuchernden Zellen seinen Körper verwüstet hatten. Durch die Modifizierungen versuchte Duncan, Kontrolle auszuüben und den Krebs abzuwehren. Sie waren seine Rüstung, die ihn vor den Unwägbarkeiten des Lebens schützen sollte, die dazu führen konnten, dass der Körper sich auf einmal gegen sich selbst wandte.

Sein erstes Tattoo war eine Kopie von Billys Handabdruck gewesen. Er ließ es über seinem Herzen anbringen und fügte später noch das Todesdatum seines Bruders hinzu. Häufig ertappte Duncan sich dabei, dass seine Hand über der Abbildung schwebte, und er fragte sich, ob er es einem genetischen Zufall zu verdanken hatte, dass er noch lebte, während sein Bruder gestorben war.

Das Gleiche galt für seine Freunde, die nicht aus Afghanistan zurückgekehrt waren, die von einem Querschläger getroffen worden oder auf eine Mine getreten waren.

Ich habe überlebt. Sie sind gestorben.

Das war eine universale Konstante.

Das Schicksal war herzlos und grausam.

Beflügelt vom Adrenalin und von Schuldgefühlen, riss er die Wagentür auf, sprang hinein und fuhr los. Er raste durch die Vororte von D.C., schaltete rauf und runter, überfuhr Stoppschilder.

Die Gespenster der Vergangenheit aber konnte er nicht abschütteln – weder die seiner ehemaligen Kameraden noch das seines kleinen Bruders.

Ihn gab es noch, deshalb musste er an ihrer aller Stelle leben.

Diese Erkenntnis, die Bürde der Verantwortung, lastete mit jeder zurückgelegten Meile und jedem verstrichenen Jahr schwerer auf ihm. Allmählich wurde es ihm zu viel.

Er wählte den einzigen Ausweg, der sich ihm bot.

Er gab mehr Gas.

18:34

»Sie wirken ein bisschen überwältigt«, sagte Painter.

Wie sollte es auch anders sein?

Jada blickte das dicke Einsatzdossier auf ihrem Schoß an. Sie saß in Direktor Crowes unterirdischem Büro. Auf einmal bekam sie Engeangst, nicht weil über ihr das Smithsonian Castle lag, sondern wegen des schweren Pakets auf ihren Schenkeln.

Und wegen dessen Inhalts.

Sie sollte um die halbe Welt fliegen und nach einem abgestürzten Satelliten suchen, von dem möglicherweise das Schicksal der Welt abhing oder zumindest der weitere Verlauf ihrer Karriere als Astrophysikerin.

Als das kraushaarige Mädchen aus Congress Heights, das jeden Tag von der Schule nach Hause lief, um nicht verprügelt zu werden, nur weil sie eine Musterschülerin war und gerne las... spüre ich da doch ein bisschen Druck.

»Ihnen wird ein gutes Team zur Seite stehen«, versicherte ihr Painter. »Die Aufgabe lastet nicht allein auf Ihren Schultern – das sollten Sie gar nicht erst denken. Vertrauen Sie dem Team.«

»Wenn Sie es sagen.«

»Das tue ich.«

Sie atmete tief durch. Painters Büro war spartanisch ein-

119

gerichtet, mit Schreibtisch, Aktenschrank und einem Computer, doch es strahlte eine gewisse Wärme aus wie ein Paar abgelatschter Pantoffeln. Es gab auch ein paar persönliche Dinge. Auf dem Schrank ragte ein gewundenes Stück Glas auf, das aussah wie eine Skulptur, vermutlich aber ein Erinnerungsstück war. An der Wand hingen in einem Schaukasten die geschwungenen Fangzähne eines Dschungeltiers, die ihr außergewöhnlich lang vorkamen. Auf dem Schreibtisch stand das gerahmte Foto einer Frau.

Vielleicht seine Verlobte.

Er hatte sie auf dem Herflug mehrmals erwähnt; offenbar liebte er sie.

Die Glückliche.

Der Raum war offenbar das Zentrum der Kommandoebene von Sigma. Drei große Monitore hingen vor dem Schreibtisch an den Wänden, Fenster zur Welt. Oder in diesem Fall zum *Universum.*

Auf dem einen Bildschirm wurde das Livebild des Kometen IKON angezeigt; auf dem anderen das letzte Foto, das der abstürzende Satellit aufgenommen hatte; auf dem dritten der Videofeed aus dem Raumfahrtzentrum im Westen.

Das Geräusch von Schritten und gedämpfte Stimmen lenkten ihre Aufmerksamkeit zur Tür. Kat Bryant trat zusammen mit einem Mann ein.

»Sehen Sie mal, wen ich gefunden habe«, sagte Kat.

Painter erhob sich und schüttelte dem groß gewachsenen Mann die Hand. »Wurde auch Zeit, Sergeant Wren.«

Jada war ebenfalls aufgestanden.

Das musste ihr Teamkollege sein. Duncan Wren. Er war erstaunlich jung, vermutlich nur wenige Jahre älter als sie. Sie musterte ihn. Er war ein kräftiger Typ, der sein Marine-T-Shirt ausfüllte. Seine Arme waren mit Tätowierungen bedeckt, doch er war alles andere als ein Muskelprotz. Sie vermutete, dass er es im Sprint mit ihr würde aufnehmen können – und sie war schnell.

Als sie ihm die Hand schüttelte, bemerkte sie seine abgeschürften Fingerknöchel. »Jada Shaw.«

»Die Astrophysikerin?«

Überraschung zeigte sich in seinen grünen Augen, was sie ein wenig ärgerte. Im Lauf ihrer kurzen Karriere war sie diesem Blick schon mehrfach begegnet. Die Physik war eine Männerdomäne.

Als wollte er sie genauer in Augenschein nehmen, streifte er sich ein paar dunkelblonde Haarsträhnen aus der Stirn. Die hellen Einsprengsel kamen offenbar nicht aus der Tube.

»Wunderbar«, sagte er ohne jede Spur von Herablassung und Sarkasmus. Er stemmte die Fäuste in die Hüfte. »Dann kann es ja losgehen.«

»Der Jet ist aufgetankt und wartet«, sagte Kat. »Ich bringe Sie hin.«

Jada klopfte das Herz bis zum Hals. Das ging alles so schnell.

Duncan berührte sie am Ellbogen, als spürte er ihre wachsende Panik.

Sie dachte an den Rat, den Painter ihr gegeben hatte.

Vertrauen Sie dem Team.

Doch wie stand es mit ihrem Selbstvertrauen?

Duncan neigte sich ihr entgegen. Besorgnis lag in seinem Blick, aber auch unerschütterliche Zuversicht. »Sind Sie bereit?«

»Ich glaube, mir bleibt nichts anderes übrig.«

»Mehr kann man nicht erwarten.«

Bevor sie sich zum Gehen wandten, trat Kat um sie herum, legte einen Aktenordner auf Painters Schreibtisch und tippte darauf. »Der neueste Bericht zu Grays weiterer Planung in Hongkong.«

Er nickte seufzend. »Den hab ich mir schon auf dem Rechner angeschaut. Er begibt sich da auf gefährliches Terrain.«

»Offenbar ist er bereit, für Seichan das Risiko einzugehen.«

6

GRAY SCHICKTE SICH an, sich in die Höhle des Löwen zu begeben.

Oder in diesem Fall in die der *Löwin*.

Er befand sich im Mong-Kok-Distrikt auf der Halbinsel Kowloon und stand inmitten des morgendlichen Fußgängerverkehrs. Menschen eilten mit gesenktem Kopf durch den Nieselregen, einige hatten Regenschirme dabei, andere trugen Bambushüte. Wohin er auch blickte, überall war Bewegung. Autos schlichen im Schritttempo durch die schmalen Straßen zwischen den hoch aufragenden Wolkenkratzern. An den Balkonen flatterte Wäsche wie die Fahnen zahlloser Nationen. Menschenmassen strömten über die Gehwege.

Selbst die Gerüche änderten sich ständig: brutzelndes Schweinefett, scharfe Thaigewürze, der beißende Gestank der überquellenden Mülleimer, das schale Parfüm einer vorbeigehenden Frau. Rufe hallten durch die Gassen, die meisten kamen von Händlern, die auf den Fremden aufmerksam geworden waren.

Heh, Boss, rat mal wie günstig Anzug...

Billig Uhr, gut gemacht...

Gutes Essen, alles frisch... müssen probieren...

Die Kakofonie von Kowloon betäubte seine Sinne. New York City galt als überlaufen, doch im Vergleich mit den hier zusammengedrängten Menschenmassen war es eine Geisterstadt. Die Halbinsel Kowloon nahm die halbe Fläche von Hongkong ein. Die andere Hälfte auf der anderen Seite von Victoria Harbor – Hongkong Island – war ein Durcheinander von Villen, funkelnden Wolkenkratzern und grünen Parks, alles überragt vom Victoria Peak.

Noch vor Sonnenaufgang hatten Gray und Kowalski mit dem gestohlenen Speedboat die Küstengewässer erreicht. Die Skyline von Hongkong lockte wie eine neuzeitliche Ausgabe des Zauberlandes Oz, eine funkelnde Stadt, von der das magische Versprechen ausging, sie könne für Geld jeden Wunsch erfüllen – dabei war sie in Wahrheit ein Hort der Dekadenz.

Gray hatte Kowalski zu einer heruntergekommenen Hafengegend an der dunkleren, urbaneren Seite von Hongkong dirigiert. Sie schliefen zwei Stunden lang in einem unscheinbaren Hotel und warteten auf Nachrichten aus D. C. Als die Informationen eintrafen, begaben Gray und Kowalski sich in den Rotlichtbezirk von Mong Kok mit seinem chaotischen Durcheinander von Karaokebars, Bordellen, Saunen und Restaurants.

»Dort entlang«, sagte Gray nach einem Blick auf die Karte.

Sie ließen das Gewimmel der Hauptstraße hinter sich und betraten das Labyrinth enger Gassen. Je weiter sie kamen, desto seltener wurden sie angesprochen, und die Einheimischen musterten sie mit wachsendem Argwohn.

»Ich glaube, es ist das Haus direkt vor uns«, sagte Gray.

Sie bogen noch einmal ab und gelangten zu einem Komplex dreier siebzehnstöckiger Wohnhäuser, die durch Brücken und provisorische Anbauten zu einem einzigen gewaltigen Gebäude verschmolzen waren. Es glich einem rostigen Berg, zusammengehalten von Blech, Holzbalken und Müll. Sogar die Balkone waren mit Gittern verrammelt. Doch selbst hier hing Wäsche an den Gitterstäben oder flatterte an Leinen im Wind.

»Sieht aus wie ein Gefängnis«, meinte Kowalski.

In gewisser Weise war es eins. Die Bewohner waren Gefangene der ökonomischen Realität und der Gitterstäbe, mit Ausnahme derer, welche die obersten Stockwerke bewohnten, die Etagen, die der Sonne und der frischen Luft am nächsten waren. Sigmas Bericht zufolge war dies die Heimat der *Duàn-zhī*-Triade.

Gray war hergekommen, um sich mit dem berüchtigten Boss der Triade zu treffen.

In Macau hatte Dr. Hwan Pak Grays Team an die Triade verkauft und es in einen Hinterhalt gelockt. Deren Anführerin, die ihr Gesicht nie wieder zeigen wollte, nahm es offenbar unfreundlich auf, wenn ihr jemand zu nahe kam. Wer sich ihrer Schwelle näherte, ging ein hohes Risiko ein.

Gray aber hatte keine Wahl.

Seichan war von kriminellen Elementen entführt worden. Er bezweifelte, dass sie der Triade angehörten. Unter den Angreifern, die sie in den schwarzen Cadillac gezogen hatten, hatte er europäische Gesichter ausgemacht – vermutlich Portugiesen –, und die chinesischen Triaden verachteten Westler.

Wer also hatte sie entführt... und wohin hatte man sie gebracht?

Er musste davon ausgehen, dass sie noch am Leben war.

Vielleicht hatte man sie irgendwo in den Straßen von Macau erschossen, doch das wollte er nicht glauben.

Dies hier war die einzige Möglichkeit, Informationen über die Entführer zu bekommen. In der Vergangenheit hatte die *Duàn-zhī*-Triade von Macau aus operiert, deshalb kannte ihre Anführerin vermutlich die wichtigsten Akteure und unterhielt noch Kontakte dorthin. Vor allem verfügte sie über die Untergebenen und Ressourcen, die nötig waren, wenn Gray eine Befreiungsaktion durchführen wollte – um die leibliche Tochter der Anführerin zu retten.

Aber wie soll ich es anstellen, dass sie uns anhört, bevor sie uns töten lässt?

Gray wandte sich an Kowalski. »Letzte Gelegenheit zum Abbruch. Ich kann alleine reingehen. Wäre vielleicht sogar besser.«

Diesen Vorschlag hatte er auch schon im Hotel gemacht.

Die Antwort war identisch.

»Sie mich auch.« Kowalski wandte sich zur nächstgelegenen Tür.

Gray schloss zu ihm auf. Seite an Seite traten sie durch die stählerne Sicherheitstür, die nur tagsüber offen war und nachts abgesperrt wurde. Sie wurden beobachtet, einige Mienen waren voller Hass, die meisten teilnahmslos.

Sie gelangten in den Hof, der von den drei Wohntürmen eingefasst wurde. Die Brücken und wackligen Anbauten blockierten den Großteil des einfallenden Tageslichts, doch der Nieselregen fand irgendwie Einlass und benetzte alle Oberflächen. Baufällige Läden säumten den Rand des Innenhofs, darunter auch ein Metzger, vor dessen Geschäft an Haken gerupfte Gänse hingen, ein Spirituosen- und Tabakladen und ein Süßwarengeschäft, dessen Waren zu bunt und freundlich wirkten an diesem tristen Ort.

»Die Treppe ist da drüben«, sagte Kowalski.

Die Außentreppe, die an der Seite eines jeden Wohnturms nach oben führte, bot anscheinend den einzigen Zugang. Gray hatte keine Ahnung, in welchem der Türme die Triade zu Hause war und ob es darauf überhaupt ankam.

Sie wandten sich zum nächstgelegenen Turm und machten sich an den Aufstieg. Sie hatten vor, den Komplex so lange abzusuchen, bis jemand sie aufhielt – vorzugsweise eine Person, die nicht erst schoss und dann Fragen stellte.

Während sie einen Absatz nach dem anderen erklommen und der Geschäfts- dem Wohnbereich Platz machte, blickte Gray durch mehrere offene Türen. In den Wohnungen sah es merkwürdig aus. Große Drahtkäfige waren wie Kaninchenställe vom Boden bis zur Decke gestapelt. Darin lagen Menschen, einige davon schliefen. Offenbar konnten sie sich keine bessere Unterkunft leisten, doch sie machten das Beste aus ihrem winzigen Zuhause und statteten es mit Bambusrohren und Sichtschutzplanen aus. Sogar ein paar Fernseher waren zu sehen. Überall hingen Schwaden von Zigarettenrauch in der Luft, der den Gestank nach Exkrementen jedoch nur notdürftig überlagerte.

Zwischen ihnen rannte eine fette braune Ratte die Treppe hinunter.

»Kluges Tier«, sagte Kowalski.

Im zehnten Stock bemerkte Gray die Glasaugen von Überwachungskameras, die auf die Treppe ausgerichtet waren.

Das Werk der Triade.

»Vielleicht sind wir hoch genug«, sagte Gray. »Man beobachtet uns bestimmt schon.«

Am nächsten Treppenabsatz bog er in den nach außen hin offenen Flur ab, der Aussicht bot auf den Innenhof. Er stellte sich vor eine der Überwachungskameras. Langsam streckte er die Hand zum Gürtel aus. Mit zwei Fingern zog er die Red-Star-Pistole aus dem Holster und legte sie vor seinen Füßen ab. Kowalski vollführte das gleiche Ritual mit dem AK-47.

»Ich möchte mich mit Guan-yin unterhalten, der Anführerin der *Duàn-zhī*-Triade!«, rief er in die Kamera.

Die Reaktion erfolgte augenblicklich.

Vor und hinter ihnen öffneten sich Türen. Vier Männer mit Schlagstöcken und Macheten traten heraus.

So viel zum Thema Unterhaltung.

Gray ließ sich fallen und trat dem ersten Mann gegen das Knie. Als der Angreifer nach vorn kippte, versetzte er ihm einen Schlag gegen den Hals, worauf der Mann keuchend zusammenbrach. Gray hob die Pistole auf und duckte sich unter einer Machete hinweg, die sein Haar streifte. Er packte den Arm des Angreifers, riss ihn herum und nahm den Mann in den Würgegriff.

Dann setzte er seinem Gefangenen die Pistolenmündung ans Ohr.

Kowalski hatte in der Zwischenzeit den ersten seiner beiden Angreifer bewusstlos geschlagen und ihm das Stahlrohr entrissen. Mit einem Rundumschlag traf er den zweiten Angreifer an der Schulter. Dessen Machete fiel klirrend zu Boden.

Kowalski streckte das Rohr drohend vor, während der Mann zurücktaumelte und sich den gelähmten Arm hielt.

Gray blickte zur Kamera hoch.

»Ich will nur reden!«, rief er.

Zum Beweis ließ er seinen Gefangenen los und schob ihn von sich weg. In der Hoffnung, dass der Überfall nur ein Test gewesen war, hielt er die leeren Hände in die Kamera.

Er wartete, der Schweiß lief ihm über den Rücken. Stille schien sich über den Komplex zu legen. Selbst das Geplapper aus den Fernsehern und die widerhallende Musik wirkten auf einmal gedämpft.

Plötzlich meldete sich hinter ihm grollend Kowalski zu Wort: »Spricht denn hier niemand gottverdammtes Englisch?«

Am Ende des Gangs öffnete sich eine Tür.

»Doch, ich.«

Jemand trat aus dem Schatten hervor auf den Gang, ein hochgewachsener Mann, der sein langes weißes Haar zum Pferdeschwanz gebunden hatte. Er war in den Sechzigern, bewegte sich aber mit großer Geschmeidigkeit. In der einen Hand hielt er ein langes chinesisches Krummschwert, einen Dao-Säbel.

Die andere Hand ruhte auf dem Griff der SIG-Sauer in seinem Gürtelholster.

»Was haben Sie unserer verehrten Anführerin zu sagen?«, fragte er.

Gray war sich bewusst, dass die falsche Antwort ihren Tod bedeuten konnte.

»Sagen Sie ihr, ich überbringe Neuigkeiten zu Mai Phuong Lys Tochter.«

Dem leeren Gesichtsausdruck des Mannes nach zu schließen, konnte er mit dem Namen nichts anfangen. Er drehte sich einfach um und verschwand ruhig im Innern des Gebäudes.

Abermals mussten sie warten. Einer der Wachposten blaffte etwas auf Kantonesisch und zwang Gray und Kowalski, ein paar Schritte zurückzuweichen, damit er ihre Waffen aufsammeln konnte.

»Das wird ja immer schöner«, brummte Kowalski.

Ihre Nerven waren so straff gespannt wie eine Klaviersaite.

Schließlich tauchte der Schwertkämpfer wieder aus dem dunklen Eingang hervor.

»Sie hat gnädigerweise eingewilligt, mit Ihnen zu sprechen«, sagte er.

Gray entspannte ein wenig die Schultern.

»Aber wenn ihr nicht gefällt, was sie zu hören bekommt«, fuhr der Schwertkämpfer fort, »wird ihr Gesicht das Letzte sein, was Sie zu sehen bekommen.«

Gray hatte daran keinen Zweifel.

8:44

Seichan erwachte im Dunkeln.

Sie rührte sich nicht; dieser Überlebensinstinkt rührte von ihren wilden Jahren in den Straßen von Bangkok und Phnom Penh her. Sie wartete darauf, dass ihre Benommenheit nachließ. Langsam sickerten Erinnerungen aus einem schwarzen Brunnen hervor. Man hatte sie ergriffen, ihr Drogen verabreicht und ihr die Augen verbunden. Offenbar war sie an Händen und Füßen gefesselt. Auch ihre Augen waren noch immer verbunden, doch am Rand der Binde sickerte ein wenig Licht hindurch, also war es Tag.

Aber war es noch immer der Tag, an dem man sie überwältigt hatte?

Sie dachte an die Kollision, bei der Gray und Kowalski aus der Rikscha geschleudert worden waren.

Hatten sie überlebt?

Sie wollte gar nicht darüber nachdenken.

Verzweiflung schwächte ihre Entschlossenheit – dabei

würde sie jedes Fitzelchen Zähigkeit brauchen, wenn sie überleben wollte.

Sie konzentrierte sich mühsam und versuchte, sich ein Bild von der Umgebung zu machen. Sie lag auf einer harten metallischen Unterlage, es roch nach Motoröl. Die Vibrationen und das gelegentliche Poltern sagten ihr, dass sie sich in einem Fahrzeug befand.

Vielleicht in einem Lieferwagen oder einem Laster.

Aber wohin brachte man sie?

Weshalb haben sie mich nicht einfach getötet?

Die Antwort auf diese Frage fiel ihr nicht schwer. Jemand hatte von dem Kopfgeld erfahren, das man auf sie ausgesetzt hatte, und wollte sie verkaufen.

»Sie können jetzt aufhören, so zu tun, als wären Sie noch bewusstlos.« Der Sprecher musste sich ganz in der Nähe befinden.

Sie wand sich innerlich. Das raue Leben auf der Straße hatte ihre Sinne geschärft. Trotzdem hatte sie nicht gemerkt, dass jemand neben ihr saß. Das verunsicherte sie, nicht nur wegen seines Schweigens, sondern auch, weil sie nur Leere wahrnahm. Als würde er gar nicht existieren.

»Entspannen Sie sich erst mal«, fuhr der Mann fort. Sein Kantonesisch klang höflich und makellos, war aber mit europäischem Akzent eingefärbt. Da sie sich in Macau befanden, war er vermutlich Portugiese. »Wir haben nicht vor, Sie zu töten oder zu verletzen. Jedenfalls nicht gleich. Das ist nichts weiter als eine geschäftliche Transaktion.«

Dann hatte sie mit ihrer Vermutung, man wolle sie verkaufen, also recht gehabt. Das aber war nur ein schwacher Trost.

»Und was Ihre Freunde betrifft...«

Diesmal zuckte sie zusammen und dachte an Grays Gesicht und Kowalskis Prahlerei. Waren sie noch am Leben?

Der Mann lachte glucksend.

»Sie leben«, sagte er, als wäre sie für ihn ein aufgeschlagenes Buch. »Noch, sollte man wohl sagen. Wir haben eine Weile gebraucht, sie aufzuspüren. Sie haben einen höchst unerwarteten Ort aufgesucht, nämlich das Hauptquartier unserer Konkurrentin. Das hat mich erstaunt, und ich habe mich gefragt, warum sie das getan haben. Dann ist mir klar geworden, dass das irrelevant ist. Es gibt da ein altes chinesisches Sprichwort: *yi juan shuang dian*. Ich glaube, es trifft die Situation ganz gut.«

Seichan übersetzte im Stillen.

Ein Pfeil, zwei Geier.

Ihr wurden ganz kalt. Es gab dafür noch eine geläufigere Übersetzung.

Zwei mit einem Streich.

8:58

Die Aufzugtür öffnete sich, und sie gelangten von der Hölle in den Himmel.

Gray folgte dem Schwertkämpfer in das Penthouse hinein. Von der erstickenden Enge und dem Schmutz der unteren Etagen war hier nichts zu spüren. Hier herrschte Weite, und eingerichtet war die Wohnung mit weißen Möbeln mit klaren Linien. Der Boden war aus poliertem Bambus. Topforchideen in allen möglichen Farben und Formen schmückten den Raum. In einem Aquarium von der Form einer stehenden Welle flitzten zahllose schneeweiße Fische umher. Es diente als Raumteiler, dahinter lag eine Küche mit europäischen Geräten aus rostfreiem Stahl.

Der größte Unterschied zu der Höllenumgebung weiter

unten aber war das Licht. Nicht einmal der bewölkte Himmel vermochte den Eindruck von Helligkeit zu dämpfen. Die riesigen Fenster boten Ausblick auf Kowloon und die weiter entfernten funkelnden Türme von Hongkong City. In der Mitte des Penthouse lag ein verglastes, nach oben hin offenes Atrium mit einem Springbrunnen und wild wuchernden Pflanzen und Blumen, die einen Fischteich mit Seerosen umstanden.

Eine einzelne Laterne schaukelte sanft auf dem Wasser.

Eine schlanke Person in einem gegürteten Gewand hatte sich darüber geneigt. Mit einer langen Wachskerze zündete sie die Kerze in der lotusförmigen Laterne an.

Gray dachte an das Laternenfest in Macau mit seinen Tausenden Lichtern, die an die Verstorbenen erinnerten.

Der Mann geleitete sie zum Atrium.

Kowalski blickte sich finster zum Aufzug um. »Wieso haben wir uns eigentlich vierzehn Stockwerke hochgeschleppt, wenn es hier einen Scheißaufzug gibt?«

Vermutlich war er Triadenmitgliedern vorbehalten, doch Gray sparte sich die Erklärung und konzentrierte sich ganz auf die Gestalt hinter der Glasscheibe.

Der Schwertkämpfer führte sie zu der Tür, die ins Atrium hinausführte. »Warten Sie hier.«

Die Frau – dass es eine Frau war, verrieten die kleinen bloßen Füße und der Schwung der Hüfte – verharrte in gebeugter Haltung über der Laterne, die Hände um die brennende Wachskerze gelegt.

Zwei Minuten lang sprach niemand ein Wort. Kowalski trat nervös von einem Fuß auf den anderen, war aber so vernünftig, den Mund zu halten.

Schließlich vollführte die Frau eine tiefe Verneigung, richtete sich auf und wandte sich um. Zum Schutz vor dem Nieselregen hatte sie die Kapuze ihres Gewands übergestreift, die ihr Gesicht einrahmte. Sie ging zur Tür und öffnete sie langsam.

Anmutig trat sie ins Penthouse.

»Guan-yin«, sagte der Schwertkämpfer und neigte das Haupt.

»M' h' goi, Zhuang.« Ihre blasse Hand glitt aus dem Ärmel hervor und berührte den Mann am Unterarm, eine eigentümlich intime Geste.

Die Anführerin der *Duàn-zhī*-Triade wandte sich Gray zu.

»Sie haben Mai Phuong Ly erwähnt«, sagte sie mit leiser, ruhiger Stimme, in der jedoch eine stahlharte Drohung mitschwang. »Diese Person ist schon lange tot.«

»Nicht in der Erinnerung ihrer Tochter.«

Die Frau zeigte keine Reaktion, was auf eine hervorragende Selbstbeherrschung hindeutete. Nach einer längeren Pause sagte sie ruhig: »Schon wieder sprechen Sie von einer Toten.«

»Vor ein paar Stunden, als sie nach Macau kam, um nach ihrer Mutter zu suchen, war sie noch lebendig.«

Die einzige Reaktion war das leichte Zittern ihres Kinns, vielleicht weil ihr bewusst wurde, wie dicht sie davorgestanden hatte, ihre eigene Tochter zu töten. Jetzt fragte sie sich vermutlich, ob er die Wahrheit sagte.

»Sie waren das im Casino Lisboa.«

Gray deutete auf Kowalski. »Wir waren zu dritt. Dr. Hwan Pak hat den Drachenanhänger Ihrer Tochter erkannt und gesagt, er kenne Sie. Deshalb sind wir nach Macau gekommen, um die Wahrheit herauszufinden.«

Ein verächtliches Schnauben. »Aber was ist die Wahrheit?«, fragte sie.

Skepsis und Unglauben schwangen in ihrer Stimme mit.

»Wenn Sie erlauben…« Gray deutete auf seine Jackentasche, in die er das Handy gesteckt hatte, als sie von den Wachleuten durchsucht worden waren.

»Ganz langsam«, sagte Zhuang warnend.

Gray nahm das Handy heraus und öffnete die Foto-App. Er scrollte bis zu einem Ordner mit der Bezeichnung Seichan. Dann wählte er eine Großaufnahme ihres Gesichts aus. Die Angst um sie flackerte auf, doch sein Arm zitterte nicht, als er Guan-yin das Handy entgegenhielt.

Sie beugte sich vor. Ihr Gesicht lag im Schatten, sodass er ihren Gesichtsausdruck nicht erkennen konnte. Doch auf einmal taumelte sie, offenbar von jäher Hoffnung übermannt. Selbst nach zwanzig Jahren erkannte eine Mutter ihre Tochter wieder.

Gray bot ihr das Handy an. »Da sind noch mehr Fotos drauf. Sie brauchen nur zu wischen.«

Guan-yin streckte die Hand aus, zögerte aber, als fürchte sie sich vor der Wahrheit. Wenn ihre Tochter noch am Leben war, was sagte das über die Mutter aus?

Schließlich schloss sie die Finger ums Handy. Sie kehrte Gray den Rücken zu, als sie sich die Fotos ansah. Das Schweigen dehnte sich – dann begann sie zu zittern und sank auf dem Bambusboden auf die Knie.

Zhuang reagierte so schnell, dass Gray es kaum mitbekam. Eben noch hatte der Schwertkämpfer neben ihm gestanden – im nächsten Moment kniete er neben seiner Herrin und bedeutete ihnen mit dem Dao-Säbel, sich von ihr fernzuhalten.

Gray konnte die in ihr widerstreitenden Emotionen nur erahnen: Schuldgefühle, Scham, Freude, Angst, Zorn.

Die letzten beiden Emotionen setzten sich durch, als sie sich wieder fasste, sich aufrichtete und umdrehte. Zhuang trat beschützend neben sie – die tiefe Besorgnis in seinem Blick verriet jedoch, dass er in diesem Fall nichts für sie tun konnte.

Guan-yin schüttelte die Kapuze ab und befreite ihr langes schwarzes Haar mit einer einzelnen grauen Strähne am Rand des Gesichts, wo sie eine dunkelrote Narbe hatte. Sie zog sich von der Wange bis zur linken Braue, das Auge war ausgespart. Die Form der Narbe war zu charakteristisch, als dass es sich um eine Kampfverletzung hätte handeln können. Jemand hatte sie ihr absichtlich beigebracht, als Erinnerung an eine Folterung. Um die Narbe in ein Ehrenzeichen zu verwandeln – vielleicht auch, um den alten Schmerz zu bannen –, hatte sie sich das Gesicht tätowieren lassen und die Narbe in den Schwanz des Drachen verwandelt, der ihr auf Wange und Stirn eintätowiert war.

Die Ähnlichkeit mit dem silbernen Anhänger an ihrer Halskette war unheimlich.

»Wo ist sie jetzt?«, fragte Guan-yin mit erhobener Stimme, in der wieder stählerne Härte mitschwang. »Wo ist meine Tochter?«

Gray ließ sich sein Erschrecken über ihr Gesicht nicht anmerken und berichtete ihr rasch von dem Überfall, ihrer Flucht und der Entführung auf offener Straße.

»Erzählen Sie mir mehr von dem Mann, den Sie neben dem Wagen gesehen haben«, sagte Guan-yin.

Gray beschrieb ihr den hochgewachsenen, kräftigen Mann mit dem gestutzten Bart. »Er sah aus wie ein Portugiese mit chinesischem Einschlag.«

Sie nickte. »Ich kenne ihn gut. Ju-long Delgado, der Boss von Macau.«

Ein Anflug von Besorgnis legte sich wie ein Schatten auf ihr Gesicht.

Wenn diese Frau sich Sorgen machte, war das ein schlechtes Zeichen.

9:18

Mit quietschenden Reifen kam der Wagen zum Stehen.

Seichan hörte, wie der Fremde sich mit dem Fahrer leise auf Portugiesisch unterhielt, doch sie verstand die Sprache nicht. Die Wagentüren wurden geöffnet und zugeschlagen.

Jemand fasste ihr ins Gesicht. Sie schlug zurück, doch er wollte ihr nur die Augenbinde abnehmen. Sie blinzelte in die Helligkeit.

»Beruhigen Sie sich«, sagte der Mann. »Wir haben noch einen weiten Weg vor uns.«

Er trug einen seidenen Maßanzug. Seine dunkelbraunen Augen hatten die gleiche Farbe wie sein zotteliges Haar und der kurz geschorene Bart, der die Wangen und das kantige Kinn bedeckte. Die leicht mandelförmigen Augen verrieten seine gemischte Herkunft.

Sie stellte fest, dass sie im Laderaum eines Lieferwagens lag.

Die Hecktür stand offen, die Tageshelle tat ihr in den Augen weh. Draußen stand ein zweiter Mann: Er war jünger, ein Schläger mit kurz geschorenem schwarzen Haar und breiten Schultern, die sein Sakko spannten. Er hatte auffallend eisblaue Augen.

»Tomaz«, sagte der andere. »Sind wir so weit, dass wir starten können?«

Ein Nicken. »*Sim*, Senhor Delgado. Das Flugzeug ist startklar.«

Delgado wandte sich ihr zu. »Ich werde Sie auf dem Flug

begleiten«, sagte er. »Um sicherzustellen, dass meine Forderungen erfüllt werden, aber auch, weil ich glaube, dass es besser ist, wenn ich mich derzeit nicht in Macau aufhalte, da sich das bis Hongkong herumsprechen wird. Das Nachspiel dürfte blutig ausfallen.«

»Wohin bringen Sie mich?«

Ohne ihre Frage zu beantworten, stieg er aus und dehnte den Rücken. »Ich glaube, das wird ein wunderschöner Tag.«

Tomaz, sein Untergebener, packte sie bei den Handgelenken und riss sie in die morgendliche Helligkeit hinaus. Mit einem Dolch durchtrennte er ihre Plastikfesseln. Nach wie vor waren ihr die Hände auf den Rücken gebunden.

Nachdem er sie grob auf die Beine gestellt hatte, begriff sie, dass sie sich auf einem entlegenen Flugplatz befand. Ein Mann trat aus einer offenen Tür hervor.

Seine gebrochene Nase war bandagiert.

Dr. Hwan Pak.

»Ah, unser Wohltäter.« Delgado ging zum Jet und warf einen Blick auf seine Rolex. »Kommen Sie. Wir sollten Hongkong so schnell wie möglich hinter uns lassen.«

9:22

»Das ist alles, was Sie wissen?«

Der Schmerz einer liebenden Mutter war Guan-yin deutlich anzuhören. Sie hatte Gray minutenlang ausgefragt, sich nach Seichans Vergangenheit erkundigt und zu verstehen versucht, weshalb ihre Tochter noch am Leben war.

Inzwischen hatten sie auf einem Sofa Platz genommen.

Zhuang hielt neben ihr Wache. Kowalski war zum Aquarium hinübergegangen und drückte sich die Nase platt.

Gray wünschte sich, er hätte die Informationslücken füllen können, doch auch er hatte nicht den vollständigen Überblick über Seichans Vorgeschichte und kannte nur Bruchstücke davon: mehrere Waisenhäuser, Leben auf der Straße, dann Eintritt in eine Verbrecherorganisation. Nach und nach schien Guan-yin zu begreifen, was geschehen war. In gewisser Weise hatten Mutter und Tochter einen ganz ähnlichen Weg eingeschlagen, waren hart geworden aufgrund ihrer Lebensumstände, hatten sich aber gleichwohl darüber erhoben, um zu überleben.

Grays Schilderung vermochte eine Mutter, die ihr Kind vermisste, nicht zufriedenzustellen. Diese Leere ließ sich vermutlich auch mit noch so vielen Worten nicht füllen.

»Ich werde sie finden«, gelobte Guan-yin.

Sie hatte bereits Anweisung gegeben herauszufinden, wohin Ju-long Delgado ihre Tochter gebracht hatte. Sie wartete noch immer auf Informationen.

»Ich habe sie damals im Stich gelassen«, sagte Guan-yin und wischte eine Träne von der Drachennarbe ab. »Die Männer, die mich verhört haben, waren grausamer, als ich mir je hätte vorstellen können. Sie haben mir gesagt, meine Tochter sei tot.«

»Um Sie zur Verzweiflung zu treiben. Um Sie leichter brechen zu können.«

»Das hat mich nur *zornig* gemacht und meine Entschlossenheit gefestigt, zu fliehen und mich zu rächen, was ich schließlich auch getan habe.« Ein Feuer glomm in ihrem gequälten Blick. »Aber ich habe die Hoffnung nicht aufgegeben. Ich habe nach ihr gesucht, doch das war schwer in den Anfangsjahren, denn nach meiner Flucht wagte ich es nicht mehr, vietnamesischen Boden zu betreten. Irgendwann musste ich aufgeben.«

»Es hat zu sehr geschmerzt, die Suche fortzusetzen«, sagte er.

»Manchmal ist Hoffnung auch ein Fluch.« Guan-yin faltete die Hände im Schoß. »Es war leichter, sie in meinem Herzen zu vergraben.«

Es entstand ein längeres Schweigen, durchbrochen allein vom Plätschern des Springbrunnes im Innenhof.

»Und Sie«, sagte Guan-yin schließlich mit schwacher Stimme. »Sie haben viel riskiert, als Sie sie hergebracht und mich aufgesucht haben.«

Eine Bestätigung erübrigte sich.

Sie hob das Gesicht und sah ihm in die Augen. »Lieben Sie sie?«

Gray erwiderte ihren Blick und begriff, dass er nicht lügen konnte – als das Gebäude von einer Explosion erschüttert wurde.

Der ganze Turm schaukelte. Das Wasser im Aquarium schwappte. Die langstieligen Orchideen schwankten.

»Verflucht noch mal!«, rief Kowalski.

Guan-yin war aufgesprungen.

Zhuang, ihr Schatten, hielt sich ein Handy ans Ohr und redete schnell, trat an die Fensterwand. Von unten stieg Rauch auf.

Es krachte erneut, diesmal etwas weiter weg.

Guan-yin folgte ihrem Beschützer zum Fenster und zog Gray und Kowalski mit sich. Sie übersetzte, was Zhuang gesagt hatte.

»Vor den Eingängen sind Betonlaster vorgefahren, und zwar zeitgleich.«

Gray stellte sich vor, wie die großen Fahrzeuge sich durch die schmalen Straßenschluchten rund um den Gebäudekomplex gezwängt hatten – ein koordinierter Angriff.

Eine weitere Explosion aus einer anderen Richtung.

Das waren Bomben auf Rädern.

Jemand wollte den ganzen Komplex plattmachen. Gray ahnte, wer dahintersteckte: Ju-long Delgado. Offenbar hatte er erfahren, dass sie sich hier aufhielten. Ihre hellen Gesichter waren kaum zu übersehen.

»Wir müssen hier aus!«, sagte Gray. »Sofort!«

Zhuang nickte und wandte sich an seine Herrin. »Wir müssen Sie in Sicherheit bringen!«

Guan-yin rührte sich nicht von der Stelle. Der Drache auf ihrem Gesicht leuchtete zornig. »Alarmieren Sie die Triade«, befahl sie. »Sorgen Sie dafür, dass möglichst viele Bewohner in Sicherheit gebracht werden.«

Gray dachte an die vielen Menschen in den unteren Etagen.

»Durch die unterirdischen Gänge.«

Natürlich gab es geheime Zugänge zur Festung der Triade.

»Sie müssen als Erste verschwinden«, drängte Zhuang.

»Erst wenn Sie den Befehl weitergegeben haben.«

Offenbar war diese Kapitänin bereit, zusammen mit ihrem Schiff unterzugehen – und es sank bereits. Unter lautem Krachen stürzten Teile des Komplexes ein. Die schwarze Rauchwolke nahm inzwischen die ganze Fensterwand ein, so als würde sie von den aus der Tiefe aufsteigenden gedämpften Schreien hochgedrückt.

Zhuang sprach wieder ins Handy, er musste schreien, um sich verständlich zu machen. Im nächsten Moment plärrten auf sämtlichen Etagen Lautsprecher los und verbreiteten den Befehl der Anführerin.

Erst jetzt ließ Guan-yin sich wegführen.

Zhuang geleitete sie klugerweise von den Aufzügen fort.

Zusammen traten sie in das Treppenhaus, durch das sie heraufgekommen waren.

»Beeilung! Wir müssen die Tunnel erreichen!«

Als sie nach unten eilten, brach auf dem Innenhof die Hölle los. An mehreren Stellen brannte es. Ein Teil der Brücke, die den Hof überspannte, gab plötzlich nach, mehrere Menschen stürzten in die Glut. Der gegenüberliegende Wohnturm sackte Etage um Etage in sich zusammen, neigte sich zur Seite und riss sich von den anderen Türmen los.

Gray wurde schneller, sprang von Absatz zu Absatz. Guan-yin hielt mit ihm Schritt, Zhuang wich nicht von ihrer Seite. Kowalski bildete den Abschluss.

Ein dröhnender Donnerschlag ließ die Treppe erbeben, warf sie alle auf die Knie.

Der Treppenaufgang löste sich allmählich von der Wand des Turms.

»Mir nach!«, brüllte Gray.

Er sprang von der Treppe ab, flog über den Abgrund hinweg und erreichte den dem Hof zugewandten Außengang des Turms. Die anderen taten es ihm nach. Guan-yin stolperte und entglitt dem Griff ihres Helfers. Am Rand der Treppe zögerte sie – doch Kowalski hob sie hoch und sprang mit einem Aufschrei zu Gray hinüber.

»Danke«, sagte Guan-yin, als er sie absetzte.

»Wir werden es niemals bis zu den Tunnel schaffen«, sagte Gray.

Niemand widersprach, alle stimmten seiner düsteren Lagebeurteilung zu. Unten wütete das Feuer und wogte der Rauch, stetig genährt von allem, was von oben herabstürzte.

»Aber wohin sollen wir?«, fragte Kowalski. »Wir sind im zehnten Stock, und ich hab meine Flügel nicht dabei.«

Gray klopfte ihm anerkennend auf die Schulter. »Dann

müssen wir uns welche basteln.« Er wandte sich an Zhuang. »Führen Sie uns zur nächstgelegen Eckwohnung.«

Der Schwertkämpfer gehorchte, ohne Fragen zu stellen. Sie liefen in das Labyrinth des Turms hinein. Nach mehrmaligem Abbiegen deutete Zhuang auf eine Tür.

Gray stellte fest, dass sie verschlossen war. Er wich zurück und trat gegen den Schlossriegel. Der alte Holzrahmen bot wenig Widerstand, und die Tür sprang auf.

»Los, rein!«, rief er. »Wir brauchen Bettlaken, Kleidung, Wäsche, alles, was man zusammenbinden kann.«

Die Suche überließ er Kowalski und Guan-yin.

Gefolgt von Zhuang, stürmte er durch die Schiebetür nach draußen. Wie die anderen Balkone, die er von der Straße aus gesehen hatte, hatte man auch diesen in einen Stahlkäfig verwandelt, der mit einer Gliederkette gesichert war.

»Helfen Sie mir«, sagte Gray und machte sich daran, einen Teil des Balkongeländers freizulegen.

Unterdessen grollte es unter ihnen, und der Turm erbebte, als werde er von dem Feuer in der Tiefe aufgefressen.

Schließlich löste Gray mit einem Fußtritt einen Teil des Käfigs, der durch den Qualm hindurch auf die Straße stürzte.

»Was macht das Seil?«, rief er in die Wohnung hinein.

»Wir kommen damit nicht bis zum Boden!«, antwortete Kowalski.

Das hatte er auch gar nicht vor.

Gray ging nachsehen, wie weit sie gekommen waren. In der Zwischenzeit hatten Kowalski und Guan-yin mit dem Seil eine Länge von etwa zwanzig Metern erreicht. Der Turm schwankte, was ihm den Entschluss erleichterte.

»Das reicht!«

Gray trug das Seil nach draußen und befestigte es am Balkongeländer. Den Rest warf er über den Rand.

»Was haben Sie vor?«

Gray deutete auf die offenen Balkone auf der anderen Seite der schmalen Straße.

»Sie sind komplett wahnsinnig«, sagte Kowalski.

Niemand widersprach ihm.

Gray blickte nach unten und fragte sich, wie die Betonlaster es geschafft hatten, sich durch die engen Straßen zu zwängen. Im Moment aber dankte er im Stillen den Stadtplanern von Hongkong dafür, dass sie für Kowloon eine so dichte Bebauung vorgesehen hatten.

Er kletterte aufs Geländer und packte das zusammengeknotete Seil. Mit angehaltenem Atem hangelte er sich nach unten. Ein paar Mal rutschte er ab und bekam Herzklopfen, doch er behielt den Abstand zum Nebengebäude im Auge und schätzte ab, wie viel Seil er brauchen würde.

Als er sich tief genug wähnte, verlagerte er das Gewicht und begann zu pendeln. Mit den Stiefeln streifte er an den Balkonkäfigen und schwang mit brennenden Augen durch den dichten Qualm. Nach ein paar Pendelbewegungen löste er sich vom Gebäude und beschrieb einen Bogen zum Nachbargebäude.

Nicht weit genug.

Um weiter zu kommen, lief er schneller an den Balkonen entlang und dehnte den Flugbogen immer weiter aus. Der Qualm war erstickend, das Atmen fiel ihm schwer.

Doch er gab nicht auf.

Schließlich berührte er mit der Stiefelkappe den gegenüberliegenden Balkon. Er fand zwar keinen Halt, doch es bestärkte ihn in seiner Entschlossenheit. Er schwang zurück in den Qualm, rannte an den vom Regen rutschigen Balkonen entlang.

Jetzt aber …

»Pierce!«, rief Kowalski vom Balkon herunter. »Sehen Sie nach unten!«

Gray blickte im Laufen zwischen seinen Beinen hindurch. Das Ende des Seils hatte Feuer gefangen. Flammen wanderten in die Höhe, darunter war der Stoff verkohlt.

Oh nein…

Als diesmal der Schwung nachließ, stieß er sich mit aller Kraft vom letzten erreichbaren Geländer ab, um bei diesem Schwung ein paar Meter mehr herauszuholen, denn er ahnte, dass es seine letzte Chance war.

Dann fiel er zurück.

Die Schwerkraft beförderte ihn am brennenden Turm entlang und auf die Straße hinaus. Er knickte in der Hüfte ein, zog die Beine an und blickte zwischen ihnen hindurch nach vorn. Der Balkon kam ihm entgegen. Er hob die Beine an und schwang über das Geländer hinweg – dann winkelte er sie wieder an und verhakte sich erfolgreich an der obersten Geländersprosse.

Er wurde von Erleichterung überwältigt.

In diesem kurzen Moment, da er abgelenkt war, verlor er den Halt. Seine Beine rutschten über das Geländer, bis er nur noch mit den Fersen daran festgehakt war. Er hing in der Schwebe, doch lange würde er nicht durchhalten.

Unter ihm kletterten die Flammen am Seil empor.

Dann packte ihn jemand bei den Füßen.

Ein Mann und eine Frau, die Bewohner der Wohnung, waren ihm zu Hilfe geeilt. Sie zogen ihn über das Geländer. Als er wieder auf eigenen Beinen stand, stampfte und schlug er die Flammen aus und band das Seil am Geländer fest. Währenddessen plapperten die beiden auf Kantonesisch; offenbar beschimpften sie ihn wegen seines Leichtsinns, ganz so, als hätte er aus purem Übermut gehandelt.

Als die Seilbrücke sicher war – so sicher, wie es eben ging –, rief er den anderen zu, sie sollten sich zu ihm herüberhangeln.

»Einer nach dem anderen! Mit Händen und Beinen festklammern!«

Guan-yin machte den Anfang; so geschickt wie eine Turnerin hangelte sie an der Seilbrücke entlang, die kaum ins Schwanken geriet. Sie verneigte sich vor dem Paar, dann kam Zhuang herüber, das Schwert hatte er sich umgeschnallt.

Kowalski kam als Letzter und feuerte sich mit lauten Flüchen an.

Den Göttern war er damit anscheinend kein Wohlgefallen. Als er die halbe Strecke bewältigt hatte, franste das Seil an der anderen Seite aus und riss. Kowalski stürzte der Straße entgegen.

Gray schluckte, den Bauch ans Geländer gedrückt.

Zum Glück klammerte Kowalski sich mit seinen Pranken am Seil fest. Als es straff gespannt war, schwang er der Fassade entgegen. Er landete drei Stockwerke tiefer auf einem Balkon und prallte gegen eine Gruppe von Schaulustigen, die sich dort versammelt hatte.

Schreckensschreie schallten herauf.

»Alles in Ordnung?«, rief Gray, über das Geländer gebeugt.

»Beim nächsten Mal gehen Sie als Letzter rüber!«, rief Kowalski zurück.

Als Gray sich umwandte, band Zhuang seiner Herrin gerade ein rotes Seidentuch um den Kopf, um ihr Gesicht wieder vor den Blicken der Menschen zu verbergen.

Als er fertig war, wandte sie sich an Gray. »Ich verdanke Ihnen mein Leben.«

»Aber viele andere sind umgekommen.«

Sie nickte, dann beobachteten sie die Spätfolgen des Angriffs. Der verrostete Berg erlag langsam dem Feuer, zerbröckelte und stürzte ein.

Hinter ihnen sprach Zhuang hektisch ins Handy; vermutlich machte er sich ein Bild von den Zerstörungen.

Nach einer Weile kehrte er an die Seite seiner Herrin zurück. Sie unterhielten sich mit gesenktem Kopf. Als ihr Beschützer zurücktrat, wandte Guan-yin sich Gray zu.

»Zhuang hat Neuigkeiten aus Macau«, sagte sie.

Gray machte sich aufs Schlimmste gefasst.

»Meine Tochter lebt noch.«

Gott sei Dank.

»Aber Ju-long hat sie von der Halbinsel geschafft und aus China weggebracht.«

»Wohin ...?«

Das Kopftuch vermochte die Angst in ihrer Stimme nicht zu dämpfen. »Nach Nordkorea.«

Gray stellte sich das unzugängliche Land vor, ein Niemandsort der makaberen Isolation und des diktatorischen Wahnsinns, der strengen Kontrolle und der undurchdringlichen Grenzen.

»Es bräuchte eine Armee, sie dort rauszuholen«, murmelte er in Richtung des Rauchs und des Feuers.

Guan-yin hatte ihn gehört, doch sie sagte: »Sie haben meine Frage von eben nicht beantwortet.«

Er schaute sie an und sah nichts weiter als eine verängstigte Mutter.

»Lieben Sie meine Tochter?«

Gray konnte nicht lügen, doch die Angst schnürte ihm den Hals zusammen. Sie aber sah die Wahrheit in seinen Augen und wandte sich ab.

»Dann gebe ich Ihnen die Armee, die Sie brauchen.«

TEIL 2

HEILIGE UND SÜNDER

7

»DAS SIEHT AUS wie der Ozean.«

Die Bemerkung seiner Nichte veranlasste Monsignore Verona aufzusehen. Er nahm die Nase aus der DNA-Analyse. Immer wieder ging er den Bericht durch, denn er ahnte, dass er etwas Bedeutsames übersehen hatte. Die Untersuchungsergebnisse hatte ihm das Genlabor kurz vor Beginn des Fluges zur westlichsten Hafenstadt Kasachstans gefaxt.

Er atmete tief durch und zwang sich zurück in die Gegenwart, denn er brauchte eine Pause. *Wenn mein Kopf wieder klar ist, komme ich vielleicht dahinter, was nicht stimmt.*

Er und Rachel saßen in einem kleinen Restaurant mit Ausblick aufs Kaspische Meer. Hinter den Fenstern krachten die Brecher gegen die weißen Klippen, von denen das Städtchen Aktau seinen Namen hatte. Das Sigma-Team sollte in einer knappen Stunde eintreffen. Dann würden sie mit einem gecharterten Helikopter zu den Koordinaten fliegen, die Pater Josip in den Totenschädel geritzt hatte.

»Früher einmal hatte der See Verbindung zum Meer«, sagte Vigor. »Bis vor fünf Millionen Jahren. Deshalb enthält das Kaspische Meer auch Salz, allerdings nur ein Drittel so viel wie die heutigen Ozeane. Irgendwann bildeten sich Landbrücken, das Meer trocknete aus, und es entstanden das Kaspische und das Schwarze Meer ... und der Aralsee, zu dem wir fliegen.«

»Viel Meer ist im Aralsee aber nicht übrig geblieben«, meinte Rachel und lächelte. Sie hatte die Carabiniereuniform gegen einen roten Rollkragenpullover und Wanderstiefel eingetauscht.

»Aber das hat keine geologischen Ursachen, sondern ist Menschenwerk. Früher mal war der Aralsee der viertgrößte Binnensee der Welt, etwa so groß wie Irland. In den Sechzigern haben die Sowjets zum Nutzen der Landwirtschaft die beiden Hauptzuflüsse umgeleitet, und der See hat daraufhin neunzig Prozent des Wassers verloren und sich in eine salzige, giftige Wüstenei verwandelt, gesäumt von verrosteten alten Fischerbooten.«

»Du verkaufst den Ausflug nicht besonders gut.«

»Pater Josip scheint zu glauben, der Ort sei wichtig. Weshalb sollte er uns sonst hierherbestellt haben?«

»Abgesehen davon, dass er verrückt ist? Er ist seit fast zehn Jahren untergetaucht.«

»Mag sein, aber Direktor Crowe misst der Unternehmung immerhin so viel Bedeutung bei, dass er uns Unterstützung zukommen lässt.«

Sie lehnte sich zurück und verschränkte die Arme, der Missmut war ihr deutlich anzumerken. Nach dem Angriff auf Vigors Universitätsbüro hatte sie sich gegen die Unternehmung ausgesprochen und ihm gedroht, ihn einzuschließen und in Rom festzuhalten. Die bedingte Unterstützung durch Sigma war der einzige Grund, weshalb sie hier am Rande des Kaspischen Meers saßen.

Aber Direktor Crowe hatte weder Vigor noch Rachel gesagt, *weshalb* er ihnen Unterstützung gewährte, und das bereitete ihnen Sorge. Der Direktor hatte lediglich gemeint, es könne sein, dass sie als Tarnung für einen Einsatz in einem mongolischen Sperrgebiet herhalten müssten.

Die Mongolei ...

Das hatte ihn gereizt.

Sein Blick wanderte wieder zu der DNA-Analyse des Schädels und des Buchs, doch Rachel kam ihm zuvor und schob die Papiere beiseite.

»Jetzt nicht, Onkel. Du schaust dir das schon stundenlang an und wirst immer frustrierter. Du musst dich auf das konzentrieren, was vor uns liegt.«

»Gut, aber ich will ehrlich sein. Ich spüre, dass mir etwas Entscheidendes entgangen ist.«

Sie zuckte zustimmend mit den Achseln.

»Dem ersten Laborbericht zufolge deutet die DNA auf eine ostasiatische Herkunft hin.«

»Das hast du bereits erwähnt. Die Haut und der Schädel stammen vom selben Menschen, der im Fernen Osten gelebt hat.«

»Richtig, aber bei der autosomalen Untersuchung, deren Ergebnisse mir in der Nacht gefaxt wurden, hat das Labor die Proben mit verschiedenen bekannten Ethnien abgeglichen und eine Rangfolge der möglichen Zugehörigkeit erstellt.« Er zählte die Ethnien an den Fingern ab. »Han-Chinesen, Burjaten, Daur, Kasachen ...«

Rachel fiel ihm ins Wort. »Die Bewohner Kasachstans ...«

»Richtig. Aber ganz oben auf der Liste stehen die *Mongolen*.«

Rachel straffte sich. »Painter will, dass wir dorthin fliegen.«

»Deshalb quälen mich ja diese Gedanken. Ich weiß, es gibt eine Verbindung, aber ich komme nicht drauf.«

»Dann fangen wir damit an«, sagte sie. »Hat Direktor Crowe gesagt, zu welchem Ort sein Team unterwegs ist?«

»Der liegt irgendwo in den Bergen nordöstlich der Hauptstadt ... in den Khan-Chentii-Bergen.«

»Und das ist ein Sperrgebiet.«

Er nickte.

»Warum?«

»Aus Naturschutzgründen und wegen seiner historischen Bedeutung.«

»Was meinst du damit?«

Vigor setzte zu einer Antwort an – da wurde ihm auf einmal ganz kalt, als ihm ein erschreckender Gedanke kam. Einen Moment lang war er dermaßen davon in Anspruch genommen, dass er die Umgebung nur verschwommen wahrnahm.

»Onkel ...?«

Sein Blick stellte sich wieder scharf, als ihm sein Fehler bewusst wurde. »Ich habe vor lauter Bäumen den Wald nicht gesehen ...«

Er nahm das Handy aus der Tasche, wählte die Nummer des DNA-Labors und verlangte Dr. Conti zu sprechen. Als der Forscher am Apparat war, erklärte er ihm, was nötig war, um seine Befürchtungen zu bestätigen. Es erforderte einige Überzeugungsarbeit, doch schließlich willigte Conti ein.

»Überprüfen Sie die Marker des Y-Chromosoms«, schloss Vigor. »Und rufen Sie mich so bald wie möglich unter dieser Nummer an.«

»Was ist los?«, fragte Rachel, als er die Verbindung unterbrochen hatte.

»Die Khan-Chentii-Berge. Die sind den Mongolen heilig, weil sich unter den Gipfeln angeblich das Grab ihres größten Volkshelden befindet.«

Rachel verfügte über ausreichende Geschichtskenntnisse, um die Identität des Helden zu erraten. »Dschingis Khan?«

Vigor nickte. »Der mongolische Kriegsherr, der mit der Macht des Schwerts und mit Willenskraft ein Reich erschaffen hat, das sich vom Pazifischen Ozean bis zu dem Gewässer vor diesem Fenster erstreckt hat.«

Rachel blickte hinaus. »Glaubst du etwa, das wäre sein Schädel?«

»Ich habe Dr. Conti gebeten, das zu überprüfen.«

»Aber wie könnte er das bewerkstelligen?«

»Vor ein paar Jahren wurde mit einer gut belegten Studie nachgewiesen, dass ein halbes Prozent aller Menschen das gleiche Y-Chromosom hat, dessen Marker auf mongolische Wurzeln verweisen. In Regionen, die einmal dem Mongolenreich angehörten, steigt dieser Anteil auf zehn Prozent. In dem Bericht heißt es, das Super-Y-Chromosom gehe auf *ein bestimmtes* Individuum zurück, auf einen Menschen, der vor etwa tausend Jahren in der Mongolei lebte.«

»Auf Dschingis Khan?«

Vigor nickte. »Auf wen sonst? Dschingis und seine nahen männlichen Verwandten nahmen sich mehrere Frauen und zeugten durch Vergewaltigung und Eroberung weitere Nachkommen. Sie haben die halbe bekannte Welt erobert.«

»Und haben ihr genetisches Material entsprechend verbreitet.«

»Genau das können wir überprüfen. Die Marker des Y-Chromosoms sind den Genetikern gut bekannt und lassen sich leicht mit unserer Probe vergleichen.«

»Und das tut Dr. Conti gerade?«

»Er hat gesagt, die Ergebnisse würden vorliegen, sobald die DNA-Sequenzierung unserer Proben abgeschlossen ist.«

»Aber wenn du recht hast und die Marker stimmen überein, was folgt daraus? Du hast selbst gesagt, viele Menschen wären Träger dieses Y-Chromosoms.«

»Ja, aber Dschingis Khan ist im Jahr 1227 gestorben.«

»Im dreizehnten Jahrhundert ...« Sie legte die Stirn in Falten. »Aus dieser Zeit stammt auch der Totenschädel.«

Er hob eine Braue. »Wie viele Männer waren damals Träger dieses speziellen Chromosoms?«

Rachel wirkte unverändert skeptisch.

Vigor ließ nicht locker. »Nach dem Tod von Dschingis Khan haben seine Gefolgsleute die ganze Trauerprozession niedergemetzelt. Auch die Erbauer des Grabes wurden getötet sowie die Soldaten, die die Baustelle bewacht haben. Das viele Blutvergießen hat jedenfalls bewirkt, dass der Ort des Grabes bis heute nicht bekannt ist. Angeblich sollen sich darin alle möglichen Reichtümer aus den eroberten Ländern befinden.«

»Die Entdeckung des Grabes wäre es so manchem wert zu morden«, sagte Rachel in Anspielung auf den Granatenangriff.

»Wir sprechen hier von einem Schatz, der dem des Tutanchamun vergleichbar wäre. Die größten Schätze der Welt und die Kriegsbeute aus China, Indien, Persien und Russland sind in die Mongolei geflossen und wurden nie mehr gesehen. Angeblich befanden sich im Königsgrab die Kronen von achtundsiebzig Herrschern, ganz zu schweigen von den kostbaren religiösen Artefakten aus zahllosen Kirchen, die meisten davon russisch-orthodox.«

»Und nichts davon wurde je entdeckt?«

»Nein, auch seine sterblichen Überreste wurden nie gefunden.«

Ehe Rachel etwas erwidern konnte, klingelte Vigors Handy. Dr. Conti war dran.

»Ich habe erledigt, worum Sie mich gebeten haben, Monsignore Verona. Wir haben die fünfundzwanzig genetischen Marker, die den Haplotyp von Dschingis Khan definieren, mit Ihrer Probe abgeglichen.«

»Und wie viele davon weisen eine Übereinstimmung auf?«

»Alle fünfundzwanzig.«

Vigor wurde blass. Er blickte auf den Rollkoffer neben seinen Füßen und begriff, was sich darin befand. Jetzt konnte er nachvollziehen, weshalb jemand bereit war zu töten, um den Inhalt in seinen Besitz zu bringen, der möglicherweise einen Hinweis geben konnte auf den größten Schatz der Welt. In dem Koffer befanden sich der Schädel und die Haut des größten Kriegsherrn aller Zeiten, des Mannes, der von seinem Volk als Halbgott verehrt wurde: die sterblichen Überreste von Dschingis Khan.

14:10

»Sie hatten recht«, sagte Duncan. »Unsere italienischen Freunde werden beschattet.«

Er stand mit Monk Kokkalis an einem Barbecue-Stand am Strand. Das Meer funkelte im kühlen Sonnenschein. Es war ein kalter Tag, doch der Holzkohlegrill – über dem Fleisch- und Gemüsespieße brutzelten – gab so viel Wärme ab, dass Duncan schwitzte, obwohl er nur mit einer leichten Jacke bekleidet war. Der Duft persischer Gewürze und Öle stieg ihm in die Nase und brachte seine Augen bei jeder Bö zum Brennen.

Nach der Landung auf dem Internationalen Flughafen

von Aktau hatten sie Dr. Jada Shaw zu dem Charterhubschrauber gebracht, der auf einem Privatflugplatz auf sie wartete. Anschließend waren Monk und Duncan ins Zentrum der kleinen Hafenstadt gefahren, um die letzten beiden Mitglieder des Teams abzuholen. Duncan wusste von dem Attentat in Rom, und Monk hatte vorgeschlagen, sich den beiden vorsichtig zu nähern, um festzustellen, ob ihnen jemand gefolgt war.

»*Wenn es Verfolger gibt*«, hatte Monk gesagt, »*müssen wir sie hier abschütteln.*«

Die Vorsichtsmaßnahme hatte sich als klug erwiesen.

Duncan konnte von dem erfahrenen Sigma-Agenten offenbar eine Menge lernen.

»Wie sollen wir vorgehen?«, fragte er.

In den zwanzig Minuten, die sie das Restaurant beobachteten, hatten sie zwei Männer bemerkt, die ein gesteigertes Interesse an den beiden am Fenster sitzenden Personen hatten. Das Restaurant lag an der Strandpromenade, dessen schmalen Asphaltstreifen sich Jogger und Radfahrer gegenseitig streitig machten. Obwohl es November und Nachsaison war, herrschte hier reges Treiben. Deshalb fiel jeder auf, der am Restaurant herumlungerte.

Ein dunkelhaariger Mann, offenbar ein Asiat, hatte sich gegenüber dem Restaurant auf eine Bank gesetzt. Er trug eine knielange Jacke, die Hände hatte er in den Taschen vergraben, den Rücken dem Strand zugewandt. Das Restaurant ließ er keinen Moment aus den Augen.

Nicht besonders raffiniert.

Die andere Person, eine Frau, hatte ebenfalls asiatische Gesichtszüge. Sie trug eine schwarze Wollmütze und eine kürzere Version der braunen Jacke. Sie war schlank und mit ihren hohen Wangenknochen und tiefschwarzen Augen nicht unattraktiv. Sie lehnte neben dem Restaurant an einem Laternenpfahl.

»Ich gehe am Strand entlang, nähere mich dem Mann von hinten. Sie nehmen sich die Frau vor. Warten Sie, bis ich in Position bin. Auf mein Zeichen hin schnappen wir sie uns.«

»Verstanden.«

»Und halten Sie Ihre Waffe versteckt, wenn wir sie zum SUV bringen. Gehen Sie diskret vor. Wir fesseln sie und befragen sie auf dem Weg zum Flugplatz. Ich will wissen, wer zum Teufel sie sind und weshalb sie meine Freunde hochgehen lassen wollen.«

»Weshalb glauben Sie, dass die beiden nur beobachten, anstatt loszuschlagen?«

Monk schüttelte den Kopf. »Vielleicht wollen sie lieber verdeckt vorgehen. Oder man hat ihnen befohlen, den beiden zu folgen und herauszufinden, weshalb sie von Rom nach Kasachstan geflogen sind. Wie auch immer – hier ist die Reise für sie zu Ende.«

Monk ging zum Strand und schlenderte am Wasser entlang. Kein einziges Mal sah er sich zu dem sitzenden Mann um. Als sein Partner die Hälfte des Wegs zur Zielperson zurückgelegt hatte, wandte Duncan sich von der Theke ab und näherte sich der Frau. Er bemühte sich, sein Tempo mit Monk abzustimmen, damit sie ihre jeweilige Zielperson gleichzeitig erreichten.

Das war der Plan – als das Klingeln einer Glocke Duncans Aufmerksamkeit auf den Asphaltweg lenkte. Von hinten näherte sich ein Fahrrad. Auch die wenige Schritte entfernte Frau regte sich.

Als der Fahrradfahrer vorbeifuhr, folgte sie ihm, als werde sie in seinem Kielwasser mitgezogen, und ging auf ihren Partner zu. In einer unglücklichen Verkettung der Umstände schwenkte Monk in diesem Moment vom Strand zur Bank herum.

Die Frau spannte die Schultern an. Sie hielt an, denn sie spürte, dass etwas nicht stimmte. Sie wandte sich um und fasste Duncan in den Blick. Ob es an seinem verräterischen Gesichtsausdruck lag oder einfach nur daran, dass er wie der Mann, der sich ihrem Kollegen näherte, Amerikaner war, jedenfalls reagierte sie augenblicklich.

Sie lief auf das Restaurant zu.

Verdammt noch mal...

Duncan setzte ihr nach und bekam ihren Jackensaum zu fassen. Das wasserdichte Gewebe glitt ihm durch die Finger. Ein Jogger geriet ihr in den Weg und schleuderte sie zur Seite wie ein überraschtes Reh. Sie stolperte, und diesmal gelang es Duncan, sie zu packen und festzuhalten. Er riss sie an sich heran und schlang ihr einen Arm um die Brust.

Aus dem Augenwinkel sah er, wie Monk seine Zielperson auf die Bank niederdrückte, als sie sich gerade aufrichten wollte.

Das war's dann wohl mit der Diskretion.

Die Passanten wurden langsamer und hielten auf Abstand.

Duncan verlagerte den Arm, auf der Suche nach einem besseren Halt. Anstatt weicher Brüste berührte er dabei jedoch nur steife, unnachgiebige Konturen. Zudem summten seine Fingerspitzen, als die Magnete aus Seltenen Erden ein starkes elektromagnetisches Feld registrierten.

Ihm wurde auf der Stelle klar, weshalb die Frau zum Restaurant gelaufen war. Er hob sie hoch, riss sie herum und schleuderte sie in hohem Bogen auf den Sand. »Eine Bombe!«, brüllte er den Umstehenden und seinem Partner zu.

Während die Passanten entweder davonrannten oder wie

erstarrt an Ort und Stelle verharrten, lief er zum Restaurant-fenster. Monk schnellte von der Bank hoch, rammte dem Mann den Ellbogen ins Gesicht und schleuderte ihn nach hinten – dann flüchtete auch er.

Duncan hatte die Pistole gezogen. Er zielte nach oben und feuerte zwei Schüsse auf die Glasscheibe ab. Dann sprang er hindurch und zerschmetterte mit der Schulter das geschwächte Glas.

Inmitten eines Scherbenregens prallte er auf den Boden. Er sprang auf, rammte die beiden Italiener und warf sie zu Boden.

Als er sich umsah, hechtete gerade Monk durch das Loch in der Glasscheibe – im nächsten Moment knallte es ohrenbetäubend laut.

Die ganze Fensterwand wurde eingedrückt, Steine und Sand wurden in den Raum geschleudert, gefolgt von einer Rauchwolke. Monk rollte sich ab und wälzte sich durch das Durcheinander. Duncan schirmte die beiden Zivilisten ab.

Noch ehe die Glasscherben aufgehört hatten, über Tische und Fliesen zu tanzen, riss Duncan seine beiden Schützlinge hoch.

»Bewegt euch! Durch den Hinterausgang!«

Der alte Mann zögerte, streckte die Hand zu seinem Rollkoffer aus.

Anstatt zu argumentieren, schnappte Duncan sich den Koffer. Er kam sich vor wie ein überbezahlter Hotelpage, als er die beiden zur Küche geleitete. Monk schloss sich ihm an. Er blutete aus mehreren Schnittverletzungen, in seiner Jacke steckte eine Glasscherbe.

Ihm klangen die Ohren, und das Herz klopfte ihm bis zum Hals. Trotzdem meinte er Monk sagen zu hören: »Das hätte besser laufen können.«

Sie eilten durch die Küche, wichen Köchen aus, die hinter ihren Herden hockten, und stürmten durch die Hintertür. Niemand hielt sie auf. Jedermann war bewusst, dass es dort, wo zwei Selbstmordattentäter waren, noch mehr geben konnte.

Sie wichen der Rauchwolke am Strand aus und gelangten zu einer Hauptstraße des Geschäftsviertels. Duncan hielt ein Taxi an, indem er sich auf die Straße stellte.

Alle stiegen ein. Monk, der auf dem Vordersitz Platz genommen hatte und im Gesicht blutete, wies den Fahrer an, sie zum Flugplatz zu bringen. Der Mann am Steuer wirkte blass, nickte aber beflissen, als Monk ihm eine Handvoll Geldscheine zusteckte.

Erst als die Altstadt hinter ihnen lag, entspannten sie sich. Duncan wandte sich zu der Frau auf dem Rücksitz um und blickte in ihre karamellfarbenen Augen – wenn sie ihn nicht so zornig angefunkelt hätte, wären sie noch hübscher gewesen.

»Ich hab doch gewusst, dass wir besser in Rom geblieben wären.«

14:22

Sie hatte keine Ahnung, was sie hier tat.

Jada saß in der großen Kabine des blaugrauen Eurocopter EC175. Der Abstecher nach Kasachstan missfiel ihr zwar, doch über einen Mangel an Beinfreiheit konnte sie sich nicht beklagen. Sie hatte die Beine auf die Sitze daneben gelegt. In der Kabine hätte mühelos noch ein weiteres Dutzend Passagiere Platz gefunden, anstatt der fünf, die mit ihr zum Aralsee flogen. Duncan hatte erklärt, sie bräuchten eine so große

Maschine für die weite Strecke, denn dort draußen gebe es keine Landemöglichkeit für Flugzeuge.

So abgelegen war das Gebiet.

Aber wenigstens bin ich nicht ganz von der Welt abgeschnitten.

Sie hatte ihren Laptop aufgeklappt und schaute sich die neuesten Daten zum Kometen IKON an. Durch das getönte Fenster sah sie seinen Schweif, der wie ein leuchtendes Komma am Himmel stand. Auf der anderen Seite der Welt, wo jetzt Nacht war, musste er eine Menge hermachen.

Auf dem Bildschirm lief das Videomaterial aus Alaska.

Ein großer Meteorschauer ging im Nordlicht nieder. Alle paar Sekunden blitzten silbrige Linien auf. Am auffallendsten aber war der Kometenschweif; auf dem Bild war die Grenze zwischen Staub- und Gasschleppe deutlich zu erkennen. Ein großer Meteor schoss über den Bildschirm, untermalt von einem Ausruf des Videofilmers. Die Meteoritenbahn glich einer Feuerlanze, die als Feuerwerksball explodierte.

Sie hatte über das verschlüsselte Satellitentelefon, das Direktor Crowe ihr überlassen hatte, auch Verbindung zum Raumfahrt- und Raketenzentrum aufgenommen. Im Moment hielt sie sich das Telefon wieder ans Ohr – wenngleich keine Notwendigkeit bestand, diesen Anruf zu verschlüsseln.

»Ja, Mom, mir geht es gut«, sagte sie. »Es ist sehr aufregend hier in Kalifornien.«

Sie log ihre Mutter nur ungern an, doch in dieser Frage war Painter beinhart gewesen.

»Schaust du dir die Lightshow am Himmel an?«

»Ja, natürlich.«

Wenigstens das war nicht gelogen.

»Ich wünschte, ich könnte das mit dir zusammen sehen,

mein Schatz«, sagte ihre Mutter. »So wie damals, als du noch ein kleines Mädchen warst.«

Jada lächelte, als sie sich daran erinnerte, wie sie auf dem Rasen vor der National Mall den Leoniden- oder Perseiden-schwarm beobachtet hatte. Ihre Mutter hatte ihre Liebe zu den Sternen geweckt und ihr gesagt, dass die alljährlich wie-derkehrenden Meteoritenschwärme nach den Sternbildern Leo und Perseus benannt waren. Zu Hause in einer Welt der kleinen Leute, die von der Hand in den Mund lebten, erin-nerten Jada die Sterne an das unermessliche Universum und größere Möglichkeiten.

So hatte es das Mädchen aus Congress Heights geschafft, Astrophysikerin zu werden.

»Ich wünschte auch, ich könnte bei dir sein, Mom.« Sie sah auf die Uhr. »Hey, du solltest dich besser mal auf die Socken machen, wenn du zur Morgenschicht im Holiday Mart pünktlich sein willst.«

»Du hast recht, du hast recht … ich muss los.«

In ihrer Stimme schwang Stolz mit, übertragen um die halbe Welt.

»Ich hab dich lieb, Mom.«

»Ich dich auch, Schatz.«

Als das Gespräch geendet hatte, verspürte Jada auf einmal Schuldgefühlte und kam sich selbstsüchtig vor, weil sie ge-zwungen war, dieses Leben zu leben.

Gegen die Tränen anblinzelnd, machte sie sich wieder an die Arbeit. Sie spulte das Meteoritenvideo zurück und sah es sich noch einmal an. Drüben im SMC versuchte man noch immer zu bestimmen, ob dieses schemenhafte Bild ein reiner Zufall war oder ob es etwas mit dem Kometen IKON zu tun hatte, der durchs Sonnensystem flog.

Sie hatte SMS mit einem ihr bekannten Techniker ausgetauscht und durch ihn von den neuesten Hypothesen erfahren. Gegenwärtig nahm man an, der Komet habe eine Störung im Kuipergürtel verursacht, der Region mit Eisasteroiden jenseits der Neptunumlaufbahn, und in seinem Kielwasser Gesteinsbrocken zur Erde gelenkt. Zum Kuipergürtel gehörten über dreißigtausend Asteroiden mit einem Durchmesser von mehr als hundert Kilometern, darunter auch viele kurzperiodische wie der berühmte Halleysche Komet.

Die aufregendste Nachricht aber war, dass man nun annahm, IKON stamme aus der noch weiter entfernten Oort'schen Wolke, einer kugelförmigen Trümmerwolke, die unsere Sonne in einem Fünftel Entfernung zum nächsten Stern umkreiste. Dort waren langperiodische Kometen beheimatet, jene seltenen Besucher wie Hale-Bopp, der nur alle viertausendzweihundert Jahre in unsere Nähe kam.

Die neuesten Berechnungen deuteten darauf hin, dass IKON das Sonnensystem zum letzten Mal vor zweitausendachthundert Jahren besucht hatte – ein wahrhaft seltener Gast. Das war eine aufregende Hypothese, denn die Objekte der Oort'schen Wolke waren Überreste des ursprünglichen Nebels, aus dem sich das ganze Sonnensystem gebildet hatte. IKON war somit ein flammender Sendbote aus der fernen Vergangenheit und barg möglicherweise den Schlüssel zum Verständnis des Universums.

Einschließlich des Rätsels der Dunklen Energie.

Ein lauter Knall ließ die Kabine des Helikopters erbeben, dann war ein tiefes Grollen zu vernehmen. Die Rotoren begannen, sich langsam zu drehen.

Was war da los?

Sie spannte sich an.

Der Kopilot kam herbeigeeilt und öffnete die Kabinentür. Der Lärm schwoll so stark an, dass es in den Ohren wehtat.

Der Pilot wandte den Kopf und rief: »Anschnallen! Neue Anweisung! Ich soll einen Notstart vorbereiten.«

Mit klopfendem Herzen klappte sie den Laptop zu. Durch die offene Luke sah sie, wie der Kopilot den Sicherheitscheck vornahm. In der Ferne stieg eine bedrohliche schwarze Rauchwolke in den blauen Himmel über der Stadtmitte.

Im nächsten Moment gelangte ein Taxi in Sicht und näherte sich ihnen. Sie machte Monk auf dem Beifahrersitz aus. Er war zusammen mit Duncan in einem schwarzen Mercedes-SUV weggefahren.

Sie klammerte sich am Türrahmen fest.

Was geht da vor?

Das Taxi kam mit quietschenden Reifen zum Stehen, die Türen sprangen auf. Hinten stieg Duncan aus. Aus der anderen Tür stieg ein älterer Mann mit leichtem Sakko und schwarzem Pullover mit V-Ausschnitt aus. Darunter zeichnete sich ein weißer Priesterkragen ab. Eine junge, zierliche Frau mit Pixie Cut stützte ihn.

Vigor und Rachel Verona.

Beide wirkten nicht besonders glücklich.

Duncan hatte den Kofferraum geöffnet und nahm das Gepäck heraus: einen Rollkoffer. War das alles?

Monk sprach noch mit dem Fahrer. Als er ausstieg, sah sie sein blutiges Gesicht und atmete scharf ein. Ihr Blick wanderte zu der Rauchwolke über der Stadt. Jetzt wusste sie, dass das eine mit dem anderen in Verbindung stand.

Die Neuankömmlinge eilten zum wartenden Helikopter.

Rachels Miene verfinsterte sich immer mehr, als widerstrebe es ihr, an Bord zu gehen. An der Luke hielt sie an.

»Wir sollten hierbleiben!«, rief sie, wobei sie den Arm des Priesters umklammerte. »Nach Rom zurückfliegen!«

Jada hoffte, dass sie sich so entscheiden würden. Es würde

bedeuten, dass sie unverzüglich von Kasachstan aufbrechen, in die Mongolei fliegen und mit der Suche nach dem abgestürzten Satelliten beginnen konnten.

Monk schüttelte den Kopf. »Rachel, ihr tragt bereits eine Zielscheibe auf dem Rücken. Wer immer das hier geplant hat, sie sind schlauer, als wir gedacht haben. Sie werden nicht lockerlassen.«

Duncan sah das auch so. »Pater Josip hat Ihnen den Schlamassel eingebrockt. Wenn überhaupt, kann er sie wieder herausholen.«

Rachel musste sich seiner Argumentation geschlagen geben. Sie ließ den Arm ihres Onkels los, und beide stiegen ein. Jada zog die Beine an und nickte ihnen zu, als sie sich ihr gegenüber anschnallten. Die Vorstellung verschoben sie auf später.

Duncan setzte sich neben Jada. Sie mochte seine Nähe, seine Massigkeit, sogar seine Körperwärme. Noch immer unter der Wirkung des Adrenalins atmete er schwer.

Als Monk sich angeschnallt hatte, beugte er sich vor und tippte Jada aufs Knie. »Tut mir leid, dass wir so überstürzt starten müssen. Aber wir müssen hier weg sein, bevor die kasachischen Behörden wegen der Explosionen den Luftraum sperren.«

Jadas Blick huschte in der Kabine umher.

Wo zum Teufel bin ich da reingeraten?

15:07

Als der Eurocopter seine optimale Flughöhe erreicht hatte, blickte Duncan in die Tiefe. Mit brüllendem Antrieb ließ der Hubschrauber gerade die blaue Wasserfläche hinter sich. Vor ihnen lag eine Wüstenlandschaft mit rostfarbenem Sand, vereinzelten Büschen, salzweißen Tafelbergen und windgeformtem Gestein. Die Gegend hätte sich auch in New Mexico befinden können, abgesehen von den Kamelen und Jurten, die sich hin und wieder vom dunkleren Boden abhoben.

Ein Zupfen am Ärmel riss ihn aus seinen Betrachtungen.

Monsignore Verona zeigte auf den Koffer, der auf dem Sitz neben Duncan lag. »*Scusi*, Sergeant Wren, wären Sie so nett, den Koffer zu öffnen? Ich würde mich gern vergewissern, dass bei dem ganzen Tumult nichts beschädigt wurde.«

Nur ein Priester konnte das Geschehen als *Tumult* bezeichnen.

»Monsignore, nennen Sie mich Duncan.«

»Dann müssen Sie mich Vigor nennen.«

»Einverstanden.«

Duncan beugte sich zur Seite, hob den Koffer mit einer Hand an und legte ihn sich auf die Knie. Er öffnete den Reißverschluss und klappte den Deckel hoch. Darin befanden sich Kleidungsstücke und zwei in schwarzen Schaumstoff eingepackte Gegenstände.

»Ich mache mir vor allem um das größere Paket Sorgen«, sagte Vigor. »Der Inhalt ist sehr zerbrechlich.«

Duncan ahnte, worum es ging. Als er die obere Hälfte der Schaumstoffumhüllung abnahm, kam ein Totenschädel zum Vorschein, der mit leeren Augenhöhlen zu ihm aufsah.

»Wären Sie so nett, ihn herauszunehmen, damit ich ihn mir anschauen kann?«

Duncan hatte in Afghanistan schon viele Tote gesehen, doch innerlich schreckte er vor dem Schädel zurück. In Jadas Gesicht stritten professionelle Neugier und Abscheu miteinander.

Seinen eigenen Widerwillen hintanstellend, griff Duncan mit beiden Händen nach dem Schädel, doch noch ehe er den Knochen berührte, nahm er in den Fingerspitzen ein Prickeln wahr, das von den kleinen implantierten Magneten ausgelöst wurde.

Überrascht zog er die Hände zurück und schüttelte sie.

»Sie brauchen keine Angst zu haben«, sagte Vigor, der seine Reaktion falsch deutete.

Ohne zu antworten, hielt Duncan die Finger über die Schädeldecke. Es fühlte sich an, als hätte er die Finger in ein kühles, elektrisch aufgeladenes Gel getaucht.

»Was machen Sie da?«, fragte Jada.

Ihm wurde bewusst, welche Wirkung sein Verhalten auf die Zuschauer haben musste. »Der Schädel besitzt eine eigenartige elektromagnetische Signatur. Schwach ausgeprägt, aber deutlich wahrzunehmen.«

Jada zog die Brauen zusammen. »Woher... wie kommen Sie darauf?«

Er hatte ihr noch nicht von den Magneten erzählt, das holte er jetzt nach. Schließlich sagte er: »Meine Fingerspitzen reagieren eindeutig auf den Schädel.«

»Dann sollten Sie auch das alte Buch untersuchen«, sagte Rachel. Sie beugte sich vor und nahm das Schaumstoffpolster ab.

Der Ledereinband war abgenutzt und runzelig.

Langsam fuhr er mit den Fingern darüber. Diesmal musste er den Ledereinband berühren, um das Prickeln zu spüren. Doch es war vorhanden. Das Gefühl war das gleiche. Er bekam eine Gänsehaut.

»Es fühlt sich schwächer an... ansonsten aber gleich.«

»Könnte es sich um eine Art Reststrahlung handeln?«, fragte Rachel. »Wir wissen nicht, wo diese Objekte aufbewahrt wurden. Vielleicht in der Nähe einer radioaktiven Quelle.«

Jada runzelte die Stirn; die Erklärung überzeugte sie nicht. »In meinem Koffer sind Messinstrumente für die Untersuchung des abgestürzten...«

Sie hielt inne und blickte Monk an, denn beinahe hätte sie das wahre Einsatzziel verraten, das den Veronas noch nicht bekannt war.

Sie räusperte sich. »Ich habe Messinstrumente für die Untersuchung unterschiedlicher Energiesignaturen dabei. Geigerzähler, Universalmessgeräte und so weiter. Sobald wir gelandet sind, kann ich Duncans Wahrnehmungen überprüfen.«

Er zuckte mit den Achseln. »Ich täusche mich nicht. Ich kann nicht erklären, was es ist, aber es ist real.«

Vigor lehnte sich zurück. »Je eher wir die Koordinaten erreichen, die Pater Josip uns übermittelt hat, desto besser für uns alle.«

Duncan hatte wenig Vertrauen in die Einschätzung des Monsignores. Er verschloss den Koffer und blickte wieder auf die öde Landschaft hinaus. Nach einer Weile wurde ihm bewusst, dass er die Finger aneinander rieb, als wollte er das klebrige Gefühl loswerden. Er konnte nicht genau in Worte fassen, was er mit seinem sechsten Sinn wahrgenommen hatte.

Aber eins war sicher: Irgendetwas stimmte nicht.

8

ZISCHEND ENTWICH DAMPF aus den Heizungsrohren an
der Wand des unter den Straßen von Ulan-Bator gelegenen Raums. Öllaternen erhellten den Versammlungsort des
Clans. Der Herr des Blauen Wolfs stand vor seinem Stellvertreter und dem innersten Kreis des Clans. Er rückte die
Wolfsmaske zurecht, die sein Gesicht verbarg.

Nur sein Stellvertreter kannte seinen wahren Namen.

Batukhan – das bedeutete *strenger Herrscher.*

»Sie haben also den Angriff in Aktau überlebt?«, fragte er
seine rechte Hand.

Arslan nickte rasch. Der junge Mann, noch keine dreißig Jahre alt, trug keine Maske. Er war schlank und hochgewachsen, sein Haar so schwarz wie die Nacht. Er trug westliche Kleidung, Jeans und einen dicken Wollpullover, doch
seine hohen Wangenknochen und das rötliche Gesicht, das
in der feuchten Luft glänzte, verrieten seine mongolische
Abstammung – ohne jeden Einfluss der Chinesen oder Sowjets, der ehemaligen Unterdrücker seines Volkes.

Seine rechte Hand glich vielen anderen Vertretern der

jüngeren Generation, die stolz waren auf ihr Land und beflügelt wurden von den Freiheiten, die Batukhans Generation erkämpft hatte. Dies waren die wahren Nachfahren des großen Dschingis Khan, des Mannes, der den Großteil der damals bekannten Welt zu Pferd erobert hatte.

Batukhan erinnerte sich noch an die jahrzehntelange Sowjetherrschaft, als Moskau verboten hatte, den Namen Dschingis auch nur zu erwähnen, weil dies beim unterdrückten Volk nationalistische Tendenzen hätte fördern können. Sowjetische Panzer blockierten sogar die Straßen in den Chentii-Bergen, um die Menschen daran zu hindern, den Geburtsort des Khans zu besuchen.

Nach der Einführung der Demokratie hatte sich dies alles geändert.

Dschingis Khan erhob sich aus der Asche und inspirierte eine neue Generation. Er war ihr Halbgott. Zahllose Kinder und junge Menschen trugen den Namen Temujin. So hatte der Eroberer geheißen, bevor er den Titel Dschingis Khan angenommen hatte, was so viel bedeutete wie *Weltenherrscher*. In der ganzen Mongolei führten jetzt Straßen, Süßigkeiten, Zigaretten und Bier diesen Namen. Sein Antlitz zierte Gold und Bauwerke. In der Hauptstadt Ulan-Bator begrüßte seine Zweihundertfünfzig-Tonnen-Stahlskulptur die Besucher.

Frischer Stolz strömte in den Adern der Mongolen.

Im Gesicht seines Stellvertreters aber fand Batukhan nichts von diesem Stolz wieder, nur Scham über das Versagen. Er verlieh seinen Worten mehr Schärfe und appellierte an das Pflichtgefühl seiner rechten Hand.

»Dann müssen wir nach vorn schauen und dürfen in unseren Bemühungen nicht nachlassen. Wir warten, bis die Italiener den Priester in der Wüste erreicht haben. Dorthin werden sie als Nächstes reisen, wenn die Furcht sie nicht nach Rom zurücktreibt.«

»Ich werde mich ebenfalls dorthin begeben.«

»Tun Sie das. Aber sind Sie sicher, dass der Priester nicht ahnt, dass wir Angehörige unseres Clans in sein Arbeitsteam eingeschleust haben?«

»Pater Josip hat nur den Sand und sein Ziel vor Augen.«

»Dann schließen Sie sich ihnen an.«

»Und wenn die Italiener eintreffen?«

»Töten Sie sie. Bringen Sie in Ihren Besitz, was sie mitbringen, und schaffen Sie es hierher.«

»Und was ist mit Pater Josip?«

Batukhan ließ den Blick durch den Raum schweifen. Der Clan existierte seit drei Generationen, eine Widerstandsgruppe, die sein Großvater zu Zeiten der Sowjetbesatzung gegründet hatte. Der jeweilige Anführer nahm den Titel *Borjigin* an, was *Herr des Blauen Wolfs* bedeutete. Dies war der alte Stammesname von Dschingis Khan.

Seitdem aber hatte sich die Welt verändert. Die Mongolei wies das weltweit höchste Wirtschaftswachstum auf, das von Bergbaugesellschaften getragen wurde. Der Reichtum des Landes war nicht im Grab von Dschingis Khan versteckt, sondern in den Kohle-, Kupfer-, Uran- und Goldvorkommen, im Wert von über einer Billion Dollar.

Batukhan besaß bereits Beteiligungen an mehreren Minen, konnte aber nicht von den Geschichten lassen, die ihm sein Großvater und sein Vater erzählt hatten, den Geschichten von Dschingis Khan und den Schätzen in dessen Grab.

Er sammelte Informationen über jeden, der nach der heiligen Grabstätte suchte.

Das galt auch für den einsiedlerischen und schrulligen Pater Josip Tarasco.

Vor sechs Jahren waren Batukhan Gerüchte über einen Mann zu Ohren gekommen, der plötzlich in Kasachstan aufgetaucht war, sich mit verschiedenen Namen tarnte und dort, wo das Wasser des sterbenden Sees sich zurückgezogen hatte, Löcher in den Sand und ins Salz grub. Damit hatte sich der Fremde zwei Jahre lang beschäftigt, bis in Ulan-Bator bekannt wurde, dass er nach Hinweisen auf die Grabstätte Dschingis Khans suchte. Das war ein so merkwürdiger Ort, um nach dem Grab zu suchen, dass Batukhan den Ausgrabungen zunächst keine große Beachtung geschenkt hatte – abgesehen davon, dass er eine Handvoll Clanmitglieder eingeschleust hatte, die den eigenbrötlerischen Mann überwachten.

Dann war vor drei Tagen von uralten Kultgegenständen berichtet worden, welche die Suche des Mannes angeblich ausgelöst hatten. Niemand hatte sie zuvor gesehen, denn aufgrund seiner Paranoia hatte der Priester sie all die Jahre über versteckt gehalten. Den Spitzeln zufolge war der Mann im vergangenen Monat immer unruhiger und verzweifelter geworden, und die Existenz der Objekte war durchgesickert.

Die Kunde hatte sich unter den Arbeitern rasch verbreitet. Viele waren vor Angst geflohen und hatten einen Totenschädel und ein in Menschenhaut eingebundenes Buch erwähnt. Dann hatte der Mann die Gegenstände plötzlich verpackt und verschickt, wohl weil er fürchtete, die Neuigkeit könnte den Falschen zu Ohren kommen – und so war es auch.

Batukhan erfuhr davon.

Da seine Neugier geweckt war, hatte er versucht, das Paket abzufangen, bevor es Rom erreichte. Doch er reagierte zu langsam und ließ das Paket entwischen. Immerhin erfuhr er endlich den wahren Namen des Mannes, denn der Absender hatte ihn aufs Paket geschrieben.

Pater Josip Tarasco.

Außerdem hatte Batukhan in Erfahrung gebracht, an wen das Paket zugestellt werden sollte.

Trotzdem war es ihm entwischt.

Jedenfalls vorerst.

Arslan regte sich, wartete auf seine Entscheidung bezüglich des fremden Priesters.

Batukhan hob den Kopf. »Nehmen Sie Pater Josip wenn möglich gefangen. Bringen Sie ihn hierher, damit ich ihn befragen kann.«

»Und wenn das nicht möglich ist?«

»Dann legen Sie ihn zu den anderen ins Grab.«

Da das geregelt war, ging er zurück durchs Labyrinth der dampfenden Tunnel und stieg zum klaren Abend hoch. Die anderen Clanmitglieder zerstreuten sich unterwegs.

Batukhan behielt die Wolfsmaske auf, denn er durchquerte Bereiche, in denen zahlreiche Obdachlose Schutz vor der Kälte suchten. Sie wurden als Ameisenstämme verspottet, die meisten waren Alkoholiker und arbeitslos. Er beachtete sie nicht, ignorierte sie. Sie waren nicht die Hoffnung der neuen Mongolei, man übersah sie am besten.

Männer, Frauen und Kinder spritzten vor ihm wie Ungeziefer auseinander, flüchteten vor seiner Maske.

Schließlich gelangte er zu einer Leiter und kletterte durch einen Geheimausgang auf die Straße. Ein Clanmitglied verschloss den Ausstieg.

Erst als der Mann sich entfernt hatte, nahm Batukhan die Wolfsmaske ab und steckte sie ein. Er strich seinen Anzug glatt und wandte sich zur Hauptstraße. Es war kühl, aber noch immer zu warm für die Jahreszeit. Ulan-Bator galt als kälteste Hauptstadt der Welt, doch der Winter hielt anscheinend noch seinen eisgrauen Atem an, als erwartete er, dass etwas Großes geschehen würde.

An der anderen Seite des Sükhbaatar-Platzes lag das Parlament. Am Kopf der Marmortreppe befand sich eine Bronzeskulptur, die den sitzenden Dschingis Khan darstellte. Sie wurde von Scheinwerfern angestrahlt und blickte über die Stadt hinweg.

Vielleicht betrachtete der Khan auch den leuchtenden Kometenschweif am Himmel.

Angeblich war der Halleysche Komet zu Lebzeiten von Dschingis Khan zu sehen gewesen. Der Khan betrachtete ihn als seinen ganz persönlichen Stern. Seine westwärts gerichtete Bahn fasste er als Auftrag auf, seine Streitmacht gen Europa zu wenden.

War vielleicht auch dieser Komet ein Vorzeichen großer Umwälzungen?

Als Batukhan über den Platz schritt, leuchteten am Himmel zwei zur Erde fallende Sterne auf, als wollten sie seine Ahnungen bestätigen.

Mit frischem Elan näherte er sich dem Parlamentsgebäude. Ein Mann kam ihm entgegen und neigte den Kopf, als sie einander passierten. Er hätte den Gruß gern als Bestätigung dafür aufgefasst, dass er der rechtmäßige Bewahrer des Vermächtnisses von Dschingis Khan war, doch er wusste, dass er allein seiner Stellung innerhalb der Regierung galt – er war der mongolische Justizminister.

Batukhan blickte sich zum Kometen um.

Vielleicht ist das ja mein persönlicher Leitstern… der mich zu Eroberungen, Macht und Reichtum führen wird.

9

ES WAR EINE seltsame Invasion.

Gray saß weit hinten im ratternden Bus. Kowalski hatte sich auf dem hintersten Sitz breitgemacht und schnarchte. Der Rest des Fahrzeugs war von chinesischen Männern und Frauen in Beschlag genommen, die entweder dösten oder sich leise unterhielten. Einige hatten Kameras umgehängt, andere trugen Baseballkappen mit der gleichen grinsenden Katze, die auch die Seite des grauen Busses zierte – das Logo der Busgesellschaft aus Peking.

Vorn hielt Zhuang beim Fahrer Wache, der wie die übrigen Fahrgäste der *Duàn-zhī*-Triade angehörte.

Am Morgen waren sie mit Privatjets von Hongkong aus zu einem kleinen Flugplatz in der Nähe der chinesisch-nordkoreanischen Grenze geflogen. Dort standen zwei Busse für sie bereit. Anders als die befestigte entmilitarisierte Zone zwischen dem Norden und Süden Koreas war die Grenze im Norden allein dazu gedacht, den steten Strom der Menschen zu begrenzen, die aus der Demokratischen Volksrepublik Nordkorea nach China flohen.

Und so war es auch.

Gray und Kowalski hatten sich bei der Grenzüberquerung in einem Geheimfach versteckt, in dem auch die meisten Waffen verstaut waren, doch das nordkoreanische Militär hatte den Bus nicht einmal betreten. Solche Fahrzeuge waren hier keine Seltenheit, denn die wohlhabenderen Chinesen unternahmen gern Ausflüge in die bewaldeten Berge im Grenzgebiet, denen eine raue Schönheit zu eigen war.

Als sie die Grenze überquert hatten, fuhren die beiden Busse langsam die Serpentinenstraßen entlang, die in südliche Richtung zur Hauptstadt führten. Nach vier Stunden gelangte Pjöngjang in der Ebene am Fuß der Berge in Sicht. Nach dem Getriebe und den bunten Leuchtreklamen Hongkongs wirkte die Stadt menschenleer und dunkel. Die Silhouetten von Wolkenkratzern zeichneten sich vor dem Nachthimmel ab. Ein paar Denkmäler leuchteten in der Dunkelheit sowie einige wenige Straßenlaternen und Fenster, doch das war auch schon alles. Nichts regte sich in dieser Stadt, in der die Zeit zum Stillstand gekommen schien.

Auf dem Sitz vor Gray richtete sich jemand auf. »Traurig ist das«, sagte Guan-yin, die den Eindruck machte, sie habe vor lauter Sorge um ihre Tochter kein Auge zugetan. »Die Einwohner von Pjöngjang haben täglich nur drei Stunden Strom. Deshalb müssen sie sparsam damit umgehen.«

Als sie sich der Stadt über eine vierspurige Schnellstraße näherten, war kein einziges anderes Fahrzeug zu sehen. Auch als sie die Vororte erreichten, waren keine Autos auf den Straßen unterwegs; selbst die Ampeln waren abgeschaltet. Es wurde still im Bus, so als fürchteten sie, die Gespenster der Geisterstadt zu wecken.

Das erste Lebenszeichen war ein einzelnes Militärfahrzeug, das langsam ein hell beleuchtetes Gebäude umkreiste.

»Das ist der Kumusan-Palast der Sonne«, flüsterte Guan-yin. »Das war die offizielle Residenz von Präsident Kim Il-Sung. Seit seinem Tod dient er als Mausoleum, wo sein einbalsamierter Körper in einem Sarkophag aus Glas aus-gestellt wird.«

Das war nur ein Beispiel für den Personenkult dieses Staates, in dem Kim Il-Sung und dessen Nachkommen wie Götter verehrt wurden.

Als das Mausoleum hinter ihnen zurückblieb, verfinsterte sich Guan-yins Miene. »Die Schätzungen für den Bau des Mausoleums belaufen sich auf fast eine Milliarde Dollar... während die Bevölkerung Nordkoreas Hunger leidet.«

Gray wusste, dass der Tod Kim Il-Sungs mit einer lan-desweiten Hungersnot zusammengefallen war, der fast zehn Prozent der Bevölkerung zum Opfer gefallen waren. Die Lage war so schlimm geworden, dass es in ländlichen Gebie-ten zu Kannibalismus gekommen war. Kinder durften nicht im Freien schlafen.

Seitdem hatte sich das Leben für die Nordkoreaner nur geringfügig verbessert.

Wegen der strengen Sanktionen konnte sich das Land noch immer nicht selbst ernähren. Die gesamte Infrastruk-tur musste mit einem überaus dürftigen Budget auskommen. Selbst die Fabriken hatten wegen des Mangels an Ersatz-teilen und des rationierten Stroms Produktionsschwierigkei-ten.

Der einzige Wirtschaftszweig, der florierte, war das poli-tische Theater.

Draußen erstreckten sich weit und breit unbeleuchtete Wohnblöcke. Nur ein paar riesenhafte Plakatwände und Wandgemälde durchbrachen die Monotonie. Beworben wur-den jedoch nicht etwa Cola, Bier oder die neuesten Elektronikprodukte. Vielmehr zeigten sie unterschiedliche Versionen des gütigen Höchsten Führers.

Als die beiden Busse auf eine leere sechsspurige Straße einbogen, gelangte ihr Ziel in Sicht: das *Ryugyong Hotel*. Dies war das höchste Gebäude in Pjöngjang und glich einer Glasrakete mit drei Flügeln. Mit seinen einhundert Stockwerken überragte es die ganze Stadt. Aber wie der Rest der Stadt war es dunkel. Nur die oberste Etage und vereinzelte erhellte Fenster verrieten, dass sich Menschen darin aufhielten.

Das fast menschenleere Hotel sollte ihnen als Operationsbasis dienen. Dank Guan-yins Beziehungen und der großzügigen Verteilung von Bestechungsgeld hatten sie in Erfahrung gebracht, dass man eine Frau mit Seichans Aussehen in ein *kyohwaso* gebracht hatte, eine ein paar Kilometer vor den Toren der Stadt gelegene militärische Besserungsanstalt.

In einem Land, in dem Korruption weit verbreitet war, brachte Geld die meisten zum Reden.

Hier im Hotel würden sie nordkoreanische Militäruniformen anlegen und sich bewaffnen. Um zwei Uhr morgens würde in der Nähe eines Angestellteneingangs ein Militärtransporter abgestellt werden, was die höchste Bestechungssumme erfordert hatte. Damit würden sie im Stockdunkeln zu dem Umerziehungslager fahren.

Der vordere Bus bog in die kreisförmige Zufahrt ein und fuhr unter der hohen Eingangspforte durch.

Grays Fahrzeug folgte.

Das Hotel hatte nach zahlreichen Bauschwierigkeiten und Verzögerungen erst vor wenigen Monaten teilweise eröffnet. Die Bauzeit hatte zwanzig Jahre betragen, und die ganze Zeit über hatte das Gebäude leer und finster dagestanden, eine düstere Metapher für die ganze Hauptstadt. Daher rührte auch der Spitzname des Gebäudes.

Hotel der Verdammnis.

Gray hoffte, dass der Name sich in den kommenden Stunden nicht als böses Omen erweisen würde.

Leider brauchte er nicht einmal eine Stunde zu warten.

Als der vordere Bus bremste und zum Stehen kam, stürzten waffenstarrende Männer in Militäruniformen aus der Lobby und brüllten zornig auf sie ein. Hinter ihnen kamen Militärjeeps mit eingeschalteten Scheinwerfern aus einem Versteck gefahren und blockierten die Einfahrt.

Sie waren geradewegs in die Falle getappt.

19:33

Ju-long Delgado stand vor einem Fenster, das in den Nebenraum hinausging. Er musterte die Killerin, die auf einem Verhörstuhl festgeschnallt war, der aus der Zeit der spanischen Inquisition hätte stammen können. Bis auf BH und Slip war sie nackt, ein psychologischer Trick, der ihr das Gefühl von Verletzlichkeit vermitteln sollte. Die Gliedmaßen waren jede für sich mit breiten Manschetten fixiert, sodass es mit dem Scharnierstuhl möglich war, ihrem Körper zahllose schmerzhafte Positionen aufzuzwingen.

Im Moment war sie nach hinten geneigt, wodurch ihre Wirbelsäule sowie die Hüft- und Schultergelenke beansprucht wurden.

Um sie gefügig zu machen, hatte Hwan Pak gesagt.

Der Wissenschaftler hatte zu laut über seinen schwachen Scherz gelacht und durch seine verbundene gebrochene Nase geschnaubt. Offenbar wollte er für seinen verletzten Stolz Rache nehmen. Er wollte ihr wehtun, so wie sie ihm wehgetan hatte.

Die Körperhaltung musste sehr schmerzhaft sein. Im Raum war es eiskalt, doch ihre nackte Haut glänzte von Schweiß, der von ihren Qualen kündete. Delgado stellte sich vor, wie sie das Gesicht verzerrte und mit den Zähnen knirschte, doch sie hatte eine Kapuze über dem Kopf und trug geräuschdämpfende Kopfhörer, die bewirken sollten, dass sie sich allein auf den Schmerz konzentrierte.

Die Nordkoreaner verstanden ihr Handwerk.

Den ausgemergelten apathischen Menschen nach zu schließen, die er im überfüllten Lager gesehen hatte, gingen sie mit ihren eigenen Leuten kaum rücksichtsvoller um. Bis zu vierzig Gefangene wurden in einen Raum gepfercht, der nicht größer war als eine Doppelgarage. Er hatte beobachtet, wie zwei Männer sich um das Vorrecht stritten, einen Toten zu begraben, weil sie sich davon eine Zusatzration erhofften.

Das Lager war die nordkoreanische Version von Auschwitz.

Ju-longs Handy klingelte in der Tasche. Er holte es hervor in der Annahme, er bekäme neue Informationen zur Lage am *Ryugyong Hotel*. Tomaz hatte sich mit dem Einsatzteam dorthin begeben.

Stattdessen meldete sich eine Frauenstimme. »Ju-long...«

Er lächelte, seine Anspannung verflüchtigte sich. »Natalia, meine Liebe, weshalb rufst du an? Ist alles in Ordnung?«

»Ich wollte vor dem Einschlafen nur noch mal deine Stimme hören«, flüsterte sie. »Ohne dich ist es so kalt im Bett.«

»Das ist die letzte Nacht, in der dein Bett leer bleibt. Ich verspreche dir, dass ich bis spätestens morgen Nachmittag zu Hause bin.«

»Hm...«, murmelte sie schläfrig. »Aber halte dein Versprechen.«

»Das werde ich.«

Sie sagten einander Gute Nacht.

Als er das Handy einsteckte und die gefolterte Frau im Nebenraum ansah, verspürte er einen Anflug von schlechtem Gewissen. Doch man hatte ihn gut genug bezahlt, um derlei Anwandlungen zu übergehen. Wenn die Abmachung erfüllt war, würde er morgen nach Macau zurückfliegen.

Er wäre schon in der Nacht aufgebrochen, doch er hatte von Guan-yins Flucht aus der brennenden Festung der Triade erfahren. Außerdem hatte man ihm berichtet, auch die Amerikaner hätten sich mit einer Art Trapezakrobatik in Sicherheit gebracht. Vor einer halben Stunde war dann aus mehreren Quellen berichtet worden, Guan-yin befinde sich in Nordkorea und plane einen Überfall auf das Lager.

Nachdem er Hwan Pak informiert hatte, hatten sie ein Einsatzteam zusammengestellt, das im *Ryugyong Hotel* einen Hinterhalt legen und den Gegner überwältigen sollte, bevor er den Befreiungsversuch startete.

Er blickte in den Nebenraum.

Weshalb bist du so wertvoll?

Ju-long glaubte inzwischen, dass er zu wenig Geld aus ihr herausgeschlagen hatte, doch Pak wollte nicht mit sich reden lassen. Der nordkoreanische Wissenschaftler, dessen Ehre nicht minder stark verletzt war als seine Nase, hatte Ju-long keine andere Wahl gelassen, als sein Angebot anzunehmen. Pak wollte sich seine Rache nicht nehmen lassen.

Als hätte er seine Gedanken gelesen, trat Pak mit breitem Lächeln in den Raum. »Sie sind eingetroffen, wie Sie gesagt haben, Delgado-*ssi*. Wir haben sie gestellt.«

Er stellte sich vor, wie Guan-yin das Schicksal der jungen Frau teilen würde. Vielleicht war das Entschädigung genug für seine Probleme. Wenn sie starb, würde das seine Position in Macau stärken.

»Aber jetzt müssen wir die Sache hier abschließen«, sagte Pak, wobei er die Frau lüstern beäugte. »Sie sagen, sie ist eine Auftragsmörderin mit zahlreichen Verbindungen im Verbrechermilieu. Wir müssen in Erfahrung bringen, wer ihre Auftraggeber sind und in welcher Beziehung sie zu den beiden Amerikanern steht.«

»Haben die beiden Guan-yin begleitet?«

Bislang hatte Ju-long von seinen Kontaktleuten keine eindeutigen Informationen erhalten. Einige bestätigten die Verbindung, andere stritten sie ab.

»Das weiß ich noch nicht, aber binnen Stundenfrist erfahren wir mehr.«

Hinter ihr öffnete sich die Tür. Ein groß gewachsener, ausgemergelter Mann mit rasiertem Schädel trat ein, bekleidet mit einem langen weißen Laborkittel, in Händen ein Stahltablett mit bedrohlich wirkenden chirurgischen Instrumenten und Zangen. Er verneigte sich mit undurchdringlicher Miene.

»Nam Kwon«, stellte Pak ihn vor. »Es gibt keine Geheimnisse, die er mit diesen Werkzeugen nicht ans Licht bringen kann.«

Der Verhörspezialist ging nach nebenan und zog Pak mit sich.

In der Tür hielt Pak inne. »Möchten Sie dabei sein? Sie sind willkommen. Das ist Ihre Handelsware.«

»Jetzt nicht mehr«, entgegnete Ju-long. »Sie haben den Preis bezahlt. Was Sie mit der Ware machen, geht mich nichts an.«

Und ich trage auch keine Verantwortung dafür, setzte er im Stillen hinzu.

Dr. Pak wandte sich achselzuckend ab.

Ju-long warf einen letzten Blick in den Nebenraum.

Die an der modernen Streckbank festgeschnallte Frau hatte bislang kein einziges Mal geschrien – doch das würde sich bald ändern.

19:39

»In den Rückwärtsgang schalten!«, rief Gray nach vorn. »Nicht langsamer werden!«

Als die Militärpolizei den vorderen Bus umzingelte und aus der Hotellobby kommend auf ihr Fahrzeug zusteuerte, war er aufgesprungen. Ihnen blieben nur Sekunden, bevor die Polizei sie in die Zange nehmen würde.

Zhuang war Taktiker genug, um zu dem gleichen Schluss zu gelangen. Er wiederholte den Befehl auf Kantonesisch, worauf der Bus sich ruckartig nach hinten in Bewegung setzte.

Während er beschleunigte, fiel Gray neben der verborgenen Bodentür auf die Knie und riss die Klappe hoch.

Kugeln durchsiebten die Flanken des zurücksetzenden Busses, Fensterscheiben zerschellten. Die Front bekam das meiste ab. Plötzlich kippte der Fahrer mit einem Aufschrei zur Seite. Der Bus schlingerte. Zhuang wälzte den Fahrer beiseite, warf ihn grob auf die Treppe und nahm seinen Platz ein.

Der Bus stabilisierte sich und wurde schneller.

Gray packte das Sturmgewehr, das an der Unterseite der Bodenklappe festgeschnallt war. Für den Fall, dass es an der Grenze Probleme geben sollte, war es bereits geladen. Das hatten er und Kowalski festgestellt, als sie sich dort unten versteckt hatten.

»Reichen Sie mir die Waffen an«, befahl er Kowalski und deutete in den Hohlraum hinein.

Wenn sie das hier überleben wollten, musste er den Bus in ein städtisches Sturmfahrzeug verwandeln – in eine Waffe mit einer lächelnden gelben Katze auf der Seite.

Zunächst aber mussten sie sich aus der zuschnappenden Falle befreien.

Er sprang auf den Rücksitz, nahm Kowalskis Platz ein und drückte den Notausstieg im Dach hoch. Er zog sich durch die Luke und hielt sich fest. Dann hob er das Sturmgewehr hoch und zielte damit auf die beiden Jeeps, die ihnen in der kreisförmigen Einfahrt den Rückzug abschneiden wollten.

Er feuerte eine Salve auf die Windschutzscheibe des vorderen Fahrzeugs ab, das daraufhin ins Schleudern geriet und auf den makellosen Rasen fuhr. Das zweite Fahrzeug scherte aus, blieb aber auf der Fahrbahn – bis der zurücksetzende Bus es streifte.

Der Jeep kippte auf zwei Räder.

Beinahe wäre Gray durch den Ruck aus der Dachluke geschleudert worden, aber wenigstens hatten sie sich aus der Umklammerung gelöst.

Der Bus erreichte die Einfahrt und schleuderte mit einer Hundertachtzig-Grad-Drehung auf die sechsspurige Straße. Das Getriebe knirschte, der Motor brüllte, dann rollten sie wieder vorwärts und beschleunigten auf der leeren Fahrbahn.

Die noch intakten Militärjeeps jagten ihnen hinterher.

Immer mehr Fahrzeuge mit eingeschalteten Sirenen und Blaulicht tauchten vor ihnen auf und rasten auf der breiten Straße geradewegs auf sie zu. In der Ferne stieg ein Helikopter mit blinkenden Lichtern in den Himmel über der dunklen Stadt.

Der nordkoreanische Zugriff hatte sie zwar überrascht, wirkte aber auch schlecht vorbereitet. Wer auch immer den Überfall geplant hatte, er hatte nicht genug Zeit zur Verfügung gehabt, um die Polizeikräfte von Pjöngjang zu mobilisieren. Jetzt aber erwachte die Stadt und bereitete sich darauf vor, mit aller Macht zuzuschlagen.

Im Bus wurden Waffen ausgeteilt und Fenster heruntergekurbelt. An allen Seiten wiesen Waffenläufe nach draußen. Wie lange aber würden sie sich die nordkoreanischen Streitkräfte vom Leib halten können?

Die Antwort lautete: *nicht lange.*

Gray duckte sich und rief Guan-yin zu. »Können Sie den Mann erreichen, der den Militärlaster herschaffen sollte? Sagen Sie ihm, er soll ihn woanders abstellen.«

Sie nickte, schulterte ihr Gewehr und holte das Handy hervor.

Wenn sie überleben und Seichan befreien wollten, mussten sie sich an ein altes Sprichwort halten: *Wenn du sie nicht schlagen kannst, verbünde dich mit ihnen.*

Sie mussten Verwirrung stiften, wenn sie vom Bus in den Transporter umsteigen wollten. Da immer mehr Militärfahrzeuge auf den Straßen Pjöngjangs auftauchten, würden sie anschließend in dem Chaos nicht auffallen.

»In der Nähe der Schnellstraße liegt eine Unterführung, die in südlicher Richtung aus der Stadt hinausführt«, sagte Gray. »Sagen Sie ihm, er soll den Wagen dort abstellen... und zwar schnell!«

Er überließ ihr die Ausführung seiner Anweisung und schob sich wieder durch die Luke.

Die Militärjeeps vom Hotel kamen immer näher, die Insassen feuerten über die Windschutzscheiben hinweg auf den Bus. Die meisten Schüsse aber gingen daneben, nur einige wenige Kugeln schlugen ins Heck ein. Ein Glückstreffer schlug dicht an seinem Ellbogen Funken.

Gray duckte sich noch mehr, zielte mit dem Sturmgewehr und drückte ab. Die Windschutzscheibe des einen Jeeps zerschellte, und er scherte aus und streifte das Fahrzeug daneben. Beide Wagen prallten voneinander ab und wurden langsamer, sodass der Bus seinen Vorsprung erheblich ausbauen konnte.

Gleichzeitig näherten sich von vorn Blaulichter. Von beiden Seiten aus eröffnete der Bus das Dauerfeuer. Polizeifahrzeuge spritzten auseinander. Einige wenige versuchten, die Fahrbahn zu blockieren, doch die erwies sich mit ihren sechs Spuren als zu breit. Der Bus durchbrach die Absperrung und teilte im Vorbeifahren ein unerbittliches Vergeltungsfeuer aus.

Dann hatten sie die Verfolger am Boden vorübergehend abgeschüttelt.

Für die Verfolger in der Luft galt das bedauerlicherweise nicht.

Neben der Straße gelangte ein Helikopter in Sicht. Er schwenkte über die Fahrbahn und hielt auf sie zu. Ein unter der Nase montiertes MG spuckte Feuer und verschoss großkalibrige Geschosse, die sich vor ihnen in den Asphalt bohrten.

Der schwerfällige Bus konnte dem Todesvogel nicht ausweichen.

Gray drehte sich um und schoss auf den Helikopter, doch der war dick gepanzert, deshalb erzielte er keine Wirkung. Ebenso gut hätte er Knallerbsen abfeuern können.

Dann öffnete sich die Vordertür des Busses. Ein Hüne beugte sich heraus – Kowalski. Geschultert hatte er einen russischen Granatwerfer vom Typ RPG-29. Diese Waffe wurde vor allem zur Panzerabwehr eingesetzt, taugte aber gegen alles, was eine Panzerung besaß.

Mit einem lauten Jauchzer feuerte Kowalski die Waffe aus kürzester Entfernung ab. Die raketenangetriebene Granate schoss, eine Rauchfahne hinter sich herziehend, in den Himmel und traf den Vogel unterhalb des Rotors.

Gray ließ sich nach unten fallen und legte sich flach auf den Boden. Durch den Notausstieg im Dach sah er, wie der Helikopter in dem Moment explodierte, als der Bus unter ihm herfuhr und der Druckwelle und dem Trümmerregen zu entgehen suchte.

Beides misslang.

Die Explosion rüttelte den Bus durch. Ein Teil des Rotors bohrte sich ins Heck und schwirrte so dicht über Gray hinweg, dass er die Hitze des zerfetzten Stahls im Gesicht spürte.

Aber der Bus fuhr noch, trotz eines platten Reifens.

Gray setzte den Fuß auf das Rotorblatt und schob den Oberkörper wieder aus der Luke. Das brennende Hubschrauberwrack blieb hinter ihnen zurück. Am Himmel aber zeichneten sich weitere Vögel ab, die alle auf sie zuhielten.

Als spürte er, dass es Zeit wurde, in Deckung zu gehen, bog Zhuang von der breiten Schnellstraße in eine labyrinthische Straßenschlucht ab. Die Scheinwerfer ließ er ausgeschaltet, um möglichst wenig Aufmerksamkeit zu erregen.

Gray hoffte, dass die anderen Maschinen zum abgestürzten Helikopter streben würden wie Motten zur Flamme, sodass sie eine kleine Atempause bekämen. Sie setzten ihren kurvenreichen Weg durch die Stadt fort und wichen den größeren Straßen nach Möglichkeit aus.

In ganz Pjöngjang gellten Sirenen.

Trotzdem blieben die Straßen menschenleer, die Fenster dunkel. Die Bewohner nahmen wohlweislich davon Abstand, sich zu zeigen.

Nach mehreren Minuten Anspannung tauchte am Ende einer schmalen Gasse voller geschlossener Läden und Werkstätten wieder die Schnellstraße auf. Zhuang näherte sich langsam der finsteren Unterführung. Sie war so niedrig, dass Gray sich in den Bus zurückziehen musste, sonst wäre er enthauptet worden.

Wenn der Laster nicht auf uns wartet…

Mit klopfendem Herzen flüsterte er Zhuang zu: »Schalten Sie das Licht ein.«

Der Schwertkämpfer schaltete die Scheinwerfer ein. Die Unterführung wurde unvermittelt hell, kein Winkel blieb verborgen.

Nichts.

Gray blickte sich zu Guan-yin um, die ihm nach vorn gefolgt war. Sie schüttelte den Kopf. »Er hat versprochen, der Transporter würde da sein.«

Kowalski klatschte die Hand gegen die Tür. »Der Scheißkerl…«

Plötzlich flammten ein paar Straßen weiter zwei Scheinwerfer auf. Ein großer Laster gelangte in Sicht, bog in halsbrecherischem Tempo um die Ecke und raste auf sie zu.

Gray öffnete die Tür und sprang hinaus.

Er zielte mit der Waffe auf das sich nähernde Fahrzeug.

Guan-yin tauchte neben ihm auf und veranlasste ihn, die Waffe zu senken. »Das ist unser Wagen.«

Tatsächlich bremste das dunkelgrüne Fahrzeug scharf neben ihrem Bus. Es war ein chinesisches Modell mit einer hohen Fahrerkabine und geschlossener Ladefläche. Gepanzert war es nicht, doch das war im Moment nebensächlich.

Der Fahrer hüpfte heraus, nahm von Guan-yin eine Geld-tasche entgegen und eilte davon.

»Von Small Talk hält er wohl nicht viel«, brummelte Kowalski.

Sie luden Waffen und Uniformen aus dem Bus aus. Dann rollten sie drei Motorräder von der Ladefläche des Trans-porters auf den Asphalt. Die Motorräder würden den Wa-gen eskortieren.

Fünf Männer – diejenigen, die am ehesten koreanisch wirkten und die Sprache am besten beherrschten – zogen sich um. Drei setzten sich auf die Motorräder, zwei stiegen in die Fahrerkabine des Lasters. Die übrigen verschwanden im Laderaum.

Mit Ausnahme eines mutigen Mannes, der sich freiwillig dafür meldete, beim Bus zu bleiben.

Die ganze Aktion ging in weniger als fünf Minuten über die Bühne. Dann fuhren der Bus in die eine, der Transporter und die Motorräder in die andere Richtung davon. Der Bus sollte die Verfolger ablenken und sich mit ihnen möglichst lange eine Verfolgungsjagd liefern. Am Ende sollte der Fah-rer den Bus stehen lassen und in der dunklen Stadt unter-tauchen.

Gray zog die Heckplane ein Stück hoch und beobachtete, wie der Bus verschwand. Dann ließ er die Plane herabfallen und blickte sich in dem dunklen, beengten Laderaum um, während seine Begleiter nordkoreanische Uniformen anleg-ten.

Ein tätowiertes Gesicht erwiderte seinen Blick.

Sie teilten die gleiche Sorge.

Wie würden Seichans Entführer reagieren, wenn sie von ihrer Flucht erfuhren? Würden sie sie an einen anderen Ort bringen oder sie auf der Stelle töten?

Und die allerwichtigste Frage: *Wie viel Zeit blieb ihnen noch, um sie zu befreien?*

20:02

Seichan bäumte sich auf, als eine Stahlnadel langsam unter ihren Fingernagel geschoben wurde. In den anderen Fingern steckten bereits Nadeln. Der Schmerz strahlte bis in die Schulter aus. Sie atmete schwer durch die Nase, denn sie wollte nicht schreien.

Ihr Peiniger saß auf einem Hocker und hatte sich über ihren Arm gebeugt, äußerlich unbeteiligt, aber konzentriert, so als maniküre er ihr die Hand.

Hinter ihm lagen weitere Folterwerkzeuge bereit und funkelten kalt im Licht der Neonröhren. Sie wusste, dass es sich um einen psychologischen Trick handelte – es war eine Warnung vor dem, was ihr bevorstand, wenn sie sich weiterhin weigerte zu reden.

An der anderen Seite schritt der zweite Mann im Raum auf und ab und rang seine kleinen Hände. »Nennen Sie uns die Namen der Amerikaner«, wiederholte Pak, der wegen des Nasenverbands stark näselte. »Dann hört das auf der Stelle auf.«

Was du nicht sagst.

Sie wusste genau, dass man versuchen würde, alles aus ihr herauszupressen, was sie wusste. Ihr standen endlose Qualen bevor. Was sie am meisten fürchtete, waren nicht die funkelnden Bohrer oder die angedrohte Vergewaltigung, sondern ihre eigene Schwäche. Irgendwann würde sie ihnen alles sagen; ob es wahr oder falsch wäre, darauf käme es dann nicht mehr an.

Trotzdem gab es auch etwas Tröstliches.

Wenn man sie nach Gray und Kowalski fragte, dann hatten sie den Angriff in Macau und den Überfall in Hongkong wohl überlebt. Wenn Gray noch atmete, würde er nichts unversucht lassen, um sie hier herauszuholen.

Aber halte ich so lange durch?

Weiß er überhaupt, wo ich bin?

Sie dämpfte ihre Hoffnung, denn die würde sie nur schwächen. Am Ende war es besser, wenn Gray keinen Befreiungsversuch unternahm, denn er würde dabei unweigerlich ums Leben kommen.

Ihr Peiniger – den man ihr als Nam Kwon vorgestellt hatte – befestigte behutsam kleine Stromklemmen an den fünf Nadeln. Ohne aufzusehen, sprach er leise zu ihr, beinahe im Flüsterton, als wollte er sich entschuldigen.

»Der Stromstoß wird sich anfühlen, als würde man Ihnen sämtliche Fingernägel gleichzeitig ausreißen. Der Schmerz wird ihre schlimmsten Befürchtungen weit übertreffen.«

Sie achtete nicht auf seine Worte, denn sie wusste, er *wollte*, dass sie sich den Schmerz vorstellte. Häufig war die Vorstellung schlimmer als der eigentliche Schmerz.

Pak beugte sich zu ihr herunter. »Sagen Sie uns, wer die Amerikaner sind.«

Sie blickte zu ihm auf und lächelte kühl. »Sie sind die Leute, die Ihnen die Eier abreißen und sie an Schweine verfüttern werden.«

Als er verärgert die Augen zusammenkniff, ruckte sie mit dem Kopf vor und traf ihn mitten im Gesicht.

Er brüllte auf und wich zurück, Blut lief ihm aus der Nase.

Pak fuchtelte mit den Händen. »Na los! Bringen Sie sie zum Schreien!«

Kwon behielt die Ruhe. Ohne Eile streckte er die Hand

aus und drehte an einem Einstellrad. »Wir beginnen mit einer niedrigen Spannung«, sagte er – dann betätigte er einen Schalter.

Pak bekam, wonach er verlangt hatte.

Der Schmerz jagte durch ihren Körper. Sie schrie eher aus Überraschung als wegen der Schmerzen. Ihr Arm verwandelte sich in Feuer, der Strom schüttelte sie. Die verkrampften Muskeln kämpften gegen die Fesseln an.

Durch das rote Feuer hindurch sah sie, wie sich hinter Kwon und Pak die Tür öffnete.

Auch die beiden Männer wurden aufmerksam. Kwon legte den Schalter wieder um, und sie sackte zitternd und mit brennender Hand auf dem Stuhl zusammen.

Delgado schaute sie an; sein Gesicht war aschfahl, doch er wollte sich nichts anmerken lassen. Schließlich musste er den Blick abwenden.

Er räusperte sich und sagte: »Ich habe soeben eine Nachricht von Tomaz im Ryugyong erhalten. Die Hälfte der *Duàn-zhī*-Triade wurde im Hotel gefangen genommen oder getötet. Die andere Hälfte ist jedoch in einem zweiten Bus entkommen. In ganz Pjöngjang wird nach ihnen gesucht.«

Seichan bemühte sich, das Gehörte zu verarbeiten. *Duàn zhī* war die Triade ihrer Mutter. Aber was machte sie hier in Nordkorea? Sie versuchte, sich einen Reim darauf zu machen. Wollte ihre Mutter sich für den Angriff auf ihre Festung in Hongkong rächen? Oder ging es um etwas Persönliches?

Sie wehrte sich gegen die jäh aufkeimende Hoffnung, doch ganz gelang es ihr nicht.

Pak funkelte Delgado an. »Und Guan-yin?«

Ihre Mutter…

Seichan hielt den Atem an.

Delgado wirkte kein bisschen glücklicher als der Nord-koreaner. »Sie war nicht unter den Gefangenen. Auch nicht Zhuang, ihre rechte Hand.«

Pak stapfte hin und her und ballte die Fäuste. »Aber sie hält sich noch immer in unserem Land auf. Lange wird sie uns nicht entwischen können.«

Delgado schnaubte. Offenbar war er weniger optimis-tisch. Guan-yin hatte den Bombenanschlag auf ihre Festung überlebt. Er würde seine Gegnerin nicht unterschätzen.

»Es gibt noch mehr Neuigkeiten«, sagte Delgado. »Die Amerikaner haben Guan-yin anscheinend begleitet.«

»Sie sind hier!« Paks Miene verfinsterte sich.

Seichan wurde von Emotionen überwältigt – gegen die aufwallende Hoffnung kam sie einfach nicht an.

»Was ist mit der Gefangenen?«, fragte Delgado, wobei er sich Seichan zuwandte. »Es wäre unklug, sie hierzulassen.«

Pak nickte. »In der Nähe meines Labors befindet sich ein Gefangenenlager. Es liegt abgeschieden im Gebirge im Norden, ist nur einer Handvoll einflussreichen Perso-nen bekannt und wird streng bewacht. Ich wollte sie mor-gen sowieso dorthin verlegen. Wir erledigen das besser jetzt gleich.«

Dann wollte er sie also in seiner Nähe behalten, um sich auch weiterhin an ihren Schreien zu weiden. Das war gar nicht gut. Wenn sie das Lager erreichte, wäre ihr Schicksal besiegelt.

»Es wäre besser, sie auf der Stelle zu töten«, meinte Del-gado mit Blick auf Paks Pistolenholster. »Mit einer Kugel in den Kopf.«

Seichan spürte, dass er den Vorschlag um ihretwillen machte. Ein schneller Tod wäre monatelanger Qual, die ins selbe Grab führte, vorzuziehen.

Pak aber wollte davon nichts hören. Erfüllt von nationalistischem Stolz, drückte er die Brust heraus. »Das wäre eine feige Antwort auf eine zu vernachlässigende Gefahr.«

Delgado zuckte mit den Achseln.

Pak blickte sie an, noch immer tropfte Blut aus seiner Nase. Sie kannte diesen Gesichtsausdruck. Bei seiner Entscheidung, sie nicht zu töten, ging es weniger um Ehre als um seine Freude am Foltern. Gerade eben hatte er einen kleinen Vorgeschmack bekommen. Jetzt wollte er mehr.

Pak rief dem Wachmann vor der Tür einen Befehl zu und nahm die Pistole aus dem Holster. Als der Soldat im Raum war, zeigte er auf Seichan. »Mach sie los und bring sie zu meinem Jeep. Pass auf, dass sie sich nicht befreien kann.«

»Es ist sehr kalt, *seon-saeng-nim*«, sagte der Wachmann höflich. »Soll ich Reisekleidung für sie holen?«

Pak musterte sie von oben bis unten.

»*Aniyo*«, sagte er schließlich. »Wenn sie es warm haben will, muss sie darum betteln.«

Als das geregelt war, zielte der Soldat mit dem Gewehr auf sie. Kwon löste die gepolsterten Manschetten, mit denen sie am Metallstuhl fixiert war.

Erst an den Füßen, dann an den Händen.

Sobald ihre Arme befreit waren, schlug sie zu und rammte Kwon die aus ihren Fingerspitzen hervorschauenden Nadeln in die Augen. Er taumelte zurück und blockierte dem Soldaten teilweise das Schussfeld.

Seichan sprang auf, packte Kwon und drehte ihn vollends herum, als der Soldat das Feuer eröffnete. Die Kugeln trafen den Folterer, ohne Seichan zu verletzen. Sie schob ihn dem Soldaten entgegen, dann wirbelte sie herum und riss dem verblüfften Pak die Pistole aus dem Holster.

Abermals drehte sie sich und verpasste dem Soldaten eine Kugel in den Schädel.

Sie lief zur Tür, packte mit der freien Hand das Gewehr und stürmte nach draußen – Delgado und Pak blieben unverletzt zurück. Da Seichan nicht wusste, was auf sie zukam, wollte sie keine einzige Kugel sinnlos vergeuden.

Sie verriegelte die Tür des Verhörraums, dann zog sie sich nacheinander die Stahlnadeln aus den Fingern. Durch das kleine Sichtfenster sah sie, wie Pak tobte. Da der Folterraum schallisoliert war, drang kein Laut heraus.

Der hinter Pak stehende Delgado fing ihren Blick auf, die Arme vor der Brust verschränkt. Er lächelte und nickte ihr respektvoll zu.

Sie machte kehrt und lief zum Ausgang des Gebäudes. Zum Glück hielt sich zu dieser späten Stunde niemand darin auf. In der Nähe des Ausgangs hielt sie inne und durchsuchte mehrere Spinde, da sie hoffte, darin eine Uniform zu finden.

Stattdessen entdeckte sie in einem Spind einen Haufen Gefängniskleidung. Sie schlüpfte in den dunklen Kittel und zog eine zu weite Hose an. Der einzige Schmuck an diesen tristen Kleidungsstücken war eine rote Plakette mit Kim Il-Sungs Gesicht über der linken Brust.

Voller Bedauern stellte sie das Sturmgewehr in den Spind. Es war zu groß, um es zu verstecken, und in der Gefangenenkleidung hätte sie Mühe gehabt zu erklären, wie es in ihren Besitz gelangt war.

Die Pistole ans Bein gedrückt, schlüpfte sie nach draußen. In der Ferne hörte sie aus der Richtung der Stadt gedämpftes Sirengeheul.

Auch mit der Pistole würde sie es niemals aus eigener Kraft durch das schwer bewachte Eingangstor schaffen. Und selbst wenn, wohin sollte sie sich wenden? Sie musste darauf vertrauen, dass Gray und ihre Mutter ihren Aufenthaltsort kannten und sie herausholen würden.

Sie lief zu den Baracken hinüber, um sich so lange unter den Gefangenen zu verstecken, bis Hilfe eintraf.

Zum ersten Mal in ihrem Leben setzte Seichan ihr Vertrauen auf die Hoffnung.

10

Der Eurocopter flog über eine endlose Landschaft aus Sandverwehungen und verkrustetem Salz hinweg. Jada blickte
gelangweilt nach unten. Es fiel ihr schwer zu glauben, dass
diese heimgesuchte Gegend einmal ein wundervoller blauer
See gewesen war, in dem es von Fischen wimmelte und dessen Ufer Konservenfabriken und Dörfer säumten.

Jetzt erschien das alles unvorstellbar.

Im Einsatzdossier hatte sie gelesen, die Sowjets hätten in
den Sechzigerjahren zwei größere Zuflüsse umgeleitet, um
Baumwollfelder zu bewässern. Im Lauf der Jahrzehnte war
der See ausgetrocknet und auf zehn Prozent der ursprünglichen Fläche geschrumpft. Das verloren gegangene Was-
servolumen entsprach dem Inhalt des Erie- und des Onta-
riosees. Jetzt waren vom See nur noch ein paar versalzte
Pfützen im Norden und im Süden übrig.

Dazwischen war diese Wüste entstanden.

»Man nennt das hier Aralkum-Wüste«, flüsterte der Monsignore, da alle anderen schliefen. »Die giftigen Salzfelder
sind so groß, dass man sie vom Weltraum aus sehen kann.«

»Giftig?«, fragte sie.

»Als der See verschwand, sind Umweltgifte und Pestizide übrig geblieben. Der starke Wind peitscht den Sand und den Staub häufig zu dunklen Sturmfronten auf, die man als Schwarze Blizzards bezeichnet.«

Jada machte eine Windhose aus, die über die Salzwüste jagte, als wollte sie sie verfolgen.

»Die Menschen wurden krank. Bronchialerkrankungen, merkwürdige Anämien, zahlreiche Krebserkrankungen. Die durchschnittliche Lebenserwartung sank von fünfundsechzig auf einundfünfzig Jahre.«

Sie blickte ihn erstaunt an.

»Die Folgen sind nicht lokal begrenzt. Die heftigen Winde verteilen das Wüstengift um den ganzen Globus. Aralstaub lässt sich in den Grönlandgletschern nachweisen, in den norwegischen Wäldern, sogar im Blut der Pinguine am Südpol.«

Jada schüttelte den Kopf und fragte sich zum wiederholten Mal, weshalb sie einen Abstecher in diese öde Gegend unternahmen. Vor die Wahl gestellt, hätte sie lieber einen anderen Ort in Kasachstan besucht: das Kosmodrom von Baikonur, das bedeutendste russische Raumfahrtzentrum. Es lag nur etwa dreihundertzwanzig Kilometer östlich der Zielkoordinaten.

Dort könnte ich weitere Daten zu dem Absturz sammeln.

Jedenfalls hätte sie es gekonnt, wenn man nicht ein solches Geheimnis darum gemacht hätte.

Sie musterte Duncans Fingerspitzen. Er hatte gemeint, die archäologischen Relikte wiesen eine Energiesignatur auf. Trotz des Zeitdrucks, unter dem sie standen, faszinierte sie seine Einschätzung.

Oder war das alles Unsinn?

Jada betrachtete Duncans Gesicht, während er neben seinem stämmigen Partner schlummerte. Er machte nicht den Eindruck, als sei er anfällig für Fantastereien. Dafür wirkte er zu gut geerdet.

Der Pilot meldete sich über die Bordsprechanlage. »In zehn Minuten erreichen wir die Zielkoordinaten.«

Alle regten sich.

Jada blickte aus dem Fenster. Die Sonne stand dicht über dem Horizont. Ein paar Buckel und ein rostiges Schiffswrack warfen auf dem Wüstenboden lange Schatten.

Der Eurocopter ging allmählich tiefer, bis er dicht über die Salzwüste hinwegflog.

»Unmittelbar vor uns«, sagte der Pilot.

Alle drückten sich die Nasen an den Fenstern platt.

Der Helikopter näherte sich der einzigen Auffälligkeit weit und breit: einem großen rostigen Schiffswrack. Es stand aufrecht, der Kiel war tief in den Sand eingesunken – ein Geisterschiff in einem Meer aus Staub. Aufgrund der Korrosion waren die meisten Details verschwunden; das Vorschiff war zerfressen, das Schott hatte ein tiefes Orangerot angenommen, das einen scharfen Kontrast bildete zum Weiß der Salzwüste.

»Ist das der Ort?«, fragte Rachel.

»Die Koordinaten stimmen«, bestätigte der Pilot.

Duncan meldete sich zu Wort. »Rund um das gestrandete Schiff sind eine Menge Reifenspuren zu sehen.«

»Dann sind wir hier richtig«, erklärte der Monsignore.

Monk schaltete die Funkverbindung ein, um sich besser mit dem Piloten verständigen zu können. »Setzen Sie uns ab. Landen Sie etwa fünfzig Meter vom Schiff entfernt.«

Die Maschine legte sich auf die Seite, verharrte einen Moment im Schwebeflug und senkte sich in einer Wolke aus Staub und Salz ab, bis sie aufsetzte.

Monk nahm den Kopfhörer ab und rief: »Lassen Sie den Motor laufen, bis ich Ihnen das Okay gebe.«

Er zog die Luke auf. Die Augen mit dem Arm vor dem umherpeitschenden Sand schützend, bedeutete er den anderen, in der Kabine zu warten. Nur Duncan sollte ihn begleiten.

Jada war froh, dass er die Führung übernahm. Im Halbdunkel der Kabine beobachtete sie, wie Monk und Duncan über den staubigen Wüstenboden eilten. Draußen war es kühl, aber nicht kalt. Es roch nach Salz, Motorenöl und Fäulnis.

An der Backbordseite des Schiffs lockte eine dunkle Öffnung, die mit dem Sand gleichauf lag. Ehe die beiden Männer die halbe Strecke zurückgelegt hatten, schoss ein Land Rover mit Tarnlackierung aus einer verborgenen Heckklappe hervor. Auf seinen breiten Reifen näherte er sich Monk und Duncan in weitem Bogen.

Die beiden Männer hoben die Waffen und zielten auf den Wagen.

Der Land Rover hielt in einigem Abstand von ihnen.

Es folgte ein Wortwechsel, Monk gestikulierte heftig. Der Name des Monsignores fiel. Nach einer vollen Minute stapfte Monk zum Helikopter zurück.

»Sie sagen, Pater Josip befinde sich im Schiff«, sagte er. »Um sicherzustellen, dass es sich um keinen Hinterhalt handelt, wollte ich, dass der Priester herauskommt und uns begrüßt. Aber darauf haben sie sich nicht eingelassen.«

»Die Paranoia von Pater Josip ist anscheinend stark ausgeprägt«, bemerkte Vigor.

Jada hatte den Eindruck, der Monsignore halte etwas zurück.

»Ich gehe allein zu ihm«, sagte Vigor und sprang auf den Boden.

»Kommt nicht infrage«, sagte Rachel. Sie schloss sich ihrem Onkel an. »Wir bleiben zusammen.«

»Wir gehen alle«, sagte Monk, wandte sich aber zu Jada um. »Vielleicht sollten Sie besser im Helikopter warten.«

Sie überlegte kurz, dann nahm sie ihren ganzen Mut zusammen und schüttelte den Kopf. »Ich bin nicht so weit geflogen, um an Bord zu bleiben.«

Monk nickte, dann streckte er den Kopf in die Kabine und rief: »Ich bin über Funk zu erreichen. Verriegeln Sie den Vogel, aber lassen Sie den Motor an, damit wir notfalls schnell starten können.«

Der Pilot reckte zur Bestätigung den Daumen. »Ist mir recht so.«

Als das geregelt war, marschierten sie zu Duncan hinüber. Jada trat neben den großen Mann. Er blinzelte ihr aufmunternd zu – womit er sie tatsächlich beruhigte.

Vielleicht lag es aber auch an dem Sturmgewehr in seinen Händen.

Ein Mann sprang aus der Beifahrertür des Land Rover und begrüßte sie. Er war etwa so groß wie sie, hatte schütteres dunkles Haar und wirkte auch gleich alt. Seine Kleidung war landestypisch – weite Hose, langes Hemd und ärmellose Schaffelljacke. Er kam ihnen mit leeren Händen entgegen, doch als er den Arm hob, sah sie, dass er ein breites Lederarmband trug.

Er stieß einen durchdringenden Pfiff aus, der von einem schrillen Schrei beantwortet wurde.

Ein dunkler Schatten näherte sich im Sturzflug. Kurz bevor er den Kasachen erreicht hatte, breitete der Vogel die Schwingen aus und bremste ab. Er schloss seine scharfen Krallen um das Lederarmband, schlug einen Moment mit den Flügeln und kam zur Ruhe. Mit seinen kleinen Augen musterte er argwöhnisch die Neuankömmlinge – bis der Mann dem Vogel eine kleine Lederhaube aufsetzte.

Der Fremde verneigte sich respektvoll vor dem Monsignore. »Pater Josip hat mir Fotos seines geschätzten Freundes Monsignore Verona gezeigt. Ich heiße Sie willkommen.« Er sprach fließend Englisch, mit britischem Akzent. »Ich bin Sanjar und mein schlecht gelaunter gefiederter Begleiter heißt Heru.«

Vigor lächelte. »Die ägyptische Variante des griechischen Namens Horus.«

»Richtig. Die falkenköpfige Himmelsgottheit.« Sanjar wandte sich zum Schiff. »Bitte folgen Sie mir. Pater Josip wird sich freuen, Sie zu sehen.«

Er geleitete die Gruppe zu der Öffnung, die man in den Schiffsrumpf geschnitten hatte. Der Land Rover bog gerade um das Heck und verschwand dahinter.

Vigor legte den Kopf in den Nacken und betrachtete das große Wrack. »Lebt Pater Josip schon lange darin?«

»Nicht *darin*, sondern *darunter*.«

Sanjar trat ins dunkle Innere des Schiffs.

Jada folgte Duncan in den höhlenartigen Frachtraum. Der Zustand des Schiffs war im Innern nicht besser als draußen. Im Lauf der Jahrzehnte hatten sich die Elemente tief ins Schiff vorgearbeitet und den Frachtraum in eine morsche Kathedrale aus Rost und Trümmern verwandelt.

Zur Rechten machte sie den Land Rover aus, der hier drinnen Schutz suchte.

»Hier entlang.« Sanjar deutete nach links zu einer Treppe, von deren Geländer Rostwasser tropfte. Er schaltete eine Taschenlampe ein und ging voran.

Als sie tiefer kamen, machten die Trittflächen aus Stahl unvermittelt nacktem Gestein Platz. Ein steiler, in den Sandstein gegrabener Gang führte durch einen Riss im Schiffsrumpf in ein weitverzweigtes Tunnelsystem hinunter. Dunkle Gänge zweigten vom Hauptweg in ein Labyrinth von Räumen, weiteren Gängen und niedrigen Tunneln ab.

Man hatte den Eindruck, dass hier die Bewohner eines ganzen Dorfes Platz finden konnten.

»Wer hat das erbaut?«, wandte Duncan sich an Sanjar.

»Begonnen haben damit Drogenschmuggler Anfang der Siebzigerjahre, dann wurde die Anlage Ende der Achtziger von militanten Kräften erweitert und in den Neunzigern, als Kasachstan unabhängig wurde, aufgegeben. Pater Josip hat sie wiederentdeckt und zu seinem Basislager gemacht. Hier konnte er ungestört arbeiten.«

Von unten drang Lichtschein herauf. Als sie näher kamen, schaltete Sanjar die Taschenlampe aus und steckte sie ein. Der Falke auf seinem Arm sträubte das Gefieder.

Kurz darauf hatten sie die unterste Ebene erreicht. Der Gang mündete in eine künstliche Höhle von der Größe eines Basketballfelds. Daran schlossen sich weitere Räume an, doch es gab keinen Grund weiterzugehen.

Der Hauptraum wirkte wie eine Kreuzung aus mittelalterlicher Bibliothek und dem Hort eines Sammelwütigen. Reihen von Bücherregalen bogen sich unter dem Gewicht der Bände. Schreibtische waren unter Papierstapeln, Notizbüchern, Tonscherben und verstaubten Knochen begraben. An den Wänden waren Schaubilder und Landkarten befestigt, einige zerrissen, andere mit so zahlreichen Anmerkungen versehen, dass sie kaum noch erkennbar waren. Einen anderen Teil der Wände nahmen Kreidediagramme mit Verbindungs- und Trennpfeilen ein, was so aussah, als habe da jemand eine riesige Rube-Goldberg-Maschine entworfen.

Inmitten des Durcheinanders stand der unumstrittene Herr des Ganzen.

Er war ähnlich gekleidet wie Sanjar, trug aber zusätzlich einen Priesterkragen. Sonne und Wind hatten die Haut des Priesters verbrannt und gegerbt und sein Haar gebleicht. Wangen und Kinn bedeckte ein Mehrtagebart.

Er wirkte wesentlich älter als Vigor – obwohl er tatsächlich zehn Jahre jünger war.

Seine Augen aber blitzten, als er sich ihnen zuwandte. *Ist dies das Funkeln eines wachen Verstands oder das eines Wahnsinnigen?*, fragte sich Jada.

17:58

Vigor vermochte sein Erschrecken über den Zustand seines Kollegen nicht zu verbergen.

»Josip?«

»Vigor, mein Freund!« Josip watete durch die Bücherstapel am Boden, die dünnen Arme grüßend erhoben, die Augen feucht von Tränen. »Du bist tatsächlich gekommen!«

»Hatte ich denn eine Wahl?«

Sie umarmten sich. Sein Freund umklammerte ihn und drückte ihm wiederholt die Schultern, als wollte er sich vergewissern, dass er tatsächlich körperlich anwesend war. Vigor erschrak über die Magerkeit seines Kollegen. In der lebensfeindlichen Wüste war er beinahe mumifiziert. Vermutlich aber war es vor allem seiner Obsession geschuldet, dass er nur noch Haut und Knochen war.

In dieser Verfassung war er leider nicht zum ersten Mal.

Zu Beginn seiner Priesterausbildung hatte Josip Tarasco eine psychotische Episode gehabt. Man hatte ihn nackt auf dem Dach des Seminargebäudes gefunden, und er hatte erklärt, er vernehme in den Sternen die Stimme Gottes und habe sich entkleidet, um im Sternenlicht zu baden und Gott näher zu sein.

Kurz danach wurde bei ihm eine bipolare Störung festgestellt, ein manischer Zustand, bei dem man zwischen tiefen Abstürzen und Hochgefühl wechselt. Mit Lithium und anderen Antidepressiva ließen sich die emotionalen Extreme dämpfen, aber nicht vollständig ausgleichen. Positiv dabei war, dass ihn die Krankheit zu geistigen Höhenflügen befähigte – zu einer Brillanz des Denkens, die aus dem Wahnsinn geboren war.

Trotzdem kam es immer wieder zu Krisen, gekennzeichnet von zwanghafter Umtriebigkeit, Verhaltensticks und in seltenen Momenten auch psychotischen Episoden. Deshalb war Vigor eigentlich nicht überrascht gewesen, als Josip vor zehn Jahren von der Bildfläche verschwunden war.

Aber wie sieht es jetzt aus?

Als sie sich voneinander lösten, musterte Vigor Josips Gesicht.

Sein Freund bemerkte seinen Argwohn. »Ich weiß, was du denkst, Vigor, aber ich bin bei Sinnen.« Er blickte sich im Raum um und fuhr sich durchs Haar. »Vielleicht bin ich momentan ein bisschen zwanghaft, das gebe ich zu, aber mit Stress bin ich noch nie gut zurechtgekommen. Und in Anbetracht des Zeitdrucks, unter dem wir stehen, muss ich alle Gaben nutzen, die Gott mir geschenkt hat.«

Rachel machte ein ernstes Gesicht. Vigor hatte ihr nichts von Josips Geisteszustand gesagt, da er Sorge gehabt hatte, sie könne versuchen, ihn von der Reise abzuhalten. Außerdem hatte er verhindern wollen, dass sie den Wahrheitsgehalt seiner Aussagen anzweifelte.

Vigor hatte keine solchen Vorurteile.

Ungeachtet der Diagnose hatte er hohen Respekt vor Josips Genie.

»Wo wir gerade von Zeitdruck sprechen«, sagte Vigor. »Vielleicht solltest du erst mal erklären, weshalb du uns unter so merkwürdigen Umständen hierhergerufen hast. Dein Paket hat uns schon eine Menge Ärger eingebrockt.«

»Sie haben uns gefunden?«

»Wen meinst du?« Vigor dachte an den Attentatsversuch in der Universität und die Bomben in Aktau.

Josip schüttelte den Kopf. Sein Blick flackerte, als stünde er am Rand der Paranoia. Vigor konnte erkennen, dass er dagegen ankämpfte.

Josip leckte sich die Lippen. »Ich weiß es nicht. Jemand hat den Kurier getötet, den ich damit beauftragt hatte, das Paket zu versenden. Auf dem Rückweg geriet er in einen Hinterhalt und wurde gefoltert. Der Leichnam wurde in der Wüste abgelegt. Ich dachte… ich hatte gehofft, es wären Banditen gewesen. Aber jetzt…?«

Josip verlor den Kampf. Sein Blick huschte argwöhnisch umher. Offenbar war Zwanghaftigkeit bei ihm nicht das einzige Stresssymptom.

Um seiner sich steigernden Paranoia entgegenzuwirken, begann Vigor mit der Vorstellungsrunde und schloss mit den Worten: »Und Rachel, meine Nichte, kennst du ja bereits.«

Beim Anblick der vertrauten Person hellte sich Josips Miene augenblicklich auf. »Natürlich! Wie schön!« Seine Anspannung verflüchtigte sich, auf einmal hatte er wieder das Gefühl, dass er nicht allein war. »Kommt, ich muss euch vieles zeigen, und wir haben nicht viel Zeit.«

Er geleitete sie zu einem langen Holztisch mit Sitzbänken. Sanjar half ihm, den Tisch freizuräumen, dann nahmen alle Platz.

»Der Schädel und das Buch?«, fragte Josip eifrig.

»Ja, ich habe sie dabei. Sind im Helikopter.«

»Könnte jemand sie holen?«

Duncan erbot sich, die beiden Gegenstände zu holen.

»Ich danke Ihnen, junger Mann«, sagte Josip. Dann wandte er sich an Vigor. »Ich nehme an, du weißt bereits, von wem der Schädel und der Einband des Buchs stammen.«

»Von Dschingis Khan. Das sind sein Schädel und seine Haut.«

»Ausgezeichnet. Ich habe gewusst, dass du das Rätsel mit den dir zur Verfügung stehenden Mitteln lösen würdest.«

»Aber wo wurden diese makabren Objekte gefunden?«

»Im Grab einer Hexe.«

Dr. Shaw schnaubte. Vigor hatte ihr während des Flugs die Vorgeschichte der Fundstücke erläutert, doch es war ihm nicht gelungen, sie für seine Unternehmung zu gewinnen. Offenbar war sie zu sehr auf ihr eigenes Anliegen fixiert und konnte es gar nicht erwarten, die Geheimmission in der Mongolei in Angriff zu nehmen.

Ohne sie zu beachten, fuhr er fort, Josip zu ermutigen. »Ich erinnere mich, dass du nach Ungarn gereist bist, um die Hexenjagd im achtzehnten Jahrhundert zu erforschen.«

»Das stimmt. Ich war in Szeged, einer kleinen Stadt an der *Theiß* im Süden Ungarns.«

Josip betonte den Namen des Flusses, als sei darin ein Hinweis verborgen. Bei Vigor brachte er irgendetwas zum Klingen, doch er kam nicht darauf, was es war.

»Im Juli 1729«, fuhr Josip fort, »auf dem Höhepunkt der Hexenjagd, wurden zwölf Einheimische auf einer kleinen Insel in dem Fluss *Biszorkánysziget* auf dem Scheiterhaufen verbrannt. Das bedeutet *Hexeninsel*, und sie heißt so, weil dort so viele Unschuldige verbrannt wurden.«

»Das ist abergläubischer Unsinn«, murmelte Rachel mit finsterer Miene.

Jada nickte an ihrer Seite.

»Eigentlich hatte *Aberglaube* mit diesem speziellen Fall wenig zu tun. Ungarn litt seit zehn Jahren unter einer Dürre. Die Flüsse waren ausgetrocknet, die Felder verdorrt, es herrschte Hungersnot.«

»Die Leute brauchten einen Sündenbock«, bemerkte Vigor.

»Jemanden, den sie opfern konnten. In dieser Zeit wurden über vierhundert Personen getötet, aber nicht alle Todesfälle waren auf abergläubische Vorstellungen zurückzuführen. Viele Amtsträger nutzten diese blutige Periode, um sich missliebiger Personen zu entledigen und Rache zu üben.«

»Und die zwölf Toten von Szeged?«, fragte Rachel, deren Neugier geweckt war.

»In einem Kloster außerhalb der Stadt habe ich die Originaldokumente der Gerichtsverhandlung entdeckt. Bei dem Inquisitionsverfahren ging es nicht um Hexerei, sondern darum, dass die zwölf einen vergrabenen Schatz entdeckt hatten. Ob das stimmte, sei dahingestellt, denn sie redeten nicht. Zeugen sagten aus, einige der zwölf Angeklagten hätten ihnen von einem Totenschädel und einem in Menschenhaut eingebundenen Buch berichtet. Der Vorwurf des Okkultismus führte schließlich dazu, dass sie auf dem Scheiterhaufen verbrannt wurden.«

Monk tippte mit dem Zeigefinger seiner Prothese auf den Tisch. »Dann wollen Sie damit sagen, die zwölf seien zu Tode gequält worden, weil sie das Versteck des Schatzes nicht verraten wollten.«

»Es ging nicht um *irgendeinen* vergrabenen Schatz.« Josip

musterte Vigor scharf, als erwartete er von ihm, dass er sich einen Reim auf diesen kryptischen Unsinn machte.

Das gelang ihm nicht. Er stand vor einem Rätsel und wollte das auch sagen – als sich die Hinweise auf einmal auf geheimnisvolle Weise zusammenfügten.

»Die Theiß!«

Josip lächelte.

»Was ist damit?«, fragte Jada.

Vigor straffte sich. »Nicht nur das Grab des Dschingis Khan wurde vom Nebel der Geschichte verschluckt. Sondern auch das Grab eines anderen Eroberers, eines ungarischen Nationalhelden.«

Rachel mischte sich ein. »Du meinst Attila den Hunnen.«

Vigor nickte. »Attila starb im Jahr 453 in der Hochzeitsnacht an Nasenbluten. Wie Dschingis Khan wurde er von seinen Soldaten zusammen mit all seinen Schätzen in einem geheimen Grab bestattet, und alle, die den Ort kannten, wurden getötet. Der Sage nach wurde Attila in drei ineinandergeschachtelten Särgen beigesetzt. Der äußere war aus Eisen, der mittlere aus Silber und der innere aus Gold.«

Monk hörte auf, die Tischplatte zu bearbeiten. »Und das Grab wurde nie gefunden?«

»Im Lauf der Jahrhunderte schossen die Gerüchte ins Kraut. Die meisten Historiker aber glauben, die Soldaten hätten den Lauf der Theiß verlegt, Attila in einem Gewölbe unter dem Flussbett bestattet und den Fluss dann wieder in ihr ursprüngliches Bett zurückgelenkt.«

Vigor, dem ein neuer Gedanke gekommen war, drehte sich zu Josip herum. »Moment, du hast erwähnt, die Dürre, die zu der Hexenjagd geführt habe, sei im achtzehnten Jahrhundert aufgetreten.«

»Als die Flüsse zu einem Rinnsal wurden«, sagte Josip und lächelte.

»Bei der Gelegenheit könnte das Grabgewölbe zum Vorschein gekommen sein.« Vigor stellte sich vor, wie das zurückweichende Wasser nach und nach Attilas Geheimnis preisgegeben hatte. »Willst du damit sagen, jemand hätte es tatsächlich entdeckt?«

»Und die Entdecker haben versucht, es geheim zu halten.«

»Die zwölf Verschwörer ... die zwölf angeklagten Hexen.«

»Ja.« Josip pflanzte die Ellbogen auf den Tisch. »Was die Menschen von Szeged nicht wussten: Es gab noch eine *dreizehnte* Hexe.«

18:07

Als Duncan in die unterirdische Bibliothek zurückkehrte, herrschte dort verblüfftes Schweigen. Mit dem Gefühl, etwas Bedeutsames verpasst zu haben, trug er die in Schaumstoff verpackten Relikte zum Tisch. Mit seinen empfindlichen Fingerspitzen wollte er sie nicht berühren.

Er beugte sich auf Jada hinunter und flüsterte: »Was war los?«

Sie legte den Finger an die Lippen und bedeutete ihm, sich zu setzen.

Als er auf der Bank Platz genommen hatte, sagte der Monsignore zu Josip: »Was ist mit der dreizehnten Hexe?«

Duncan runzelte die Stirn über die merkwürdige Frage.

Tja, da hab ich wohl wirklich was verpasst.

Vigor wartete auf Josips Antwort.

»Aus den Dokumenten«, sagte sein Freund, »geht hervor, dass der Bischof von Szeged bei der Gerichtsverhandlung der betreffenden Hexe nicht zugegen war, eine Ausnahme bei diesem frommen Mann. Das kam mir seltsam vor.«

Allerdings, dachte Vigor.

»Deshalb habe ich nach seinen persönlichen Aufzeichnungen geforscht und herausgefunden, dass sie in einer Franziskanerkirche der Stadt verwahrt werden, die Anfang des fünfzehnten Jahrhunderts erbaut wurde. Viele der Bücher weisen Wasserschäden auf oder sind vom Schimmel zerstört. In einem der Tagebücher aber stieß ich auf die Zeichnung eines Buchs, auf dem ein Totenschädel liegt. Das erinnerte mich an die in der Gerichtsverhandlung vorgebrachten Anklagen. Darunter standen in Latein die folgenden Worte: *Gott, verzeih mir meine Verfehlungen, mein Schweigen und was ich mit ins Grab nehmen muss.*«

Vigor ahnte, wie Josip weiter vorgegangen war. »Dann hast du nach seinem Grab gesucht.«

»Attilas sterbliche Überreste waren in einem Mausoleum unter der Kirche bestattet.« Seinem gerötetem Gesicht nach zu schließen, schämte Josip sich im Nachhinein. »Ich habe nicht um Erlaubnis gefragt. Ich war zu ungeduldig, zu selbstgewiss, zu manisch, sodass ich keinen Zweifel hatte, richtig zu handeln.«

Vigor tätschelte ihm beschwichtigend den Arm.

Mit niedergeschlagenem Blick beichtete Josip sein Vergehen. »Mitten in der Nacht habe ich mir mit einem Vorschlaghammer Zugang verschafft.«

»Und da hast du den Schädel und das Buch entdeckt.«

»Unter anderem.«

»Was gab es sonst noch?«

»Ich fand dort ein letztes Schreiben des Bischofs, ein in einem Bronzerohr aufbewahrtes Geständnis. Er berichtete darin von der Entdeckung von Attilas Grabstätte. Ein Bauer war im ausgetrockneten Flussbett darüber gestolpert – das Grab aber war leer, man hatte es schon vor langer Zeit ausgeraubt. Mit Ausnahme eines Eisenkastens auf einem Podest, in dem einige wenige kostbare Gegenstände waren.«

»Der Totenschädel und das Buch.«

»Von abergläubischer Furcht erfasst, suchte der Bauer den Bischof auf. Er glaubte, er habe den Versammlungsort von Hexen entdeckt. Der Bischof wählte daraufhin zwölf Männer seines Vertrauens aus und begleitete den Bauern zum Fundort.«

»Das waren die zwölf, die auf dem Scheiterhaufen verbrannt wurden«, sagte Vigor.

»Richtig. Die Gruppe fand das geplünderte Grab. Die Diebe aber hatten ihre Visitenkarte hinterlassen: eine goldene Armmanschette mit der Abbildung eines gegen Dämonen kämpfenden Phönix und dem Namen Dschingis Khan.«

Dann hat Dschingis Khan also Attilas Grab entdeckt?

Undenkbar war das nicht. Die beiden Reiche waren zwar durch Jahrhunderte zeitlich getrennt, überschnitten sich aber geografisch. Dschingis Khan war vermutlich die Geschichte von Attilas Bestattung zu Ohren gekommen und hatte nach den verborgenen Schätzen gesucht. Die Mongolen hatten Ungarn nie vollständig unterworfen, doch die militärischen Auseinandersetzungen hatten Jahrzehnte gewährt. Bei einem dieser Feldzüge musste einer der Gefangenen geredet haben, vermutlich unter der Folter, und man hatte das Grab entdeckt und geplündert.

Eine wichtige Frage war allerdings noch unbeantwortet.

Vigor blickte Josip an. »Aber wie sind der Schädel Dschingis Khans und das in seine Haut eingebundene Buch in Attilas Grab gelandet?«

Josip nickte Sanjar zu, der auf dieses Zeichen nur gewartet hatte. Er brachte einen Stapel Papiere, alle säuberlich mit Plastikhüllen geschützt.

»Diese Dokumente wurden ebenfalls in Attilas Grab gefunden.«

Sanjar legte sie vor Vigor auf den Tisch. Er betrachtete die verblasste Handschrift. Erst als er die Augen zusammenkniff, bemerkte er, dass es Lateinisch war.

Er übersetzte die ersten Zeilen. »*Dies ist das Testament von Ildiko, der Nachfahrin König Gundiochs von Burgund. Ich richte meine Worte aus der Vergangenheit an die Zukunft...*«

Vigor schaute hoch, denn er kannte den Namen. »Ildiko war die letzte Frau, die Attila geehelicht hat. Manche glauben, sie habe den Hunnen in der Hochzeitsnacht vergiftet.«

»Das gesteht sie hier.« Josip tippte auf den Papierstapel. »Lies das, wenn du mal Muße hast. Sie schrieb das, nachdem man sie bei lebendigem Leib zusammen mit Attilas Leichnam eingemauert hatte. Sie hat ihn auf Geheiß der Kirche ermordet.«

»Was?«, fragte Vigor bestürzt.

»Über Mittelsmänner hat Papst Leo der Große sie beauftragt, das, was er Attila ein Jahr zuvor übergeben hatte, in ihren Besitz zu bringen – ein ominöses Geschenk, das den abergläubischen Hunnenkönig veranlasst hat, vor den Toren Roms umzukehren.«

Vigor wusste Bescheid über die schicksalhafte Begegnung – bis auf ein Detail. »Was hat der Papst ihm überreicht?«

»Einen Kasten. Oder vielmehr *drei* ineinander geschachtelte Kästen. Der äußere war aus Eisen, der mittlere aus Silber, der innere aus Gold.«

Genau wie bei den Särgen Attilas.

»Was befand sich darin?«, stieß Rachel zum Kern des Ganzen vor.

»Zunächst einmal ein Totenschädel mit aramäischer Beschriftung.«

Vigor vergegenwärtigte sich die eingeritzten Worte, die er in Rom untersucht hatte. »Dann befand sich in dem Kasten also der *echte* Schädel, der als Vorbild diente für den Schädel des Dschingis Khan.«

Monk deutete mit dem Daumen auf die styroporverpackten Objekte. »Dann war Dschingis' Schädel also nur eine Kopie des älteren. Was hat das zu bedeuten?«

Rachel erklärte es ihm. »Jemand wollte sicherstellen, dass die Inschrift des ersten Schädels – die Beschwörung zur Errettung der Welt und das Datum des Weltuntergangs – die Zeiten überdauerte.«

»Aber wozu das alles?«, warf Jada gereizt ein. »Weshalb hat jemand sich so große Mühe gemacht, die Information zu bewahren, wenn sich der Weltuntergang doch nicht verhindern lässt?«

»Wer sagt denn, dass man nichts dagegen tun kann?«, entgegnete Josip. »Ich habe nur erklärt, dass der Schädel eines der Objekte war, die in den drei Kästen verwahrt wurden.«

»Was war sonst noch darin?«, fragte Vigor.

»Ildiko zufolge stammten die Kästen und ihr Inhalt aus dem Osten Persiens, von der christlichen Nestorianersekte. Der Schatz wurde nach Rom gesandt, damit man ihn in der Ewigen Stadt für alle Zeit aufbewahre.«

»Oder jedenfalls bis zu dem auf dem Schädel vermerkten Datum«, setzte Vigor hinzu.

Josip neigte zustimmend das Haupt. »Papst Leo war sich über die Bedeutung des Schädels nicht im Klaren, als er ihn Attila übergab. Erst nachdem ein Gesandter der Nestorianer ihn über dessen Vorgeschichte aufgeklärt hatte, wurde ihm bewusst, dass er einen schweren Fehler begangen hatte.«

Monk schnaubte. »Dann hat er eine junge Frau damit beauftragt, den Schatz zurückzuholen.«

»Vielleicht war dies die einzige Möglichkeit, an Attila heranzukommen«, entgegnete Josip. »Am Ende aber hat sie versagt. Attila ahnte wohl, was er in Händen hielt, und hat es versteckt.«

»Was war es denn?«, fragte Vigor.

»In Ildikos Worten ein *Himmelskreuz*, gearbeitet aus einem Stern, der im Fernen Osten zur Erde niedergestürzt ist.«

»Ein Meteorit«, sagte Jada und spannte sich an.

»Höchstwahrscheinlich«, pflichtete Josip ihr bei. »Das Kreuz wurde aus einem Stern gehauen und einem Gesandten als Geschenk überreicht, der in den Osten gereist war, um die frohe Botschaft des neuen Gottes und dessen von den Toten auferstandenen Sohns zu verbreiten.«

Vigor blickte die verpackten Gegenstände an und vergegenwärtigte sich das in Menschenhaut eingebundene Evangelium. »Du sprichst vom heiligen Thomas«, sagte er ehrfürchtig. Der damalige chinesische Kaiser hat dem heiligen Thomas das Kreuz geschenkt.«

Die Historiker gingen davon aus, dass der Apostel Thomas bis nach Indien gelangt und dort den Märtyrertod gestorben war. Einige wenige Gelehrte aber glaubten, er könnte bis nach China und vielleicht sogar bis nach Japan gelangt sein.

»Willst du damit sagen, in dem Kasten habe sich das Kreuz des heiligen Thomas befunden?«, fragte Vigor ergriffen.

»Nicht nur sein Kreuz«, erwiderte Josip.

Vigor blickte seinem Freund in die tränenfeuchten Augen und begriff die ganze Wahrheit.

Auch der Schädel war von ihm.

Vigor war sprachlos. Hatte dieses Wissen Josip in den Wahnsinn getrieben? Er hatte selbst eingeräumt, dass er sich irrational verhalten habe. Hatte dies alles bei ihm eine psychotische Episode ausgelöst?

»Ildikos Testament zufolge«, fuhr Josip fort, »schaute der heilige Thomas in einer Vision den Untergang der Welt und auch dessen Datum, als er das Kreuz in Händen hielt. Nach seinem Tod haben die christlichen Mystiker das Wissen bewahrt.«

»Indem sie es in den Schädel des Heiligen geritzt haben.«

Josip nickte. »Dem heiligen Thomas zufolge ist das Himmelskreuz die einzige Waffe, die den Weltuntergang abwenden kann. Wenn es nicht wiedergefunden wird, ist die Welt verloren.«

»Und das Kreuz wurde Attila ins Grab gelegt?«, fragte Vigor.

Josip blickte die beschriebenen Seiten an. »Das sagt jedenfalls Ildiko. Als sie im Grab eingekerkert war, fand sie die Kästen – und das Kreuz lag wieder dort, wo es hingehörte. Sie notierte das in ihrem Testament in der Hoffnung, dass jemand es finden würde.«

»Was Dschingis Khan gelungen ist«, schloss Vigor.

Eine Weile schwiegen alle.

Schließlich räusperte sich Monk. »Um das mal klarzustellen. Der Papst hat Attila irrtümlich einen wertvollen Schatz übergeben. Der Plan zur Wiederbeschaffung ist gescheitert. Jahrhunderte später hat Dschingis Khan Attilas Grab geplündert, Ildikos Aufzeichnungen gelesen, das Kreuz gefunden und das Wissen nach seinem Tod in seinen Schädel einritzen lassen.«

»Aber nicht nur, um es zu bewahren«, sagte Josip. »Ich glaube, er hat zukünftigen Generationen eine Karte hinterlassen, die uns zu dem Versteck des Kreuzes führen soll. Er hat seinen Körper in einen Wegweiser verwandelt.«

Vigor ließ sich das durch den Kopf gehen. »Dschingis Khan hat geglaubt, die Zukunft gehöre ihm. Und in Anbetracht dessen, dass einer von zweihundert heute lebenden Männern sein Nachfahre ist, könnte er damit sogar recht behalten haben. Er wollte dieses Vermächtnis bestimmt schützen.«

Josip pflichtete ihm bei. »Obwohl er als blutrünstiger Tyrann gilt, war Dschingis Khan ein weitblickender Mensch. In seinem Reich gab es das erste Postsystem der Welt, er hat das Konzept der diplomatischen Immunität entwickelt und Frauen zu seinen Beratungen zugelassen. Vor allem aber praktizierten die Mongolen eine beispiellose religiöse Toleranz. In ihrer Hauptstadt gab es sogar eine Kirche der Nestorianer. Vielleicht haben deren Priester Dschingis Khan diese Vorgehensweise nahegebracht.«

»Damit könntest du recht haben«, sagte Vigor. »Historisch betrachtet haben die Nestorianer einen großen Einfluss auf Dschingis Khan ausgeübt. Allein schon der Umstand, dass der Khan ihnen seine Haut überließ, um das Thomas-Evangelium darin einzubinden, deutet darauf hin.«

Rachel, stets die Ermittlerin, wollte weitere Beweise sehen. »Das ist ja alles schön und gut, aber lässt sich irgendetwas davon belegen? Gibt es einen handfesten Beweis, dass sich das Kreuz, der Talisman, der die Welt retten soll, in Dschingis Khans Besitz befunden hat?«

Josip deutete auf Vigor. »Er hat den Beweis.«

Vigor kam sich vor wie ein zu Unrecht beschuldigter Angeklagter. »Wie meinst du das? Was soll ich haben?«

»In den Archiven des Vatikans. Du bist doch jetzt der Präfekt der Bibliothek, nicht wahr?«

Vigor zermarterte sich das Hirn nach einer Idee, worauf Josip anspielte – dann fiel ihm eines der kostbarsten Besitztümer der Bibliothek ein. »Der Brief des Enkels von Dschingis Khan!«

Josip verschränkte die Arme – der siegreiche Ankläger.

Vigor erklärte, was es damit auf sich hatte. »Im Jahr 1246 sandte der Enkel des Khans, der Großkhan Guyuk, dem Papst einen Brief. Er forderte ihn auf, in die Mongolei zu reisen und ihm persönlich die Ehre zu erweisen. Für den Fall, dass der Papst seinem Begehren nicht nachkäme, drohte er mit ernsten Folgen für die ganze Welt.«

Rachel musterte ihn erstaunt. »Das ist zwar kein Beweis, aber ich gebe zu, das klingt so, als habe der Enkel gewusst, dass das Schicksal der Welt in seinen Händen lag beziehungsweise dass es in der Grabstätte seines Großvaters verborgen war.«

Vigor hob leicht die Schultern. »Vielleicht wollte er dem Papst bei der Gelegenheit das Kreuz sogar zurückgeben... doch der hat ihm das Treffen verweigert.«

Duncan seufzte. »Andernfalls wäre einiges leichter.«

Monk wiegte den Kopf. »Das mag ja alles richtig sein. Ich weiß die Nachhilfestunde in Geschichte auch zu schätzen. Aber kommen wir zurück zu unserer Suche. Kann mir jemand sagen, *wie* wir das Kreuz finden sollen, das angeblich die Welt retten kann?«

Vigor blickte hoffnungsvoll Josip an. Sein Freund aber schüttelte niedergeschlagen den Kopf. Die Antwort kam von ganz unerwarteter Seite, von einer Person, die bislang den ungläubigen Thomas gespielt hatte.

Dr. Jada Shaw hob die Hand. »Ich weiß es.«

11

DAS QUIETSCHEN DER Bremsen signalisierte, dass sie am
Gefängnistor angelangt waren.

Versteckt auf der geschlossenen Ladefläche des Lasters, gestattete Gray sich einen Anflug von Erleichterung.
Das Einsatzteam hatte es unversehrt aus dem Zentrum von
Pjöngjang in die sumpfigen Vororte geschafft, die an den
Taedong grenzten. Unterwegs waren sie mehreren Patrouil-
len begegnet, doch die Triadenmitglieder auf den Motorrädern hatten gehörig Eindruck geschunden und ihnen den
Weg freigemacht. Da nach einem Bus gesucht wurde, hatte
der Militärlaster keinen Verdacht erregt.

Ihr Glück aber konnte nicht ewig währen. Die halbe
Streitmacht hatten sie im Hotel zurückgelassen. Einer der
Gefangenen würde irgendwann reden und dem Gegner ih-
ren Plan verraten.

Gray lauschte auf den Fahrer, der die Torwachen anbrüllte.
Sie wollten sich als Verstärkung ausgeben, von Pjöngjang
entsandt, um die Sicherheit des Gefängnisses zu gewährleis-
ten. Das ferne Sirenengeheul untermauerte ihre Behauptung.

Schritte und Stimmen wanderten neben dem Laster zum Heck. Offenbar waren die Wachleute nervös, da man sie über die Lage in der Stadt nicht informiert hatte.

Die Heckplane wurde beiseitegezogen. Eine Taschenlampe leuchtete durch die Öffnung und blendete sie, was ihnen den Vorwand lieferte, ihre Gesichter zu bedecken oder abzuwenden. Gray und Kowalski hockten ganz vorn an der Fahrerkabine und wurden von den anderen verdeckt.

Der Wachmann schwenkte die Taschenlampe umher, doch als er nur Männer und Frauen in den Uniformen des nordkoreanischen Militärs erblickte, ließ er die Plane herabfallen und ging zurück zum Wachhaus.

Mit knirschendem Getriebe fuhr der Laster an und rollte langsam vor. Gray erweiterte einen Riss in der Plane und riskierte einen Blick nach draußen. Das Gefängnis nahm eine Fläche von etwa vierzig Hektar ein und war umgeben von einem hohen Stacheldrahtzaun. Alle fünfzig Meter ragte ein Wachturm auf. Im Innern gab es Betongebäude und Holzbaracken.

War Seichan überhaupt noch hier?

Das Fahrzeug fuhr durchs Außentor und rollte durch das mit Minen gesicherte Niemandsland bis zum zweiten Zaun. Das Innentor glitt langsam auf.

Die Motorräder fuhren voran, gefolgt vom Laster, einem trojanischen Pferd auf Rädern. Als sie das Tor passiert hatten, glitt es wieder zu.

Jetzt gab es kein Zurück mehr.

Das Reinkommen war der einfache Teil gewesen.

Sie hoben die Bodenabdeckung ab, darunter kamen die schwereren Waffen zum Vorschein: Maschinengewehre, Granatwerfer, sogar ein Mörser Kaliber 60 Millimeter.

Kowalski hob einen Raketenwerfer hoch. Er schulterte

das lange Rohr und nahm das Sturmgewehr in die freie Hand.

»Jetzt fühle ich mich endlich wieder angezogen.« Kowalskis Stimme wurde vom Rumpeln des Lasters übertönt.

Das Fahrzeug fuhr zum Verhörzentrum und hielt vor dem Eingang. Der Fahrer ließ den Motor laufen. Mit etwas Glück würden sie Seichan ohne großes Aufsehen herausholen und könnten auf dem gleichen Weg flüchten, über den sie hereingekommen waren, indem sie behaupteten, sie seien in die Stadt zurückbeordert worden.

Zhuang streckte den Kopf nach draußen und vergewisserte sich, dass die Luft rein war. Dann winkte er Gray und Guan-yin zu sich. Sie kauerten sich hinter die Heckplane.

Gray musterte die Fassade des Verhörzentrums. Das Betongebäude war einstöckig und zu dieser späten Stunde weitgehend unbeleuchtet. Es würde nicht lange dauern, es zu durchsuchen.

»Packen wir's«, sagte er und sprang auf den Boden.

Vor den Blicken der Wachleute durch den Laster geschützt, liefen sie zum Eingang. Einige Triadenmitglieder gingen rund um den Laster in Stellung.

Gray stellte fest, dass die Eingangstür offen war. Er schlüpfte hindurch, schwenkte das Gewehr, sah aber niemanden. Er lauschte angestrengt, hörte aber keine Stimmen.

Guan-yin schloss zu ihm auf. Sie wirkte blass und hatte die Zähne zusammengebissen. Plötzlich fiel ihm ein, dass Seichans Mutter in Vietnam ein Jahr in einem solchen Lager verbracht hatte. Sein Blick fiel auf die geschwungene Narbe, die sich über ihre Wange und Stirn zog. So wie sie zusammengezuckt war, als Zhuang sie beim Eintreten am Ellbogen berührt hatte, rührte die Narbe eher von einer ihrer kleineren Verletzungen her.

»Dem Lageplan zufolge«, lenkte Gray ihre Aufmerksamkeit auf das Naheliegende, »liegen die Zellen und Verhörräume weiter hinten.«

Guan-yin nickte zitternd.

Sie wandten sich in die Richtung, durchsuchten Raum um Raum. Am Ende des Flurs fiel Licht aus einem offenen Eingang.

Gray hielt angestrengt lauschend darauf zu.

Die Stille machte ihm zu schaffen.

An der offenen Tür angelangt, spähte er in den Raum. Vor einem großen Fenster, durch das man in den Nebenraum sah, standen mehrere Stühle.

Vorsichtig schlüpfte Gray durch die Tür und blickte durch die Glasscheibe, vermutlich ein venezianischer Spiegel. In dem hell erleuchteten Raum bot sich ein merkwürdiger Anblick. Zwei Männer lagen in Blutlachen auf dem Boden. Der eine war ein nordkoreanischer Gefängniswärter, der andere vermutlich ein Labortechniker, denn er trug einen langen weißen Kittel.

Zwei weitere Personen waren bei den Toten. Sie versuchten, die einzige Tür zu öffnen. Vor dem Fenster lag ein umgekippter Metallstuhl. Offenbar hatten sie versucht, die Scheibe aus Panzerglas einzuschlagen.

Den einen der beiden im Verhörraum eingeschlossenen Männer kannte Gray.

Hwan Pak.

Die andere Person war größer, hatte einen dunklen Bart und eurasische Gesichtszüge. Das war der Mann, der Seichan in Macau in den Cadillac geworfen hatte.

»Ju-long Delgado«, sagte Guan-yin, als sie neben ihn trat.

Gray musterte erneut die beiden Toten. Das musste Seichans Werk sein.

»Ich glaube, wir haben ein Problem«, sagte er und vergegenwärtigte sich das weitläufige Gefängnis. »Ihre Tochter ist entkommen.«

Zu allem Überdruss gellten auf einmal überall im Lager Sirenen, und aus Lautsprechern ertönten plärrend Befehle.

Gray wandte sich zu Guan-yin um.

Sie waren entdeckt worden.

21:16

Seichan lag im Dreck und verzweifelte, als überall Sirenen losheulten.

Sie hatte sich unter einer der erhöht erbauten Baracken versteckt. Das Gefängnis lag im feuchten Sumpfland am Ufer des Taedong, der regelmäßig über die Ufer trat. Deshalb waren die Gebäude auf Stelzen errichtet.

Leider war dies auch schon das einzige Zugeständnis an die Bequemlichkeit der Gefangenen. Es gab keine Heizung, kaum Belüftung, und dem Ammoniakgestank und anderen Gerüchen nach zu schließen, waren die Toiletten undicht.

In der letzten halben Stunde hatte sie auf die Geräusche der über ihr eingesperrten Gefangenen gelauscht: Geflüster, Schluchzen, zornige Ausrufe, die leise Stimme einer Mutter, die ihr Kind tröstete. Ganze Familien waren hier eingekerkert und zur Umerziehung verurteilt worden, doch die meisten verrichteten Sklavenarbeit.

In ihr schwelte der Zorn. Das war das Einzige, das sie warm hielt, als es immer kälter wurde. Sie hatte sich diese Stelle ausgesucht, weil sie von hier aus das Haupttor einsehen konnte, denn sie gab die Hoffnung nicht auf, dass Gray nach ihr suchen würde.

Gerade eben war ein dunkelgrüner, von Motorrädern flankierter Laster durch das Tor im Zaun gerollt. Er brachte Verstärkung. Schlimmer noch, er hielt mit quietschenden Bremsen im Schatten vor dem Verhörzentrum.

Sie verfluchte ihr Pech.

Kurz darauf heulten die Sirenen. Die Neuankömmlinge hatten vermutlich Pak und Ju-long entdeckt, die sie im Folterraum eingesperrt hatte. Jetzt wussten sie, dass sie geflohen war.

Während der Alarm unablässig gellte, flammten am Zaun Scheinwerfer auf. Die ganze Lagerbesatzung würde nach ihr suchen.

Sie umklammerte die Pistole und überlegte, wo sie sich verstecken sollte. Sie könnte sich unter die Gefangenen mischen, doch irgendjemand würde sie verraten und mit dem Finger auf sie zeigen, um sich bei den Wärtern einzuschmeicheln.

Sie kroch rückwärts, weg vom Tor, weg von den hellen Lichtern. Die Dunkelheit war ihr bester Schutz.

Sie blickte zur Mitte des Gefängnisses und machte dort die tiefen Kettenfurchen eines Panzers aus, der sich durch den Schlamm wühlte. Er näherte sich dem Haupttor und würde all ihre Hoffnung auf ein Entkommen zunichtemachen.

Geduckt lief sie zur nächsten Barackenreihe.

Eben noch hatte sie sich sehnlichst gewünscht, dass Gray erscheinen möge.

Jetzt hoffte sie, er werde sich nicht blicken lassen.

Gray lief zusammen mit Guan-yin zum Eingang des Verhör-zentrums. Zhuang stürmte vor ihnen her.

»Im Hotel muss jemand geredet haben«, sagte Gray.

»Oder man hat unsere Tarnung durchschaut«, erwiderte Guan-yin. Ihrer ernsten Miene nach zu schließen, weigerte sie sich zu glauben, dass einer ihrer Leute so schnell gesungen hatte.

An der Tür angelangt, spähte Zhuang nach draußen und winkte sie zu sich. Gray blickte dem Schwertkämpfer über die Schulter. Das Lager war jetzt hell erleuchtet. Zur Rechten wimmelten die Bewacher am Tor orientierungslos umher. Anscheinend achtete niemand auf ihren Laster und dessen Bewacher.

»Unsere Tarnung scheint noch nicht aufgeflogen zu sein«, sagte Gray erleichtert. »Trotzdem muss ihnen einer Ihrer Leute gesagt haben, dass das Lager unser Ziel ist.«

»Aber er hat ihnen keine Einzelheiten verraten«, verteidigte Guan-yin den Mann, der vermutlich in diesem Moment brutal gefoltert wurde.

»Zumindest noch nicht. Jedenfalls bleibt uns ein kleines Zeitfenster. Das Überraschungsmoment ist immer noch auf unserer Seite.« Gray musterte das Durcheinander am Lager-eingang. Lange würde es nicht so bleiben. »Wir müssen das Haupttor unter unsere Kontrolle bringen.«

Guan-yin verstand, worauf er hinauswollte. »Und es so lange halten, bis meine Tochter gefunden ist.«

Gray nickte. Sobald sie angriffen, würde die Hölle losbrechen. Doch sie hatten keine Wahl. Mit der Heimlichtuerei war es vorbei.

Er wandte sich Guan-yin und deren Stellvertreter zu. »Sie

müssen Ihre Leute sammeln – dann greifen Sie das Tor an und halten es. Der Schusswechsel dürfte die anderen ablenken, und in der Zwischenzeit suche ich mit einem kleinen Team den Rest des Lagers ab.«

Zhuang zog wortlos das Schwert aus der Scheide, die er auf dem Rücken trug.

Gray deutete auf die Motorräder.

»Ich nehme mit Kowalski zwei der Bikes. Wir teilen uns auf und sehen uns um. Seichan beobachtet bestimmt, was vor sich geht. Hoffentlich erkennt sie unsere Gesichter, wenn wir in ihre Nähe kommen.«

Guan-yin beriet sich kurz mit Zhuang, der daraufhin losrannte, um das Angriffsteam zu sammeln. Sie wandte sich wieder Gray zu und umklammerte seinen Unterarm.

»Finden Sie meine Tochter.«

»Das werde ich«, versprach er.

Oder bei dem Versuch sterben.

21:22

Seichan wälzte sich unter der Baracke hervor und richtete sich auf. Sie hatte bereits ein Drittel des Lagers durchquert, von einer Barackenreihe zur nächsten rennend, wobei sie sich stets im Schatten gehalten hatte, der immer dichter wurde, je weiter sie sich vom Zaun entfernte.

Als sie sich anschickte, zur nächsten Barackenreihe zu laufen, erschütterte eine Explosion das Lager. Sie wandte den Kopf. Am Haupttor stieg eine schwarze Rauchsäule ins Licht der Scheinwerfer empor.

Was zum Teufel…?

Sie vernahm gedämpftes Gewehrfeuer.

Könnte das Gray sein?

Sie fluchte über seinen Leichtsinn, war aber unbestreitbar erleichtert und eilte weiter an den Baracken entlang. Sie wollte zum Ende der Reihe, denn von dort aus hätte sie freie Sicht aufs Tor.

Plötzlich wurde es hinter ihr hell. Wegen des Sirenengeheuls und weil sie abgelenkt gewesen war, hatte sie die Gefahr zu spät bemerkt. Ein Jeep bog gerade in die Gasse ein und erfasste sie mit den Scheinwerfern. Hinter dem Fahrzeug trabte eine Kolonne Soldaten her.

Vor Schreck erstarrt, wurde ihr bewusst, dass sie die Pistole in der Hand hielt.

Eine Gefangene mit einer Waffe.

21:23

Gray hielt sich neben Kowalski. Die Schüsse am Tor ließen sie hinter sich und fuhren weiter ins Lager hinein.

Im Rückspiegel hatte Gray den Mörserangriff auf das Innentor beobachtet. Schwarzer Rauch verdeckte ihm die Sicht, als Guan-yins Team sich anschickte, die überlebenden Wachleute auszuschalten. Zhuangs Schwertklinge durchzuckte den dunklen Rauchvorhang wie ein Blitz eine Gewitterwolke – dann verschwand sie darin.

Zwei weitere Granateinschläge trafen die beiden Wachtürme neben dem Tor und verwandelten sie in lodernde Fackeln. Der Rauch wurde noch dichter. Einzelne Feuerstöße zerstörten die Scheinwerfer am Zaun, bis das Tor in tiefe Dunkelheit gehüllt war.

Während hinter ihnen unablässig gefeuert wurde, schwenkte Gray den Arm und gab Kowalski damit das Zeichen, dass sie sich aufteilen sollten. Der Hüne wollte die rechte Seite des Lagers abgrasen, Gray sich die linke vornehmen.

Als sein Partner abschwenkte, beugte Gray sich tief auf den Lenker hinunter und fuhr in eine der dunklen Gassen hinein. Ihm war bewusst, dass der Angriff aufs Tor nur wegen des Überraschungsmoments funktioniert hatte. Jetzt, da die Lagerbesatzung alarmiert war, würde ihr kleines Team das Tor nicht lange halten können.

Er musterte die Baracken an den Seiten und spürte, wie die Zeit verrann.

Seichan, wo steckst du?

21:24

Seichan nutzte die momentane Verwirrung der Nordkoreaner und ging neben einer der Baracken in Deckung. Sie drehte sich im Sprung und zielte mit der Pistole auf den Jeep. Wieder und wieder drückte sie den Abzug durch, zerschoss einen Scheinwerfer und zwang die Soldaten, in Deckung zu gehen.

Als sie auf dem Boden aufprallte, wälzte sie sich, getragen vom Schwung, in die Dunkelheit zwischen den Barackenstelzen. Hinter ihr spritzte Dreck hoch.

Sie wälzte sich unter der Baracke hindurch und durch den Schlamm an der anderen Seite. Ohne innezuhalten, warf sie sich der nächsten Barackenreihe entgegen und wälzte sich darunter.

Währenddessen ließ sie die Soldaten nicht aus den Augen. Der Jeep fuhr durch die Gasse, in der man sie entdeckt hatte, und schlingerte um die Ecke, offenbar in der Absicht, sie zu umfahren und zu stellen. Die Zweierreihe der Soldaten teilte sich auf, die Männer liefen zwischen die Baracken, um sie am Entkommen zu hindern.

Das Fluchtmanöver hatte ihr bestenfalls einen Aufschub von ein, zwei Minuten verschafft. Die große Übermacht würde sie irgendwann stellen. Und da sie nur noch eine einzige Kugel hatte, würde es ihr nicht gelingen, sich freizukämpfen.

Sie musste sich etwas anderes einfallen lassen.

21:25

Trotz des knatternden Motors hörte Gray, dass zu seiner Linken Schüsse fielen. Befehle wurden gebrüllt. Er hielt darauf zu und hoffte das Beste.

Als er durch die enge Gasse zwischen den Baracken raste, tauchte vor ihm eine Gestalt in schmutziger Gefängniskleidung auf. Im nächsten Moment erkannte er Seichan.

Gott sei Dank…

Er würde von Erleichterung überwältigt, und ihm wurde warm ums Herz.

Sie hob den Arm, als wollte sie ihm winken.

Erst jetzt sah er die Pistole in ihrer Hand.

Sie zielte und feuerte.

21:26

Seichan brauchte das Motorrad.

Als sich ihr das blubbernde Motorengeräusch näherte, wusste sie, dass dies ihre einzige Möglichkeit zur Flucht war. Da sie nur noch eine Patrone hatte, durfte sie nicht danebenschießen. Sie trat auf die Gasse hinaus, zielte auf die Brust des Fahrers und drückte ab.

Der Fahrer wurde vom Treffer nach hinten geschleudert.

Das fahrerlose Motorrad geriet ins Schlingern und prallte gegen eine Baracke. Sie warf die Pistole weg und lief zum Bike. Sie richtete es auf, schwang sich auf die Sitzbank und betätigte den Anlasser. Mit einem kernigen Grollen sprang der Motor an. Sie gab Gas, das Bike schwenkte mit durchdrehendem Hinterrad herum.

Der Fahrer hatte sich auf einen Ellbogen aufgestützt und streckte die Hand zu seinem Sturmgewehr aus.

Das könnte ich gut gebrauchen, schoss es ihr durch den Kopf.

Sie hielt darauf zu und streckte den Arm aus, um die Waffe vom Boden aufzunehmen.

Der Fahrer wandte ihr sein schmerzverzerrtes Gesicht zu.

Ihr stockte der Atem, auf einmal sah sie nur noch diese sturmblauen Augen.

Gray…

Sie legte eine Vollbremsung hin, das Hinterrad brach aus.

Der Mann richtete sich auf, die Hand auf die blutige Schulter gelegt. »Du solltest wirklich aufhören, auf mich zu schießen«, murmelte er und hob mit dem unverletzten Arm das Gewehr auf. »Ein einfaches Hallo sollte beim nächsten Mal reichen.«

Sie zog ihn an sich und küsste ihn auf die Lippen.

»Okay, so ist's besser… aber wir müssen das noch üben.«

Ein Jeep fuhr langsam durch die angrenzende Gasse.

Hinter ihr wurde gerufen.

»Steig auf!«, sagte sie.

Trotz seiner Schmerzen schwang Gray das Bein über die

Sitzbank. Den einen Arm legte er ihr um die Hüfte, mit dem anderen feuerte er nach hinten.

Im Rückspiegel sah sie, wie die Soldaten auseinanderspritzten.

»Fahr!«, sagte er.

Sie gab Gas und raste los.

Gray klammerte sich an ihr fest.

Sie hatte keine Ahnung, ob sie es in die Freiheit schaffen würden, doch eines wusste sie. Sie wollte nie wieder von ihm getrennt sein.

21:28

Bei jedem Stoß hatte Gray stechende Schmerzen in der Schulter. Warmes Blut strömte ihm über die Brust. Wäre er nicht im letzten Moment zur Seite ausgewichen, hätte sie ihn mitten in die Brust getroffen.

Mit dem verletzten Arm klammerte er sich an sie, den Oberkörper nach hinten gewandt, das Gewehr mit einer Hand haltend. Wann immer er eine Uniform ausmachte, feuerte er aufs Geratewohl.

Dann schleuderte dreißig Meter hinter ihnen ein Jeep in Sicht und erfasste sie mit dem einen intakten Scheinwerfer. Der Soldat auf dem Beifahrersitz hatte sich aufgerichtet und stützte den Gewehrlauf auf die Windschutzscheibe.

Gray feuerte eine Salve ab und zerstörte auch noch den zweiten Scheinwerfer.

Das Fahrzeug geriet ins Schleudern, der Soldat konnte nicht mehr zielen. Seine Kugeln trafen die Holztreppe einer Baracke an der linken Seite. Angsterfüllte Schreie waren zu hören.

»Nach rechts!«, rief er Seichan zu.

Sie riss das Motorrad so heftig herum, dass er den Halt verlor. Mit den Schenkeln klammerte er sich am Sitz fest, beugte sich zur Seite und erwiderte das Feuer. Er konzentrierte sich auf den rechten Vorderreifen und zerfetzte das Gummi.

»Nach links!«, brüllte er.

Das Motorrad schwenkte zur anderen Seite, Kugeln pfiffen an seinem Ohr vorbei. Er zielte, feuerte eine weitere Salve ab und machte schwarzes Konfetti aus dem linken Reifen.

Der Jeep, der nach dem Verlust des ersten Reifens bereits ins Schlingern geraten war, wurde unlenkbar, als die Felgen sich in den Morast gruben. Er wurde immer langsamer, der Abstand vergrößerte sich. Seichan hielt aufs hundert Meter entfernte Tor zu. Gray behielt das Gewehr im Anschlag und feuerte hin und wieder einen Schuss ab, damit der Gegner nicht auf sie schoss.

Plötzlich bremste Seichan heftig, und das Motorrad stieg hinten hoch.

Gray wandte sich um. Vor ihnen geriet ein Panzer in Sicht, seine Ketten mahlten im Morast, als er zum Lagereingang herumschwenkte. Es handelte sich um einen Vierzigtonner, einen Gefechtspanzer vom Typ Chonma-ho. Der Koloss nahm die ganze Breite der Straße ein und rollte zwischen einer Barackenreihe und den Verwaltungsgebäuden hindurch.

Die Panzerbesatzung ignorierte sie, oder aber man hielt sie für Verbündete. Das Geschütz Kaliber 115 Millimeter wies jedenfalls zum Tor, bereit, mit dem Aufstand kurzen Prozess zu machen.

»Fahr dran vorbei!«, rief Gray Seichan ins Ohr.

Ihre einzige Chance bestand darin, das Stahlmonster zu überholen, vor ihm das Tor zu erreichen und den Abzug einzuleiten.

Seichan beugte sich tief auf den Lenker hinab und bog nach links in die Lücke zwischen den Baracken ab. Mit heulendem Motor schoss sie an der ersten Baracke vorbei und schlitterte in die schmale Gasse, die parallel zur Hauptstraße verlief. Sie gab wieder Gas und raste in Richtung Tor.

Rechts von Gray huschten die Baracken vorbei, und er erhaschte einen Blick auf den Panzer, der den Hauptweg aufwühlte.

Wir werden es nicht schaffen.

Selbst wenn der Panzer seine große Kanone nicht abfeuerte, hätten sie kaum mehr Zeit, das Tor vor dem Eintreffen des rollenden Goliaths rechtzeitig zu räumen.

Da tauchte auf einmal David auf.

Er schoss aus dem Rauch am Tor hervor und näherte sich dem Panzer. Es war Kowalski auf dem Motorrad. Nachdem Gray auf Seichan gestoßen war, hatte er seinen Partner über Funk angewiesen, sich zurückzuziehen. Kowalski war vor ihnen am Tor angelangt – und hatte offenbar ganz eigene Vorstellungen, wie dem Problem beizukommen wäre.

Er ließ den Lenker los, schulterte den RPG-29-Granatwerfer und feuerte. Die Granate traf den Panzer genau von vorn.

Die Explosion hörte sich an, als tue sich die Erde auf. Flammen loderten empor, und in einer Rauchwolke regneten Trümmerteile herab.

Kowalski verlor die Kontrolle über seine Maschine, kippte zur Seite und rutschte auf den brennenden Panzer zu, der weiterrollte und ihn zu zermalmen drohte.

Seichan gab noch mehr Gas und schoss dem langsamer

werdenden Panzer entgegen. An der nächsten Baracke bog sie zur Hauptstraße ab. Offenbar wollte sie Kowalski zu Hilfe kommen, doch als sie den Rauchvorhang durchstoßen hatte, stellte sie fest, dass er bereits auf den Beinen war und aufs Tor zulief.

Der Bursche war wirklich unverwüstlich.

Ein Blick zurück ergab, dass die verrußte Vorderseite des Panzers noch immer qualmte. Von ihm ging keine Bedrohung mehr aus, doch sie waren noch längst nicht in Sicherheit.

Sie erreichten das Tor knapp vor Kowalski.

Er schnaufte heftig und zeigte erst auf Gray, dann auf Seichan. »Beim nächsten Mal… sollten Sie sich etwas mehr… beeilen«, keuchte er.

Der Rest des Teams machte sich bereit zum Rückzug.

Und das aus gutem Grund.

Aus dem ganzen Lager näherten sich die Scheinwerfer von Jeeps und gepanzerten Transportern.

»Zeit zu verschwinden«, sagte Gray, der hinter Seichan auf dem Motorrad sitzen geblieben war.

Ein Triadenmitglied rollte ein Ersatzmotorrad herbei und klopfte Kowalski anerkennend auf die breite Schulter.

Der Plan sah vor, den Laster nach Pjöngjang zurückzufahren. Dort wollten sie das Fahrzeug stehen lassen, sich in der Stadt verteilen und in verschiedenen Unterschlupfen in Sicherheit bringen, wo man ihnen neue chinesische Papiere geben würde, mit denen sie sicher über die Grenze kämen.

Gray und sein Team beabsichtigten, mit dem Motorrad eine andere Route zu nehmen, fort von Pjöngjang.

Doch sie würden Gesellschaft haben.

Guan-yin humpelte herbei, das linke Bein konnte sie nicht

belasten. Zhuang hatte ihr den Arm um die Hüfte gelegt, in der anderen Hand hielt er das Schwert.

Seichan spannte sich an, als sie ihre Mutter sah, doch jetzt war keine Zeit für Wiedersehensfreude. Ein Feuerstoß machte dies deutlich. Trotzdem wechselten Mutter und Tochter durch den Qualm hindurch verlegen einen Blick. Beide brauchten wohl Zeit, um all das zu verarbeiten.

Ehe die beiden sie erreichten, schob jemand ein Motorrad vor die Anführerin der Triade. Zhuang steckte das Schwert in die Rückenscheide und setzte sich an den Lenker. Guanyin stieg hinter ihm auf, ohne den Blick von Seichan abzuwenden.

Die übrigen Triadenmitglieder kletterten in den Laster.

Jemand rief einen Befehl, dann rollten das Fahrzeug und die drei Motorräder durch das zerstörte Tor. Die kleine Kolonne nahm rasch Fahrt auf. Nach einem halben Kilometer zweigte eine kleine Straße ab, die am Fluss entlangführte.

Seichan bog darauf ein, die anderen beiden Motorräder folgten ihr.

Während der Laster weiter in Richtung Pjöngjang fuhr, kurvten die drei Motorräder durch das Sumpfland am Rand des Taedong. Erhellt vom Licht der Sterne und dem Kometenschweif, strömte der Fluss zum fünfzig Kilometer entfernten Gelben Meer.

Gray bemerkte, dass Seichan wiederholt in den Rückspiegel sah. Sie beobachtete ihre Mutter, wurde aber nicht langsamer und behielt die Spitzenposition bei, als werde sie von einem Gespenst aus den Sümpfen gejagt.

Vielleicht wurde sie das ja tatsächlich.

Vom Gespenst ihrer Mutter... einer Erscheinung, die von einem Moment zum anderen Gestalt angenommen hatte.

Die Versöhnung von Vergangenheit und Gegenwart aber musste noch warten.

Gray blickte nach vorn, denn er wusste, dass keine leichte Aufgabe vor ihnen lag. Sie waren aus dem Lager entkommen... doch die Grenze nach China mussten sie erst noch überwinden.

12

»ICH MÖCHTE ETWAS ausprobieren«, sagte Jada.

Zum ersten Mal fragte sie sich, ob der Abstecher in diese öde Landschaft des wehenden Sands und der verrosteten gestrandeten Schiffe nicht doch nützlich sein könnte. Normalerweise interessierte sie sich nicht für Geschichte, und mit diesem Gerede von Attila dem Hunnen und den sterblichen Überresten von Dschingis Khan konnte sie nichts anfangen. Die Erwähnung des aus einem Meteor gearbeiteten alten Kreuzes aber hatte ihre Neugier geweckt.

»Wenn ich Sie richtig verstanden habe«, sagte sie und deutete auf Pater Josip, »ist das Kreuz von ausschlaggebender Bedeutung, wenn man die Katastrophe abwenden will, auf die die Inschrift auf dem Schädel Bezug nimmt.«

Er nickte und blickte den verblassten Sternenkalender an der Wand an. Mit den stilisierten Sternbildern und den astronomischen Angaben sah er aus, als stamme er aus Kopernikus' Zeiten.

»Die in etwa drei Tagen stattfinden soll«, bestätigte er.

»Okay.« Sie blickte Monk an. »Und dieses Datum wird

von einer anderen Quelle bestätigt, die mit dem Kometen in Verbindung steht.«

Vigor und Rachel wandten sich fragend Monk zu, doch der verschränkte lediglich die Arme.

Der Monsignore seufzte, verärgert über die Heimlichtuerei. »Sie haben erwähnt, Sie wüssten vielleicht, auf welche Weise die Welt mit dem Kreuz zu retten wäre.«

»Reine Mutmaßung«, erwiderte sie. »Aber zunächst möchte ich etwas ausprobieren.«

Sie wandte sich zu Duncan um.

Alle Blicke richteten sich auf ihn. Er straffte sich, überrascht und verwirrt. »Was ist?«

»Wären Sie so nett, den Schädel und das Buch auszupacken?«, sagte Jada. »Legen Sie beides auf den Tisch.«

Sie wartete, bis er fertig war, und bemerkte, dass er die Lippen zusammengekniffen hatte.

»Sie nehmen die Energieausstrahlung der Objekte wahr, ist das richtig?«

»Ganz eindeutig.« Er rieb die Fingerspitzen an der Hose, als wolle er ein unangenehmes Gefühl loswerden.

Sie wandte sich an die beiden Geistlichen. »Wenn Dschingis Khan das Kreuz in Attilas Grab gefunden hat, könnte er es doch auch getragen haben? Sozusagen als Talisman.«

Vigor zuckte mit den Achseln. »Er hat Ildikos Bericht gelesen und wusste demnach über dessen Bedeutung Bescheid. Deshalb ist das durchaus wahrscheinlich.«

»Dschingis sah es vermutlich als seine Pflicht an, das Kreuz zu seinen Lebzeiten zu schützen«, pflichtete Josip ihm bei.

»Und möglicherweise auch darüber hinaus«, setzte Vigor hinzu und deutete auf den Schädel und das Buch. »Wollen Sie damit sagen, das Kreuz habe sein Körpergewebe radioaktiv kontaminiert?«

»Ich glaube nicht, dass es radioaktiv ist«, sagte sie, wenngleich es sie in den Händen juckte, den Schädel mit den Geräten zu untersuchen, die sich an Bord des Helikopters befanden. »Aber ich glaube, das Kreuz gibt eine Art Energie ab, die Spuren im Körper hinterlassen hat. Vielleicht wurde sein Gewebe auf Quantenebene verändert.«

»Welche Art Energie sollte das sein?«, fragte Rachel.

»*Dunkle* Energie«, antwortete Jada, froh darüber, dass sich die Unterhaltung von der Geschichte der Wissenschaft zuwandte. »Die Energieform ist mit der Entstehung des Universums verknüpft. Sie macht zwar siebzig Prozent der nach dem Urknall zurückgebliebenen Energie aus, doch wir wissen noch immer nicht, wie sie beschaffen ist und woher sie stammt. Wir wissen nur, dass es sich um eine fundamentale Größe handelt. Sie ist der Grund dafür, dass das Universum sich immer schneller ausdehnt.«

Vigor hob eine Braue. »Und Sie glauben, in dem Kreuz sei diese Energie aufgespeichert? Wie in einem Akku?«

»So ungefähr. Möglicherweise. Ohne eine gründliche Untersuchung kann ich das nicht mit Sicherheit sagen. Aber ich bin Expertin auf dem Gebiet. Aus meinen theoretischen Berechnungen geht hervor, dass die Dunkle Energie von virtuellen Teilchen herrührt, die sich im Quantenschaum, der die Raumzeit im Universum ausfüllt, gegenseitig auslöschen.«

Als sie die verständnislosen Gesichter der Zuhörer sah, fasste sie es simpler. »Das ist das Gewebe der Raumzeit. Dunkle Energie ist die treibende Kraft hinter der Quantenmechanik, verknüpft mit allen Grundkräften im Universum. Mit dem Elektromagnetismus und der schwachen und starken Wechselwirkung, mit allem, was für Anziehung zwischen Objekten sorgt.«

»Wie zum Beispiel die Gravitation?«

Sie tippte ihm dankbar auf die Schulter. »Genau. Dunkle Energie und Gravitation sind eng miteinander verknüpft.«

Rachel sah stirnrunzelnd Monk an, dann wandte sie sich wieder Jada zu. Mit dem scharfen Verstand der Ermittlerin stürzte sie sich auf das Geheimnis, das ihnen vorenthalten wurde. »Noch einmal«, sagte sie. »Ich will nicht darauf herumreiten, aber *weshalb* glauben Sie, das Kreuz strahle Dunkle Energie ab?«

»Weil der Komet am Himmel das Gleiche tut.«

Alle reagierten überrascht, und Jada sah Monk an, denn ihr war bewusst, dass sie eine rote Linie überschritten hatte. Aber sie hatte den Eindruck, Rachel habe eine aufrichtige Antwort verdient. Sie hatte einen analytischen Verstand und gewann bei ihr ständig an Respekt hinzu. Es war sinnlos, sie weiterhin im Unklaren zu lassen.

Monk gab Jada achselzuckend freie Hand.

Sie erklärte, worum es ging. »Die Flugbahn des Kometen wies kleine gravitative Anomalien auf, die genau mit meinen theoretischen Berechnungen übereinstimmten.«

»Und das Kreuz?«, fragte Josip.

»Sie haben gemeint, das Kreuz sei aus einem zur Erde gefallenen Stern gearbeitet. Aus einem Meteoriten.« Sie vergegenwärtigte sich den Meteoritenschauer auf dem Video aus Alaska. »Ich frage mich, ob der Meteorit möglicherweise ein Bruchstück des Kometen ist, ein Fragment, das bei seinem letzten Vorbeiflug zur Erde gestürzt ist.«

Rachel ließ sich das durch den Kopf gehen, dann fragte sie: »Wann ist der Komet zum letzten Mal hier aufgetaucht?«

»Vor ungefähr zweitausendachthundert Jahren.«

»Also etwa im Jahr 800 vor Christus.« Rachel wandte sich an Josip. »Passt das zu den Informationen, die Ihnen vorliegen?«

Josip rieb sich bedauernd das Stoppelkinn. »Ildiko hat geschrieben, das Kreuz bestehe aus dem Material eines Sterns, der lange vor der Ankunft des heiligen Thomas im Fernen Osten auf die Erde niedergestürzt sei.«

Das war enttäuschend. Alle hätten ihre Vermutungen gerne bestätigt gesehen.

Plötzlich straffte sich Josip. »Moment!« Er blätterte in den Pergamenten, die Ildiko hinterlassen hatte. »Schauen Sie!«

19:38

Josip schob ein Blatt in die Mitte des Tischs, und Vigor erhob sich, um es eingehender zu betrachten.

Sein Freund tippte auf die Schriftzeichen in der Mitte des Dokuments.

duas arbores   impero   prohibitum

»Ildiko zufolge waren diese drei Zeichen in die Kästen mit dem Schädel und dem Kreuz eingeritzt.«

Vigor rückte seine Lesebrille zurecht. Er machte chinesische Schriftzeichen aus; drei Zeichen mit lateinischer Übersetzung.

Er beugte sich vor und las die lateinischen Worte vor. »Das erste Zeichen bedeutet ›zwei Bäume‹.« Die Ähnlichkeit sprang ins Auge. »Das nächste ›befehlen‹. Und das letzte ›verboten‹.«

Josip tippte auf das dritte Zeichen. »Die ersten beiden

Zeichen sind im dritten vereinigt. In dem Zeichen für verboten.«

Vigor bemerkte es auch, hatte aber keine Ahnung, was dies bedeutete.

»Lies vor«, sagte Josip. »Lies, was Ildiko unter die Zeichen geschrieben hat.«

Die beiden Zeilen waren noch schwerer zu erkennen. Es handelte sich um zwei lateinische Verse aus dem Alten Testament, beide aus dem Buch Genesis.

Er übersetzte die erste Zeile: »*Dann gebot Gott, der Herr, dem Menschen: Von allen Bäumen des Gartens darfst du essen, doch vom Baum der Erkenntnis von Gut und Böse darfst du nicht essen; denn sobald du davon isst, wirst du sterben.*«

Vigor las die nächste Zeile. Sie handelte ebenfalls von einem Gebot, diesmal aber vom Baum des Lebens. »*Seht, der Mensch ist geworden wie wir; er erkennt Gut und Böse. Dass er jetzt nicht die Hand ausstreckt, auch vom Baum des Lebens nimmt, davon isst und ewig lebt!*«

Ehe er die Passage abschließen konnte, entzog Josip ihm besitzergreifend das Blatt Pergament. »Die alten Chinesen haben Worte oder Gedanken mit Bildern ausgedrückt und zur Darstellung komplexerer Sachverhalte häufig einfache Zeichen miteinander kombiniert.«

Vigor blickte auf Ildikos Notizen nieder. »Aber daraus könnte man schließen, dass die alten Chinesen das Buch Genesis und die Geschichte von den beiden Bäumen, deren Früchte zu pflücken Gott dem Menschen verboten hatte, gekannt haben.«

»Es gibt noch mehr solche Belege.« Josip erhob sich, eilte zu einem anderen Tisch und wühlte in den Papierstapeln.

Vigor betrachtete die Blätter auf dem Tisch und überlegte, was dies zu bedeuten habe. Hatten die alten Chinesen tatsächlich das Buch Genesis gekannt? War dies die Bestätigung der biblischen Geschichten? Die chinesische Sprache war die älteste Schriftsprache, die kontinuierlich in Gebrauch gewesen war, und etwa viertausend Jahre alt.

Josip kehrte zurück. »Die beiden Beispiele habe ich auf die Schnelle gefunden, aber es gibt noch mehr.«

Er legte das erste Blatt auf den Tisch.

イ + 果 = 倮

| Mensch | Frucht | Nackt |

Das chinesische Zeichen für Mensch kombiniert mit dem Zeichen für Frucht wurden zum Zeichen für nackt. Vigor konnte den Bezug von selbst herstellen.

Genesis 3,6-7.

Laut zitierte er: »*Da sah die Frau, dass es köstlich wäre, von dem Baum zu essen, dass der Baum eine Augenweide war und dazu verlockte, klug zu werden. Sie nahm von seinen Früchten und aß; sie gab auch ihrem Mann, der bei ihr war, und auch er aß. Da gingen beiden die Augen auf, und sie erkannten, dass sie nackt waren.*«

Josip nickte heftig, schob das Blatt beiseite und legte ein anderes auf den Tisch. »Hier ist noch was.«

ノ + 士 + 儿 = 先

| lebendig | Staub | Mensch | zuerst |

Sein Freund fuhr mit dem Finger über die Zeichen. »Das sind die altchinesischen Zeichen für *lebendig, Staub* und eine weitere Variante von *Mensch*. Zusammen bilden sie das Zeichen für *zuerst*.« Er blickte Vigor erwartungsvoll an.

»Wieder die Genesis«, sagte Vigor. »Ein Verweis auf Adam, den ersten Menschen, den Gott erschaffen hat.«

»Und zwar aus Staub«, fügte Josip hinzu und tippte auf das entsprechende Zeichen. »Ich kann dir noch mehr zeigen.«

In seinen Augen lag ein fanatisches Funkeln, doch Vigor gebot ihm mit erhobener Hand Einhalt. »Ich weiß nicht, ob wir nicht zu viel hineinlesen, aber was hat das mit Dr. Shaws Frage zu tun? Mit dem Datum des Einschlags des Meteoriten, aus dem das Kreuz des heiligen Thomas gefertigt wurde?«

»Ah«, sagte Josip und nickte. »Ich bitte um Verzeihung. Aber die Reliquienschreine des heiligen Thomas – die Kästen mit dem Schädel und dem Kreuz – wurden von nestorianischen Priestern im Fernen Osten angefertigt. Sie haben die Kästen beschriftet.«

»Nestorianer?«, fragte Jada. »Mit den alten christlichen Sekten kenne ich mich nicht aus.«

Vigor lächelte sie an. »Der Nestorianismus entstand zu Anfang des fünften Jahrhunderts, kurz vor dem Aufstieg Attilas des Hunnen. Der Gründer war Nestorius, der damalige Patriarch Konstantinopels. Er vertrat die Ansicht, die göttliche und die menschliche Natur seien in der Person Christi unvermischt gewesen, was zur Abspaltung von der Kirche führte. Die Einzelheiten sind unwichtig. Jedenfalls breitete sich die nestorianische Kirche nach Osten aus. Nach Persien, Indien, Zentralasien, im siebten Jahrhundert sogar bis nach China.«

»Was mich zum Kern des Ganzen bringt«, sagte Josip. »Ich glaube, die chinesischen Schriftzeichen, welche die nestorianischen Priester auf den Objekten angebracht haben, dienten verschiedenen Zwecken.«

Vigor sah ihn fragend an und wartete darauf, dass er fortfuhr. Josip blickte eine Weile geistesabwesend ins Leere.

Dann nahm er den Faden wieder auf und zählte die Möglichkeiten an den Fingern ab. »Erstens sollten sie bestätigen, dass der heilige Thomas tatsächlich bis nach China gekommen ist. Zweitens liegt wohl auf der Hand, dass die chinesische Schrift Hinweise auf die im Alten Testament enthaltene Wahrheit birgt. Und drittens glaube ich, dass sie auf das hohe Alter des Kreuzes aufmerksam machen sollen.«

Er blickte vielsagend Jada an.

»Wie das?«, fragte sie.

»Weil sie das Kreuz mit einem Hinweis auf das Buch Genesis verknüpft haben. Die nestorianischen Priester haben wohl durch die Chinesen von dem herabgestürzten Stern erfahren. Man hat ihnen gesagt, der Meteorit sei vor sehr langer Zeit niedergegangen. Auf diese Weise würdigten sie die Herkunft des Kreuzes.«

Jada überlegte angestrengt. »Das ist aber keine Bestätigung dafür, dass der Meteorit beim letzten Erscheinen des Kometen niedergegangen ist. Ich erkenne an, dass die Nestorianer glaubten, der Meteorit sei alt. Biblisch alt. Aber das alles gründet auf Mutmaßungen. Solange ich das Kreuz nicht untersucht habe, kann ich die Verbindung zum Kometen nicht untermauern.«

Vigor nickte. »Somit bleibt eine große Frage offen: *Wo befindet sich das Kreuz derzeit?*«

Duncan lauschte der Unterhaltung mit halbem Ohr. Während die anderen redeten, spielte er mit den Objekten auf dem Tisch. Wie jemand mit einer verschorften Wunde konnte er nicht aufhören, das von ihnen ausgehende elektrische Feld zu betasten.

»Das Kreuz muss sich in Dschingis Khans Grab befinden«, beharrte Josip. »Wenn wir das Grab finden, finden wir auch das Buch.«

»Wahrscheinlich hast du recht«, stimmte der Monsignore ihm zu. »Wenn seine Gebeine und Körperreste wie Brotkrumen verstreut wurden, sollen sie uns vermutlich zu seiner Grabstätte führen.«

Duncan fuhr mit den Händen über den alten Totenschädel und erspürte mit den Fingerspitzen das elastische Feld. Bei der Vorstellung, es könnte sich um Dunkle Energie handeln, bekam er an den Armen eine Gänsehaut. Da er sich auf den Gebieten der Physik und Elektrotechnik gut auskannte, hatte er Jadas im Einsatzdossier aufgeführte Berechnungen gelesen. Sie waren elegant und so sexy wie die Frau, die sie formuliert hatte.

Schaudernd schob er den Schädel beiseite und hielt die Hände über das Buch.

Vigor schritt um den Tisch herum. »Und danach hast du all die Jahre über gesucht, Josip.«

»Nach der Entdeckung der Objekte war ich psychisch in keiner guten Verfassung. Scham, Angst und Paranoia haben mich ins Krankenhaus gebracht. Ich brauchte einen ruhigen Ort zum Nachdenken, um wieder Boden unter die Füße zu bekommen.«

Duncan war kein Psychiater, doch er hatte keinen Zweifel, dass der Priester an einer chronischen psychischen Störung litt. Er steckte voller Ticks.

»Nachdem ich von der Bildfläche verschwunden war, bot es sich an hierzubleiben«, erklärte Josip. »Hier konnte ich in Ruhe arbeiten. Der Ort ist mein selbst gewähltes Exil, mein Kloster, meine Zuflucht.«

»Da haben Sie sich einen verdammt abgelegenen Ort zum Alleinsein ausgesucht«, sagte Monk. »Sozusagen mitten im Nirgendwo.«

»Nicht nur die abgeschiedene Lage hat mich zum Aralsee geführt. Vielleicht zu Anfang, aber dann begriff ich mit meinem fiebernden Hirn etwas, dessen ich mir erst später vollständig bewusst geworden bin. Wie schon so oft bestätigte sich auch diesmal wieder, dass die manischen Phasen meiner Krankheit ihre Vorteile haben.«

Ah, er ist bipolar, begriff Duncan. Das hätte er sich schon eher denken können. Einer seiner Collegefreunde hatte an der gleichen Krankheit gelitten. Dieses Kreuz war nicht leicht zu tragen.

»Was hast du herausgefunden?«, fragte Vigor.

Josip deutete auf die alten Objekte. »Das ist der Schädel von Dschingis Khan. Und da das Auge im Einband eingeschlossen ist, wissen wir, dass er aus seiner Gesichts- und Kopfhaut gearbeitet ist.«

Als ihm bewusst wurde, worüber er die Hände hielt, schreckte Duncan innerlich zusammen. Eine makabre Neugier aber zwang ihn, nach dem Auge zu suchen.

»Mit anderen Worten«, fuhr der Priester fort, »die Objekte stammen alle von *oberhalb* des Halses.«

»Du hast recht«, murmelte Vigor. »Darauf bin ich noch nicht gekommen.«

»Bisweilen ist ein bisschen Verrücktheit eine gute Sache.

Ich bin hier in einer manischen Phase gelandet. Erst später wurde mir bewusst, dass es einen Grund für meine Anwesenheit gibt.«

»Wie das?«, fragte Vigor.

»Ich glaube, es gibt weitere sterbliche Überreste. Nicht nur diese beiden.«

»Weitere Brotkrumen«, meinte Rachel.

»Dschingis Khans Sohn hat die sterblichen Überreste vom Kopf seines Vaters in Ungarn zurückgelassen und damit die Westgrenze des Reiches markiert, das er von seinem Vater geerbt hatte. Aber weshalb nur diese beiden Objekte? Das hat mir nicht eingeleuchtet. Im Lauf der Zeit kam ich auf eine andere Theorie, die mir zutreffend erscheint. Ich glaube, Dschingis Khan hat seinen Sohn angewiesen, die ganze bekannte Welt zu seiner Grabstätte zu machen und seinen spirituellen Einfluss vom einen Ende des mongolischen Reiches zum anderen zu verbreiten.«

»Das würde zu ihm passen«, meinte Vigor. »Dann ließ er seinen Kopf also an dem einen Ende bestatten...«

»In Ungarn, in Attilas Grab«, bestätigte Josip mit einem Nicken. »Aber wo noch?«

»Etwa hier?«, schlug Jada vor.

Josip nickte. »Die Gegend um den Aralsee war während Dschingis' Herrschaft die Westgrenze des Mongolenreiches. Ein bedeutsamer Ort. Es erschien mir vernünftig, hier mit der Suche zu beginnen.«

Vigor blickte sich im Raum um. »Du hast die ganze Zeit nach seinen sterblichen Überresten gesucht?«

»Das ist ein großes Gebiet. Außerdem hat sich das Terrain nach dem Austrocknen des Sees drastisch verändert.« Josip ging weg und kam mit einer Landkarte zurück, die er auf dem Tisch ausbreitete. »So sah es früher hier aus.«

Duncan spannte sich an und betrachtete die riesige Wasserfläche – dann wandte er seine Aufmerksamkeit wieder dem Buch zu, denn ihm war etwas aufgefallen.

»Aralsee bedeutete *See der Inseln*«, erklärte der Priester. »Früher gab es fünfzehnhundert davon. Ich vermute, dass auf einer von ihnen sterbliche Überreste des Khans abgelegt wurden.«

»Dann hast du sie also nacheinander abgesucht?«, fragte Vigor.

»Nicht ohne fremde Hilfe.« Josip wies mit dem Kinn auf Sanjar.

»Und wie haben Sie das alles finanziert?«, fragte Monk.

Das war eine gute Frage.

Der Priester sah auf seine Füße nieder. Offenbar war ihm an einer Antwort nicht gelegen.

Der Monsignore rettete ihn aus der Verlegenheit. »Du hast erwähnt, der ungarische Bischof habe in Attilas Grab eine Visitenkarte vorgefunden. Eine goldene Handgelenkmanschette mit dem Namen Dschingis Khans und der Abbildung des Phönix mit Dämonen.«

Josip sackte in sich zusammen. »Ich habe sie verkauft. An einen mongolischen Käufer. An einen reichen Mann, der sie für seine Sammlung erwerben wollte. Wenigstens geht das wertvolle Stück auf diese Weise nicht verloren.«

Rachel legte die Stirn in Falten. In ihrem Job hatte sie meistens mit Schwarzmarktverkäufen von Antiquitäten zu tun. »An wen haben Sie sie verkauft?«

Der Priester zögerte mit der Antwort.

Vigor wollte ihn nicht drängen. »Das ist im Moment unwichtig.«

Josip aber wollte es dabei nicht bewenden lassen. »Bitte geben Sie nicht dem Käufer die Schuld. Es war meine Entscheidung, die Manschette zu verkaufen, und ihm ging es vor allem darum, die Geschichte seines Landes zu bewahren.«

Monk lenkte das Gespräch wieder auf die naheliegenden Probleme. »Wenn Sie recht damit haben, dass der nächste Brotkrumen hier versteckt ist, dann kann ich mir nicht vorstellen, dass wir ihn in der zur Verfügung stehenden Zeit finden können. Das wäre so, als suchten wir die Nadel in einem sehr trockenen Heuhaufen.«

»Ich habe zu lange gewartet«, räumte Josip ein.

»Dann sollten wir vielleicht gleich in die Mongolei weiterfliegen«, sagte Jada, die von ihrem eigenen Vorschlag nicht sonderlich begeistert schien.

Während die Niedergeschlagenheit um sich griff, fuhr Duncan noch einmal mit den Händen über das Buch, denn bevor er etwas sagte, wollte er ganz sichergehen.

Zufriedengestellt, verharrte er mit dem Zeigefinger über einer bestimmten Stelle. »Monsignore Verona... Vigor, meine ich... befindet sich das erwähnte Auge genau hier?«

Vigor trat näher und sah ihm über die Schulter. »Ja, das stimmt. Ich weiß, es ist schwer zu erkennen. Ich habe es nur mithilfe einer Lupe entdeckt.«

Duncan fuhr mit der Fingerspitze über das Buch und folgte der Kontur des Energiefelds. Als er zum Auge gelangte, hob er den Finger an, dann senkte er ihn wieder. »Ich weiß nicht, ob das von Bedeutung ist, aber über dem Auge ist die Energieausstrahlung stärker. Ich nehme eine Ausbuchtung wahr. Sie ist deutlich ausgeprägt.«

Vigor hob eine Augenbraue. »Was könnte der Grund sein?«

Jada trat neben ihn, in eine Wolke von Apfelblütenduft gehüllt. »Duncan, Sie haben gesagt, der Schädel weise ein stärkeres Energiefeld auf als die Haut. Ich habe das auf die Masse zurückgeführt. Mehr Masse, mehr Energie.«

Duncan nickte; er mochte es, wenn sie über Wissenschaft redete. »Das heißt, diese Stelle des Einbands besitzt eine größere Masse als der Rest.«

Vigor zog die Stirn kraus. »Was reden Sie da?«

Duncan wandte sich dem Monsignore zu. »Unter dem Auge ist irgendetwas *versteckt*.«

Pater Josip atmete schwer. »Dort habe ich nicht nachgesehen. Ich habe das Buch röntgen lassen, aber dabei wurde nichts Ungewöhnliches entdeckt.«

Jada zuckte mit den Achseln. »Bei weichem Gewebe kann es sein, dass es beim Röntgen nicht zu sehen ist.«

Monk zeigte auf das Buch. »Wir müssen das Auge öffnen.«

Vigor wandte sich an Pater Josip.

»Ich hole meine Instrumente«, sagte Josip und eilte davon.

Vigor schüttelte den Kopf. »Daran hätte ich denken sollen. Die eigentliche Botschaft des Thomas-Evangeliums besagt, jedem, der mit offenen Augen schaut, stehe der Weg zu Gott offen. Suchet, und ihr werdet fündig.«

»Man muss nur die Augen aufmachen«, fügte Rachel hinzu.

Josip kehrte mit einem spitzen X-Acto-Messer, Pinzette und Zange zurück, bereit für einen ophthalmologischen Eingriff.

Duncan machte Vigor und Josip Platz. Die beiden Archäologen durchtrennten die dünnen Fäden, mit denen das Auge vor langer Zeit vernäht worden war. Die Lider waren zu stark ausgetrocknet, um sie abzuziehen, deshalb schnitten sie vorsichtig einen Kreis aus und hoben das Leder ab.

»Ich brauche ein Vergrößerungsglas«, sagte Vigor ehr-furchtsvoll.

Josip reichte ihm eins.

»Danke.«

Der Monsignore beugte sich auf das Loch hinab, das sie in den Einband geschnitten hatten. »Auf der Oberfläche sind die vertrockneten Überreste von Papillen zu erkennen. Ich glaube, das verborgene Gewebe ist ein dünner Zungen-schnitt.«

»Na großartig...« Jada stöhnte auf und wich zurück. An-scheinend gab es doch Grenzen für ihre wissenschaftliche Neugier.

»Das Gewebe ist tätowiert«, bemerkte Josip. »Schauen Sie.«

Duncan beugte sich vor, Vigor hielt das Vergrößerungs-glas. Auf dem ledrigen Gewebe zeichnete sich ein schwar-zes Bild ab.

»Das ist eine Landkarte«, murmelte Duncan. Die Ähn-lichkeit mit Josips Karte war unverkennbar. »Eine Karte des Aralsees.«

Rachel wirkte nicht glücklicher als Jada. »Auf einer Zunge?«

In Josips Blick flackerte fiebrige Erregung. »Dschingis Khan sagt uns, wo wir suchen sollen.«

Vigor sah das auch so. »Eine der Inseln ist rot eingezeich-net, darunter steht das Wort *equus*, lateinisch für *Pferd*.«

»Pferde genossen bei den Mongolen hohe Wertschät-zung«, sagte Josip. »Sie waren buchstäblich das Lebensblut der Reiter. Auf langen Feldzügen tranken die Krieger häufig ihr Blut oder vergoren die Milch der Stuten zu *araq*, einem starken alkoholischen Getränk. Ohne die Pferde...«

Ein Geräusch an der Tür veranlasste alle Anwesenden, den Kopf zu wenden.

Josip schreckte zusammen, doch als ein hochgewachsener Mann mit einer Verneigung in den Raum trat, entspannte er sich wieder und lächelte breit. »Sie sind wieder da! Gerade zur rechten Zeit. Wir haben wunderbare Neuigkeiten!«

Der Priester eilte zum Eingang und umarmte den jungen Mann, der Sanjars Bruder hätte sein können. Auch er war mit Schaffelljacke und weiter Hose bekleidet, seinen Falken hatte er allerdings zu Hause gelassen.

Josip geleitete den Fremden zum Tisch. »Das ist ein guter Freund von mir und der Anführer meines Ausgrabungsteams.« Er klopfte dem Mann auf die Schulter. »Er heißt Arslan.«

13

Batukhan stand mitten in seiner Galerie, bekleidet mit dickem Morgenrock und Hausschuhen. Eine Viertelstunde lang war er an seiner Sammlung entlanggeschritten, was er häufig tat, wenn er in nachdenklicher Stimmung war.

Er besaß Schätze aus dem goldenen Zeitalter der Mongolei: Schmuckstücke, Bestattungsmasken, Musikinstrumente, Tongefäße. An der einen Wand waren verschiedene alte Bogen ausgestellt, die von den Kriegern verwendet worden waren – Kurzbogen für den Reiter aus Sehnen und Horn sowie Dreifacharmbrüste für die Einnahme befestigter Städte. Er besaß auch noch andere Kriegswerkzeuge, darunter Streitäxte, Krummsäbel und Lanzen.

Diese Sammlung diente aber nicht allein Ausstellungszwecken.

Er verbrachte viele Stunden damit, zusammen mit seinen Mitbrüdern vom Clan des Blauen Wolfs in der Steppe die alten Kampftechniken zu üben, zu Pferd, bekleidet mit dem traditionellen Seidengewand und einer Rüstung aus gelacktem Leder, auf dem Kopf einen Helm mit Eisenschutz.

Wie alle seiner Männer war er erfahren im Umgang mit dem leichten und dem schweren mongolischen Bogen.

Er musterte seine Sammlung. Als er zu Reichtum gekommen war, hatte er die obere Etage seines Penthouse in ein Museum verwandelt. Die Fenster boten Ausblick auf den hell erleuchteten Parlamentsplatz und den am Nachthimmel leuchtenden Kometen.

In diesem Moment aber hatte er nur Augen für einen kleinen Kasten mit einer goldenen Handgelenkmanschette. Sie hatte einen Scharnierverschluss und war verziert mit der Darstellung eines von Dämonen bedrängten Phönix. Er hatte das exquisite Stück von Pater Josip Tarasco erworben. Damals hatte er den Geistlichen für einen Antiquitätenhändler gehalten, für einen Narren, den es in die Wüste zog.

Doch der erste Eindruck hatte getäuscht.

Wie der Rest seiner Sammlung diente auch die Manschette noch einem anderen Zweck. Bisweilen trug er sie in dem Bewusstsein, dass sie einmal den Arm Dschingis Khans geschmückt hatte, voller Stolz bei den Zusammenkünften mit seinen Brüdern.

Für dieses Privileg hatte Batukhan einen hohen Preis gezahlt, und der Priester hatte das Geld umgehend in zahllosen Löchern im Sand und im Salz versenkt.

Welch eine Verschwendung.

Endlich klingelte das Handy in seiner Tasche. Er holte es hervor und kam gleich zur Sache.

»Haben Sie Pater Josip erreicht? Sind die Italiener eingetroffen?«

Der Anrufer kannte seine schroffen Manieren und verzichtete ebenfalls auf Begrüßungsfloskeln. Batukhan vergegenwärtigte sich den jungen Mann, der in einem Versteck bei seinem Satellitentelefon hockte. »Sie sind angekommen, in Begleitung von drei Amerikanern.«

»Ebenfalls Archäologen?«

»Das glaube ich nicht. Das sind eher Militärs, jedenfalls die Männer.«

»Könnte uns das Probleme machen?«

»Nein, mein Team berücksichtigt das. Wir sind so gut wie fertig. Aber ich wollte Ihnen mitteilen, dass Pater Josip glaubt, er habe einen bedeutsamen Hinweis auf die Grabstätte von Dschingis Khan entdeckt. Sie sind alle sehr aufgeregt und entschlossen, den Ort noch heute Nacht aufzusuchen.«

Ein bedeutsamer Hinweis...

Batukhan blickte sich in seinem Museum um. Es war nur ein blasser Spiegel des Reichtums und der Wunder, die in Dschingis Khans Grab zu finden wären.

»Finden Sie heraus, worum es geht«, sagte Batukhan. »Und lassen Sie sie suchen. Wenn sie etwas entdecken, bringen Sie es in Ihren Besitz. Anschließend – oder wenn sie nichts finden – machen Sie weiter wie besprochen. Begraben Sie sie alle unter dem verrosteten Schiff.«

»So wird es geschehen.«

Batukhan hatte daran keinen Zweifel.

Arslan hatte ihn noch nie enttäuscht.

14

GRAY FUHR MIT ausgeschalteter Beleuchtung die Uferstraße entlang, gefolgt von den beiden anderen Motorrädern, die ebenfalls unbeleuchtet waren. Hohes Sumpfgras und Weiden gaben ihnen auf der Fahrt von Pjöngjang zum Gelben Meer Deckung. Da der Mond dicht über dem Horizont stand, erleuchteten nur die Sterne und der Kometenschweif den Weg, und sie kamen nur quälend langsam voran.

Dass seine Schulter brannte, machte es auch nicht besser. Vor einer halben Stunde hatten sie ihre Flucht kurz unterbrochen, und Seichan hatte das Verbandszeug aus dem Gepäckfach des einen Motorrads geholt. Während die anderen nach vorn und hinten sicherten, hatte sie seine Wunde gesäubert, ihm die Schulter verbunden und ihm ein Schmerzmittel und ein Antibiotikum gespritzt.

Das war das mindeste, was sie für ihn tun konnte, nachdem sie ihn angeschossen hatte.

Zum Glück handelte es sich nur um einen Streiftreffer. Als das Schmerzmittel wirkte, setzte Gray sich hinter den Lenker und übernahm den letzten Streckenabschnitt, denn er wollte verhindern, dass sein Arm in der Kälte steif wurde. Schließlich wusste er nicht, was sie an der Küste erwartete.

Zu ihrer Linken reflektierte der Taedong das Licht der Sterne und schlängelte sich auf seinem Weg von den Bergen nach Norden durch die Hauptstadt zum Meer. Sie bemühten sich, Industrieanlagen auszuweichen, und hielten sich an kleinere Nebenstraßen.

In der Ferne leuchtete die Stadt Nampho und markierte die Mündung des Flusses. Gray orientierte sich daran. Ein mit Schlaglöchern übersäter Landwirtschaftsweg bog vom Fluss ab.

Er wurde langsamer und warf einen Blick auf das GPS-Gerät an seinem Handgelenk. Obwohl die Küste nur etwa fünfzig Kilometer Vogelfluglinie von Pjöngjang entfernt lag – mit dem Motorrad im Dunkeln und auf unbefestigten Straßen wirkte die Strecke zehnmal so lang.

Trotzdem waren sie dicht vor dem Ziel, und sie wollten das für Mitternacht vereinbarte Treffen am Strand auf keinen Fall verpassen. Das Zeitfenster war sehr klein. Es war ihre einzige Chance.

Gray zeigte zur Nebenstraße und zuckte bei der Bewegung zusammen. »Das ist sie!«, rief er den anderen zu. »Die sollte uns direkt ans Meer führen!«

Mit grollendem Motor bog er darauf ein. Die Straße war eher eine Aneinanderreihung von Schlaglöchern und Steinen. Sie fuhren so schnell wie möglich. Am Rand des Wegs, wo die Reifen der Traktoren und der landwirtschaftlichen Maschinen das Erdreich nicht aufgewühlt hatten, war der Untergrund fester.

Die Felder lagen um diese Jahreszeit brach, die eisverkrusteten Furchen erstreckten sich in die Ferne. Am Straßenrand waren sie mit Stacheldraht eingezäunt.

Gray fühlte sich exponiert.

Selbst ihr Motorengeräusch schien lauter geworden und schallte über die Felder hinweg. Doch es lagen nur noch wenige Kilometer vor ihnen.

Dann hörte er ein bedrohliches Knattern.

Gray fuhr langsamer und blickte sich um, suchte den Himmel ab.

Seichan grub die Finger in seine Schulter und zeigte nach Südosten. Ein dunkler Schatten huschte tief über die brachliegenden Felder, schwach abgehoben vor der leuchtenden Stadt Nampho.

Ein Helikopter ohne Beleuchtung.

Das musste bedeuten, dass er sein Ziel bereits geortet hatte. Der Pilot versuchte, unbemerkt möglichst nahe an sie heranzukommen.

Man hatte sie entdeckt.

Jemand in Pjöngjang hatte die Fluchtroute verraten, oder aber ein Bauer hatte die drei unbeleuchteten Motorräder gemeldet. Wie dem auch sei, das Versteckspiel war vorbei.

Da der Helikopter vermutlich mit einem Nachtsichtgerät ausgerüstet war, schaltete Gray den Scheinwerfer ein. Jetzt kam es auf Geschwindigkeit an.

»Anschluss halten!«, rief er seinen Begleitern zu und gab Gas.

Im Südosten leuchteten die Positionsleuchten des Helikopters auf. Ein Scheinwerfer strahlte auf die Felder herunter, schwenkte auf sie zu.

Gray preschte am Rand des Feldwegs entlang. Kowalski fuhr auf der anderen Seite, dicht gefolgt von Zhuang und Guan-yin. Es war aussichtslos, den Helikopter abschütteln zu wollen. Im Lager hatten sie ihre Granaten alle aufgebraucht. Die übrige schwere Ausrüstung hatten sie notgedrungen im Laster zurückgelassen. Der war das größere Ziel und sollte die Jäger von den Motorrädern ablenken.

Seichan drehte sich hinter ihm um und hob das Sturmgewehr. Während sie sich mit den Schenkeln an den Sitz klammerte, zielte sie übers Feld hinweg und feuerte eine kurze Salve ab.

Der Helikopter geriet ein wenig ins Schlingern, was vermutlich aber nur der Überraschung des Piloten geschuldet war.

Trotzdem wurde ihr Vorsprung etwas größer.

Kowalski zeigte nach rechts zu einem großen Gehöft. Zwischen den beiden Reihen Stacheldraht hatten sie keinen Platz, um dem drohenden Angriff auszuweichen. Sie mussten offenes Gelände erreichen.

Kowalski hatte recht.

»Los!«, rief Gray.

Die drei Motorräder bogen zum Gehöft ab. Sie holperten über ein Viehgitter und gelangten auf eine weitläufige Kiesfläche. An der einen Seite lagen Viehställe, an der anderen Baracken und Werkstätten. Dahinter erstreckten sich Pferche und Felder. Offenbar handelte es sich um einen landwirtschaftlichen Großbetrieb.

Lichter gingen an, in mehreren Fenstern tauchten die Gesichter von Arbeitern auf, die der Lärm aufgeschreckt hatte. Als sie die Fremden sahen, verschwanden sie wieder. Die Rollläden wurden heruntergelassen.

Im Rückspiegel machte Gray die Lichter des angreifenden Helikopters aus. Der Hubschrauber stieß auf sie herab. In wenigen Sekunden würde er sie erreicht haben.

»Mir nach!«, rief er und schwenkte nach links.

Er hielt auf das offene Tor eines Stalls zu. Sie mussten in Deckung gehen. Wie zum Beleg knatterte ein Maschinengewehr los. Der Pilot hatte anscheinend gemerkt, dass sie abtauchen wollten.

Seichan erwiderte das Feuer, desgleichen Guan-yin auf Zhuangs Motorrad. Mutter und Tochter trotzten dem gegnerischen Feuer, ohne mit der Wimper zu zucken, und erwiderten es nach Kräften. Ihre Gewehre spuckten Feuer.

Dann raste Gray durch das Tor in die Dunkelheit hinein. Die anderen beiden Motorräder folgten ihm.

Der Helikopter zog hoch und knatterte über das Gebäude hinweg zur anderen Seite, wo ein weiteres Tor offen stand.

Der Stall war lang und breit. Die Ausstattung erinnerte an sowjetische Anlagen für die Massenproduktion. An der linken Seite reihten sich automatische Melkmaschinen aneinander. An der anderen befand sich eine lange Reihe Pferche mit jeweils vier oder fünf Kühen, die sie mit ihren großen Augen musterten und sich laut muhend über die Störung beklagten.

Gray schätzte, dass in dem Stall über hundert Kühe untergebracht waren. Vermutlich würde der Gestank sie umbringen, noch ehe sie von einer Kugel getroffen wurden.

Er schaltete die Beleuchtung aus und hielt ungefähr in der Mitte des Stalls; die anderen folgten seinem Beispiel. Über ihnen kreiste bedrohlich knatternd der Helikopter. Die Besatzung wusste, dass die Zielpersonen hier feststeckten, und wartete darauf, dass sie wieder zum Vorschein kamen.

Leider wusste auch Gray, dass sie irgendwann aus der Deckung kommen mussten.

Das aber war im Moment seine kleinste Sorge.

Er sah auf die Uhr. Es war fast schon Mitternacht. Wenn sie nicht in den nächsten Minuten die Küste erreichten, waren sie geliefert.

»Was jetzt?«, fragte Kowalski.

Gray erklärte es ihm. Kowalski wurde blass.

Es ist ja nicht so, als hätten wir die Wahl, dachte Gray, als sich alle bereit machten.

Mit dem Fernglas suchte er die Felder ab. In vierhundert Metern Entfernung lockte eine Baumreihe. Wenn sie es bis dorthin schafften, würde ihnen der Küstenwald bis zum Strand, wo sie erwartet wurden, Deckung geben.

Das bedeutete jedoch, sie mussten den sicheren Stall verlassen.

»Also los«, befahl Gray.

Er und die anderen stiegen von den Motorrädern ab und öffneten nacheinander die Pferche, wobei sie in der Mitte anfingen und sich nach außen vorarbeiteten. Sie klopften den Tieren auf den Rumpf und trieben sie auf die Mittelgasse. Das war nicht schwer, denn die Kühe waren die Prozedur gewohnt.

Als die Tiere sich in einer langen Reihe aneinanderdrängten, starteten Gray und seine Begleiter mit brüllendendem Motor ihre Maschinen, worauf die Tiere sich in Bewegung setzten. Um sie weiter anzutreiben, feuerte Seichan eine Salve auf das Metalldach ab. Der ohrenbetäubende Lärm zeigte Wirkung.

Unter lautem Gebrüll flüchteten die Tiere nach draußen und rempelten sich gegenseitig an, was ihre Panik weiter steigerte.

Gray folgte der an der Hinterseite des Stalls ins Freie stürmenden Herde. Die anderen beiden Motorräder schlossen sich ihm an. Die Scheinwerfer ließen sie ausgeschaltet und fuhren inmitten der rennenden Herde mit.

Verwirrt von den Kühen, die an beiden Seiten aus dem Stall stürmten, flog der Helikopter ziellos hin und her.

Offenbar versuchte der Pilot, sich einen Reim auf das Geschehen zu machen.

Inmitten des Durcheinanders schossen die drei Motorräder in die Dunkelheit hinaus. Der Helikopter schwebte gerade über dem gegenüberliegenden Tor. Dann wendete er, und der Suchscheinwerfer schwenkte herum.

Gray fuhr in die eine Richtung, Zhuang in die andere. Mutter und Tochter sprangen im Fahren ab und öffneten die Tore der großen Pferche an beiden Seiten.

Die Panik der flüchtenden Kühe hatte bereits auf die Pferche übergegriffen. Laut muhend drängten sich die Kühe aneinander und stampften mit den Hufen. Die Unruhe breitete sich unter den zusammengepferchten Tieren aus wie ein Buschfeuer.

Als die Tore aufgingen, entlud sich der aufgestaute Druck. Die ersten Kühe stürmten hervor, die anderen schlossen sich ihnen an, Sklaven des Herdentriebs.

In Sekundenschnelle schwoll der Exodus der Kühe zu einem reißenden Strom an.

Kowalski saß an der Seite auf seinem Motorrad, das im Leerlauf lief. Die beiden Frauen rannten zurück zu ihrer jeweiligen Maschine. Er hatte das Gewehr angelegt und stützte den Kolben an der Schulter ab.

Das Knattern des Hubschraubers steigerte sich zum Getöse. Der Rotorschwall und der Lärm steigerten die Panik noch weiter – von dem gleißend hellen Suchscheinwerfer ganz zu schweigen.

Kowalski drückte ab.

In der Höhe zerschellte Glas, es wurde dunkel.

Der Hubschrauber schwenkte ab.

Als Seichan und Guan-yin wieder aufgesessen waren, gaben sie Gas. In geduckter Haltung und ohne Scheinwerfer fuhren sie inmitten der stampfenden Herde her, die auf die Felder hinausströmte, weg von den Ställen. Sie hielten auf die fernen Bäume zu.

Gray bemühte sich, den tierischen Begleitern nach Möglichkeit auszuweichen, doch seine Rücksichtnahme wurde nicht erwidert. Mehrfach wurde er angerempelt oder von einem Schwanz getroffen, doch er schaffte es, das Motorrad aufrecht zu halten.

Die anderen beiden Maschinen hielten mit ihm mit.

Der Helikopterpilot kreiste noch immer in der Nähe des Stalls, verunsichert durch das Verschwinden seiner Beute. Nach längerem Zaudern schwenkte er schließlich zu den Feldern ab. Die Herde hatte sich inzwischen in alle Richtungen zerstreut.

Noch aber weigerte sich der Pilot, sich seine Niederlage einzugestehen. Mit ratterndem MG beschrieb er einen tödlichen Bogen und mähte die Rinder reihenweise nieder.

Gray hatte Mitleid mit den armen Tieren, doch in Anbetracht der engen Unterbringung, der elenden Lebensbedingungen und der Anzeichen von Vernachlässigung und Quälerei war dies für sie vielleicht eine Erlösung. Jedenfalls hatten sie einen kurzen Moment der Freiheit erlebt.

Kowalski hatte dazu seine eigene Meinung. Als sie am Waldrand langsamer wurden, blickte er zurück. »Diese Arschlöcher.«

Die Flucht hatte ihren Preis gehabt, doch Gray war entschlossen, das Beste daraus zu machen.

Sie fuhren durch den dunklen Küstenwald bis zur nächsten Straße. Das Navi führte sie zu den Koordinaten des Treffpunkts, der an einer steilen Klippe lag. Sie fuhren auf den breiten, steinigen Uferstreifen.

Gray schaute sich in der Bucht um, musterte die an den

flachen Strand schwappenden Wellen, die im Sternenlicht kühl glitzerten.

Kein Mensch war zu sehen.

»Sind wir hier richtig?«, fragte Kowalski.

Gray nickte, fürchtete aber, sie seien zu spät gekommen. Er nahm eine Leuchtfackel aus dem Staufach des Motorrads, entzündete sie und warf sie auf den Strand.

Grünes Feuer flammte auf und wurde vom Wasser reflektiert.

Er konnte nur hoffen, dass es jemand sah.

Und so war es auch.

Von rechts näherte sich ein nordkoreanischer Helikopter. Unter lautem Geknatter flog er aufs Wasser hinaus und schwenkte zur Leuchtfackel herum.

Die Bordgeschütze ratterten los.

Plötzlich zuckte aus der Dunkelheit jenseits der Bucht ein Blitz hervor, begleitet von einem durchdringenden Pfeifen. Eine Hellfire-Rakete schlug seitlich in den Helikopter ein, der daraufhin explodierte.

Gray schreckte von dem ohrenbetäubenden Knall zusammen und beobachtete, wie die brennenden Trümmer im Wald niedergingen, während der versengte Rumpf ins Meer stürzte.

Noch ehe das Echo verhallt war, brach eine kleine Flugmaschine aus dem Qualm hervor und kam über dem Strand zum Stillstand. Es handelte sich um eine kleinere Version des Blackhawk-Helikopters im Stealth-Design, das mit seinen scharfen Winkeln und glatten Oberflächen eine Radarortung verhindern sollte.

Die Explosion würde allerdings nicht unbemerkt bleiben.

Der Helikopter senkte sich auf den Strand herab, die Raketenluke qualmte noch. Die Kabinentür würde geöffnet.

Gray hatte die Abholung mit Kat abgesprochen. Die Stealth-Maschine war wie geplant von einem vor Südkorea befindlichen US-Schiff gestartet und übers Meer zur Bucht geflogen. Kat hatte ihn gewarnt, dass es sich um eine einmalige Aktion handelte, die perfektes Timing erfordere. Zweimal würden sich die Nordkoreaner nicht foppen lassen.

Als sie in den Helikopter geklettert waren, rammte ein Crewmitglied die Luke zu. Der Helikopter schwenkte von der koreanischen Halbinsel ab und beschleunigte, die Rotoren zerteilten schwirrend die Nacht.

Als er sich angeschnallt hatte, blickte Gray auf den Strand hinunter und wog das Risiko und das Blutvergießen ab. Als er sich zurücklehnte, sah er, wie Guan-yin die Hand zu Seichan ausstreckte.

Zum ersten Mal seit Jahrzehnten berührte eine Mutter zärtlich das Gesicht ihrer Tochter.

Gray wandte den Blick ab und schaute nach vorn.

Der Einsatz hatte sich gelohnt.

15

ALS DER EUROCOPTER inmitten einer Wolke aus Salz und Sand abhob, machte Rachel sich Sorgen um ihren Onkel. Er war in eine Unterhaltung mit Josip vertieft. Die beiden saßen nebeneinander und steckten die Köpfe zusammen wie aufgeregte Schuljungs zu Beginn einer Exkursion. Jung aber waren beide nicht mehr.

Das galt besonders für Vigor.

Trotz seiner kräftigen Erscheinung machte sich sein Alter immer deutlicher bemerkbar. Früher wäre er mit einem Satz in den Helikopter gesprungen, jetzt hatte sie ihn stützen müssen. Schon vor der Reise war ihr das bei vielen Gelegenheiten aufgefallen, und vor einigen Monaten hatte sie es auch angesprochen. Er aber hatte ihre Sorgen abgetan und alles auf das lange Sitzen am Schreibtisch geschoben. Sie hatte ihm vorgeschlagen, weniger zu arbeiten und ein paar Aufgaben im Vatikan abzugeben, doch das war so, als wollte man einen Güterzug unter Volldampf abbremsen.

Im Verlauf der Reise war ihre Besorgnis noch gewachsen. In der Zeit davor hatte sie ihren Onkel nicht so häufig getroffen, wie es ihr lieb gewesen wäre, sondern nur hin und wieder bei einem Familienessen oder in den Ferien. Jetzt aber, da sie vierundzwanzig Stunden am Tag mit ihm zusammen war, fürchtete sie, dass mehr hinter seiner Gebrechlichkeit steckte als nur das Alter. Im Universitätsbüro hatte sie seine dunklen Augenringe bemerkt. Häufig hatte er Atemnot und hielt sich manchmal die linke Seite. Wenn er bemerkte, dass sie ihn ansah, ließ er die Hand wieder sinken.

Er verschwieg ihr etwas.

Und das machte ihr noch mehr Angst als das Ende der Welt.

Als ihr Vater bei einem Busunfall das Leben verloren hatte, war Vigor in die Bresche gesprungen. Er wusste um die Schwere ihres Verlusts, nahm sie bei der Hand und hielt sie auf Trab, erkundete mit ihr die römischen Museen und unternahm Ausflüge nach Florenz, tauchte mir ihr bei Capri. Er lehrte sie, ihrer Leidenschaft zu folgen und sich nicht mit weniger zufriedenzugeben. Außerdem vermittelte er ihr seine Liebe zur Geschichte und Kunst, für den in Marmor und Granit, Öl und Leinwand, Glas und Bronze überlieferten größten Schatz der Menschheit.

Da war es ganz natürlich, dass sie ihn schützen wollte. In Rom hätte sie ihn am liebsten in ein Zimmer gesperrt, um ihn vor allem Übel zu bewahren. Doch als sie ihn jetzt dabei beobachtete, wie er angeregt gestikulierte und lächelte, wusste sie, dass sie falschgelegen hatte. Sie hatte keine Ahnung, wie viele Jahre ihr noch mit ihm bleiben, doch es war an der Zeit, dass sie ihn bei der Hand nahm, ihn stützte, wenn er Hilfe brauchte, und ihn auf Trab hielt.

Er hatte ihr die Welt gezeigt – und die durfte sie ihm nie wegnehmen.

Sie schaute wieder zu der verwüsteten Landschaft hinunter. Der Helikopter ließ das verrostete Schiffswrack hinter sich und wandte sich nach Norden, zu einer Region, die noch abgelegener und lebensfeindlicher war. Der Mondschein verwandelte die Salzkruste in eine endlose silbrige Fläche, durchbrochen allein von vereinzelten Felsen, Schiffswracks und hin und wieder einer kreideweißen Erhebung.

Sie stellte sich vor, wie das Meer in das Becken zurückströmte, das Flachland überflutete und die Erhebungen in Inseln verwandelte. Sie waren unterwegs zu einer solchen Stelle, vierzig Kilometer nordöstlich gelegen, einem einsamen Atoll in diesem Meer aus Salz und Staub – verzeichnet auf einer Landkarte, die man in die Zunge eines toten Eroberers tätowiert hatte.

Sie spürte, wie die Erregung ihres Onkels auf sie übergriff. Was würden sie dort vorfinden? Auch die anderen wirkten angespannt, selbst die unwillige Jada Shaw. Sie teilte sich ein Fenster mit Duncan, dem neuen Sigma-Agenten. Beide wirkten noch sehr jung. Der Eifer stand ihnen ins Gesicht geschrieben.

Monk fing ihren Blick auf und lächelte, als wollte er sagen: Vergessen Sie nicht, auch wir waren einmal so jung. Jetzt hatte er zwei kleine Mädchen zu Hause und eine Frau, die ihn liebte, und er trug seine Narben mit Stolz. Selbst seine Handprothese war ein Ehrenzeichen.

Sie lehnte sich in den Sitz zurück, froh über die Gesellschaft, selbst über die Anwesenheit des jungen Sanjar, der den Falken dicht an seinen Körper hielt. Dessen Gefieder war silbrig weiß, durchsetzt mit schwarzen und schiefergrauen Streifen.

Er bemerkte, dass sie ihn ansah, und nickte ihr zu.

»Was ist das für ein Vogel?«, fragte sie.

Sanjar straffte sich, froh über ihr Interesse. »Das ist ein Gerfalke, *Falco rusticulus*. Eine der größten Falkenarten.«

»Er ist wunderschön.«

Sanjar grinste und zeigte seine strahlend weißen Zähne. »Das darf man nicht zu laut sagen. Heru ist sehr von sich eingenommen.«

»Aber er sitzt so still da.«

Sanjar fuhr mit dem Finger über die gepolsterte Kopfhaube. »Wenn der Vogel nichts sieht, weiß er nicht, wie er sich bewegen soll. Ein Falke mit Kappe verharrt regungslos und vertraut seinem Halter. Früher haben die Aristokraten ihre Falken bei Banketten und selbst zu Pferd dabeigehabt.«

»Und jetzt fliegt er im Helikopter mit.«

»Wir müssen uns alle an die moderne Welt anpassen. Aber die Falknerei reicht bis in die Zeiten von Dschingis Khan zurück. Die Mongolenkrieger haben mit Falken Füchse gejagt, manchmal sogar Wölfe.«

»Wölfe? Tatsächlich? So große Tiere?«

Er nickte. »Nicht bloß Wölfe. Auch Menschen. Dschingis Khans Leibwächter waren Falkner.«

»Dann setzen Sie eine stolze Tradition fort, Sanjar, denn Sie sorgen sich auch heute noch um den Khan.«

»Ja, mein Cousin und ich«, er nickte Arslan zu, der in der nächsten Sitzreihe saß, »sind sehr stolz auf unseren großen Ahnen.«

Der Pilot unterbrach sie. »Leute, wir erreichen jeden Moment die Zielposition. Soll ich gleich landen oder erst mal kreisen, damit Sie den Ort in Augenschein nehmen können?«

Vigor beugte sich vor. »Es wäre gut, wenn wir uns zunächst einen Überblick aus der Luft verschaffen könnten.«

Alle schauten aus dem Fenster, als der Helikopter einen

Bogen über der Aralkum-Wüste beschrieb. Die Salzfläche leuchtete hier noch heller. Eine düstere Erhebung durchbrach die Kruste. Sie war steil und verwittert, an der Oberseite leicht konkav, was an ein Boot erinnerte, das von einer Woge aus Fels getragen wurde.

Der Helikopter umkreiste sie zweimal, doch niemandem fiel etwas Besonderes auf.

»Wir sollten landen und vor Ort weitersuchen«, sagte Josip.

»Setzen Sie uns ab!«, rief plötzlich Monk. »Möglichst dicht am Hügel!«

Der Pilot manövrierte die Maschine geschickt an die Erhebung heran und landete zehn Meter von der windabgewandten Seite entfernt. Einfach war es nicht.

»Hier bläst der Wind stärker«, warnte der Pilot. »Anscheinend nähert sich eine Schlechtwetterfront.«

Als die Türen offen waren, wurde seine Wettervorhersage bestätigt. Die Temperatur war um mehrere Grade gefallen. Selbst hier im Windschatten wehte ein eiskalter Wind.

Alle sprangen nach draußen.

Salz knirschte unter ihren Füßen. Ihnen bot sich ein merkwürdiger Anblick. Es sah aus, als habe jemand eine dicke Schicht Pommes frites auf dem Sediment ausgebracht. Als Rachel sich bückte, stellte sie fest, dass es sich um geometrische Salzkristalle handelte, jeweils einen Finger breit und am Ende spitz zulaufend. Die Wirkung war unheimlich.

Josip, der neben ihr stand, schenkte der geologischen Besonderheit keine Beachtung, sondern schaute den Hügel hoch. Stellenweise war die schroffe Felswand zu Sand und Geröll verwittert.

»Wir sollten erst einmal um die Erhebung herumgehen«, schlug er vor, während Taschenlampen herumgereicht wurden.

Vigor nickte, hielt sich aber die Seite.

Rachel ging zu ihrem Onkel und bot ihm an, sich auf ihre Schulter zu stützen. »Komm schon, alter Mann, du hast mich hierhergeschleppt...«

Er schnitt gutmütig eine Grimasse und nahm ihr Angebot an. Seite an Seite schritten sie über die Salzkristalle. In den ersten zehn Minuten stützte er sich bei ihr auf, dann fühlte er sich kräftig genug, allein weiterzugehen. Sie hätte ihn gern nach seinen Beschwerden gefragt, hielt es aber für besser, so lange zu warten, bis er sich bereit dafür fühlte.

Monk kam herüber; auch ihm war die Schwäche ihres Onkels aufgefallen, und er hatte die Stirn besorgt in Falten gelegt. Mit seinem unfehlbaren Einfühlungsvermögen spürte er, dass es besser war zu schweigen. Jedenfalls was den Zustand ihres Onkels betraf.

Er musterte die Kruste aus scharfen Kristallen. »Sieht so aus, als hätte seit einer Ewigkeit niemand mehr seinen Fuß hierhergesetzt.«

Sie sah, dass er recht hatte. »Keine Fußspuren.«

Die Kristalle wirkten zerbrechlich und brauchten vermutlich Jahre, um so groß zu werden. Wenn hier jemand herumgeschlichen wäre, hätte er bestimmt Spuren hinterlassen.

Schließlich kamen sie aus dem Windschatten hervor und bekamen die ganze Wucht des Winds zu spüren. Er wehte stark und stetig und schmeckte bitter auf der Zunge.

Sanjar hatte Mühe, den auf seiner behandschuhten Hand sitzenden Falken zu bändigen. Er nahm ihm die Haube ab und hielt den Vogel in den Wind, damit er seine Angst abreagieren konnte. Der Falke stieß einen Schrei aus, seine ausgebreiteten silbrigen Schwingen schimmerten im Mondschein.

Der Cousin des jungen Mannes zeigte zum Horizont, wo

die Trennlinie zwischen Salzebene und Sternenhimmel verschwamm.

»Ein Sturm zieht auf«, sagte Arslan warnend.

»Ein schwarzer Blizzard«, meinte Sanjar.

Rachel blickte zu dem Vorhang aus Sand und Salz hinüber und dachte an die Warnung ihres Onkels vor giftigen Substanzen.

»Wir sollten besser nicht mehr hier sein, wenn der Sturm hier eintrifft«, sagte Arslan.

Niemand widersprach, und alle zogen das Tempo an.

Nach ein paar Metern banden sie sich Tücher vors Gesicht, die Sanjar herumreichte. In diesem Gebiet, wo häufig der Wind über den ausgetrockneten See peitschte, war diese Schutzmaßnahme anscheinend üblich. Trotzdem brannten der Staub und der kalte Wind auf der ungeschützten Haut.

Sie gingen im Gänsemarsch, leuchteten mit den Taschenlampen und drangen in einen schmalen Einschnitt zwischen der Steilwand und einer Reihe zahnartiger Felsen vor, vielleicht die Überreste eines Riffs. Jedes bisschen Schutz vor dem Wind war ihnen willkommen.

Vor ihnen wurde gerufen.

Rachel eilte mit den anderen vor, dann drängten sie sich um Josip zusammen. Er leuchtete mit der Taschenlampe zum Fuß der Steilwand, in der sich eine breite Spalte abzeichnete. Rachel verstand zunächst nicht, was den Priester in Aufregung versetzt hatte.

»Sieht das nicht aus wie ein Pferdekopf?« Er leuchtete mit der Taschenlampe darauf. »Mit hochgereckter Nase, angelegten Ohren und gestrecktem Hals.«

Sie trat zurück und sah, dass er recht hatte. Die Felsformation sah aus wie die Silhouette eines Pferds, das im angewehten Sand versank und nach Luft schnappte.

»Equus«, schnaufte Vigor. »Wie in der Tätowierung beschrieben.«

Josip nickte, seine Augen glänzten fiebrig.

Monk kniete bei der Spalte nieder und leuchtete hinein. »Anscheinend kann man hindurchklettern.«

»Liegt dahinter ein Gang?«, fragte Jada.

Duncan schaute an der Steilwand empor. »Wenn ja, müsste es sich um einen Unterwassertunnel handeln«, sagte er. »Als der See noch nicht ausgetrocknet war, lag der Eingang unter Wasser.«

Josip blickte Vigor an. »Genau wie bei der Theiß in Ungarn. Erst bei der großen Dürre kam der Geheimeingang zum Vorschein.«

»Worauf warten wir dann noch?«, meinte Monk.

Er trat geduckt in den Gang und übernahm die Führung für den Fall, dass unbekannte Gefahren auf sie warteten. Die anderen schlossen sich ihm an.

Vigor blickte Rachel an und grinste breit. Er konnte seine Neugier kaum mehr zügeln.

Dafür hatte er gelebt.

Sie konnte nur hoffen, dass es ihn nicht auch umbringen würde.

22:37

Vigor kroch Josip auf allen vieren hinterher.

Der Tunnel war höher als erwartet, und Monk räumte mit seiner starken Handprothese die Hindernisse aus dem Weg: herabgefallene Steine, Sandverwehungen, Salzverkrustungen. Er war ein lebender Bohrkopf, der sich immer tiefer in die ehemalige Insel grub.

»Sieht so aus, als würde sich der Gang vor mir weiten«, rief Monk nach hinten. Ein paar Meter weiter wurde seine Hoffnung bestätigt.

Monks Taschenlampe verschwand, nur ein schwacher Widerschein war noch zu erkennen. Josip kletterte nach ihm aus dem Tunnel. Als er sich aufgerichtet hatte, erstarrte er, dann taumelte er benommen zur Seite.

Mit klopfendem Herzen erreichte Vigor das Tunnelende und kroch in die dahinter liegende Höhle.

Staunend richtete er sich auf und schwenkte die Taschenlampe nach oben.

Vor ihnen erstreckte sich eine große, salzverkrustete Höhle. Von der weißen gewölbten Decke hingen glitzernde Stalaktiten. Stalagmiten ragten in die Höhe, opalisierenden Fangzähnen gleich. Salzsäulen verbanden Boden und Decke. Alles war mit silbrig-weißen Kristallen bedeckt.

Duncan kletterte als Letzter aus dem Gang. »Heilige Mutter...«

Josip schnitt ihm das Wort ab. »Die Höhle muss ebenfalls unter Wasser gelegen haben. Als der Wasserstand sank, blieb nur das Salz zurück.«

»Hoffentlich nichts anderes«, bemerkte Vigor und schwenkte den Arm. »Wir müssen nach den sterblichen Überresten von Dschingis Khan suchen.«

Sie verteilten sich und machten sich vorsichtig an die Suche. Das war keine leichte Aufgabe, denn der Boden war mit den gleichen fingerartigen Kristallen bedeckt wie draußen, doch hier waren einige so dick wie der Oberschenkel eines Mannes und lehnten schief aneinander wie ein umgewehter Wald aus Salz.

Das Knirschen der Kristalle hallte von den Wänden wider. Es roch nach Meer, und die Luft brannte in den Augen.

Jada unterhielt sich im Flüsterton mit Duncan, doch aufgrund der Akustik bekamen alle mit, was sie sagte.

»Der Wasserstand muss im Lauf mehrerer Jahrhunderte immer wieder gestiegen und gefallen sein.«

»Und auch der Regen hat zum Wachstum der Kristalle beigetragen«, erwiderte Duncan. »Das gelöste Salz ist aus der Decke gesickert.«

Jada blickte nach oben. »Zu Lebzeiten von Dschingis Khan war die Höhle vermutlich nicht vollständig überflutet. Der Zugang allerdings war nur für Taucher zugänglich.«

Damit haben sie vermutlich recht.

Vigor wurde auf einmal müde. Vielleicht war Archäologie ja eine Beschäftigung für junge Leute. Er lehnte sich gegen eine Salzsäule, die so dick war wie ein Laternenmast und unter der Belastung zerbrach.

Monk und Rachel zogen ihn zurück und schirmten ihn ab, als ein Schauer von Kristallen und größeren Bruchstücken niederging.

»Sei vorsichtig, Onkel«, sagte Rachel und streifte ihm den glitzernden Staub von den Schultern.

»Sehen Sie«, sagte Monk und leuchtete auf den Säulenstumpf.

Vigor drehte sich um, hob die Taschenlampe und leuchtete auf den durchscheinenden Kern der Säule. Irgendetwas zeichnete sich darin ab.

»Hierher!«, rief er den anderen zu.

Sie versammelten sich und leuchteten den im Salz eingeschlossenen Gegenstand an.

Josip ließ sich auf ein Knie nieder. »Das sieht aus wie ein Podest mit einer Art Kasten drauf.« Ehrfurchtsvolles Staunen spiegelte sich in seinem Gesicht wider.

»So hat der ungarische Bischof seinen Fund in Attilas

Grab beschrieben!«, rief Vigor aus. »Wir müssen das Salz entfernen!«

Arslan eilte mit einer kleinen Werkzeugtasche herbei. Mit Hammer, Meißel und Bürste machte er sich mit Josip zusammen an der dicken Säulenbasis zu schaffen.

Nach einer Weile kam ein etwa sechzig Zentimeter langer und dreißig Zentimeter breiter Kasten zum Vorschein.

Josip streifte die Kristalle von der schwarzen Oberfläche. An mehreren Stellen war sie vom Meißel eingekerbt worden. Mit dem Fingernagel vertiefte Vigors Freund einen der Kratzer. »Unter dem Belag befindet sich anscheinend Silber.«

Während Arslan die untere Hälfte des Kastens freilegte, beugte Vigor sich vor. »Ich glaube, du hast recht. Und da an der Seite ist ein Scharnier.«

Kurz darauf war der Kasten vollständig von der Kruste befreit. Nach dem letzten Hammerschlag verrutschte er auf dem Podest.

Arslan trat zurück, seine Arbeit war erledigt.

Vigor zeigte auf Josip. »Öffne du den Kasten. Das hast du dir verdient.«

Sein Freund drückte ihm dankbar den Arm. Vor Aufregung hatte es ihm die Sprache verschlagen, und seine Finger zitterten leicht.

Mit beiden Händen hob Josip den Deckel an. Die salzverkrusteten Scharniere knirschten leise. Auf einmal klappte die Vorderabdeckung herunter; offenbar war sie mit Scharnieren an der Unterseite des Kastens befestigt.

Rachel wich zurück und schlug die Hand vor den Mund. »Mein Gott…«

Duncan hatte freie Sicht auf den Inhalt des Kastens.

Darin befand sich ein kleines Boot mit ausgeprägtem Kiel, der in einen verdickten Bugspriet auslief. Die Rumpfplanken waren anmutig gebogen, die beiden Masten mit quadratischen Segeln bestückt, die gerippt waren wie eine geschlossene Jalousie.

»Sieht aus wie eine Dschunke aus der Song-Dynastie«, sagte Vigor. »Im Mittelalter waren solche Schiffe auf den Meeren und Flüssen Chinas unterwegs.«

Rachel schüttelte den Kopf. »Aber dieses Schiff besteht aus Rippen- und Wirbelknochen, die Segel aus menschlicher Haut.«

Duncan trat näher und überzeugte sich davon, dass sie recht hatte. Die gebogenen Planken waren Rippenknochen. Die Verdickung am Bugspriet war ein Wirbelknochen. Er glaubte ihr aufs Wort, dass die Segel aus Menschenhaut gearbeitet waren.

»Noch mehr sterbliche Überreste von Dschingis Khan«, sagte Monk.

»Hundertprozentig sicher ist das nicht«, meinte Rachel.

»Ich kann eine Probe an das Genlabor in Rom schicken«, schlug Vigor vor. »In etwa einem Tag würde eine Bestätigung vorliegen.«

Jada stieß Duncan an und sagte: »Oder wir finden es gleich hier heraus.«

Alle Blicke wandten sich ihm zu.

Er verstand, was Jada meinte. »Sie hat recht.« Er hob die Hände und krümmte die Finger. »Wenn das Gewebe von ihm stammt, spüre ich das.«

Die anderen traten beiseite. Duncan näherte die Fingerspitzen dem Rumpf des Boots. Er nahm den gleichen Druck und das gleiche Energiefeld wahr wie bei den anderen sterblichen Überresten des Khans. Er meinte sogar, die Farbe des Felds wahrnehmen zu können. Mit diesem Begriff bezeichneten Menschen wie er winzige Schwankungen der Feldstärke, die sich einer eindeutigen Beschreibung entzogen.

Es war, als wolle man einem Blinden die Farbe Blau beschreiben.

In diesem Fall allerdings hätte er das Feld als schwarz charakterisiert.

Er trat zurück und schüttelte die prickelnden Finger, einen Moment lang am ganzen Leib zitternd.

»Eindeutig von derselben Quelle«, schloss er.

Ehe jemand darauf eingehen konnte, ertönte ein durchdringender Schrei. Sanjars Falke schwebte scheinbar anstrengungslos durch den Tunnel heran und schwang sich in der Höhle empor. Als Sanjar den Arm hob, ließ der Vogel sich flatternd darauf nieder und atmete mit offenem Schnabel.

»Der Sturm hat uns erreicht«, sagte Sanjar und streifte dem Vogel Sand vom Gefieder. »Wir sollten aufbrechen.«

Das Funkgerät meldete sich. Monk sprach mit dem Piloten, der Sanjars Einschätzung bestätigte.

»Wir müssen sofort starten.« Monk nickte Duncan zu. »Schließen Sie den Kasten, und dann los.«

Mit Josips und Vigors Hilfe verschloss Duncan den matt angelaufenen Kasten und hob ihn hoch. Er war schwer. Wenn er tatsächlich aus Silber bestand, war er vermutlich ein kleines Vermögen wert.

Monk half ihm, den Kasten durch den Tunnel zu schleppen. Draußen angelangt, begriff Duncan, weshalb der Falke bei seinem Herrn Schutz gesucht hatte. Die Sterne waren nicht mehr zu sehen. Schwarze Wolken dräuten am Himmel. Sand wurde gegen den Hügel geweht. Im Westen sah es noch schlimmer aus.

Sie folgten dem von zertretenen Salzkristallen markierten Weg. Sie bewegten sich seitwärts und wandten dem Wind den Rücken zu. Die Sichtweite war minimal. Duncan hatte sich den Kasten unter den Arm geklemmt und Jada die andere Hand auf die Schulter gelegt. Vor ihm stützten Monk und Rachel Vigor, während Sanjar und Arslan Josip behilflich waren.

Sie arbeiteten sich zur anderen Seite des Hügels vor, wo sie vor dem Sturm besser geschützt waren. Der Pilot hatte sie bereits entdeckt. Er sprang aus dem Helikopter, öffnete die Kabinentür und bedeutete ihnen, sich zu beeilen.

Das brauchte er ihnen nicht zweimal sagen.

Sie liefen zum Helikopter und kletterten hinein. Noch ehe sie angeschnallt waren, startete der Pilot.

Die Maschine hob ab, schwenkte herum und flog dicht über dem Boden am hohen Hügel entlang.

Alle suchten sich einen Platz und schnallten sich an.

Schließlich zog der Pilot den Helikopter höher, und sie bekamen die volle Wucht des Sturms zu spüren. Vom Gerüttel klapperten ihnen die Zähne, und die Festigkeit der Gurte wurde auf die Probe gestellt.

Minutenlang sagte keiner ein Wort, und kaum jemand wagte zu atmen.

Endlich ließen sie den Sturm hinter sich, und der Helikopter stabilisierte sich.

»Von hier aus sollte alles glattlaufen«, sagte der Pilot. Das Zittern seiner Stimme deutete an, dass ihre Flucht knapper ausgefallen war, als Duncan erwartet hatte.

Sie flogen durch die Nacht, und am Himmel leuchteten wieder die Sterne.

Duncan atmete stockend aus. »Ein Mordsspaß.«

Jada musterte ihn entgeistert.

23:33

Auf dem Rückweg zur Einsatzbasis musterte Vigor den silbernen Kasten. Er stand auf dem Sitz neben ihm, und Duncan hatte die Hand daraufgelegt.

Vigor war nicht der Einzige, der sich Gedanken über den Inhalt des Kastens machte.

»Es muss eine Botschaft geben«, sagte Josip. »Einen Hinweis auf den Ort, den wir als Nächstes aufsuchen sollen.«

Vigor dachte an das in den Bucheinband eingenähte Auge – und an die Geheimnisse, die darin verborgen waren. »Wahrscheinlich hast du recht. In deiner Bibliothek sehen wir uns das Schiff mal genauer an.«

Josip fiel sein Mangel an Begeisterung auf. »Was hast du?«

Vigor winkte ab. »Ich bin einfach nur müde«, log er.

»Ich wüsste gern, wie viele Verstecke mit sterblichen Überresten es noch da draußen gibt«, sagte Josip. »In wie viele Stücke hat man den großen Khan wohl zerlegt?«

Vigor verlagerte die Haltung, erstaunt über Josips Begriffsstutzigkeit. »Wir müssen nur noch *einen* Ort finden.«

Josip zog die Stirn kraus. »Woher willst du das wissen?«

Plötzlich dämmerte es ihm. Er klopfte Vigor aufs Knie. »Dein Körper mag müde sein, mein Freund, aber dein Verstand ist hellwach.«

Monk, der die Unterhaltung mitgehört hatte, regte sich. »Wie wär's, wenn Sie auch die einweihen würden, die müde sind an Körper und Geist?«

Vigor lächelte ihn freundlich an. »Der Kasten, den wir entdeckt haben, besteht aus *Silber*.« Er wies mit dem Kinn darauf. »Dem ungarischen Bischof zufolge war der Kasten aus Attilas Grab aus *Eisen*.«

Josip spannte sich an. »Daraus folgt, dass der letzte Kasten, der mit dem bedeutendsten Schatz, aus Gold sein muss.«

Monk hatte es verstanden. »Wie bei den drei Kästen mit den Relikten des heiligen Thomas. Eisen, Silber, Gold.«

Vigor nickte. »Wir sind nur noch einen Schritt vom Grab des Dschingis Khan entfernt.«

Duncan klopfte mit der flachen Hand auf den Kasten. »Vorausgesetzt es gelingt uns, das Rätsel des Knochenschiffs zu lösen.«

Vigor seufzte und flehte Gott im Stillen an, ihm die Kraft zu schenken, die er brauchte, um dieser Herausforderung gerecht zu werden.

Und sei es nur für kurze Zeit…

Der Pilot vermeldete gute Neuigkeiten. »Wir sind wieder da, wo wir aufgebrochen sind, Leute. Vielleicht sollten wir die Luken für heute Nacht besser dicht machen. Das heranziehende Wetter ist nicht gut für Mensch und Tier.«

Vigor schaute zu dem Sturm am Horizont hinaus. Es hatte den Anschein, als setze ihnen der schwarze Blizzard mit aller Macht nach.

Der Helikopter senkte sich zu dem verrosteten Schiffswrack ab, um in seiner Nähe Schutz zu suchen. Das große Schiff hatte bestimmt schon vielen solchen Stürmen getrotzt und würde es auch diesmal wieder tun.

Vigor lehnte sich erleichtert zurück.

Unter dem Schiff kann uns nichts passieren.

16

Seichan stand an der Reling der USS *Befold*, einem Lenk-
raketenzerstörer der Vereinigten Staaten. Sie trug einen ge-
borgten Parka, die fellverbrämte Kapuze hatte sie zurückge-
schlagen. Sie hatte die engen Flure, das Gedränge der Leiber
und die in tristem Grau gehaltenen fensterlosen Kabinen
nicht mehr ausgehalten.

Sie hatte frische Luft gebraucht und war deshalb an Deck
gegangen.

Es war eine eiskalte Nacht, und die Sterne funkelten wie
Diamanten. Der Komet sah aus wie ein Eisklumpen, der
über den Himmel geschleppt wurde.

Das Schiff fuhr in südlicher Richtung durch die Territo-
rialgewässer Südkoreas. Bislang hatte Pjöngjang noch keinen
Alarm ausgelöst. Vermutlich trauten sich die Verantwortli-
chen nicht, ihr eigenes Versagen einzugestehen. Allerdings
war es ausgesprochen eng gewesen. Gray wurde gerade me-
dizinisch versorgt.

Sie dachte an den Moment, da sie, geleitet allein von ihrem
Überlebenswillen, die Pistole abgefeuert hatte. Sie hatte den

Fahrer lediglich fahruntüchtig machen wollen. Aber trotzdem...

Um ein Haar hätte ich ihn getötet.

Hinter ihr sprang klirrend eine Luke auf. Sie schloss die Augen, denn sie wollte nicht gestört werden. Das Geräusch von Schritten näherte sich, dann trat jemand neben sie an die Reling. Sie schnupperte Jasminduft. Der Geruch drohte sie noch tiefer in die Vergangenheit zu verstricken. Vor ihrem geistigen Auge sah sie ein Rankengewächs im Sonnenschein, mit purpurroten Blüten, die von dicken Bienen umschwirrt wurden.

Sie drängte die Erinnerung zurück.

»*Chi*«, sagte ihre Mutter. Das war ihr früherer Name, ein kurzer Laut, der mit zu großer Bedeutung befrachtet war.

»Seichan ist mir lieber«, sagte sie und schlug die Augen auf. »Diesen Namen trage ich schon viel länger als den anderen.«

Kleine Hände legten sich neben ihr um die Reling, ohne sie zu berühren, aber doch so nah, dass Seichan die davon ausstrahlende Wärme wahrnahm. Trotzdem waren sie durch einen Abgrund voneinander getrennt.

Seichan hatte sich das Wiedersehen auf die verschiedenste Weise ausgemalt, doch in keiner ihrer Versionen waren sie einander so fremd gewesen. Unterwegs hatte sie das Gesicht ihrer Mutter betrachtet. Einige Details waren ihr schmerzhaft vertraut: die eine geschwungene Braue, die Unterlippe, die Form ihrer Augen. Gleichzeitig war dies das Gesicht einer Fremden. Nicht wegen der roten Narbe oder der Tätowierung, sondern aus einem tiefer liegenden Grund.

Zum letzten Mal hatte sie ihre Mutter im Alter von neun Jahren gesehen. Inzwischen war sie selbst um zwei Jahrzehnte gealtert. Sie war kein Kind mehr. Und ihre Mutter war keine junge Frau mehr.

»Ich muss bald aufbrechen«, sagte ihre Mutter.

Seichan atmete tief durch und wartete ihre Reaktionen ab. Tränen traten ihr in die Augen – jedoch nur deshalb, weil sie bei diesen Worten nichts empfand, und das bestürzte sie.

»Ich habe Verpflichtungen«, erklärte ihre Mutter. »Männer und Frauen sind in Gefahr und brauchen meine Hilfe. Ich darf sie nicht im Stich lassen.«

Seichan unterdrückte ein bitteres Auflachen.

Ihre Mutter hatte ihre Reaktion trotzdem mitbekommen.

»Ich habe nach dir gesucht«, flüsterte sie nach langem Schweigen.

»Ich weiß.« Das hatte sie bereits von Gray gehört.

»Man hat mir gesagt, du wärst tot, aber ich habe trotzdem so lange nach dir gesucht, bis es zu quälend für mich wurde.«

Seichan sah auf ihre Hände nieder, mit denen sie die Reling umklammerte, und wunderte sich über die weißen Knöchel.

»Begleite mich«, bat ihre Mutter.

Seichan schwieg.

»Das kannst du nicht, hab ich recht?«, fragte ihre Mutter.

»Ich habe auch meine Verpflichtungen.«

Das Schweigen dehnte sich erneut, aufgeladen mit Bedeutsamerem als Worten.

»Ich habe gehört, dass er wieder fortgeht. Begleitest du ihn?«

Seichan sparte sich die Antwort.

Lange Zeit standen sie beieinander. Beide hatten sie so viel zu sagen und so wenig, worüber sie hätten reden können. Was hätte das auch sein sollen? Hätten sie Narben vergleichen, sich Geschichten von Gräueln und Blutvergießen erzählen sollen, von Dingen, die man tat, um zu überleben? Stattdessen schwiegen sie.

Schließlich löste ihre Mutter ihre Hände, wandte sich zum Gehen und flüsterte: »Habe ich dich für immer verloren, meine kleine Chi? Habe ich dich überhaupt wiedergefunden?«

Dann war sie weg, und zurück blieb nur der Duft von Jasmin.

3:14

Gray lehnte sich an den Konferenztisch, zu müde, um auf seine Beine zu vertrauen. Er und Kowalski hatten die Offiziersmesse für sich, was sie dem Captain zu verdanken hatten. Die Besatzung hatte Kaffee und Rührei mit Speck gemacht.

Es kam nicht alle Tage vor, dass US-Agenten aus Nordkorea entkamen.

Nachdem man seine Schulterverletzung gereinigt und mit einem Flüssigverband verschlossen hatte, fühlte er sich gleich viel besser. Auch der trübe Kaffee trug sein Teil bei.

Kowalski saß neben ihm und hatte die Füße auf den Tisch gelegt, auf dem Bauch balancierte er einen Teller mit gebratenem Speck. Als er gähnte, knackten die Kiefergelenke.

Der große Flachbildschirm vor Gray wurde hell. Die Übertragung erfolgte über eine Hochsicherheitsverbindung. Er blickte in die Kommunikationszentrale von Sigma in D.C.

Der Direktor sah ihn an. Neben ihm saß Kat und tippte hektisch in eine Computertastatur. Sie hatte die Konferenzschaltung eingerichtet.

Painter grüßte den Direktor mit einem Nicken. »Commander Pierce, wie läuft es bei Ihnen?«

»Es war schon mal besser.«

Und schlimmer auch.

Trotz allem, was geschehen war, hatten sie Seichan gerettet und waren ungeschoren davongekommen – vielleicht nicht ganz ungeschoren, aber doch fast.

»Ich weiß, Sie haben die Hölle durchgemacht«, sagte Painter, »aber wir brauchen Sie für einen weiteren Einsatz, wenn Sie dazu in der Lage sind.«

»In der Mongolei«, sagte Gray.

Kat hatte ihn bereits in aller Kürze über die Ereignisse in Zusammenhang mit dem abgestürzten Satelliten informiert.

»Sagen Sie mir aufrichtig, wie es um Sie steht«, sagte Painter. »Sind Sie und Kowalski fit genug, um weiterzumachen?«

Gray blickte Kowalski an, der achselzuckend eine weitere Scheibe Speck auf die Gabel spießte.

»Ich glaube, fit genug trifft es«, erwiderte Gray. »Wenn wir unterwegs ein bisschen schlafen, geht es uns bestimmt noch etwas besser.«

»Gut, dann möchte ich Ihnen etwas zeigen.« Painter wandte sich zu Kat um.

Sie kam ins Bild, wobei sie noch immer einhändig tippte. »Ich stelle eine Verbindung zu Leutnant Josh Leblang von der McMurdo-Station her.«

»In der Antarktis?«

»Genau. Er befindet sich auf einer Erkundungsmission auf dem Ross-Schelfeis, etwa hundert Kilometer von der Basis entfernt.« Kat machte noch ein paar Eingaben und sagte etwas in das Mikro vor ihrem Stuhl. »Leutnant Leblang, würden Sie uns zeigen, was Sie gefunden haben? Uns schildern, was Sie gesehen haben?«

Satzfetzen waren zu hören, die Gray als Bestätigung auffasste.

Dann wurde das Bild scharf, und er erblickte das Gesicht eines jungen Mannes im Militärparka. Die Kapuze hatte er zurückgestreift, offenbar genoss er den hellen antarktischen Sommermorgen. Eine Kappe bedeckte sein kurz geschnittenes dunkles Haar, seine Wangen waren von der Kälte oder vor Aufregung gerötet.

Das Bild schwankte; offenbar filmte ihn jemand mit einem Camcorder. Während er redete, ging er rückwärts einen Hang hoch.

»Vor etwa zwei Stunden haben wir über McMurdo fünf große Feuerbälle gesehen. Der Überschallknall ließ den ganzen Stützpunkt erzittern. Mein Team wurde losgeschickt, um Nachforschungen anzustellen. Das hier haben wir gefunden.«

Er hatte die Anhöhe erklommen und trat beiseite. Der Kameramann trat vor, das Bild ruckte heftig. Als er die Hand wieder still hielt, sah man eine Höllenlandschaft.

Das blaue Eis war von dampfenden Kratern mit geschwärzten Rändern zernarbt. Die Meteoriten hatten das Eis beim Einschlag anscheinend zum Schmelzen gebracht und waren in das dreihundert Meter tiefer gelegene Meer gestürzt. Männer wimmelten wie schwarze Ameisen umher, vermutlich gehörten sie zu Leblangs Erkundungstrupp. Im Vergleich zu den winzigen Gestalten wirkten die Krater riesig.

Ein Grollen war zu hören.

Gray hatte keine Ahnung, was die Ursache des Geräuschs war – dann donnerte es mehrmals hintereinander. Risse bildeten sich in der Eisfläche, Splitter wurden hoch in die Luft geschleudert. Die gezackten Risse wanderten von Krater zu Krater und breiteten sich im Schelfeis aus.

Leblang fluchte außerhalb des Erfassungsbereichs der Kamera. Dann sah man ihn zusammen mit seinem gefährdeten Team den Hang hinunterlaufen. Der Filmer ließ die Kamera fallen und schloss sich ihnen an. Die Kamera landete schräg auf dem Eis und übertrug das Chaos.

Die Risse im Eis verbreiterten sich, die Eisdecke zerriss.

Die Männer flohen in alle Richtungen. Leise Schreie waren zu hören.

Gray beobachtete, wie zwei Männer in einer Eisspalte verschwanden, die sich unvermittelt unter ihnen auftat. Ein weiterer Riss jagte auf die Kamera zu, dann wurde der Bildschirm schwarz.

Kowalski, der ebenfalls in der Navy gedient hatte, war aufgesprungen und ballte in hilflosem Zorn die Hände zu Fäusten.

Dann war wieder Painter zu sehen, der sich bestürzt vorgebeugt hatte und Anweisungen gab. »McMurdo. Geben Sie Alarm. Die Vögel sollen unverzüglich starten.«

Gray wartete, während Painter und Kat die Rettungsmaßnahmen einleiteten.

Als Painter fertig war, blickte er in die Kamera. »Jetzt verstehen Sie, was möglicherweise auf uns zukommt.«

»Wie meinen Sie das?«

»Kurz bevor Leblang Meldung erstattet hat, haben die Techniker am SMC in Los Angeles ihre anfängliche Vermutung bestätigt, wonach den vom abstürzenden Satelliten digital übermittelten Zerstörungen an der Ostküste Meteoriteneinschläge vorausgingen.«

Gray vergegenwärtigte sich die Zerstörungen, die er eben mit angesehen hatte, und stellte sich vor, was passieren würde, wenn fünf solche Meteore eine Großstadt trafen.

»Die Techniker schätzen, dass die Antarktis von Superboliden mit einem Durchmesser von siebzehn bis zwanzig Metern getroffen wurde. Die Energie jedes einzelnen Einschlags entspricht der von acht Atombomben.«

Gray schluckte.

Kein Wunder, dass das Schelfeis geborsten ist.

Painter fuhr fort: »Aus der Detailanalyse des Satellitenbilds unter Berücksichtigung der Explosionsmuster, der Tiefe der Krater und des Grads der Zerstörungen folgt, dass die Energie der Meteore dreimal größer gewesen sein muss als die aus der Antarktis.«

Gray wurde ganz kalt, als er an seine Freunde und Angehörigen und die Kollegen in der Sigma-Zentrale dachte.

»Die Zerstörungen müssen sich auch nicht unbedingt auf die Ostküste beschränken«, sagte Painter. »Wir verfügen nur über dieses eine Bild. Niemand kann sagen, wie groß das Ausmaß der Verwüstungen ist. Möglicherweise wäre die ganze Welt betroffen.«

»Wir wissen nicht einmal, ob es überhaupt dazu kommen wird«, setzte Gray skeptisch hinzu. Nach allem, was er gesehen hatte, war er allerdings bereit, vom Schlimmsten auszugehen.

»Aus diesem Grund müssen wir den Satelliten bergen«, sagte Painter. »Im Moment blicken alle Augen gen Himmel – Hubble, der Swift-Satellit der NASA, die UK Space Agency. Wir verfolgen den Kurs einiger Felsbrocken im Schlepptau des Kometen, von denen einige einen Durchmesser von bis zu zweihundert Metern haben. Nach den vorliegenden Abschätzungen geht jedoch von keinem eine Gefahr für die Erde aus.«

»Aber was ist mit den Meteoriten, die in der Antarktis eingeschlagen sind?«

»Das ist das Problem. Wir können nicht alles überwachen. Die NASA hat fünfzehn Jahre gebraucht, um etwa zehntausend Asteroiden im nahen Erdorbit zu registrieren, was bedeutet, dass die große Mehrheit noch unentdeckt ist. Denken Sie an den Meteor von Tscheljabinsk, der vergangenes Jahr über Russland explodiert ist. Das kam völlig überraschend. Und wenn der Meteor nicht in der oberen Atmosphäre explodiert wäre, hätte er beim Einschlag eine Energie von zwanzig Hiroshima-Bomben freigesetzt.«

»Also wissen wir nichts Genaues.«

Painter blickte Kat an, als liege ihm eine Bemerkung auf der Zunge.

»Was ist?«, fragte Gray.

»Vom SMC kommt noch eine beunruhigende Nachricht. Es ist noch zu früh, um Schlussfolgerungen zu ziehen. Aber einer der Physiker, die mit Dr. Jada Shaw zusammenarbeiten, hat die Daten zur Gravitationsanomalie des Kometen untersucht, von denen Dr. Shaw annahm, dass sie ein Beleg sind für das Vorhandensein von Dunkler Energie.«

»Und?«

»Der Physiker am SMC hat die Anomalien des sich der Erde nähernden Kometen verfolgt. Er ist der Überzeugung, dass sie stärker werden.«

»Und was heißt das?«

Painter warf Kat einen Blick zu. »Das wird noch untersucht. Es könnte unwichtig sein… oder von entscheidender Bedeutung. Das wissen wir erst, wenn mehr Daten gesammelt und analysiert worden sind.«

»Wie lange wird das dauern?«

»Mindestens einen halben Tag, vielleicht auch länger.«

»Dann suchen wir in der Zwischenzeit den Satelliten.«

»Vielleicht birgt der ja die Antworten auf alle Fragen.« Painter fixierte ihn scharf. »Wann können Sie aufbrechen?«

»Sofort. Wenn Kat den Transport organisiert …«

Kat schwenkte auf dem Stuhl herum. »Ich kann das Team von Commander Pierce bis Tagesanbruch in die Mongolei bringen.«

»Was ist mit Monks Team?«, fragte Gray.

»Ich habe gerade eben Nachrichten aus Kasachstan bekommen«, sagte Kat. »Eine Sturmfront fesselt sie erst mal an den Boden. Aber falls es zu keinen weiteren Problemen kommt, sollten sie morgen Vormittag in Ulan-Bator eintreffen.«

»Dann packen wir's an«, meinte Painter. »Wir brauchen so viele Augen am Boden wie möglich. Wird Seichan Sie begleiten?«

Vor der Besprechung hatte Gray Guan-yin den Tränen nahe auf dem Flur gesehen. Sie flog zurück nach Hongkong, um den Angehörigen ihrer Triade beizustehen. Ihre Miene hatte Gray die Antwort auf Painters Frage verraten.

»Ich glaube, Seichan kommt mit.«

»Gut.«

Painter beendete die Unterhaltung, denn er war an mehreren Fronten tätig.

Gray blickte den schwarzen Bildschirm an und dachte an die Zerstörungen in der Antarktis. Die Lage war ernst.

Hoffentlich kam Monk nicht zu spät.

17

RACHEL UND IHRE Begleiter begaben sich eilig in Pater
Josips chaotische Zuflucht. Selbst im Labyrinth der Tunnel und Räume hörten sie noch das Heulen des Sturms,
der über das Schiff hinwegfegte. Er pfiff durchs verrostete
Wrack, rüttelte an losen Blechen und der Reling.

Der Pilot verlagerte den Helikopter gerade zur Leeseite
des Bergs aus rostigem Stahl und bemühte sich, den Antrieb
und die beweglichen Teile so gut es ging vor dem aufgewirbelten Salz und Sand zu schützen.

Josips Helfer hatten sich in den untersten Ebenen breitgemacht, der Lärm und die Gefahr schreckten sie nicht. Offenbar waren sie es gewohnt, sich unter die Erde zurückzuziehen, wenn die Natur zu heftig tobte. Sie lagen am Boden,
spielten Karten oder vertrieben sich die Zeit mit irgendwel-
chen Arbeiten.

Rachel fand ihre Gelassenheit beruhigend.

»Stellen wir den Kasten auf den Tisch«, sagte Monk zu
Duncan.

Gemeinsam schleppten sie die matte Silbertruhe durch

den Raum. Jada schüttelte sich Sand aus dem Haar und klopfte sich Staub und Salz ab.

Sanjar redete seinem Falken gut zu, sich auf einer Sitzstange aus Holz niederzulassen. Heru schlug mehrfach mit den Schwingen, hielt sich aber mit seinen scharfen Klauen fest; er wusste es besser, als blind umherzufliegen. Sein Herr sprach beruhigend auf den Vogel ein und streichelte ihn im Nacken.

Rachel sah ihm bewundernd dabei zu.

Ihr Onkel hatte andere Prioritäten. Er winkte Josip zum Tisch. »Wir sollten das gründlich untersuchen, bis wir den Hinweis auf den nächsten Ort gefunden haben.«

Josip nickte zerstreut, als wäre er mit den Gedanken woanders. Er blickte ein hohes Bücherregal an und kehrte dem Tisch, auf dem Monk und Duncan den Kasten neben den anderen Objekten abgestellt hatten, den Rücken zu.

Arslan trat neben den Priester, als wollte er sich mit ihm besprechen.

Stattdessen drückte er ihm die Mündung einer schwarzen Pistole in die Seite und rief: »Alle weg vom Tisch! Und Hände hoch!«

Einen Moment lang waren alle wie erstarrt – dann stürmten Männer mit Gewehren und Krummschwertern durch die offene Tür. Anscheinend gehörten sie zu dem Ausgrabungsteam, das Josip zusammengestellt hatte.

Auf dem Gang fielen Schüsse.

Rachel ahnte, wie es den übrigen Arbeitern ergangen war. Sie dachte an den Granatenangriff auf das Universitätsbüro und das geplante Bombenattentat in Aktau. Offenbar war der Gegner die ganze Zeit über in ihrer Nähe gewesen.

Josip wandte sich verwirrt an den Vorarbeiter. »Was hat das zu bedeuten, Arslan?«

Statt zu antworten, versetzte Arslan ihm einen Schlag auf den Mund. Die Lippe platzte auf. Dann packte er Josip grob beim Arm, drehte ihn herum und drückte ihm die Pistole in den Rücken.

Sanjar trat vor. »Cousin, was tust du da?«

»Ich tue, was der Herr des Blauen Wolfs verlangt«, antwortete Arslan. »Und ich werde gehorchen. Auch du hast ihm Gefolgschaft gelobt.«

Josip musterte Sanjar verletzt.

Arslan wies mit dem Kinn zur Tür und sagte in schneidendem Befehlston: »Geh jetzt, Cousin. Sonst muss ich dich mit den anderen zusammen begraben.«

Sanjar wich einen Schritt zurück. »Ich habe mich bereit erklärt, die Augen offen zu halten und über Pater Josip Bericht zu erstatten ... aber nicht dazu. Er ist ein guter Mensch. Auch die anderen haben niemandem etwas getan.«

»Dann stirb mit ihnen«, sagte Arslan voller Verachtung. »Du warst schon immer schwach, Sanjar, schwebst wie dein Vogel über den Wolken, wurdest verwöhnt von deinen reichen Eltern, die auf ihre ärmeren Cousins herabgeblickt haben. Du warst nie ein wahrer Krieger des Khans.«

Arslan wandte sich ab und rief seinen Leuten etwas auf Mongolisch zu. Vier Männer eilten herbei, nahmen die kostbaren Objekte vom Tisch und trugen sie hinaus.

Rachel beobachtete, wie die Schätze verschwanden, die sie unter so großen Mühen geborgen hatten.

Arslan folgte den Männern und schob Josip vor sich her, benutzte ihn als Geisel und Feuerschutz. Auf seinen Befehl hin machten seine Männer sich bereit, die Tür zu schließen. Sie war aus schwerem Stahl. Den rostigen Nieten nach zu schließen, hatte sie ursprünglich als Schiffsluke gedient.

Arslan rief seinem Cousin und allen anderen eine letzte Drohung zu. »In eurer Abwesenheit haben meine Krieger Sprengladungen in diesem Kaninchenbau angebracht. Das Gestein wird sich in Staub verwandeln und alles begraben. Das Schiff, das auf euch herabfällt, wird euer Grabstein sein. Niemand wird je erfahren, was hier geschehen ist.«

Ein paar der Männer lachten rau.

Sie zielten immer noch mit ihren Gewehren und achteten besonders auf Monk und Duncan, denn sie wussten, dass die beiden ihre Pläne am ehesten gefährden konnten.

»Tötet sie«, befahl Arslan seinen Leuten. »Dann kommt uns nach.«

Sanjar warf Rachel einen letzten Blick zu, verdrehte die Augen nach oben und blickte dann zum Falken.

Es dauerte einen Moment, dann hatte sie begriffen, was er meinte.

Da die Arbeiter sie nicht beachteten, streifte sie Heru die Haube vom gefiederten Kopf.

Sanjar rief einen Befehl in seiner Muttersprache und zeigte auf Arslan. Der Falke schwang sich zu den Holzbalken auf, welche die Sandsteindecke stützten.

Die Männer rissen die Gewehre hoch und feuerten auf den Vogel, Rachel klangen vom Lärm die Ohren.

Heru stieß unversehrt herab, ein gefiederter Pfeil von Sanjars Bogen. Mit den Klauen schlitzte er Arslan Wange und Schädel auf. Die Flügel peitschten ihm ins Gesicht, zwangen ihn brüllend vor Schmerz in die Knie.

Dann begann jemand, mitten im Raum zu schießen.

Kaum zielte der nächststehende Mann zur Decke, reagierte Duncan. Er rammte ihm den Kopf in den Bauch und warf ihn zu Boden. Der Mann schlug mit dem Kopf auf der Tischecke auf, der Schädelknochen brach. Dann erschlaffte er.

Duncan packte das Gewehr und wälzte sich herum. Auf dem Rücken liegend, schaltete er einen weiteren Angreifer mit einem Feuerstoß auf die Brust aus. Dann prallten zwischen seinen Beinen Querschläger vom Fels ab und trieben ihn zurück, bis er unter dem Tisch lag.

Aus der Deckung hervor traf er die linke Kniescheibe des Schützen – als der Mann zusammenbrach, gab Duncan ihm mit einem Schuss zwischen die Augen den Rest.

Ein weiterer Angreifer schlitterte auf den Knien über den Boden und zielte unter den Tisch.

Dann kippte ein Bücherregal um und begrub ihn unter sich. Monk kletterte darauf und zerschmetterte einem benommenen Schützen mit der Handprothese den Kehlkopf. Der Mann fiel zur Seite, krümmte sich am Boden und hustete Blut.

Am Ausgang vertrieb einer von Arslans Männern mit einem Faustschlag den Vogel vom Gesicht ihres Anführers.

Josip nutzte die Gelegenheit, machte sich los und lief weiter in den Raum hinein.

Plötzlich färbte sich die Brust des Priesters rot. Er prallte gegen Monk, der ihn auffing.

Hinter ihm schoben mehrere Männer den blutüberströmten Arslan, dessen Pistole noch rauchte, durch die Tür. Duncan feuerte auf sie, da krachte scheppernd die Stahlluke zu.

Duncan rappelte sich auf, lief zur Tür und stemmte sich dagegen. Sie gab nicht nach, vermutlich war sie von außen verriegelt worden. Sie waren eingesperrt.

Er musterte den Raum und machte eine Bestandsaufnahme.

Als die ersten Schüsse fielen, hatte Monk Jada hinter ein Regal gestoßen. Jetzt richtete sie sich gerade auf.

Sanjar kniete neben Heru, der am Boden lag und benommen mit den Flügeln schlug.

Rachel eilte zusammen mit ihrem Onkel zum röchelnden Josip.

Als sie die Blutlache sahen, begriffen sie, dass er nicht mehr lange zu leben hatte – was möglicherweise für sie alle galt.

00:40

Nein, nein, nein…

Vigor kniete neben seinem Freund, der von den Toten zurückgekehrt war, nur um erneut zu sterben, ein Mann, dem das Schicksal bereits grausam mitgespielt hatte, denn es hatte ihm nicht nur einen brillanten Verstand geschenkt, sondern ihn auch mit Wahnsinn geschlagen. Dieses Ende hatte er nicht verdient.

Er ergriff Josips Hand und spendete ihm die Sterbesakramente.

Josip sah ungläubig zu ihm auf. Blut trat über seine Lippen, er konnte nicht sprechen, denn die Kugeln des Verräters hatten ihm die Lunge zerfetzt.

»Beweg dich nicht, mein teurer Freund.«

Monk bettete Josips Oberkörper auf seinen Schoß und stützte ihn.

Vigor ergriff Josips Hand und legte seine ganze Zuneigung in den Händedruck hinein. Mehr konnte er nicht für ihn tun. In Monks Augen hatte er die traurige Wahrheit gesehen.

Josip fand noch die Kraft, Vigors Hand auf seine Brust zu schieben. Vigor nahm den Herzschlag seines Freundes wahr.

»Mir wirst du auch fehlen.«

Er sah, wie Josip kämpfte; Bedauern lag in seinem Blick. Josip war sich bewusst, dass die Welt in Gefahr war und dass er zu ihrer Rettung nichts mehr beitragen konnte.

»Du hast diese Last lange genug getragen, mein Freund. Jetzt gibst du sie an mich weiter.«

Josip schaute unverwandt zu Vigor auf, der ihm ein Kreuz auf die Stirn malte.

»Ruh dich aus«, flüsterte Vigor.

Und das tat Josip auch.

00:42

Duncan half Monk, Pater Josip auf den Tisch zu legen.

»Tut mir leid«, sagte Duncan. »Ich wünschte, wir hätten die Zeit, ihn anständig zu begraben.«

Vigor, der mit den Tränen kämpfte, nickte und schaute sich in der verwüsteten Bibliothek um. »Das ist ein guter Ort für ihn.«

Duncan wandte sich an Sanjar. »Gibt es noch einen anderen Ausgang?«

Der Mongole hatte den Falken in eine Decke gewickelt. »Leider nicht. Die anderen Gänge führen bloß in weitere Räume. Das sind Sackgassen. Der einzige Ausgang ist die verschlossene Tür.«

Duncan war sich bewusst, dass ihnen nur wenige Minuten blieben, um sich zu befreien. Sobald Arslan und dessen

Leute sich aus dem Schiff zurückgezogen hätten, würden sie die Sprengladungen in den unterirdischen Räumen zünden. Er konnte nur hoffen, dass sie lange genug trödeln und alle Wertsachen mitnehmen würden, doch darauf durfte er sich nicht verlassen.

Jadas Augen waren angstgeweitet, die Arme hatte sie um den Oberkörper geschlungen. »Die wollten uns umbringen«, sagte sie zitternd. Offenbar stand sie unter Schock.

»Und das könnte ihnen durchaus noch gelingen«, erwiderte Duncan, der keinen Grund sah, die Lage zu beschönigen.

Sie funkelte ihn böse an. »Das habe ich nicht gemeint. Überlegen Sie mal. Hätten wir nicht die Oberhand gewonnen, wären wir jetzt tot. Die Sprengladungen waren dazu gedacht, unsere Leichen zu begraben.«

Duncan hatte es noch immer nicht begriffen.

»Wir sollten eigentlich längst tot sein«, sagte sie hitzig und schwenkte den Arm. »Dieses Arschloch hat gemeint, er habe überall Sprengladungen angebracht. Warum dann nicht auch hier? Das ist die unterste Ebene. Er hat geglaubt, wir wären bereits tot.«

Natürlich…

Monk fluchte und musterte die Wände.

Sich über seine eigene Dummheit ärgernd, nahm er sich die andere Seite vor. Nach wenigen Sekunden hatte er die erste Sprengladung entdeckt. Sie war am Fuß eines Stützbalkens angebracht.

»Ich seh eine!«, rief Duncan.

»Hier ist noch eine!«, verkündete Monk quer durch den Raum.

»Entfernen Sie den Funkzünder!«, erwiderte Duncan. »Und seien Sie vorsichtig!«

Rachel war ihm gefolgt. »Glauben Sie, Sie können alle rechtzeitig entschärfen?«

»Das ist nicht der Plan«, entgegnete er. »Vermutlich sind hier überall welche.«

Mit großer Vorsicht entfernte er den Plastiksprengstoff, wobei er auf die Sprengkapsel und den Funkzünder achtete. Als er fertig war, nahm er beides in die Hand und lief zur Stahlluke.

Monk erwartete ihn bereits, in der Hand einen zweiten Funkzünder.

Duncan klatschte den Sprengstoffbrocken an die dicken Angeln der Luke und öffnete das Gehäuse des Funkzünders. Es handelte sich um einen Transceiver, der Signale empfing und auch sendete. Mit dem Fingernagel veränderte er die Einstellung. Jetzt unterschied sich einer der Transceiver von allen anderen, die der Gegner in dem unterirdischen Labyrinth angebracht hatte.

Wir wollen ja schließlich nicht, dass hier alles einstürzt.

Dann nahm er Monk den Transceiver ab.

»Wissen Sie, was Sie tun?«, fragte sein Teamkollege.

»Ich habe nicht Elektrotechnik studiert, um Radios zu verkaufen.« Geschickt stellte er den Sender auf die neue Frequenz ein, dann bedeutete er den anderen zurückzutreten. »Alle Mann in Deckung und Hände auf die Ohren!«

Er entfernte sich von der Tür und hockte sich hinter ein schweres Bücherregal. Dann setzte er den Daumen auf den kleinen roten Knopf des Transceivers. Eigentlich sollte die manipulierte Sprengladung als einzige auf die umgestellte Frequenz reagieren – wenn es um Sprengstoff und Sender ging, machten aber auch gute Techniker manchmal einen Fehler.

Er drückte den Knopf.

Die Explosion war so ohrenbetäubend laut, dass Duncan schon glaubte, es sei schiefgegangen und er habe die ganze Anlage in die Luft gesprengt. Rauch und Staub waberten durch den Raum. Er hustete, richtete sich auf und wedelte mit den Händen.

Die Luke war zusammen mit einem Teil der Wand verschwunden.

Monk tauchte bei ihm auf, seine Stimme hörte sich an, als befände er sich unter Wasser. »Das hat der Scheißkerl bestimmt gehört!«

Duncan nickte.

Anders ausgedrückt: *Lauft!*

00:46

Jada stürmte hinter Duncan, der mit ihrer einzigen Taschenlampe leuchtete, die Stufen hoch. Monk und Rachel hatten Vigor zwischen sich genommen und halfen ihm die steile Treppe hoch.

Jada rechnete damit, dass sie jeden Moment unter Tonnen von Gestein, Salz und Sand begraben würden.

Der Ausgang, der in den Frachtraum des Schiffswracks mündete, schien unendlich weit entfernt. In dem Maße, wie ihre Angst sich zur Panik steigerte, schien sich das Labyrinth der Gänge um sie herum auszudehnen. Über ihnen pfiff und heulte der Wind durch den rostigen Schiffsrumpf und trieb sie zu noch schnellerem Tempo an.

»Es ist nicht mehr weit!«, stieß Duncan keuchend aus, der jeweils zwei Stufen auf einmal nahm, das Gewehr in der Hand.

Sie blickte nach oben, doch er verdeckte ihr die Sicht.

Nach etwa fünf Metern waren sie am Ziel. Die Felsstufen machten Stahl Platz. Mit klirrenden Schritten eilten sie den letzten Treppenabschnitt hoch...

...als auf einmal der Boden unter ihren Füßen heftig wankte. Es knirschte laut.

Sie gingen auf der salzverkrusteten Treppe in die Knie. Eine Wolke aus Rauch, Sand und Staub schoss aus der Tiefe herauf, brachte sie zum Husten und machte sie blind.

Geleitet von Duncans Taschenlampe, kroch Jada auf allen vieren die restlichen Stufen hoch.

Jemand packte sie und hob sie so mühelos hoch, als wäre sie gewichtslos. Als sie wieder auf eigenen Beinen stand, stolperte sie zur Seite, während Duncan die anderen in den Frachtraum zog.

»Laufen Sie zum Ausgang!«, brüllte er und zeigte zu dem Loch an der Backbordseite des Schiffs.

Sie wandte sich in die Richtung, rutschte aber aus, als der Boden sich plötzlich neigte. Stahl kreischte. Das Heck sackte unvermittelt ab, der Bug hob sich. Offenbar rutschte die hintere Hälfte des tonnenschweren Schiffs in den Explosionskrater.

An der Seite gerieten die im Verlauf eines halben Jahrhunderts angesammelten Sandmassen plötzlich in Bewegung und strömten zum Heck.

Jada konnte sich nicht festhalten und wurde von der Sandlawine mitgezogen. Sie fiel auf die Knie und rutschte die Schräge hinunter. Den anderen erging es nicht besser, denn sie fanden keinen Halt in dem Katarakt, der immer schneller wurde und alle zum absinkenden Schiffsheck zog.

Jada schlug um sich und kam sich vor wie eine ertrinkende Schwimmerin.

Vielleicht war sie das ja auch.

Ein wirbelnder Sandtrichter drohte sie zu verschlingen – während die andere Hälfte des angewehten Sands ihr hinterherströmte, um sie bei lebendigem Leib zu begraben.

Plötzlich tauchte Duncan auf und schlitterte an ihr vorbei, ohne sich gegen den Zug der Schwerkraft zu wehren.

Er verschwand vor ihr in der Staubwolke.

Hatte er etwa aufgegeben?

00:50

Duncan trieb über den Sand und hielt auf den Wagen zu, auf dem ihre ganze Hoffnung ruhte.

Bei ihrer Ankunft war der Land Rover aus dem Heck des Schiffs hervorgekommen. Als der Boden kippte, hatte er gesehen, dass der Rover noch immer dort stand. Er näherte sich dem Wagen, der bereits bis zu den Achsen im Sand stand und immer tiefer einsank. Er prallte gegen die Stoßstange und warf sich auf die Motorhaube. Dann kroch er über die Windschutzscheibe, schlängelte sich durchs offene Seitenfenster und plumpste auf den Fahrersitz.

Der Zündschlüssel steckte noch.

Gott sei Dank...

Er drehte den Schlüssel herum, gab Gas und spürte, wie die Breitreifen durchdrehten und Sand emporschleuderten. Dann setzte sich der Wagen in Bewegung und arbeitete sich die Schräge hoch.

Monk hatte begriffen, was Duncan vorhatte, und setzte der Abwärtsbewegung keinen Widerstand mehr entgegen. Er warf sich auf die Motorhaube, landete auf dem Bauch und reckte den Prothesendaumen. »Weiter so!«, rief er Duncan zu.

Duncan fuhr langsam die Schräge hoch, während Monk einen nach dem anderen aus der Sandlawine fischte. Vigor rutschte über die Motorhaube und kam mit dem Rücken an der Windschutzscheibe zu liegen; Rachel folgte ihm sogleich nach. An der rechten Seite half Jada Monk, Sanjar festzuhalten, der noch immer den in das Tuch gehüllten Falken umklammert hielt.

Als alle im Wagen saßen, gab Duncan noch mehr Gas. Im niedrigsten Gang arbeitete er sich die immer steiler werdende Schräge hoch, während das schwere Schiff aufs Heck kippte und allmählich im Explosionskrater versank.

Trotz der Profilreifen und des Vierradantriebs brach der Rover immer wieder aus. Jedes Mal hielt Duncan den Atem an, denn wenn sie zum Heck hinunterrutschten, würden sie es niemals schaffen. Dann würden sie bei lebendigem Leib von dem in fünfzig Jahren angesammelten Sand, Schlamm und Salz verschüttet werden.

Der überbeanspruchte Stahl knirschte und ächzte. Rumpfplatten lösten sich mit lautem Knall und stürzten in die Tiefe. Alles brach auseinander.

Duncan hielt auf die Backbordseite zu und erreichte schließlich das Loch im Rumpf. Aufgrund der Neigung des Schiffs lag es jetzt mehrere Meter über dem Boden, doch sie würden den Sprung trotzdem wagen müssen.

Duncan kämpfte gegen die Lawine an und hielt den Wagen in Position, während Monk alle durch die Öffnung bugsierte und in den tobenden Sandsturm hinaufwarf.

»Sie als Nächster!«, brüllte Monk gegen den Wind an.

Duncan winkte ab. »Springen Sie! Ich komme nach!«

Das war gelogen. Duncan hatte keine Chance, aus dem Wagen rauszukommen. Wenn er den Fuß vom Gas nähme, würde der Rover zurückrollen.

Monk blickte durch die Windschutzscheibe und sah, dass es Duncan ernst war – dann wandte er sich mit finsterer Miene ab und kroch zum Loch. Doch anstatt hindurchzuspringen, klammerte er sich mit der Handprothese an den Rand und streckte den anderen Arm aus.

»Ziehen Sie auf gleiche Höhe!«, rief er. »Dann ergreifen Sie meine Hand!«

Duncan zögerte, denn das Manöver konnte für sie beide den Tod bedeuten.

»Zwingen Sie mich nicht, Ihnen hinterherzuspringen!«, brüllte Monk.

Das wäre ihm zuzutrauen.

Duncan gab Gas und manövrierte den Wagen ein paar Meter höher, hielt ihn mit durchdrehenden Reifen in Position. Die eine Hand am Steuer, streckte er den Arm aus dem Fenster.

Monk bekam erst die Finger zu fassen, dann die ganze Hand.

Mit einem stillen Stoßgebet ließ Duncan das Steuer los, nahm den Fuß vom Gas und schob sich durchs Fenster. Wie erwartet sackte der Rover sogleich ab, und Duncan löste sich vom Wagen und baumelte an Monks Hand.

Er schnaufte vor Erleichterung.

Das kam zu früh.

Plötzlich brach das Schiff auseinander.

1:04

Jada hockte im Sand und beobachtete aus wenigen Metern Entfernung, wie das rostige Schiff in der Mitte entzweibrach. Der Bug krachte herab und wirbelte noch mehr Sand auf.

Sie rannten um ihr Leben, während ringsumher Trümmerteile niederprasselten und vom Sturm umhergewirbelt wurden. Sie konnten nicht weiter sehen als bis zu ihrer Nasenspitze.

Duncan... Monk...

Der Wind wehte den aufgewirbelten Sand in die Salzwüste hinaus.

Zwei kleine Gestalten kletterten aus dem Frachtraum hervor und ließen sich auf den Sand herabfallen. Zum Glück war das Schiff *über* der Öffnung entzweigebrochen, sonst wären sie jetzt nicht mehr am Leben gewesen.

Monk half Duncan zwischen den messerscharfen Stahltrümmern hindurch, mit denen der Boden übersät war, und stützte ihn mit einem Arm.

Jada kam herbeigelaufen, den Arm schützend vors Gesicht gelegt. Der Anblick von Duncans blutgetränktem Hosenbein versetzte ihr einen Stich.

Auch die anderen kamen herbeigeeilt.

»Was ist passiert?«, fragte Jada.

»Ich habe versucht, mit dem sinkenden Schiff unterzugehen«, antwortete Duncan. »Aber Monk hat mich eines Besseren belehrt.«

»Wir sollten weiter«, sagte Monk und blinzelte in den Sturm. Er bemerkte, dass jemand fehlte. »Wo ist Sanjar?«

Jada blickte sich suchend um. Bislang war ihr noch nicht aufgefallen, dass er nicht bei ihnen war.

»Er sieht nach dem Piloten«, antwortete Vigor.

Mit einem Anflug von schlechtem Gewissen blickte Jada zu dem nur verschwommen zu erkennenden Helikopter. Sie hatte überhaupt nicht an den Mann gedacht. Anscheinend war sie unbewusst davon ausgegangen, dass er tot war, ermordet wie der Rest von Josips Leuten.

Monk ging mit Duncan zum Helikopter. Unterwegs stießen sie auf drei weitere Tote, die in abkühlenden Blutlachen lagen.

Alle erschossen.

Duncan humpelte zwischen ihnen hindurch. »Unser Pilot hat sich mit ihnen einen heftigen Kampf geliefert.«

»Und uns damit das Leben gerettet«, meinte Monk. »Dank seiner Gegenwehr hat Arslan die Sprengladungen erst gezündet, als wir uns schon befreit hatten.«

Jada fühlte sich jetzt doppelt schuldig. Sie kannte nicht einmal den Namen des Piloten.

Der Helikopter war von Kugeln durchsiebt, die Kanzel geborsten. Die Persenning flatterte im Wind.

Von Sanjar entdeckten sie bei der eiligen Durchsuchung keine Spur.

Dann tauchten auf einmal aus dem düsteren Sandsturm zwei Schattengestalten auf, aneinandergelehnt und sich mit erhobenem Arm vor dem wehenden Sand und dem brennenden Salz schützend.

Sanjar und der Pilot.

Während Duncan bei Jada blieb, ging Monk den beiden entgegen und half ihnen auf dem Rückweg zum Helikopter.

»Ich bin der Blutspur gefolgt«, erklärte Sanjar, als sie wiedervereint waren. »Er ist in den Sturm hinausgeflüchtet ...«

»Ich hab einen Einschuss im Oberschenkel«, sagte der Pilot. »Ich war unter dem Helikopter in Deckung gegangen und dachte schon, ich wäre erledigt, aber dann gab es auf einmal diese Explosion. Die Angreifer waren einen Moment lang abgelenkt, und da bin ich losgehumpelt. Das hat auch funktioniert.«

Jada dachte an die gesprengte Schiffsluke.

Dann haben wir uns am Ende gegenseitig das Leben gerettet.

»Ist der Vogel noch flugfähig?«, fragte Monk.

Der Pilot nahm stirnrunzelnd die Schäden in Augenschein. »Nicht bei diesem Wetter. Aber mit ein bisschen Spucke und Klebstoff kann ich ihn wahrscheinlich fliegen, wenn der Sturm vorbei ist.«

»Guter Mann«, sagte Monk.

Sie kletterten alle in die Kabine des Helikopters. Draußen heulte der Wind. Der Sturm aber war ihr kleinstes Problem.

Monk wandte sich Sanjar zu, der den in die Decke gewickelten Falken von einem Sitz hochhob. Offenbar hatte er den Vogel in die Kabine gebracht, bevor er nach dem Piloten gesucht hatte.

»Wissen Sie, wohin Arslan die Objekte bringen will?«, fragte Monk.

»Das weiß ich nicht. Vermutlich aber nach Ulan-Bator.«

Vigor ließ nicht locker. »Und wenn er dort ist, wohin dann? Wem wird er sie übergeben?«

»Diese Frage lässt sich eindeutig beantworten. Er wird sie meinem Clan übergeben. Einem Mann, der den Titel *Borjigin* trägt, das bedeutet Herr des Blauen Wolfs.«

»Diesen Titel hatte auch Dschingis Khan«, bemerkte Vigor.

Sanjar nickte.

»Wie lautet sein wahrer Name?«, fragte Monk.

»Den kenne ich nicht. Bei den Treffen trägt er eine Wolfsmaske. Nur Arslan kennt seine Identität.«

»Das hilft uns nun wirklich nicht weiter«, meinte Duncan, der eine klaffende Wunde an seinem Bein verband.

»Ohne das letzte Objekt«, sagte Vigor, »sind wir verloren.«

Jada schaute aus dem Fenster, während der Sturm sich allmählich legte und der leuchtende Kometenschweif am Himmel sichtbar wurde. Als Wissenschaftlerin vertraute sie auf Zahlen und Fakten, auf stichhaltige Beweise und unwiderlegbare Berechnungen. Sie hatte den Aberglauben beargwöhnt, der sie zum Aralsee geführt hatte, und ihn als irrelevant abgetan.

Wie sie so zum Himmel hinausschaute, verzweifelte sie, denn die Wahrheit ließ sich nicht mehr leugnen.

Der Monsignore hatte recht.

Wir sind verloren.

TEIL 3

VERSTECKSPIEL

18

»UND SIE GLAUBEN alle, das Kreuz sei wichtig«, sagte Gray.

Er saß zusammen mit den anderen in einer Suite des Hotels *Ulaanbaatar*, gelegen im Zentrum der Landeshauptstadt. Das Gebäude war im sowjetischen Zuckerbäckerstil erbaut, eine Erinnerung an die Zeit der Unterdrückung, doch im Innern wirkte es modern und elegant und repräsentierte die *neue* Mongolei, die in eine unabhängige Zukunft blickte.

Zu ihrer Suite gehörte sogar ein Besprechungsraum mit einem langen Konferenztisch. Alle hatten Platz genommen, Monks Team auf der einen, Grays Team auf der anderen Seite des Tischs.

Vor etwa einer Stunde hatte es an Grays Tür geklopft, und als er öffnete, hatte er in ein wohlbekanntes lächelndes Gesicht geblickt. Monk hatte ihn umarmt und ihm beinahe die Schulter ausgerenkt. Hinter ihm trat geduckt sein neuer Partner Duncan Wren ein. Sie begleitete ein junger Mongole in langer Schaffelljacke. Er hatte eine Transportbox dabei, in der sich etwas regte.

Die beiden Personen, die als Letzte zu ihnen stießen, lösten jedoch die stärkste Reaktion aus, eine Mischung aus Freude, warmen Erinnerungen und tiefer Zuneigung.

Die Umarmung mit Vigor fiel ebenso herzlich aus wie die mit Monk. Der Monsignore hatte sich kaum verändert; er machte einen zähen, resoluten, aber auch sanftmütigen Eindruck. Allerdings wirkte er abgemagert und müde. Selbst sein Gesicht war hagerer geworden.

Und dann war da noch Rachel.

Gray begrüßte sie ebenso herzlich wie die anderen Nachzügler und schwelgte, als er sie in den Armen hielt, in Erinnerungen. Sie hielt ihn ein wenig länger fest, als man bei einer gewöhnlichen Freundschaft erwarten konnte. Sie hatten sich eine Zeit lang sehr nahegestanden, waren sogar intim miteinander gewesen und hatten Zukunftspläne geschmiedet, bis der Rausch des Verliebtseins den nüchternen Realitäten einer Fernbeziehung zum Opfer gefallen war. Die Romanze hatte sich zu einer tiefen Freundschaft gewandelt, was sie nicht daran hinderte, bei ihren gelegentlichen Treffen miteinander ins Bett zu gehen.

Aber inzwischen hatten sich die Umstände geändert...

Gray blickte die Frau an, die Rachel gegenübersaß.

Seichan wusste um ihre Vorgeschichte und hatte ein kompliziertes Verhältnis zu Rachel, doch sie hatten sich miteinander arrangiert. Sie respektierten einander, waren aber auch voreinander auf der Hut.

Als die Begrüßungen abgeschlossen waren, geleitete Gray Monks Team in den Besprechungsraum, denn sie mussten das weitere Vorgehen absprechen. Bildlich gesprochen, legten alle ihre Karten auf den Tisch.

Mit Painters Erlaubnis berichtete Monk Vigor, Rachel und Sanjar von dem abgestürzten Satelliten. Der junge Mongole erbot sich, sie zum Khan-Chentii-Schutzgebiet zu führen. Die Bergregion lag nordwestlich der Hauptstadt.

Die Nachricht von den Zerstörungen, die der abstürzende Satellit übermittelt hatte, dämpfte die Wiedersehensfreude. Jetzt hatten alle begriffen, was auf dem Spiel stand.

Eine Sache aber sah Gray noch immer skeptisch. Monks Gruppe hatte ihn über die Ereignisse in Kasachstan ins Bild gesetzt. Alle waren der Ansicht, das Kreuz, das einmal dem heiligen Thomas gehört hatte, spiele bei der möglicherweise bevorstehenden Katastrophe eine besondere Rolle.

Selbst Dr. Jada Shaw hatte sich dieser Meinung angeschlossen.

Sie erklärte, wie es dazu gekommen war. »Aufgrund meiner Beobachtungen und Berechnungen weiß ich, dass der Komet IKON eine ungewöhnliche Energiesignatur aufweist, die Gravitationsanomalien auslöst.«

»Und Sie vermuten, es handele sich um Dunkle Energie«, sagte Gray.

»Ich kann nur sagen, dass die Anomalien exakt zu meinen Berechnungen passen.«

»Und das Kreuz?«

»Duncan zufolge geben die alten Objekte ebenfalls Energie ab. Wir glauben, das liegt daran, dass Dschingis Khan der Energie ausgesetzt war und kontaminiert wurde, weil er das Kreuz jahrelang am Körper getragen hat.«

Sie zählte die Argumente an den Fingern ab, ihre Augen funkelten vor Gewissheit. »*Erstens* ist die Geschichte des Kreuzes mit dem Meteoreinschlag verknüpft. *Zweitens* besteht eine direkte Beziehung zu der Katastrophe, die in zweieinhalb Tagen stattfinden soll. Die Prophezeiung wird durch das Satellitenbild gestützt. *Drittens* weist es eine fremdartige Energiesignatur auf, die an den anderen Objekten Spuren hinterlassen hat. Ich glaube, das rechtfertigt weitere Nachforschungen. Zumindest sollte sich jemand damit befassen.«

»Aber nicht Sie«, sagte Gray herausfordernd.

Sie seufzte. »Wenn ich mich an der Suche nach dem abgestürzten Satelliten beteilige, kann ich mehr ausrichten. Ich bin Expertin für Astrophysik. Ich kenne den Satelliten in- und auswendig. Mein Geschichtswissen hingegen reicht kaum über die letzte Präsidentschaftswahl hinaus.«

Der Plan sah vor, dass Jada, Duncan und Monk sich unverzüglich zur abgelegenen Absturzstelle in den Bergen begaben. Sanjar sollte sie führen und bei Bedarf dolmetschen. Gray hätte sie gern begleitet, doch Monk und sein Team waren einhellig der Ansicht, jemand müsse das Kreuz finden, von dem ein toter Heiliger geglaubt hatte, es sei unverzichtbar, wenn man die bevorstehende Apokalypse abwenden wolle.

Vigor bestand darauf, diesen Weg weiterzuverfolgen. Allerdings benötigte er logistische Unterstützung und Schutz. Alle warteten auf Grays Entscheidung.

Er sträubte sich noch immer, und das aus gutem Grund. »Wir haben das letzte Objekt verloren, das uns einen Hinweis auf den Verbleib des Kreuzes geben sollte.«

»Dann beschaffen wir es uns wieder«, sagte Vigor.

»Aber wie? Sie wissen weder, wohin man es gebracht hat, noch kennen Sie die Identität des geheimnisvollen Clananführers. Da die Uhr tickt, erscheint es mir sinnvoller, alle Ressourcen zu bündeln und gemeinsam nach dem Satelliten zu suchen. Im Moment stellt er unsere beste Chance dar, mehr über die drohende Katastrophe in Erfahrung zu bringen. Vielleicht ist dieses Wissen unsere beste *Waffe*, um sie abzuwehren, und nicht das Kreuz.«

Jada lehnte sich zurück, da auch sie einsah, dass diese Vorgehensweise die klügste war. Aber schließlich war sie es als Wissenschaftlerin auch gewohnt, sich der Logik zu unterwerfen.

Vigor hingegen war ein Mann des Glaubens und des Herzens. Er verschränkte trotzig die Arme. »Ich bin bei dieser Suche zu nichts nütze, Commander Pierce. Und ich habe Pater Josip gegenüber ein Versprechen abgelegt, das ich nicht brechen kann. Ich werde die Suche nach dem Kreuz mit aller Kraft fortsetzen. Notfalls auch allein.«

Rachel fing Grays Blick auf, voller Sorge um ihren Onkel. Sie wussten beide, wie starrsinnig Vigor sein konnte, und sie wollte nicht, dass er alleine loszog. Ihre Blutergüsse, Abschürfungen und Schnittwunden kündeten von den Gefahren, die sie auf diesem Weg erwarteten.

Sie versuchte, ihn mit Blicken dazu zu bewegen, ihren Onkel von seinem Vorhaben abzubringen.

Schließlich wandte Gray sich an Sanjar. Der war vielleicht am besten geeignet, Vigor die Sinnlosigkeit seines Unterfangens deutlich zu machen.

»Sanjar, Sie haben gesagt, Sie würden die Identität des Clananführers, der sich Borjigin nennt, Herr des Blauen Wolfs, nicht kennen, wüssten aber, wie gerissen und skrupellos er sein kann.«

»Das stimmt«, antwortete Sanjar ernst. »Seine treuesten Anhänger, zu denen auch mein Cousin Arslan zählt, gehorchen ihm bedingungslos. Für sie ist Dschingis Khan ein Gott, und der Clananführer Borjigin ist ihr Papst, ihre direkte Verbindung zur ruhmreichen Vergangenheit. Er nährt die Hoffnung auf eine noch strahlendere Zukunft.«

Auch bei Sanjar war die nationalistische Leidenschaft offenbar auf fruchtbaren Boden gefallen, doch er hatte das

Gift dieses Wahnsinnigen wenigstens nicht vollständig ge-
schluckt.

»Borjigin behauptet, er sei ein unmittelbarer Nachfahre
des großen Khans. Einmal hat er sogar ...«

Sanjar brach ab. Er straffte sich, seine Augen waren geweitet. Er fasste sich an die Stirn. »Ich bin ein Idiot.«

»Was haben Sie, Sanjar?«, fragte Vigor.

»Mir ist gerade etwas eingefallen.«

Mit Blick auf Gray neigte er den Kopf, als wollte er ihm
danken – doch wofür?

»Zum Beweis seiner Behauptung«, fuhr Sanjar fort, »hat
uns Borjigin einmal eine goldene Handgelenkmanschette gezeigt, die angeblich Dschingis Khan gehört hat. In dem Moment habe ich das nicht geglaubt und als Prahlerei abgetan.
Deshalb habe ich mir keine Gedanken darüber gemacht.«
Er wandte sich Vigor zu. »Aber dann habe ich gehört, was
Pater Josip gestern in Kasachstan eingestanden hat. Ich
wusste, dass Pater Josip einen Schatz verkauft hat, um seine
Suche zu finanzieren, aber bis zu diesem Moment hatte ich
keine Ahnung, worum genau es sich gehandelt hat.«

Vigors Tonfall wurde schärfer. »Sie sprechen von der goldenen Manschette aus Attilas Grab, auf der der Name des
Khans eingraviert ist. Glauben Sie, es war diese Manschette?«
Er fasste Sanjar beim Unterarm. »Waren auf der Manschette,
die Borjigin Ihnen gezeigt hat, ein Phönix und mehrere Dämonen abgebildet?«

Sanjar blickte den Monsignore schuldbewusst an. »Ich
konnte sie mir nicht genau ansehen. Ich habe sie nur aus der
Ferne gesehen und auch nur ein einziges Mal. Deshalb habe
ich die Verbindung erst jetzt hergestellt.«

Er entzog sich Vigors Umklammerung.

»Und vielleicht täusche ich mich ja auch«, sagte Sanjar.

»In Ulan-Bator gibt es zahlreiche Antiquitätenhändler, bei denen die Regale mit Besitztümern des Khans gefüllt sind. Und Handgelenkmanschetten sind nichts Ungewöhnliches. Die Tradition der Falknerei wird hier hoch geschätzt. Viele tragen sie als Symbol unserer ruhmreichen Vergangenheit, meistens aber solche aus Leder.« Er zog den Ärmel hoch und zeigte eine dicke, zernarbte Ledermanschette vor. »Bisweilen dienen sie auch nur der Zierde.«

»Aber inwiefern hilft uns das weiter?«, fragte Gray. »Wir wissen jetzt, dass der Gegenstand, den Josip verkauft hat, vom Herrn des Blauen Wolfs getragen wurde, aber hilft uns das, die Identität des Mannes zu lüften?«

Sanjar fuhr sich mit den Fingern durchs Haar. »Ja, denn bis gestern wusste ich zwar nicht, was Pater Josip verkauft hat, aber ich kenne den Namen des Käufers.«

Rachel meldete sich zu Wort. »Diese Frage habe ich auch Josip gestellt.«

Vigor nickte schuldbewusst. »Und ich habe das für unwichtig gehalten.«

»Onkel, du wolltest nur auf Josips Gefühle Rücksicht nehmen. Du konntest nicht wissen, wie wichtig die Information für uns werden würde.«

Gray blickte Sanjar an. »Wer hat dem Priester die goldene Armmanschette abgekauft?«

»Arbeitergeschwätz, Gerüchte, also muss es nicht unbedingt stimmen. Aber alle waren sich einig, dass der Käufer ein einflussreicher Politiker war.«

»Wer?«

»Der Justizminister. Ein Mann namens Batukhan.«

Gray überlegte, welche Schlussfolgerungen sich aus dieser vagen Information ergeben mochten. Vielleicht handelte es sich um eine ganze andere Armmanschette. Vielleicht war

Batukhan gar nicht der Käufer. Und selbst wenn beides zutraf, konnte der Minister sie auch längst weiterkauft haben.

Alle Blicke waren auf ihn gerichtet.

»Wir sollten dem nachgehen«, sagte Gray schließlich. »Zumindest sollten wir dem Mann einen Besuch abstatten. Aber wenn der Minister Borjigin ist, kennt er unsere Gesichter.« Er wies mit dem Kinn auf Monk. »Meins kennt er nicht. Und Seichans auch nicht.«

Vigor sprang auf. »Wenn es uns gelingt, das Objekt in unseren Besitz zu bringen...«

Gray hob die Hand. »Dahinter steht ein großes Fragezeichen. Außerdem bin ich nicht bereit, die Suche nach dem Satellitenwrack auf die lange Bank zu schieben.« Er zeigte quer über den Tisch. »Monk, du fährst mit Duncan, Jada und Sanjar ins Gebirge. Ihr habt von Painter die aktuellen Wegepunkte für das Suchraster bekommen, nicht wahr?«

Das Team im SMC hatte die Berechnung der Absturzbahn des Satelliten verfeinert und das Suchgebiet so weit wie möglich eingeengt.

»Es ist immer noch ein ziemlich großes Gebiet«, gab Monk zu bedenken.

»Dann brechen wir sofort auf. In der Zwischenzeit befassen Seichan und ich uns mit dem Minister, während Kowalski bei Vigor und Rachel im Hotel bleibt. Wenn alles glattläuft, kommen wir so bald wie möglich ins Gebirge nach.«

Monk nickte, erhob sich und wandte sich zum Gehen.

Kowalski streckte sich und brummte: »Ja, ist immer eine gute Idee, sich aufzuteilen. Hat sich in der Vergangenheit echt bewährt.«

Seichan tigerte hin und her. Nachdem Monk mit seinem Team ins Gebirge aufgebrochen war, hatte sie ihr Zimmer aufgesucht, um ein Nickerchen zu machen.

Nebenan beriet sich Gray mit Kat, die in der Kommandozentrale von Sigma die Stellung hielt. Sie erstellten ein Profil des mongolischen Justizministers, inklusive der Lagepläne seines Ministeriums und seiner Wohnung. Außerdem hatten sie seinen finanziellen Hintergrund abgeklärt und eine Liste seiner bekannten Mitarbeiter und Geschäftspartner angelegt. Jede Information war nützlich, wenn sie sich dem Gegner nähern wollten.

Falls er überhaupt der Gegner war...

Nichts war so, wie es schien. Das hatte sie gelernt, weil sie schon als Kind den Realitäten des Lebens ausgesetzt worden war. Jeder hatte seinen Preis, und Gesichter waren eine ebensolche Fassade wie die Wolfsmaske des Clananführers. Sie hatte gelernt, nur sich selbst zu vertrauen.

Nicht einmal bei Gray konnte sie sich vollständig entspannen.

Sie hatte keine Angst davor, ihm ihr wahres Gesicht zu zeigen. Vielmehr fürchtete sie, sie habe gar kein Gesicht. Nach so vielen Jahren, in denen sie so viele Rollen gespielt hatte, um zu überleben, war vielleicht gar nichts Eigenes mehr vorhanden. Wenn sie die Abwehr fallen ließe, würde dann überhaupt noch etwas da sein?

Oder bestehe ich nur aus Narbengewebe und Instinkten?

Ein Klopfen an der Tür setzte ihrer Grübelei ein Ende. Froh über die Ablenkung, rief sie: »Ja?«

Die Tür öffnete sich, und Rachel streckte den Kopf ins Zimmer. »Ich wusste nicht, ob Sie vielleicht schlafen.«

»Was wollen Sie?«

Das kam unfreundlicher heraus als beabsichtigt und ent-hüllte ihr Narbengewebe. Sie hatte nichts gegen Rachel. Sie würden zwar keine Freundinnen werden, aber sie respek-tierte ihre Fähigkeiten und ihren wachen Verstand. Als sie Rachel heute begegnet war, hatte sie allerdings einen Anflug von Eifersucht verspürt. Das war dumm, ein animalischer Instinkt, dessen Sinn es war, ihr Territorium zu schützen.

»Tut mir leid«, sagte sie. »Kommen Sie rein.«

Rachel trat zögernd zur Seite, als beträte sie einen Löwen-käfig. »Ich wollte Ihnen dafür danken, dass Sie sich bereit erklärt haben, meinem Onkel zu helfen. Wenn er allein ge-wesen wäre...«

Seichan zuckte mit den Achseln. »Das war Grays Ent-scheidung.«

»Trotzdem...«

»Außerdem mag ich Ihren Onkel.« Seichan war selbst er-staunt über ihre Äußerung. Bei der Ankunft am Hotel hatte Vigor sie voller Zuneigung am Arm berührt, obwohl er über ihre dunkle Vergangenheit informiert war. Diese Geste hatte ihr viel bedeutet. »Wie lange ist er schon krank?«

Rachel blinzelte mehrmals und schluckte.

Seichan wurde bewusst, dass Rachel die Wahrheit noch nicht vollständig akzeptiert hatte. Ihren feuchten Augen nach zu schließen, wusste sie tief drinnen, wie es um ihren Onkel bestellt war, konnte es aber immer noch nicht wahrhaben.

Jedenfalls nicht in letzter Konsequenz.

Seichan bedeutete ihr, ins Zimmer zu treten, und schloss die Tür.

»Er will nicht darüber sprechen«, sagte Rachel steif und ließ sich auf einer Stuhlkante nieder. »Ich glaube, er will mich schonen.«

»Aber so ist es nur noch schlimmer.«

Rachel nickte und wischte sich eine Träne ab. »Tut mir leid.«

»Ist schon okay.«

»Es geht schon eine ganze Weile mit ihm bergab. Aber die Veränderung geschieht so schleichend, dass man sie leicht übersehen und wegerklären kann. Dann begreift man auf einmal, wie es um ihn steht. Wie auf dieser Reise. Und dann kann man die Wahrheit nicht länger leugnen.«

Rachel schlug die Hände vors Gesicht. Nach einer Weile nahm sie sie wieder weg und rang um Fassung.

»Ich weiß nicht, wieso ich Sie damit belaste.«

Seichan kannte den Grund, doch sie schwieg. Bisweilen war es leichter, einem Fremden sein Herz zu öffnen und seinen Gefühlen freien Lauf zu lassen.

»Ich… ich bin froh, dass Sie auf ihn aufpassen.« Rachel ergriff ihre Hand. »Ich glaube, allein wäre ich überfordert.«

Seichan spannte sich unwillkürlich an. Am liebsten hätte sie ihre Hand zurückgerissen, doch sie beherrschte sich. Stattdessen flüsterte sie: »Dann tun wir das gemeinsam.«

Rachel drückte ihr die Hand. »Danke.«

Seichan entzog ihr ihre Hand, die körperliche Nähe war ihr peinlich. Sie war sich bewusst, dass Rachel ihr nicht nur dafür dankte, dass sie sich um ihren Onkel kümmerte, sondern auch dafür, dass sie ihr gestattete, über ihre Ängste zu sprechen. Schweigen nährte die Angst und verlieh ihr erst wahre Macht. Wenn man sie laut aussprach, ließ die Anspannung nach, wenn auch nur für kurze Zeit.

»Ich sollte jetzt wieder zu meinem Onkel gehen.« Rachel erhob sich. In der Tür blieb sie stehen. »Gray hat gemeint, Sie hätten Ihre Mutter wiedergefunden. Das muss wundervoll für Sie sein.«

Seichan erstarrte und überlegte, wie sie reagieren sollte. Sie konnte sich ein Beispiel an Rachel nehmen und die Wahrheit sagen, ihre Ängste und ihre innere Unruhe mit einer Fremden teilen und sehen, wie es sich anfühlte, sich zu öffnen.

Doch sie hatte ihr Leben lang geschwiegen.

Es war schwer, dieses Muster zu durchbrechen – besonders jetzt.

»Danke«, versteckte Seichan sich hinter einer Lüge. »Das ist ganz wundervoll.«

Rachel lächelte sie an und wandte sich ab.

Als die Tür zufiel, wandte Seichan sich den hellen Fenstern zu, bereit, sich der Zukunft zu stellen, und erleichtert darüber, die Gedanken an die einander bekämpfenden Triaden, ihre Mutter und Nordkorea im Allgemeinen hinter sich zu lassen.

Trotzdem hatte sie ein flaues Gefühl im Magen.

Es war falsch gewesen zu schweigen.

13:15 KST
Pjöngjang, Nordkorea

»Was macht sie denn in der Mongolei?«, fragte Hwan Pak.

Ju-long trat hinter dem nordkoreanischen Wissenschaftler aus einem Verwaltungsgebäude des Gefängnisses. Ju-long hielt sich immer noch im Lager auf, nicht als Häftling, sondern zu seinem eigenen Schutz.

Jedenfalls hatte man ihm das gesagt.

Man hatte ihn mitten in der Nacht aus dem Verhörraum befreit, doch dann hatte es noch Stunden gedauert, bis alles geregelt war und feststand, dass amerikanische Einsatzkräfte ihre Gefangene außer Landes gebracht hatten, auch wenn dies niemals öffentlich bestätigt werden würde.

Ju-long befand sich in einer prekären Lage. Die Nordkoreaner und speziell Hwan Pak brauchten einen Sündenbock. Dafür bot er sich an.

Aus langer Erfahrung begab er sich nur dann auf feindliches Territorium, wenn er einen Notfallplan in der Hinterhand hatte. Schon vor Jahren war er dazu übergegangen, seine Handelsware zu markieren. Es war eine vernünftige Geschäftspraxis, seinen Bestand im Auge zu behalten.

Als die hübsche Killerin unter Drogen stand, hatte Ju-long ihr einen kleinen GPS-Sender implantiert. Bei der Aktion in den Straßen von Macau, als er die Rikscha mit dem Cadillac gerammt hatte, hatte sie Blutergüsse und Abschürfungen davongetragen. Er hatte den briefmarkengroßen Mikrochip in eine Wunde eingenäht. Irgendwann würde er entdeckt werden oder die Batterie würde sich erschöpfen, doch bis dahin konnte er die Bewegungen seiner Handelsware mühelos nachverfolgen.

Früher am Tag hatte er seinen Trumpf ausgespielt und Pak von dem As in seinem Ärmel erzählt. Vermutlich war das der einzige Grund, weshalb man ihn nach den nächtlichen Ereignissen so gut behandelt hatte. Man hatte ihm ein Bett in der Offiziersbaracke gegeben, wo er ein paar Stunden lang unruhig geschlafen hatte. Zuvor hatte er mit Macau telefoniert und den Tracker eingeschaltet. Es hatte länger gedauert, als ihm lieb war, den Aufenthaltsort der entflohenen Gefangenen zu bestimmen, vor allem deshalb, weil niemand sie in so großer Entfernung vermutet hatte.

»Ich weiß nicht, weshalb sie in der Mongolei ist«, sagte Ju-long, als sie am Verhörzentrum des Lagers ankamen, wo alles begonnen hatte.

Pak hatte gemeint, er habe etwas Wichtiges dort zurückgelassen, das dabei helfen würde, die Frau wieder zu ergreifen. Ju-long folgte ihm zur Rückseite des Gebäudes. Sie betraten den Raum, in dem er und Pak in der Nacht eingesperrt gewesen waren.

Ein neuer Gefangener war auf den Stuhl gefesselt, sein Kopf hing schlaff herab, auf dem Boden hatte sich Blut gesammelt. Die Arme waren von Zigaretten verbrannt. Sein Gesicht war dermaßen verschwollen, dass Ju-long den Mann kaum wiedererkannte.

Er stürzte ihm entgegen. »Tomaz!«

Sein Stellvertreter.

Als er seinen Namen hörte, stöhnte Tomaz leise.

Ju-long wandte sich zu Pak um, der sich ihm lächelnd näherte. Offenbar hatte der Nordkoreaner am Morgen das ihm in der Nacht entgangene Vergnügen nachgeholt.

»Warum?«, fragte Ju-long aufgebracht.

Als fände er ein grausames Vergnügen daran, seinen Standpunkt zu verdeutlichen, steckte Pak sich eine Zigarette an und inhalierte, sodass die Glut rot aufleuchtete.

»Als Lektion«, sagte Pak und stieß den Rauch aus. »Wir dulden kein Scheitern.«

»War ich etwa schuld daran, dass die Gefangene geflohen ist?« Er zeigte auf Tomaz. »Oder er?«

»Nein, Sie haben mich missverstanden. Wir geben Ihnen nicht die Schuld an ihrer Flucht. Aber wir machen Sie dafür verantwortlich, dass sie wieder eingefangen wird. Sie werden ihren Weg verfolgen und ein Spezialeinsatzteam begleiten, das sie wieder ergreifen soll. Die Amerikaner haben sie aus einem bestimmten Grund befreit. Meine Regierung will herausfinden, worum es geht.«

»Ich befasse mich nicht mit verlorenen Handelsgütern«,

entgegnete Ju-long. »Ich habe Sie Ihnen in gutem Glauben übergeben. Sie befand sich in Ihrem Gewahrsam, als sie entkommen ist. Ich wüsste nicht, was mich das noch anginge.«

»Sie haben Ihre Ware nicht so gründlich überprüft, wie es notwendig gewesen wäre, Delgado-ssi. Sie haben meiner Regierung eine Zeitbombe übergeben, die noch scharf war. Hätten wir gewusst, dass diese Frau für die Amerikaner so wichtig ist, hätten wir sie anders behandelt. Deshalb müssen Sie für Ihren schweren Fehler und die Verlegenheit, in die Sie unsere Regierung gebracht haben, geradestehen.«

»Und wenn ich mich weigere?«

Pak nahm seine Pistole aus dem Holster, setzte sie Tomaz an die Schläfe und drückte ab. Ju-long schreckte zusammen. Der gefesselte Tomaz sackte zusammen.

»Wie ich schon sagte, das ist eine Lektion.«

Pak nahm sein Handy hervor und streckte es Ju-long entgegen.

»Und das sollte Sie motivieren, den Einsatz erfolgreich abzuschließen.«

Benommen ergriff er das Handy und hielt es sich ans Ohr. Er vernahm eine angstvolle Stimme.

»Ju-long?«

Das Herz krampfte sich ihm zusammen. »Natalia?«

»Hilf mir. Ich weiß nicht, wer diese …«

Pak entriss ihm das Handy, die Pistole auf Ju-longs Brust gerichtet. Eine weise Vorsichtsmaßnahme, denn Ju-long musste seine ganze Selbstbeherrschung aufbieten, um dem Nordkoreaner nicht den Hals zu brechen. Damit aber wäre seiner Frau nicht geholfen gewesen.

»Wir halten sie … und damit auch Ihren Sohn … in Hongkong fest. Solange Sie kooperieren, geschieht ihnen nichts. Beim kleinsten Anzeichen von Insubordination lassen wir

Ihren Sohn von einem Arzt aus dem Bauch holen und an Ihre Heimatadresse verschicken. Ihre Frau bleibt natürlich am Leben.«

Der Tod seines Sohnes wäre eine Gnade im Vergleich zu dem, was sie Natalia antun würden.

Pak lächelte. »Haben wir einen Deal?«

19

DUNCAN DURCHMASS JAHRHUNDERTE binnen Stunden.

Sie waren mit einem alten Toyota Land Cruiser in Ulan-Bator aufgebrochen und hatten eine kleine Bergbausiedlung im Osten durchquert – eine postapokalyptische Landschaft voller Kohlegruben, schwerem Gerät und rußgeschwärzten Gebäuden aus der Sowjetzeit –, dann waren sie scharf nach Norden abgebogen und in ein von Pappeln, Ulmen und Weiden bestandenes Tal gelangt.

Vor ihnen teilte ein silbriger Fluss das wogende Grasland der Hochsteppe, alles in winterliche Brauntöne eingefärbt. Kleine weiße Jurten, die Sanjar als *gers* bezeichnete und die Booten auf einem windgepeitschten Meer glichen, waren auf den erstarrten Wogen verteilt.

Wie er so zu den Nomadenzelten hinausschaute, ging Duncan durch den Sinn, dass diese Landschaft sich seit den Zeiten von Dschingis Khan kaum verändert hatte. Als sie das Tal hinter sich ließen, bemerkte er die ersten Hinweise auf die moderne Welt, die nach und nach in diese uralte Lebensweise vordrang. Über einer Jurte ragte eine Satellitenschüssel auf. Daneben war ein Motorrad chinesischer Bauart auf einem Ochsenkarren festgezurrt.

Sie fuhren in Serpentinen immer höher und näherten sich den Bergen, deren ferne Gipfel teilweise mit Schnee bedeckt waren. Der Asphalt machte Schotter und schließlich einer unbefestigten Piste Platz. Immer seltener waren *gers* zu sehen, doch sie wirkten authentischer als zuvor. Neben den Jurten lagen Schafpferche, davor waren kleine Pferde angebunden. Als sie mit ihrem SUV vorbeifuhren, traten ein paar verhutzelte Alte mit Schaffelljacken und Pelzmützen ins Freie.

Duncan, der am Steuer saß, winkte ihnen zu, und sie winkten freundlich zurück. Sanjar zufolge war die Gastfreundschaft bei den Mongolen ein hohes Gut.

Monk spielte den Kopiloten und Navigator. Auf seinem Schoß hatte er eine Straßenkarte ausgebreitet, in der Hand hielt er ein GPS-Gerät. »Sieht so aus, als müssten wir an der nächsten Abzweigung nach links abbiegen. Die Straße sollte in die Suchzone führen.«

Der Begriff *Zone* war ein wenig untertrieben. Nach neuesten Berechnungen umfasste das Suchgebiet ein Quadrat von einhundertsechzig Kilometern Seitenlänge. Gestern waren es allerdings noch achthundert Kilometer gewesen.

Duncan bog nach links ab und fuhr in halsbrecherischem Tempo auf die Berge zu. Das Terrain war eine Herausforderung für den Vierradantrieb. Steinige Abschnitte wechselten sich mit Grasland sowie Lärchen- und Kiefernwäldern ab. Der Regen hatte die Piste teilweise ausgewaschen, weshalb sie vorsichtig fahren mussten.

»Keine Ahnung, weshalb diese Region des speziellen Schutzes der Regierung bedarf«, sagte Duncan. »Ich finde, die Natur macht hier einen guten Job.«

Sanjar beugte sich auf dem Rücksitz vor, den er sich mit

Jada teilte. »Der Grund ist, dass unsere Ahnen das Gebirge für ihre Grabstätten ausgewählt haben. Man findet sie überall. Häufig sind die Gräber übereinandergeschichtet. Und bedauerlicherweise stellt die Grabräuberei ein ernsthaftes Problem dar. Häufig plündern die Einheimischen die Gräber, und Mittelsmänner aus der Stadt übernehmen die Beute und verkaufen sie nach China weiter.«

Er zeigte auf einen abgerundeten Gipfel, der höher war als die anderen. »Das ist der Burkhan Khaldun, unser heiligster Berg. Angeblich ist dies der Geburtsort von Dschingis Khan, und die meisten Menschen glauben, er sei dort auch begraben. Es heißt, er sei in einer großen Nekropolis im Innern des Bergs bestattet, zusammen mit seinen Schätzen und seinen Nachkommen, darunter sein berühmter Enkel Kublai Khan.«

»Das wäre eine große Beute für den Finder«, sagte Duncan.

»Es wird schon seit Jahrhunderten nach dem Grab gesucht. Das hat Plünderungen und Vandalismus mit sich gebracht. Um die Umwelt und unser Erbe zu schützen, hat die Regierung den Zugang eingeschränkt und jeglichen Luftverkehr untersagt.«

Deshalb waren sie mit dem Wagen unterwegs. Doch das war nicht der einzige Grund. Die Überwachungssatelliten hatten bislang noch keine Spur von den Satellitentrümmern entdeckt, und deshalb war es unwahrscheinlich, dass sie mit dem Helikopter oder dem Flugzeug mehr Erfolg gehabt hätten.

Es war sogar denkbar, dass der Satellit beim Wiedereintritt in die Atmosphäre vollständig verglüht war. Womöglich war die Suche von vornherein aussichtslos. Trotzdem mussten sie es wenigstens versuchen.

»Es gibt noch einen weiteren Grund für die Zugangsbeschränkungen«, sagte Sanjar warnend.

Jada wandte sich ihm zu. »Und der wäre?«

»Es heißt, Dschingis Khan habe dieses Gebiet für heilig erklärt. Viele Einheimische glauben, wenn das Grab gefunden und geöffnet würde, wäre dies das Ende der Welt.«

Duncan stöhnte auf. »Na großartig. Wenn wir das Grab finden, geht die Welt unter. Wenn wir's nicht finden, auch.«

»Wir sind in jedem Fall verloren«, murmelte Jada.

Duncan fing ihren Blick im Rückspiegel auf und lächelte aufmunternd.

»Das hat Direktor Crowe gesagt, bevor ich zu der Reise aufgebrochen bin«, erklärte sie. »Er scheint recht zu behalten.«

Monk regte sich, den Kopf auf die Landkarte gesenkt. »Man sollte niemals gegen Painter wetten.«

14:44

Jada döste auf dem Rücksitz, als Duncan eine Stunde später mit lauter Stimme verkündete: »Ende der Straße, Leute!«

Jada straffte sich, rieb sich die Augen und begriff, dass Duncans Bemerkung nicht metaphorisch gemeint gewesen war. Die Piste endete vor einer Ansammlung von fünf *gers*. Ziegen flüchteten, als der SUV auf die Zelte zurollte. Weiter weg lag eine große Koppel mit mehreren Pferden.

Nach Erreichen des Suchgebiets hatte Sanjar empfohlen, auf diese Piste abseits der Hauptstraße abzubiegen. Allerdings hatte er auch gemeint, es sei am besten, wenn sie die Einheimischen befragten.

Die kennen hier jeden Strauch und jedes Lüftchen, hatte

er erklärt. *Wenn hier etwas runtergekommen ist, wissen sie davon.*

Als der Land Cruiser gehalten hatte, sprang Sanjar hinaus. »Kommen Sie mit.«

Sie stiegen alle aus. Es war kühl. Jada streckte sich, um den Kreislauf anzuregen. Sanjar wandte sich zum nächstgelegenen Zelt.

»Kennen Sie diese Leute?«, fragte Monk.

»Nicht persönlich. Aber die Siedlung gibt es schon länger.«

Sanjar näherte sich der massiven Holztür und zog sie auf, ohne anzuklopfen. Zuvor hatte er erklärt, so sei es hier Sitte – ein weiterer Beleg für die Gastfreundschaft der Mongolen. Es wäre beleidigend gewesen anzuklopfen, denn man hätte meinen können, sie hätten Zweifel an den guten Manieren und der Großzügigkeit der Bewohner.

Deshalb trat er ein, als wäre er hier zu Hause.

Den anderen blieb nichts übrig, als ihm zu folgen. Jada hielt sich an seine Anweisungen und achtete darauf, nicht auf die Schwelle zu treten. Nach dem Betreten des runden Raums wandte sie sich nach rechts, wie es Sitte war.

Im Zelt war es erstaunlich geräumig und warm. Das Dach wurde von Holzspanten gestützt; die Wände waren mit einem Holzgitter verstärkt. Dicke Schichten von Schaffell und Pelzen dichteten den Raum gegen Wind und Kälte ab.

Lächelnde Gesichter hießen sie herzlich willkommen, als habe man sie erwartet. Zwei Erwachsene und zwei Kinder unter fünf Jahren waren zugegen. Der Mann schloss förmlich den Kragen seines *del* genannten Gewands und bedeutete ihnen, auf Hockern Platz zu nehmen.

Ehe sie sich's versah, wärmte Jada ein Becher mit heißem

Tee die Hände. Den Töpfen über der Feuerstelle nach zu schließen, wurde gerade ein frühes Abendessen bereitet. Es roch nach Curry und schmorendem Hammelfleisch. Jemand stellte eine Schüssel und einen Teller vor sie hin. Die Frau lächelte breit und forderte sie gestikulierend zum Essen auf.

»Das ist Bortssuppe«, sagte Sanjar. »Schmeckt ausgezeichnet. Und die Stücke auf dem Teller, die wie Tonscherben aussehen, sind Aruulkäse. Sehr gesund.«

Jada wollte nicht unhöflich sein und probierte ein Stück Käse, das auch so hart war wie gebrannter Ton. Sie lutschte es wie ein Bonbon, und die Einheimischen hielten es anscheinend genauso.

Andere Länder, andere Sitten.

Sanjar unterhielt sich mit den Gastgebern in ihrer Muttersprache, was heftiges Gestikulieren und mehrfaches Nachfragen einschloss. Dann nickte der Mann energisch und deutete nach Nordosten.

Jada fasste dies als positives Zeichen auf.

Das Gespräch wurde noch eine Weile fortgeführt. Sie konnte nur zuhören und essen. Die Kinder waren fasziniert von Monks Prothese. Der eine Junge saß auf seinem Schoß, und er zeigte ihm, wie man die Hand vom Arm löste und dass er die Finger trotzdem noch bewegen konnte.

Jada fand das verstörend.

Die Kinder waren begeistert.

Schließlich nahm Sanjar seine Suppenschüssel in die Hand und tauchte den Löffel hinein. Während er aß, gab er den Gesprächsinhalt wieder. »Chuluun, unser Gastgeber, sagt, gestern sei jemand aus dem Norden hier durchgekommen. Der Mann berichtete von einem Feuerball am Himmel. Angeblich ist er in einen kleinen See an der Schneegrenze des Nachbarbergs gestürzt und hat das Wasser zum Kochen gebracht.«

Monk runzelte die Stirn. »Wenn sich das Wrack unter Wasser befindet, ist es kein Wunder, dass der Satellit nichts entdeckt hat.«

»Wie sollen wir an ihn herankommen?«, fragte Jada.

An Tauchausrüstung, geschweige denn einen Tauchanzug hatten sie nicht gedacht.

»Kommt Zeit, kommt Rat«, sagte Monk. »Erst mal finden wir den Ort und verschaffen uns Gewissheit, dann lassen wir herbeischaffen, was wir brauchen.«

Sanjar hatte noch einen guten Rat beizusteuern. »Seien Sie gewarnt, der Ort ist schwer erreichbar. Ich habe Chuluun gefragt, ob er uns vier Pferde leihen würde.«

Jada schreckte zusammen. Sie konnte reiten, aber nicht besonders gut.

Sieht so aus, als hätte ich keine Wahl.

»Ist er einverstanden?«, fragte Monk.

»Ja, und er gibt uns sogar einen seiner Cousins als Führer mit. Mit etwas Glück sollten wir den See noch vor Sonnenuntergang erreichen.«

Monk erhob sich. »Dann los.«

Jada folgte seinem Beispiel und verneigte sich vor den Gastgebern. Chuluun geleitete sie nach draußen und sprach mit einem seiner Kinder, das daraufhin zum Nachbarzelt eilte, vermutlich, um den Cousin zu holen.

Chuluun deutete über die von dichten Baumgruppen aufgelockerten umliegenden Grasflächen zum nächsten Gipfel, dessen obere Hänge mit Schnee bedeckt waren.

Das war offenbar ihr Ziel. Die Entfernung schätzte sie auf etwa fünfunddreißig Kilometer. Ihr wurde beklommen zumute. Die Verantwortung lastete schwer auf ihren Schultern. Die Welt schaute auf sie und erwartete von ihr, dass sie den drohenden Untergang abwendete.

Als hätte er ihre Verunsicherung bemerkt, trat Duncan neben sie und beantwortete ihre unausgesprochene Frage.

So schaffen wir das.

Indem wir zusammenhalten.

Eine Bewegung am anderen *ger* lenkte sie ab. Eine junge Frau, nicht älter als achtzehn, kam ins Freie gestürmt und schloss den Kragen ihrer Schaffelljacke. Sie hatte einen schwarzen Haarschopf, der ihr lose auf den Rücken hing. Mit einem Lederriemen in der Hand band sie ihn geschickt zum Zopf. Als sie fertig war, ergriff sie einen Bogen, der am Zelt lehnte, und schulterte einen Köcher mit Pfeilen. Außerdem hatte sie noch ein Gewehr geschultert.

War das der Führer?

Die junge Frau näherte sich ihnen in ihren kniehohen, abgenutzten Stiefeln. »Ich bin Khaidu«, sagte sie mit starkem Akzent. »Ihr wollt zum Wolfszahn. Ich euch hinbringen. Ist weiter Weg.«

Sie schien ebenso erpicht aufzubrechen wie alle anderen.

Ein älterer Mann erschien in der Tür und rief ihr etwas zu.

Sie brummte etwas und wandte sich ab.

»Der Mann hält um ihre Hand an«, erklärte Sanjar. »Vermutlich eine arrangierte Heirat.«

Kein Wunder, dass sie wegwill.

Sie folgten ihr eilig zur Koppel.

Monk lächelte. »Eben ist die Sonne aufgegangen.«

»Sie sind verheiratet.« Duncan stieß ihn an. »Sie haben Kinder.«

Monk machte ein finsteres Gesicht. »Das klingt so, als wäre ich schon tot.«

Jada seufzte.

Vielleicht bin ich als Single doch besser dran.

15:33

Duncan schaute in die Höhe, als sie durch das Hochtal auf den Schneegipfel zuritten. Der Berg glich tatsächlich dem Reißzahn eines Wolfs.

Da die Sonne schien, wurde es rasch wärmer. Das Wetter war angenehm zum Reiten, und das umso mehr, als der Untergrund immer unebener wurde. Mit donnernden Hufen galoppierten sie über Stachelschweingras und umritten dichte Ansammlungen weißrindiger Birken, die von Heidelbeersträuchern und Brombeerbüschen gesäumt waren.

Jada teilte seine Leidenschaft fürs Reiten nicht. Er bemerkte ihre Unsicherheit, deshalb hielt er sich an ihrer Seite.

Monk bildete die Nachhut, die hitzige Khaidu ritt mit Sanjar voraus. Die wahre Vorhut aber war Heru.

Der Falke hatte sich von dem Schlag, den er tags zuvor eingesteckt hatte, anscheinend gut erholt. Er schwebte hoch am strahlend blauen Himmel und befolgte die Pfeifbefehle seines Herrn.

Sanjar wollte offenbar Khaidu beeindrucken, die dicht neben ihm ritt. Und anscheinend hatte er damit auch Erfolg. Sie beugte sich immer wieder zu ihm hinüber, stellte eine Frage oder machte ihn auf irgendein Merkmal der Landschaft aufmerksam.

Jada aber achtete nicht auf den Himmel, sondern auf den Boden, der unter den Hufen ihres Pferds vorbeiflog.

Als sie einen Geröllhang hochritten, versuchte Duncan, sie zu beruhigen. Er klopfte seinem Gescheckten auf den

Hals. »Vertrauen Sie dem Pferd! Es weiß, was es tut. Das sind kräftige Mongolenpferde, Nachfahren der Tiere, die Dschingis Khan seinerzeit geritten hat.«

»Mit anderen Worten, das Auslaufmodell.« Sie lächelte schief und machte tapfere Miene zum bösen Spiel.

Kurz darauf gelangten sie zu einem schmalen Pfad, neben dem es steil in die Tiefe ging. Duncan ritt neben ihr her und schirmte sie von der Kante und den spitzen Felsen in der Tiefe ab. Jetzt war kein guter Moment, um in Panik zu geraten. Um sie abzulenken, fachsimpelte er mit ihr.

»Was, glauben Sie, ist beim Absturz des Satelliten wirklich passiert?«, fragte er. »Was ist mit dem Bild, das er aufgenommen hat?«

Sie blickte ihn von der Seite an, einerseits zu abgelenkt, um sich zu unterhalten, andererseits zu höflich, um ihn auflaufen zu lassen. »Dunkle Energie ist die Grundlage von Raum und Zeit. Als der Satellit die Energie in die Gravitationssenke der Erde gelenkt hat, wurde das glatte Raum-Zeit-Kontinuum des Planeten entlang der Flugbahn gefaltet.«

»Und die Zeit hat einen Moment ausgesetzt«, sagte er. »Sie haben Painter gegenüber auch erwähnt, das *Eye of God* könnte auf Quantenebene mit dem Kometen verschränkt sein.«

»Wenn es genügend Dunkle Energie absorbiert hat, wäre das möglich. Wenn ich das Satellitenwrack untersucht habe, kann ich mehr sagen.«

»Dann nehmen wir uns mal das Gegenstück vor.«

Sie schaute ihn fragend an.

»Das Kreuz«, erläuterte er. »Nehmen wir an, es handelt sich um ein Trümmerstück des Kometen, das bei seinem letzten Erscheinen auf die Erde gestürzt ist. Oder es handelt sich um einen Asteroiden, der damals nahe am Kometen vorbeigeflogen ist, seine Energie wie Dschingis Khans Gewebe absorbiert hat und als Meteor niedergegangen ist.«

Sie nickte. »Diese Option habe ich noch nicht in Betracht gezogen, aber Sie haben recht. Das wäre möglich.«

»Wie auch immer. Das größere Rätsel ist: Wie konnte das Kreuz des heiligen Thomas den Weltuntergang korrekt vorhersagen?«

»Hm. Das ist eine gute Frage.«

»Dann habe ich Sie also in Verwirrung gestürzt, Dr. Shaw.«

»Wohl kaum«, entgegnete sie, angespornt von seinem herausfordernden Tonfall. »Drei Fakten gilt es zu bedenken. Erstens ist die Dunkle Energie die treibende Kraft hinter der Quantenmechanik. Das ist ein und dasselbe. Eine universelle Konstante.«

»Das haben Sie bereits erwähnt.«

»Zweitens reagieren manche Menschen empfindlicher auf elektromagnetische Strahlung als andere. Auch solche ohne implantierte Magnete.«

Sie blickte anzüglich auf seine Fingerspitzen.

Er war vertraut mit dem Konzept der elektromagnetischen Hypersensibilität. Manche Menschen wurden krank, wenn sie sich zu lange in der Nähe von Stromleitungen oder Handymasten aufhielten, und zeigten Symptome wie Kopfschmerzen, Erschöpfung, Tinnitus, sogar Gedächtnisverlust. Auf andere wiederum übten die Felder eine positive Wirkung aus. Man nahm an, dass Wünschelrutengänger – die mit ihren Ruten nach Wasseradern, Metallen oder Edelsteinen suchten – empfänglich waren für kleinste Schwankungen im Magnetfeld der Erde.

»Drittens«, fuhr Jada fort, »besteht unter den Neurowissenschaftlern Einigkeit darüber, dass das menschliche Bewusstsein in dem Quantenfeld verortet ist, das vom weitverzweigten neuronalen Netzwerk unseres Gehirns erzeugt wird.«

»Dann ist das Bewusstsein also ein Quanteneffekt.«

Sie lächelte eigentümlich. »Diese Vorstellung fand ich immer tröstlich.«

»Wieso das?«

»Wenn das stimmt, ist unser Bewusstsein mittels der Quantenmechanik mit den verschiedenen Multiversen verknüpft. Vielleicht bricht bei unserem Tod nur diese Zeitachse zusammen, und unser Bewusstsein verlagert sich in eine Welt, in der wir noch am Leben sind.«

Als sie seine skeptische Miene sah, führte sie das weiter aus. »Das wäre wie beim Krebs. Irgendeine Zelle im Körper teilt sich unsauber, ein kleiner Fehler bei einem Prozess, der in einem gesunden Körper zahllose Male vonstattengeht. Geht bei der Teilung alles glatt, entsteht kein Krebs. Kommt es zu einem Fehler, erkrankt man. Ein Zufallswurf mit dem genetischen Würfel. Kopf oder Zahl.«

Duncan zuckte inwendig zusammen. Ihre Worte hatten ihn ins Mark getroffen. Er fasste sich an den Handabdruck, den er sich auf die Brust hatte tätowieren lassen, und dachte an seinen jüngeren Bruder, der bis auf die Knochen abgemagert im Krankenhausbett gelegen hatte und von dem nichts weiter geblieben war als das Gespenst seines verwegenen Grinsens. Billy war am osteogenetischen Sarkom gestorben; die Würfel hatten gegen ihn entschieden.

Jada, die seine Reaktion nicht mitbekommen hatte, fuhr fort. »Aber was wäre, wenn wir alle mit Multiversen verschränkt sind? Das würde fantastische Möglichkeiten eröffnen. In einem Universum würde man an Krebs sterben, aber wegen der Verschränkung wechselt das Bewusstsein in das andere Universum über, wo man keinen Krebs bekommt.«

»Und man lebt weiter?«

»Zumindest unser Bewusstsein, das mit dem anderen verschmilzt. So geht es immer weiter – man wandert bei jedem Tod zu einem anderen Zeitstrahl, in dem man gesund ist... und führt ein erfülltes Leben.«

Er stellte sich Billys Gesicht vor und fand Trost in der Vorstellung, dass er in einem anderen Universum weiterlebte. »Aber was geschieht anschließend?«, fragte er. »Was passiert, wenn all die Potenziale sich auf ein einzelnes Universum einengen und man dort stirbt?«

»Das weiß ich nicht. Das macht ja gerade die Schönheit des Universums aus. Es gibt immer neue Rätsel. Vielleicht ist dies alles ein Test, ein großes Experiment. Viele Physiker sind inzwischen überzeugt, dass unser Universum nichts weiter als ein Hologramm ist, ein dreidimensionales Konstrukt gemäß den Gleichungen, die an die Innenseite der Sphäre unseres Universums geschrieben sind.«

»Und wer hat die Gleichungen niedergeschrieben?«

Jada zuckte mit den Achseln. »Nennen wir's die Hand Gottes, höhere Macht oder Superintelligenz – wer weiß das schon?«

»Ich glaube, wir kommen vom Thema ab«, lenkte er das Gespräch wieder auf den heiligen Thomas und dessen Weltuntergangsvision zurück. »Ich fasse Ihre drei Punkte zusammen. Das menschliche Gehirn funktioniert auf Quantenbasis, Dunkle Energie ist eine Funktion der Quantenmechanik, und manche Menschen reagieren hypersensibel auf elektromagnetische Felder.«

Sie sah ihn an, als traute sie ihm zu, die Puzzleteile zusammenzufügen.

Er zeigte sich der Herausforderung gewachsen.

»Sie glauben, der heilige Thomas sei hypersensitiv gewesen. Deswegen übte die vom Kreuz abgegebene Dunkle Energie eine besonders starke Wirkung auf ihn aus. Sie hat das Quantenfeld seines Gehirns beeinflusst und ihm in einer Vision einen Blick in unsere Gegenwart ermöglicht.«

»Vielleicht gibt es auch eine einfachere Erklärung.«

»Wie sähe die aus?«

»Es war ein Wunder.«

Er seufzte schwer. »Ob Wissenschaft oder Wunder, es wäre schon ein erstaunlicher Zufall, wenn es keinen besonderen Grund dafür gäbe, dass die Visionen des *Eye of God* und des inneren Auges des heiligen Thomas sich auf denselben Zeitpunkt beziehen.«

»Und Gott würfelt nicht«, zitierte sie Einstein.

Nett.

»Ich glaube nicht an einen Zufall«, fuhr sie fort. »Vergessen Sie nicht, die Zeit ist nur eine Dimension. Sie fließt von Natur aus weder vorwärts noch rückwärts.«

»Anders formuliert, *der Unterschied zwischen Vergangenheit, Gegenwart und Zukunft ist nichts weiter als eine Illusion, wenn auch eine hartnäckige?*« Er hob eine Augenbraue und schaute sie an. »Sehen Sie, auch ich kann Einstein zitieren.«

Sie grinste und sah auf einmal fünf Jahre jünger aus. »Betrachten Sie die Zeit als einen Punkt im Raum. Das *Eye of God* und das innere Auge des heiligen Thomas haben sich gleichzeitig an diesen Zeitpunkt verlagert, vermutlich als die Kometenkorona aus Dunkler Energie der Erde am nächsten war. So wie die Nadel eines Plattenspielers in einer fehlerhaften Rille einrastet und dieselben Musiktakte immer wieder abspielt, blieben beide darin gefangen.«

»Nur dass in diesem Fall die Vision vom Untergang der Erde abgespielt wird.«

Jada nickte.

»Was wird Ihrer Meinung nach geschehen?«

»In Anbetracht der Informationen über die Geschehnisse in der Antarktis, die Direktor Crowe uns gegeben hat, glaube ich, dass die Korona aus Dunkler Energie die Raumzeit in der Umgebung der Erde krümmen wird, wie es normalerweise die Gravitation tut.«

»Weil *Dunkle Energie und Gravitation eng miteinander verknüpft sind*«, zitierte er diesmal sie.

»Genau. Anstatt die Raumzeit nur zu falten, wird diesmal jedoch eine Furche entstehen, die einen Meteorschauer zur Erde lenkt, als würden Murmeln über eine Schräge rollen.«

»Eine lustige Vorstellung.«

»Das ist bloß eine Hypothese.«

Ihrem Gesichtsausdruck konnte Duncan jedoch entnehmen, dass sie daran glaubte.

Anschließend schwieg sie bedrückt.

»Was haben Sie?«, fragte Duncan.

»Ich weiß nicht. Ich habe das Gefühl, ich habe etwas übersehen.«

Ehe sie der Sache auf den Grund gehen konnten, lenkte ein lauter Ruf sie ab. Sie hatten das Ende des gefährlichen Felssimses erreicht, der auf ein weites Hochplateau mündete. Unmittelbar vor ihnen ragte ein schroffer Berggipfel auf.

Sanjar kam herangaloppiert, begleitet von seinem Falken. »Das Schlimmste liegt hinter uns. Von hier an sollte alles glattgehen.«

»Wir haben sie gefunden«, meldete Arslan über Handy.

Batukhan saß in seinem Büro im Parlamentsgebäude und winkte seine Sekretärin hinaus, ein junges Ding in engem Rock und Kostümjacke. Ihr Outfit war zwar kein bisschen traditionell, sondern eher westlich, doch er mochte den körperbetonten Schnitt. Einige Errungenschaften des Westens wären auch in der neuen Mongolei willkommen, in dem Reich, das er mit den Schätzen des Dschingis Khan zu errichten gedachte.

Er stellte sich bereits vor, was er tun würde, wenn das Grab gefunden wäre. Als Erstes würde er die wertvollsten Stücke, die man einschmelzen oder auf dem Schwarzmarkt verkaufen konnte, in Sicherheit bringen. Dann würde er den Fund öffentlich machen, um vom Entdeckerruhm zu profitieren. Er wollte der reichste Mann der Mongolei und von ganz Asien werden. Er würde die Welt erobern wie sein berühmter Vorfahr und ein Reich des Wohlstands und der Macht gründen, mit sich selbst an der Spitze.

Zunächst aber galt es, noch ein paar lose Enden zu beseitigen.

Nachdem der Sturm sich nach Kasachstan verzogen hatte, war einer von Arslans Männern zum Aralsee zurückgekehrt, um den Tod der Zielpersonen zu bestätigen und den Helikopter zu bergen – doch die Maschine war nicht mehr da.

Niemand konnte sagen, ob der Pilot allein entkommen war oder ob es weitere Überlebende gab. Batukhan hatte keine Angst, dass es auf ihn persönlich Auswirkungen haben würde, denn nur Arslan kannte seine wahre Identität. Gleichwohl hatte er vorbeugend Spione in der Steppe zwi-

schen Ulan-Bator und den Chentii-Bergen postiert. Alle Straßen, die in die Region führten, sollten überwacht werden für
den Fall, dass Überlebende die Suche nach Dschingis Khans
Grab in den heiligen Bergen fortsetzen wollten.

Eigentlich hatte er nicht damit gerechnet, dass er in dem
aufgespannten Netz etwas fangen würde. Die Spione sollten vor allem die Berge – in denen er immer noch Dschingis Khans Grab vermutete – so lange überwachen, bis er die
entwendeten Objekte untersuchen und den Ort des Grabes
bestimmen konnte.

Schade, dass Pater Josip gestorben war, bevor er ihn be-
fragen konnte. Dschingis Khan hatte Folter verabscheut.
Batukhan betrachtete dies als den größten Fehler des
Khans.

Und jetzt diese Neuigkeiten.

»Was soll ich tun?«, fragte Arslan.

»Wie groß ist ihr Vorsprung?«

»Etwa eine Stunde, aber bislang haben sie sich keine
Mühe gegeben, sich zu verstecken.«

»Dann kommt es auf eine halbe Stunde nicht an. Sammeln Sie die loyalsten Männer, die am besten mit Schwert
und Bogen umgehen können. Bilden Sie eine berittene
Kampfgruppe. Ich stoße dazu und übernehme die Führung.«

»Verstanden, Borjigin.«

Wilder Eifer schwang in Arslans Stimme mit.

Auch Batukhans Blut war in Wallung begriffen. Bislang
hatten sie in der Steppe nur mit Requisiten und im simulier-
ten Kampf Mann gegen Mann trainiert. Die schlimmste Verletzung war ein gebrochener Arm gewesen, als jemand vom
Pferd gefallen war. Batukhan fand es passend, dass seine
Thronbesteigung mit Blutvergießen einhergehen würde.

Vor allem aber wünschte er sich schon lange, jemandem

einen Pfeil in die Brust zu schießen. Jetzt hatte er dazu Gelegenheit.

»Ich sollte Ihnen noch sagen, dass der Verräter Sanjar bei ihnen ist«, schloss Arslan.

Ah, jetzt weiß ich, woher der brennende Hass in deiner Stimme kommt.

Bei seiner Rückkehr aus Kasachstan war Arslans Schädelhaut bis auf den blanken Knochen aufgerissen gewesen, und eine Kralle hatte seine Wange sauber durchbohrt. Jetzt wollte er Rache üben für die Entstellungen.

Und er würde seine Rache bekommen.

Verrätern musste eine Lektion erteilt werden.

Die Sprechanlage summte. »Minister Batukhan, hier sind zwei Vertreter der Bergbaugesellschaft, die um vier Uhr einen Termin haben.«

»Lassen Sie sie einen Moment warten.«

Er beendete das Gespräch mit Arslan und überlegte, ob er die Besprechung absagen sollte. Bei dem Vertrag ging es jedoch um viel Geld, und das könnte ihm auf dem Weg zu einem neuen Reich ein Stück weiterhelfen.

Er schaltete die Sprechanlage ein und sagte: »Schicken Sie sie rein. Und bringen Sie uns Tee.«

Sie waren Westler, deshalb war ihnen Kaffee vermutlich lieber, doch dieses Gebräu mochte er nicht. Er bevorzugte traditionellen Tee.

Es ist höchste Zeit, dass die Amerikaner sich an unsere Sitten und Gebräuche gewöhnen.

Die Tür ging auf, und ein hochgewachsener Mann mit sturmblauen Augen und hartem Gesicht trat ein. Batukhan fühlte sich herausgefordert, denn er witterte in diesem Mann einen ebenbürtigen Gegner. Ihm folgte eine attraktive Eurasierin in einem Businesskostüm. Normalerweise fühlte er sich vom schwächeren Geschlecht nicht bedroht, doch bei ihrem Anblick sträubten sich ihm die Nackenhaare noch ein bisschen mehr.

Interessant.

Er bedeutete den Besuchern, Platz zu nehmen.

»Womit kann ich Ihnen dienen?«

20

GRAY WUSSTE, WANN er einen Gegner vor sich hatte.

Auf der anderen Seite des Schreibtischs setzte Batukhan ein freundliches Gesicht auf und spielte den höflichen Gastgeber. Er wirkte wie ein angenehmer Zeitgenosse, erstaunlich durchtrainiert und zäh für einen Mann Ende fünfzig. Gray aber nahm die Risse in der Fassade wahr: ein gieriges Funkeln in den Augen, ein zu langer respektloser Blick auf Seichans Figur, die unbewusst zur Faust geballte Hand.

Während des Gesprächs über Bohrrechte, Termingeschäfte und behördliche Restriktionen wirkte er äußerst angespannt. Gray ertappte ihn mehrfach dabei, wie er auf die Uhr sah.

Seichan hatte bereits eine Abhörwanze an der Unterseite des Schreibtischs angebracht. Damit die Wanze die Spinne anlockte, musste sie jedoch erst einmal am Netz zupfen.

Als Gray die Haltung verlagerte, fiel sein Blick auf eine Vitrine mit mongolischen Artefakten, die links neben Batukhans Schreibtisch stand. Töpferwaren, Waffen und ein paar kleine Bestattungsstatuen wurden darin präsentiert. Auch zwei geschnitzte Wölfe waren darunter.

»Verzeihung«, fiel Gray dem Minister ins Wort, um ihn zu reizen. Er deutete auf die Vitrine. »Dürfte ich mir die mal genauer ansehen?«

»Selbstverständlich.« Seinem Gegner schwoll vor Stolz über die Sammlung die Brust.

Gray erhob sich und trat vor den Glasschrank. Er beugte sich vor und betrachtete die kleinen Schnitzereien. »Überall in der Stadt sieht man Wölfe. Viele Lokalitäten tragen den Namen *Blauer Wolf*.«

In der Glasscheibe spiegelte sich das Gesicht Batukhans. Ein Zucken der Mundwinkel verriet, dass er ein Geheimnis auskostete.

Hm…

»Was steckt dahinter?«, fragte Gray, richtete sich auf und drehte sich um.

»Das geht auf den Schöpfungsmythos unseres Volkes zurück. Die Mongolenstämme gingen demnach aus der Verbindung zwischen der Hirschkuh Gua aral und dem blauen Wolf Boerte chino hervor. Dschingis Khan bezeichnete sich als Herr des Blauen Wolfs.«

Gray nahm ein verräterisches Stocken in Batukhans Stimme wahr.

Jetzt hatte er keinen Zweifel mehr, dass dieser Mann der geheimnisvolle Borjigin war.

»Und woher rührt die andauernde Faszination für Wölfe?«, fragte Seichan, der seine Reaktion ebenfalls nicht entgangen war. Sie streckte das Bein vor und entblößte ihren Knöchel.

»Sie gelten hier als Glückssymbol, zumal bei den Männern.« Er hatte Mühe, seinen Blick von ihrem Fuß abzuwenden. »Außerdem stehen Wölfe für unersättlichen Appetit.«

»Wie das?«, fragte Seichan und schlug die Beine übereinander, um Batukhan abzulenken.

»Ein Wolf tötet mehr, als er fressen kann. Dem Mythos nach hat Gott dem Wolf gesagt, er dürfe eins von tausend Schafen fressen. Der Wolf aber hat ihn falsch verstanden und frisst seitdem eins von tausend Schafen, die er *gerissen* hat.«

Gray hörte Neid aus seinen Worten heraus, aber vielleicht auch eine Drohung.

Batukhan sah demonstrativ auf die Uhr. »Vielleicht sollten wir jetzt das Geschäftliche abschließen, denn es ist schon spät. Ich muss mich noch um andere Angelegenheiten kümmern.«

Das glaube ich sofort.

Gray schloss die Verhandlungen rasch ab und erhob sich. Als sie auf dem Flur waren, steckte er sich einen kleinen Hörer ins Ohr.

»Glaubst du, wir haben ihn mit dem Gerede über Wölfe stark genug verunsichert?«, murmelte Seichan.

Die Antwort ließ nicht lange auf sich warten. Batukhan sprach mit seiner Sekretärin und sagte alle Termine des Tages ab. Dann telefonierte er, und seine Stimme nahm einen befehlenden Tonfall an.

»Ich verlasse die Stadt«, sagte er. »Sorgen Sie dafür, dass die Pakete im Lagerhaus rund um die Uhr bewacht werden.«

Gray reckte den Daumen.

Er hatte gehofft, dass sie den Mann so sehr verunsichern würden, dass er sie direkt zu den gestohlenen Gegenständen führte, aber so ging es auch. Kats Übersicht über die Immobilien des mongolischen Ministers zufolge besaß er lediglich ein Lagerhaus in der Stadt.

Auf der Straße angelangt, hielt Gray ein Taxi an. Sie fuhren durch die Stadt, eine merkwürdige Mischung aus prachtvollen Palästen, Wohnblöcken aus der Sowjetzeit und strengen buddhistischen Klöstern. Alles war in einen Smognebel gehüllt.

Er lehnte sich an Seichan, ergriff ihre Hand und flüsterte ihr wie ein Verliebter ins Ohr: »Lust auf einen Ausflug in die Kanalisation?«

Sie lächelte. »Du weißt wirklich, was Frauen gefällt.«

16:28

Die Sonne stand dicht über dem Horizont, als Gray den Kanaldeckel anhob und den Zugang zu den Heizungstunneln freilegte, die kreuz und quer unter der kältesten Hauptstadt der Welt verliefen. Ein warmer Luftschwall stieg aus den Eingeweiden der Stadt auf.

Sie vernahmen leisen Gesang, wie von einem fernen Kinderchor.

Der liebliche Gesang aus der dampfenden Unterwelt war befremdlich.

»Da unten leben Menschen«, sagte Gray.

Seichan hatte selbst viel Zeit an solchen Orten verbracht und dort auf der Flucht vor der Kälte bei anderen Straßenkindern Geborgenheit gefunden. Da in der Stadt, die gerade mühsam den Übergang vom Kommunismus zur Demokratie vollzog, hohe Arbeitslosigkeit herrschte, fielen immer mehr Menschen durchs Raster, und es gab viele obdachlose Kinder.

Gray stieg als Erster in den Schacht. Ein Wohnblock gab ihnen Deckung. Er lag nur ein paar Straßen von ihrem Ziel entfernt. In D. C. hatte Kat Unterlagen des Katasteramts für sie kopiert. Darin hatten sie die Fernheizungstunnel entdeckt, die direkt unter das Lagerhaus führten und über die Heizrohre direkten Zugang boten.

Seichan kletterte die Leiter hinunter. Das helle Tageslicht blieb zurück und machte feuchtwarmer Dunkelheit Platz. Mit jeder Sprosse wurde es wärmer, und bald war die Hitze nahezu unerträglich. Außerdem stank es bestialisch nach Unrat, Müll und menschlichen Exkrementen.

Gray schaltete eine Taschenlampe ein und ließ sich auf den Tunnelboden fallen.

Seichan landete geduckt neben ihm und hätte sich beinahe an einem Deckenrohr verbrannt. Sie schaltete ihre eigene Taschenlampe ein und schwenkte den Lichtstrahl durch die Gänge, die in alle vier Richtungen abgingen. In einem davon machte sie eine flüchtige Bewegung aus und sah ein kleines, ängstliches Gesicht aufleuchten.

Dann war alles wieder ruhig.

Selbst der Gesang hatte aufgehört.

Sie vermutete, dass es hier immer wieder Razzien gab und dass man die Kinder zusammentrieb und in Erziehungslager brachte, die kaum besser waren als das nordkoreanische Gefängnis.

Kein Wunder, dass sie vor uns weglaufen.

»Hier entlang«, sagte Gray und wandte sich in die Richtung des Lagerhauses.

Der Tunnel war nicht gerade, und sie mussten zweimal die Karte zurate ziehen. Schließlich gab Gray ihr ein Zeichen.

»Die nächste Leiter sollte ins Lagerhaus führen. Das Überraschungsmoment wird nicht lange anhalten, und wir wissen nicht, wie viele Wachen dort oben sind.«

»Verstanden.«

Mit anderen Worten, alles muss schnell gehen.

Sie justierte die Nachtsichtbrille. Auch Gray hatte eine solche Brille aufgesetzt und sah damit aus wie ein Insekt mit Facettenaugen.

Sie bedeutete ihm vorzugehen. Von hier an mussten sie kriechen. Als Gray sich entfernte, packte jemand sie beim Fuß.

Sie drehte sich um und hob die Schalldämpferpistole.

Vor sich sah sie ein neun- oder zehnjähriges Mädchen mit mandelförmigen Augen und breiten Wangenknochen. Es war, als blicke sie in einen Spiegel ihrer eigenen Vergangenheit. Das Kind duckte sich vor der Waffe.

Seichan senkte die Pistole und befreite ihren Fuß aus dem Griff des Mädchens.

»Was willst du?«, flüsterte sie auf Vietnamesisch, das dem Mongolischen verwandt war.

Das Mädchen sah Gray hinterher oder blickte jedenfalls in die Richtung, in die er verschwunden war. Sie schüttelte den Kopf und zupfte am Hosensaum, als wollte sie Seichan zurückhalten.

Das war als Warnung gemeint.

Die Kinder, die hier lebten, ahnten offenbar, dass sie und Gray nicht von der Polizei waren. Sie waren ihnen gefolgt und glaubten zu wissen, wohin sie wollten. Offenbar hatten sie bereits Erfahrungen mit den Bewachern des Lagerhauses gesammelt – und zwar keine angenehmen. Vermutlich warnten sie sie vor allem deshalb, weil sie sich um ihre eigene Sicherheit Sorgen machten. Wenn es zu gewaltsamen Auseinandersetzungen kam, konnte das für sie schwerwiegende Folgen haben.

Vermutlich hatten sie recht mit ihren Befürchtungen.

Es war durchaus wahrscheinlich, dass man an den Tunnelbewohnern Vergeltung üben würde. Seichan aber war in dieser Hinsicht machtlos. Sie konnte an der Grausamkeit und Ungerechtigkeit der Welt nichts ändern. Das hatte sie oft genug am eigenen Leib erfahren.

Es tut mir leid, meine Kleine. Lauf so weit weg, wie du kannst.

Das versuchte sie, ihr auch mitzuteilen.

»Đi«, sagte sie auf Vietnamesisch. Lauf.

Mit einem letzten flackernden Blick verschwand das Mädchen in der Dunkelheit, ein Schatten von Seichans früherem Ich.

Gray, der von der Begegnung nichts mitbekommen hatte, machte am Fuß der Leiter ein zischendes Geräusch. Leise kletterte er die Sprossen hoch und brachte am Absperrgitter kleine Sprengladungen an.

Er sprang auf den Boden, und sie gingen in Deckung. Dann detonierten die Sprengladungen.

Die Explosion war nicht viel lauter als ein Stubenkracher, würde die Wachen im Lagerhaus aber trotzdem in Alarmbereitschaft versetzen.

Gray kletterte wieder nach oben, gefolgt von Seichan. Er schlug mit der flachen Hand gegen das qualmende Gitter und drückte es auf. Mit der anderen Hand schleuderte er zwei Nebelgranaten in entgegengesetzte Richtungen. Als sie mit einem grellen Blitz explodierten, wälzten Gray und Seichan sich in den angrenzenden Raum.

Mit dem Rücken auf dem Betonboden liegend, zielte Seichan auf die Lichtquellen, die sich im Nebel abzeichneten.

Mit rasch aufeinanderfolgenden Schüssen zerstörte sie die Lampen, bis das Innere des Lagerhauses in tiefe Dunkelheit gehüllt war.

Gray rannte bereits zum Büro, da er annahm, dass die gesuchten Objekte dort verwahrt wurden. Wenn sie sich irrten, mussten sie einen der Wächter zum Reden bringen.

Gedämpfte Feuerstöße markierten Grays Weg durch den

Hexenkessel des Lagerhauses. Seichan blieb auf dem Rücken liegen und bewachte, geschützt vom Nebel, den Ausgang. Sie schaltete die Nachtsichtbrille auf Infrarot um und konzentrierte sich auf die Wärmebilder der Bewacher, die sich von der anderen Seite des Lagerhauses näherten. Sie zielte mit der Pistole.

Plopp, plopp, plopp...

Mehrere Männer gingen zu Boden.

Die anderen verteilten sich, gingen in Deckung und erwiderten blindlings das Feuer.

Die Nebelwand würde sie nur noch wenige Minuten schützen, dann befände sie sich hier auf dem Präsentierteller.

Beeil dich, Gray.

16:48

Gray eilte durch den Nebel und feuerte auf alles, was in seiner Nachtsichtbrille aufleuchtete. Er schaltete am Boden zwei Männer aus und erwischte einen dritten auf der Leiter, die zu einem Büro hinaufführte, von dem aus man die ganze Lagerhalle im Blick hatte. Er nahm immer zwei Stufen auf einmal und hielt sich geduckt.

Eine Kugel prallte vom Treppengeländer ab.

Er wandte sich in die Richtung des Schützen, zielte auf die Wärmesignatur und feuerte.

Der Schütze brach zusammen.

Er erreichte den obersten Absatz und schoss das Türschloss heraus, ohne zuvor nachzusehen, ob die Tür verschlossen war. Inzwischen hatte er den Nebel hinter sich gelassen.

Dass er sich damit in Gefahr begeben hatte, bewies eine Salve, die in die Außenwand des Büros einschlug.

Er warf sich durch die Tür und rollte sich ab. Er hielt sich von den Fenstern fern und drückte die Tür auf dem Rücken liegend mit dem Fuß zu. Gleichzeitig schwenkte er die Pistole durch den kleinen Raum. An der Rückseite war eine zweite Tür, dahinter lagen weitere Räume und ein Besprechungszimmer.

Da sich niemand im Raum aufhielt, lief er geduckt nach hinten und drückte die Türklinke.

Abgeschlossen.

Gut.

Dann war er hier vor Überraschungen sicher.

Der Schreibtisch war von den Fenstern aus nicht einzusehen, deshalb richtete er sich auf. Aktenordner und mehrere Kästen waren auf dem Tisch gestapelt. Der größte war in eine Decke eingewickelt. Die Größe entsprach Vigors Beschreibung. Er spähte durch eine Lücke und erblickte matt angelaufenes Silber.

Gray überprüfte auch die anderen Gegenstände, doch die gestohlenen Objekte waren nicht darunter. Er zog die Schubladen auf. Aus der untersten starrte ihn eine Wolfsmaske an.

Dann war Borjigin also hier gewesen und hatte seine Neuerwerbungen in Augenschein genommen.

Grays Blick fiel auf eine Armeetasche, die im Fußraum des Schreibtischs stand. Er öffnete den Reißverschluss, darin befanden sich der Totenschädel und das Buch mit dem Ledereinband. Erleichtert schulterte er die Tasche und klemmte sich den Kasten unter den Arm. Er war schwer und unhandlich, doch so hatte er eine Hand frei für die Pistole.

Ein Blick aus dem Fenster ergab, dass der Nebel sich lichtete.

Er hatte sich zu viel Zeit gelassen.

Mit der Stiefelkappe zog er die Tür ein Stück weit auf. Zwei Männer stürmten die Treppe hoch, bewaffnet mit Maschinenpistolen mit Zielscheinwerfer. Weiter unten hielt Seichan die übrigen Wachleute im sich lichtenden Nebel in Schach.

Gray überlegte kurz, dann riss er sich die Nachtsichtbrille ab, stürzte zum Schreibtisch und zog die unterste Schublade auf. Er nahm die Wolfsmaske heraus, legte sie an und nahm die Pistole in die Hand, die er auf dem Schreibtisch abgelegt hatte. In diesem Moment wurde die Tür eingetreten.

Als er sich umdrehte, stürmte die beiden Männer mit angelegter MP in den Raum. Die Zielscheinwerfer blendeten ihn, doch die Wolfsmaske ließ sie innehalten. Aus Angst vor deren geheimnisvollem Besitzer zögerten sie einen Moment zu lang.

Gray schoss beiden in den Kopf.

Während sie zusammensackten, tauschte er seine Pistole gegen eine MP aus. Ohne die Maske abzunehmen, stürmte er aus der Tür und rutschte übers Treppengeländer nach unten. Querschläger pfiffen an ihm vorbei, als er im sich lichtenden Nebel hart auf dem Boden landete.

Geduckt lief er weiter und erblickte einen Wachmann, der auf ihn zugelaufen kam.

Der Mann riss die Augen auf, als der Wolfskopf vor ihm aus dem Nebel auftauchte. Gray feuerte aus nächster Nähe und zerlegte ihn in zwei Hälften.

Erst dann wurde ihm bewusst, weshalb der Mann ihm entgegengekommen war.

Die Schüsse waren verstummt.

Der Mann hatte sich in Sicherheit bringen wollen.

Seichan war noch dort, wo er sie zurückgelassen hatte. Sie hatte sich auf ein Knie aufgerichtet und wirkte mitgenommen, war aber unverletzt. Sie schwenkte zu ihm herum und hätte um ein Haar auf ihn gefeuert.

Er nahm die Maske ab und warf sie weg.

Seichan blickte ihn finster an. »Du solltest wirklich aufhören, in Verkleidung rumzulaufen, Gray. Auf Dauer ist das ungesund.«

»Keine Sorge. Beim nächsten Halloween sorge ich dafür, dass du unbewaffnet bist.«

16:52

Seichan half Gray, den in die Decke gehüllten Kasten in die Heizungstunnel zu schleppen. Der Nebel hatte sich weitgehend verzogen, und sie blieb auf der Hut, doch es hatte den Anschein, als wären die überlebenden Wachleute alle geflohen.

Im Lagerhaus waren Kartons mit Haushaltselektronik, Autoteilen und Babynahrung gestapelt. Offenbar hatte Batukhan seine Finger überall drin und hortete Nahrungsmittel in einer Stadt, in der viele Hunger litten.

Sie folgte Gray zurück in den Gestank und die Wärme.

Er kroch mit dem Kasten vorneweg, Seichan hatte die Armeetasche geschultert.

In einer Tunnelabzweigung machte sie ein bekanntes Gesicht aus, das aus der Dunkelheit hervorleuchtete. Sie hielt an, nahm die Nachtsichtbrille ab und warf sie dem Mädchen zu. Für das kleine Mädchen, das in der dunklen Unterwelt überleben musste, wäre sie von unschätzbarem Wert. Doch es war nicht allein.

Hinter dem Mädchen zeichneten sich Hunderte Schatten-gestalten ab, allesamt Kinder.

Seichan zeigte in die Richtung der Leiter, zu dem Lager-haus mit den unbewachten Schätzen.

»*Ð! Hãy! Nó là toàn!*«, rief sie den Kindern zu. Lauft! Nehmt euch! Es ist sicher!

Sie konnte zwar nicht die Welt verändern, doch das Schicksal der Kinder hatte sie jedenfalls vorübergehend zum Guten gewendet.

21

JADA UND DIE anderen kletterten aus der Dunkelheit ins Licht.

Da die Sonne in einer knappen Stunde untergehen würde, schlugen sie auf dem bewaldeten Berghang ein hohes Tempo an. Der mit Schnee und Eis bedeckte Gipfel funkelte im Abendlicht. Der unter ihnen liegende Wald – eine Mischung aus Birken und Kiefern – lag in tiefem Schatten. Die Nacht kroch allmählich aus der Tiefe empor.

Wölfe heulten in der Dunkelheit und begrüßten jaulend den Sonnenuntergang. Der Wolfszahn verdankte seinen Namen anscheinend nicht allein seiner Form, sondern auch den Bewohnern seiner Hänge.

Jenseits des Walds, weit unter ihnen, erstreckte sich das grasbestandene Hochland, das sie durchquert hatten.

Kaum zu glauben, dass wir schon so hoch gekommen sind.

Jada meinte, in der Tiefe am Rande einer dunklen Ansammlung von Bäumen eine Bewegung auszumachen, doch als sie die Augen zusammenkniff, sah sie nichts mehr.

Offenbar eine Sinnestäuschung…

Duncan lauschte noch immer angestrengt in den umliegenden Wald. »Die Wölfe. Greifen sie Menschen an?«

»Nur wenn sie sich bedroht fühlen«, antwortete Sanjar. »Aber eine Gruppe nur ganz selten. Allerdings steht der Winter vor der Tür, und sie sind hungrig.«

Duncan gefiel die Antwort nicht. »Dann sollten wir uns beeilen und den letzten Rest Tageslicht ausnutzen.«

»Wieso?« Sanjar zeigte nach vorn. »Wir sind schon da.«

Jada wandte sich wieder der letzten Tageslichtinsel im Meer der Nacht zu. Sie hatten ein Plateau erreicht, die Stufe einer Treppe für Riesen. Die Schneegrenze lag dreißig bis vierzig Meter über ihnen, doch es war kein Sée zu sehen.

»Wo ist er?«, fragte Duncan.

»Hinter dem Geröllhaufen an der Westseite«, erklärte Sanjar und trabte los. Die anderen schlossen sich ihm an.

Sie bogen um den alten Erdrutsch und zwängten sich zwischen den Geröllmassen und der Felskante hindurch. Jada beäugte die instabil wirkende Gesteinsansammlung. Es sah aus, als sei der Erdrutsch mitten in der Bewegung erstarrt, doch vermutlich lag das Geröll schon seit Jahrhunderten hier.

Dahinter weitete sich das Plateau noch mehr. An der linken Seite fiel es steil ab, an der rechten wurde es durch einen schneebedeckten Hang begrenzt. Den größten Teil der Fläche nahm ein hektargroßer See ein, dessen Mitternachtsblau der Farbe des Himmels entsprach und in dem sich die wenigen Wolken spiegelten. Er reichte bis an den Rand des Eises und hatte sich durch Schmelzwasser gebildet. Im Frühjahr trat er vermutlich über die Ufer und ergoss sich als funkelnder Wasserfall in die Tiefe.

Monk schloss zu ihr auf. »Wenn hier wirklich etwas runtergekommen ist, sieht man nichts mehr davon.«

Er hatte recht. Der See wirkte vollkommen unberührt.

Khaidu war zum Ufer vorgeritten. Sie ließ sich geschickt zu Boden gleiten und führte ihr erhitztes Pferd ans Wasser. Es senkte die Nase, als wollte es seinen Durst löschen, doch dann schüttelte es den Kopf und tänzelte zurück. Khaidu beruhigte die Stute mit fester Hand und verhinderte, dass sie über die Kante stürzte.

Mit besorgter Miene sprang Sanjar aus dem Sattel und reichte Khaidu die Zügel an. Er trat uns Ufer und tauchte die Hand ins Wasser. Dann drehte er sich mit großen Augen um.

»Es ist warm…«

Jada dachte an den Bericht des Augenzeugen, der einen Feuerball hatte niedergehen sehen. Er hatte gemeint, der See habe gekocht. Inzwischen hatte sich das erhitzte Metall an seinem Grund wohl abgekühlt. Einen Teil der Wärme hatte der See noch gespeichert.

»Die Trümmer liegen da drin«, sagte Duncan, der offenbar zum gleichen Schluss gelangt war.

»Wie lässt sich das feststellen?«, fragte Jada.

Monk sprang vom Pferd und half ihr aus dem Sattel. »Da muss wohl jemand tauchen und nachsehen.«

17:12

Duncan stand in Boxershorts am Ufer des Sees. Er zitterte in dem eiskalten Wind, der von der Bergspitze her wehte. Er war im tiefen Süden der USA aufgewachsen und kein Freund von kaltem Wetter.

Seine Familie war fast im Jahresrhythmus von einem Bundesstaat zum nächsten gewandert: Georgia, North Carolina, Mississippi, Florida. Sein Vater hatte ständig den Job gewechselt, sich gehäutet wie eine Schlange und seine beiden Söhne weitgehend sich selbst überlassen. Nach Billys Tod, als ihre Mutter schon längst von der Bildfläche verschwunden war, hatten Duncan und sein Vater es nicht geschafft, die kleine Familie zusammenzuhalten. Haltlos geworden, hatten sie den Kontakt zueinander verloren. Nach jahrelanger Entfremdung wusste er nicht einmal mehr, wo sein Vater lebte.

»Könnten Sie sich beeilen?«, fragte Duncan, der nicht die Absicht hatte, in der Vergangenheit zu verweilen.

Jada kniete vor einem aufgeklappten Notebook. »Ich brauche nur noch einen Moment, um die Verbindung herzustellen.«

Außer den Boxershorts trug Duncan noch ein Kopfband mit Unterwasserkamera, Funk und LED-Licht. Ein Antennendraht mit Schwimmer würde die Bilder ans Notebook übertragen.

»Hören Sie mich?«, fragte Jada.

Er justierte den Ohrhörer. »Laut und deutlich.«

Jada kannte sich mit dem Satelliten besser aus als jeder andere. Sie würde ihn bei der Bergungsaktion beraten.

»Dann wären wir so weit«, sagte sie.

Monk trat neben Duncan. »Seien Sie vorsichtig.«

»Ich glaube, dafür ist es zu spät.«

Duncan watete in den See. Er war angenehm warm. Nach ein paar Schritten machte er einen Hechtsprung ins tiefe Wasser. Nach dem kalten Wind war der See eine Wohltat. Er war in Belize getaucht, wo das Meer so warm wie eine Badewanne war. Hier war das Wasser noch wärmer.

Mit langen Zügen schwamm er los. Es würde Stunden dauern, einen See dieser Größe systematisch abzusuchen.

Duncan beschloss, die Suche nach dem Warm-Kalt-Prinzip abzukürzen.

Oder in diesem Fall nach dem Warm-Wärmer-Prinzip.

Wenn der Satellit hier abgestürzt war, konnte man davon ausgehen, dass das Wasser in seiner unmittelbaren Umgebung am wärmsten war. Folglich änderte er immer dann, wenn es kühler wurde, die Richtung, tauchte an den warmen Stellen und erkundete den felsigen Grund im Schein der Kopfleuchte. Dabei entdeckte er eine dicke Forelle, einen Stiefel und jede Menge Moos.

An einer besonders warmen Stelle angelangt, holte er tief Luft und tauchte mit kräftigen Beinbewegungen. Als in einer Tiefe von drei Metern seine Ohren zu schmerzen begannen, sah er im Strahl der Kopfleuchte etwas aufblitzen.

»Etwas nach links«, wies Jada ihn aufgeregt an.

Er schwamm in die vorgeschlagene Richtung. Der Lichtstrahl erhellte die Umgebung und drang weit in die Tiefe vor.

Und da lag es, in einem Krater aus gesprengtem Fels, umgeben von einem Ring aus Metallschlacke und verkohlten Trümmern.

Das *Eye of God*.

Es war vollkommen zerstört.

17:34

Jada war nach Weinen zumute.

»Es ist nichts mehr übrig«, murmelte sie.

Trotz der schlechten Verbindung konnte sie erkennen, dass es hier nichts mehr zu bergen gab. Ursprünglich hatte der Satellit die Größe einer Imbissbude gehabt, eine wundervolle Synthese von Theorie, Ingenieurskunst und Design.

Sie starrte das zittrige Bild auf dem Notebookbildschirm an.

Vom Satelliten war nur ein verkohlter Trümmerhaufen von der Größe eines kleinen Kühlschranks übrig geblieben. Die Hitze des Wiedereintritts in die Atmosphäre und der Aufprall aufs Wasser hatten nichts als verkohlte Trümmer zurückgelassen. Sie machte ein paar Details aus: einen verbrannten Lagesensor, ein angeschmolzenes Stück des Solarzellenpaneels, ein zerschmettertes Magnetometer. All ihre Hoffnung, irgendwelche Elektronikteile bergen oder Daten sichern zu können, war damit hinfällig geworden.

Das musste sie sich und Duncan eingestehen.

Da er Luft holen musste, war er wieder aufgetaucht. Er schoss aus dem See, Wasser strömte über seinen muskulösen Körper, das Haar klebte ihm am Schädel.

Doch er ahnte bereits die traurige Wahrheit.

In seinem Gesicht spiegelte sich Niedergeschlagenheit wider.

Bei ihr war es vermutlich das Gleiche.

Nachdem wir so weit gekommen sind und so viel durchgemacht haben…

Sie schüttelte den Kopf. Vom Wrack waren keine Antworten zu erwarten, keine Lösung für die am Horizont lauernde Katastrophe.

Duncan deutete mit dem Daumen nach unten. »Er liegt in etwa fünf Metern Tiefe. Ich werde mal sehen, ob ich ihn hochschleppen kann. Vielleicht geht es stückweise.«

Offenbar wollte er sich beschäftigen, um das Gefühl der Niederlage zu überspielen.

»Ich informiere mal besser Sigma«, sagte Monk, packte das Satellitentelefon aus und entfernte sich ein Stück weit, um die traurige Unterhaltung ungestört führen zu können.

Sanjar und Khaidu, die am Rand des Plateaus standen, spürten ihre Enttäuschung.

Auf dem Monitor beobachtete Jada, wie Duncan abermals tauchte und mit kraftvollen Schwimmbewegungen den Satelliten erreichte. Zögernd streckte er die Hände zum Wrack aus, vielleicht weil er fürchtete, es sei noch heiß. Als er es berührte, wurde der Monitor schwarz.

Jada hob den Kopf und blickte zum See. Der Antennenschwimmer tanzte wie zuvor auf den Wellen. Trotzdem war die Verbindung unterbrochen.

»Duncan?«, fragte sie. »Falls Sie mich hören: Ich habe keine Verbindung mehr.«

Als sich nach einer halben Minute Stille die Wasseroberfläche geglättet hatte, nahm ihre Besorgnis zu. Sie richtete sich halb auf und drehte sich zu Monk um. »Irgendetwas stimmt da nicht.«

17:38

Als Duncan das Wrack berührte, verspürte er das wohlbekannte Prickeln in den Fingerspitzen und hatte das Gefühl, er werde trotz des hohen Wasserdrucks abgestoßen. Das warme Wasser wurde kalt, als er die ölige, schwarze Energiesignatur wiedererkannte, das Energiefeld, das auch von den Artefakten ausgestrahlt hatte.

Falls er noch Zweifel an der Verbindung des alten Kreuzes mit dem Kometen hatte, waren sie jetzt verflogen. Beide Objekte enthielten dieselbe fremdartige Energie.

Dunkle Energie…

Er wollte auftauchen und Jada Bescheid geben, doch nicht ohne einen Teil des Wracks in Händen. Er packte es und zerrte daran, doch es gab nicht nach. Die nach dem Wiedereintritt angeschmolzene Hülle hatte sich beim Abkühlen mit dem gesprengten Felsboden verbunden.

Enttäuscht schwenkte er die Hände über dem Wrack und bemerkte eine Abstufung des Energiefelds. An der einen Seite war die Abstoßung stärker. Mit den Fingerspitzen entdeckte er einen Riss und ertastete den Rand einer Stahlplatte, die sich beim Aufprall gewellt und verbogen hatte.

Vielleicht kann ich sie hochbiegen.

Er probierte es mit den Fingern, fand aber keinen Halt. Als ihm die Nutzlosigkeit seiner Versuche bewusst wurde und weil ihm die Luft ausging, stieß er sich vom Seeboden ab und schoss nach oben.

Als er auftauchte, schnappte er nach Luft und bemerkte, dass Monk mit allen Anzeichen von Panik und vollständig bekleidet ins Wasser watete.

»Was machst du da?«, rief Duncan in Richtung Ufer.

Jada stand hinter Monk. Sie hatte die Hände an den Hals gelegt, doch jetzt ließ sie sie sinken. »Wir dachten, Sie wären in Schwierigkeiten! Die Verbindung ist plötzlich abgebrochen, und Sie waren so lange unten ...«

»Alles in Ordnung.« Er schwamm ans Ufer. »Ich brauche nur ein paar Werkzeuge!«

Er machte Anstalten, an Land zu waten, doch der erste eisigkalte Windstoß trieb ihn ins Wasser zurück.

»Reichen Sie mir ein kleines Brecheisen an«, sagte er. »Ich will versuchen, die Hülle aufzubrechen. Vielleicht komme ich dann an das Innere des Satelliten heran.«

Jada reichte Monk, der knietief im Wasser stand, ein Brecheisen an, und der gab es an Duncan weiter.

»Wozu?«, fragte sie. »Sie werden nichts finden, was uns weiterhilft.«

»Das Wrack weist eine elektromagnetische Signatur auf. Und zwar eine starke.«

Jada legte skeptisch die Stirn in Falten. »Das kann nicht sein.«

»Meine Fingerspitzen lügen nicht. Und ich bin mir ziemlich sicher, dass ich die einzigartige Beschaffenheit des Energiefelds wiedererkenne.« Er hob vielsagend eine Braue.

»Von den Relikten her?« Sie machte große Augen. »Vom Totenschädel und dem Buch?«

»Die gleiche verdammte Signatur.«

Sie trat einen Schritt vor, als wollte sie sich ihm anschließen. »Können Sie das Wrack an Land schaffen?«

»Nicht alles. Der Großteil der Hülle ist mit dem Fels verschmolzen. Aber ich glaube, ich kann es aufbrechen und nachsehen, was darin ist.«

»Tun Sie das«, sagte sie.

Er salutierte mit dem Brecheisen und tauchte wieder unter.

17:42

Die Sonne war hinter dem Horizont verschwunden, doch im Westen leuchtete noch der Himmel. Jada kauerte vor dem Notebook. Aus irgendeinem Grund hatte die Übertragung wieder eingesetzt, nachdem Duncan aufgetaucht war. Sie beobachtete, wie er zum Wrack hinabtauchte.

»Duncan, hören Sie mich?«, fragte sie, um die Funkverbindung zu testen.

Er reckte beide Daumen.

Als er tiefer kam, wurde das Bild pixelig, die Übertragung setzte immer wieder aus.

Lag es an der Nähe zum Wrack?

»Ich glaube, das Energiefeld des Wracks stört die Übertragung«, sagte sie warnend.

Monk zitterte neben ihr in seinen nassen Kleidern. »Sagen Sie ihm, er soll es nicht anfassen. Vielleicht hat er mit seinem ungeerdeten Körper die Geräte vorübergehend lahmgelegt.«

Er hatte recht.

»Duncan, halten Sie sich zurück und zeigen Sie mir, was Sie sehen. Zeigen Sie mir die Stelle, wo das Energiefeld am stärksten ist, wo Sie das Brecheisen ansetzen wollen. Wir wollen schließlich nichts beschädigen, was sich später noch als wichtig erweisen könnte.«

Duncan schwamm zum einen Ende des abgestürzten Satelliten und deutete mit der Spitze des Brecheisens.

»An der Seite befindet sich das Elektronikmodul«, sagte Jada über Funk. »Sie zeigen da gerade auf die Öffnung des Instruments für die Messung von Wärmestrahlung. Wenn Sie die Klappe aufbekommen, kann ich Sie von da aus leiten.«

Duncan schob das Ende des Brecheisens in eine Spalte.

»Vorsichtig…«

Er benutzte das Brecheisen als Hebel, pflanzte die Füße beiderseits des Wracks auf den Felsboden – und drückte zu. Die Klappe leistete ihm ein paar Sekunden lang Widerstand, dann löste sie sich und trudelte durchs Wasser.

Duncan schwamm in Position und richtete die Kamera ins Innere des abgestürzten Satelliten.

Zum zweiten Mal wurde Jada von Niedergeschlagenheit überwältigt. Die gesamte Elektronik war verkohlt und zu Klumpen aus Plastik, Silizium und Glasfasern verschmolzen.

Auf dem Monitor schwenkte Duncan die Hand, ohne etwas zu berühren. Mit dem Finger zeigte er auf ein viereckiges Objekt, einen Stahlblock mit Scharnieren an der einen Seite. Da er sich an einer vergleichsweise geschützten Stelle befunden hatte, wirkte er nahezu unbeschädigt. Duncan deutete wiederholt darauf; offenbar versuchte er, ihr etwas zu sagen.

»Anscheinend ist das Energiefeld an dieser Stelle am stärksten«, meinte Monk, der ihr über die Schulter sah und offenbar ihre Gedanken gelesen hatte.

»Duncan, das ist das Gyroskop. Versuchen Sie, es zu lösen, ohne es zu beschädigen. Es ist nur mit einem dicken Kabel verbunden. Wenn es Ihnen gelingt, das abzureißen, können Sie das Gerät entnehmen.«

Er reckte die Daumen und lehnte das Brecheisen an den Satelliten. Er würde beide Hände brauchen, um das Gerät zu lösen.

Als er das Gehäuse berührte, brach die Verbindung erneut ab.

Jada wechselte einen Blick mit Monk – dann schauten beide auf den See hinaus. Wenn Jada mit ihrer Theorie richtiglag, war Duncan im Begriff, mit der Kraft zu ringen, die das Universum antrieb.

Sei vorsichtig…

17:44

Duncan wurde die Luft knapp, als er mit dem Satelliten und seinem Abscheu kämpfte. *Dieses sture Stück…*

Er fluchte nicht oft, aber die geschmolzene Schlacke, die das Gehäuse des Gyroskops einfasste, und das abstoßende Energiefeld vermittelten ihm den Eindruck, er versuche, den

Deckel eines Gurkenglases abzuschrauben, während seine Finger von elektrisch aufgeladenem Gel umschlossen waren.

Nach dem Öffnen der Klappe war das elektromagnetische Feld stärker geworden, als entweiche es wie Dampf dem verkohlten Inneren des Satelliten und dessen stählernem Herzen. Als er das Gehäuse berührte, hatte er das Gefühl, er greife in Schlamm. Das Energiefeld leistete Widerstand, oder zumindest kam es ihm mit seinem magnetischen sechsten Sinn so vor.

Als er das Gehäuse schließlich berührte, war das Gefühl unbeschreiblich. Bei seiner Ausbildung zum Elektrotechniker war er hin und wieder auch mit Stromleitungen in Kontakt gekommen. Das hier aber war kein Kupferdraht. Eher kam es ihm so vor, als berühre er einen Zitteraal. Die Energie fühlte sich eindeutig *lebendig* an.

Ihm sträubten sich die Haare.

Mit einem energischen Ruck an der geschmolzenen Verkabelung löste er das Gehäuse. Er hob es so vorsichtig heraus, als wäre es das Energiezentrum des Satellitenwracks, und schwamm zur Oberfläche, begierig darauf, es loszuwerden.

Duncan tauchte auf und saugte die frische Luft ein, dann schwamm er ans Ufer. Das Gyroskop hielt er in der Hand wie einen Basketball. Er konnte es gar nicht erwarten, ihn an einen Mitspieler weiterzugeben.

17:47

Jada erwartete Duncan am Ufer des Sees mit einer Decke. Triefnass richtete er sich auf, seine Tattoos, die sich von den Schultern über die Arme zogen, zeichneten sich leuchtend auf seiner Gänsehaut ab.

Er schaltete die Kopfleuchte aus und war auf einmal in Dunkelheit gehüllt. Da sie die ganze Zeit über aufs Notebook geschaut hatte, hatte sie nicht bemerkt, dass es bereits dunkel geworden war. In den Bergen wurde es schnell Nacht.

Duncan watete ans Ufer. Sie tauschte die warme Decke gegen die Beute aus Stahl.

»Weshalb ist das Gerät so wichtig?«, fragte er mit klappernden Zähnen.

»Ich zeig's Ihnen.«

Sie hockte sich vor ihren improvisierten Schreibtisch, einen flachen Stein, auf dem das Notebook stand, und legte das Gehäuse darauf.

»Wenn das Gerät die gleiche elektromagnetische Signatur aufweist wie die Relikte«, erklärte sie, »muss es in Verbindung mit dem aus Dunkler Energie bestehenden Kometenschweif stehen. Wenn ich es im Labor untersuche, ist mit aufschlussreichen Ergebnissen zu rechnen.«

Sie blickte vielsagend Monk an.

»Na dann los«, sagte er. »Kat wird uns so schnell wie möglich in die Staaten bringen.«

Als er sich das Satellitentelefon ans Ohr hielt, sagte Jada: »Wir sind bereits weit im Osten. Mein Labor im Raumfahrt- und Raketenzentrum in L. A. ist schneller zu erreichen. Dort habe ich alles, was ich brauche, um das Gerät umfassend zu analysieren, außerdem können mir die Forscher und Techniker dort helfen. Wenn es eine Lösung für unser Problem gibt, finde ich sie dort am schnellsten.«

Monk runzelte die Stirn, als sähe er das anders, doch seine Besorgnis hatte eine andere Ursache: das Satellitentelefon. »Ich bekomme kein Signal…«

»Vielleicht liegt es an der Energieausstrahlung des Geräts«, überlegte Jada laut. Sie zeigte auf eine weiter entfernte

Felsansammlung. »Probieren Sie es mal da. Wenn wir fliegen wollen, müssen wir das Ding irgendwie abschirmen.«

Duncan kauerte sich neben sie, inzwischen wieder vollständig bekleidet. »Ich bin mit der Hand über das Wrack gefahren, nachdem ich das Gerät losgerissen hatte. Ich konnte im Satelliten nicht mehr die geringste Spur der Energie wahrnehmen. Das Feld scheint allein von dem Gehäuse auszugehen.«

»Das klingt logisch.«

»Wie das?«

»Das ist der eigentliche Kern des *Eye of God*. Sein Namensgeber.«

Sie konzentrierte sich wieder auf das Gehäuse und tastete es ab, bis sie die Verriegelung gefunden hatte. Vorsichtig klappte sie die beiden über Scharniere verbundenen Hälften auseinander.

Duncan beugte sich vor.

Eine Quarzkugel von der Größe eines Softballs spiegelte das Licht des Notebookbildschirms wider. Zumindest auf den ersten Blick schien die Kugel unbeschädigt.

»Das ist das Gyroskop, das sich im Satelliten gedreht hat«, erklärte Jada. »Damit haben wir die Krümmung der Raumzeit in Erdnähe gemessen.«

»Aber weshalb ist es jetzt mit Energie aufgeladen?«

»Um die Frage schlüssig zu beantworten, müsste ich erst zahlreiche Untersuchungen durchführen, aber ich habe da so eine Idee. Als es sich da draußen gedreht und die Krümmung der Raumzeit gemessen hat, hat es die Kräuselung erfasst, die sich gebildet hat. Ich glaube, der Strom Dunkler Energie, der die Kräuselung erzeugt hat, ist durch die Falte geströmt und hat sich im Auge gesammelt, dem einzigen Beobachter.«

»In die Kristallkugel.«

»Und hat sie dabei in das wahre *Eye of God* verwandelt.«

»Aber inwiefern hilft uns das weiter?«

»Wenn wir...«

Ein eigentümliches Pfeifen lenkte sie ab – gefolgt von einem dumpfen Einschlag.

Khaidu sank auf die Knie, mit dem Rücken zur Felswand.

Sie fasste sich an den Bauch.

Und an die stählerne Pfeilspitze, die darin steckte.

22

Vigor umkreiste den Konferenztisch in der Hotelsuite, sein Herz klopfte müde, seine Augen brannten. In der vergangenen Stunde hatte er geschwankt zwischen Freude über Grays erfolgreichen Einsatz und der Enttäuschung über seine eigene Unfähigkeit, das achthundert Jahre alte Rätsel zu lösen.

Ihrer aller Aufmerksamkeit richtete sich auf den Gegenstand in der Mitte des Tischs: das makabre Segelschiff aus Knochen und gegerbter Haut.

Vigor hatte das Artefakt, das sie am Aralsee geborgen hatten, eine geschlagene Stunde lang mit dem Vergrößerungsglas untersucht. Noch immer hatte er den Salzgeruch des angelaufenen Silberkastens in der Nase, eine bittere Erinnerung an den Verlust seines Freundes.

Josip hatte alles geopfert, um dieses Artefakt zu finden.

Und wozu?

Vigor hatte keine Antworten gefunden, stattdessen aber Hochachtung für den Künstler entwickelt. Die Rippenknochen des Rumpfs waren ausgekocht und gebleicht worden, damit sie sich leichter formen ließen. Man hatte komplizierte Wellenmuster sowie zahlreiche Abbildungen von Fischen und Vögeln eingeschnitzt, sogar Seehunde, die im Meer herumtollten und aus dem Wasser sprangen. Das Takelwerk bestand aus verdrilltem Menschenhaar, die Besegelung glich der von chinesischen Dschunken aus der Song-Dynastie, einer Zeit, in der auch Dschingis Khan gelebt hatte.

Was hatte das alles zu bedeuten? War dies der Brotkrumen, der sie leiten sollte? Um diese Frage zu beantworten, hatte er ein Notebook aufgeklappt und alle möglichen Recherchen angestellt. Dabei war er in eine Sackgasse nach der anderen geraten.

Alle Anwesenden erwarteten von ihm, dass er das Rätsel löste, doch vielleicht überstieg das seine Fähigkeiten. Zum hundertsten Mal wünschte er, Josip wäre bei ihm. Im Moment war er auf den genialischen Wahnsinn seines Freundes dringender angewiesen denn je.

Gray, der neben Seichan saß, ergriff das Wort. »Das ist ein chinesisches Schiff, deshalb muss es auf einen Ort in China verweisen.«

»Nicht unbedingt. Dschingis Khan war ein großer Bewunderer der Wissenschaft und Technologie der eroberten Länder. Er hat alles übernommen, was er entdeckte, angefangen vom chinesischen Schießpulver bis zum Kompass und dem Abakus. Diese Schiffsbautechnik hätte ihn bestimmt auch interessiert.«

»Aber das ist ein Fischerboot«, fuhr Gray fort und zeigte auf die Schnitzereien. »Deutet das vielleicht darauf hin, dass das Versteck im Pazifik oder im Gelben Meer liegt?«

»Dem stimme ich zu. Die Küste markierte zudem die Ostgrenze des Reichs von Dschingis Khan.«

Eine Bemerkung Josips kam ihm in den Sinn.

Ich glaube, Dschingis Khan hat seinen Sohn angewiesen, die ganze Welt in sein Grab zu verwandeln und seinen spirituellen Einfluss von der einen Seite des Mongolenreiches zur anderen auszudehnen.

Sein Freund hatte recht gehabt. Dschingis' Kopf war in Ungarn zeremoniell bestattet worden, an der Westgrenze des Reiches, das sein Sohn errichtet hatte. Dann hatte man das Knochenschiff im Aralsee versteckt, an der Westgrenze des von *Dschingis Khan* eroberten Territoriums. Deshalb schien es logisch, dass das nächste Versteck sich an der *Ostgrenze* befand.

Es gab nur ein Problem, und das sprach Vigor an.

»Wenn unsere Vermutung richtig ist, haben wir es mit einer tausendsechshundert Kilometer langen Küste zu tun. Wo sollen wir mit der Suche anfangen?«

Rachel regte sich auf der anderen Tischseite. »Wir brauchen eine Pause. Damit wir einen klaren Kopf bekommen und dann mit frischer Kraft weitermachen können.«

»Dafür haben wir keine Zeit«, entgegnete Vigor, bedauerte seinen scharfen Ton aber augenblicklich und klopfte ihr im Vorbeigehen versöhnlich auf die Schulter.

Irgendetwas nagte an ihm und hielt ihn in Bewegung. Andererseits hatte er bei jedem Schritt Stiche im Bauch, was ihn am Nachdenken hinderte.

Vielleicht hat Rachel ja recht. Ein bisschen Ruhe würde uns allen guttun.

Gray runzelte die Stirn und machte den Versuch, das Problem auszudiskutieren. »Man hat den Kopf in Ungarn bestattet, und da das Schiff aus Rippenknochen und Wirbeln besteht, steht es wohl für seine Brust.«

»Oder vielleicht eher für sein Herz«, korrigierte ihn Vigor, dessen nagendes Gefühl neu aufflammte.

»Kopf und Herz«, murmelte Kowalski. Er lag auf einem Sofa, den Arm über die Augen gelegt. »Das heißt wohl, dass wir jetzt seine Füße finden müssen.«

Vigor zuckte mit den Achseln. Das klang vernünftig.

Kopf, Herz, Füße.

Josips Worte gingen ihm durch den Kopf.

… und seinen spirituellen Einfluss von der einen Seite des Mongolenreiches zur anderen auszudehnen.

Vigor blieb so abrupt stehen, dass er sich an der Lehne eines unbesetzten Stuhls festhalten musste. Auf einmal war ihm klar geworden, dass er nicht auf Josips *Worte* hätte achten sollen.

»Du kluger, verrückter Mann«, murmelte er. »Ich war ja so dämlich.«

Kein Wunder, dass Josip bei seinem Tod so reuevoll gewirkt hatte. Nicht deshalb, weil er die Reise nicht beenden konnte – wenngleich ihm auch das vermutlich zugesetzt hatte –, sondern weil er Vigors Blick entnommen hatte, dass sein Freund ihn nicht verstanden hatte.

»Er hat das Rätsel gelöst!«, rief Vigor.

»Wen meinst du?«, fragte Rachel. »Pater Josip?«

Vigor legte die Hand auf die Brust, spürte den Herzschlag. Josip hatte sich die Hand auf die blutige Brust gelegt – nicht um sich zu verabschieden, sondern um ihm einen Hinweis zu geben, bevor er starb.

»Kopf, *Herz*, Füße«, wiederholte er und klopfte sich auf die Brust, als wollte er das mittlere Wort betonen. »Wir haben die Sache ganz *falsch* betrachtet.«

Rachel spannte sich an. »Wie kommst du darauf?«

»Der Kopf markiert die Grenze vom Reich seines Sohnes und steht für die *Zukunft* des Mongolenreiches nach seinem Tod. Das Herz verkörpert das Reich zu Dschingis Khans

Lebzeiten. Wir sollten nach dem Ort suchen, an den Dschingis zuerst seinen Fuß gesetzt und sich einen Namen gemacht hat, denn der steht für die *Vergangenheit*.«

»Kopf, Herz, Füße«, sagte Gray. »Zukunft, Gegenwart, Vergangenheit.«

Vigor nickte und schob seinen Stuhl vor das aufgeklappte Notebook. »Dschingis Khan hat seinem Sohn nicht aufgetragen, seinen Körper *geografisch* von einem Ende des Reiches ans andere zu verteilen. Er wollte Vergangenheit, Gegenwart und Zukunft abdecken.«

Rachel beugte sich vor und drückte ihm den Arm. »Brillant.«

»Freu dich nicht zu früh.« Er machte eine Eingabe. »Im Moment komme ich mir eher dumm vor, weil Josip mir vor seinem Tod die ganze Lösung verraten hat. Außerdem müssen wir das Wissen noch anwenden und herausfinden, wo wir die Suche fortsetzen sollen.«

»Du kommst schon drauf.«

Vigor rief eine Landkarte auf, die das Mongolenreich zur Zeit der Herrschaft von Dschingis Khan zeigte.

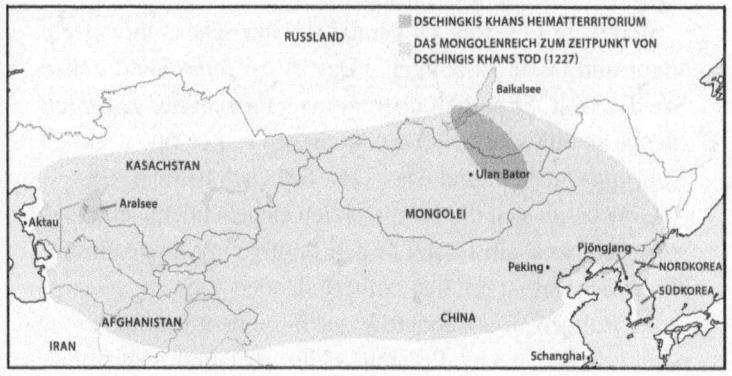

»Hier sieht man die Ausdehnung von Dschingis Khans Reich«, sagte er. »Es erstreckte sich vom Pazifik bis ans Kaspische Meer, doch das dunkle Oval im Norden der Mongolei war sein Ausgangsort.«

Er tippte auf den Bildschirm.

Gray sah ihm über die Schulter. »Das ist immer noch ein großes Gebiet.«

»Und es ist landumschlossen«, fügte Vigor hinzu. »Wie Sie sehen, reicht das Gebiet nicht bis ans Gelbe Meer oder den Pazifik.«

Alle blickten das Schiff an, während Vigor unentwegt auf den Bildschirm schaute und weitere Recherchen zu der Region anstellte.

»Wieso dann ein *Schiff* als Hinweis?«, fragte Gray und wies mit dem Kinn auf das Artefakt.

Vigor zoomte die Karte und deutete auf eine große Wasserfläche am Nordrand des dunklen Ovals.

»Deswegen«, sagte er. »Wegen des Baikalsees.«

»Was ist an dem See so besonders?« Gray betrachtete mit zusammengekniffenen Augen das halbmondförmige Gewässer. »Wissen Sie etwas darüber?«

»Ich weiß nur, was ich gerade vor mir sehe«, antwortete Vigor und fasste zusammen. »Das ist der *älteste* und *tiefste* See der Welt. Er enthält über zwanzig Prozent der gesamten Menge an Süßwasser. Für die Mongolen war er eine wichtige Nahrungsquelle ... und das ist der See auch heute noch.«

Gray besah sich die Schnitzereien eingehender. »Jetzt verstehe ich, weshalb Fische in den Bootsrumpf eingeschnitzt sind, aber was ist mit den umhertollenden ...«

»... Robben?«, vollendete Vigor mit einem triumphierenden Lächeln den Satz. Er lehnte sich zurück und zeigte ihnen das Foto eines schlanken Tiers, das auf einem Felsen saß.

»Ich stelle vor: Nerpa. Die einzige Süßwasserrobbe der Welt und ...«

»Lassen Sie mich raten«, fiel Gray ihm ins Wort. »Nur im Baikalsee zu finden.«

Vigors Lächeln vertiefte sich.

Grays Satellitentelefon läutete. Er sah aufs Display. »Das ist die Sigma-Zentrale.« Er entfernte sich ein Stück und deutete auf Vigor. »Bringen Sie so viel wie möglich über den See in Erfahrung.«

Vigor blickte an die Decke.

Danke, mein Freund.

18:18

»Und Sie haben nichts von Monk gehört?«, erkundigte sich Painter übers Telefon.

»Kein Wort.« Gray war auf sein Zimmer gegangen, um Vigor bei der Recherche nicht zu stören.

»Ich versuche schon seit zehn Minuten, ihn zu erreichen«, sagte Painter. »Aber er geht nicht ran. »Der letzten Meldung zufolge war sein Team zu Pferd unterwegs ins Gebirge.«

»Hier draußen wird es dunkel«, meinte Gray. »Vielleicht schlagen sie gerade das Nachtlager auf.«

Painter seufzte genervt. »Ich hatte gehofft, ich könnte mit Dr. Shaw sprechen, bevor sie sich auf die Nacht vorbereiten.«

»Weshalb?«

»Ich habe gerade die abschließende Einschätzung der Leute vom SMC in L.A. bekommen. Ich habe Ihnen doch von dem Physiker erzählt, der die Gravitationsanomalien im Gefolge des Kometen überwacht, die Jada entdeckt hat.«

»Stimmt. Sie haben erwähnt, sie würden sich verändern.«

»Genau genommen werden sie stärker. Aus dem Bericht geht hervor, dass sie im direkten Verhältnis zur Annäherung des Kometen an die Erde zunehmen.«

»Sie glauben doch nicht etwa, dass der Komet uns treffen wird?«

Ausgeschlossen war das nicht. Im Jahr 1994 war der Komet Shoemaker-Levy mit dem Jupiter zusammengestoßen, und im Verlauf des kommenden Jahres würde vermutlich ein Komet den Mars treffen.

»Nein«, sagte Painter, »der Komet wird nach astronomischen Maßstäben dicht an uns vorbeifliegen, eine Kollision ist jedoch ausgeschlossen. Das heißt aber nicht, dass wir aus dem Schneider wären. Gestern haben wird ENOs entdeckt.«

»ENOs?«

»Erdnahe Objekte. Wir überwachen alle Asteroiden, bei denen die Gefahr besteht, dass sie durch die Energie des Kometen in unsere Nähe abgelenkt werden. Er hat das kosmische Billardspiel, das da abläuft, bereits gehörig durcheinandergebracht, was zu den Meteorschauern geführt hat, die kürzlich beobachtet wurden.«

»Und zu dem Vorfall in der Antarktis.«

»Richtig. Deshalb wollte ich mit Dr. Shaw sprechen. Sie versteht die Gravitationsanomalien besser als jeder andere. Am SMC besteht Einigkeit, dass der zunehmende Energiefluss die Mutter aller Meteorschauer auslösen könnte, wenn der Komet den geringsten Abstand zur Erde erreicht. Und die NASA überwacht ein paar große Brocken, deren Bahnen erste Abweichungen aufweisen.«

Gray hörte die Angst aus der Stimme des Direktors heraus. »Können wir irgendetwas dagegen tun?«

»Der Physiker vom SMC glaubt, Dr. Shaw könne diese

Frage am besten beantworten. Er nimmt an, es gibt einen Grund dafür, dass die Anomalien im Verhältnis zur Annäherung an die Erde stärker werden. Er glaubt, die Energie des Kometen reagiert auf etwas, das sich hier auf unserem Planeten befindet.«

»Jada war auch dieser Ansicht«, räumte Gray ein, auf einmal froh darüber, dass er in die Suche nach den geraubten Relikten eingewilligt hatte. »Sie glaubt, das alte Kreuz, nach dem wir suchen, könnte aus einem Trümmerteil des Kometen bestehen, das bei seinem letzten Vorbeiflug niedergegangen ist. Es könnte noch Dunkle Energie enthalten, und sie hält es für möglich, dass beide Objekte – das Kreuz und der Komet – auf Quantenebene verschränkt sind.«

»Dann müssen wir das Objekt finden.«

Gray hatte hoffnungsvolle Neuigkeiten. »Möglicherweise verfügen wir über einen belastbaren Hinweis. Vigor arbeitet gerade daran. Können Sie Kat vorsichtshalber bitten, ein Transportmittel für unser Team bereitzustellen?«

»Wohin?«

»Nach Russland, zu einem Gewässer an der Südgrenze, dem Baikalsee. Er liegt etwa fünfhundert Kilometer nördlich von unserer gegenwärtigen Position.«

»Wir kümmern uns darum. In Anbetracht der kurzen Strecke sollte der Transport nur ein paar Stunden in Anspruch nehmen, aber Sie sollten sich trotzdem beeilen. Es bleiben uns nur noch achtundvierzig Stunden, bis die vom Satelliten übermittelten Ereignisse Realität werden.«

Gray beendete das Gespräch und ging zu den anderen zurück. Als er den Raum betrat, hatten sich alle um Vigor und dessen Notebook versammelt.

»Was gibt's?«, fragte er.

Vigor drehte sich zu ihm um. »Je länger ich mir den Baikalsee anschaue, desto überzeugter bin ich, dass wir damit richtigliegen.«

Rachel lächelte ihn an, ihr Gesicht hatte sich vor Erregung gerötet. »Möglicherweise wissen wir sogar, wo am Baikalsee wir suchen müssen.«

»Wo denn?« Er trat neben sie.

»Erstens besagt die Legende, Dschingis' Mutter sei auf einer Insel im See zur Welt gekommen.«

»Schon wieder eine Insel«, entfuhr es Gray.

Das klang logisch. Die ersten Objekte hatten sie in der Nähe von *Boszorkánysziget* gefunden, der ungarischen Hexeninsel, und anschließend waren sie unter einer Insel des früheren Aralsees fündig geworden.

»Man nennt sie Olchon«, erklärte Vigor. »Die Einheimischen glauben, die Mutter des Khans stamme von dort. Das könnte stimmen.«

Gray überlegte. *Wenn wir nach dem Ursprung des Reiches suchen, ist der Schoß seiner Mutter der naheliegende Ausgangsort.*

Vigor fuhr fort. »In anderen Legenden heißt es, Dschingis Khan sei auf der Insel bestattet. Dem sollten wir nicht allzu viel Gewicht beimessen. Das Gleiche erzählt man sich von zahllosen anderen Orten in Asien. Aber in dieser speziellen Legende heißt es auch, Dschingis sei zusammen mit einer *mächtigen Waffe* bestattet worden, die in der Lage sei, die ganze Welt zu vernichten.«

Rachel nickte. »Diese Legende ist vielleicht auch der Grund, weshalb die Mongolen glauben, die Welt werde untergehen, wenn Dschingis Khans Grab jemals gefunden und geöffnet werde.«

Ihre Erregung griff auf Gray über.

»Zurück zum Nachprüfbaren«, sagte Vigor. »Archäologen haben auf der Insel zahlreiche mongolische Waffen und sonstige Gegenstände gefunden. Es gibt sogar historische Belege dafür, dass zu Dschingis' Lebzeiten mongolische Krieger auf der Insel waren. Allerdings wusste niemand, was sie dort taten.«

»Die Insel ist das Zentrum einer einzigartigen Form des Schamanismus«, sagte Rachel. »Die einheimischen Burjaten, die von den Mongolen abstammen, praktizieren eine Religion, die den Buddhismus mit dem Animismus verbindet. Sie glauben, auf der Insel residiere ein großer Weltenherrscher. Die Schamanen bewahren viele heilige Riten des Herrschers und glauben, es bringe Verderben über die Welt, wenn man sie missachte.«

Genau wie in der Dschingis-Legende…

»Zu guter Letzt«, sagte Vigor, »berichten einige Besucher der Insel von *Energiekrämpfen*. Das sind ihre eigenen Worte.«

Rachel nickte. »Manche Leute reagieren hyperempfindlich auf die vom Kreuz des heiligen Thomas ausstrahlende Energie. Einige behaupten sogar, sie hätten eine Höhle besucht, in der eine Tür zu anderen Welten führe.«

Gray musste an Dr. Shaws Bemerkungen zur Dunklen Energie und dem Multiversum denken. Außerdem fragte er sich, ob diese *anderen Welten* vielleicht einen Bezug zu den Visionen des heiligen Thomas hatten.

»Dann sollten wir das überprüfen«, sagte er. »Ich habe Sigma bereits angewiesen, den Transport zu organisieren.«

»Was ist mit Monk und den anderen?«, fragte Rachel.

Gray runzelte die Stirn. Er bezweifelte, dass sie Zeit hätten, auf sie zu warten. Sein Team würde womöglich einen halben Tag verlieren, wenn sie darauf warteten, dass Monk und dessen Begleiter aus dem Gebirge zurückkehrten.

»Wir reisen weiter«, entschied Gray. »Und informieren sie sobald wie möglich.«

Trotzdem vermochte er seine Besorgnis nicht abzuschütteln.

Was war los mit Monks Team?

23

BATUKHAN SASS AUF einem Pferd, das wie der Reiter einen traditionellen Lederpanzer trug. Außerdem hatte er einen mongolischen Kriegshelm mit Stahlarmierung aufgesetzt und verbarg sein Gesicht unter der Wolfsmaske.

Es war wichtig, unerkannt zu bleiben, zumal wenn man davon ausgehen musste, dass es Tote geben würde.

Die Bogensehne an seinem Ohr vibrierte und versetzte sein Blut in Wallung. Er hatte beobachtet, wie der Pfeil sich in den Rücken einer Frau gebohrt hatte, die am Rand der Felskante stand, und hatte frohlockt, als sie auf die Knie gesunken war. Er lächelte unter der Maske, der Herzschlag donnerte ihm in den Ohren.

»Ein ausgezeichneter Schuss«, sagte Arslan, der neben ihm auf einem Hengst saß. Er trug die gleiche Lederrüstung und einen ähnlichen Helm, zeigte aber offen sein entstelltes Gesicht. Die Wundnähte zogen sich über Wange und Stirn. Der Anblick war abstoßend und einschüchternd zugleich.

»Sanjar habe ich für Sie aufgespart«, sagte Batukhan.

Von den beiden Zielen, die an der Felskante sichtbar gewesen waren, hatte er die Frau ausgewählt. Der Schuss war so erregend gewesen wie Sex, die Penetration verschaffte ihm eine ganz ähnliche Befriedigung. Sanjar hatte er verschont, da er wusste, dass Arslan persönlich Rache üben wollte.

Jetzt war dort oben niemand mehr zu sehen; die Beute war verängstigt und hatte sich versteckt. Doch sie konnte nicht fliehen.

Batukhan ließ den Blick über das Dutzend berittener Männer schweifen, die sich auf dem dunklen bewaldeten Hang verteilt hatten, der hinauf zum Felsplateau führte. Dies waren die besten und loyalsten Mitglieder seines Clans.

Zwölf Krieger gegen drei Männer und zwei Frauen.

Abzüglich der einen Frau.

Wenn alles glattlief, würde er eine Frau am Leben lassen, damit sie ihren Sieg feiern konnten wie in der Vergangenheit die Krieger Dschingis Khans. Das war ihr ureigenes Recht und Erbe, eine wohlverdiente Belohnung nach dem Blutvergießen.

Anschließend konnten sie sie immer noch töten.

Er ließ sein Pferd die Absätze spüren und trabte hoch aufgerichtet vor seine Männer hin. Er war sich bewusst, dass er einen imposanten Anblick bot. Er wechselte ein paar Worte, erwies ihnen Respekt und nahm den ihren entgegen wie jeder gute Feldherr, der seine Truppen auf den Kampf einstimmt.

Als er die Runde gemacht hatte, kehrte er an Arslans Seite zurück und zeigte zum Plateau hoch. Umgeben von eisverkrusteten Felswänden, saß ihre Beute in der Falle. Der einzige Weg nach unten führte durch den Wald – oder man musste auf die Felsen in der Tiefe hinunterspringen. Einen anderen Ausweg gab es nicht. Es würde ein Blutbad werden, und die Schreie der Opfer würden über die Gipfel hallen, vielleicht bis zu Dschingis Khans Grab, in dem der Tote in seiner Vorstellung im Blut und Grauen schwelgte.

Der erste Pfeil war bereits geflogen und hatte ins Ziel getroffen.

»*Yavyaa!*«, stimmte er den traditionellen Schlachtruf an. »*Yavyaa!*«

18:33

Während sich von unten das Donnern von Hufen näherte, kauerte Duncan neben Sanjar. Sie hatten sich hinter einer Felsansammlung nahe der Schneelinie versteckt.

Jada befand sich an der anderen Seite des steilen Erdrutsches, nahe am Seeufer, wo ihr keine unmittelbare Gefahr drohte. Er hatte ihr seine Pistole überlassen und ihr gezeigt, wie man sie benutzte. Bei ihr war die verletzte Khaidu, die dringend medizinische Hilfe benötigte.

Als er die beiden in Sicherheit gebracht hatte, bezog er mit Sanjar an der anderen Seite der Felsansammlung Stellung. Sie bereiteten sich auf die Schlacht vor und ahnten, was ihnen bevorstand. Der Pfeil und das erste Opfer hatte sie in Angst und Schrecken versetzen sollen – die übliche Taktik der Mongolenkrieger, wie Sanjar ihnen erklärte.

Nachdem er den Schlachtruf gehört hatte, drängte Sanjar Duncan zur Eile. »Binden Sie das an Herus Fessel. Mit dem Lederriemen, der ihm vom Fuß baumelt.«

Duncan hielt das feuchte Kopfband in der Hand, schob den Lederriemen hindurch und band einen Knoten. Sanjar hielt den Falken, dem er die Kopfhaube aufgesetzt hatte, währenddessen dicht an seinen Körper.

»Geben Sie ihn frei«, sagte Duncan.

Sanjar nahm dem Vogel die Haube ab und reckte die Hand. Duncan zog den Kopf ein, um nicht von den Schwingen getroffen zu werden, und blickte auf den Laptop vor seinen Knien, dessen Bildschirm in der niedrigsten Beleuchtungsstufe glomm. Er beobachtete auf dem Display, wie der Falke sich emporschwang und über den Wald hinwegflog. Die Bilder wurden von der kleinen Videokamera am Kopfband übertragen. In der Luft funktionierte sie besser als unter Wasser.

Der Falke schwebte hoch über die Bäume hinweg und beschrieb weite Kreise. Duncan versuchte, die Pferde am Hang zu zählen. Es waren mindestens ein Dutzend, wie die Reiter mit Lederrüstungen ausstaffiert. Am Boden machte er keine weiteren Männer aus.

Er funkte Monk an, der aus der Deckung der Felsen gekommen war, um die Angreifer in Empfang zu nehmen.

»Nicht mehr als ein Bäckerdutzend«, meldete Duncan. »Alle zu Pferd. Ich habe Bogen, Schwerter und mehrere Sturmgewehre gesehen.«

Offenbar hat die Liebe zur Tradition irgendwo ihre Grenze.

»Verstanden«, antwortete Monk. »Ich bin so weit.«

Duncan blickte über den Felsen hinweg zu seinem Teamkollegen, der sich neben dem Erdrutsch auf ein Knie niedergelassen hatte. Monk hatte am Rand der Geröllhalde Sprengsätze angebracht und war dabei, sie mit Funkzündern zu verkabeln. Die Sprengsätze waren dazu gedacht gewesen, das Satellitenwrack zu zerstören, wenn sie es nicht bewegen oder bergen konnten. Sie mussten verhindern, dass die der Geheimhaltung unterworfene fortschrittliche Technologie den Chinesen oder Russen in die Hände fiel.

Inzwischen aber hatte sich die Lage geändert.

Sie beabsichtigten, hier in Deckung zu bleiben und die Angreifer zur anderen Seite zu locken, wo sich Jada und Khaidu versteckten. Wenn die Mongolen die Engstelle zwischen Felswand und Erdrutsch passierten, würden sie die Sprengsätze zünden, so viele Gegner ausschalten wie möglich und gleichzeitig den Zugang zum See blockieren, damit Jada und Khaidu nicht in Bedrängnis gerieten.

Mit den Gegnern auf dieser Seite würden Duncan, Monk und Sanjar fertig werden müssen. Die Chancen standen nicht gut, aber sie hatten keine anderen Optionen.

Alles hing vom perfekten Timing ab.

Deshalb das fliegende Auge.

Als Monk zu ihnen herübergelaufen kam, behielt Duncan den Bildschirm im Blick. Der Mann, der den Aufstieg durch den Wald anführte, trug eine Wolfsmaske. Offenbar wollte sich der Herr des Blauen Wolfs diesmal selbst die Hände schmutzig machen.

»Sie kommen«, flüsterte Duncan.

Sie duckten sich, als die Reiter den letzten Hangabschnitt hochgeritten kamen.

Auf dem Bildschirm beobachteten sie, wie die Pferde und Reiter einen Moment lang orientierungslos durcheinanderwogten. Einer hatte ein Gewehr angelegt, die anderen spannten ihren Bogen. Als sie kein Ziel ausmachten, zeigte der Anführer zur Geröllhalde und dem dahinter liegenden See.

»*Uragshaa!*«, befahl er, was vermutlich so viel wie *vorwärts* bedeutete.

Der Herr der Blauen Wölfe zog ein Krummschwert aus der Scheide und setzte sich an die Spitze seiner Männer in Richtung des Sees in Bewegung.

Gut, dachte Duncan.

Wenn sie den Anführer töteten, würden die anderen vielleicht in Panik fliehen.

Monks Daumen schwebte über dem Funkzünder. Den Blick auf den Bildschirm gerichtet, wartete er darauf, dass die ersten Männer ihre Pferde in die Lücke zwischen den Felsen und der Plateaukante führten.

Jetzt, dachte Duncan.

Als hätte Monk ihn gehört, drückte er den Knopf.

Nichts geschah.

Jedenfalls nicht viel.

Eine Sprengkapsel detonierte mit dem leisen Ploppen eines Stubenkrachers. Ein schwacher Blitz leuchtete in der Dunkelheit auf. Das Geräusch erschreckte ein Pferd, das losstürmte und gegen das vordere Tier prallte. Weitere Pferde scheuten vor der Engstelle.

»Die Kapsel muss bei der ersten Sprengladung herausgefallen sein«, brummte Monk. »Das kommt davon, wenn man im Dunkeln arbeitet.«

Er stellte den Signalgeber auf die nächste Sprengladung um und drückte erneut den Knopf. Diesmal wurde das Plateau von einer starken Detonation erschüttert. Eis und Schnee lösten sich von den Felswänden und regneten auf sie herab.

Monk machte weiter. In rascher Folge brachte er die dritte und vierte Sprengladung zur Detonation. Pferde bäumten sich wiehernd auf. Reiter fielen aus dem Sattel.

»Los!«, sagte Monk.

Zu dritt stürmten sie aus der Deckung hervor, ihre Waffen spuckten Feuer.

Duncan konnte nur hoffen, dass Jada und Khaidu in Sicherheit waren.

Vom anderen Seeufer aus beobachtete Jada, wie drei Reiter um die Felsen herumpreschten. Der erste trug eine beeindruckende Wolfsmaske. Kurz zuvor hatte sie einen Knall gehört.

Dann dröhnten mehrere Explosionen, und sie schlug den Arm vors Gesicht. Inmitten einer Wolke aus Rauch und Staub krachten Felsbrocken herab. Immer mehr Steine rutschten in die Tiefe und riegelten den See von der anderen Seite ab. Kleinere Steine fielen klatschend ins Wasser oder rollten über den Granitsims.

Jada hielt den Atem an und hoffte, die drei Reiter wären durch die Explosionen ausgeschaltet worden – da kamen drei Pferde in voller Panik aus dem Rauch hervorgaloppiert.

Jada nutzte das Überraschungsmoment und feuerte. Immer wieder drückte sie den Abzug durch. Sie hatte noch nie mit einer Pistole geschossen, auch mit keiner anderen Waffe. Deshalb versuchte sie es mit Masse statt Klasse.

Sie traf ein Pferd. Es bäumte sich auf, der Reiter hielt sich im Sattel. Das war ein Fehler. Das erschreckte Tier drehte sich auf den Hinterbeinen, sprang blindlings ab, stürzte über den Rand des Plateaus und riss den Reiter mit in die Tiefe. Sein Aufschrei mischte sich mit dem Echo ihrer Schüsse.

Jada feuerte, was das Zeug hielt.

Mit einem zweiten Glückstreffer traf sie einen Mann am Hals, als er gerade den Bogen spannen wollte. Er fiel aus dem Sattel, landete im Wasser und schlug kraftlos um sich.

Der dritte Reiter ritt ihr entgegen und reckte ein Krummschwert. Die Wolfsmaske verbarg sein Gesicht und verlieh ihm das Aussehen einer unerbittlichen Naturgewalt.

Jada drückte erneut ab, doch es löste sich kein Schuss –

der Schlitten hatte sich nicht bewegt. Duncan hatte ihr gesagt, was das bedeutete.

Keine Patronen mehr.

Der Reiter stürmte ihr entgegen, sein Schwert funkelte im Mondschein.

Dann zischte ein Pfeil an ihrem Kopf vorbei, die Federn streiften ihr Ohr.

Der Pfeil beschrieb einen Bogen und traf das Pferd am Hals.

Das Tier stürzte, der Reiter wurde Jada entgegengeschleudert. Sie rutschte auf den Knien zurück und stieß gegen Khaidu, die sich bemühte, einen weiteren Pfeil anzulegen. Der erste Schuss hatte ihre Kräfte jedoch bereits erschöpft. Ihr zitterten die Finger, ihr Gesicht glänzte von Schweiß, der Bogen entglitt ihren kraftlosen Händen.

Der Reiter richtete sich auf. Das Pferd war auf die Seite gefallen, eine Blutlache breitete sich aus. Der Pfeil hatte offenbar eine Schlagader getroffen.

Khaidu blickte das Pferd voller Mitleid an; ihr Pfeil hatte es nur zufällig getroffen. Sie hatte auf den Mann gezielt, der das Schwert aufhob und sich ihnen näherte. Die eine Hand hatte er auf eine Pistole gelegt.

Khaidu schaute Jada unverändert mitleidig an. »Laufen Sie…«

Jada ließ sich das nicht zweimal sagen. Sie sprang hoch und warf sich in den See.

Grausames Gelächter verfolgte sie.

Sie kannten beide die Wahrheit.

Wohin sollte sie fliehen?

Duncan lief durch das Durcheinander aus Pferden und Menschen. Bei der Detonation hatten sich noch etwa acht Männer auf ihrer Seite befunden, bewaffnet mit Schwertern und Gewehren. Die Hälfte davon hatten Duncan, Monk und Sanjar zu Beginn ihres Gegenangriffs ausgeschaltet.

Inzwischen war das Spiel gefährlicher geworden.

Einer der Gegner war am Rand des Plateaus abgesessen, hatte sich flach auf den Boden gelegt, feuerte gezielte Schüsse ab und zwang sie in die Defensive. Auf dem Plateau gab es kaum Deckung, und eigentlich wären sie leichte Ziele gewesen, doch die acht Pferde und die Begleiter des Scharfschützen gaben Duncan und seinen Mitstreitern ein wenig Deckung.

Wenn die verdammte Deckung sich nur nicht ständig bewegen würde und einem ans Leder wollte ...

Monk prallte gegen Duncan, als er vor ein paar Bodentreffern davontänzelte. Sie duckten sich einen Moment hinter ein Pferd. Duncan hielt den Hengst am Zügel fest, damit sie ihre Deckung nicht verloren.

Im nächsten Moment schloss Sanjar sich ihnen an.

Monk atmete schwer. »Dunk, schalten Sie den Scharfschützen aus.«

Eine klare Ansage ... der Typ machte ihn richtig sauer.

»Sanjar und ich versuchen, die Wand zu erreichen«, sagte Monk und zeigte dorthin.

Bis gerade eben war auf der anderen Seite, in der Nähe des Sees, geschossen worden. Ein paar Gegner waren bei der Sprengung anscheinend heil davongekommen. Jemand musste Jada und Khaidu zu Hilfe kommen.

Duncan hatte verstanden. Um das zu bewerkstelligen,

musste der Scharfschütze ausgeschaltet werden. Solange er freies Schussfeld hatte, würde es Monk und Sanjar nicht gelingen, über das Geröll hinwegzuklettern.

»Ich mache das«, sagte Duncan, »aber ich muss mir das Pferd borgen… und den Helm von diesem Kerl.«

Er zog den Helm vom Kopf eines am Boden liegenden Toten ab und rammte ihn sich auf den Schädel. Dann setzte er den Stiefel in den Steigbügel und schwang sich in den Sattel, während Monk ihm zunickte. Er packte die Zügel, wendete das Pferd zum Schützen herum und trieb es zum Galopp an. Bei jedem Hufschlag klatschte der Lederpanzer gegen das Fell.

Duncan beugte sich tief auf den Hals des Pferds herunter und hoffte, dass der Schütze nur das Pferd und den Helm sehen würde. Der Mann feuerte – doch er zielte auf das Durcheinander hinter Duncan. Vermutlich hatte er bemerkt, dass Monk und Sanjar zur Felswand liefen.

Duncan hielt auf das Mündungsfeuer zu. Er trieb das Pferd an, denn er wusste, er hatte nur diese eine Chance. Die Hufe trommelten auf den Granit, der Hals des Hengstes war nass von Schweiß.

Dann hatte er den Scharfschützen erreicht.

Da der Mann die List zu spät durchschaute, bekam Duncan für einen kurzen Moment sein Gesicht zu sehen. Das Pferd wollte ausweichen, doch er hielt die Zügel unerbittlich fest. Der achthundert Pfund schwere mongolische Hengst trampelte über den Schützen hinweg, zerstampfte Knochen und Fleisch.

Dann hatte Duncan ihn passiert und preschte den Hang hinunter in Richtung Waldrand. Erst nach vielen Metern gelang es ihm, den wilden Ritt zu stoppen und das Pferd zu wenden. Er ritt wieder nach oben und ließ sich aus dem Sattel gleiten, nicht um dem Schützen zu helfen, denn der war zweifelsfrei tot, sondern um dessen Gewehr an sich zu nehmen und den Spieß umzudrehen.

Bedauerlicherweise war das Pferd aufs Gewehr getreten und hatte den Lauf verbogen. Er hob die Waffe trotzdem hoch und hielt durch die Zieloptik Ausschau nach seinen Freunden.

Er schwenkte das Gewehr umher und erblickte schließlich Monk, der nahe der Felswand mit rauchender Pistole vor einer am Boden liegenden Person stand. Sanjar schnitt gerade einem anderen Mann die Kehle durch und ließ ihn fallen. Dann rückte ein Pferd zur Seite, und Duncan sah den letzten überlebenden Angreifer, der sich seinen Teamkollegen von hinten näherte.

»MONK!«, brüllte er.

Das Wiehern und das Hufgetrappel der Pferde übertönten seinen Warnruf.

Er konnte nur hilflos zusehen, wie der Mann Sanjar sein Schwert in den Rücken bohrte und mit der anderen Hand ein Gewehr auf Monk richtete. Duncan erkannte den Angreifer trotz seiner Gesichtsverletzungen wieder.

Arslan.

Er sprang auf und rannte los, obwohl er wusste, dass er zu spät kommen würde.

18:47

Der Sieg wollte ausgekostet werden.

Batukhan stand vor der jungen Mongolin, eigentlich noch ein Mädchen, der Bauch blutüberströmt. Sie war eine gute Schützin und hatte sein Pferd mit einem einzigen Pfeil gefällt. Er drückte ihr das Schwert zwischen die kleinen Brüste, gerade so fest, dass die Spitze Stoff und Haut bis zum Brustbein durchdrang.

Ihr Gesicht war schmerzverzerrt, dennoch fixierte sie ihn unverwandt.

Ein zäher, abgehärteter Schlag.

Er verspürte einen Anflug von Stolz auf sein Volk, was ihn allerdings nicht davon abhalten würde, den Tötungsakt zu genießen. Er vergegenwärtigte sich sein Lieblingszitat von Dschingis Khan: Es reicht mir nicht, Erfolg zu haben – alle anderen müssen scheitern.

Dieser jungen Frau würde er einen schnellen Tod gewähren.

Mit der Amerikanerin würde er sich mehr Zeit lassen.

In der anderen Hand hielt er die Pistole und zielte damit auf den See hinaus. Er würde sich gleich um die wehrlose Frau kümmern. Weglaufen konnte sie nicht, und sie war unbewaffnet.

Hinter der Maske lächelnd, beugte er sich vor, um der jungen Frau den lustvollen Todesstoß zu versetzen – als es hinter ihm laut platschte.

Er wandte den Kopf und erblickte eine dunkle Gestalt, die sich aus dem See erhob, eine nubische Gottheit, die ihm entgegenstürmte und mit einem Metallteil auf seinen Kopf zielte.

18:49

Jada holte mit dem Brecheisen aus, um dem Wolfsmenschen den Kopf abzuschlagen.

Als sie abgetaucht war, hatte sie sich daran erinnert, dass Duncan das Werkzeug am Grund des Sees liegen gelassen hatte, nachdem er das Satellitenwrack aufgebrochen hatte. Mit der Pistole konnte sie nicht gut umgehen – aber nach jahrelanger Erfahrung mit Triathlons war sie eine ausdauernde Schwimmerin. Sie hatte den See durchquert und sich zum Atmen hin und wieder auf den Rücken gedreht, sodass gerade eben ihre Nase und ihre Lippen herausschauten. Dann war sie getaucht und hatte im klaren, mondscheinerhellten Wasser tatsächlich die Waffe gefunden.

Anschließend schwamm sie zurück, glitt durchs flache Wasser und vertraute darauf, dass sie wegen des sich auf der Wasseroberfläche spiegelnden Sternenhimmels nicht zu sehen wäre.

Sie wartete, bis der Mann ihr den Rücken zukehrte, dann sprang sie hoch und griff an. Im letzten Moment drehte er sich um, und der Schlag traf seinen Helm.

Stahl prallte gegen Stahl.

Die Wucht des Aufpralls pflanzte sich durch den Arm bis in die Schulter fort. Ihre Finger wurden taub, und sie ließ die Brechstange los. Sie fiel klirrend auf den Fels.

Der Helm allerdings war eingebeult, und der Mann taumelte zurück. Er ließ das Schwert fallen und schwankte – die Pistole aber hielt er fest.

Er richtete den Lauf auf ihre Brust und nahm mit der anderen Hand den beschädigten Helm ab. Er fluchte in seiner Muttersprache, sein Gesicht eine Maske des Zorns und der Rachsucht.

Er stieß ihr den Pistolenlauf entgegen – dann zuckte er auf einmal zusammen und ging in die Knie.

Die hinter ihm liegende Khaidu hatte sein Schwert aufgehoben und ihm die ungeschützten Kniesehnen durchtrennt.

Jada trat mit dem wassergefüllten Stiefel zu und kickte seine Pistole weg. Die Waffe flog in hohem Bogen ins Wasser. Dann hob Jada das Brecheisen auf und versetzte dem Mann damit einen Aufwärtshaken gegen das Kinn. Sein Kopf wurde nach hinten gerissen – dann kippte er auf den Rücken.

Bewusstlos und blutend fiel er auf den Felsboden.

Jada eilte zu Khaidu und half ihr hoch.

Sie waren noch längst nicht außer Gefahr.

18:52

Die Panik verlangsamte den Zeitablauf, und Duncan hatte das Gefühl, sich durch eine zähe Masse zu bewegen. Vor sich sah er den vom Schwert durchbohrten Sanjar. Monk drehte sich viel zu langsam um, während Arslan mit dem Gewehr auf seinen Rücken zielte.

Der Fels war glitschig vom Blut der Männer und Pferde. Orientierungslose Pferde umdrängten ihn.

Ich werd's nicht schaffen.

Sanjar sank auf die Knie – dann blickte er nach oben und rief: »HERU!«

Arslan zuckte zusammen, wich zurück, duckte sich und richtete das Gewehr nach oben, um den Falken abzuwehren.

Einen Vogel, der gar nicht existierte.

Monk nutzte den Moment der Ablenkung und riss die Pistole hoch.

In dem Moment richtete Sanjar sich auf, den Dolch in der Hand, und rammte Arslan die Klinge bis ans Heft in den Hals. Der Falkner hatte gewusst, dass sein Cousin panisch reagieren würde, nachdem er von Heru schwer verletzt worden war.

Sanjar riss Arslan zu Boden und drehte die Klinge in der Wunde. Blut strömte Arslan aus Mund und Nase, er atmete abgehackt. Als er mit glasigem Blick zusammensackte, stieß Sanjar ihn weg – dann fiel er auf den Rücken.

Unter ihm bildete sich eine glänzende Blutlache.

Duncan fiel im Laufen auf die Knie nieder und kam neben Sanjar rutschend zum Stillstand.

Ein Schemen flog heran und landete auf der Brust seines Herrn. Der Falke schlug raschelnd mit den Schwingen, neigte den Kopf, streifte an Sanjars Kinn und Wange.

Sanjar hob die Hände und legte sie um den Vogel. Er löste die ledernen Fußfesseln an Herus Krallen. Dann zog er den Falken an seine Lippen und flüsterte ihm etwas ins Gefieder.

Als er Abschied genommen hatte, ließ Sanjar den Kopf sinken und blickte mit dem Anflug eines Lächelns zum Sternenhimmel auf. Eine Weile lag er still da – dann erschlafften seine Hände und gaben seinen Gefährten frei.

Heru sprang ab und schwang sich in den Himmel empor.

Sanjar blickte in die Höhe, doch auch er weilte bereits an einem anderen Ort.

19:10

Die Angst trieb sie an.

Jada hatte trockene Kleidung angezogen, das Gyroskop eingepackt und den Rucksack am Packgurt verzurrt. So viel Blut war vergossen worden, um das Gerät aus dem Wrack zu bergen. Die Opfer sollten nicht vergeblich gewesen sein.

Armer Sanjar…

Sie kehrte dem Blutbad auf dem Plateau den Rücken und versuchte, sich zusammenzureißen. Dem Gestank des Todes konnte sie jedoch nicht entkommen. Sie vermied es, den in der Nähe liegenden zertrampelten Toten anzusehen.

Vor ein paar Minuten hatte sie erleichtert mit angesehen, wie Duncan über das Geröll geklettert war. Er hatte sich Zeit gelassen, doch das machte er dadurch wett, dass er ihr half, Khaidu auf die andere Seite zu schleppen.

Monk kümmerte sich um die Verletzung der jungen Frau. Er wusste offenbar, was er tat, und nahm mit den Mitteln der Erste-Hilfe-Ausrüstung eine Erstversorgung vor. Die stählerne Pfeilspitze und das gefiederte Ende hatte er abgeknipst. Der Schaft steckte noch in ihrem Bauch. Er hatte davor zurückgeschreckt, ihn herauszuziehen. Stattdessen hatte er ihren Bauch warm eingepackt.

»Wir brechen gleich auf!«, rief Monk, nachdem er Khaidu so gut es ging für den Ritt zurück in die Zivilisation vorbereitet hatte.

Duncan nickte und ging zu seinem Pferd. Zuvor hatte er den Wald mit dem Nachtsichtgerät abgesucht. Es war nicht ausgeschlossen, dass sich dort noch weitere Gegner verbargen oder dass Verstärkung unterwegs war.

Doch nicht allein die Angst vor einem Angriff trieb sie zur Eile an.

Das Wolfsgeheul stieg wie Dampf aus dem dunklen Wald empor und wurde immer lauter. Offenbar wurden die Tiere vom Blutgeruch angelockt.

Sie durften nicht länger warten.

Monk reichte Khaidu zu Duncan hoch, der im Herrensitz im Sattel saß und die junge Frau auf seinen Schoß bettete.

Jada stieg in den Sattel. Sie hatte ihre eigenen Gründe, das Gebirge rasch hinter sich zu lassen. Sie legte die Hand auf das Gehäuse des Gyroskops. Wenn dies die teuer erkaufte Beute war, die Antworten auf alle offenen Fragen versprach, musste sie sie in die Staaten und in ihr Labor bringen.

Und zwar so schnell wie möglich.

Niemand würde sie daran hindern.

Monk schwenkte den Arm und zeigte nach unten. »Los!«

19:25

Batukhan erwachte vom Donnergrollen.

Benommen setzte er sich neben dem dampfenden See auf und schaute stirnrunzelnd zum Himmel hoch.

Kein Gewitter...

Als er allmählich klar im Kopf wurde, begriff er, dass es sich um sich entfernendes Hufgetrappel handelte.

»Wartet«, krächzte er, denn er fürchtete, seine Männer könnten ihn zurücklassen.

Ein durchdringender Schmerz flammte in seinem Kiefer auf. Er tastete sich ab und berührte Blut. Sein Kinn war gesplittert. Nach und nach setzte die Erinnerung wieder ein.

Diese verfluchte Schlampe...

Er richtete sich auf – oder versuchte es zumindest. Der Schmerz schoss durch seine Beine. Verwirrt blickte er auf seine blutgetränkte Hose hinunter. Er betastete die brennenden Kniekehlen und stellte fest, dass die Sehnen durchtrennt waren. Seine Beine waren sinnlose Anhängsel, die sein Gewicht nicht mehr trugen.

Nein...

Er musste seinen Männer Bescheid geben.

Die Idioten haben mich wohl für tot gehalten.

Er schleppte sich mit den Armen auf das am Boden liegende Pferd zu und zog die Beine nach. Jede Bewegung war eine Qual. Schweiß perlte auf seiner Stirn. Blut tropfte von seinem Kinn. Er hatte das Gefühl, seine untere Hälfte stünde in Flammen.

Ich muss nur an das Handy herankommen.

Dann würde alles gut werden. Er würde warten, bis man ihn holen kam.

Als er den Kopf hob, machte er an der anderen Seite des Sees, auf dem Erdrutsch, eine schattenhafte Bewegung aus.

Dort war jemand.

Er hob den Arm – dann hörte er das leise Knurren.

Weitere Schemen tauchten auf dem Geröll auf, sprangen herunter.

Wölfe.

Kreatürliche Angst durchströmte ihn.

Nicht das ...

Er wälzte sich auf den Rand des Plateaus zu. Lieber von eigener Hand sterben, als bei lebendigem Leib zerrissen zu werden. Seine nutzlosen Beine behinderten ihn und zogen eine Blutspur über den Boden. Die Schatten kamen näher, sie bewegten sich trotz ihrer Größe vollkommen lautlos.

Schließlich hatte er den Rand erreicht und wälzte sich erleichtert hinüber. In diesem Moment packte etwas seinen Arm, bohrte sich in sein Handgelenk und drang bis auf den Knochen vor.

Ein weiteres Maul schnappte nach dem Lederpanzer des Unterarms und verhinderte ein weiteres Abrutschen. Die kräftigen Wölfe zerrten ihn vom Abgrund weg.

Weitere Tiere bissen zu und rollten ihn auf den Rücken.

Er sah zum Rudelanführer auf, der knurrend die Lefzen hochzog und seine langen Reißzähne bleckte.

Das war keine Maske.

Das war das wahre Gesicht von Dschingis Khan.

Gnadenlos, unerbittlich, unbezwingbar.

Ohne Vorwarnung fielen sie über ihn her.

24

AUF DER ANDEREN Seite des Globus stand Painter in seinem Büro und blickte in den Weltraum. Buchstäblich. Der große LCD-Monitor an der hinteren Wand stellte einen großen dunklen Felsbrocken vor dem Hintergrund der Sterne dar. Die Oberfläche war zernarbt und von Kratern übersät – ein alter, kampferprobter Krieger.

»Das Infrarot-Teleskop der NASA auf Hawaii hat uns das Bild vor ein paar Minuten übermittelt«, sagte hinter ihm Kat. »Die offizielle Bezeichnung des Asteroiden lautet 99942, aber man hat ihn Apophis getauft. Er wurde schon in der Vergangenheit als potenzieller Übeltäter gebrandmarkt, da er als erster Asteroid auf der Turiner Skala von der ersten in die zweite Kategorie gewandert ist.«

»Turiner Skala?«

»Damit wird das Risiko bewertet, dass ein Objekt die Erde treffen könnte. Null bedeutet, ein Zusammenstoß ist ausgeschlossen. Zehn bedeutet, es ist mit Sicherheit damit zu rechnen.«

»Und Apophis wurde höhergestuft?«

»Eine Zeit lang ist er sogar bis zur Kategorie vier aufgestiegen, da man annahm, es bestehe alle zweiundsechzig Jahre die Möglichkeit eines Zusammenstoßes. Dann sank das Risiko wieder – das heißt, bis heute.«

»Was haben Sie vom SMC in Los Angeles in Erfahrung gebracht?«

»Dort untersucht man die Gravitationsanomalien in der Nähe des Kometen, berechnet, welche Auswirkungen sie auf die Umgebung haben, und überwacht die größten ENOs in der Flugbahn des Kometen. Dazu zählt auch Apophis. Wenn die Gravitationseffekte des Energiefelds um den Kometen konstant bleiben und sich nicht verändern, wird Apophis in die Kategorie fünf eingeordnet und gilt als gefährlich. Aber sollte die Anomalie im Verhältnis zur Annäherung des Kometen stärker werden, wird auch der Asteroid auf der Turiner Skala kontinuierlich höhergestuft.«

Painter schaute sie an. »Wie hoch wird er klettern?«

»Am SMC glaubt man, er werde die rote Zone erreichen. Das heißt Kategorie acht, neun oder zehn.«

»Und was ist der Unterschied zwischen den hohen Kategorien?«

»Die Skala reicht vom überlebbaren Zusammenstoß in Kategorie acht bis zur Vernichtung des Planeten…«

»…in Kategorie zehn.«

Kat nickte und deutete auf den Bildschirm. »Apophis hat einen Durchmesser von über dreihundert Metern und eine Masse von vierzig Megatonnen. Wenn unsere Berechnungen stimmen, fliegt dieser Klotz auf die Ostküste zu.«

»Aber ich dachte, die Ostküste sollte von einem Schwarm von Meteoriten getroffen werden und nicht von einem einzelnen großen.«

»Am SMC glaubt man, Apophis werde in der oberen

Atmosphäre explodieren, und die Trümmer werden sich an der Küste verteilen. Das Satellitenbild hat uns die Folgen dieser Einschläge gezeigt.«

Für Painter waren Kats Sorgenfalten ein aufgeschlagenes Buch. Noch etwas anderes beschäftigte sie. »Was verschweigen Sie mir?«

»Die Zeitachse.« Kat wandte sich vollständig zu ihm um. »Das Satellitenfoto wurde sechsundvierzig Stunden in der Zukunft aufgenommen. Aber wie ich schon sagte, es zeigt die Folgen. Aufgrund der Feuerschäden, der Rauchintensität und des Zerstörungsgrads ist ein Techniker des SMC zu dem Schluss gelangt, dass der Meteoriteneinschlag sechs bis acht Stunden früher stattgefunden hat.«

»Dann bleibt uns noch weniger Zeit, die Katastrophe zu verhindern.«

»Und es sind nicht bloß sechs oder acht Stunden weniger.«

»Worauf wollen Sie hinaus?«

»Ich habe Ihnen bereits gesagt, dass Apophis selbst dann, wenn wir den Kometen irgendwie ausschalten könnten, der Kategorie fünf zuzuordnen wäre. Das Energiefeld hat seine Flugbahn bereits verändert.«

»Und selbst wenn wir den Kometen ausschalten, lässt sich das nicht ungeschehen machen.«

»Nein.«

Kat machte ein besorgtes Gesicht und kam auf den Kern des Problems zu sprechen. »Ich habe mit dem Physiker gesprochen, der die Gravitationsanomalien im Auge behält. Er hat berechnet, wie lange es dauern wird, bis Apophis auf der Turiner Skala die Kategorie acht erreicht, also den Bereich, in dem eine Kollision unausweichlich ist. Wenn dieser Punkt erreicht ist, wird der Asteroid mit der Erde zusammenstoßen. Ob wir das Energiefeld anschließend ausschalten können oder nicht, spielt dann keine Rolle mehr.«

»Und wann ist der Zeitpunkt erreicht, wo es kein Zurück mehr gibt?«

Kay sah ihn direkt an. »In sechzehn Stunden.«

Painter lehnte sich an den Schreibtisch. Er hatte das Gefühl, keine Luft mehr zu bekommen.

Sechzehn Stunden…

Einen Moment lang überließ er sich dem Entsetzen – dann drängte er es zurück. Er musste seinen Job machen. Entschlossen erwiderte er Kats Blick.

»Wir brauchen Dr. Shaw.«

20:14 ULAT
Chentii-Berge, Mongolei

Nach fünfundvierzigminütigem schnellem Ritt ließ Jada sich erleichtert aus dem Sattel gleiten. Monk hatte eine kurze Rast in einem kleinen Gehölz auf der dunklen Wiese am Fuß des Bergs angeordnet. Er nahm Duncan Khaidu ab; während des Ritts hatte er sie die ganze Zeit über auf dem Schoß gehalten.

»Zehn Minuten«, sagte Monk und trug Khaidu zu einem umgestürzten Baum, um ihren Verband zu wechseln.

Duncan ging zu Jada hinüber.

Sie kniete nieder, nahm den Rucksack ab und öffnete die Klappe und den Reißverschluss, dann nahm sie das Gyroskop heraus und klappte es auf. Sie wollte sich vergewissern, dass ihre kostbare Beute die grobe Behandlung unversehrt überstanden hatte.

Die glatte Kugel ruhte im Gehäuse und reflektierte das Sternenlicht.

Es hatte den Anschein, als wäre sie unbeschädigt, doch der Schein trog bisweilen.

Sie blickte Duncan an. Er hatte ihre Besorgnis mitbekommen und schwenkte die Hand über dem offenen Gehäuse.

»Keine Sorge«, sagte er. »Das Energiefeld ist unverändert.«

Ihr entfuhr ein Seufzer der Erleichterung.

Monk richtete sich auf, offenbar zufrieden mit Khaidus Verband. Er hielt das Satellitentelefon hoch. »Ich habe endlich wieder ein Signal. Ich versuche jetzt, die Sigma-Zentrale zu erreichen.«

Jada richtete sich ebenfalls auf. »Ich möchte mit Direktor Crowe sprechen!«

Sie wollte ein paar Anweisungen an ihr Labor übermitteln, damit bei ihrer Landung in Kalifornien alles vorbereitet wäre. Ein paar Stunden machten möglicherweise den Unterschied zwischen Erfolg und Scheitern aus.

Monk winkte sie zu sich, doch kaum hatte sie ein paar Schritte zurückgelegt, hob er abwehrend die Hand. »Stopp! Das Signal ist eben abgebrochen.«

Jada senkte den Blick. Sie hielt noch immer das Gyroskop in der Hand. »Das liegt vermutlich am Energiefeld des Auges!«, rief sie ihm zu.

»Dann lassen Sie es liegen«, wies Monk sie an.

Jada drehte sich um und schaute suchend umher. Sie wollte das Gerät nicht auf dem Boden ablegen.

Duncan näherte sich ihr mit Armesündermiene und streckte die Hände aus. »Ich nehme das und gehe ein Stück weg. Je größer der Abstand, desto besser vermutlich der Empfang.«

»Wahrscheinlich haben Sie recht.«

Duncan legte seine empfindlichen Finger so vorsichtig um

das kostbare Teil, als nehme er eine Kobra entgegen. »Finden Sie heraus, was vor sich geht«, sagte er eindringlich und schritt auf die Wiese hinaus.

Von der Last befreit, eilte Jada an Monks Seite. Painter war bereits in der Leitung, und Monk schilderte ihm in knappen Sätzen, was geschehen war. Solche Berichte, bei denen vergossenes Blut und Chaos in saubere, präzise Fakten umgemünzt wurden, waren für ihn Routine.

Als er fertig war, reichte Monk ihr das Telefon. »Da kann es jemand kaum erwarten, mit Ihnen zu sprechen.«

Jada hielt sich das Telefon ans Ohr. »Direktor Crowe?«

»Monk hat mir berichtet, Sie hätten das zentrale Element des Gyroskops geborgen und es sei mit fremdartiger Energie aufgeladen.«

»Ich glaube, es handelt sich um die gleiche Energie, die wir im Kometen festgestellt haben, aber solange ich es nicht in meinem Labor im SMC untersucht habe, lässt sich das nicht mit Gewissheit sagen.«

»Monk hat mich über Ihre Pläne informiert. Ich billige sie. Kat wird für einen raschen Transport sorgen und Sie so schnell wie möglich nach Kalifornien bringen. Aber ich möchte Sie über den Stand der Dinge ins Bild setzen.«

Er berichtete ihr umfassend, doch gute Nachrichten waren keine dabei.

»Sechzehn Stunden?«, wiederholte sie entsetzt, als er geendet hatte. »Wir werden allein schon zwei Stunden brauchen, um nach Ulan-Bator zurückzugelangen.«

»Ich werde Monk anweisen, Sie schnellstmöglich zum Flughafen zu bringen. Dort wird ein betankter Jet auf Sie und das Auge warten.«

»Könnte jemand die neuesten Daten vom SMC an mein Notebook senden? Ich möchte mir unterwegs alles anschauen. Außerdem benötige ich eine sichere Funkverbindung, damit ich vom Flieger aus mit meinen Mitarbeitern sprechen kann.«

»Wird erledigt.«

Sie gab noch ein paar Anweisungen für die letzten Vorbereitungen, dann reichte sie Monk das Telefon zurück und überließ es ihm, die Logistik auszuarbeiten.

Jada entfernte sich ein paar Schritte und schlang frierend die Arme um den Oberkörper. Voller Sorge blickte sie zu dem am Nachthimmel flammenden Kometen hoch.

Sechzehn Stunden.

Ein erschreckender, entmutigender Zeitrahmen.

Doch sie verspürte noch eine diffusere Angst, denn sie konnte sich des Gefühls nicht erwehren, dass sie etwas Wichtiges übersehen hatte.

20:44

Duncan stand am Rand der Wiese. Das Gyroskop hatte er zwischen die Handflächen geklemmt, damit er es nicht mit den Fingerspitzen berühren musste. Trotzdem nahm er den Druck des elektrischen Felds wahr, das ihn in Wellen durchpulste und ihm das Gefühl vermittelte, er halte ein schlagendes Herz in Händen.

Er schauderte, jedoch nicht wegen der Kälte.

An den Armen hatte er Gänsehaut.

Macht schon, Leute, dachte er, als er Monks leiser Stimme lauschte.

Er konnte es gar nicht erwarten, von hier wegzukommen.

Und dieses Ding loszuwerden.

Er versuchte, die Unruhe abzuschütteln, und schritt am

Waldrand entlang. Mit der Stiefelspitze stieß er gegen eine Bodenunebenheit. Er geriet ins Stolpern und ärgerte sich über seine Ungeschicklichkeit – da passierte auf einmal etwas wirklich Schlimmes.

Die untere Hälfte des Gyroskopgehäuses fiel zwischen seinen Händen hindurch. Jada hatte anscheinend vergessen, das Gehäuse zu verriegeln, und er hatte es nicht gemerkt.

Er beobachtete, wie die Kristallkugel – in der das Feuer des Universums gespeichert war – wie in Zeitlupe zu Boden fiel. Sie prallte auf und rollte ins Stachelschweingras.

Er eilte ihr nach.

Wenn wir die verlieren würden…

Mit einer Hand riss er die Kugel hoch, als schnappte er sich einen Basketball, bevor er vom Spielfeld hüpfte. Der Schock, die nackte Kugel mit bloßer Hand zu berühren, zwang ihn in die Knie. Die Dunkle Energie setzte seine Hand in Brand, die Finger krampften sich um die gewölbte Oberfläche. Er konnte nicht mehr erkennen, wo das Energiefeld endete und wo die Kugel begann. Er hatte das Gefühl, seine Finger würden mit dem Kristall verschmelzen.

Im Knien hob er die Kugel hoch, um sie voller Abscheu wegzuschleudern – als er ein dunkles Feuer im Inneren wahrnahm. Er blickte durch den Kristall hindurch zum Wolfszahn.

Er ließ die Kugel wieder sinken – und alles war in Ordnung.

Er hob sie vors Auge – und die Welt brannte.

Das kann nichts Gutes bedeuten.

Er richtete sich auf und drehte sich um. Ganz gleich, wohin er sah, durch das Auge erblickte er eine Feuerapokalypse. Im Norden machte er die Quelle der Zerstörung aus: einen qualmenden Krater.

»Was machen Sie da?«, fragte Jada, die sich ihm von hinten genähert hatte.

Zu erschrocken, um ihr zu antworten, hielt er ihr die Kugel entgegen und deutete zum Wolfszahn.

Stirnrunzelnd lehnte sie sich an ihn und blickte durch die Kristallkugel. In dieser Haltung verharrte sie mehrere Atemzüge lang, offenbar ebenso geschockt wie er.

»Und?«, fragte sie schließlich und wandte ihm das Gesicht zu.

»Sehen Sie es nicht?«

»Was soll ich sehen?«

»Der Berg, der Wald. Alles zerstört.«

Sie musterte ihn, als habe er den Verstand verloren. »Ich sehe nichts dergleichen.«

Was?

Duncan konzentrierte sich wieder auf den Weltenbrand, der durch das kristallene Auge hindurchleuchtete, auf die Apokalypse, die anscheinend nur er allein sehen konnte.

Das hier war die Bestätigung dafür, dass nicht nur die amerikanische Ostküste bedroht war. Die ganze Welt war in Gefahr.

Das ließ nur einen Schluss zu.

Wir sind geliefert.

TEIL 4

FEUER & EIS

25

GRAY STAND MIT seinen Begleitern an der vereisten An-
legestelle der Fähre. Es war stockdunkel, der Himmel wol-
kenlos, die Nacht im Vergleich zum fünfhundert Kilometer
südlich gelegenen Ulan-Bator bitterkalt. Alle trugen Parkas mit pelzverbrämten Kapuzen und waren von den Einheimischen, die ebenfalls zu dieser späten Stunde zur Insel
Olchon übersetzen wollten, kaum zu unterscheiden.

Normalerweise brachte ein Boot Besucher von dem kleinen Dorf Sakhyurta über die anderthalb Kilometer breite
Wasserfläche zur Insel. Im Winter aber war man auf den
öffentlichen Bus angewiesen.

Eine Brücke allerdings gab es nicht.

Der Bus würde direkt übers Eis fahren. Im Winter bildete sich eine dicke Eisschicht, die Fahrzeuge trug. Auf dem
dunklen Eis zeichnete sich sogar eine Straße ab, bestäubt
mit trockenem Schnee, den der Wind angeweht hatte.

Rachel beäugte skeptisch ihr Transportmittel. Auch die
anderen waren wenig begeistert. Selbst Kowalski wirkte
noch übellauniger als gewöhnlich.

»Ich hab genug von Ausflügen aufs Eis«, murrte der Hüne. »Ich weiß auch über den Grendel Bescheid.«

Gray hörte nicht auf ihn. Als das Gepäck verstaut war, forderte er seine Teamkollegen mit einer Handbewegung zum Einsteigen auf. Als alle Platz genommen hatten, schloss der Fahrer die Tür, legte knirschend den Gang ein und lenkte den Bus aufs Eis. Es war noch so früh im Jahr, dass Gray durch ein Sichtloch in der beschlagenen Scheibe die Fahrt nicht ohne Beklemmung verfolgte. Wenn im Januar der große See vollständig zugefroren wäre, könnten abgehärtete Touristen von einer Seite zur anderen wandern.

Jetzt war es noch nicht so weit. Weiter draußen machte er Wellen aus. Er hatte einiges über dieses Gewässer gelesen und wusste, dass es sich um ein geologisches Wunder handelte. Der Baikalsee war das tiefste Binnengewässer weltweit und hatte sich in einer Lücke zwischen tektonischen Platten gebildet, die sich langsam voneinander entfernten. Der See wurde deshalb immer größer, bis er irgendwann ein neues Meer bilden würde.

Vorausgesetzt, der Planet blieb so lange intakt.

Er sah auf die Uhr. Nach der Landung im nahegelegenen russischen Irkutsk hatte er mit Painter gesprochen und vom neuen, noch engeren Zeitplan erfahren. Im Moment blieben ihnen nur noch etwa zwölf Stunden. Monk flog gerade zusammen mit Dr. Shaw und Duncan von Ulan-Bator nach Kalifornien.

Shaw wollte im Labor das gyroskopische Auge untersuchen, während er versuchen sollte, das Kreuz zu finden. Vielleicht würde sie ja allein eine Lösung finden, doch Gray war ihre Rückversicherung – falls es ihm denn gelang, das altehrwürdige Artefakt aufzuspüren.

Sie beide standen unter gewaltigem Zeitdruck.

Dr. Shaws Rückflug in die Staaten würde sieben bis acht Stunden in Anspruch nehmen und wertvolle Zeit kosten. Seine Lage war kaum besser.

Er konnte erst bei Sonnenaufgang mit der Suche beginnen. Im Moment war es zu dunkel, außerdem wussten sie nicht einmal, wo sie mit der Suche anfangen sollten. An der Ostseite lagen hohe Berge, bedeckt mit Kiefernwald, der bis zum höchsten Gipfel reichte, dem Zhima. Ansonsten war das Terrain von Sanddünen, Grassteppe und vereinzelten Lärchengehölzen geprägt.

Selbst bei Tageslicht war die Unternehmung ohne einen Plan so gut wie aussichtslos.

Deshalb hatte Vigor eine andere Vorgehensweise vorgeschlagen.

Weshalb nicht jemanden um Rat fragen?

Auf der Insel wohnten fünfzehnhundert Menschen, Angehörige der Burjaten und somit Nachfahren der mongolischen Siedler.

Vigor hatte seine Beziehungen zum Vatikan spielen lassen und ein Treffen mit dem ranghöchsten Schamanen arrangiert. Wenn jemand die Geheimnisse der Insel kannte, dann der Kopf dieser rätselhaften Glaubensrichtung, einer merkwürdigen Mischung aus Buddhismus und Naturreligion. Die Burjaten begegneten Fremden für gewöhnlich mit Argwohn. Frauen hatten keinen Zugang zu ihren heiligen Stätten. Eine Begegnung mit einem Schamanen war ein außergewöhnliches Ereignis.

Aber wie sollten sie den Mann zum Reden bekommen?

Gray hatte vorgeschlagen, die Karten auf den Tisch zu legen – beziehungsweise dem Schamanen die Relikte von Dschingis Khan zu zeigen. Damit hoffte er, ihn dazu zu bewegen, die Geheimnisse der Insel zu enthüllen.

Schließlich hatte der Schamane eingewilligt, sich mit ihnen zu treffen, jedoch erst im Morgengrauen, da sie vom Tageslicht gereinigt werden müssten, bevor sie mit ihm sprechen durften. Auch durch gutes Zureden hatte er sich nicht von seiner Haltung abbringen lassen.

So viel verlorene Zeit…

Doch er musste sich eingestehen, dass sie alle hundemüde waren und dringend Schlaf und etwas Erholung brauchten. Außerdem würden Monk und die anderen bis zum Treffen mit dem Schamanen in Kalifornien gelandet sein. Somit blieben ihnen noch etwa vier Stunden, um eine Lösung für das über ihren Köpfen schwebende Verhängnis zu finden.

Wenn das kein Zeitdruck war.

Kowalski zuckte zusammen, als der Bus einen Eisgrat überrollte. Er klammerte sich mit weißen Knöcheln an den Vordersitz und drückte sich die Nase am Fenster platt. »Was ist das da draußen, neben dem Loch im Eis?«

Gray schaute nach draußen und beobachtete, wie ein großes Tier, aufgeschreckt vom Bus, vom Eis ins Wasser glitt. »Keine Panik. War bloß eine Robbe.«

»Das wollen die einen glauben machen«, murmelte Kowalski. »Aber man weiß einfach nicht, was sich unter dem Eis versteckt.«

Offenbar hatte er ein Eis- und Wassertrauma. Gray ging nicht auf seine Bemerkung ein. Außerdem hatten sie die Insel fast schon erreicht.

Vigor kam herüber und nahm neben Gray Platz. Er zeigte aus dem Fenster zur dunklen Insel hinüber. »Schauen Sie sich mal die Felsklippe an. Die Einheimischen nennen sie *Khorin-Irgi*, das bedeutet Pferdekopf. Sie gleicht einem Pferd, das aus dem See trinkt. Es heißt, zu Dschingis Khans Zeiten seien Krieger hierhergekommen, weil sie glaubten, die Klippe sei eine kosmische Bestätigung der Macht ihres Anführers.«

Gray musterte die schattenhafte Klippe. Er wusste, dass die Mongolen ihren Pferden hohe Wertschätzung entgegenbrachten. Vigor hatte gemeint, der Eingang des Tunnels, der am Aralsee zum Knochenschiff führte, habe ebenfalls eine Ähnlichkeit mit einem Pferdekopf gehabt.

»Glauben Sie, das wäre ein guter Ausgangspunkt für die Suche?«, fragte Gray.

»Das bezweifle ich«, antwortete Vigor. »An der Klippe herrscht eine Menge Trubel. Wenn dort etwas versteckt wäre, hätte man es bestimmt schon entdeckt. Ich wollte nur darauf hinweisen, dass viele Orte auf der Insel mit dem Mythos von Dschingis Khan verknüpft sind. Wir müssen lediglich herausfinden, an welchem davon sich seine Grabstätte befindet.«

»Vielleicht kann uns der Schamane weiterhelfen.«

»Wenn er etwas weiß, wäre es respektvoll gegenüber einem Verwandten im Geiste, wenn er sein Wissen mir gegenüber preisgeben würde.« Vigor grinste müde. »Verlieren Sie nicht den Mut, Commander Pierce. Wenn das Kreuz hier ist, werden wir es finden.«

»Ja, aber auch rechtzeitig?«

Vigor tätschelte ihm väterlich das Knie und kehrte an seinen Platz zurück. Er legte den Arm um seine Nichte, die ihren Onkel die ganze Zeit über im Auge behalten hatte.

Der Bus überfuhr eine Bodenwelle, dann hatte er festen Untergrund erreicht. Er rollte über den Sandstrand und bog auf eine schmale Straße ein, welche die Insel der Länge nach durchschnitt. Grays Team wollte zum größten Dorf der Insel Olchon, das auf halber Strecke lag. In dessen Nähe wollten sie sich mit dem Schamanen an einem heiligen Ort treffen.

Nach dreiviertelstündiger Fahrt auf der mit Schlaglöchern übersäten Straße, die an der Westseite gesäumt war von brauner Steppe, rumpelte der Bus in das verschlafene, malerische Dorf Chuzir. Die Fachwerkhäuser hatten Moosdächer, bunt bemalte Zäune fassten die kleinen Höfe und Viehpferche ein. Das Dorf lag an einer kleinen Bucht an der Westseite der Insel, und es gab nur zwei Unterkünfte.

Gray hatte sich für die kleinere von beiden entschieden. Da sie sich außerhalb der Touristensaison befanden, hatte er gleich die ganze Herberge gemietet, in der es ein Dutzend Zimmer gab.

Der Bus hielt am Eingang. Das Blockhaus war zweistöckig und bot Ausblick auf die Bucht. Dahinter lag ein Pferdestall, an der einen Seite waren mehrere Quads abgestellt, die offenbar an Touristen vermietet wurden, welche die Insel erkunden wollten.

Sie luden das Gepäck aus und gingen ins Haus. Die Besitzer – ein älteres russisches Ehepaar, das sich mehrfach verneigte und sich gestikulierend für ihr schlechtes Englisch entschuldigte – hatten sie erwartet und im steinernen Kamin im Aufenthaltsraum Feuer gemacht. Der Raum machte mit seinem Dielenboden, den Polstersesseln und dem langen Esstisch an der einen Seite einen einladenden Eindruck.

Die Wärme des Kamins fühlte sich nach der Fahrt im kalten Bus im ersten Moment erstickend an, doch als sie sich angemeldet und die Zimmerschlüssel in Empfang genommen hatten, war Gray von den Flammen magisch angezogen und wärmte sich die Hände.

Vigor ließ sich in einem der Sessel nieder. »Ich glaube, hier gefällt's mir.«

»Bett«, sagte Kowalski, stapfte nach oben und rieb sich die Augen wie ein kleiner Junge, der zu lange auf gewesen ist.

Gray hatte gegen Kowalskis Plan nichts einzuwenden. Zum Beweis gähnte er laut. »Verzeihung. Ich glaube, wir sollten uns alle aufs Ohr legen. Wir müssen ein bis zwei Stunden vor Sonnenaufgang aufstehen, wenn wir zu dem Reinigungsritual des Schamanen pünktlich sein wollen.«

»Zu dem nur ihr *Jungs* zugelassen seid«, murrte Seichan.

Das war ein weiteres Zugeständnis an den Schamanen. *Frauen unerwünscht.* Die Begräbnisstätten der Burjaten waren offenbar Männersache.

»Seichan und ich werden einen Wellnesstag einlegen«, sagte Rachel, »während ihr in der Kälte herumstapft.«

Missmutig starrte sie auf den Hinterkopf ihres Onkels. Am liebsten hätte sie Vigor keinen Moment aus den Augen gelassen. Sie ließ sich sogar neben ihm in einen Sessel sinken.

Sie wünschten sich gegenseitig eine gute Nacht und gingen auseinander.

Als Gray die Treppe hochstieg, knarrte das Holz unter seinen Füßen, und er wurde von bösen Vorahnungen erfasst. Im Fenster auf dem Treppenabsatz leuchtete der Komet. Doch er spürte, dass die Gefahr viel näher war. Er hatte das Gefühl, jemand schaufele ihm das Grab.

Oder jemand anderem.

Seichan folgte ihm lautlos.

3:03

Rachel erwachte voller Panik, denn sie meinte, sie habe einen Schuss gehört.

Sie war im Sessel eingeschlafen. Ein lautes Knacken des Kaminholzes beruhigte sie, und sie erinnerte sich wieder, wo sie sich befand. Sie blickte auf die Uhr und sah, wie spät es war.

Bestürzt drehte sie sich im Sessel um.

»Onkel Vigor, wieso bist du noch auf? Es ist schon nach drei, und in ein paar Stunden musst du hellwach sein.«

Er saß an der anderen Seite des Kamins, auf dem Schoß ein aufgeschlagenes Buch. In den Gläsern seiner Lesebrille spiegelte sich das Feuer.

»Ich habe auf dem Herflug geschlafen und im Auto ein Nickerchen gemacht.« Er wedelte mit der Hand. »Ein paar Stunden Schlaf, und ich bin wieder topfit.«

Sie wusste genau, dass jede dieser Aussagen gelogen war. Sie hatte ihn während des Flugs beobachtet. Er hatte die ganze Zeit über kein Auge zugetan. Seine Stirn glänzte von Schweiß, und daran war nicht das Kaminfeuer schuld. Seine Blässe bestätigte ihren Verdacht.

Seine Schlaflosigkeit rührte nicht von seinem Alter her. Auch nicht von seinem Interesse an dem Buch auf seinem Schoß. Er hatte Schmerzen.

Sie stand auf und kniete vor ihm nieder, schmiegte sich an seine Beine.

»Erzähl's mir«, sagte sie. Mehr Worte waren nicht nötig, denn er begriff auch so, was sie meinte.

Er seufzte schwer, ein leichtes Zucken in den Augenwinkeln. Er legte das Buch weg und schaute in die Flammen. »Es ist Bauchspeicheldrüsenkrebs«, flüsterte er, als ob er sich schämte – nicht weil er krank war, sondern weil er die Krankheit für sich behalten hatte.

»Wie lange?«

»Die Diagnose habe ich vor drei Monaten bekommen.«

Sie sah fragend zu ihm auf, denn das hatte sie nicht gemeint. »Wie lange?«, wiederholte sie.

»Mir bleiben noch zwei, vielleicht auch drei Monate.«

Die Wahrheit zu hören, war eine Erleichterung, löste aber auch Entsetzen aus. Nach so langer Ungewissheit wollte sie die Wahrheit wissen, musste sie die Wahrheit erfahren, um ihrer Angst einen Namen geben zu können. Doch jetzt, da er sie ausgesprochen hatte, konnte sie sich nicht mehr mit falschen Hoffnungen beruhigen.

Sie bekam feuchte Augen.

Er streckte die Hand aus und wischte ihr die Tränen ab. »Nicht weinen. Deshalb wollte ich nicht, dass du es weißt. Ich hatte einen guten Lauf.«

»Du hättest es mir sagen sollen.«

»Ich habe ...« Er seufzte erneut. »Ich habe Zeit gebraucht, um es zu verarbeiten.« Er schüttelte den Kopf, offenbar enttäuscht darüber, dass er es nicht besser erklären konnte.

Rachel verstand ihn. Er hatte sich mit seiner Sterblichkeit und der Unausweichlichkeit des Todes abfinden müssen, bevor er es jemandem sagen konnte.

Er erzählte ihr mehr. Wie bei den meisten Krebserkrankungen der Bauchspeicheldrüse war der Krankheitsverlauf bei ihm still und asymptomatisch. Als er erkrankte, war er zunächst von einer Magenverstimmung ausgegangen, doch da war es bereits zu spät gewesen. Der Krebs hatte in der ganzen Bauchhöhle und in der Lunge Metastasen gebildet. Er entschied sich für eine reine Palliativbehandlung und nahm Medikamente, welche die Schmerzen dämpften.

»Das Gute daran«, sagte er und fand einen Silberstreif inmitten der Finsternis, »ist, dass ich fast bis zuletzt aktiv sein kann.«

Rachel hatte einen Kloß im Hals. Sie schluckte, auf einmal froh darüber, dass sie ihn nicht von dieser Reise abgehalten hatte, die vermutlich seine letzte sein würde.

»Ich werde für dich da sein«, versprach sie ihm.

»Das freut mich, aber vergiss nicht, dass du dein eigenes Leben leben musst.« Er schwenkte die Hand über seinen Körper. »Es ist nur geliehen, ein kleines Geschenk, das hoffentlich zu größerer Herrlichkeit führt. Aber du solltest das Geschenk nicht vergeuden und es nicht für zukünftigen Gebrauch aufheben; ergreife es mit beiden Händen und lebe jetzt, jeden Tag.«

Sie legte die Wange auf seinen Schoß, ihre Schultern bebten. Sie hatte den Kampf gegen die Trauer verloren.

Er ließ es zu und legte ihr die Hand auf den Kopf.

»Ich liebe dich, Rachel«, sagte er zärtlich. »Du bist meine Tochter. Das war schon immer so. Ich bin glücklich, dass ich mein Leben mit dir teilen durfte.«

Sie schlang die Arme um seine Beine – am liebsten hätte sie ihn nie mehr losgelassen, doch sie wusste, dass sie es bald würde tun müssen.

3:19

Seichan lag im Bett, hatte sich den Arm übers Gesicht gelegt und hielt die Tränen zurück. Sie hatte das Gespräch im Aufenthaltsraum mitgehört. Ihr Zimmer lag unmittelbar darüber. Sie konnte jedes Flüstern hören, denn in der Kammer des Gasthofs wurde jedes Geräusch verstärkt.

Sie hatte nicht lauschen wollten, doch die Stimmen hatten sie geweckt.

Wie viel Liebe doch in den Worten des Priesters gelegen hatte.

Du bist meine Tochter.

Die Erkenntnis traf sie im Innersten – obwohl Vigor nicht

430

Rachels leiblicher Vater war, hatten die beiden eine Familie gebildet.

Während sie ihnen lauschte, hatte sie sich das Gesicht ihrer Mutter vorgestellt, das Gesicht einer Fremden, von der sie durch einen Abgrund der Zeit und des Leids getrennt war. Könnten sie, anstatt ihre Mutter- und Tochterrolle zu erneuern, vielleicht gemeinsam etwas Neues schmieden und sich als zwei Fremde begegnen, die einen Traum an Vergangenes miteinander teilten? Könnten sie die erloschene Glut zu neuer Flamme anfachen?

Seichan verspürte einen Anflug von Hoffnung.

Sie setzte sich auf, denn sie wusste, dass sie keinen Schlaf finden würde.

Vigors Ratschlag ging ihr nicht aus dem Sinn.

...du solltest das Geschenk nicht vergeuden und es nicht für zukünftigen Gebrauch aufheben; ergreife es mit beiden Händen und lebe jetzt...

Sie stand auf und zog ein weites Hemd über. Barfuß schlüpfte sie aus dem Zimmer und tappte den kalten Flur entlang. Seine Tür war unverschlossen, und sie trat in das warme, dunkle Zimmer.

Im kleinen Kamin glomm noch ein wenig Glut.

Sie trat an sein Bett, wie das ihre ein Einzelbett mit einer dicken Decke und weichen Daunenkissen. Sie schlug die Decke zurück, schlüpfte darunter und schmiegte sich an seinen nackten, festen Körper. Erst jetzt wachte er auf.

Er schreckte zusammen, schloss seine kräftigen Finger um ihren Unterarm und drückte so fest zu, dass es wehtat. Als er sie erkannte, lockerte er seinen Griff, ließ sie aber nicht los. In seinen Augen spiegelte sich die Kaminglut.

»Sei...?«

Sie drückte ihm den Zeigefinger auf die Lippen. Sie hatte

genug vom Reden, von dem Versuch, ihre und seine Gefühle in Worte zu fassen.

»Was hast du…?«

Sie nahm den Finger fort und beantwortete seine Frage mit ihren Lippen.

Ich will leben.

26

JADA SCHRECKTE HOCH, als der Jet in einem Luftloch absackte. Das Kinn hatte sie auf die Brust gesenkt gehabt, das Notebook stand aufgeklappt vor ihr. Während einer längeren Datenübertragung war sie eingenickt.

»Schieben Sie den Sitz zurück und versuchen Sie, richtig zu schlafen«, empfahl ihr Duncan, der neben ihr saß. »Nehmen Sie sich an Monk ein Beispiel.«

Er deutete mit dem Daumen nach hinten zum dritten Passagier in der mit Ledersitzen ausgestatteten Kabine. Monks Schnarchen war so regelmäßig wie das Brummen der Triebwerke.

»Ich habe nicht geschlafen«, entgegnete sie und verbarg ein Gähnen hinter vorgehaltener Hand. »Ich habe bloß nachgedacht.«

»Tatsächlich?« Duncan hob den Arm und zeigte ihr seine Hand, die Jada im Schlaf ergriffen hatte. »Dürfte ich mich dann erkundigen, *worüber* Sie nachgedacht haben?«

Sie errötete und entriss ihm die Hand. »Verzeihung.«

Er lächelte. »Ich hatte nichts dagegen.«

Verlegen blickte sie durchs Fenster zu den Wolken und dem Meer hinaus. Der Zeitanzeige auf dem Notebook nach waren sie seit knapp drei Stunden in der Luft.

»Wir haben gerade eben Japan überflogen«, sagte Duncan. »In fünf Stunden werden wir in Kalifornien landen.«

Während sie den Blick durch die Kabine schweifen ließ, dachte sie an ein anderes Flugzeug, einen anderen Luxusjet. Das Abenteuer hatte für sie in Los Angeles begonnen. Erst war sie nach D.C. geflogen, dann nach Kasachstan und in die Mongolei, und jetzt kehrte sie zum Ausgangspunkt zurück.

Einmal rund um den Globus.

Und das alles, um die Welt zu retten.

Sie hoffte, dass dies nicht ihre Abschiedstour sein würde. Wenn das, was Duncan durch das *Eye* sah, real war, war der ganze Planet bedroht.

Sie blickte den Kasten auf dem Tisch an. Vor dem Abflug hatte sie das *Eye* in einen provisorischen Faradaykäfig gelegt, in einen mit Kupferdraht umwickelten Kasten, der verhindern sollte, dass die elektromagnetische Strahlung die Bordelektronik störte. Duncan hatte die Hände über dem Kasten geschwenkt und anschließend bestätigt, dass die Strahlung weitgehend abgeschirmt wurde. Auf seinen Quanteneffekt hatte die Isolierung allerdings keine Auswirkung.

Ein Gefängnis aus Kupferdraht reichte dafür nicht aus.

Als er ihren Blick bemerkte, sagte Duncan: »Weshalb konnte ich als Einziger die Zerstörungen durch das *Eye* sehen?«

Sie zuckte mit den Achseln, froh über die Ablenkung. »Anscheinend sind Sie empfänglich für seinen Quanteneffekt. Ich glaube, das, was mit dem *Eye* passiert ist, hat sich auch auf die Satellitenkamera ausgewirkt, deren optischer

Sensor einen Blick in die Zukunft geworfen hat, als das Licht durch die veränderte Linse gefallen ist.«

»Und was ist mit mir?«

»Wie ich schon sagte, das menschliche Bewusstsein ist im Quantenfeld verortet. Aus irgendeinem Grund sind Sie empfänglicher für die Quantenveränderungen des *Eye* als andere. Entweder liegt es an den Magneten in Ihren Fingerspitzen … oder Sie sind ein Extrasensoriker.«

»Wie der heilige Thomas mit dem Kreuz.«

»Möglicherweise, aber ich werde Sie trotzdem nicht als heiliger Duncan ansprechen.«

»Wirklich nicht? Mir würde das gefallen.«

Ein Signalton ertönte, und auf dem Bildschirm ihres Notebooks wurde ein neuer Ordner angezeigt.

Endlich …

»Zurück an die Arbeit?«, sagte Duncan.

»Ich möchte etwas überprüfen.«

Sie öffnete den Ordner und überflog die Dokumente. Sie wollte die Flugbahn des Kometen grafisch darstellen und die Korona aus Dunkler Energie nachverfolgen. Irgendetwas nagte an ihr, und sie hoffte, ihrem Unbehagen mit den neuen Daten auf die Spur zu kommen.

Sie machte sich daran, die relevanten Daten in ein Grafikprogramm einzugeben. Außerdem wollte sie die neuesten Statistiken und Zahlen mit ihren ursprünglichen Berechnungen zur Beschaffenheit der Dunklen Energie vergleichen. Die Gleichungen verknüpften ihre Theorie zur Dunklen Energie – dem Kollaps virtueller Teilchen im Quantenschaum des Universums – mit den Gravitationskräften. Das war die Krux bei dem vorliegenden Problem. Sie konnte es mit einem Wort zusammenfassen.

Anziehung.

Die virtuellen Teilchen wurden voneinander angezogen, und die bei ihrer Vernichtung entstehende Energie war das, was der *Masse* die fundamentale *Gravitationskraft* verlieh. Es war der Treibstoff der schwachen und starken Wechselwirkung, die Elektronen, Protonen und Neutronen sich einander annähern und Atome bilden ließ. Sie veranlasste Monde, Planeten zu umkreisen, versetzte Sonnensysteme in Drehung und Galaxien in Rotation.

Nach einer Weile wurde sie auf Fehler in den Gleichungen des SMC aufmerksam, auf Annahmen des leitenden Physikers, die von den neuesten Daten nicht gestützt wurden. Sie arbeitete schneller und schüttelte die Müdigkeit ab. Mit wachsendem Entsetzen klärte sich das Bild vor ihrem inneren Auge.

Ich habe mich geirrt... eine andere Erklärung gibt es nicht...

Sie tippte in rasendem Tempo, denn sie wollte alles doppelt überprüfen.

»Was ist los?«, fragte Duncan.

Sie wollte es laut aussprechen, die Erkenntnis mit jemandem teilen, doch sie fürchtete, es könnte wahr werden, wenn sie es laut aussprach.

»Jada?«

Sie gab nach. »Der Physiker vom SMC, der die ersten Schätzungen hinsichtlich des Punkts ohne Wiederkehr abgegeben hat... er hat einen Fehler gemacht.«

»Sind Sie sicher?« Duncan sah auf die Uhr. »Er hat von einer Sechzehn-Stunden-Frist gesprochen. Somit bleiben uns noch etwa neun Stunden.«

»Er hat sich geirrt. Er ging davon aus, dass die Gravitationsanomalie sich proportional zur Annäherung an die Erde verstärkt.«

»Und das ist falsch?«

»Nein, in der Hinsicht lag er richtig.« Sie rief die Grafik auf, die sie zusammengestellt hatte. »Hier sehen Sie, wie die Kometenkorona aus Dunkler Energie in dem Maße von der Erde angezogen wird, wie sie sich ihr nähert, und sich dabei ausdehnt.«

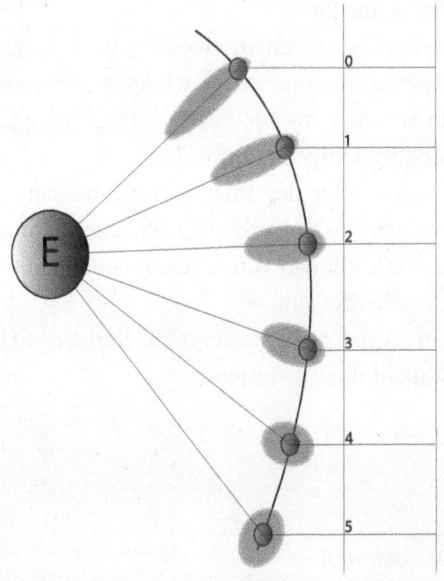

»Desgleichen reagiert die Krümmung der Raumzeit um die Erde auf den Gravitationseffekt. Die Krümmung weist nach *außen*, und bei der weiteren Annäherung entsteht ein Trichter, durch den die Asteroiden zur Erde gelenkt werden.«

»Und wo liegt das Problem, wenn der Physiker recht hat?«

»Er hat einen Fehler gemacht, und ich glaube, die neuen Daten stützen diese Annahme.«

»Welchen Fehler?«

»Er hat angenommen, die Gravitationswirkung nehme in geometrischer Progression zu, also schrittweise. Das halte ich für falsch. Ich glaube, sie steigt *exponentiell* an.« Sie wandte sich ihm zu. »Anders ausgedrückt: wesentlich schneller.«

»Wie viel schneller?«

»Um ganz sicherzugehen, möchte ich die Daten noch in meine Gleichungen einsetzen, doch ich schätze, uns bleiben nicht neun Stunden, bis der Asteroideneinschlag unvermeidlich ist, sondern lediglich *fünf*.«

»Dann hätte sich die Frist nahezu halbiert.« Duncan lehnte sich zurück. Die Konsequenzen waren ihm sofort klar geworden. »Wir können von Glück sagen, wenn wir bis dahin in L. A. gelandet sind.«

»Und in Anbetracht unserer bisherigen Erfahrungen würde ich nicht darauf wetten.«

4:14

Verdammt noch mal …

Duncan war ganz benommen.

Jada hatte ihn gebeten, so lange, bis sie ihre Einschätzung bestätigt hatte, nichts zu sagen. Sie gab gerade Daten in ein Analyseprogramm ein, das sie auf der Grundlage ihrer Gleichungen erstellt hatte.

Während Duncan wartete, massierte er sich die Schläfen. »Wieso ist der Satellit überhaupt mitten in der Mongolei abgestürzt? Warum nicht im verdammten Iowa? Wir vergeuden wertvolle Zeit, indem wir um den halben Globus fliegen.«

Jada hielt mit Tippen inne.

»Was ist?«, fragte er.

»Das ... genau *das* ist es, was mich wurmt. Ich war ja so dumm.« Sie schloss die Augen. »Es ging die ganze Zeit um *Anziehung*.«

»Worauf wollen Sie hinaus?«

Jada zeigte auf die Grafik, welch die Anziehung der Kometenkorona durch die Erde darstellte. »Der Physiker vom SMC hat angenommen, es gebe etwas auf der Erde, das mit der Energie des Kometen wechselwirkt. Das sehe ich auch so.«

»Sie haben gemeint, es könnte mit dem Kreuz zu tun haben«, sagte Duncan. »Weil es aus einem Bruchstück des Kometen gearbeitet ist.«

»Genau. Der Komet und das Kreuz sind wahrscheinlich auf Quantenebene verschränkt und werden voneinander angezogen, zumindest in energetischer Hinsicht. Ich hatte gehofft, ich könnte diese Energie – oder die des *Eye* – untersuchen, wenn das Kreuz gefunden ist, und die Verschränkung möglicherweise aufheben.«

Duncan nickte. Das klang logisch. »Wenn Ihnen das gelänge, würde die Energie des Kometen nicht länger von der Erde angezogen werden – und die Krümmung der Raumzeit würde aufgehoben.«

»Dann gäbe es auch keinen Trichter, der einen massiven Asteroideneinschlag zur Folge hat.«

Brillant, Dr. Shaw.

»Zwei Fragen«, sagte Duncan. »Weshalb sind Sie so sicher, dass eine Anziehung zwischen dem Kometen und dem Kreuz besteht? Und was kann man tun, um die Verschränkung aufzuheben?«

»Die Antwort ist jeweils dieselbe. Um noch einmal Einstein zu zitieren: *Gott würfelt nicht.*«

Duncan reagierte verdutzt.

»Gerade eben«, sagte Jada, »haben Sie gefragt, *weshalb* der Satellit in der Mongolei abgestürzt ist. Das ist die beste Frage, die man stellen kann.«

»Danke…«, sagte er verunsichert.

»Ich möchte mit einer Gegenfrage antworten. Wo, glauben Sie, befindet sich das Kreuz im Moment?«

»Auf einer Insel im Baikalsee, etwa fünfhundert Kilometer nördlich…« Er stockte und riss die Augen auf. »Nach globalem Maßstab praktisch in der unmittelbaren Nähe der Absturzstelle.«

»Ist das nicht ein merkwürdiger Zufall?«

Er nickte.

Und Gott würfelt nicht.

Er schaute sie an und hätte sie am liebsten geküsst – der Wunsch war noch stärker als ohnehin schon. »Der Satellit ist in der Nähe des Kreuzes niedergegangen, weil er von dessen Energie angezogen wurde.«

»Wie sollte es auch anders sein? Er ist aufgeladen mit der Dunklen Energie des Kometen.«

Duncan schaute sich noch einmal die Grafik an, die veranschaulichte, wie der Energienimbus erdwärts gesaugt wurde. Er stellte sich den Satelliten als einen isolierten Teil dieser Energie vor, der vom Kreuz aus dem Orbit abgelenkt und zur Erdoberfläche gezogen wurde.

Wenn dies stimmte, stützte es Jadas Verschränkungstheorie, beantwortete aber nicht die andere Frage.

Er wandte sich wieder Jada zu. »Sie haben gemeint, daraus könne man auch folgern, wie sich die Verschränkung aufheben lässt.«

Sie lächelte. »Ich dachte, das wäre offensichtlich.«

»Nicht für mich.«

»Wir müssen beenden, was der Satellit vorhatte. Wir müssen die Energie des *Eye* mit der Energie des Kreuzes vereinen. Stellen Sie sich die beiden als negativ und positiv geladene Teilchen vor. Die unterschiedlichen Ladungen ziehen sich an...«

»...und bei der Vereinigung neutralisieren sie sich.«

»Genau. Wie bei der Vereinigung von Materie und Antimaterie. Die explosive Annihilation der beiden Antipoden sollte die Verschränkung aufheben.«

In der Theorie klang das gut, aber...

»Wieso sind sie *Antipoden*?«, fragte er. »Worin unterscheiden sie sich?«

»Bedenken Sie, auch die Zeit ist eine Dimension. Das Kreuz und das *Eye* sind zwar mit demselben Quantum an Dunkler Energie aufgeladen, weisen aber zeitlich unterschiedliche Varianten auf, vergleichbar den beiden Enden einer Achse. Das eine stammt aus der Vergangenheit, das andere aus der Gegenwart. Da sie miteinander auf Quantenebene verschränkt sind, wollen sie sich vereinigen.«

»Was gleichbedeutend wäre mit ihrer Selbstvernichtung.«

Jada nickte. »Ich glaube, die Verschränkung würde dabei aufgehoben und die Einwirkung auf die Energien des Kometen beendet.«

»Das wirft aber eine noch bedeutsamere Frage auf«, sagte Duncan. »Wo ist das Kreuz?«

»Das weiß ich nicht, aber...«

Ein weiterer Signalton meldete, dass Dr. Shaws Programm seine Berechnungen abgeschlossen hatte. Auf dem Display wurde in einem blinkenden Fenster eine Zahl angezeigt.

»Und in der Zeit müssen wir es finden.« Jada wandte sich ihm zu. »Sie wissen, was zu tun ist.«

Das wusste er allerdings.

Duncan erhob sich, ging zu Monk hinüber und rüttelte seinen Teamkollegen wach.

»Was…?«, fragte Monk schlaftrunken. »Sind wir schon da?«

Duncan beugte sich zu ihm hinunter. »Wir müssen sofort den Kurs ändern.«

27

ALS GRAY VOR Sonnenaufgang erwachte, lag er in enger Umarmung da, eine warme Wange ruhte auf seiner Brust. Der Geruch ihrer Leiber und ihrer Leidenschaft hing noch in der Luft. Die Linke hatte er ihr auf die Schulter gelegt, als fürchtete er, sie könnte sich verflüchtigen und in ein Gespenst verwandeln, einen Fiebertraum.

Sie streckte sich träge. Ihre Haut rieb sich an der seinen, und er spürte die geschmeidige Kraft ihres Körpers. Ihr zufriedener Seufzer hallte in seinem Innersten wider. Sie bewegte den Kopf und schlug die Augen auf, in denen sich ein schwacher Lichtschimmer spiegelte. Sie bewegte das Bein, erregte ihn damit und machte ihn vollends wach.

Er legte den Finger unter ihr Kinn, zog ihren Kopf hoch. Ihre Lippen streiften aneinander...

Das Handy klingelte und brach den Bann, rief ihm die Welt jenseits der zerwühlten Laken und des schmalen Betts in Erinnerung. Er stöhnte an ihrem Mund und zog sie für einen Moment enger an sich, dann ließ er sie los und wälzte sich zum Handy herum, eine Hand auf ihre Hüfte gelegt.

»Wir sind in Irkutsk gelandet«, informierte ihn Monk. »Wir hatten ordentlich Rückenwind. Es ging schneller als erwartet.«

Es war das zweite Mal, dass sein Freund sie störte; der erste Anruf war vor ein paar Stunden erfolgt, als er Gray darüber informiert hatte, dass er zu seinem Team stoßen wollte.

»Verstanden«, bestätigte er knapp. »Das heißt, in zwei Stunden seid ihr hier.«

Der Plan sah vor, dass Seichan und Rachel im Gasthof auf Monks Gruppe warten sollten. Gray würde mit den anderen den Schamanen aufsuchen und anschließend wieder zum Rest der Gruppe stoßen.

Er sah auf die Uhr. In einer Dreiviertelstunde mussten sie aufbrechen, wenn sie um acht an der Sonnenaufgangszeremonie an der Höhle teilnehmen wollten.

Gray beendete das Gespräch und ließ das Handy neben dem Bett auf den Boden fallen. Er legte Seichan die Hand ins Kreuz und wälzte sich auf sie.

»Wo waren wir gleich noch stehen geblieben?«

Eine halbe Stunde später traten Gray und Seichan Hand in Hand aus dem Zimmer. Beide waren frisch geduscht. Seichan trug nur ein langes Hemd. Ihm war ihre spärliche Bekleidung mehr als recht, doch die Kühle auf dem Flur war ein Vorgeschmack auf die Temperaturen unter null, die sie draußen erwarteten. Er schwenkte sie herum und küsste sie leidenschaftlich, ein Versprechen auf mehr.

Als er sie losließ, öffnete sich an der anderen Seite des Flurs eine Tür, und Rachel trat heraus, als sie sich gerade voneinander lösten. Sie wirkte zunächst verlegen, doch dann senkte sie den Kopf. Trotzdem bemerkte Gray bei ihr den Anflug eines Lächelns. Sie wusste Bescheid über seine Beziehung zu Seichan, doch jetzt war auch ihr klar, dass sie die Annäherungsphase hinter sich gelassen hatten.

Rachel wünschte ihnen murmelnd einen guten Morgen und ging nach unten, wo es nach gebratenem Speck und frisch gebrühtem Kaffee duftete.

Er küsste Seichan auf die Wange und gab ihr Gelegenheit, sich auf ihrem Zimmer umzukleiden, während er Rachel nach unten folgte. Im Gastraum nahm der Wirt das Frühstück als Teil des *Bed & Breakfast* anscheinend sehr ernst. Er hatte üppig aufgetischt: Weichkäse, Toastbrot, Brombeeren, hart gekochte Eier, dicke Speckscheiben, fette Würste sowie gegrillten und sauer eingelegten Fisch aus dem See.

Vigor saß am Tisch und wärmte sich die Hände an einem Becher Tee. Er wirkte müde und war blass, strahlte aber Zufriedenheit aus. Rachel trat hinter ihren Onkel, gab ihm einen Kuss auf den Kopf und griff sich einen Teller.

Gray ging zu ihnen hinüber. Rachel zog zur Begrüßung eine Augenbraue hoch, als wollte sie sagen: *Wurde auch Zeit*. Ihre anfängliche Bestürzung und Verlegenheit waren gutmütiger Belustigung gewichen. Außerdem meinte er, bei ihr einen Anflug wehmütigen Bedauerns wahrzunehmen. Aber vielleicht interpretierte sein Ego auch zu viel in sie hinein.

Um das unausgesprochene Thema zu wechseln, fragte Gray: »Wo steckt Kowalski?«

»Der hat schon gegessen.« Vigor wies mit dem Kinn zur Tür. »Er wollte nach unserem Transportmittel sehen.«

Durchs Fenster machte Gray in der Dunkelheit den kahl rasierten Schädel seines Teamkollegen aus, der gerade die neben dem Gasthof abgestellten Quads inspizierte. Damit wollten sie zu einer kleinen Höhle an der Inselspitze fahren.

Gray machte sich über seinen Teller her, während Vigor die Reisetasche mit den Relikten überprüfte. Kowalski kam hereingestapft und brachte einen Schwall Kälte mit. Anscheinend konnte er es kaum erwarten aufzubrechen.

»Können wir?«, fragte Gray und steckte sich noch ein paar Brombeeren in den Mund.

»Die Tanks sind voll«, antwortete Kowalski. »Wir können jederzeit aufbrechen.«

Inzwischen war auch Seichan erschienen. Sie legte Vigor im Vorbeigehen die Hand auf die Schulter und signalisierte ihm mit leichtem Druck wortloses Verständnis. Die Geste wirkte eigentümlich intim – weniger Ausdruck von Mitgefühl, als stillschweigende Unterstützung –, so als bestätige sie damit etwas, das sie allein wusste.

Gray musterte sie fragend, als sie sich wortlos setzte.

Sie bedeutete ihm mit leichtem Kopfschütteln, dass es nur sie und Vigor etwas angehe.

Schließlich erhob sich Gray und zog Vigor auf die Beine. »Ihr beide haltet die Stellung«, sagte er zu Seichan und Rachel. »Monk und die anderen sollten kurz vor neun hier eintreffen, haltet nach ihnen Ausschau. Für die Koordination bleibt uns nicht viel Zeit. Wenn Dr. Shaw mit ihrer Einschätzung richtigliegt, hat sich die Frist schon wieder verkürzt.«

Er informierte sie über den korrigierten Zeitablauf und den Plan, das Kreuz und das Auge zu vereinen.

»Und das muss alles vor *zehn Uhr* passieren?«, fragte Vigor bestürzt. »Sonnenaufgang ist um acht. Dann bleiben uns nur zwei Stunden, um das Auge zum Kreuz zu bringen.«

»Deshalb müssen wir den Hexendoktor schnell zum Reden bringen«, brummte Kowalski.

»Er hat recht«, sagte Gray. »Aber die Insel ist nicht besonders groß. Vorausgesetzt, der Ort ist nicht zu abgelegen, sollte das machbar sein.«

Es *muss* machbar sein, verbesserte er sich im Stillen.

In den Parka gemummelt, steuerte Vigor das Quad über eine sandige Piste durch den Lärchenwald entlang der Küste. Der Boden war mit abgefallenen braunen Nadeln bedeckt, die kahlen Äste hoben sich gegen den Morgenhimmel ab. Die Sonne war zwar noch nicht aufgegangen, doch im Osten färbte sich der Himmel blutrot.

Der Weg endete an einem geschwungenen Strand, bestäubt mit Schnee und gesäumt von Eis, das weit in die Bucht hinausreichte. An manchen Stellen war es aufgrund des Wellengangs geborsten, und es hatten sich kniehoch blaue Eisschollen aufgetürmt.

Jenseits der Eisfläche hatte sich das Wasser indigoblau gefärbt. Es war so klar, dass man es problemlos hätte trinken können. Die Einheimischen behaupteten sogar, dass es das Leben um fünf Jahre verlängere, wenn man regelmäßig darin schwamm.

Wenn es nur wahr wäre, dachte Vigor. *Dann würde ich trotz der Kälte einen Hechtsprung ins Wasser machen.*

Trotzdem war er froh, dass er Rachel die Wahrheit über seine Krebserkrankung gesagt hatte. Es hatte ausgesprochen werden müssen, und er war dankbar für die Zeit, die ihnen noch zusammen blieb. Er fürchtete nicht so sehr den Tod, doch es tat ihm leid um die Jahre mit Rachel, die ihm vorenthalten werden würden. Er würde nicht miterleben, wie sie reifte, heiratete, Kinder bekam und sie großzog.

Er würde so vieles versäumen.

Wenigstens musste er ihr sagen, wie viel sie ihm bedeutete.

Danke, Herr, für diese kleine Gnade.

Kowalski schleuderte mit seinem Quad hin und her, als wollte er dessen Überschlagfähigkeiten testen. Nur die Jungen glaubten, sie wären unsterblich, und forderten den Tod so leichtfertig heraus. Mit der Zeit wurde ihr Selbstvertrauen brüchig, doch die Besten kämpften wider besseres Wissen weiter gegen Windmühlen – oder vielleicht sogar *wegen* dieses Wissens. Sie genossen jeden einzelnen Tag und kosteten ihr Leben bis zur Neige aus, weil sie wussten, dass es irgendwann enden würde.

Am Strand angelangt, bremste Gray ab, bis er neben Vigor herfuhr und ihn aus seinen Tagträumereien riss. Er zeigte zu einem spitzen Felsen, der aus dem Eisfeld hoch in den Himmel ragte.

»Kap Burkhan?«, fragte er.

Man nannte es auch Schamanenfelsen, Heimat der burjatischen Götter, die als *tengrii* bezeichnet wurden. Es galt als einer der zehn heiligsten Orte Asiens.

Vigor nickte und rief in den vom See her wehenden Wind: »Die Zeremonialhöhle liegt auf der anderen Seite des Felsens und ist dem Wasser zugewandt. Dort will sich der Schamane mit uns treffen. Am anderen Ende des Strands gibt es wohl eine schmale Landbrücke, die zum Kap führt.«

Gray nickte und gab Gas. Er winkte Kowalski heran, dann bogen sie zu dritt auf den schmalen Landstreifen ein, der durchs Eis zu einer Ansammlung schroffer weißer Klippen führte, die mit rotem Moos bewachsen waren.

Ein hagerer junger Mann stand am Ende der Landbrücke und bewachte den Zugang. Er trug eine lange Schaffelljacke über einem blauen, gegürteten Gewand, an einem Schulterriemen war eine Felltrommel befestigt. Verärgert über den Lärm, bedeutete er ihnen, anzuhalten und den Motor abzustellen. Vigor wusste, dass Besucher in der Vergangenheit die Hufe ihrer Pferde mit Leder umwickelt hatten, um die Götter des Kaps nicht zu stören.

»Ich heiße Temur«, sagte der Mann in bemühtem Englisch und deutete eine Verneigung an. »Ich soll Sie zum Ältesten Bayan bringen. Er erwartet Sie.«

Kowalski löste die Tasche vom Gepäckhalter von Vigors Quad, dann folgten sie dem jungen Mann über den schmalen Pfad, der zwischen Gesteinsbrocken hindurch und über in den Fels gehauene vereiste Stufen führte. Über ihnen befand sich eine große, dem See zugewandte Höhlenmündung.

Vigor schnaufte, als sie die Klippe erklommen hatten und in die Höhle traten. Den Eingang flankierten zwei Steinhaufen, geschmückt mit bunten Tüchern und Fähnchen, die im Wind flatterten. Dazwischen kniete ein runzeliger Mann unbestimmten Alters. Er hätte sechzig, aber auch hundert Jahre alt sein können. Er war gekleidet wie der junge Mann, trug zusätzlich aber einen Spitzhut. Er hütete ein Feuer und warf trockene Wacholderzweige hinein, deren Rauch sich unter der Höhlendecke sammelte.

Ein Gang führte tiefer in den Felsvorsprung hinein, doch Vigor vermutete, dass man ihnen trotz seiner Beziehungen zum Vatikan keinen Zugang gewähren würde.

»Der Älteste Bayan möchte, dass Sie neben ihm niederknien und das Gesicht dem See zuwenden.«

Gray bedeutete seinen Begleitern, der Anweisung Folge zu leisten.

Vigor kniete an der einen Seite des Ältesten nieder, seine Begleiter an der anderen. Der Rauch brannte ihm in Nase und Augen, doch er hatte einen überraschend angenehmen Geruch. Temur schlug in langsamem Rhythmus die Trommel, während der Schamane Gebete intonierte und einen brennenden Wacholderzweig schwenkte.

Vor der Höhlenmündung hellte sich der dunkle See allmählich auf, und seine Farbe wechselte über einen tiefen

Indigoton zu Himmelblau. Dann wurde Feuer über Wasser und Eis ausgegossen, entfacht von den ersten Sonnenstrahlen und fließend wie geschmolzenes Gold.

Vigor seufzte auf. Es war ein Privileg, dieses Schauspiel miterleben zu dürfen. Der Wind legte sich für einen Moment, als sei auch er überwältigt von dem Anblick.

Mit dem letzten lauten Trommelschlag wandte Temur sich ihnen zu. »Es ist vollbracht. Jetzt dürfen Sie mit dem Ältesten Bayan sprechen.«

Der Schamane richtete sich auf und bedeutete seinen Besuchern, es ihm nachzutun.

Angemessen gesegnet, kam Vigor seiner Aufforderung nach und verneigte sich vor dem Ältesten Bayan. »Ich danke Ihnen, dass Sie in das Treffen eingewilligt haben. Wir stehen unter großem Zeitdruck und suchen jemanden, der sich auf Olchon gut auskennt.«

Temur flüsterte Bayan die Übersetzung ins Ohr.

»Was möchten Sie wissen?«, fragte der junge Mann anstelle des Ältesten.

Vigor wandte sich an Gray. »Zeigen Sie ihm die Relikte.«

Gray nahm Kowalski die Tasche ab, holte vorsichtig den Schädel und das Buch hervor und legte beides neben den Silberkasten mit dem Schiff. Gray klappte den Deckel auf.

Die Augen des Ältesten weiteten sich ein wenig, das war seine ganze Reaktion.

»Was soll das?«, fragte Temur, doch die Frage kam nicht vom Ältesten, sondern entsprang allein seiner Neugier.

Der Schamane trat vor, schwenkte die Hände über den Gegenständen und murmelte dabei Gebete.

Schließlich ergriff er das Wort, und Temur dolmetschte. »Die Macht ist alt, aber nicht unbekannt.«

Vigor blickte Bayans faltige Hände an.

Nahm er die gleiche Energie wahr wie Duncan?

Der Schamane legte die flache Hand auf den Schädel.

»Wir wissen, wonach Sie suchen«, fuhr Temur fort. »Das aber ist mit großer Gefahr verbunden.«

»Wir stellen uns gerne der Gefahr«, sagte Vigor.

Bayan runzelte die Stirn, als er die Übersetzung vernahm. »Nein, das werden Sie nicht.« Temur wandte sich Vigor zu. »Der Älteste Bayan sagt, Sie haben viel zu leiden, werden aber noch mehr leiden.«

Die Bemerkung rief bei Vigor böse Vorahnungen wach. Er blickte Gray an.

»Ich bringe Sie an den Ort, den Sie suchen«, fuhr Temur fort.

Vigor hätte jetzt eigentlich überglücklich sein sollen, doch stattdessen wurde ihm immer kälter, denn der Schamane blickte ihn voller Bedauern unverwandt an.

Vigor hatte sich mit seinem Tod abgefunden. Doch zum ersten Mal seit Monaten fürchtete er sich vor dem, was da kommen mochte.

8:07

Rachel schritt durch den Pferdestall an der Rückseite des Geländes. Sie öffnete den Reißverschluss ihres Parkas. Nach dem Frühstück hatte sie einen Spaziergang gemacht, um die Unruhe loszuwerden und um über ihren Onkel nachzudenken.

Sie kämpfte mit dem Wunsch, seine Krankheit unter Kontrolle zu bringen, und legte im Kopf Listen an: Ärzte, die sie anrufen, Kliniken, die sie aufsuchen, Therapien, die sie auf den Weg bringen könnte. Dabei ging es doch nur darum, einfach loszulassen. Vigor hatte seinen Frieden mit der Krankheit gemacht. Das musste auch sie tun.

Trotzdem konnte sie nicht tatenlos im Gasthof herumsitzen. Nachdem sie Seichan aus Grays Zimmer hatte kommen sehen, wusste sie nicht, was sie mit ihr reden sollte. Die Situation war zu peinlich, deshalb ging sie spazieren – bis die Kälte sie mit tauber Nase und brennenden Wangen zum Gasthof zurücktrieb.

Anstatt gleich wieder ins Haus zu gehen, war sie im Stall gelandet, wo sie vor dem schneidenden Wind geschützt war. Die nur schemenhaft zu erkennenden Pferde wärmten die Luft. Mit leisem Wiehern begrüßten sie die Besucherin. Es roch nach Heu, Dung und dumpfigem Schweiß. Sie ging an den Boxen entlang und streichelte einer Stute die samtigen Nüstern, gab einer anderen eine Handvoll Korn.

Als sie sich aufgewärmt hatte, ging sie zurück und schwenkte das Tor auf. Ein eiskalter Windschwall traf sie.

Sie stemmte sich dagegen und stapfte zurück zum Gasthof.

Ein lauter Knall veranlasste sie, den Kopf zu heben. Es hörte sich an, als schlage ein loser Fensterladen im Wind. Es knallte erneut.

Schüsse.

Verwirrt hielt sie an – als ihr jemand von hinten den Arm um den Hals legte und ihr die Luft abdrückte.

Die kalte Mündung einer Waffe presste sich an ihre Schläfe.

Seichan blieb nur ein kurzer Moment, um zu reagieren.

Da sie es gewohnt war, auf ihre Umgebung zu achten, spürte sie, dass etwas nicht stimmte. In ihrem Zimmer hatte sie den Rhythmus des ruhigen Gasthofs verinnerlicht: die gedämpfte Unterhaltung von Wirt und Ehefrau, das Scheppern der Pfannen, das Pfeifen des Winds im Dachstuhl. Sie hatte gehört, wie die Tür geöffnet und geschlossen wurde, als jemand Müll nach draußen brachte und als Rachel ins Dorf ging.

Als sich die Tür vor einer halben Minute geöffnet hatte, glaubte sie zunächst, Rachel sei zurückgekehrt, doch die von unten heraufdringenden Geräusche wurden leiser, während eine Pfanne klirrend zu Boden fiel.

Sie spannte alle Sinne an, ihre Muskeln verhärteten sich. Selbst die Staubteilchen in der Luft schienen an Ort und Stelle zu verharren.

Dann ein Knarren der Treppe …

Sie sprang auf und schnappte sich die SIG-Sauer vom Nachttisch. Sie stürmte auf den Gang, riss die Halbautomatik heraus und lief von der Treppe weg zum Fenster. Mit der Waffe nach hinten zielend, bemerkte sie eine Schattengestalt, die verstohlen die Treppe hochkam. Dann tauchte ein zweiter Mann in weißer Tarnkleidung auf.

Sie gab zwei Schüsse ab, warf sich nach vorn und prallte mit der Schulter gegen das Fenster. Hinter ihr schrie jemand auf. Sie hatte den Mann lediglich am Arm getroffen, doch es verschaffte ihr immerhin eine Atempause. Inmitten von Glasscherben und Holzsplittern flog sie aus dem Fenster, landete auf der Dachtraufe des ersten Stocks und wälzte sich über den Rand.

Sie drehte sich im Fallen, kam mit den Füßen auf und fing den Aufprall mit einem Arm ab. Sie befand sich hinter dem Haus. Hinter dem kleinen Hof lag ein Wäldchen. Sie lief darauf zu – als mehrere Bewaffnete in Tarnkleidung zwischen den Bäumen hervorkamen.

Sie schwenkte nach rechts ab, denn an der Straße führte ein tiefer Graben entlang. Dort würde sie Deckung finden und könnte vielleicht den Kordon durchbrechen, den der Gegner offenbar um den Gasthof gebildet hatte.

Plötzlich schlugen Kugeln in den gefrorenen Grasboden ein. Sie feuerte blindlings in Richtung Wald. Vielleicht würde ihr dennoch die Flucht gelingen.

Dann vernahm sie eine wohlbekannte Stimme.

»Stehen bleiben, sonst töte ich Sie!«

Sie gehorchte nicht, sondern warf sich nach vorn und rutschte auf dem Bauch in den Graben. Eis knackte, als sie sich zu dem Mann herumdrehte, der gerufen hatte. Im Graben vor den Kugeln geschützt, hob sie die Pistole.

Neben dem Stall machte sie einen großen, kräftig wirkenden Mann aus, der Rachel im Würgegriff hielt.

Neben ihr stand Ju-long Delgado.

An ihrer anderen Seite Hwan Pak.

Der nordkoreanische Wissenschaftler hielt Rachel eine Pistole ans Ohr.

»Kommen Sie aus der Deckung! Sonst puste ich ihr den Kopf weg!«

Seichan versuchte, sich ein Bild von der Situation zu machen. Wie waren sie hierhergekommen? Die Männer in Tarnkleidung wirkten alle koreanisch; vermutlich waren dies nordkoreanische Elitekämpfer. Aber wie hatte Pak sie gefunden?

»Lauf!«, rief Rachel ihr zu. »Lauf weg!«

Ihr Peiniger schlug ihr mit dem Pistolenlauf gegen den Kopf. Trotzdem wehrte sie sich gegen die Umklammerung.

Da sie wusste, dass die beiden Männer Rachel mit Sicherheit töten würden, wenn sie flüchtete – was ihr von Sekunde zu Sekunde weniger erfolgversprechend erschien –, hob sie schließlich die Arme und zeigte sich.

»Nicht schießen!«, rief sie.

Weitere Soldaten tauchten hinter ihr wie Gespenster aus ihren Verstecken auf. Sie zählte sie im Stillen. Offenbar hatte Pak ein komplettes Einsatzteam mitgebracht.

Rachel blickte Seichan an. Sie wirkte eher zornig als verängstigt und bedauerte anscheinend, dass sie Seichan in diese Lage gebracht hatte.

Seichan aber konnte ihr keinen Vorwurf machen. Sie trug die volle Verantwortung, denn sie hatte den Gegner bis an ihre vereiste Türschwelle gelockt.

Der Rohling, der Rachel festhielt, war offenbar der Teamleiter. Er trug eine verspiegelte Sonnenbrille und hatte sich die Kapuze tief ins Gesicht gezogen – nur das Narbenmuster in seinem Gesicht war zu erkennen. Sie witterte die Bedrohung, die von diesem Mann ausging. Das war kein Rekrut, sondern ein kampferprobter Krieger.

Pak lächelte sie kühl an, ein Versprechen von Schmerz und Leid.

»Jetzt werden Sie uns sagen, wo die Amerikaner sind.«

28

TEMUR, DER GEHILFE des Schamanen, saß hinter Gray, der mit seinem Quad die Führung übernommen hatte. Sie fuhren in nördlicher Richtung über das dicke Ufereis und folgten dem Verlauf der Inselküste.

Kowalski und Vigor kamen dichtauf.

Es wurde rasch heller, und die Sonne schien das Eis in Glas zu verwandeln, das an einigen Stellen so klar wie Wasser wirkte. Der Wind trieb trockenen Schnee und Eisstaub wie Wellenkronen vor sich her.

»Um die Felsen herum!«, rief Temur. »Dann noch anderthalb Kilometer.«

Sie befanden sich in einem abgelegenen Teil der Insel, wo schroffe, von dichtem Kiefernwald gekrönte Felsen unmittelbar aus dem Wasser ragten. Temur drängte sie, näher am Ufer entlangzufahren, beschattete die Augen mit der Hand und musterte die Küstenlinie.

»Da!«, rief er schließlich. »Das ist die Öffnung. Dort müssen wir rein!«

Gray musterte die Höhlenmündung. Sie war groß genug

für einen Minivan, abgesehen von den mächtigen Eiszapfen, die wie Reißzähne vom oberen Rand herabhingen und den Anschein erweckten, sie wollten ein Stück aus der Eisfläche herausbeißen. Die Zwischenräume waren breit genug, um jeweils ein Quad hindurchzulassen.

Gray hielt darauf zu und bremste immer weiter ab, bis er im Schritttempo fuhr. Er schaltete die Stirnlampe ein und leuchtete damit ins Innere der dunklen Höhle. Sämtliche Oberflächen waren von einer Eiskruste überzogen, ein Gang führte tiefer in den Fels hinein. Die Decke war mit Stalaktiten besetzt. Stellenweise war an den Wänden fließendes Wasser gefroren und hatte funkelnde Kristalle gebildet.

»Wir fahren doch nicht etwa da rein?«, fragte Kowalski argwöhnisch. »Höhlen, gut und schön, aber *Eishöhlen* ...«

Statt zu antworten, zog Gray den Kopf ein und lenkte das Quad unter der ersten Reihe von Eiszapfen hindurch.

Aus der Nähe betrachtet wirkte die Höhle noch eindrucksvoller als von außen. Das Eis unter den Rädern war so klar, dass man die darunter befindlichen bemoosten Felsen und umherschwimmende Fische sehen konnte.

»Sieht so aus, als ginge es noch ein ganzes Stück so weiter!«, rief Gray über die Schulter hinweg.

Er folgte Temurs Anweisungen und fuhr weiter. Der Gang wurde immer breiter und höher, die Wände wichen zurück. Nach etwa dreißig Metern mündete er in eine große Höhle, eine Kathedrale aus Eis.

Glitzernde blaue Kristalllüster hingen an der gewölbten Decke, ringsumher ragten diamantene Säulen auf.

Unter ihrem Gewicht ächzte und knackte der Boden, und die Geräusche wurden verstärkt und hallten von den Wänden wider. Ein paar fragile Lüsterverzweigungen brachen ab und zerschellten. Eissplitter tanzten über den Boden.

Auf der anderen Seite der Höhle hatte ein gefrorener Wasserfall einen gewellten Eisvorhang gebildet. Ein paar Rinnsale flossen noch daran entlang und verliehen dem Eis das Aussehen von poliertem Quarz.

In der Mitte zeichnete sich eine dunklere Öffnung im Eisboden ab. Die steilen Ränder waren fleckig, stellenweise hatten sich Furchen gebildet.

Gray bemerkte, wie ein schlankes braunes Tier ins Wasser glitt. Offenbar war dies ein Atemloch der Nerpa-Robbe, des bekanntesten Säugetiers des Baikalsees.

Da es von hier aus nicht mehr weiterging, stoppte Gray. Kowalski und Vigor hielten rechts und links neben ihm.

»Wo sind wir hier?«, fragte Kowalski.

»Das ist die Geburtshöhle der Baikalrobben«, antwortete Temur. »Im tiefen Winter finden die Jungen hier Schutz. Für uns hat dieser Ort eine besondere Bedeutung. Es heißt, wir wären verwandt mit diesen zähen, edlen Tieren.«

»Aber weshalb haben Sie uns hierhergebracht?«, fragte Gray und schaute sich um. Er war nicht in der Stimmung für einen naturkundlichen Ausflug, denn die Zeit lief ihnen davon.

»Weil der Älteste Bayan mir gesagt hat, ich solle sie zur Höhle bringen«, sagte Temur. »Mehr weiß ich nicht. Ich habe keine Ahnung, weshalb er mich dazu aufgefordert hat.«

Gray blickte Vigor an, der ebenso ratlos wirkte wie er selbst.

»Vielleicht mag der alte Bursche einfach Robben«, meinte Kowalski.

»Oder es handelt sich um eine Prüfung«, sagte Vigor. »Alle bisherigen Fundstätten, die mit Dschingis Khan in Verbindung stehen, waren gut versteckt, häufig an Orten, wo Land und Wasser sich begegnen. Wegen der Dürre in Ungarn und der ökologischen Katastrophe am Aralsee waren sie relativ einfach zu entdecken.«

»Also, in dieser Region hat sich seit Millionen Jahren nichts verändert«, sagte Gray. »Hier gibt es keine Freikarte für uns.«

»So scheint es.«

Gray zwang sich zur Gelassenheit. Als er den eisverkrusteten Raum musterte, wurde ihm eines klar. Der Schamane hatte sie nicht gänzlich unvorbereitet hierhergeschickt. Die Anweisung hatte er mit wenigen Worten erteilt. Trotzdem hatte Temur genau gewusst, welcher Ort gemeint gewesen war. Das ließ nur eine Schlussfolgerung zu.

»Temur, haben die Menschen hier einen *Namen* für die Höhle?«

Der Burjate nickte. »In unserer Muttersprache heißt sie Emegtei, das bedeutet *Bauch einer Frau*.« Pantomimisch versinnbildlichte er den dicken Bauch einer Schwangeren.

»Ein *Schoß*«, sagte Gray.

»Ja, genau«, bestätigte Temur. Er verneigte sich und wandte sich zum Gehen. »Ich hoffe, Sie finden, was Sie suchen. Aber ich muss jetzt gehen.«

»Mein Freund kann Sie zum Kap Burkhan zurückfahren«, meinte Gray und zeigte auf Kowalski.

Temur schüttelte den Kopf. »Das ist nicht nötig. Meine Familie lebt ganz in der Nähe.«

Als er gegangen war, deutete Vigor auf das Atemloch. »Ein Schoß. Das klingt logisch. Die Höhle ist der Geburtsort des Totemtiers der Insel.«

Gray schüttelte den Kopf, doch es war nicht ablehnend gemeint. Er war sich sogar sicher, dass der Monsignore richtiglag. Dennoch wählte er eine andere Herangehensweise.

»Vigor, haben Sie nicht erwähnt, die Mutter von Dschingis Khan stamme von der Insel Olchon?«

Die Augen des Monsignores weiteten sich. »Das ist richtig!«

»Dann könnte dieser Ort symbolisch für die Geburt des Khans stehen.«

»Seine symbolische Gebärmutter«, sagte Vigor.

Kowalski blickte sich argwöhnisch in der Eishöhle um. »Wenn Sie recht haben, muss seine Mama eine frigide...«

Gray schnitt ihm das Wort ab. »Das muss der richtige Ort sein.«

»Aber inwiefern hilft uns das weiter?«, fragte Vigor.

Gray schloss die Augen und stellte sich die Kammer als Gebärmutter vor. Der Gang war demnach der Geburtskanal, aus dem das neue Leben hervorkam.

Aber das Leben beginnt nicht in der Gebärmutter...

Es benötigte einen Funken, einen Auslöser.

Vigor zufolge war Dschingis Khan seiner Zeit technologisch voraus gewesen. Vermutlich hatte er nicht gewusst, dass das Spermium die Eizelle befruchtete, doch die damaligen Gelehrten hatten vermutlich über grobe anatomische Kenntnisse verfügt.

Gray stieg vom Quad ab, holte die Taschenlampe aus dem Rucksack und schritt vorsichtig durch den Raum, wobei er um das Atemloch einen weiten Bogen machte. Er leuchtete die hintere Wand an, folgte dem gefrorenen Wasserfall mit den Augen nach oben und betrachtete die Rinnsale, die darüber hinwegflossen. Fünf Meter über seinem Kopf befand sich dessen Ursprung. Dort zeichnete sich ein dunkles Loch ab, die Mündung eines weiteren Tunnels, halb angefüllt mit gefrorenem Wasser.

Vigor schaltete sogleich. »Ein Symbol für den Eileiter.«

Durch den das Leben in die Gebärmutter wandert.

»Ich habe Haken und Kletterausrüstung im Rucksack«, sagte Gray. »Damit sollte ich den Tunnel erreichen können.«

Als er sich umdrehte, bemerkte er das Verlangen in Vigors Blick und klopfte seinem alten Freund auf die Schulter. »Keine Sorge: Wenn ich oben bin, lasse ich ein Seil herab. Wir bleiben zusammen.«

Sie eilten zurück zu den Quads, und Gray legte sich die benötigte Ausrüstung zurecht.

Vigor stampfte fröstelnd mit den Füßen, blickte aber mit leuchtenden Augen zum Tunnel hinüber. »Zeitweise dürfte der Gang unzugänglich sein.«

Gray runzelte die Stirn. »Wie meinen Sie das?«

»Im Frühjahr und im Sommer wird der Gang vermutlich von Wasser durchströmt und ist nicht zu passieren. Nur im Winter, wenn Frost herrscht, kann man ihn betreten.«

Gray ließ sich das durch den Kopf gehen. »Könnte das Absicht gewesen sein? Die Schädelprophezeiung datiert die drohende Apokalypse auf den November, einen Wintermonat.«

Vigor nickte heftig. »Der Zugang wurde eingeschränkt, damit der dahinter versteckte Schatz nur dann gefunden werden kann, wenn er benötigt wird.«

Nachdem er Steigeisen an den Stiefeln befestigt hatte, schulterte Gray das Kletterseil und machte sich mit Klettergurt, Haken und Eisaxt an den Aufstieg.

Es gibt nur eine Möglichkeit, das herauszufinden.

Mit angehaltenem Atem, die Hand an den Hals gelegt, beobachtete Vigor, wie Gray die Eiswand hochkletterte. *Passen Sie gut auf…*

Anscheinend ging Gray kein Risiko ein. Für Unfälle und Abstürze hatten sie keine Zeit. Er drückte die Kletterhaken mit großer Sorgfalt in die Eisspalten und schraubte sie fest. Er achtete darauf, zu jedem Zeitpunkt an drei Stellen Kontakt zur Eiswand zu halten. Er kletterte stetig höher und führte das Seil durch die Hakenösen.

Als er drei Viertel geschafft hatte, streckte Gray den Arm aus und spaltete mit der Axt versuchsweise den Eisvorhang. Ein ganzer Abschnitt löste sich daraufhin wie bei einem kalbenden Gletscher und krachte dröhnend auf den Boden. Eisbrocken rollten bis zu den Quads.

Gray verlor den Halt, stürzte bis zum höchsten Kletterhaken ab und schwang am Seil herum. Er suchte mit den Füßen neuen Halt, dann setzte er den Aufstieg mit noch größerer Vorsicht fort. Schließlich langte er oben an und zog sich an der Eisaxt in den Tunnel.

Im nächsten Moment leuchtete die Gangöffnung auf und verwandelte den Wasserfall in gewelltes blaues Glas. Gray streckte den Kopf hervor und schwenkte die Taschenlampe.

»Der Gang führt weiter!«, rief er nach unten. »Ich sichere gerade noch das Seil! Kowalski, legen Sie Vigor den Gurt an!«

Gray schraubte einen Ringbolzen in die Tunneldecke und führte das Sicherungsseil hindurch. Kowalski klinkte Vigor am Seil fest. Er packte das andere Ende und hievte den großen Mann langsam am Wasserfall in die Höhe. Vigor bemühte sich, ihn zu unterstützen, und drückte sich von den Kletterhaken ab.

Ohne sich groß angestrengt zu haben, lag er auf einmal neben Gray im Tunnel auf dem Bauch. Vigor schaute hinein. Der Gang sah aus wie ein Kanal, den man in einen Saphirkristall gebohrt hatte.

»Weiter geht's«, sagte Gray und kroch auf allen vieren voran. »Bleiben Sie hinter mir.«

Der Gang stieg leicht an, und das Eis war sehr glatt. Kaltes Wasser floss darüber hinweg. Ein Fehler, und sie würden zurückrutschen und aus der Öffnung schießen.

Nach fünfzehn Metern wurde die Eisdecke so dick, dass Gray sich auf dem Bauch winden musste wie ein Wurm. Vigor wartete am Flaschenhals, auf einmal hatte er Engeangst.

»Nach der Engstelle weitet sich der Gang!«, rief Gray mit hallender Stimme. »Das müssen Sie sich ansehen!«

Motiviert durch Grays Erregung, schlängelte Vigor sich durch das Nadelöhr. Schließlich zog er sich heraus und flutschte wie ein Korken aus dem Flaschenhals.

Er stand auf einem gefrorenen Tümpel in einer weiteren Höhle. Zu seiner Linken befand sich eine etwa vier Meter hohe Felswand. Gray beleuchtete eine Treppe, deren Stufen man vor langer Zeit aus dem Gestein gehauen hatte. Anscheinend führte sie zu einem Sims.

»Kommen Sie«, sagte er.

Sie stiegen vorsichtig in die Höhe. Gray entfernte mit der Axt die Eisschicht von einigen Stufen, dann waren sie oben angelangt.

Er wollte Vigor stützen, doch der wehrte ihn ab, richtete sich selbstständig auf und blickte zur Wand. Hinter einer dünnen Kruste aus blauem Eis zeichnete sich eine schwarze Flügeltür ab.

Vigor krallte die Hand in Grays Arm, als müsse er sich vergewissern, dass er nicht träumte. »Das ist der Eingang zum Grab des Dschingis Khan.«

8:48

Gray hatte keine Zeit für Andacht und ausgiebige Würdigung. Mit dem Axtstiel schlug er die Eisdecke über dem Eingang ab. Mit jedem Schlag fielen große Stücke herab, und die Tür dröhnte laut, was darauf hindeutete, dass sie aus Metall bestand.

Der Durchgang war nur etwa kopfhoch.

Während Gray die Angeln freilegte, berührte Vigor ehrfürchtig die Tür. Mit seiner eigenen Taschenlampe beleuchtete er eine Stelle, an der sie von der Axt eingedellt worden war.

»Unter der dunklen Schicht zeichnet sich Silber ab!«, sagte Vigor. »Wie bei dem Kasten mit dem Knochenschiff. Aber schauen Sie, die Furche geht tief, und unter dem Metall ist gesplittertes Holz zu erkennen. Es ist lediglich mit Silber beschichtet. Aber trotzdem...«

Vigors Augen leuchteten.

Als die Angeln freigelegt waren, klappte Gray den Riegel hoch und überließ es Vigor, die Tür zu öffnen.

Mit angehaltenem Atem legte der Monsignore die Hand auf den Griff und zog daran. Knirschend teilten sich die Türhälften und klappten auseinander.

Vigor taumelte zurück.

Das hatte er nicht erwartet.

Der Raum war nahezu leer, bot aber dennoch einen erstaunlichen Anblick.

Vor ihnen funkelte eine goldene kreisförmige Kammer. Boden, Decke, Wände… alles war mit rotgoldenem Metall bedeckt. Auch die Innenseiten der Türen waren nicht mit Silber, sondern mit Gold verkleidet.

Gray ließ Vigor als Ersten eintreten, dann folgte er ihm.

Überall war das Gold von begabten Künstlern ziseliert worden. An der Decke führten goldene Rippen zu einem Ring. Die Wände wurden von Goldpfosten gestützt. Der Eindruck war überwältigend.

»Das ist eine goldene Jurte«, sagte Gray. »Ein mongolisches *ger*.«

Vigor schaute sich zum Eingang um. »Wenn die Tür geschlossen ist, hat man eine Gruft. Symbolisch betrachtet, stehen wir im dritten Kasten des heiligen Thomas.«

Gray dachte an den Schädel und das Buch, die sich im Eisenkasten befunden hatten. Das Schiff war im silbernen Kasten gewesen, und jetzt befanden sie sich inmitten des letzten Kastens, dem aus Gold.

Vigor ging zögerlich nach rechts. »Schauen Sie sich die Wände an.«

An jedem Goldpfosten war ein juwelenbesetzter Fackelhalter befestigt. Als Gray einen davon berührte, stellte er fest, dass es sich um eine Krone handelte. Er ging ein Stück weiter. *Alle* Fackelhalter waren Kronen.

»Beutestücke aus den eroberten Königreichen«, sagte Vigor. »Aber das hier ist nicht das Grabmal des Dschingis Khan.«

Gray hatte gleich nach dem Öffnen der Tür die gleiche Erkenntnis gehabt. Dies war keine weitläufige Nekropole voller Reichtümer und Schätze der Alten Welt. Hier gab es keine juwelenbesetzten Grüfte für Dschingis und dessen Nachfahren. All dies harrte noch irgendwo in den mongolischen Bergen der Entdeckung.

»Die Kronen sollen den Mann ehren, der in dieser Krypta bestattet ist«, sagte Vigor in gedämpftem Ton.

Er schritt an der Wand entlang; anscheinend kostete es ihn immer noch Überwindung, in diesen Raum vorzudringen. Er deutete auf die bildlichen Darstellungen auf den Wandflächen zwischen den Pfosten. Die Reliefs waren gewaltige Meisterwerke in chinesischem Stil.

»Das war typisch für die Gräber der Song-Dynastie, in denen das Leben des Toten dargestellt wurde«, erklärte Vigor. »Dieser Raum stellt keine Ausnahme dar.«

Auf dem ersten Wandabschnitt rechts vom Eingang war ein von drei Kreuzen gekrönter stilisierter Berg dargestellt. Trauernde Menschen wanderten den Hang hinunter, am Himmel dräuten Gewitterwolken.

Das nächste Bild zeigte einen knienden Mann, der die Hand zu der Wunde in der Seite eines über ihm schwebenden Mannes ausstreckte.

Auf den folgenden Darstellungen wurden die Stationen einer weiten, furchterregenden Reise dargestellt, gespickt mit Drachen und anderen Ungeheuern aus der chinesischen Sagenwelt – bis der Mann schließlich das Gestade eines großen Meers mit hohen Wellen erreichte, wo die Menschen ihn mit Fahnen und Symbolen der Freude und der Erleuchtung willkommen hießen.

»Das ist das Leben des heiligen Thomas«, sagte Vigor, als sie den Rundgang abgeschlossen hatten. »Das ist der Beweis, dass er bis nach China und ans Gelbe Meer gelangt ist.«

Doch damit war die Geschichte des Heiligen noch nicht zu Ende.

Vigor hielt vor der letzten Darstellung inne.

Dieses Meisterwerk zeigte einen übergroßen chinesischen Kaiser, der einem Mann ein Kreuz überreichte. Über der Schulter des Kaisers leuchtete am Sternenhimmel mit Mondsichel ein Komet.

Das Kreuz war das Geschenk, das dem heiligen Thomas überreicht worden war.

Vigor wandte sich in den fast leeren Raum um. Der einzige Gegenstand in dem goldenen *ger* war der Steinhaufen in der Mitte, ähnlich den Säulen, welche den Eingang zur Grotte des Schamanen flankiert hatten.

Auf diesem Steinsockel aber ruhte ein schlichter schwarzer Kasten.

Vigor bat Gray wortlos um Erlaubnis.

Gray bemerkte, dass die Haut des Monsignores einen gelblichen Farbton angenommen hatte, und der kam nicht vom Gold allein. Das war Gelbsucht.

»Nur zu«, sagte Gray leise.

8:56

Vigor ging zum Steinhaufen und dem Kasten. Er war wie betäubt vor Ehrfurcht und hätte um ein Haar das Gleichgewicht verloren.

Vielleicht sollte ich mich auf Knien nähern.

Doch er blieb aufrecht, bis er die Steinsäule erreicht hatte. Der schwarze Kasten sah aus, als bestünde er aus Eisen, doch vermutlich handelte es sich um ein Amalgam, denn er hatte kaum Rost angesetzt. Chinesische Schriftzeichen waren in die Oberfläche eingeritzt.

Zwei Bäume.

Mit zitternden Fingern hob er den Deckel an. Die Scharniere quietschten leise. Darin befand sich ein zweiter Kasten, der ebenso schwarz war wie der erste. Vigor aber wusste, dass sich unter dem Belag Silber befand. Auch hier fanden sich Schriftzeichen.

Befehl.

Er gehorchte und öffnete den Kasten – darin befand sich die letzte Truhe aus purem Gold. Sie war nahezu makellos, glänzend und ohne Schmuck, abgesehen von dem Schriftzeichen an der Oberseite.

Verboten.

Er hielt den Atem an. Mit der Spitze des Zeigefingers hob er den Deckel an und klappte ihn hoch.

Mit einem stillen Stoßgebet dankte er Gott für die Ehre, die ihm zuteilgeworden war.

In dem Kasten ruhte auf kleinen goldenen Säulen ein gelbbrauner Totenschädel. Leere Augenhöhlen schauten zu ihm auf. Kaum zu sehen, aber doch unverkennbar, zeichnete sich eine eingeritzte Spirale aus aramäischen Schriftzeichen ab.

Die Reliquie des heiligen Thomas.

Vigor wäre beinahe auf die Knie gefallen, doch Gray hatte wohl sein Zittern bemerkt. Er stützte ihn, damit er tun konnte, was nötig war.

Mit Tränen in den Augen streckte Vigor die Hände zur Reliquie aus. Er verehrte den heiligen Thomas mehr als alle anderen Apostel Christi. Gerade sein *Zweifel* machte ihn menschlich und verlässlich. Er war der Ausdruck des Widerstreits von Glaube und Vernunft. Der heilige Thomas hatte infrage gestellt, wollte Beweise sehen, ein Wissenschaftler seiner Zeit, ein Wahrheitssucher. Auch sein Evangelium lehnte die organisierte Religion ab und erklärte, der Weg zum Heil und zu Gott stehe jedem offen, der ihn beschreiten wolle.

Suchet, so werdet ihr finden.

Hatten sie in den vergangenen Tagen nicht das Gleiche getan?

»Wir haben das Grab des heiligen Thomas entdeckt«, sagte Vigor gerührt und voller Ehrfurcht. »Die Nestorianer und Ildikos Testament haben Dschingis Khan anscheinend dazu veranlasst, für den Heiligen diesen Schrein zu errichten. Deshalb wurde das Evangelium geschrieben und in Ungarn hinterlegt. Es war die schriftliche Einladung, diese Krypta zu suchen. Am ersten Fundort waren Thomas' Worte aufbewahrt – und hier befinden sich nun sein Körper und sein Vermächtnis.«

Vigor berührte den heiligen Schädel und hob ihn aus dem goldenen Reliquienschrein.

Gray stand unmittelbar hinter ihm. Als Vigor die Reliquie des heiligen Thomas in Händen hielt, leuchtete er mit der Stirnleuchte in den Kasten hinein.

Auf dem goldenen Boden lag ein schlichtes schwarzes Kreuz.

Es wirkte schwer, metallisch und war so lang wie eine ausgestreckte Hand.

»Das Kreuz des heiligen Thomas«, murmelte Gray. »Aber ist das auch sicher?«

Trotz der Bedeutung des Moments lächelte Vigor. Er hatte keinen *Zweifel,* Gray aber wollte Beweise sehen.

»Duncan kann das leicht feststellen«, sagte er.

Gray sah auf die Uhr. »Uns bleibt nur noch eine Stunde. Ich sehe mal nach, wo die anderen bleiben.«

»Nur zu«, sagte Vigor. »Ich warte hier.«

Gray drückte ihm die Schulter und entfernte sich eilig.

Erst dann sank Vigor auf die Knie, die Arme um die Reliquie des heiligen Thomas gelegt.

Danke, Herr, dass du mir diesen Moment geschenkt hast.

Trotz seiner ehrfürchtigen Ergriffenheit verspürte er noch immer Angst. Die Augen des Schamanen und dessen Warnung ließen ihn nicht los.

Sie haben viel zu leiden, werden aber noch mehr leiden.

9:04

Gray schleuderte mit dem Quad aus der Tunnelmündung in den morgendlichen Sonnenschein hinaus. Das Fahrzeug drehte sich auf dem Eis einmal um die eigene Achse, bevor es zum Stillstand kam. Jede Minute zählte, und das Satellitentelefon funktionierte nur im Freien.

Er wählte Monks Nummer. Die Verbindung wurde sofort hergestellt.

»Wo seid ihr?«, fragte Gray.

»Im Bus. Fahren übers Eis. Wir haben die Insel fast erreicht.«

Gray unterdrückte ein Stöhnen. Monks Team lag hinter dem Zeitplan. »Ihr müsst unverzüglich hierherkommen. Ich rufe gleich Seichan an und beordere sie her. Wir befinden uns fünf Kilometer nördlich von Kap Burkhan an der Küste, am Eingang einer Meereshöhle. Ich lasse das Quad in der Sonne stehen, da könnt ihr euch dran orientieren.«

»Habt ihr das Kreuz gefunden?«, fragte Monk.

Verblüfft machte Gray sich klar, dass er vergessen hatte, es zu erwähnen. »Ja. Duncan muss noch die Echtheit bestätigen.«

Außerdem brauchen wir das Eye.

Er hörte, wie Jada Monk etwas zurief. »*Sagen Sie ihm, er soll das Kreuz nicht bewegen.*«

»Weswegen?«, fragte Gray.

»Das soll sie dir selbst sagen. Ich checke jetzt die kürzeste Route zu den Zielkoordinaten.«

»Was hast du…?«

Aber Monk hatte das Telefon bereits an Jada übergeben. »Sie haben das Kreuz doch nicht etwa bewegt, oder?«, fragte sie besorgt.

»Nein.«

Ohne vorherige Rücksprache hatte er es nicht anfassen wollen.

»Gut. Ich glaube nämlich, die Aussichten, die Quantenverschränkung zwischen dem Kreuz und Kometen aufzuheben, sind dann am besten, wenn wir es an den gegenwärtigen Raumkoordinaten belassen.«

»Weshalb?«

»Weil das Kreuz im Moment auf einen bestimmten Punkt der gekrümmten Raumzeit fixiert ist. Ich möchte, dass die *Zeit* die einzige Variable ist. Ich könnte Ihnen meine Berechnungen zeigen, aber…«

»Ich glaube Ihnen. Schaffen Sie das *Eye* einfach nur rechtzeitig hierher.«

»Monk arbeitet dran…«

Im Hintergrund hörte er Duncan. »*Das ist Ihr Plan!*« Ein Durcheinander von Stimmen war zu hören.

»Was ist da los?«, fragte Gray.

»Wir sind unterwegs«, antwortete Jada nervös.

Die Verbindung brach ab.

Gray musste darauf vertrauen, dass sie wussten, was sie taten. Als Nächstes rief er Seichan an. Nach längerem Warten wurde der Anruf entgegengenommen.

»Wo bist du?«, fragte Seichan aufgebracht.

Da er keine Zeit hatte, sich Gedanken über ihre Schroffheit zu machen, beantwortete er ihre Frage und schloss mit den Worten: »Kommt schnellstens hierher.«

Sie unterbrach die Verbindung kommentarlos.

Kopfschüttelnd ging Gray in die Höhle zurück.

Er musste darauf vertrauen, dass sie das Richtige tat.

29

SEICHAN WUSSTE NICHT, was sie tun sollte.

Pak beugte sich zu ihr vor. Sein Atem roch nach Tabak.

»Was haben sie gesagt? Wo sind sie?«

Er hielt noch immer das Telefon in der Hand. Hinter ihm stand der nordkoreanische Teamleiter mit der undurchdringlichen Miene – inzwischen wusste sie, dass er sich Ryung nannte – und zielte mit einer Pistole auf Rachels Brust. Pak hatte Seichan gezwungen, Grays Aufenthaltsort herauszufinden, und die Verbindung unterbrochen, ehe sie ihn warnen konnte.

Beide Nordkoreaner verloren allmählich die Geduld.

Pak stapfte im Aufenthaltsraum des Gasthofs hin und her und paffte zornig an einer Zigarette. Ju-long stand beim Kamin und wirkte ebenso unzufrieden wie sein Begleiter. Seichan hatte den Eindruck, er stehe unter Druck. Ihm ging es um Geld und um seine Machtposition in Macau. Er hatte von alldem keinen Profit zu erwarten.

Allerdings war nicht davon auszugehen, dass er sich dadurch dazu bewegen ließe, ihnen zu helfen.

Rachel war ihr gegenüber an einen Stuhl gefesselt. Ryungs Männer hatten sie beide sachkundig bewegungsunfähig gemacht. Es gab keinen Trick, mit dem sie sich aus eigener Kraft hätten befreien können. Kein geheimes Messer, um den Stuhl auseinanderzunehmen oder die Fesseln zu durchtrennen.

Seichan machte sich keine Illusionen über ihre Lage. Sie waren Pak auf Gedeih und Verderb ausgeliefert – und dieser Mann kannte keine Gnade.

Folglich hatte Seichan ihm bereits vor dem Telefonat gesagt, dass Gray und die anderen zum Kap Burkhan gefahren waren. Andernfalls hätten sie Rachel erschossen. Daran hatte sie keinen Zweifel. Sie hatte nur die Beine des Gastwirts ansehen müssen, die aus der Küchentür ragten; der eine Schuh hatte sich vom Fuß gelöst und lag in einer Blutlache.

Deshalb hatte sie von Grays Sonnenaufgangsbegegnung an der Küste berichtet. Sie wollte Zeit schinden und hoffte, dass Monk am Gasthof eintreffen, die Angreifer aufmischen und sie womöglich retten würde. Ihr würde es auch schon reichen, wenn sie sich in dem Durcheinander selbst befreien könnten.

Nach ihrem ersten Geständnis hatte Ryung eine Handvoll Männer zum Kap Burkhan losgeschickt. Eine halbe Stunde später kehrten sie zurück und bestätigten, dass Seichan die Wahrheit gesagt hatte. Während sie den Schamanen ausfragten, war er jedoch aus der Höhle getreten und hatte sich von der Felskante in die Tiefe gestürzt, weshalb sie nicht wussten, wohin Gray sich anschließend begeben hatte.

Die Nordkoreaner mussten sich damit abfinden, dass sie es ebenfalls nicht wusste – jedoch erst, nachdem sie die beiden Frauen gequält hatten. Jetzt hatten Rachel und Seichan beide Verbrennungen von ausgedrückten Zigaretten auf ihrem Handrücken.

Dann klingelte das verfluchte Telefon.

Pak hatte sich diese Gelegenheit nicht entgehen lassen.

»Sag ihnen nichts«, zischte Rachel, deren Lippe aufgeplatzt war. »Du weißt, was auf dem Spiel steht.«

Pak, der die Geduld mit Seichans Hinhaltetaktik verlor, drückte die Zigarette aus und beendete seine zornige Wanderung durch den Gastraum. Er rieb sich die Hände, in seinen Augen glomm finstere Belustigung.

Seichan wurde ganz kalt.

»Wir wollen ja schließlich unseren Spaß haben, oder?«, sagte er.

Er nahm die Hände auseinander und zeigte eine nordkoreanische Münze vor. Auf der einen Seite war der lächelnde Diktator Kim Jong-il abgebildet.

»Sie wissen ja, dass ich ein Spieler bin«, sagte Pak. »Deshalb schlage ich eine Wette vor. *Kopf*. Wir erschießen Ihre Freundin. *Zahl*. Sie bleibt am Leben.«

Seichan funkelte den Mann hasserfüllt an, fassungslos über dessen sinnlose Grausamkeit.

»Ich werde die Münze so lange werfen, bis Sie mir sagen, was ich wissen will«, drohte Pak. »Sobald *Kopf* erscheint, stirbt sie.«

Ryung drückte Rachel die Pistole fester auf die Brust.

Pak trat zurück und warf die Münze hoch in die Luft. Sie funkelte silbrig im Lampenschein.

Seichan gab nach. »In Ordnung! Ich sag's Ihnen!«

»Tu's nicht!«, rief Rachel.

Die Münze landete auf dem Boden und tanzte weiter, bis Pak mit grausamem Lächeln die Stiefelsohle daraufsetzte.

»Das war ja gar nicht schwer«, sagte er. »Reden Sie.«

Sie änderte die Taktik und sagte ihm die Wahrheit. Da sie ihn nicht länger hinhalten konnte, setzte sie ihre ganze Hoffnung darauf, dass er sie mitnehmen würde. Unterwegs würde sich vielleicht eine Gelegenheit zur Flucht ergeben.

»Sehr schön«, sagte Pak selbstzufrieden.

Er hob den Fuß.

Das feiste Gesicht Kim Jong-ils lächelte vom Boden zu ihnen auf.

Kopf.

»Da haben Sie wohl verloren«, sagte Pak und gab seinem Untergebenen ein Zeichen.

Ryung trat zurück, zielte und schoss Rachel in die Brust.

Seichan schreckte so heftig zusammen, dass sie beinahe mit dem Stuhl nach hinten gekippt wäre.

Rachel sah nicht minder überrascht auf ihr blutiges T-Shirt nieder – dann blickte sie Seichan an.

Seichan fixierte Pak, fassungslos über dessen Verrat.

Er zuckte mit den Schultern, erstaunt über ihre Reaktion. »Das entspricht den Hausregeln«, sagte er. »Sobald der Würfel rollt, gilt die Wette.«

Rachels Kopf sackte ihr auf die Brust.

Seichan verzweifelte.

Was habe ich getan?

9:20

Kalte Dunkelheit hüllte sie ein.

Alle Kraft und Wärme sickerte aus dem kleinen Loch in ihrer Brust und nahm den brennenden Schmerz mit sich fort. Bei jedem kraftlosen Atemzug blieb ein kleiner Rest, eher geistiger als körperlicher Natur.

Ich will nicht sterben ...

Rachel wehrte sich, doch es war kein Kampf, der mit Muskeln und Knochen geführt wurde, sondern mit Willenskraft und Charakterstärke. Sie hatte gehört, wie die anderen weggegangen waren und sie dem Tod überlassen hatten.

Monk wird bestimmt kommen ...

Sie klammerte sich an diese Hoffnung. Sie wusste, dass er sie nicht retten konnte, dazu reichte sein medizinisches Können nicht aus. Dennoch klammerte sie sich aus einem bestimmten Grund an diesen schmalen Hoffnungsstreif.

Sie wollte ihm sagen, wohin die anderen gefahren waren.

Beeil dich ...

Sie sank tief ins Dunkel hinab – als auf einmal die Tür knarrte. Das Geräusch sich nähernder Schritte hielt sie einen Moment länger vom ewigen Vergessen fern.

Jemand legte ihr die Hand aufs Knie.

Leise, kaum verständliche Worte fielen durch den dunklen Brunnen zu ihr herab, doch die Frage drang zu ihr durch.

Wohin?

Mit dem letzten Atemzug sagte sie es ihm voller Hoffnung – doch die Hoffnung galt nicht ihr selbst und auch nicht der Welt.

Sie stellte sich sturmblaue Augen vor.

Und starb.

30

»DAS IST WAHNSINN!«, rief Duncan.

»So geht es *schneller*!«, entgegnete Monk.

Duncan konnte nur ohnmächtig zusehen, wie sein Teamkollege am Lenkrad des Busses kurbelte und um einen Küstenvorsprung herumschleuderte. Der Bus geriet ins Rutschen und hätte um ein Haar eine Hütte der Eisangler gestreift. Dann rollte er weiter.

Nach Grays Anruf hatte Monk den Bus requiriert und die Passagiere und den Fahrer aussteigen lassen. Monk hatte sich ans Steuer gesetzt und war von der Südspitze der Insel aus in westliche Richtung gefahren, wobei er eine neue Reifenspur auf der Eisfläche zog. Monk war für die Aktion gewappnet gewesen, denn auf der Fahrt von Sakhyurta hierher hatte er sich mit dem Fahrer ausgiebig unterhalten und sich nach der Dicke und der Ausdehnung der Eisschicht erkundigt.

Duncan hatte Verständnis für das Vorgehen seines Kollegen. Nach der Landung in Irkutsk hatten sie die topografische Karte der Insel Olchon eingehend studiert. Die Straße von der Fährstation zum Dorfgasthaus war kurvenreich und voller Umwege. Auf dieser Strecke hätten sie zu lange gebraucht.

Außerdem war die Insel halbmondförmig und an der Nordseite nach Westen gekrümmt – dorthin wollten sie.

Der kürzeste Weg von A nach B war die Luftlinie – oder in diesem Fall die Wasserlinie. Indem sie den direkten Weg übers Eis nahmen, würden sie Grays Team noch rechtzeitig erreichen.

Aber trotzdem ...

Jada klammerte sich an den Sitz, ihre Augen waren angstvoll geweitet.

Das Eis dröhnte unter den Rädern. Hinter ihnen blieben Risse zurück. Vom Ufer aus sahen Menschen zu ihnen herüber und zeigten auf den Bus.

Hier draußen war das Eis bestenfalls als tückisch zu bezeichnen, deshalb wagte Monk nicht zu bremsen. Schnelligkeit war ihr größter Trumpf.

»Das muss das Kap Burkhan sein!«, rief Jada und deutete auf eine felsige Landzunge, die aus einer bewaldeten Bucht vorsprang.

In der Bucht machte Duncan die Holzhäuser einer kleinen Siedlung aus. *Das muss das Dorf Chuzir sein.*

»Noch fünf Kilometer!«, rief Duncan und wies durchs rechte Fenster. »Gray hat gesagt, er habe das Quad als Orientierungshilfe auf dem Eis abgestellt. Halten Sie danach Ausschau!«

Er setzte sich nach rechts, während Monk endlich auf die Küste zuhielt, wo die Eisdecke voraussichtlich dicker war. Nach langen fünf Minuten sprang Jada vom Sitz hoch.

»Da!«, rief sie und zeigte nach draußen. »An dem Felsen, der aussieht wie ein Bär!«

Tatsächlich glich der Felsen einem Grizzlykopf. Und hinter den Schultern des Tiers zeichnete sich ein dunkler Punkt ab; ein Quad, an dessen Heck ein Fähnchen flatterte.

»Das muss es sein«, sagte Monk.

Als sie näher kamen, tauchte in der Felswand die von großen Eiszapfen gesäumte Mündung eines Tunnels auf. Duncan meinte, im Wald auf der Landzunge eine Bewegung auszumachen, doch da die Sonne gerade an der anderen Seite der Insel aufging, lagen die Bäume noch in tiefem Schatten.

Wenn dort oben jemand war, handelte es sich vermutlich um Gaffer, welche die Fahrt des Busses verfolgten.

Die Bremsen quietschten, als Monk langsamer wurde – zumindest war das seine Absicht.

Der Bus brach seitlich aus und rutschte übers Eis.

Mit der Breitseite prallte er gegen das Quad und schob es vor sich her zur Tunnelmündung.

Duncan und Jada zogen sich an die gegenüberliegende Seite zurück, während die Felswand sich rasend schnell näherte.

Schließlich aber kam das Fahrzeug rumpelnd zehn Meter vor der Höhlenmündung zum Stehen.

Monk rieb die Hände an den Oberschenkeln. »Das nenne ich Längseinparken.«

Duncan musterte ihn böse. »Wissen Sie, wie ich das nenne?«

Sie stürzten zur Tür, denn sie wollten sich vergewissern, dass sie den richtigen Ort gefunden hatten, bevor sie die Ausrüstung ausluden.

Gray kam aus dem dunklen Tunnel hervorgeeilt und musterte erstaunt ihr Transportmittel. Offenbar kannte er den Bus bereits von der Fahrt vom Festland zur Insel her.

»Wie das?«, fragte er und grinste. »Habt ihr etwa kein Taxi bekommen?«

9:28

Gray umarmte Monk. Ungeachtet der Umstände und des ungewöhnlichen Transportmittels freute er sich, seinen besten Freund zu sehen.

Er schüttelte eilig Jada die Hand und zeigte auf Duncan. »Sie müssen das *Eye* in die Höhle schaffen. Kowalski erwartet Sie dort. Wir haben das Kreuz gefunden, aber wir wissen noch nicht, ob es energetisch aufgeladen ist.«

»Ich begleite ihn«, bot Jada ihre Expertise an.

Gray bedankte sich mit einem Nicken, schaute aufs Eis hinaus und fragte sich, wo Seichan und Rachel blieben. Eigentlich hätten sie vor Monk und den anderen eintreffen sollen.

Jada ging zurück zum Bus. »Ich habe meinen Rucksack...«

Ein durchdringender Pfiff ertönte, dann knallte es. Jada fiel gegen Duncan, der sie auffing. Alle wurden von den Beinen geworfen und zusammen mit einer Wolke abgebrochener Eiszapfen in den Tunnel geschleudert.

Gray fiel auf den Rücken und blickte an seinen Füßen vorbei.

Der Bus hatte sich auf den Kühlergrill gestellt, die Fensterscheiben wurden herausgedrückt. Ein Feuerball brach darunter hervor und stieg in den Himmel auf, gefolgt von einer Rauchwolke. Das Eis barst, und der Bus sank mit der Schnauze voran in den See.

Ein Raketenangriff.

Aber wer … und warum?

Doch es stand noch eine wichtigere Frage im Raum. »Wo ist das *Eye*?«, rief Gray voller Angst und halb taub.

Duncan half Jada auf die Beine. Sie zeigte zu dem versinkenden Bus.

»Im Rucksack …«

Das *Eye* befand sich im Bus.

»Alle zurück!«, sagte Gray und zeigte in den Gang hinein.

Sie flohen vor dem Feuer und dem Rauch in die kalte Dunkelheit des Eises und des Frosts.

An einer Gangbiegung blickte Gray zurück. Das Heck des Busses ragte schief aus dem Eis, rauchend und verrußt. Benzin und Öl brannten. Hinter den Flammen bewegten sich Schattengestalten.

Wer war das? Russische Soldaten? Hatte jemand in Moskau von ihrer verdeckten Aktion auf der Insel erfahren?

»Monk, du bleibst hier«, befahl Gray. »Gib Bescheid, wenn jemand in den Gang eindringt.«

Die werden nicht lange auf sich warten lassen, dachte er.

Wer auch immer den Angriff geleitet hatte, er hatte zielstrebig ihr Transportmittel zerstört, um Gray Teams hier festzusetzen. Der Grund war irrelevant. Da die Zeit ablief, zählte nur noch eines: Sie mussten das *Eye* wieder in ihren Besitz bringen und es in die Höhle schaffen.

Gray geleitete Duncan und Jada zurück zur Höhle, wo Kowalski sie bereits mit Sorge erwartete.

»Was zum Teufel ist da los, Mann?«, fragte er. »Was geht da draußen vor?«

»Egal«, entgegnete Gray und wandte sich an Duncan. »Wir müssen Dr. Shaws Rucksack aus dem brennenden Bus bergen.«

»Und wie?«, fragte Duncan.

Gray wandte sich Jada zu. »Glauben Sie, Sie können am Seil hochklettern, wenn es so weit ist?«

Sie nickte. »Was sollen wir tun?«

Gray erklärte es.

»Du bist wahnsinnig«, sagte Duncan und blickte Hilfe suchend in die Runde.

Kowalski zuckte lediglich mit den Schultern. »Wir haben schon dämlichere Sachen gemacht.«

9:34

Das wird ja allmählich zur Gewohnheit.

Duncan stand in Boxershorts vor einer Wasserfläche – diesmal allerdings am Rand des Atemlochs, das die Robben beim Ein- und Aussteigen spiegelblank poliert hatten. Er stellte sich vor, wie die Tiere hier ins Wasser glitten und unter dem Eis in den See hinausschwammen.

Duncan brauchte nicht so weit zu schwimmen, doch es war trotzdem eine weite Strecke. Außerdem fehlte ihm die wärmeisolierende Fettschicht.

Das galt auch für seine Begleiterin.

Jada hatte sich bis auf Shorts und Sport-BH entkleidet.

Gray und Kowalski machten die beiden in der Höhle abgestellten Quads startklar und überprüften die Waffen. Auf dem Weg zum Ausgang wollten sie Monk auflesen.

Duncan wandte sich an Jada, die neben ihm zitterte, und das nicht nur wegen der Kälte.

»Bereit?«, fragte er.

Sie schluckte und nickte.

»Halten Sie sich dicht hinter mir«, sagte er und lächelte. »Es wird schon klappen.«

»Bringen wir's hinter uns«, erwiderte sie. »Wenn man drü-
ber nachdenkt, macht man's nur noch schlimmer.«

Sie hatte recht.

Duncan schnallte das Schulterholster enger und drückte
ihr aufmunternd den Arm. Er setzte sich auf den Po, rutschte
durch eine der Rinnen und ließ sich in das Loch in der dicken
Eisschicht fallen.

Die Kälte traf ihn schlimmer als erwartet. Krampfhaft
schnappte er nach Luft. Er zwang sich zu Schwimmbewegungen und entfernte sich vom Atemloch. Unter der Eisdecke
hielt er auf den nach draußen führenden Tunnel zu. Durch
diesen Kanal wollten sie unbemerkt in den See gelangen.

Als er sich umblickte, sprang Jada gerade ins Wasser. Sie
spannte sich merklich an, als wollte sie sich zusammen-
krümmen, kämpfte aber erfolgreich gegen den Kälteschock
an. So kräftig wie ein Hengst, der gegen die Stalltür austritt,
bewegte sie die Beine und schoss ihm hinterher.

Verdammt, ist die schnell.

Darauf hatte sie hingewiesen, als Gray seinen Plan unter-
breitet hatte.

Duncan stieß sich von der Wand ab und schwamm in den
Tunnel hinein. Das diffuse Licht verlieh dem Eis eine tief-
blaue Farbe. Die Orientierung war einfach. Er bemühte sich,
vor Jada zu bleiben, und vollführte kraftvolle Schwimmbewegungen – auch, um nicht auszukühlen.

Der Kanal war nur dreißig Meter lang, eine Strecke, die
er normalerweise problemlos ohne Atem zu holen bewältigt
hätte, doch bei dieser Kälte, gefangen unter dem dicken Eis,
war es eine Herausforderung auf Leben und Tod.

Er verfolgte seinen Fortschritt anhand des einfallenden
Lichts. Mit jedem Schwimmzug wurde es heller, und er hielt
Ausschau nach der Morgensonne am Ende des Tunnels.

Die Kälte aber setzte ihm zu. Die Lunge schmerzte, seine Gliedmaßen zitterten. Als er sich dem Ende des Tunnels näherte, tanzten dunkle Flecken durch sein Gesichtsfeld. Als er sich umsah, bemerkte er, dass auch Jada Schwierigkeiten hatte.

Weiterschwimmen, feuerte er sich und Jada in Gedanken an.

Vor sich sah er das Ziel. Es spornte ihn zu einem verzweifelten Endspurt an.

Zehn Meter voraus lag der Bus mit der Motorhaube schräg auf dem Grund des Sees auf. Gray zufolge schaute das Heck noch immer aus dem Eis hervor.

Nach frischer Luft lechzend, schwamm er hinüber. Die Druckwelle der Granate hatte die Windschutzscheibe herausgedrückt. Er packte das Steuerrad und zog sich in das dunkle Innere des Fahrzeugs. An den Sitzen vorbei schoss er nach oben und tauchte in einer Luftblase im Heck des Busses auf.

Im nächsten Moment erschien neben ihm Jada.

Sie schnappten möglichst leise nach Luft, deren Wärme ihnen guttat. Durch den Brand hatte sich der Bus stark erhitzt. Keiner von beiden beklagte sich.

Draußen waren Männer zu hören, die sich auf Koreanisch oder Chinesisch unterhielten. Bislang waren sie noch nicht bemerkt worden. Der Gegner rechnete nicht damit, dass die in der Höhle Eingeschlossenen im abgesoffenen Bus auftauchen könnten.

Das war ein gewisser Vorteil.

Duncan zeigte nach unten. Jada nickte, dann tauchten sie beide. An den Sitzlehnen zogen sie sich durch den Bus und hielten Ausschau nach Jadas Rucksack.

Alles war nach vorn gerutscht oder durch die Fensteröffnung nach draußen gefallen. Jetzt, da sie sich mit frischem Sauerstoff versorgt hatte, schwamm Jada wie eine Robbe, während Duncan sich vorkam wie ein plumper Wal. Im Handumdrehen hatte sie den Rucksack entdeckt, und sie tauchten beide wieder auf.

Jada überprüfte den Inhalt, Erleichterung spiegelte sich in ihrem Gesicht wider.

Duncan reckte den Daumen, und Jada tat es ihm nach.

Sie hatten das *Eye* gefunden.

Er umarmte sie spontan und küsste sie, denn er wusste nicht, ob er noch einmal Gelegenheit dazu bekommen würde. Er legte viel in diese kleine Geste hinein: Sorge um ihr Wohlergehen, Dankbarkeit für ihren Einsatz, vor allem aber Hoffnung auf eine gemeinsame Zukunft.

Sie spannte sich an – dann wurden ihre Lippen weich und verschmolzen mit den seinen.

Als sie sich voneinander lösten, leuchteten ihre Augen. Sie wirkte gleichzeitig entschlossener und furchtsamer als zuvor. Sie berührte seine Wange, dann tauchte sie.

Duncan schwamm zu einem geborstenen Seitenfenster und achtete darauf, dass er von außen nicht zu sehen war. Er schaute sich um. Seile hingen von den Felsen. Bewaffnete in Tarnkleidung flankierten die Mündung des Gangs. Er zählte die Gegner zwischen Bus und Felswand.

Das sieht gar nicht gut aus.

Er nahm die SIG-Sauer aus dem Schulterholster, schaltete das Kehlkopfmikrofon ein und flüsterte: »Das *Eye* ist unterwegs. Ich sehe zwanzig Gegner, zehn an jeder Seite. Ich glaube, das sind Koreaner.«

Gray fluchte. Überrascht wirkte er nicht. »Halten Sie sich an den Plan«, befahl er über Funk. »Zählen Sie bis dreißig und eröffnen Sie dann das Feuer.«

Duncan wandte sich wieder dem Fenster zu.

Gegen eine solche Übermacht konnten sie nicht gewinnen.

Der Plan war ganz einfach.

Sie wollten so viel Zeit schinden wie möglich, und koste es ihr Leben.

Duncan schaute aufs dunkle Wasser. In diesem Moment hing das Schicksal von Jadas Schwimmkünsten ab.

31

JADA WUSSTE, DASS sie es nicht schaffen würde.

Angst, Kälte und Erschöpfung hatten sie an ihre Grenze gebracht. Der geschulterte Rucksack behinderte sie und fühlte sich an wie ein Bleigewicht, sie kam kaum voran. Das aber war nicht ihr größtes Problem.

Hinter ihr blieb eine Blutspur zurück. Beim Verlassen des Busses hatte sie sich an einem scharfen Metallteil den Arm verletzt. Mit jedem Meter, den sie zurücklegte, sickerten Wärme und Kraft aus ihrem Körper und bildeten in ihrem Gefolge eine schlierig rote Fahne. Sie kämpfte sich weiter, und der Schmerz verwandelte sich in Taubheit.

Je schwächer der rechte Arm wurde, desto kräftiger musste sie mit den Beinen nachhelfen.

Ihre Lunge schrie nach Luft.

Es wurde immer dunkler – nicht jedoch deshalb, weil der Sonnenschein hinter ihr zurückblieb. Vielmehr verengte sich ihr Gesichtsfeld, immer mehr dunkle Flecken tauchten darin auf.

Vor sich machte sie einen hellen Kreis aus, denn neben

dem Atemloch lag eine Taschenlampe. Dort erwartete sie auch warme Kleidung.

Es geht nicht...

Wie zum Beweis wurde sie langsamer. Ihr rechter Arm war nutzlos geworden und hing schlaff herab. Sie trat hektisch Wasser, entschlossen, aber auch verzweifelnd.

Plötzlich vernahm sie ein Grollen.

Als sie hochsah, erblickte sie ein helles Licht, das übers durchscheinende Eis zur Gangmündung schoss.

Sie legte die Hand aufs Eis.

Helft mir...

Doch sie fuhren vorbei und ließen sie zurück.

9:45

Gray raste mit dem Quad durch den morgendlichen Sonnenschein. Monk saß hinter ihm, Kowalski steuerte das zweite Fahrzeug. Die Tunnelmündung wurde immer größer. Links und rechts davon waren Gestalten zu erkennen.

Koreaner, hatte Duncan gesagt – Gray aber wusste, dass es genau genommen *Nordkoreaner* waren.

Wie hatte man sie gefunden? Die Sorge um Seichan und Rachel brachte sein Blut zum Kochen. Weshalb waren die beiden Frauen noch nicht aufgetaucht? Hatte man sie gefangen genommen? Er vergegenwärtigte sich die kurze Unterhaltung mit Seichan.

Bestimmt hat jemand sie mit der Waffe bedroht.

Wenn es so war, gab es noch Hoffnung.

Die Nordkoreaner wollten ihn und Kowalski offenbar gefangen nehmen. Das hieß, sie wollten sie am Leben lassen.

Zumindest vorerst.

Für Gray galt dieser Vorbehalt nicht.

Duncans SIG-Sauer knallte.

Während der Gegner sich auf die Gangmündung und die sich nähernden Quads konzentrierte, feuerte Duncan von hinten auf die Koreaner und setzte sie damit unter Druck.

Laute Rufe ertönten, als sie aus unerwarteter Richtung angegriffen wurden. Monk richtete sich auf und feuerte über Grays Schulter hinweg, was die Verwirrung des Gegners noch weiter steigerte.

Er nutzte das vorübergehende Chaos, da der Gegner sich auf den Zwei-Fronten-Kampf einzustellen versuchte, und gab Vollgas.

Ein Soldat tauchte in der Tunnelmündung auf und zielte mit dem Gewehr auf ihn.

Monk schaltete ihn mit einem einzigen Schuss aus.

Gray bretterte links am Toten vorbei, Kowalski rechts.

Sie rasten ins Helle hinaus, ließen den Lenker los, schlitterten mit den Quads im Kreis und feuerten in alle Richtungen. Duncan drückte die Hecktür des Busses auf und eröffnete aus der Höhe das Feuer.

Soldaten in weißer Tarnkleidung brachen auf dem Eis zusammen – entweder, weil sie getroffen waren, oder weil sie vor dem Dauerfeuer Deckung suchten.

Gray war sich darüber im Klaren, dass sie der Übermacht hoffnungslos unterlegen waren. Jeden Moment konnte sich das Schlachtenglück gegen sie wenden. Die Soldaten nahmen bereits die umherschlitternden Quads ins Visier, ringsumher splitterte das Eis.

Sie verfolgten hier ein einziges Ziel: Zeit schinden.

Er hatte Vigor gesagt, er solle mit den anderen in der Höhle bleiben, auf Jada warten und ihr in jeder Beziehung helfen. Der Monsignore, der recht angeschlagen wirkte, hatte eingewilligt.

Dieses Ziel vor Augen, feuerte Gray unablässig und drängte Jada in Gedanken zur Eile.

9:46

Jada kämpfte sich dem fernen Lichttümpel entgegen, bewegte die Beine und zog sich mit dem unverletzten Arm voran. Hinter ihr knallten Schüsse. Ihre Teamkollegen riskierten ihr Leben, damit sie ihr Ziel erreichte. Ihre Opferbereitschaft schnürte ihr die Kehle zu, das half ihr, den Atemreflex zu unterdrücken. Ihr Körper war eiskalt und wurde immer schwerer, als bestünde er aus Blei. Dann rempelte etwas sie an und schoss vorbei. Vor Schreck stieß sie Luftblasen aus. Es war eine braune Robbe, schlank und geschmeidig. Sie drehte sich herum und kreiste um ihre Hüfte, streifte an ihr und setzte sich vor sie, was wie eine Einladung wirkte.

Trotz des Nebels aus Feuer und Eis begriff Jada, was das Tier von ihr wollte.

Sie streckte den unverletzten Arm aus und packte den Schwanz der Robbe. Ob vor Schreck oder in voller Absicht, jedenfalls schoss das Tier auf das Atemloch in der Höhle zu und zog Jada mit sich.

Sie lenkte ihre ganze Kraft in die Hand und klammerte sich fest.

In Sekundenschnelle hatten sie den hellen Lichttümpel erreicht und tauchten auf. Jada saugte die Luft in die Lunge. Die Robbe schwamm neben ihr und betrachtete sie mit ihren braunen Augen. Als Jada wieder Luft bekam, erwiderte sie den Blick des Tiers. Hatte die Robbe aus purem Mutterinstinkt einem verletzten Säugetier helfen wollen? Oder war ihr der Inselgeist zu Hilfe gekommen, von dem Temur gesprochen hatte?

Wie auch immer, Jada dankte dem Tier im Stillen. Die Robbe reckte einige Male die Nase in die Höhe, dann tauchte sie und verschwand.

Jada schwamm zum Rand, wo ein Seil ins Wasser hing. Daran zog sie sich aufs Trockene und durch die Eisrinne. Dann kroch sie auf allen vieren weiter. Blut floss ihren Arm entlang, auf dem Eis blieben tiefrote Handabdrücke zurück.

Sie griff sich eine Decke und rubbelte sich ab. Ihre Kleidung ließ sie erst einmal liegen, denn sie hatte keine Zeit, sich anzukleiden. Stattdessen streifte sie den Rucksack ab, schlüpfte in den Parka und schloss den Reißverschluss.

Am ganzen Leib zitternd, schulterte sie erneut den Rucksack und legte den Klettergurt an. Dann schaute sie am Seil hoch, das an der Eiswand herabbaumelte.

Kaum dass sie die Hände darumgelegt hatte, erkannte sie, dass es sinnlos war. Sie spürte kaum noch ihre Finger und fühlte sich vollkommen kraftlos.

Das Geräusch von Schüssen hallte durch den Gang.

Ihre Freunde gaben nicht auf.

Ich darf nicht schlappmachen.

Da sie wusste, dass ihr höchstens zehn Minuten blieben, zog sie sich zum ersten Haken hoch und dann zum zweiten. Mit erneuerter Entschlossenheit kletterte sie nach oben, doch Willensstärke war kein Ersatz für fehlende Körperkraft.

Sie versuchte, sich mit dem verletzten Arm festzuhalten – da verlor sie den Halt und fiel aufs harte Eis zurück.

Ich werde es nicht schaffen.

Gray spürte, dass die Schlacht verloren war.

Das Überraschungsmoment war verpufft, der Gegner hatte sich eingegraben. Eine Kugel prallte vom Quad ab, der Querschläger streifte Grays Oberschenkel und hinterließ eine brennende Spur.

Er gab Kowalski ein Zeichen.

Der Hüne raste mit dem Quad zum Bus hinüber, während Gray und Monk ihm Deckung gaben und den Gegner mit heftigem Dauerfeuer in Deckung zwangen.

Als Kowalski das gesplitterte Eis erreichte, drehte er die Maschine um hundertachtzig Grad und kam am Rand des Eislochs rutschend zum Stehen.

Duncan kletterte aus der Hecktür, lief über das schräge Heck und sprang über das von einem schillernden Ölfilm überzogene Wasser hinweg. Er landete auf dem Sitz hinter Kowalski – der sofort Gas gab und zu Gray herumschleuderte.

Kugeln schlugen in den Bus ein und ließen das Eis bersten.

Monk feuerte in den Gang hinein, während Gray mit der einen behandschuhten Hand den Lenker festhielt und mit der anderen die Pistole.

Allmählich ging ihnen die Munition aus. Sie mussten sich fürs letzte Gefecht wappnen.

Er raste auf den Tunnel zu, der ihnen Deckung geben würde.

Kowalski feuerte vom Rücksitz aus, was das Zeug hielt.

Monk traf einen Soldaten am Bein, der Mann ging zu Boden. Weitere Soldaten spritzten auseinander, als Grays Team die Tunnelmündung unter Beschuss nahm. Kaum war der

Weg frei, jagten sie zehn Meter weit in den Tunnel hinein, schleuderten herum und kamen zum Stehen.

Sie ließen sich fallen, nutzten die Quads als Deckung und blockierten damit den Gang.

Gray machte rasch eine Bestandsaufnahme. Kowalski blutete an der Schulter und an der Seite. Duncan hatte eine feuerrote Streifverletzung an der Wange. Monk hielt sich den Oberschenkel, unter seinen Fingern quoll Blut hervor.

Trotzdem machten alle einen entschlossenen Eindruck und waren bereit, Jada und Vigor die nötige Zeit zu erkaufen. Bedauerlicherweise hatte jeder von ihnen nur noch wenige Patronen. Da musste jeder Schuss sitzen.

Als spürte das der Gegner, formierte er sich für den entscheidenden Angriff.

Gray wappnete sich und hob die Pistole.

Plötzlich tauchte ein einzelner Mann auf, der eine andere Person festhielt.

Ein großer Nordkoreaner in Kampfmontur hielt Seichan im Würgegriff, drückte ihr eine Pistole an den Kopf und benutzte sie als menschlichen Schutzschild. Seichan wirkte besiegt und entmutigt.

»Werfen Sie uns die Waffen zu!«, rief der Mann ihnen zu. »Kommen Sie mit erhobenen Händen her, sonst muss sie vor Ihren Augen sterben. So wie die andere Frau.«

Sämtliche Pläne, die Gray erwogen hatte, verflüchtigten sich.

…wie die andere Frau.

Monk krallte die Hand in seinen Arm, doch er spürte es kaum.

Rachel.

Erinnerungsfetzen schossen ihm durch den Kopf: der tiefe Karamellton ihrer Augen, die Art und Weise, wie sie mit einer Kopfbewegung das Haar aus dem Gesicht befördert hatte, wenn sie zornig war, ihre weichen Lippen, ihr stoßweises Gelächter, wenn jemand sie überrumpelte.

Wie konnte das alles verloren sein?

»Gray«, flüsterte Monk und holte ihn mit seiner Stimme und seinem unnachgiebigen Griff ins Hier und Jetzt zurück.

Roter Zorn wallte in Gray auf und blendete ihn.

Am Ende des Tunnels kam Pak aus der Deckung und ging hinter dem hochgewachsenen Koreaner in Deckung. »Kommen Sie raus! Dann lassen wir Sie am Leben!«

Das triumphierende Winseln dieses Unmenschen rief Gray zur Vernunft. Sie mussten noch immer Zeit schinden, um die Welt zu retten, doch jetzt hatte Gray ein weiteres Ziel: Er wollte Rachel rächen.

»Was wollen sie von uns?«, flüsterte Duncan, die SIG-Sauer in der Hand.

Gray überlegte, ihn zu Jada zu schicken, doch dann würde Pak nach ihm suchen und womöglich das Einsatzziel vereiteln.

»Wir tun, was er sagt«, erwiderte Gray gepresst. »Das verschafft uns einen Aufschub.«

Ohne weitere Diskussion warfen sie die Waffen weg. Die Pistolen schlitterten übers Eis und hinaus in den Sonnenschein am Ende des Tunnels.

Gray richtete sich auf und hob die Hände über den Kopf.

Seine Teamkollegen taten es ihm nach und kletterten über die Quads.

Pak wusste, dass er gewonnen hatte, und trat endlich vor. Er war sich seines Sieges so sicher, dass er sich eine Triumphzigarette ansteckte und mit der Glut auf Gray zeigte.

»Sie und ich, wir werden eine Menge Spaß miteinander haben.«

Gray verkniff sich eine Entgegnung, damit der Mann weiterredete. Hauptsache, er drang nicht weiter in den Tunnel vor.

Er hatte keine Ahnung, ob es Jada gelungen war, am eingefrorenen Wasserfall hochzuklettern und in die rückwärtige Höhle zu kriechen, doch die Kletterseile wären in jedem Fall noch vorhanden. Der Gegner würde eins und eins zusammenzählen.

Deshalb funkelte er Pak nur wortlos an.

Am Tunnelende zielten Gewehre auf sie, mehrere reglose Männer lagen auf dem Eis. Sie hatten mindestens die Hälfte von Paks Streitmacht ausgeschaltet. Außerdem gab es sicher noch Verletzte.

Damit musste Gray sich zufriedengeben.

An der linken Seite machte er eine einzelne Person aus.

Ju-long Delgado.

Er schaute Gray an, dann senkte er den Blick auf seine Stiefel. Offenbar war ihm die Rolle, die er spielte, peinlich.

Deshalb übersah er auch die schlanke Gestalt, die an einem der Kletterseile der Koreaner herabrutschte und lautlos hinter ihm landete. Eine Klinge blitzte auf, dann durchbohrte ihn das Schwert von hinten.

Während Ju-long ächzend auf die Knie fiel, richtete Guan-yin sich auf. Die Drachentätowierung in ihrem Gesicht flammte vor Zorn. Sie hob die Pistole und feuerte.

An beiden Seiten seilten sich Männer ab und nahmen den Gegner unter Beschuss.

Ihre Triade.

Gray hatte keine Ahnung, wie Guan-yin sie gefunden hatte, doch diese Frage musste warten.

Seichan nutzte den Moment der Ablenkung und trat ihrem Bewacher auf den Spann. Der abgehärtete Soldat war zu sehr Profi, um sie loszulassen, doch es gelang Seichan, sich ein wenig zu ducken, den Blick auf Gray gerichtet.

Er lief ihr bereits entgegen. Als der Mann feuerte, ließ Gray sich fallen und rutschte übers Eis. Während die Kugeln über seinen Kopf hinwegpfiffen, packte er die einzige Waffe in seiner Reichweite.

An den Knien des Soldaten angelangt, schnellte Gray hoch, in der Hand einen abgebrochenen Eiszapfen. An Seichans Ohr vorbei rammte er ihn dem Mann in den ungeschützten Hals.

Der Soldat taumelte zurück, ließ die Waffe fallen und hielt sich mit beiden Händen den Hals.

»Helfen Sie Jada!«, rief Gray Duncan zu. »Los!«

Ihnen blieben nur noch wenige Minuten.

9:53

Ohne sich mit den Quads aufzuhalten, sprintete Duncan los, als stünde der Boden unter ihm in Flammen. Er sprang über die Fahrzeuge hinweg und rannte weiter, wobei er sich an die schneebedeckten Flächen hielt, damit er auf dem Eis nicht ausrutschte.

Hinter ihm knallten Schüsse, doch das Gewehrfeuer erstarb, da die Triadenkämpfer die überlebenden Nordkoreaner rasch niedermachten.

In Sekundenschnelle hatte er die Höhle erreicht. Jada befand sich auf halber Höhe der Eiswand und hatte sichtlich Mühe, sich zu halten. Über ihr hockte Vigor in der Tunnelöffnung und bemühte sich, sie hochzuziehen, doch der Monsignore war zu schwach.

Als Duncan zu Jada eilte, bemerkte er die Blutspur, die

vom Atemloch zur Eiswand führte. Am Fuße des gefrorenen Wasserfalls hatte sich eine rote Blutlache auf dem blauen Eis gesammelt.

»Halten Sie durch!«, rief Duncan.

»Was glauben Sie eigentlich, was ich da mache!«, entgegnete Jada, zornig und erleichtert zugleich.

Duncan hatte das zweite Seil erreicht. »Halten Sie sich fest. Ich ziehe Sie hoch.«

Er schob das Seil durch die Öse und beförderte Jada zum Tunnel hoch. Vigor half ihr, in den Gang zu klettern.

Während Jada den Klettergurt ablegte, rief Duncan: »Gehen Sie weiter! Ich komme nach!«

Jada bestätigte seine Anweisung mit einer Handbewegung, denn sie hatte keine Luft mehr zum Sprechen.

Zusammen mit Vigor verschwand sie im Gang, während Duncan am Seil hochkletterte.

9:54

Seichan löste sich von dem Mann, der sie festgehalten hatte. Sie hörte, wie Gray Duncan etwas zurief, und hob Ryungs Pistole auf, mit der er Rachel erschossen hatte.

Sie trat über seinen Leichnam hinweg und verfolgte die Person, auf die es ihr wirklich ankam.

Beim ersten Anzeichen von Ärger war Pak über das Eis geflüchtet und hinter dem halb versunkenen Bus in Deckung gegangen. Mit einer Pistole schoss er blindlings um sich, vom Chaos und dem unerwarteten Auftauchen der Triade in Panik versetzt. Doch er war ein Spieler und hätte wissen sollen, dass eine Glückssträhne nicht ewig hält.

Sie lief geradewegs auf ihn zu.

Er bemerkte sie, schwenkte die Waffe herum und schoss.

Sie duckte sich nicht einmal.

Stattdessen hob sie den Arm und drückte ab.

Die Kugel traf ihn ins Knie. Mit einem Aufschrei kippte er nach vorn, fiel auf den Bauch und drehte sich dabei. Er glitt über das geborstene Eis rund um den Bus, rutschte ins Wasser und fiel hinein.

Seichan trat an den Rand des Eises und beobachtete, wie er hustend auftauchte. Mit dem verletzten Knie musste jede Schwimmbewegung eine Qual für ihn sein.

Er schob sich hoch, suchte nach einem Halt und fand ihn an der Ecke, wo der Bus das Eis berührte. Leider verlagerte sich der Bus in diesem Moment ein wenig und drückte gegen das umliegende Eis, sodass seine Finger eingeklemmt wurden. Er schrie auf und versuchte, die vier gequetschten Finger zu befreien.

Den fünften Finger hatte ihm Seichans Mutter entfernt, weil er bei ihr Spielschulden hatte. Seichan schuldete er sehr viel mehr.

»Helfen Sie mir!«, sagte Pak mit klappernden Zähnen.

Als Seichan sich vorbeugte, flackerte Hoffnung in seinem Blick auf.

Sie aber hob die Zigarette auf, die er fallen gelassen hatte, als er ins Wasser gerutscht war. Sie richtete sich auf und zog daran, sodass die Glut aufleuchtete.

Entsetzen trat an die Stelle der Hoffnung. Auch er musste das Benzin und das Öl riechen, das auf dem Wasser eine dicke Schicht gebildet hatte.

»Kalt?«, sagte sie. »Dann wollen wir dich mal wärmen.«

Sie schnippte die Kippe ins Wasser. Erst entzündete die heiße Asche die Dämpfe, dann das Öl und das Benzin. Flammen tanzten über das blaue Wasser und hüllten Pak ein.

Seichan wandte sich von dem brüllenden Mann ab und ging zurück, während er von oben verbrannte und von unten erfror.

Das ist für Rachel.

32

JU-LONG LAG AUF dem Eis, sein Blut sammelte sich unter ihm in einer warmen Lache. Er hatte gehört, wie Pak um sein Leben gebettelt hatte, als das Gewehrfeuer erstorben war – gefolgt von seinem Gebrüll. Er hatte kein Mitleid mit dem Mann.

Der Schweinehund hatte dieses grausame Ende verdient.

Und ich vielleicht auch.

Als hätte sie seine Gedanken gehört, tauchte ein Gesicht über ihm auf und blickte auf ihn herunter. Der mitleidlose Blick der Frau strafte ihren Namen Lügen.

»Guan-yin«, murmelte er. Zitternd hob er die Hand, ließ sie aber gleich wieder sinken, denn er war zu schwach. »Pak hat meine Frau entführt... meinen ungeborenen Sohn.«

Ihr Gesicht war so hart wie die Schuppen ihres Drachens. Seine Entschuldigung ließ sie nicht gelten.

»Es tut mir leid«, keuchte er und schmeckte Blut auf den Lippen. »Ich... ich liebe sie so sehr... Bitte helfen Sie ihnen.«

»Weshalb sollte ich Ihnen helfen? Nach allem, was Sie getan haben?«

»Ich habe … mein Bestes getan.«

Eine Falte bildete sich auf ihrer Stirn.

»Was glauben Sie, weshalb Sie uns gefunden haben?«, flüsterte er zwischen Krämpfen. »Wie Sie Pak und mich auf der Insel aufgespürt haben?«

»Wie Sie habe ich Ohren überall. Ich habe erfahren, dass Sie von Nordkorea aus in die Mongolei geflogen sind. Ich bin Ihnen gefolgt. Ich wusste, dass Sie …«

Er fiel ihr ins Wort. »Und wer, glauben Sie, hat mit Ihren vielen Ohren gesprochen? Ich habe Anweisung gegeben, Ihnen unser Reiseziel zu verraten.«

Das war die Wahrheit. Ju-long hatte in Paks Nähe diskret sein müssen. Indem er vorgab, den GPS-Tracker der Killerin zu überwachen, hatte er regelmäßig mit Macau telefoniert und aus der Ferne seinen Einfluss spielen lassen. Er konnte zwar keine eigene Armee aufstellen, denn das hätten die Nordkoreaner mitbekommen, und er hätte das Leben seiner schwangeren Frau in Gefahr gebracht. Stattdessen stachelte er Guan-yins Hass an, um sie dazu zu bewegen, ihm zu Hilfe zu kommen.

Er dachte daran, wie überrascht er gewesen war, als das Schwert ihn durchbohrte.

Offenbar hatte er des Guten zu viel getan.

Ein folgenschwerer Irrtum.

»Ich habe Sie hierhergelockt, damit Sie Pak töten und mich befreien«, sagte er, lachte auf und spuckte Blut. »Ich wollte mit Ihnen ins Reine kommen.«

Jetzt zählt nur noch meine wunderschöne Natalia … und der Sohn, den ich niemals sehen werde.

Guan-yin wich zurück. Er sah, dass sie ihm glaubte. Aber reichte das aus, um sich ihre Unterstützung zu sichern? Sie war nicht gerade bekannt für eine mitfühlende Ader.

»Ich werde sie finden«, versprach sie ihm schließlich. »Ich werde sie befreien.«

Eine Träne rollte über seine Wange. Er wusste, auf ihr Wort war Verlass.

Danke.

Jetzt, da diese Last von ihm genommen war, schloss er die Augen – zuvor aber tauchte neben Guan-yin ein weiteres Gesicht auf, das der hübschen Killerin, die ihm so viel Ärger eingebrockt hatte.

Erst in diesem Moment wurde ihm die Ähnlichkeit der beiden bewusst.

Mutter und Tochter.

Jetzt begriff er auch, weshalb er sich verkalkuliert hatte. Im Grunde war es gar nicht um Geld oder Revierstreitigkeiten gegangen – sondern um Familie.

Kein Wunder, dass du mich niedergestochen hast.

Er begriff das ganze Ausmaß seines Irrtums, und sein lautloses Gelächter folgte ihm ins Vergessen.

9:56

»Daher wussten Sie also, wo wir waren«, sagte Gray, der hinter Seichan und ihrer Mutter stand und die Unterhaltung mit angehört hatte.

Er bewachte sie mit einer Pistole, während Monk und Kowalski dem Rest der Triade dabei halfen, auf dem Eis aufzuräumen.

Guan-yin straffte sich. »Ja, daher wussten wir, dass Sie auf der Insel sind, aber der letzten Meldung zufolge befand Ju-long sich im Gasthof in Chuzir.«

Gray begriff. Ju-long hatte anscheinend keine Gelegenheit

gehabt, seine Spione davon zu informieren, dass er hierher-
fahren wollte. »Woher wussten Sie dann, wo wir sind?«

Guan-yins Miene verdüsterte sich. »Wir haben dort eine
Frau mit einer Schussverletzung vorgefunden. Sie hat es uns
gesagt ...«

Rachel ...

Guan-yin machte seine aufkeimende Hoffnung sogleich
zunichte. »Sie hat es nicht geschafft. Aber mit ihren letzten
Worten hat sie uns den Weg hierher beschrieben.«

Und uns allen das Leben gerettet, begriff Gray. *Vielleicht
hat sie sogar die ganze Welt gerettet.*

Guan-yin legte ihm eine Hand auf den Arm. »Ich glaube,
sie hat nur deshalb so lange durchgehalten, weil sie das loswerden wollte.«

Der Schmerz drohte ihn zu überwältigen, doch er hielt
ihn in Schach und verschob das Trauern auf später.

Er wandte sich zum Tunneleingang.

Abgesehen von der Rettung der Welt hatte er noch eine
andere Mission zu erfüllen, die ihm näher am Herzen lag.
Auch wenn die Nachricht ihn möglicherweise umbringen
würde, hatte Vigor es verdient, vom Schicksal seiner Nichte
zu erfahren.

9:57

»Und Rachel?«, fragte der Monsignore.

Duncan sah die aufkeimende Hoffnung in den Augen des
Mannes, als sie über die Schwelle in die goldene Kammer
traten. Jada humpelte neben Vigor her und musterte Duncan
ebenso erwartungsvoll wie der Monsignore.

Nachdem er am gefrorenen Wasserfall hochgeklettert war,

hatte er Jada und Vigor an dem kleinen Tümpel eingeholt, der als Vorzimmer des goldenen *ger* diente.

Während sie die Treppe hochstiegen, schilderte Duncan die Ereignisse, so gut er es vermochte. Er berichtete, dass Seichan mit vorgehaltener Waffe bedroht worden sei und dass sich durch das Eintreffen neuer Verbündete das Blatt gewendet habe – was ihn auch jetzt noch verblüffte.

Eines aber war sicher.

»Rachel ist umgekommen«, sagte er geradeheraus.

Vigor hielt an und musterte ihn ungläubig, während ihm die Gesichtszüge entglitten. »Nein ...«

Jada blieb an Vigors Seite, als er auf die Knie sank. Sie versetzte Duncan einen Schub in Richtung der Felssäule in der Mitte des Raums.

»Sehen Sie nach dem Kreuz«, flüsterte sie, streifte den Rucksack ab und nahm das *Eye* heraus. »Aber bewegen Sie es nicht.«

Er hatte verstanden. Sie brauchten die Bestätigung, dass es sich bei dem Kreuz tatsächlich um den gesuchten Gegenstand handelte. Er eilte zu den drei ineinandergeschachtelten Kästen aus Eisen, Silber und Gold. Neben dem Steinhaufen lag ein Schädel auf dem goldenen Boden.

Aus sicherem Abstand blickte er in den innersten Kasten. In einer Mulde lag ein schweres schwarzes Kreuz.

Er streckte die Hand danach aus, doch bereits auf der Höhe des Eisenkastens reagierten die Magnete in seinen Fingerspitzen. Auch diesmal wieder nahm er einen Druck wahr, eine Art Widerstand. Er tauchte tiefer in das Feld ein, näherte die Finger dem dunklen Kreuz.

Die Energie fühlte sich ölig und unnatürlich an, doch als die Fingerspitzen nur noch eine Haarbreite vom Metall entfernt waren, nahm er eine subtile Veränderung wahr. Die vom meteorischen Material ausstrahlende Energie hatte ein ganz eigenes Aroma.

Oder eine *Farbe*.

Besser konnte er es nicht beschreiben.

Beim *Eye* hatte er *Schwärze* wahrgenommen, vergleichbar der Dunkelheit zwischen den Sternen und auf ihre Art wunderschön.

Die Energie des Kreuzes konnte er nur als *weiß* bezeichnen.

Jada hatte gemeint, die beiden Objekte – das Kreuz und das Auge – seien Antipoden mit unterschiedlichen Quantenspins, einander entgegengesetzte Pole der Zeitachse.

Doch es gab noch einen weiteren grundlegendenden Unterschied.

Vom *Eye* war er abgestoßen worden.

Beim Kreuz musste er sich zurückhalten, um es nicht zu berühren. Der Drang war nahezu unwiderstehlich. Trotz Jadas Warnung berührte er mit dem Zeigefinger die Oberfläche.

Die Weiße hüllte ihn ein und blendete ihn.

Aufgrund seiner physikalischen Kenntnisse wusste er, dass *Schwarze* Löcher das Licht aufsaugen, während *Weiße* Löcher das Licht theoretisch ausstießen.

Und ausgestoßen kam er sich tatsächlich vor, als hätte man ihn an einen anderen Ort oder in eine andere Zeit versetzt. Durch das Leuchten hindurch näherte sich eine schattenhafte Gestalt. Wie eine dunkle Version seiner selbst griff sie nach seiner ausgestreckten Hand, als wollte auch sie das Kreuz berühren.

Als sich die Fingerspitzen berührten, wurde Duncan weggeschleudert.

Er nahm den Raum wieder wahr, und der Übergang war

so abrupt, dass er zur Seite taumelte und die Hand wiederholt öffnete und schloss.

»Was haben Sie?«, fragte Jada.

Er schüttelte den Kopf.

»Was ist mit dem Kreuz?«

»Es ... es enthält Energie.«

Als er sich von der Säule entfernte, fiel sein Blick auf den am Boden liegenden Totenschädel. Er dachte an die Schattengestalt.

Könnte es sein ...?

Darüber wollte er jetzt nicht nachdenken. »Wie geht es nun weiter?«, fragte er Jada.

»Halten Sie das *Eye* einfach ans Kreuz. Wenn sich die gegensätzlichen Energien vereinigen, sollte das eine Selbstvernichtung auslösen und die Quantenverschränkung aufheben.«

Duncan stellte sich vor, wie das Feld verpuffte.

»Okay«, sagte er und streckte die Hand nach dem *Eye* aus. »Dann also los.«

Jada hob die Kugel hoch, gab sie aber nicht an ihn weiter.

»Was ist?«

Sie schaute sich um. »Ich glaube, wir sollten den Raum verschließen. Gold ist eines der reaktionsträgsten Metalle. Reines Gold wird nicht einmal matt.«

»So wie Silber oder Eisen«, ergänzte Duncan.

»Vielleicht haben die Alten über spezielles Wissen verfügt oder gespürt, dass die Isolierung notwendig ist.« Jada richtete sich auf. »Jedenfalls hätte ich ein besseres Gefühl, wenn alle die Kammer verlassen würden, bevor sie geschlossen wird. Es könnte gefährlich werden, wenn die Kräfte sich gegenseitig vernichten.«

»Dann gehen Sie mit Vigor raus und schließen die Tür.«

»Vielleicht sollte ich das besser machen«, sagte Jada. »Ich bin weniger empfänglich für die Energien als Sie.«

Duncan wollte sie nicht in Gefahr bringen.

Das Patt wurde von jemand anderem entschieden.

Vigor richtete sich auf und ergriff das *Eye*. Er trat vor die alten Kästen. Duncan wollte ihm folgen, doch Vigor hob den Arm, zeigte auf ihn und sagte in befehlendem, gramerfülltem Ton: »Raus!«

Duncan spürte, dass Vigor nicht nachgeben würde.

Jada warf einen Blick auf die Uhr, dann zog sie Duncan am Ärmel zur Tür. »Irgendjemand muss es tun. Und die Zeit läuft ab.«

Schweren Herzens eilte er mit Jada zum Ausgang. Als sie von draußen die Tür schlossen, stand Vigor mit hängenden Schultern vor der Steinsäule, niedergedrückt von der Trauer um Rachel.

Egal, was kommt… danke, alter Mann.

Duncan schloss die Tür und verriegelte sie.

9:59

Vigor stand vor der Reliquie des heiligen Thomas, in Händen eine Kristallkugel, die das Feuer des Universums enthielt. Im innersten Kasten lag ein Kreuz aus dem Material des Kometen, das einem Heiligen gehört hatte. Eigentlich hätte er frohlocken sollen, dass ihm dieser Moment zum Ende seines Lebens vergönnt wurde.

Stattdessen empfand er nichts als Trauer.

Er hatte sich mit seinem bevorstehenden Tod abgefunden und war froh gewesen, dass Rachel an seiner Stelle weiterleben würde. Vielleicht rührte sein innerer Friede auch von selbstsüchtigem Stolz her, weil er geglaubt hatte, dass er nicht vergessen werden würde, dass sie ihren Söhnen, Töchtern und Enkeln von ihrem Onkel Vigor und den gemeinsam bestandenen Abenteuern berichten würde.

Er wollte Gott verfluchen – doch als er das Kreuz ansah, verspürte er einen gewissen Trost. Er wusste, er würde Rachel wiedersehen. Dessen war er gewiss.

»Ich zweifle nicht«, flüsterte er.

Dann sprach er in Gedanken ein kurzes Gebet.

Für mehr war keine Zeit.

Aber war dies nicht die Klage, die an jedem Totenbett erhoben wurde? Bedauern über das, was hätte sein können, Trauer über die Endgültigkeit des Todes, des großen Vernichters aller Möglichkeiten?

Seufzend vergegenwärtigte er sich all seine Freunde, die alten und die neuen.

Gray und Monk, Kat und Painter, Duncan und Jada.

Rachel hatte alles geopfert, um sie zu retten, damit sie ihr Leben vollenden konnten. Das ihre war nur kurz gewesen.

Wie sollte ich da weniger tun?

Vigor hob das *Eye* hoch und legte es an die Stelle, an der die Reliquie des heiligen Thomas seit Jahrtausenden geruht hatte. Es passte perfekt auf die kleinen goldenen Säulen, die den Schädel getragen hatten ... als gehörte es hierher.

Erst dann berührte die Kugel das Kreuz ...

10:00

Duncan schnappte nach Luft und taumelte zurück, als wäre er von einer glühend heißen Bö getroffen worden ... doch er stolperte nicht.

Stattdessen flog sein Bewusstsein aus dem Hinterkopf. Einen Moment lang erblickte er sich von hinten und sah sich neben Jada stehen, die wie er die Tür anschaute.

Dann schnappte es so abrupt zurück, dass er nach vorn kippte. Mit der flachen Hand fing er sich am Türpfosten ab.

Jada schaute ihn an. »Alles in Ordnung?«

»Auf einmal bin ich froh, dass ich nicht da drinnen war.«

»Was ist passiert?«

Er bemühte sich, ihr seine außerkörperliche Erfahrung zu schildern.

Anstatt an seinem Verstand zu zweifeln, nickte sie. »Die Druckwelle der Energieannihilation hat vermutlich eine lokale Quantenblase erzeugt, die sich nach außen ausgedehnt hat. Und da Ihr Bewusstsein so empfänglich für Quantenfelder ist, wurde es in Mitleidenschaft gezogen.«

»Und was ist mit dem Mann da drinnen? Der unmittelbar dabei war?«

10:01

Das ist eine gute Frage, dachte Jada.

Die sie erschreckte.

Zumal nach Duncans Schilderung.

»Ich weiß es nicht«, sagte sie. »Alles oder nichts. Wie bei einem Münzwurf.«

Vigor befand sich im gleichen Zustand wie Schrödingers Katze. Solange die Tür geschlossen blieb, war er gleichzeitig lebendig und tot. Sobald sie sie öffneten, würde sich sein Schicksal so oder so entscheiden.

Sie stellte sich vor, wie das Universum sich aufspaltete.

Duncan streckte die Hand zur Tür aus, um den Kollaps

des Wahrscheinlichkeitspotenzials einzuleiten, doch eine Bewegung hinter ihrem Rücken lenkte sie beide ab. Gray kroch in den Gang, sah sie und stürmte die Stufen hoch.

Er verschaffte sich einen Überblick über die Situation und bemerkte, dass eine Person fehlte.

»Wo ist Vigor?«, fragte er.

Jada wandte sich zu der verschlossenen Tür um. »Er hat sich bereit erklärt, das *Eye* mit dem Kreuz zu vereinen.«

»Hat er es getan?«

»Ja«, antwortete Jada.

Gray beäugte argwöhnisch die geschlossene Tür. »Woher wollen Sie das wissen?«

Duncan rieb sich den Hinterkopf, als wollte er sich vergewissern, dass er noch vorhanden war. »Wir wissen es.«

Gray trat vor die Tür. »Dann wollen wir mal nachsehen.«

Jada legte abwehrend die Hand auf den Riegel, kam sich aber sogleich töricht vor, weil sie glaubte, sie könne Vigors Schicksal dadurch, dass sie Gray am Betreten der Kammer hinderte, in der Schwebe belassen.

»Es kann sein, dass er es nicht geschafft hat«, sagte Duncan, um Gray vorzubereiten.

Jada nickte und ließ die Hand sinken.

Gray entriegelte die Tür und stieß sie auf.

10:02

Gray trat in die goldene Kammer und stellte fest, dass sich kaum etwas verändert hatte. Die großen Wandreliefs, die das Leben des heiligen Thomas darstellten, waren noch vorhanden. In der Mitte des Raums befand sich der Steinhaufen. Auf der Säule standen die drei Kästen.

Vigor aber lag reglos am Boden, sein Kopf berührte die Reliquie des heiligen Thomas.

Gray eilte zu ihm und wälzte ihn herum.

Seine Brust bewegte sich nicht.

Am Hals konnte er keinen Herzschlag ertasten.

Oh Gott, nein...

Tränen traten ihm in die Augen.

Er schaute seinem Freund ins Gesicht. Es wirkte friedlich und entspannt.

»Hat er es gewusst?«, fragte Gray, ohne den Blick abzuwenden. »Das mit Rachel?«

»Ja, hat er«, antwortete Duncan.

Gray schloss die Augen und stellte sich vor, dass sie beide wiedervereint wären. Der Gedanke tröstete ihn, und er wünschte sich so sehr, dass es wahr wäre.

Seid glücklich, ihr beiden.

Lange verharrte er kniend an Vigors Leichnam.

Duncan näherte sich derweil den Kästen. Er schwenkte die Hände über der Kristallkugel, hob sie hoch und untersuchte das Kreuz. Schließlich schüttelte er den Kopf und verkündete seinen Urteilsspruch.

»Die Energie hat sich verflüchtigt.«

Hieß das, sie hatten Erfolg gehabt?

Gray hatte eine noch wichtigere Frage. »Wie spät ist es?«

Jada sah auf die Uhr. »Ich weiß es nicht. Das ist alles im allerletzten Moment passiert. Der Ausgang ist ungewiss.«

33

PAINTER WARTETE ZUSAMMEN mit den anderen an der National Mall. Der Präsident und die wichtigsten Regierungsvertreter waren ausgeflogen worden. Die Küste hatte man mit Sandsäcken präpariert, die Bewohner evakuiert. Monk und Kat waren mit den Mädchen zu einem »Kurzurlaub« im Amish Country in Pennsylvania aufgebrochen, das weit entfernt war vom potenziellen Katastrophengebiet.

Die Wahrscheinlichkeit einer Katastrophe war nicht sehr hoch, doch niemand wollte ein Risiko eingehen.

Seine Verlobte Lisa hatte vorgeschlagen, vorzeitig aus New Mexico zurückzukehren, doch er hatte sie davon abgehalten.

Für Washington D.C. war die vollständige Evakuierung angeordnet worden. Doch wie Painter waren nicht alle der Anweisung gefolgt. Zahlreiche Menschen bevölkerten die Mall. Auf den Grasflächen hatte man Zelte errichtet und Kerzen angezündet. Viele tranken Alkohol. Gesang schallte herüber, auch Gebete und zorniges Geschrei.

Von der Treppe vor dem Smithsonian Castle aus ließ Painter den Blick über die Menschen schweifen, die zum Himmel hochsahen – einige voller Angst, andere von Staunen ergriffen. Noch nie hatte er seine Mitmenschen mehr geschätzt als in diesem Moment. Hier waren Neugier, Ehrfurcht und Andacht versammelt, die besten Charakterzüge komprimiert in diesem einen Moment, da jeder Einzelne klein wurde angesichts der Größe dessen, was geschehen würde, und gleichzeitig sehr viel größer, weil er daran teilhatte.

Das Geräusch von Schritten veranlasste ihn, sich umzudrehen. Jada und Duncan kamen aus Richtung der Burg über die Straße gerannt. Er bemerkte, dass sie sich bei der Hand hielten – als sie ihn erreichten, ließen sie sich jedoch wieder los.

Er enthielt sich einer Bemerkung und sprach Jada an.

»Sagen Sie mir nicht, die Einschätzung des SMC hätte sich plötzlich geändert.«

Jada lächelte, in der Hand hielt sie ein Handy. »Ich habe es gerade eben überprüft. Bislang sieht es so aus, als würde Apophis die Erde schlimmstenfalls streifen. Trotzdem könnte es spektakulär werden.«

Gut.

Painter vergegenwärtigte sich die Zerstörungen auf dem Satellitenbild. Indem sie die Quantenverschränkung aufgehoben hatten, welche die aus Dunkler Energie bestehende Korona des Kometen IKON zur Erde lenkte, hatten sie die Raumzeitkrümmung um den Planeten rückgängig gemacht und damit verhindert, dass es zu katastrophalen Asteroideneinschlägen kam.

Er dachte an den Vorfall in der Antarktis, der einen Vorgeschmack auf das gegeben hatte, was möglicherweise der ganzen Welt bevorstand. Acht Marineangehörige waren dabei ums Leben gekommen, und ohne den tapferen Einsatz und die Geistesgegenwart von Leutnant Josh Leblang, der seine Männer heroisch in Sicherheit gebracht hatte, hätte die Zahl noch viel höher ausfallen können. Painter erwog, den jungen Mann für Sigma anzuwerben. Er besaß großes Potenzial.

Trotzdem war die Gefahr noch immer nicht vollständig gebannt – was der Komet bei seinem Vorbeiflug bereits in Gang gesetzt hatte, ließ sich nicht aufhalten. Einige Meteore waren im australischen Outback eingeschlagen, weitere im Pazifik. Ein großer Felsbrocken war in der Nähe von Johannesburg niedergegangen, hatte aber lediglich die Tiere eines Safariparks erschreckt.

Die größte Gefahr ging vom Asteroiden Apophis aus. Er war bereits von seiner ursprünglichen Flugbahn abgewichen, und das ließ sich nicht rückgängig machen. Sigma hatte es zwar geschafft, die Quantenverschränkung aufzuheben, jedoch erst knapp vor dem Punkt ohne Wiederkehr. Das war zu spät gewesen, um Apophis am Zusammentreffen mit der Erde zu hindern, aber noch rechtzeitig genug, um ihn von der amerikanischen Ostküste fernzuhalten. Jetzt würde der Asteroid irgendwo anders niedergehen.

Auf der gegenwärtigen Flugbahn würde er die obere Atmosphäre streifen und dabei einen Großteil seiner kinetischen Energie verlieren. Es war damit zu rechnen, dass er explodieren würde, doch die Sternentrümmer würden nicht die Ostküste treffen, sondern in den Atlantik stürzen.

Jedenfalls hofften sie das.

Painter forschte in Jadas Miene nach Anzeichen von Besorgnis, nach einem Zweifel an ihren Berechnungen und Prognosen, doch es zeichnete sich nur Freude darin ab.

Dann wandte Jada den Blick vom Himmel ab.

Jemand lief winkend auf sie zu, eine hochgewachsene

Schwarze in Tennisschuhen, Jeans und flatternder dicker Jacke, deren Reißverschluss sie in der Eile offen gelassen hatte.

Painter lächelte. Die Nachzüglerin gehörte wirklich hierher.

1:11

»Mam!«, sagte Jada und umarmte ihre Mutter. »Du hast es geschafft!«

»Das wollte ich mir nicht entgehen lassen!«, schnaufte sie. Offenbar war sie die ganze Mall entlanggerannt, um nicht zu spät zu kommen.

Jada ergriff die Hand ihrer Mutter und lehnte sich an sie.

Gemeinsam schauten sie zum Nachthimmel empor, wie so oft in der Vergangenheit, als sie nebeneinander auf einer Decke gelegen und die Meteorschauer der Perseiden oder Leoniden beobachtet hatten. Damals war bei Jada der Wunsch erwacht, die Sterne zu erforschen und ihnen nahe zu kommen. Ohne die Prägung durch ihre Mutter wäre Jadas Leben anders verlaufen.

Voller Freude und Stolz drückte sie ihr die Hand.

»Es geht los«, flüsterte Jada.

Mutter und Tochter hielt einander fest.

Von Westen her ertönte ein lautes Tosen, und ein gewaltiger Feuerball gelangte in Sicht, beschrieb eine Flammenbahn über den Himmel und zog eine Schleppe aus Licht und Energie hinter sich her, als habe er die Kräfte des Universums entfesselt. Als er vorbeischoss, verstummte die Menge – dann traf der Überschallknall ein, und es war, als habe sich die Erde aufgetan. Menschen brachen zusammen, in der ganzen Stadt zerbarsten Fensterscheiben, bei zahlreichen Autos wurde der Alarm ausgelöst.

Jada blieb neben ihrer Mutter stehen. Beide beobachteten lächelnd, wie der flammende Stern Richtung Osten schoss – bis er am Horizont mit einem blendend hellen Blitz explodierte, Feuerströme verschoss und in der Ferne verschwand.

Ein zweiter Knall war zu hören.

Dann wurde die Nacht wieder dunkel, nur der Komet flammte noch am Himmel. Hunderte funkelnde Sterne fielen zur Erde herab, der Schwanengesang des Himmels.

Die Menge jubelte und klatschte.

Jada tat das Gleiche, und ihre Mutter jubelte aus vollem Hals. Tränen der Ergriffenheit standen ihr in den Augen.

Ein Zitat von Carl Sagan kam Jada in den Sinn.

Wir sind Sternenstaub. In uns erkennt der Kosmos sich selbst.

Nie hatte sich der Ausspruch wahrer angefühlt als in diesem Moment.

34

DUNCAN SASS AUF einem Hocker, das T-Shirt auf dem
Schoß.

Die Tätowiernadel brachte seinen Arm an der Stelle, wo
der Trizeps ein hartes Hufeisen bildete, zum Brennen. In Anbetracht des Bildes, dass er sich in die Haut imprägnieren
ließ, war der sengende Schmerz angemessen.

Es war ein kleiner Komet mit langem Schweif. Das Bild
mutete asiatisch an und glich dem Goldrelief am Baikalsee,
auf dem der chinesische Kaiser dem heiligen Thomas das
Kreuz überreichte.

Eine Schar von Archäologen und Religionswissenschaft-
lern war zu der Höhle auf der Insel Olchon ausgeschwärmt.
Die Öffentlichkeit war noch nicht über die Menge des dort
verborgenen Goldes informiert, ganz zu schweigen von den
zwölf juwelenbesetzten Kronen der von Dschingis Khan be-
siegten Herrscher. Duncan vermutete, dass der Ort irgendwann zum neuen Mekka der Thomas-Christen werden
würde – und der anderen Christen und der Mongolen vermutlich auch.

Vigor wäre stolz gewesen, dachte Duncan.

Vigor hatte durch sein Opfer nicht nur die Welt gerettet, sondern auch den Glauben von Millionen erneuert.

Clyde richtete sich auf und wischte die neueste Ergänzung des Gesamtkunstwerks von Duncans Körper mit einem blutigen Tuch trocken. »Sieht gut aus.«

Duncan drehte sich zum Spiegel um, betrachtete die geröteten Quaddeln und gab sein eigenes Urteil ab. »Das sieht *fantastisch* aus!«

Clyde zuckte bescheiden mit den Schultern. »Ich musste vorher ein bisschen üben.«

Sein Freund deutete auf Jada.

Sie entblößte ihren Arm, und sie verglichen ihre Tätowierungen. Beide waren vollkommen gleich, eine gemeinsame Erinnerung an das erfolgreich bestandene Abenteuer.

Für sie allerdings war es das erste Tattoo, der erste Pinselstrich auf einer leeren Leinwand.

»Was meinst du?«, fragte er.

Sie schaute lächelnd zu ihm auf. »Ich find's toll.«

Dem Ausdruck ihrer Augen nach zu schließen, galt ihre Begeisterung nicht allein dem Tattoo.

Beglückt von ihrem neuen Körperschmuck, traten sie aus dem Lagerhaus in den hellen Tag hinaus. Auf dem Parkplatz glänzte sein schwarzer Mustang Cobra R wie ein polierter Schatten. Der Sportwagen war ein Symbol der Vergangenheit, befrachtet mit den Erinnerungen an seinen jüngeren Bruder Billy, in denen Trauer, Freude und auch Verantwortung eine unlösbare Verbindung eingingen.

Ich habe überlebt, und er ist gestorben.

Duncan hatte immer das Gefühl gehabt, er müsse für sie beide leben, für all seine Freunde, deren Leben allzu früh geendet hatte.

Nachdem er Jada die Tür geöffnet hatte, setzte er sich hinters Steuer. Er tippte auf den Schaltknopf – als sich ihre Hand leicht auf die seine legte. Jada lächelte ihn an, ein Blick voll unausgesprochener Möglichkeiten.

Er dachte an das, was sie im Gebirge über die verschränkten Schicksale gesagt hatte, über die Möglichkeit, dass der Tod dem Kollaps des Lebenspotenzials in diesem einen Universum gleichkomme und dass sich in diesem Moment eine Tür öffne, durch die das Bewusstsein in eine neue Richtung weiterströmen könne.

Wenn das wahr ist, muss ich gar nicht all diese Leben leben...

Er beugte sich zu ihr hinüber, und als er sie küsste, wurde ihm bewusst, dass er durch seinen Versuch, viele Leben zu leben, sein eigenes vernachlässigt hatte.

»Wie schnell fährt der Wagen wohl?«, flüsterte sie, als ihre Lippen sich voneinander lösten. Sie hob schelmisch eine Braue.

Er erwiderte ihr Lächeln ebenso anzüglich.

Er legte den Gang ein und gab Gas. Mit dröhnendem Motor schoss der Wagen die Straßen entlang, nicht länger gejagt von den Gespenstern der Vergangenheit, sondern gelockt vom Versprechen der Zukunft.

In dieser Welt reichte ein Leben völlig aus.

16:44

»Danke fürs Fahren«, sagte Gray, stieg aus dem SUV aus und schulterte seine Reisetasche.

Kowalski hob grüßend den Arm. An seiner Zigarre paffend, beugte er sich aus dem Wagen. »Sie war eine tolle

Frau«, sagte er ungewöhnlich ernst. »Ich werde sie nicht vergessen. Und ihren Onkel auch nicht.«

»Danke«, sagte Gray und schloss die Tür.

Kowalski betätigte zum Abschied die Hupe und fädelte sich in den Verkehr ein, wobei er beinahe einen Bus gestreift hätte.

Gray ging zu seinem Wohnblock. Das Gelände war mit Neuschnee bedeckt, und alles wirkte unter der weißen Decke jungfräulich und unberührt.

Vor einer Stunde war er aus Italien zurückgekehrt, wo im Petersdom ein feierlicher Begräbnisgottesdienst für Vigor stattgefunden hatte. An Rachels Beerdigung hatten uniformierte Carabinieri teilgenommen. Ihr Sarg war mit der Fahne Italiens bedeckt gewesen. An ihrem Grab hatte man Salut geschossen.

Trotzdem verspürte Gray keinen inneren Frieden.

Sie waren befreundet gewesen – und er würde sie beide sehr vermissen.

Er stieg die Treppe zu seiner leeren Wohnung hoch. Seichan war längst in Hongkong, wo sie langsam eine Beziehung zu ihrer Mutter aufbaute. Sie hatten Ju-longs schwangere Frau unversehrt auf einer Insel gefunden. Sie hatten sie befreit, und Seichan hatte berichtet, sie sei nach Portugal zurückgekehrt.

Auf Macau hatte Guan-yin mit grausamer Konsequenz das nach Ju-longs Tod entstandene Machtvakuum ausgefüllt. Sie war im Begriff, der neue Boss von Macau zu werden. Sie und Seichan unternahmen bereits erste Schritte, um das Leben der Frauen auf der Halbinsel und in Südostasien zu verbessern, angefangen bei den Prostitutionsringen, die sie auf strengere, humanere Standards verpflichteten.

Ihre Anstrengungen waren vermutlich auch ein Versuch,

die Kluft zwischen Mutter und Tochter zu überbrücken. Indem sie das Schicksal von Frauen verbesserten, die Ähnliches durchlitten wie in der Vergangenheit sie selbst, halfen sie auch einander, linderten den Schmerz, der von altem Leid herrührte, und schufen sich Raum, um einander neu zu begegnen.

Das aber war noch nicht alles.

Seichan hatte es sich zur Aufgabe gemacht, den mongolischen Straßenkindern zu helfen, den obdachlosen Jungen und Mädchen, die durch die dampfenden Risse einer Stadt gefallen waren, die sich in die Moderne vorkämpfte. Indem sie ihnen half, rettete sie auch das Kind aus der Vergangenheit, das ganz auf sich allein gestellt gewesen war.

In der Mongolei hatte sie sich auch um Khaidu gekümmert. Die junge Frau war aus dem Krankenhaus entlassen worden, wo sie ihre Bauchverletzung auskuriert hatte. Seichan hatte sie in der Jurte ihrer Familie angetroffen, wo sie mit einem jungen Falken trainierte – einem temperamentvollen Vogel mit goldbraunem Gefieder und schwarzen Augen.

Khaidu nannte ihn Sanjar.

Wir alle trauern und ehren die Toten auf unterschiedliche Weise, dachte Gray.

An seiner Wohnung angelangt, stellte er fest, dass die Tür unverschlossen war.

Er spannte sich an, drückte langsam die Klinke und öffnete die Tür. In der Wohnung war es dunkel. Anscheinend fehlte nichts. Vorsichtig trat er ins Zimmer.

Habe ich die Tür beim Aufbruch etwa offen gelassen?

Als er an der Küche vorbeikam, schnupperte er Jasminduft. Unter der geschlossenen Schlafzimmertür fiel ein Lichtstreifen hindurch. Er ging hinüber und öffnete die Tür.

Seichan hatte Kerzen angezündet. Offenbar war sie vor ihm aus Hongkong eingetroffen, vielleicht weil sie gespürt hatte, dass er Gesellschaft brauchte.

Sie lag auf dem Bett und hatte sich auf einen Ellbogen aufgestützt, ihre langen nackten Beine hoben sich dunkel von den weißen Laken ab. Ihr kurvenreicher, schlanker Körper war ein Symbol der Einladung. Doch sie lächelte nicht, hatte nichts Neckisches an sich, ganz so, als wollte sie ihn daran erinnern, dass sie beide lebten und dies nicht für selbstverständlich nehmen sollten.

Seichan hatte ihm gesagt, dass sie das Gespräch im Gasthof von Chuzir, als Vigor seiner Nichte von seiner tödlichen Krebserkrankung erzählte, mit angehört hatte. In diesem Moment dachte er an Vigors wichtigste Lektion über das Leben.

… du solltest das Geschenk nicht vergeuden und es nicht für zukünftigen Gebrauch aufheben; ergreife es mit beiden Händen und lebe jetzt, jeden Tag.

Gray ging zu ihr hinüber und entkleidete sich im Gehen, riss sich vom Leib, was ihm Widerstand leistete, bis er nackt vor ihr stand.

In diesem Moment erkannte er mit jeder Faser seines Wesens die grundlegende Wahrheit des Lebens.

Lebe es jetzt… wer weiß, was morgen sein wird?

ZAHL

Wir schauen in einen Spiegel und sehen nur
rätselhafte Umrisse ...

1. Korinther 13:12

Rachel wartete auf dem Gang, während ihr Onkel untersucht wurde. Vigor war nur auf ihr Drängen ins Krankenhaus gegangen, zumal sie keine triftigen Gründe dafür
vorbringen konnte, dass er sich der Untersuchungstortur
unterzog.

Schließlich wurde die Tür geöffnet. Sie hörte, wie ihr
Onkel auflachte, dem Arzt die Hand schüttelte und nach
draußen trat.

»Nun, jetzt bist du hoffentlich zufrieden«, sagte Vigor.
»Alles in Ordnung.«

»Und die Ganzkörper-Kernspinuntersuchung?«

»Abgesehen von einer schwach ausgeprägten Arthritis in
der Hüfte und im Lendenbereich, kein Befund.« Vigor legte

ihr den Arm um die Hüfte und zog sie zum Ausgang. »Ein Mann in den Sechzigern mit einer so guten Gesundheit kann damit rechnen, hundert Jahre alt zu werden, hat der Arzt gesagt.«

Rachel war sich bewusst, dass er scherzte, doch sie bemerkte auch ein merkwürdiges Flackern in seinem Blick, als versuchte er, sich an etwas zu erinnern.

»Was hast du?«, fragte sie.

»Ich weiß, du wolltest, dass ich mich der Krebsuntersuchung unterziehe…«

Ihr Seufzen ließ ihn verstummen.

»Tut mir leid. Seit unserer Rückkehr von der Insel Olchon hatte ich ein schlechtes Gefühl, als ob du krank wärst.« Sie schüttelte den Kopf. »Das war dumm von mir.«

»Schon möglich, aber als ich da in der klackernden Maschine lag, kam es mir so vor, als lägest du genau richtig.«

»Nur weil ich so beharrlich war.«

»Vielleicht…« Er klang nicht überzeugt und blieb am Ausgang stehen. »Ich muss dir etwas sagen, Rachel. Als ich das Kristallauge auf das Kreuz des heiligen Thomas legte, habe ich ein inwendiges Ziehen verspürt, als würde ich auseinandergerissen – oder zweigeteilt. Es kam mir so vor, als würde ich von einer Fontäne aus weißem Licht getragen. Ich glaubte, ich wäre tot. Im nächsten Moment war alles wieder normal, und Gray, Duncan und Jada kamen, um nach mir zu sehen.«

Rachel drückte ihm die Hand. »Ich bin froh, dass alles gut gegangen ist.«

Er schaute sie an. »Als ich mich ihnen zugewandt habe, war ich überwältigt von Trauer, als hätte ich dich verloren.«

»Aber mit mir war alles in Ordnung«, entgegnete sie – *okay, jedenfalls fast alles.*

Sie stellte sich die Silbermünze vor, die sich im Flug gedreht hatte und über die Bodendielen gesprungen war, bis Pak den Stiefel daraufgestellt hatte. Sie war wütend auf Seichan gewesen, weil sie ihm gesagt hatte, wohin Gray und sein Team gefahren waren.

Dann hatte Pak den Stiefel angehoben, und sie hatte die Rückseite der Münze gesehen.

Zahl.

Pak hatte enttäuscht reagiert. Sie war sicher gewesen, dass er sie getötet hätte, wenn der Münzwurf *Kopf* ergeben hätte.

»Ich habe überlebt«, sagte Rachel.

»Ja, das weiß ich, weil du kurz nach den anderen angelaufen kamst.« Er ging mit ihr zur Tür. »Aber ich frage mich, weshalb wir beide böse Vorahnungen hatten. Ich meine, ich hätte durchaus Krebs haben können. Wenn eine Körperzelle den falschen Schalter umgelegt hätte – Aufwärts- statt Abwärtsstellung –, hätte ich voller Tumore sein können.«

»Kopf oder Zahl«, meinte Rachel.

Vigor lächelte sie an. »So vieles im Leben beruht auf Zufall.«

»Das ist deprimierend.«

»Nicht wenn wir dem vertrauen, der die Münzen wirft.«

Sie verdrehte die Augen.

Er erläuterte seine Bemerkung. »Zahllose Wege führen in die Zukunft, Weggabelung um Weggabelung. Und wer weiß, vielleicht öffnet sich ja ein anderer Weg ins Universum, wenn der eine Weg endet... und die Seele, das Bewusstsein, springt hinüber und setzt die Reise ewig fort, findet immer den richtigen Pfad.«

Rachel aber dachte an die Wege, die sie beschritten hatte, an die Möglichkeiten, die unwiederbringlich dahin waren.

Sie verspürte einen Anflug von Traurigkeit, als hätte sie wertvolle Freunde verloren.

»Wie du siehst«, holte Vigor sie in die Gegenwart zurück, »es gibt immer einen Weg, der *weiterführt*.«

»Aber wohin?«, fragte sie.

Vigor drückte die Tür auf, und der Sonnenschein blendete sie. »Überall hin.«

NACHBEMERKUNG DES AUTORS: WAHRHEIT ODER FIKTION

Es ist an der Zeit, die Spreu vom Weizen zu trennen. Wie in früheren Büchern möchte ich versuchen, den Roman in Schwarz und Weiß zu unterteilen. Aber ehrlich gesagt weist diese Geschichte zahlreiche Grauzonen auf und wandelt so häufig auf dem schmalen Grat zwischen Wahrheit und Fiktion, Realität und Spekulation, dass es Argumente für beide Auslegungen gibt. Also lassen Sie uns den Grat beschreiten und sehen, wo wir landen.

Die Geschichte ist ein ausgefranster Teppich fragwürdiger Wahrheiten... Doch was wissen wir mit relativer Sicherheit?

Attila der Hunne. Im Jahr 452 n. Chr. war Attila im Begriff, Rom zu erobern, als Papst Leo der Große mit einigen wenigen Begleitern dem Anführer der Hunnen entgegenritt und ihn vom Angriff abbrachte. Wie hat er das angestellt? Eine These lautet, Attilas Kämpfer seien von Krankheiten geschwächt und an mehreren Fronten bedroht gewesen, weshalb sie sich dafür entschieden, das Gesicht zu wahren und kampflos abzuziehen. Eine zweite Erklärung lautet, der Pontifex habe mit Attilas Aberglauben gespielt und ihm Angst vor Alarichs Fluch gemacht, der auch im Buch erwähnt wird. Andere wiederum glauben, der Papst habe Rom mit Gold und Schätzen freigekauft.

Was auch immer der Grund gewesen sein mag, Attila hat sein Vorhaben abgeblasen und starb im darauf folgenden Jahr, als er nach Italien zurückkehren und Rom erneut angreifen wollte. Er erlag in der Hochzeitsnacht dem Nasenbluten, nachdem er die junge Prinzessin Ildiko geheiratet hatte. Manche glauben, Ildiko habe ihren frisch angetrauten Gemahl vergiftet; andere nehmen an, er sei einer Alkoholvergiftung erlegen, nachdem er zu ausgiebig gezecht habe. Niemand weiß wirklich, was mit Ildiko geschah, nachdem ihr Mann verstorben war.

Es heißt, er sei in einem Dreifachsarg aus Eisen, Silber und Gold bestattet worden, zusammen mit einem Großteil seiner Schätze. Sein Gefolge, das ihn bestattet habe, sei getötet worden. Viele glauben, man habe einen Fluss umgeleitet – vermutlich die Theiß in Ungarn –, ihn im Schlamm bestattet und den Fluss anschließend wieder in sein ursprüngliches Bett geleitet. Was zum nächsten Punkt führt ...

Ungarische Hexenprozesse. Die Geschichte von Boszorkánysziget, der Hexeninsel, entspricht der Wahrheit. Die Insel liegt in der Nähe der Stadt Szeged, wo im Juli 1728 ein Dutzend Hexen, Männer und Frauen, verbrannt wurden. Auf dem Höhepunkt der Hysterie wurden über vierhundert Personen zu dieser Strafe verurteilt. Eine Dürre – einhergehend mit Hungersnot und Krankheit – gilt als Hauptauslöser der Massenpanik, wenngleich einige der Todesurteile, wie in diesem Buch beschrieben, auch politische oder persönliche

Gründe hatten. Einen Gegner räumte man am leichtesten dadurch aus dem Weg, dass man ihn als Hexe denunzierte.

Dschingis Khan. Die meisten im Buch gemachten Angaben zu dem mongolischen Kriegsherrn entsprechen der Wahrheit. Sein Geburtsname lautete Temujin – die zutreffendste Schreibweise seines Namens müsste vermutlich *Chinggis Khaan* lauten, aber der Verständlichkeit halber habe ich mich für die gebräuchliche Schreibweise entschieden. Sein offizieller Stammestitel lautete tatsächlich *Borjigin*, Herr des Blauen Wolfs. Dieser Name ist wie Temujin in der Mongolei sehr häufig anzutreffen.

Es trifft tatsächlich zu, dass einer von zweihundert Menschen auf der Welt genetisch mit Dschingis Khan verwandt ist – in der Mongolei sind es zehn von hundert –, das heißt, die fünfundzwanzig Marker der Haplogruppe C-M217 stimmen bei ihnen überein. Dank seiner zahlreichen Frauen und Eroberungen hat der Khan zumindest genetische Spuren hinterlassen.

Wo wir gerade von seinen Nachkommen sprechen: In den Archiven des Vatikans gibt es tatsächlich einen Brief des Enkels von Dschingis Khan, Großkhan Guyuk, an Papst Innozenz IV. aus dem Jahr 1246, worin er dem Pontifex mitteilt, es werde ernsthafte Konsequenzen haben, wenn er ihm nicht in der Hauptstadt seines Reiches einen Besuch abstatte.

Das Mongolenreich war seiner Zeit in vielerlei Hinsicht voraus. Folter war verpönt, es wurde das Papiergeld eingeführt, es gab ein Postsystem und eine beispiellose religiöse Freiheit. Die Nestorianer unterhielten in der Hauptstadt eine Kirche, und es heißt, dass diese frühen Christen einen großen Einfluss auf Dschingis Khan ausübten.

Der Ort, an dem sich seine Grabstätte befindet, ist eines der größten Geheimnisse überhaupt. Die meisten glauben, sie befinde sich irgendwo in den Khan-Chentii-Bergen, zu denen der Zugang aus Umweltschutzgründen und aus historischen Erwägungen heraus eingeschränkt ist. Für viele andere Orte – darunter auch die Insel Olchon – gilt das Gleiche. Außerdem nimmt man an, Dschingis Khans Grabstätte sei eine Nekropole, in der nicht nur seine persönlichen Schätze, sondern auch die seiner Nachfahren und die seines berühmten Enkels Kublai Khan versteckt seien. Ich weiß nicht, wo sie liegt, aber ich bin bereit, die Schaufel in die Hand zu nehmen und zu graben.

Der heilige Thomas und China. Der Apostel, bekannt als der »ungläubige Thomas«, ist vermutlich in den Fernen Osten gereist und mindestens bis nach Indien gelangt, wo es die Thomas-Christen (die Nazarener) noch immer gibt. Man nimmt an, dass er nahe der Stadt Mylapore den Märtyrertod gestorben ist. An diesem Ort wurde eine Basilika errichtet. Die Herkunft seiner Reliquien liegt weitgehend im Dunkeln.

Einige Historiker glauben, der heilige Thomas sei bis nach China, möglicherweise sogar bis nach Japan gelangt. Neuere archäologische Funde deuten darauf hin, dass das Christentum viel früher im Nahen Osten angekommen ist als bislang angenommen.

Die in diesem Buch aufgeführten chinesischen Schriftzeichen, die eine Beziehung zum Alten Testament aufzuweisen scheinen, sind korrekt wiedergegeben. Im Internet finden sich viele weitere Belege für diese These – das Urteil darüber, ob es sich um Spekulation oder geschichtliche Fakten handelt, überlasse ich Ihnen.

Jüdische Beschwörungsschädel ... und andere makabre Seltsamkeiten. Archäologen haben über zweitausend jüdische Beschwörungsschalen gefunden, die meisten aus dem dritten und siebten Jahrhundert. Doch es wurden auch einige Schädel entdeckt, die der Abwehr von Dämonen und Beschwörungszwecken dienten. Zwei davon sind in Berlin ausgestellt. Und ja, die *anthropodermische Bibliopegie*, das Einbinden von Büchern in Menschenhaut, gab es wirklich. Im Einband einiger seltener Bücher finden sich Brustwarzen oder Gesichter. Das Spektrum reicht von astronomischen Abhandlungen über Gebetbücher bis zu Lehrbüchern der Anatomie. Doch damit hören die Seltsamkeiten nicht auf. Während der Napoleonischen Kriege haben französische Gefangene Boote aus Menschenknochen gebaut und sie an die Briten verkauft. Aber schließlich braucht jeder ein Hobby.

Eine der Annehmlichkeiten beim Schreiben dieser Bücher besteht darin, dass ich Gelegenheit bekomme, faszinierende Gegenden zu erkunden. Inwieweit entspricht meine Darstellung den tatsächlichen Gegebenheiten? Die Antwort fällt kurz und bündig aus: Fast alles ist zutreffend geschildert. Aber schauen wir uns ein paar Highlights an.

Macau/Hongkong. Wenn Sie das Glücksspiel mögen, ist Macau mit seiner Mischung aus portugiesischer Kolonialzeit, chinesischer Kultur und Las-Vegas-Glamour für Sie der Ort der Wahl. In vielerlei Hinsicht herrschen dort noch Goldrauschzeiten, Korruption und Wirtschaft sind eng verzahnt, und chinesische Triaden bekriegen sich mit Politikern und Stadtentwicklern. Die Schilderung der VIP-Räume in diesem Buch ist zutreffend, angefangen von den Reiseorganisatoren bis zur Geldwäsche. Und im Untergeschoss des Casino Lisboa gibt es tatsächlich eine »Hooker Mall« – hier bieten Prostituierte ihre Dienste an.

Auch die Darstellung von Hongkong entspricht der Realität. Bei der Schilderung des Hauptquartiers der *Duàn-zhī*-Triade habe ich mich von den Chungking Mansions inspirieren lassen.

Aralsee. Dies ist vermutlich die größte von Menschenhand angerichtete ökologische Katastrophe. Nach der Umleitung zweier Zuflüsse durch die Sowjets zu Beginn der Sechzigerjahre ist der einst so prachtvolle See ausgetrocknet, und es haben sich die lebensfeindlichen Salzflächen der Aralkum-Wüste gebildet, wo es schwarze Blizzards gibt und die Lebenserwartung von fünfundsechzig auf einundfünfzig Jahre gesunken ist. Und tatsächlich finden sich überall gestrandete Schiffe.

Nordkorea. Alle Schilderungen im Buch sind leider zutreffend. In einem Land, das von Despoten regiert wird, die sich für Halbgötter halten, herrschen gleichzeitig dekadenter Überfluss und extreme Armut. Während einer Hungersnot wurde beispielsweise ein Milliarden-Dollar-Mausoleum gebaut. Das nordkoreanische Gefängnissystem gilt als eines der rigidesten weltweit, wo Gefangene sich um das Recht auf Zusatznahrung streiten und die Lebenserwartung der Insassen gerade mal fünf Jahre beträgt. Folter gehört zum Alltag. In Städten wie Pjöngjang ist die Lage kaum besser. Die Menschen fürchten sich, etwas Falsches zu sagen oder zu tun, und leiden unter der Rationierung von Elektrizität und Nahrung.

Mongolei. Ulan-Bator gilt als die kälteste Hauptstadt der Welt. In den unterirdischen Heizungstunneln leben Obdachlose, darunter viele Kinder, Opfer der Wirtschaftsentwicklung, des Alkoholismus oder der Vernachlässigung. Doch die Stadt blickt in eine strahlende Zukunft, die Wirtschaft weist die höchsten Wachstumszahlen weltweit auf. Das Land verfügt über zahlreiche Bodenschätze und eine unberührte Natur. Und es stimmt, die Bevölkerung verehrt Dschingis Khan als Halbgott. Gewaltige Statuen schmücken die Hauptstadt, darunter eine zweihundertfünfzig Tonnen schwere Stahlskulptur von Dschingis Khan zu Pferd. Aber wenn eine von zehn Personen im Land sein Nachfahre ist, ist das wohl nicht weiter verwunderlich.

Baikalsee. Die Nerpa-Robbe ist tatsächlich die einzige Süßwasserrobbe weltweit und lebt nur im Baikalsee. Das aber ist nur eines der vielen Naturwunder, die der älteste und tiefste See der Erde aufzuweisen hat. Wissenschaftler haben für die Erforschung der ungewöhnlichen Biosphäre des Sees den Begriff *Baikalogie* geprägt. Im Winter friert er tatsächlich zu. Die Insel Olchon erreicht man dann mit dem Bus, der übers Eis fährt. Das Kap Burkhan gibt es wirklich und gilt als einer der heiligsten Orte Asiens. Außerdem weist die Insel zahlreiche Bezüge zu Dschingis Khan auf; sie ist der Geburtsort seiner Mutter, und viele Menschen glauben, er sei dort bestattet.

Die in diesem Buch vorgestellten wissenschaftlichen Phänomene beruhen weitgehend auf Fakten oder allgemein anerkannten Theorien, wobei ein gewisses Maß an Spekulation und Extrapolation hinzukommt – jedoch weniger, als Sie vielleicht glauben. Willkommen in der seltsamen Welt der

Dunklen Energie, der Quantenphysik und der Dinge, die in tiefster Nacht erwachen.

Kometen. Der Komet IKON ist an den realen Eisklumpen angelehnt, der im November 2013 an der Erde vorbeigeflogen ist (der Komet ISON). Wie der Komet in diesem Buch war auch ISON von der Erde aus mit bloßem Auge sichtbar.

Die *IoG*-Mission basiert auf dem ICE-Satelliten, den die NASA 1986 durch den Schweif des Halleyschen Kometen hat fliegen lassen. Übrigens ist 1994 tatsächlich ein Komet in den Jupiter eingeschlagen.

Kometen galten seit jeher als Unheilskünder, von denen man glaubte, sie hätten in Europa die Beulenpest, die Schlacht von Hastings und sogar den Tod von Mark Twain angekündigt. Und man nimmt an, dass das Erscheinen des Halleyschen Kometen im Jahre 1222 Dschingis Khan dazu veranlasste, nach Westen zu ziehen und einen Großteil der bekannten Welt zu erobern.

Asteroiden. Die Explosion des Meteors über dem russischen Tscheljabinsk im Februar 2013 ist auf zahlreichen Websites zu sehen. Sie ist ein Beispiel für das unvorhersehbare Verhalten erdnaher Objekte (ENOs). Die NASA hat gegenwärtig über zehntausend ENOs erfasst, doch das ist nur ein Bruchteil der vorhandenen Asteroiden, von denen einer über Russland explodiert ist. Die kinetische Energie dieses Asteroiden entsprach der Sprengkraft von dreißig Atombomben, doch bei der Explosion in großer Höhe hat er seine Energie verloren, bevor er aufschlagen konnte. Gleichwohl hat die Druckwelle Fensterscheiben bersten lassen und mehr als eintausendfünfhundert Menschen verletzt.

Den Asteroiden Apophis – mit der Bezeichnung 99942 –

gibt es tatsächlich. Die Gefahr, dass er die Erde trifft, ist nicht zu vernachlässigen, doch dazu kann es frühestens 2029 kommen. Wie das Vorkommnis in Russland belegt, lauern dort draußen zahlreiche potenzielle Planetenkiller.

Das Auge Gottes – The Eye of God. Das gibt es wirklich. Oder vielmehr: *Sie* gibt es wirklich. Wissenschaftler haben vier Quarzkugeln hergestellt, deren Fehlerbereich kleiner als vierzig Atome ist. Dies sind die gyroskopischen Herzen des NASA-Satelliten Gravity Probe B, der sie Krümmung der Raumzeit in Erdnähe messen soll. Mit dem Kometen ISON hat er hoffentlich nichts zu schaffen, denn wie wir alle wissen, wäre das keine gute Idee.

Dunkle Energie. Ich könnte viele Seiten über die Spekulationen bezüglich der Energie schreiben, die siebzig Prozent des Universums ausmacht – aber niemand weiß wirklich, was das ist. Es ist schwer, Aussagen über dieses Phänomen zu machen, das als erwiesene Tatsache betrachtet werden muss. Eine der besten Beschreibungen, die ich gelesen habe, hat in Dr. Shaws Theorie Eingang gefunden: *Dunkle Energie ist das Ergebnis der gegenseitigen Vernichtung virtueller Teilchen im Quantenschaum.* Es gibt aber auch zahlreiche andere Theorien.

Im Zuge der Vorbereitung auf dieses Buch hatte ich Gelegenheit, das Fermi National Accelerator Lab (Fermilab) am Stadtrand von Chicago zu besuchen, wo ich einen Eindruck vom Bau der *Dark Energy Camera* bekommen habe, einem Fünfhundertsiebzig-Megapixel-Gerät, das in einem Bergteleskop in Chile installiert worden ist. Die Kamera ist so stark, dass sie drei Viertel des Wegs zum Urknall zurückverfolgen kann. Ich hoffe, sie wird in die nächste Generation des iPhone eingebaut.

Quantenverschränkung. Dieses Phänomen tritt auf bei der Interaktion von Teilchen, die sich anschließend trennen und mit den gleichen Quantensignaturen voneinander entfernen – wobei die Veränderung des einen Teilchens die sofortige Veränderung des anderen zur Folge hat. Ursprünglich nahm man an, das Phänomen sei auf subatomare Teilchen beschränkt, doch inzwischen wurde es auch an größeren Objekten nachgewiesen, unter anderem an zwei für das bloße Auge erkennbaren Diamanten, die 2011 von Wissenschaftlern im Labor erzeugt wurden.

Hologramme und das Multiversum. Im Fermilab habe ich erfahren, dass es sich bei unserem Universum um ein Hologramm handeln könnte, ein dreidimensionales Konstrukt, das auf Gleichungen basiert, die an die Innenseite des Universums geschrieben sind. Seit 2014 ist am Fermilab ein Holometer, das weltweit empfindlichste Laserinterferometer, in Betrieb, mit dem die Hypothese überprüft werden soll. Ich finde die Vorstellung verstörend – oder jedenfalls gilt das für die Gleichung, die mein Hologramm definiert.

Es gibt zahlreiche Theorien hinsichtlich der Multiversen und allerlei Mutmaßungen darüber, wie die anderen Universen beschaffen sind, interagieren und miteinander verknüpft sind. Unter den meisten theoretischen Physikern herrscht jedoch Einigkeit darüber, dass es sie gibt.

Und noch eine kleine Anmerkung...

Magnetische Fingerspitzen. Erstens will ich sie auch haben... und zweitens, es gibt sie bereits, und ihre Eigenschaften sind so seltsam, wie ich sie beschreibe. In der Welt der Biohacker gibt es Tausende von Menschen, die sich Magnete aus Seltenen Erden an die Nervenenden der Fingerspitzen haben implantieren lassen. Damit können sie elektrische Felder erspüren. Die Menschen, mit denen ich gesprochen habe, schreiben diesen Feldern Textur, Form, Rhythmus und sogar Farben zu. Dies eröffnet eine vollkommen neue Dimension der Erfahrung. Hat man sich einmal daran gewöhnt, möchte man sie nicht mehr missen. Viele sagen, ohne die Magnete wären sie *blind*. Das ist eindeutig eine neue Erfahrungswelt.

Zu guter Letzt möchte ich noch eine eigene Theorie vorstellen. Wenn das menschliche Bewusstsein tatsächlich ein Quantenphänomen darstellt und möglicherweise über multiple Universen hinweg verschränkt ist, könnte es dann nicht sein, dass es bei unserem Tod – etwa wenn wir von einem Bus überfahren werden – irgendwie überdauert und in die Zeitschiene oder das Universum überwechselt, in dem wir vor Überqueren der Straße nach rechts und links geschaut haben und nicht vom Bus überrollt wurden? In einem Leben voller Zufälle – wo ein Münzwurf häufig über unser Schicksal entscheidet – ist es tröstlich zu wissen, dass uns möglicherweise noch andere Wege offenstehen.

Also genießen Sie die Reise bis zum nächsten Mal – ganz gleich, wohin der Weg Sie führt.

DANKSAGUNG

Ich könnte zahllose Seiten damit füllen, all den Menschen zu danken, die mir bei der Niederschrift dieses Buchs geholfen haben. Jeder Name hat seinen eigenen Fanfarenstoß verdient – wenn nicht gar ein schmetterndes Blasorchester. Also los geht's. Zunächst möchte ich meinen ersten Lesern, meinen ersten Lektoren und einigen meiner besten Freunde danken: Sally Barnes, Chris Crowe, Lee Garrett, Jane O'Riva, Denny Grayson, Leonard Little, Scott Smith, Judy Prey, Will Murray, Caroline Williams, John Keese, Christian Riley und Amy Rogers. Und wie immer gilt mein besonderer Dank Steven Prey, der hübsche Karten beigesteuert hat – für dieses und auch für frühere Bücher – und Cherei McCarter für die tollen Links, die in meinem E-Mail-Postfach auftauchen! Außerdem danke ich Carolyn McCray, die mich nicht nur inspiriert hat, sondern auch ein strenger Zuchtmeister ist, wenn es um Details geht … und David Sylvian, der alles und jedes zustande gebracht hat, worum ich ihn gebeten habe, und der dafür sorgt, dass ich digital immer mein Bestes gebe! Und ich danke Avery und Josie Lim, die mir bei linguistischen Fragen geholfen hat, sowie Shawna Coronado und allen Angestellten des Fermi National Accelerator Lab – Fermilab –, die es mir ermöglicht haben, die erstaunliche Anlage zu besichtigen und dumme Fragen zu stellen. Des Weiteren danke ich allen bei Harper Collins, die mich immer unterstützt haben: Michael Morrison, Liate Stehlik, Danielle Bartlett, Kaitlyn Kennedy, Josh Marwell, Lynn Grady, Richard Aquan, Tom Egner, Shawn Nicholls und Ana Maria Alessi. Mein ganz besonderer Dank gilt natürlich den Menschen, die in allen Phasen der Produktion einen wesentlichen Beitrag geleistet haben: meiner Lektorin Lyssa Keusch und ihrer Kollegin Amanda Bergeron; Laurie McGee für ihr scharfes Auge beim Korrekturlesen; und meinen Agenten Russ Galen und Danny Baror – sowie dessen Tochter Heather Varor. Und wie immer möchte ich betonen, dass alle falschen Fakten und Details in diesem Buch, die hoffentlich nicht zu zahlreich sind, vollständig auf meine Kappe gehen.

Wenn die Natur
zurückschlägt ...

608 Seiten. ISBN 978-3-7341-1094-8

Im Kongo wird ein humanitäres Hilfscamp von Tieren angegriffen. Doch nicht nur von einer einzigen Spezies, sondern
von allen auf einmal. Alle Tiere der Wildnis haben sich gegen
die Menschen verbündet. Commander Grayson Pierce und
sein Team vom wissenschatlichen Geheimdienst Sigma
Force werden zur Hilfe gerufen. Doch auch korrupte Militär-
angehörige sowie der skrupellose Multimilliardär Nolan De
Coster sind bereits vor Ort. Was kann diesen Amoklauf der
Natur ausgelöst haben? Und wie kann man es aufhalten?
Die Antwort findet sich im Königreich der Knochen ...

Lesen Sie mehr unter: **www.blanvalet.de**

Der elfte Roman um das unschlagbare Schatzjäger-Ehepaar Sam und Remi Fargo.

576 Seiten. ISBN 978-3-7341-0829-7

Eine Mädchenschule in Nigeria, die das Schatzjäger-Ehepaar Sam und Remi Fargo finanziert, hat dringend benötigte Hilfsgüter nicht erhalten. Sofort brechen die Fargos auf, um nach dem Rechten zu sehen. Doch kaum sind sie vor Ort, werden sie und mehrere Schülerinnen entführt. Dabei scheinen es die Kidnapper nicht auf Lösegeld abgesehen zu haben, sondern auf den neusten Fund der Schatzjäger. Aber wieso sind die nigerianischen Räuber auf eine alte Schriftrolle aus, die vor 1500 Jahren den Untergang des Königreichs der Vandalen besiegelte?

Lesen Sie mehr unter: **www.blanvalet.de**